NAOMI M. STOKES

Die Zedern-sängerin

Aus dem Englischen von
Ulrike Wasel
und Klaus Timmermann

BASTEI
LÜBBE

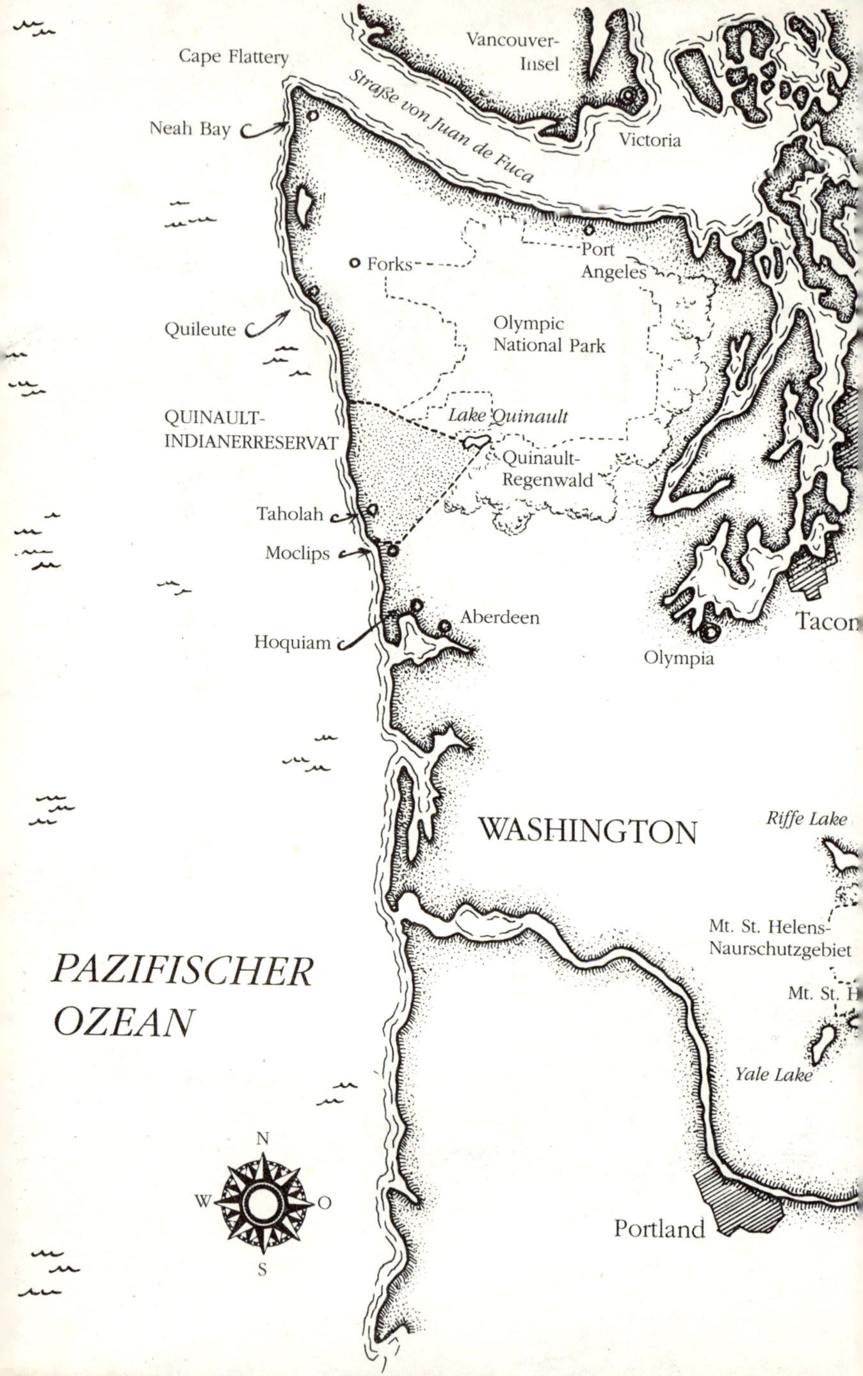
Vancouver-
Insel
Cape Flattery
Straße von Juan de Fuca
Victoria
Neah Bay
Port
Angeles
Forks
Olympic
National Park
Quileute
QUINAULT-
INDIANERRESERVAT
Lake Quinault
Quinault-
Regenwald
Taholah
Moclips
Aberdeen
Hoquiam
Olympia
Tacon
WASHINGTON
Riffe Lake
Mt. St. Helens-
Naurschutzgebiet
Mt. St. H
Yale Lake
PAZIFISCHER
OZEAN
N
W
O
S
Portland

Baker Lake
Okanogan River
Lake Chelan
Columbia River
Banks Lake
ttle
Billy Clapp Lake
Potholes Reservoir
Mt. Rainier
YAKIMA-INDIANERRESERVAT
Snake River
Lewis Lake
Columbia River
OREGON

BASTEI-LÜBBE-TASCHENBUCH
Band 12 740

1.-2. Auflage 1997
3.-4. Auflage 1998

Titel der Originalausgabe: THE TREE PEOPLE

Lizenzausgabe mit Genehmigung des Scherz Verlag,
Bern und München:
Bastei Verlag Gustav H. Lübbe GmbH & Co., Bergisch Gladbach
Printed in Germany
Einbandgestaltung: Adolf Bachmann
Satz: hanseatenSatz-bremen, Bremen
Druck und Bindung: Elsnerdruck, Berlin
ISBN 3-404-12740-4

◇◇◇◇◇◇◇ Prolog ◇◇◇◇◇◇◇

Olympic-Halbinsel
Winter, 1490

◇ Er stand auf einer steilen Landzunge, während der tosende Nordpazifik donnernd und schäumend seine Nebel zu ihm hinaufsandte, um ihn zu umarmen.

Wie sehr er das Meer liebte! Der Pulsschlag des Meeres war tief in ihm. Das Meer war seine Mutter, sein Vater, der Atem seines Körpers, das Blut in seinen Adern. Manchmal glaubte er, daß er in der Zeit vor der Zeit ein *ekoale,* ein Wal, gewesen war. Oder ein *tgunat,* ein Lachs.

Hinter und über ihm, dunkel im treibenden Nebel des Meeres, seufzten und wisperten endlose Nadelwälder und sangen ihre uralten Lieder. Tief unten scheuerte sich ein Wal die Seepocken an einem aufragenden Meeresfelsen ab.

Sein Name war Musqueem, und er war gerade zu dieser Stunde an diesen besonderen Ort gekommen, um mit der Erde zu sprechen. »Es ist Winter, die heilige Jahreszeit, in der die Lauschenden den Menschen besuchen!« rief er. »Es ist Abend, die Zeit, in der die Welt sich wandelt, in der man verwandelt werden kann. Sag mir, Mutter, ist das, was wir vorhaben, richtig?«

Als er dies aussprach, schlug der Wind nach Südwesten um, und eine gewaltige Stimme schien sich zu erheben. »J-a! J-a, mein Sohn!«

Voller Freude, weil die Erde geantwortet hatte, warf er die heilige Flaumfeder eines Adlers in die Luft. Es würde wieder

Harmonie in allen Dingen herrschen, denn heute nacht würde der böse Schamane Xulk sterben.

Musqueem war groß, hatte ein stolzes Herz und eine majestätische Haltung. Seine dunklen Augen, in denen goldene Lichtpunkte tanzten, glänzten, wenn er bewegt war, in strahlendem Glanz.

Sein schöner abgeflachter Kopf kennzeichnete ihn als einen Indianer von der Nordwestküste und als einen frei geborenen, wohlhabenden Menschen. Seine Haut, die traditionsgemäß tätowiert war, hatte die Farbe schimmernden Elfenbeins. Auf seinem Nasenrücken leuchtete eine bläuliche Narbe. Seine frische Gesichtsfarbe zeugte von guter Gesundheit. Er hatte hohe Wangenknochen, und zahlreiche vielfarbige Muscheln baumelten an seinen durchbohrten Ohrläppchen.

Er trug den aus Fichtenwurzeln und Zedernrinde gewebten Hut der Walfänger. Sein Haar, ein fließender Strom, fiel ihm lose bis hinunter zur Taille, schimmernd wie schwarzes Seegras. Seine Kleidung war aus weichen, lohfarbenen Otterfellen genäht. Die Füße waren nackt.

Die Landzunge, auf der er hoch über dem Meer stand, war sein Ort, der Ort, zu dem er als Jugendlicher gekommen war, um das Übernatürliche zu erforschen, wo er seine Vision gesucht und gefunden hatte, seinen ureigenen Gesang, sein Lied des Lebens.

Er war ein *sa-ehm,* einer der Führer des »Volkes«. Das »Volk« hatte mehrere *sa-ehm,* denn welcher Mann wäre allein weise genug, ein ganzes Volk zu regieren? Die *sa-ehm* waren von edler Geburt, ihr Stammbaum durfte weder von Sklaverei noch irgendeiner Form von Fehlverhalten befleckt sein.

Sie waren Männer, die sich durch Weisheit, ruhmreiche Taten, Mut und Reichtum auszeichneten. Große Fischer, große Jäger des Wals, des Bären, des Seelöwen und Wapiti. Große Krieger. Große Ärzte. Große Beschwörer.

Musqueem war ein Walfänger, ein Harpunier, der mit der über fünf Meter langen Harpune selbst im wildesten Sturm unfehlbar traf. Sein war der Ruhm der Jagd. Ohne sein Geschick, seine Erfahrung und seine spirituelle Kraft wäre der Walfang zum Scheitern verurteilt. Viele sagten, daß er der mutigste Harpunier war, der je gelebt hatte. Er trug die schmerzhafte tiefe Narbe auf dem Nasenrücken als Zeichen seiner Tapferkeit.

In seiner Welt besaßen Ansehen und Besitz einen hohen Stellenwert. Wie sollte man großartige Geschenke machen ohne den dazu erforderlichen Wohlstand? Unter den *sa-ehm* war Musqueem der reichste.

Er besaß ein seetüchtiges Zedernschiff mit hohem Bug und Heck, kunstvoll geschnitzt und bemalt, das hundert Männer tragen konnte. Er besaß drei über zehn Meter lange Walfangkanus, die bis zu acht Männer faßten, etliche leichte Kanus, viele Harpunenspitzen aus Muschelschalen mit Scheiden aus Zedernrinde, zahlreiche Blasen aus Seehundsleder, mit denen verwundete Wale über Wasser gehalten wurden.

Er besaß Speere, Jagdbögen, Pfeile, Köcher, Fellhemden, Kriegskleidung aus Wapitileder, hölzerne Kriegskleidung, Schilde, Masken, Steinäxte, Kriegskeulen aus Knochen, schön bemalte Decken aus Wapitileder und zahllose Dentaliumschnekken, jene wertvollen langen Muscheln, die wie die Hauer des Walrosses geformt sind.

Er besaß viele Sklaven. Er hatte etliche Frauen und viele Kinder, die er alle liebte, manche mehr als die anderen. Er besaß ein besonderes praktisches und rituelles Wissen, verfügte über große spirituelle Kraft. Sein Ansehen hätte größer nicht sein können.

Das wichtigste jedoch war sein Name, Musqueem, der auf den Anfang aller Zeit zurückging, denn seine Vorfahren waren die Begründer der edelsten Ahnenreihen. Donnervogel selbst, der erste Walfänger, hatte Musqueems fernen Urahnen, gesegneten Sterblichen, die aus Vereinigungen mit Sternen hervorgegangen waren, die Fähigkeit verliehen, den Wal zu jagen.

Für Musqueem brachten derlei übernatürliche Segnungen – untadelige Geburt, große spirituelle Macht, Weisheit, körperliche Stärke, Reichtum – Verantwortung mit sich. Nie entzog er sich einer moralischen Verpflichtung. Und nie traf er eine unbedachte Entscheidung. Aus diesen Gründen hatten die *sa-ehm* Musqueem mitgeteilt, daß sie sich seinem Urteil im Hinblick auf den bösen Schamanen Xulk beugen würden.

Seit langem hatte das »Volk« unter Xulk gelitten, weil es ihn fürchtete. Seit langem hatten Musqueem und die anderen *sa-ehm* Beweise gegen Xulk gesammelt, der, wie sie nun glaubten, nicht von sterblichen Vorfahren abstammte, sondern von Zauberern und tatsächlich selbst ein Zauberer war. Xulks Taten brachten das ganze »Volk« in Gefahr.

Aufgabe eines Schamanen war es, gemeinsam mit der Medizinfrau Kranke zu pflegen, Hexen aufzuspüren, die *sa-ehm* zu beraten, Rituale zu leiten und Kriegergruppen zu begleiten. Die wichtigste dieser Aufgabe war die Identifizierung von Hexen, denn Hexen brachten böse Geister mit sich, die Schwind- und Fallsucht, Delirium und Wahnsinn hervorriefen.

Aber Xulk tat noch viel mehr; er säte auch Uneinigkeit, Zwietracht, Streit. Ihn verlangte nach einer Macht, die höher und weitreichender war als die, die ihm zustand. Ja, es gab viele Beweise gegen Xulk, und von Tag zu Tag wurden es mehr.

Erstens erblindete er. Jeder wußte, daß die mächtigsten Zauberer mit schwachem Augenlicht geschlagen waren. Nicht nur das; man hatte beobachtet, wie Xulk versuchte, ein Kind zu blenden, indem er ihm mit dem Harz der Hemlocktanne die Augen verklebte. Zugegeben, das Kind war nur ein Sklave, aber trotzdem, solche Taten waren *tqak-elau,* verboten.

Außerdem hatten Zeugen Xulk im Wald zusammen mit einer seltsamen Frau gesehen. Oh, eine schöne Frau, eine sehr schöne Frau, in deren Haar die Knochen kleiner Kinder steckten.

Schlimmer noch, einige Krieger des »Volkes« hatten aus Verstecken zugesehen, wie Xulk Körperteile von getöteten Feinden aß, was absolut *tqak-elau* war!

Doch selbst solche Übertretungen waren wie ein Flüstern im Wind verglichen mit den durchtriebenen Unwahrheiten des

Schamanen. Damit hatte er Uneinigkeit und Mißtrauen, die schlimmsten Übel von allen, in das »Volk« gebracht. Und was noch schlimmer war, er hatte sein eigenes Volk belogen – eine unverzeihliche Sünde.

Also hatte Musqueem die Traditionen seiner Vorfahren befolgt. Nachdem er tagelang gefastet und sich zeremoniellen Reinigungen unterzogen, nachdem er die Beweise gegen Xulk intensiv geprüft und erörtert hatte, befahl Musqueem dem Schamanen, vor dem Rat der *sa-ehm* zu erscheinen.

Während die Anklage gegen ihn vorgetragen wurde, stand Xulk vor dem Rat, in weiße Wolfsfelle gehüllt, mit einer schrecklichen Maske aus Zedernholz vor dem Gesicht, und sein langes, lockiges, rotes Haar wallte ihm bis hinab zu den Fersen.

Befragt, ob er etwas zu seiner Verteidigung oder zur Erklärung sagen wollte, lachte er laut hinter seiner erschreckenden Maske. Dann sang er betörend sein Beschwörungslied.

»Kommt!« rief Xulk. »Tanzt mit mir!«

Er tanzte wild, spöttisch, während der Rat in kaltem Schweigen sitzen blieb, unbeweglich, aber nicht unbewegt.

»Er ist krank; er weiß nicht, was er tut«, sagte Naika, der älteste *sa-ehm* und ein großer Arzt, leise hinter vorgehaltener Hand.

»Ich fürchte mich!« flüsterte Cultee, der älteste Sohn von Musqueems ältester Schwester.

Nachdem die anderen fort waren, blieb Musqueem noch bis spät in die Nacht sitzen. Schließlich, als die Feuer heruntergebrannt waren, rief er seinen eigenen Schutzgeist an, der ihm das sagte, wovor er sich zwar fürchtete, aber was er im Grunde seines Herzens wußte.

Tod!

Xulk mußte des Todes sterben. Und zwar eines besonderen Todes.

Der Schamane mußte lebendig begraben und eine junge Zeder rasch auf seinem Grab gepflanzt werden. Denn Xulk war kein normaler Mensch, und im Augenblick des Todes würde sein Geist in jemand anderen fahren . . . wenn er nicht in einem lebenden Zedernbaum gefangen wurde. Nur auf diese Weise konnte sein böser Schamanengeist daran gehindert werden, Böses zu tun.

Und so raffte Musqueem nun seine Gewänder zusammen und stieg hinunter zum Ufer, wo ein Sklave wartete, der ihn über die kleine Bucht ruderte, wo der Quinault River ins Meer floß.

Er stieg aus und schritt zurück in seine Stadt, wobei er zuerst an den Hütten der Vasallen vorbeikam, deren Hauptaufgabe es war, das »Volk« im Winter mit Holz zu versorgen.

Er kam an den Lagern der niederen Klassen vorbei, die als Kundschafter dienten und niemals das Innere der Großen Palisade betreten durften. Es waren Menschen, die ihre Geschichte verloren hatten, die weder Anspruch auf ererbte Privilegien hatten noch auf die ergiebigsten Schätze des Landes oder des Meeres, die über kein wertvolles eigenes Wissen verfügten – wie es von den Eltern an die Kinder weitergegeben wird –, keine moralische Bildung. Sie waren die Nachfahren von Sklaven, Vertriebene, Taugenichtse; Menschen, die ohne Eltern aufgewachsen waren oder deren Eltern Verbrechen begangen hatten, Menschen ohne Zuhause und ohne Heimat.

Er ging am Ufer entlang, wo die großen Kriegs- und Walfangkanus auf dem Sand lagen. Dort legten die Menschenköpfe, die auf großen Pfählen steckten, stummes Zeugnis von dem Stolz und der Wildheit des »Volkes« ab.

Alle Gebäude waren leer – die Hütten der Vasallen, die Lager der niederen Klasse, die Häuser der hohen Klasse und der Vornehmen. Musqueem wußte, daß sie alle am Hinrichtungsplatz versammelt waren und auf seine Ankunft warteten.

Er betrat das Innere der Großen Palisade, die ein riesiges Gebäude aus Zedernholzplanken umschloß, in dem seine Großfamilie mit ihren vielen Sklaven wohnte. Sein persönlicher Leibsklave, Tusca, erwartete Musqueem in dem Raum, der nur ihm vorbehalten war.

Als er seinen Herrn eintreten sah, holte Tusca eilig die zeremoniellen Körperfarben herbei. Nachdem Musqueem sich gesetzt hatte, schwärzte Tusca das Gesicht seines Herrn mit einer Mischung aus pulverisierter Holzkohle und Bärenfett, dann bestäubte er es behutsam mit glitzerndem weißem Sand.

Als die rituelle Bemalung fertig war, schritt Musqueem den Pfad entlang, der hinauf zur Landzunge führte, gefolgt von seinem Leibsklaven in respektvollem Abstand.

Hier war die Luft schwer von Feuchtigkeit, die von den Blättern und Zweigen tropfte, den schwammigen Boden tränkte. Samtige Moose bedeckten die Erde, hingen von niedrigen Ästen. In feuchten Mulden wuchs Farn.

Das ganze »Volk« war versammelt, zweitausend Menschen, die sich nach ihrem Rang aufgestellt hatten, der Adel und Vertreter der hohen Klasse sittsam mit Ornamenten und Körperfarben geschmückt. Bei Musqueems Ankunft ließen maskierte Tänzer der Walfanggesellschaft den Boden wie bei einem Erdbeben erzittern und riefen die Geister an.

Musqueem sah, daß man Xulk in gegerbte Wapitihäute gehüllt hatte. Sein Gesicht war mit rotem Ocker bemalt, der Körper in sitzender Haltung so gefesselt, daß Knie und Kinn sich berührten. Es sah unheimlich aus, als ob sein Gesicht aus den Knien wachsen würde.

Mit geschärften Muschelschalen schnitten die zwei ältesten Mitglieder der Walfanggesellschaft Xulk das lange, rotgelockte Haar ab – das seit seiner Geburt nie gewaschen oder gekämmt oder geschnitten worden war – und warfen es als erstes ins Grab.

Dann folgte das Handwerkszeug des Schamanen, denn es war Leben darin, und keine noch so große Macht hätte es reinigen können, nachdem es durch Xulks Besitz befleckt worden war.

Besonders machtvoll war sein Seelenfänger, ein hohles Knochenrohr, in das an beiden Enden sorgfältig ein mythisches Tier mit offenem Maul geschnitzt war und dessen zwei Öffnungen mit einem Stopfen aus Zedernholz verschlossen waren. Denn wenn die Seele eines Menschen durch Krankheit oder Unglück in die Irre ging, würde der Mann oder die Frau bald sterben, falls der Schamane diese Seele nicht einfing und zurückbrachte.

Zum Schluß kamen die persönlichen Besitztümer des Schamanen: glatte, flache, dreieckige Steine mit natürlich entstandenen Löchern, Kristalle, Treibholz in seltsam gewundenen Formen, durchbohrte Muscheln, die getrockneten Zungen von Kolibris, die Augen von Eulen.

Jetzt sprach Xulk, zunächst tief grollend wie ein Bär, dann fauchend wie ein Puma, schließlich in den süßen Tönen einer Lerche. Das »Volk« sah ihn nicht an, denn es fürchtete sich.

Als vier der stärksten Männer der Walfanggesellschaft den gefesselten Schamanen aufhoben, wandte Xulk seine rauchgrauen, fast blinden Augen Musqueem zu und rief: »Ich bin die Finsternis! Die Finsternis kehrt immer wieder!«

Musqueem gab das Zeichen, Xulk in sein Grab zu senken.

»Ihr braucht die Finsternis, um das Licht sehen zu können!« schrie der Schamane. Dann, nachdem er seine letzten Worte gesprochen hatte, verstummte Xulk, lächelte und nahm sein Schicksal mit seltsamer Würde an.

Sobald Xulk in sein Grab hinabgelassen worden war, fingen die Männer an, es zu füllen. Bald bedeckte schwere Walderde die Knie des Schamanen, dann seinen Mund, erreichte schließlich seine Augen, die beunruhigend offen blieben und Musqueem anstarrten.

Als das Grab ganz voll war, kniete Musqueem sich rasch nieder und grub ein Loch in die lockere Erde, die auf den Schamanen gehäuft worden war.

Zwei Männer trugen eilends eine drei Meter hohe junge Zeder herbei und setzten ihre Wurzeln in das Loch. Musqueem goß frisches Regenwasser aus einem dicht gewebten Zedernkorb dazu, füllte das Pflanzloch behutsam mit weiterer Erde und drückte sie dann mit nackten Füßen fest.

Hypnotische Trommelschläge, Gesang und der Klang von Hirschhufrasseln, die mit dem Seufzen der Bäume und dem Flüstern des Regens verschmolzen, ertönten wie ein Requiem, als Musqueem das Zeichen eines Wales in die Rinde der jungen Zeder schnitzte.

Eine Stunde lang war alles still. Noch nicht mal ein Baby weinte.

Schließlich wandte sich Musqueem an die wartende Menge. »Er ist tot. Es ist vorbei.«

Aber einige unter ihnen fürchteten, daß das »Volk« Xulk nicht endgültig losgeworden war.

Einer nach dem anderen wandte sich zum Gehen, zuerst der Adel und die anderen Hochgestellten mit ihren Sklaven, dann die Krieger, gefolgt vom gewöhnlichen Volk, dann die niederen Klassen und schließlich die Vasallen.

Noch immer stand Musqueem am Grab des Schamanen.

»Rasch! Laß uns gehen!« drängte Naika, der bei Musqueem geblieben war.

Als sie sich auf den Weg machen wollten, fiel der Schein ihrer Fackeln durch tiefhängende immergrüne Zweige auf eine schöne Frau, oh, eine sehr schöne Frau, in deren Haar die Knochen kleiner Kinder steckten.

»Solange ich lebe, werde ich dich beweinen!« klagte sie. Als sie die beiden Männer erblickte, kreischte sie: »Er wird wieder leben, mächtiger denn je! Und ich werde wieder mit ihm leben!«

»Wer ist die Frau?« fragte Musqueem Naika. »Sie ist keine aus unserem Volk.«

»Sieh sie nicht an«, warnte Naika. »Sie hat Xulk gehört. Sie ist nur eine Sklavin.«

Musqueem zuckte die Achseln. Sklaven waren nur als Eigentum von Bedeutung. Er sah sie nie wieder, hörte aber, daß sie versteckt im Wald lebte, wo sie die junge Zeder bewachen konnte, die er über Xulk gepflanzt hatte.

Auch Musqueem bewachte die junge Zeder, denn solange der Baum stand, war das »Volk« sicher. Drei Mondwechsel lang ging er jeden Tag zur Richtstätte, um nachzusehen, ob die Zeder verdorrte. Sie verdorrte nicht. Sie gedieh. Monate vergingen. Zu jedem Vollmond kehrte er zurück. Jahre vergingen. Noch immer ging Musqueem zu Xulks Grab, um die Zeder zu behüten.

Während Musqueem immer älter und schwächer wurde, wuchs die Zeder immer größer und stärker heran, überstand die Stürme der Wintersee, die Unwetter der Flut und der Zeit.

Die Zeder wurde ein Riese, der sich in den Himmel reckte, und seine Öle erfüllten die Luft mit ihrem Duft. Viele Lebewesen fanden Schutz in ihren schwankenden Zweigen, darunter Familien von Fleckenkäuzen, die eigentlich Seelen von geliebten Toten waren.

Immer stand sie aufrecht, unerschütterlich, bewahrte das »Volk« vor Bösem und schloß alles, was Xulk gewesen war, in ihrem großen hohlen Herzen ein.

Nach vielen, vielen Jahren, eines Abends im tiefsten Winter seines Lebens, bat Musqueem seine Urenkel, ihn zu der Landzunge zu tragen, die hinaus ins Meer ragte. Den ganzen Tag über hatte der alte Mann die Augen von Donnervogel aufblitzen sehen und das Donnern seiner Schwingen gehört.

Die jungen Männer beeilten sich, Musqueems Bitte zu erfüllen, hoben ihn sacht auf eine Sänfte aus Seehundfellen mit Seitenstützen aus Erlenholz. In liebevoller Fürsorge ruderten sie ihn über den Quinault River und trugen ihn zu der Stelle, wo er als junger Mann seine Vision gesucht und gefunden hatte. Als sie die Sänfte auf den Boden setzten, kam Musqueem mühsam, aber jede Hilfe abwehrend auf die Beine.

Als ob sie seine Anwesenheit spüren würden, schleuderten sich fast zwanzig Meter hohe Wellen gegen die Klippe und sandten ihre salzige Gischt und Nebel hinauf, um ihn zu begrüßen. Wie sehr er das Meer liebte! Er lächelte, warf den Kopf in den Nacken und atmete tief ein.

Plötzlich flammte und blitzte der Himmel über ihm auf, als gewaltige Speere aus Rot und Orange, Grün und Violett vom Horizont heranflogen. Heerscharen dunkler Gewitterwolken mit einem goldenen Schimmer rasten landeinwärts, und während er zusah, freute er sich an ihrer Kraft.

Vor Ehrfurcht bebend erkannte Musqueem, daß die Wolken nicht allein waren. Immer mehr kamen herbei, geführt von Donnervogel selbst: leuchtende Schwertwale, strahlende Wölfe, glitzernde Bären, schimmernde Lachse jagten und strömten über den Himmel.

Freude und Furcht durchdrangen Musqueem, Gefühle, die so schön waren, daß ihm Tränen in die Augen stiegen, denn endlich – endlich! – war die unsichtbare Welt sichtbar geworden. Da waren sie, die Lauschenden, und riefen ihn in das Land der Toten.

Mit ungeheurer Anstrengung hob er flehend die Arme. »Nehmt mich! Ich bin bereit!« rief er. Dann flüsterte er mit zitternder Stimme: »Mein Herz ist müde.«

Und sie nahmen den großen Walfänger, denn es war Abend, die Zeit, in der die Welt sich wandelt, in der man verwandelt werden kann.

◇ Die Jahre, die Jahrzehnte, die Jahrhunderte vergingen. Noch immer fließt der Quinault River in das endlose Meer. Noch immer lebt das »Volk« an denselben Ufern, an denen schon seine Vorfahren über zahllose Generationen hinweg vor ihm gelebt haben.

Klein gewordene Wälder erstrecken sich mit ersterbenden Stimmen und verklingenden Liedern über die Hänge schneegetränkter Berge hinauf in den endlosen Himmel. Wale tummeln sich, die Gezeiten kommen und gehen, die Lachse kehren an die Flußläufe ihrer Geburt zurück, Nebel treiben, Regen fällt, die Sonne scheint. Die Jahreszeiten ziehen vorbei, Winde wehen, Nächte verbreiten ihren Zauber, Tage bringen ihre Kümmernisse und Freuden.

Und noch immer bewachen Augen die große Zeder, die über Xulk wächst. Menschliche Augen. Frauenaugen. Von Generation zu Generation, im Strom der Zeit.

Bis heute.

Teil I

◇◇◇◇◇◇◇

Kapitel 1

◇◇◇◇◇◇◇

Gegenwart

◇ Die Olympic-Halbinsel ist eines der wildesten, fremdartigsten, faszinierendsten Gebiete in diesem Land; das Ende der Welt, wie amerikanische Ureinwohner sagen.

Dieser äußerste nordwestliche Zipfel des amerikanischen Hauptlandes ist ein Ort der Magie und der Geheimnisse, der Nebelschwaden und Nebelbänke, getränkt vom Regen, der den schweren Duft des Ozeans mit sich bringt, ein Land mit gewaltigen schneebedeckten Gipfeln, rauschenden Flüssen, herabstürzenden Wasserfällen, dunklen Wäldern, bedrohlichen Meeren und zerklüfteten, unberührten Stränden.

Es gibt keine schönere Landschaft auf Erden – ob die Sonne scheint oder nicht. Wie eine ernste, anmutige Frau, die durch ihr Lächeln in ein Wesen von strahlender Helligkeit und Schönheit verwandelt wird, kann auch dieses Land das menschliche Herz brechen oder mit Erfüllung segnen.

Die Halbinsel ist mehrere Welten zugleich. Hoch in den Himmel ragen die Berge aus nacktem Fels und Eis mit ihren wilden Stürmen und bitterkalten Winden. Unterhalb davon liegen sanft geschwungene Blumenwiesen, in denen tiefe klare Seen wie kleine Stückchen zerbrochener Spiegel glitzern.

Die Küste ist wieder eine andere Welt; hier brausen wilde Brecher mit ungezügelter Kraft über die sechstausend Meilen offenen Ozeans heran und peitschen mit ungeheurer Wucht gegen die Strände und Basaltklippen. In diesen bewegten Gewässern, die reich an Plankton sind, leben Wale, Seelöwen, Seehunde und anderes Meeresgetier.

Wieder eine andere Welt findet sich in den großartigen, gemäßigten, immergrünen Regenwäldern – Bogachiel, Hoh, Queets, Quinault –, wo unaufhaltsam neues Leben aus altem erwächst und jeden Quadratzentimeter bedeckt. Einst wuchsen hier gewaltige Nadelbäume, die einen Umfang von 15 Metern und mehr hatten und deren Stämme sechzig Meter in den Himmel wuchsen, bevor überhaupt die ersten Äste kamen. Heute jedoch sind sie meist nur noch Erinnerung, den Sägen der Menschen zum Opfer gefallen.

Gewaltige Regenfälle haben diese Wälder entstehen lassen. Wenn die Bäume ungestört wachsen können, erreichen sie majestätische Höhen, die imposanten Stämme wie gotische Säulen, ihre Kronen wie ein Baldachin, unter dem anderes Wachstum gedeiht.

Kleine Fichten und Hemlocktannen recken sich zaghaft aus modrigen umgestürzten Bäumen. Aus diesen allerersten Anfängen entstehen dann Alleen von Bäumen, deren Stämme zweieinhalb bis viereinhalb Meter dick werden. Manche sind über sechshundert Jahre alt, doch ihre gewölbten Unterstämme zeigen noch immer die Form des Nährmutterstammes, durch den hindurch ihre winzigen Wurzeln sich anfänglich zur Erde streckten.

Im Regenwald ist alles grün. Selbst die Luft ist grün. Moose und Ahornblätter leuchten, als würden sie von innen angestrahlt. An wolkenverhangenen Tagen erscheint der gesamte Regenwald in dem weichen, alles erfüllenden Licht einer Kathedrale.

Um die ganze Schönheit eines Waldes erfassen zu können, sollte man ihn zu Fuß erkunden, aber der Quinault ist auch für motorisierte Besucher atemberaubend schön. Die Straßen, die am Nord- und Südufer des Lake Quinault vorbeiführen, sind beliebte Ausflugsrouten. Zedern, Douglas- und Hemlocktannen, Sitkafichten ragen hoch auf, Moose und Flechten zieren die Äste riesiger Ahornbäume; Schwertfarn verwandelt den Waldboden in brusthohe grüne Wellen. Ein paar abgestorbene Zedernstümpfe schimmern wie Gespenster.

Von der südlichen Uferstraße geht ein Wanderpfad ab, der sich durch ein herrliches Wäldchen besonders alter Bäume windet, die fast einhundert Meter in den Himmel ragen und fünfhundert Jahre alt sind. Bäume, die noch lebendig, noch gesund sind, weil sie dieser verschwiegene Ort vor dem größten Räuber schützt. Dem Menschen.

Manche denken, der Quinault-Regenwald hätte wegen seiner zauberhaften Schönheit gut den Garten Eden abgeben können. Wäre er es gewesen, so sagen sie, hätte es den Sündenfall nie gegeben. Keine Schlange, mit welchen raffinierten Verführungskünsten auch immer, hätte Eva aus diesem Paradies lokken können.

Und in der Tat, am Lake Quinault, wo die Luft ursprünglich rein und süß ist, ist ein Hauch vom ersten Schöpfungstage spürbar.

Aufgrund ihrer außergewöhnlichen Reinheit galt die Luft am Lake Quinault bei Wissenschaftlern über Jahrzehnte hinweg als Maßstab für die Qualität der Luft in den gesamten Vereinigten Staaten.

Doch seit kurzem hatte sich die Luft verändert. Ein eigenartiger Wind war aufgekommen, ein bezaubernder Kristallwind, und mit ihm kamen Wahnsinn und Tod.

◇ Paul Prefontaine, ein stattlicher Mann von stolzen 1,98, saß Ende Juni in einem kleinen, belebten Restaurant am Highway 101 mit seiner Schwester Joan Tidewater zusammen. Beide waren sie Polizeibeamte, Paul als Polizeichef für die Stadt Taholah im Reservat, Joan als Sheriff für den Stamm der Quinault.

»Was darf's sein?« fragte eine der beiden Kellnerinnen, eine üppige Blondine um die Vierzig, mit straff zurückgekämmtem Haar und einem freundlichen Lächeln.

»Für mich bitte einen großen Teller Muschelsuppe und zwei Cheeseburger, Iris«, sagte Prefontaine.

Iris lächelte Joan an, die einen Krabbensalat und ein Glas Eiswasser bestellte.

Das Restaurant gehörte zu einem kleinen Einkaufszentrum, das in den Berghang hineingebaut war. Unterhalb davon lag nach Osten hin die große U-förmige Senke, in der sich der Lake Quinault befand. Von seinen Ufern stiegen grüne bewaldete Berge auf, die selbst jetzt, Ende Juni, noch immer frisch gefallenen Schnee auf ihren spitzen Gipfeln trugen.

Während Paul und Joan auf das Essen warteten, bemerkte er, daß andere Gäste über sie tuschelten. Das wunderte ihn nicht – mit ihrer auffälligen Erscheinung, ihrer Haltung, oder beidem zusammen, zog Joan überall die Blicke auf sich. Ihm war nie in den Sinn gekommen, daß er ebenso attraktiv war wie sie.

Joan war wirklich eine Augenweide, schlank und groß, und ihre Haut hatte die natürliche Tönung von handgesponnenem Leinen, die sich an Wangen und Lippen zur Farbe von Wildrosen verdunkelte. Dichte schwarze Locken, kurz geschnitten, umhüllten ihren Kopf wie eine Kappe.

Es war ihre Art, ihr Gegenüber intensiv aus großen dunklen Augen anzusehen, als ob dieser Mensch ihre ausschließliche, gespannte Aufmerksamkeit besaß – manche fühlten sich dadurch geschmeichelt, andere, so wußte Paul, waren absolut hingerissen.

Schon als kleines Kind hatte sie gern die Führung übernommen. Sie war voller Lebenshunger gewesen und hatte eine unbändige Begeisterung für alles Neue besessen, die Neugier, Dingen auf den Grund zu gehen. Paul hatte sich immer eingebildet, in ihren schönen blitzenden Augen Ausrufungszeichen zu sehen.

Seit der Pubertät hatte Joan die Last der Schönheit getragen; aber glücklicherweise richteten sich ihre Energien und Interessen eher nach außen als nach innen, so daß sie von Selbstverliebtheit verschont blieb. Das Interesse, das Männer ihr entgegenbrachten, hatte ihrem beschützenden Bruder zahlreiche Schlägereien und handfeste Auseinandersetzungen eingebracht. Sie hatte viele Verehrer, von denen sie die meisten freundlich ignorierte.

Bis Roc Tidewater im Reservat auftauchte.

»Du könntest praktisch jeden haben, warum gerade ihn, um Gottes willen? Warum diesen verdammten Pilzguru?« hatte ihr wütender Bruder gefragt.

»Weil er der einzige ist, der mich wirklich braucht«, hatte sie entgegnet. »Und ich brauche ihn.«

Als sie von ihrem Urgroßvater Unterstützung haben wollte, hatte der alte Ahcleet nur gesagt: »Er ist ein hohler Mann«, und war dann verstummt.

Trotz der Ablehnung seitens ihrer Familie hatte sie Roc geheiratet, und der hatte sie wiederholt betrogen, bis sie ihn schließlich, im dritten Monat schwanger, verlassen hatte, zu stolz, um zuzugeben, daß sie verzweifelt war und noch immer den Mann liebte, den sie in ihm sehen wollte. Noch heute, so dachte Paul, würde er Roc mit bloßen Händen in Stücke reißen – wenn er ihn bloß finden könnte.

Durch ihre unglückliche Ehe hatte sich Joans offenes und großzügiges Wesen verändert. Sie wurde argwöhnisch und zeigte eine immer größere Bereitschaft, dem Motto ihres Vaters zu folgen: Halt den Mund. Kümmere dich um deine Sachen und geh jedem Ärger aus dem Weg. Vor allem *sei nie impulsiv!*

Diejenigen, die Joan nicht gut kannten, sagten, sie sei endlich erwachsen geworden. Aber ihr Bruder, der sie in- und auswendig kannte, bemerkte schon bald, daß sie in eine tiefe Identitätskrise geraten war. Als Folge ihrer inneren Leere entwickelte sic cin unstillbares Verlangen, das Reservat zu verlassen, etwas aus sich zu machen. *Jemand zu sein.*

Aber was?

Sie erwog mehrere Möglichkeiten und traf dann eine Entscheidung. Als sie und ihr Bruder klein waren, hatten sie ihren Vater Mika Prefontaine auf seinen Fahrten durch das riesige Quinault-Reservat begleitet. Er war viele Jahre Sheriff im Reservat gewesen. Außerdem war ihr Bruder Polizeichef.

Also beschloß Joan, zur Polizei zu gehen. Sie bekam ein Stipendium für die University of Washington und ging danach zur Polizeiakademie, die sie mit Auszeichnung absolvierte. Schließlich wurde sie für die Ausbildung beim FBI angenommen.

Vor kurzem war Mika an einem Herzinfarkt gestorben. Joan, die erst in neun Monaten zum FBI nach Quantico mußte, hatte sich bereit erklärt, ihren Vater vorübergehend als Sheriff des Reservats zu ersetzen.

Ihre Aufgabe war es, auf die Einhaltung von Stammesrecht und Bundesrecht im Indianerreservat der Quinault mit seinen gut achtzigtausend Hektar zu achten. Sie mußte die Augen offen halten, Holzdiebe fangen, Marihuanapflanzer und Wilderer aufspüren, die es auf gefährdete und bedrohte Tierarten abgesehen hatten. Und sie mußte steckbrieflich gesuchte Weiße suchen, die in der Weite des Reservats untertauchen wollten.

Manchmal wünschte Prefontaine, er hätte die Stelle als Sheriff angenommen, aber seine Frau war dagegen gewesen, denn er wäre dann sehr viel unterwegs gewesen, auf Patrouille im Reservat. Seine Frau, Lia, dachte er verbittert, die ihn kurz darauf wegen eines anderen verlassen hatte. Noch dazu eines Weißen, eines Hubschrauberpiloten von zweifelhaftem Ruf.

Paul war eine größere Ausgabe von Joan, was nicht verwunderlich war, denn die beiden waren Zwillinge.

Vor 32 Jahren kam Joan als erste auf die Welt, gefolgt von Paul, der mit seiner kräftigen rechten Hand ihre linke Ferse umklammerte. Die beiden Neugeborenen unterschieden sich nur in zwei Dingen – Geschlecht und Haar. Die schwarzen Haare des winzigen Jungen fielen ihm glatt auf die Schultern, während der Kopf des Mädchens mit dichten, nassen, schwarzen Locken bedeckt war. Urgroßvater Ahcleet, der bei der Geburt dabei war, betrachtete sie beide, löste dann sanft die Hand des

Jungen, hielt das Mädchen hoch und sprach ihren wahren Namen aus.

»Sie ist La'qewamax«, sagte er, was »die Schamanin« bedeutet.

Als er den Jungen hochhob, nannte Ahcleet ihn Kla'xeqlax, den Jäger, dann träufelte er Tau von einer jungen Zedernspitze auf die Köpfe der Kinder.

Prefontaines Gedanken wanderten zu ihrem Urgroßvater. Der alte Ahcleet war mittlerweile weit über neunzig, der alte Walfänger, der das Zeichen der Tapferkeit trug – die tiefe Narbe eines Messerschnitts auf dem Nasenrücken, die nur den mutigsten Harpunieren verliehen wurde.

Ahcleet der Schamane. Bei seinen Erzählungen über die alten Zeiten, über den alten Glauben hatte Joan immer atemlos an seinen Lippen gehangen, und Prefontaine wußte, daß sie, wie sehr sie es auch leugnete, noch immer das Beben des Geistes verspürte. Und eine strenge innere Stimme hörte: *Vergiß nie, wer du bist!*

Als er aufblickte, sah er das Gesicht seiner Schwester im Spiegel hinter der Theke, aber ihr Spiegelbild wirkte wie ein Puzzle, durchbrochen von handgeschriebenen Mitteilungen, gedruckten Hinweisen und lustigen Sprüchen, die auf das Glas geklebt waren.

Ein dunkles, ausdrucksvolles Auge, eine gewölbte schwarze Braue, eine Hälfte der glatten, hohen Stirn, des weit geschwungenen Mundes und der geraden Nase, ein hoher Wangenknochen. Im Spiegel war sie eine zerbrochene Frau.

»Was hältst du denn von dem Holzverkauf?« fragte er, seiner Gedanken und Erinnerungen überdrüssig.

»Eine schlechte Idee.«

»Haben ein paar von den Ältesten nicht versucht, die Sache zu verhindern?«

»Sie haben die Alte Zeder ausgenommen. Die und noch ein paar andere Bäume dürfen nicht geschlagen werden.«

»Es können aber Fehler passieren.« Prefontaine nahm den

letzten Bissen von seinem zweiten Cheeseburger, kaute genüßlich und spülte dann mit Kaffee nach.

»So ein Fehler würde Mike McTavish eine saftige Geldstrafe einbringen. Genau dreihunderttausend Dollar.«

Michael McTavish, ein Weißer, besaß die Firma, die den Zuschlag bekommen hatte, die letzten alten Bäume im Reservat zu schlagen, da, wo die Zeder stand.

»Danke«, sagte Prefontaine, denn er sah, daß Joan für sie beide bezahlte. »Sag mal, hast du sie schon gesehen?«

»Wen?« fragte sie, als sie aus dem Restaurant gingen.

»Die Hexe.« Etwas verlegen, aus Angst, seine Schwester könnte argwöhnen, daß ihm noch immer ein paar alte Ängste im aufgeklärten Kopf herumspukten, nahm er den Stetson ab und fuhr sich mit der Hand über sein schulterlanges schwarzes Haar.

Joan warf ihrem Zwillingsbruder einen amüsierten Blick zu. »Hat sie noch immer langes rotes Haar und eine klasse Figur?«

»Wo hat sie die ganze Zeit über gesteckt?«

»In Seattle; sie hat da einen Versandhandel.«

»Meinst du, es gibt Ärger?«

»Den alten Quatsch glaubt doch kein Mensch mehr. Nur unser Urgroßvater.« Joan öffnete die Tür ihres Jeeps. »Und du vielleicht.« Trotz ihrer Heiterkeit blickte sie ihn forschend an.

Er lachte leise, und sie unterhielten sich noch kurz. Dann sah sie auf die Uhr. »Ich muß los. Das Auszeichnen der Bäume auf der Landzunge überwachen.«

Als seine Schwester davonfuhr, dachte Prefontaine: Da fährt eine Frau, die von Dämonen gequält wird.

Ihre Bemerkung über das, was er glaubte oder nicht glaubte, war ihm nicht entgangen. Er wußte nicht, ob er überhaupt an etwas glaubte – außer an die Heiligkeit dieses Landes, das für ihn und seine Vorfahren seit mindestens achttausend Jahren die Heimat war.

Es kam jedoch zu bestimmten Jahreszeiten und bei bestimmten Witterungsverhältnissen vor, daß manche behaupteten, sie könnten eine Präsenz spüren, eine Erinnerung an das, was war.

Ein paar von Prefontaines weißen Holzfällerfreunden hatten ihm verwundert unter vier Augen erzählt, daß sie in bestimmten Gebieten des Waldes »spürten, daß da etwas war«. Sie hätten sich zwingen müssen, mit ihren Kettensägen an die Arbeit zu gehen. Manche hatten deshalb sogar ihre Arbeit aufgegeben.

Er verstand, was sie meinten, wußte, daß manche Orte heilig waren und daß die Geister, die dort wohnten, mit Respekt behandelt werden mußten, um sie nicht zu verärgern. Aber sie waren nicht mit Respekt behandelt worden. Schon lange nicht mehr.

Wie schon so oft fragte er sich: Wie weit kann der Mensch in seiner zielstrebigen und hochtechnisierten Zerstörung des alten Waldes gehen, ohne mit schrecklichen Folgen rechnen zu müssen? Gab es tief im Herzen der Natur eine noch gezügelte Kraft, die nur darauf wartete, befreit zu werden?

Als er vom Parkplatz fuhr, dachte er darüber nach, ob jetzt, da die Hexe zurückgekehrt war, etwas passieren würde. Vermutlich nicht. Ihre Rituale und Gesänge und ihre Magie waren etwas für den Versandhandel, für Weiße, die sich in eine populäre, geglättete Version der indianischen Mythen verliebten und bereit waren, dafür ihren Preis zu zahlen.

In der Welt der alten Geister, wenn man an derlei glaubte, war sie machtlos. Ihre einzige Gabe war die unbedeutende Fähigkeit, viel Geld zu verdienen.

◇ Am selben Juninachmittag, an dem die Sonne immer wieder durch schnelle Regenwolken verdunkelt wurde, stand eine junge Frau in der offenen Tür eines seltsamen Hauses ohne Fenster.

Unten auf der Landzunge wuchs noch immer die Alte Zeder, Herrscherin des umliegenden Waldes.

Die Frau summte leise in seltsam bebenden Tönen eine eigentümliche Melodie. Sie stand gerade wie eine junge Tanne, und eine Mähne von dicht gelocktem rotem Haar fiel ihr bis unterhalb der Knie. Sie trug nur ein uraltes Halsband mit winzigen menschlichen Knochen.

Aus dem Haus hinter ihr fiel der Schein eines Feuers auf ihr schön geschwungenes Gesäß, erhellte die dunklen Mulden an ihrem Hals, flackerte auf der Haut ihrer Brüste, die noch kein Baby gesäugt hatten und noch von niemandem liebkost worden waren.

Aus einer dunklen Ecke funkelten die gierigen schwarzen Augen des Raben. Plötzlich fiel er in ihren Gesang ein, ließ hohe schrille *Kla-wocks* ertönen. Aminte lachte und wandte sich rasch um, so daß ihr Haar sie wie ein roter Schleier umwehte.

Ihr Haus war alt, vor vielen Generationen erbaut, als die Ureinwohner der Nordwestküste große Hütten aus horizontalen Zedernplanken errichteten. Seit seiner Erbauung hatten Amintes Vorfahrinnen darin gelebt.

Ihre Urgroßmutter hatte das Haus umgebaut, einen Boden eingezogen und einen gemauerten Kamin, aber die Grundstruktur belassen, den Eingang mit dem Zedernsockel, die bemalten Dielenbretter, die mit Schnitzereien verzierten Pfosten.

Amintes Mutter hatte den Innenraum modernisiert, Wände eingezogen, eine Küche und ein Bad eingebaut. Wie in den alten Zeiten hatte das Haus keine Fenster.

Aminte beobachtete aufmerksam, wie mehrere Figuren, in der Ferne ganz klein, gelbes Plastikband um einige große Bäume zogen – einschließlich der Alten Zeder, die am Rande der Baumgruppe stand.

Als würden sie den Tatort eines Verbrechens markieren, dachte sie.

Als sie unter den Arbeitern Sheriff Joan Tidewater erkannte, veränderte sich Amintes schönes Gesicht. Ihre Bekannten, ihre Kunden und Lieferanten, mit denen sie sich hin und wieder zum

Abendessen traf, wären über diesen Ausdruck erstaunt gewesen.

Er zeigte Haß, alt und tief und dunkel wie ein unterirdischer Fluß.

Als die Aktivitäten dort unten abgeschlossen und die Arbeiter gegangen waren, wandte sie sich um und ging ins Haus, Rabe auf ihren Schultern.

Kurz darauf waren die typischen Geräusche einer Frau zu hören, die sich zurechtmacht – das Klappern von Schranktüren, Wasserrauschen, Zähneputzen. Irgendwo nieste Rabe. Als Aminte wieder erschien, trug sie eine schwarze Twillhose, eine schwarze Nylonjacke, eine schwarze Strickmütze und schwarze Wanderstiefel.

Vor der Tür blieb Aminte stehen und legte ihre Hand auf den bemalten Pfosten. »Mutter!« wisperte sie, und Regentränen quollen aus den geschnitzten Augen des bemalten Totems.

Als Aminte Stunden später zurückkehrte, kam ein großer weißer Wolf herein und legte sich auf das Bärenfell. Die Frau rief Rabe, der aus der Dunkelheit angeflogen kam und sich auf ihren Kopf setzte.

Gemeinsam gingen sie ins Haus, wo die junge Frau sich hinlegte und den Kopf gegen den Großen Weißen lehnte. Rabe setzte sich in das offene Maul des Wolfes und pickte ihm die Zwischenräume zwischen den Zähnen frei.

Aminte schloß die Augen. Es tat gut, wieder daheim zu sein, wo ihre tiefsten Wurzeln waren. Durch die Wälder zu gehen, durch die schon ihre Mutter gegangen war, die Wälder, durch die seit Xulks Tod all ihre Ahninnen gegangen waren.

Stolz und Befriedigung erfüllten sie, denn von all diesen Frauen war es erst ihr gelungen, die größte Aufgabe zu vollenden. Sie hatte das Plastikband entfernt, so daß die Alte Zeder ungeschützt war – bald schon willkommene Beute für die hungrigen Sägen.

Jetzt mußte sie fallen, so sicher wie die Jahreszeiten kamen und gingen. Und wenn sie fiel, würde der Geist des mächtigsten Zauberers, der je gelebt hatte, befreit.

Und dann? Dann würden all die Feinde Xulks und ihrer Familie vernichtet werden. Unsere Erinnerung reicht weit zurück, dachte sie. Einhundert Jahre sind wie ein Tag.

Unten auf der Landzunge stand die Alte Zeder, deren Stunden gezählt waren, und wartete. Im Innern des Baumes wartete etwas anderes. Fast unsichtbar setzte leiser Regen ein.

◇◇◇◇◇◇◇ Kapitel 2 ◇◇◇◇◇◇◇

◇ Michael McTavish, Besitzer der Quinault Timber Company, saß in seinem Sessel und streichelte die langen weichen Ohren seines Beagles Kirstie, während er hinaus auf den Lake Quinault starrte. Im frühen Abendlicht glänzte das Wasser wie rauchiges Kristall.

McTavish war ein großer gutaussehender Mann von 42 Jahren, mit einem wachen Gesicht und freundlichen, strahlenden blauen Augen. So still zu sitzen war ungewöhnlich für ihn. Sonst war er fast ständig in Bewegung.

McTavish war ein richtiger Naturbursche. Er war gern mit anderen Männern zusammen, die im Freien arbeiteten oder schwere körperliche Arbeit verrichteten – Männer, die Dämme oder Brücken bauten oder Wälder abholzten.

Über seine Frau Hannah, eine Fotografin, kam er hin und wieder auch mit Männern zusammen, die in der Werbung beschäftigt waren oder als Wirtschaftsprüfer oder Anwälte arbeiteten – Büromaschinen mit Anzug und Krawatte. Er war zwar freundlich zu ihnen, hatte ihnen aber wenig zu sagen, denn er fand sie langweilig.

Hannah hatte ihn einmal gefragt, wie er überhaupt je für sie Zeit gefunden hatte, wo er doch ständig beschäftigt war.

Er hatte sie ernst angeblickt, sie dann umarmt und ihr ins Haar geflüstert: »Weil du durch und durch Frau bist. Und du bist *meine* Frau.«

Heute abend war er allein. Hannah war für einige Tage nach

New York geflogen, um mit einem Verlag zu sprechen, dem sie einen Fotoband über den gemäßigten Regenwald auf der Olympic-Halbinsel angeboten hatte, den einzigen in Nordamerika. Ihre beiden Kinder, die achtjährige Elspat und der zehnjährige Angus, benannt nach alten schottischen Vorfahren ihres Vaters, übernachteten bei Freunden auf der anderen Seite des Sees.

McTavish dachte über seine Probleme nach. Vor kurzem hatte er den Zuschlag erhalten, einen Bestand alter Bäume im Olympic National Forest zu schlagen, aber Umweltschützer hatten ihm derart viele Schwierigkeiten gemacht, daß er beschlossen hatte, eine Weile abzuwarten und statt dessen das Holz im Reservat zu schlagen. Aber der 4. Juli, der Nationalfeiertag, stand vor der Tür, und niemand wollte arbeiten, außer vielleicht sein Vorarbeiter Matt Swayle, der immer arbeiten wollte.

Eigentlich war es nicht gut, allein im Wald zu arbeiten. Es konnte viel passieren. Unfälle. Schlimme Unfälle. Aber, so beschloß McTavish, Swayle war ein erfahrener Mann. Er sollte selbst entscheiden.

McTavish nahm den Hörer ab und wählte Swayles Nummer. »Matt? Schon was vor am Wochenende?«

Swayle verneinte.

»Hast du Lust, deine Kettensäge zu schwingen und mit der Arbeit im Reservat anzufangen?« McTavish lauschte, dann sagte er: »Andererseits möchte ich nicht, daß du allein arbeitest, und ich kann am 4. Juli nicht zu dir rauskommen.« McTavish lachte. »Klar, wenn Blue dabei ist, kann ja wohl nichts schiefgehen. Danke, Kumpel. Ich weiß das wirklich zu schätzen.«

Sie unterhielten sich noch ein Weilchen; dann sagte McTavish: »Denk dran, Matt. Nichts schlagen, was in dem mit gelbem Plastikband markierten Bereich steht.«

Als er auflegte, lächelte er. Er mochte Matt Swayle. Ein Mann, auf den er stets zählen konnte. Ein prima Kerl.

◇ Am Montag, dem 4. Juli, stand Matt Swayle um drei Uhr morgens auf. Er schaltete die Kaffeemaschine ein, duschte, rasierte sich, wickelte sich ein Handtuch um die Taille, öffnete eine Dose Hundefutter und trat hinaus auf die Veranda seines Blockhauses.

»Morgen«, sagte er, während er sich bückte und den Doseninhalt auf einen angeschlagenen Steingutteller löffelte. Blue, sein Hund, gähnte, wedelte mit dem Schwanz, schniefte, stand auf und aß dann gewissenhaft sein Frühstück.

Swayle sah, daß der Lake Quinault erwacht war und seinen frühmorgendlichen Atem in Form eines zarten Nebelschleiers aufsteigen ließ. Mond und Mars hingen tief am Himmel. Die Sonne war noch nicht hinter den Bergen aufgegangen.

Er war froh, daß der Boß ihn gebeten hatte, heute zu arbeiten. Feiertage bedeuteten Swayle nichts. Nicht mehr. Diese Bäume mußten so schnell wie möglich gefällt werden. Da steckte viel Geld drin. Der Ärger mit den Umweltschützern hatte Quinault Timber eine ganze Stange gekostet. Jeder im Holzgeschäft wußte, daß man schnell arbeiten mußte, um liquide zu bleiben.

Swayle war ein dünner, sehniger Mann mit dunklem Haar und traurigen Augen. Es war schwer, sein Alter zu bestimmen. Sein ausladender Gang deutete darauf hin, daß er zupacken konnte. Ein Leben harter Arbeit in den Wäldern hatte ihn gezeichnet und auf den Kern eines Mannes reduziert – Muskeln und Verstand und Herz. Auch das Leid hatte Spuren hinterlassen.

Er hatte ein faszinierendes Gesicht. Ein Künstler aus New York, der auf der Durchreise war, hatte ihn einmal als Modell für eine Christus- und eine Satansdarstellung benutzt. Aber das war damals, als sein Lächeln noch die Frauen bezaubert hatte. Matt Swayle hatte schon lange nicht mehr gelächelt.

Er ging wieder ins Haus, aß zwei Scheiben Toast mit Erdnußbutter, trank zwei Tassen Kaffee und aß drei Bananen. Dann zog er sich an und nahm sein Mittagessen, das er noch am Abend vorbereitet hatte, aus dem Kühlschrank, füllte eine Thermoskanne mit schwarzem Kaffee, eine Feldflasche mit kaltem Wasser und holte einen .44er Magnum Smith & Wesson unter dem Kopfkissen in seinem Bett hervor. Obwohl er ins Reservat wollte, wo Weiße keine Schußwaffen tragen durften, nahm Swayle immer seinen Revolver mit, wenn er allein arbeitete. Auf dem Weg nach draußen hob er ein Paar schmutzverkrustete Stiefel auf, die neben der Haustür auf dem Boden standen.

Draußen holte er eine Kettensäge aus dem Schuppen und legte sie hinten in seinen Pick-up, außerdem einen Kanister mit acht Liter Zwei-Takt-Kraftstoff für die Motorsäge und einen Kanister mit einem Öl-Kerosin-Gemisch, um die Säge zu schmieren. Auf der Ladefläche des Pick-ups lagen schon die vorgeschriebene Löschpumpe, dreißig Meter Schlauch und ein Wassertank mit eintausendachthundert Litern.

Er öffnete die Fahrertür, legte Thermosflasche und Stiefel auf den Boden, befahl Blue hineinzuspringen, steckte die Pistole in eine Halterung unter dem Sitz, stieg ein und knallte die Tür zu. Sein Schutzhelm lag auf dem Beifahrersitz.

Er fuhr Richtung Westen und bog genau um halb sechs auf die Straße, die hinauf in die Berge führte. Um halb sieben parkte er den Pick-up und steckte die Magnum in seinen Gürtelhalfter. Er und Blue gingen unter moosbewachsenen Bäumen hindurch, bis sie zu einer großen Mulde kamen, in der gewaltige alte Bäume standen. Der Wald hallte vom Gesang der Vögel wider. Swayle stellte die Säge und die Kanister auf die Erde und sah sich um, Blue zu seinen Füßen. Weit weg am westlichen Horizont war das Meer glatt und kalt wie nasser Schiefer, doch näher am Ufer zeigte es ein glitzerndes, schaumiges Grün. Schwarze Felsen ragten schroff aus der tosenden Brandung.

Inzwischen war die Sonne aufgegangen. Das Licht fiel wie Regen auf den Waldboden. Gut dreißig Meter tiefer donnerte und krachte der Ozean auf die Felsen, und von der Erde unter seinen Füßen stieg der salzige Geruch des Meeres auf.

Swayle arbeitete gern an Tagen wie diesem, wenn niemand

in seiner Nähe war. Dann konnte er die Schönheit des Waldes mit seiner Stille wie in einer Kathedrale genießen und das Sterben der alten Bäume betrauern, von denen es nur noch so wenige gab – zweifellos eine unpassende Empfindung für einen Holzfäller. Deshalb bewahrte er sie heimlich in seinem Herzen. Sein Hund wußte, was er fühlte.

Swayle sah, daß gelbes Plastikband um eine Gruppe von mehreren Bäumen gezogen war – große, schöne Bäume. Irgend etwas daran irritierte ihn. Er hätte schwören können, daß das Band letzte Woche, als er sich die Arbeit das erste Mal angesehen hatte, auch um die gewaltige Zeder gespannt gewesen war.

Er betrachtete die Alte Zeder und dachte, daß es früher einmal ganze Täler mit solchen Bäumen gegeben hatte, Zedern, die im Alter von dreihundertfünfzig Jahren gerade erst erwachsen waren. Aber das war vorbei.

War die Alte Zeder nicht im abgesperrten Bereich gewesen? Swayle wußte es nicht mehr. Letzte Woche hatte er nicht genau auf das Plastikband geachtet, sondern sich einzelne Bäume angesehen und über den besten Fallwinkel nachgedacht. Er zuckte die Achseln. Die Bäume standen im Reservat, also hatte Sheriff Joan Tidewater das Auszeichnen überwacht. Er würde sich nicht den Kopf darüber zerbrechen.

Swayle goß sich eine Tasse Kaffee ein und setzte sich auf einen umgestürzten Baum. »Komm her, Blue.« Er zog einen Schokoriegel aus der Tasche, öffnete die Verpackung und gab ihn dem Hund, der darauf kaute wie auf Gummi.

Während er dasaß, hatte Swayle das Gefühl, daß etwas ihn anstarrte. Er mochte das Gefühl – es kam ihm freundlich vor. Diese uralten Wälder hatten viel Leben in sich. Er blickte sich um und sah einen großen Graureiher, Waldhühner, einen Schwarm Wachteln, zwei Hasen, einen Frosch. Er hörte das typische Husten eines Fleckenkauzes. Ein Wapitihirsch mit gewaltigem Geweih bewegte sich königlich zwischen den Bäumen hindurch und fraß hin und wieder an den niedrigen Büschen.

»An die Arbeit«, sagte Swayle zu Blue. Er stopfte sich ein Stück Kautabak in die Backe und musterte die Alte Zeder.

Die Firma brauchte möglichst schnell viel gutes Bretterholz. Diese Königin kam da wie gerufen. Außerdem würde sie Platz schaffen für einen großen Lade- und Wendeplatz.

Er warf die Säge an und schnitt den ersten Keil in knapp einem Meter Abstand vom Boden. Blue blieb dicht neben ihm.

Swayle blickte hinauf in das weiche, buschartige Nadelgeäst über ihm und meinte, irgendwelche Bündel hoch oben in den Zweigen hängen zu sehen. »Was zum Teufel ist das?« fragte er laut.

Blue starrte hinauf in die Alte Zeder und gab keinen Laut von sich. Swayle schnallte seinen Ledergürtel enger und machte die letzten vorbereitenden Schnitte. Er war in der Hocke, seine Säge dröhnte, und als er Sägemehl ausspuckte, blickte er rasch erneut nach oben. Er meinte zu sehen, daß die Bündel sich bewegten.

»Verdammt, da oben ist irgendwas Unheimliches«, sagte er.

Als die Alte Zeder anfing zu ächzen, zog Swayle hastig die qualmende Säge heraus und rief: »Baum fällt!«

Dann sprangen er und Blue zurück, der Mann senkte den Kopf und zog den Hund näher an sich heran. Wenn ein Baum fiel, konnten splitternde Äste, die wie Geschosse durch die Luft flogen, alles töten, was sich ihnen in den Weg stellte.

Es schien eine Ewigkeit zu dauern, bis die Alte Zeder fiel. Zuerst war dumpfes Ächzen zu hören. Dann lief ein Beben durch ihre gesamte hochragende Länge, fast so, als versuchte sie, sich wieder zu fangen, sich von der tödlichen Wunde zu erholen.

Während er wartete, spürte Swayle sein Herz in der Brust pochen. Selbst Blue schien den Atem anzuhalten.

Noch immer stand die Alte Zeder aufrecht, die Arme hoch in den Himmel gereckt, nur noch leicht zitternd, als ob sie auf ihre Begnadigung wartete. Doch ihre Zeit auf Erden war abgelaufen, so wie vor Jahrhunderten die von Xulk, dessen sterbliche Überreste fest von ihren Wurzeln umklammert wurden.

Plötzlich erklang ein tiefes Knacken, dann ein gequältes, knarrendes Geräusch. Ganz langsam neigte sich die Alte Zeder leicht, dann ein wenig mehr, bis sie einen gewaltigen Aufschrei von sich gab und mit stetig steigender Geschwindigkeit anfing zu fallen. Ein starker Wind erhob sich, als die Alte Zeder bei ihrem immer schneller werdenden Sturz Zapfen, Nadeln, Zweige, Vogelnester, verschreckte kleine Tiere, Steine und Erde durch die Luft wirbelte.

Schließlich schlug sie mit einem Krachen auf den Boden auf, das die Erde erbeben ließ.

Eine Weile hatte Swayle ein klagendes Echo im Ohr. Er blieb mit dem Hund in Deckung, bis der tosende Lärm verklungen und einer, wie es ihm schien, entsetzten Stille gewichen war.

Entsetzte Stille? fragte er sich. Was soll denn das heißen? Er meinte zu spüren, wie sich etwas sammelte, wie unsichtbare Kräfte sich vereinten.

»Verdammt, was haben wir da bloß losgelassen?« fragte er den Hund, dann schüttelte er diese seltsame, beunruhigende Frage ab.

Der schwere Duft der Zedernöle, der aus dem abgesägten Stumpf drang, überwältigte ihn beinahe, als er sich dem gefällten Baum näherte. Blue knurrte, ein anhaltender bedrohlicher Ton. Swayle machte noch einen Schritt. Blue baute sich direkt vor seinem Herrn auf. Swayle ging um den Hund herum, doch Blue preßte sich gegen sein Bein und hinderte ihn daran weiterzugehen.

»Laß das, Blue«, sagte Swayle. »Geh zur Seite.«

Der Hund bleckte die Zähne und knurrte kehlig.

Swayle runzelte die Stirn. »Mach, daß du wegkommst.«

Als er wieder versuchte, um den Hund herumzugehen, fletschte der Hund und schnappte nach Swayles Bein. Swayle fuhr zurück. »Heh, was soll das?«

Blue hörte auf zu knurren und stand einfach da, die Beine weit auseinander, hechelnd, Speichel tropfte ihm aus dem Maul. Als Swayle erneut versuchte, einen Schritt zu machen, sprang

Blue wild auf ihn zu, aber er bellte nicht, sondern knurrte nur und schnappte nach dem Bein seines Herrn, versuchte ihn zurückzutreiben.

»Himmel, Blue«, murmelte Swayle. Aber Blue war ein zuverlässiger Hund, und Swayle wollte die offensichtliche Beunruhigung des Tieres nicht ignorieren. »Ist da draußen was?« fragte der Mann leise.

Wie als Antwort starrte Blue den gefällten Zedernstamm an.

»Was ist es, Kumpel? Ein Bär?«

Blue starrte unverwandt auf den gefällten Baum.

»Du hast doch noch nie Angst vor Bären gehabt.« Swayle machte entschlossen einen Schritt nach vorn. Er hatte noch viel Arbeit vor sich. So würde er sie nicht schaffen. Wieder knurrte Blue, leise, aber bedrohlich, die Lefzen hochgezogen.

»Hier ist niemand außer uns, Blue. Was ist los? Hast du einen Splitter ins Ohr gekriegt?«

Er bückte sich und untersuchte den Hund sorgfältig, konnte aber keine Verletzung feststellen. Er tätschelte Blues Kopf. »Okay?« fragte Swayle. Dann richtete er sich auf und ging auf den Baum zu.

Im selben Augenblick sprang Blue ihn knurrend an, biß in ein Hosenbein und zerrte wütend daran. Verblüfft über die ungewöhnliche Aggression seines gut abgerichteten Hundes, trat Swayle instinktiv nach ihm, verfehlte ihn und verlor fast das Gleichgewicht. Der Hund schnappte nach dem anderen Hosenbein und rannte im Kreis, Swayle hinter sich her zerrend.

»Schluß jetzt!« brüllte Swayle, bemüht, nicht hinzufallen. Blue ließ los, winselte, leckte Swayles Hände und starrte dann wieder den gefällten Baum an. Dann duckte er unvermittelt den Kopf und zog die Schultern hoch, die Muskeln an Rücken und Hinterbacken spannten sich an, als ob er gleich zum Angriff übergehen würde.

»Zum Donnerwetter, was ist denn bloß los, Blue?«

Der Hund knurrte, kaum hörbar, aber entsetzlich bedrohlich. Plötzlich jaulte Blue auf, fuhr herum und raste weg von der

Zeder. Er schoß an Swayle vorbei zu einem anderen riesigen Baum, der rund einhundert Meter entfernt stand. Dann drehte er sich nach seinem Herrn um und bellte, als wollte er sagen: »Weg da! Schnell!«

Als Swayle sich nicht rührte, kam Blue zu ihm zurück gerannt, packte ihn erneut am Hosenbein, robbte dann rückwärts und versuchte seinen Herrn mitzuziehen.

»Schon gut. Schon gut, Blue«, sagte Swayle beruhigend.

Blue ließ los und bellte einmal laut und deutlich. Swayle betrachtete ihn. »Du willst nicht, daß ich in die Nähe der Zeder gehe? Stimmt's?«

Blue warf den Kopf zurück und heulte auf.

Swayle sah sich um und konnte nichts Auffälliges entdecken – nur den vertrauten, typischen, unberührten Bestand alter Bäume; hoch aufragende Fichten, Zedern, Douglas- und Hemlocktannen, ein paar riesige Pappeln. Dicke Schichten aus Moos und Flechten bedeckten die großblättrigen Ahornbäume. Große Lichtungen waren von Sonnenlicht durchflutet, wie es für alte Wälder typisch ist.

Ein sanfter Wind kam auf, ein Kristallwind, erfüllt von einem Duft, der süßer war, als Swayle es je erlebt hatte. Er sog ihn tief ein und spürte schleichende Angst in sich aufsteigen, gefolgt von einer abgründigen, finsteren Verzweiflung, wie er sie seit Jahren nicht mehr empfunden hatte, eine Verzweiflung, von der er gehofft hatte, sie für immer überwunden zu haben.

»Verdammt, ich glaube, ich krieg eine Erkältung«, sagte er, zog ein riesiges rotes Taschentuch hervor und putzte sich die Nase.

Blue jaulte mitleiderregend.

Plötzlich war das Schaben von verrutschenden Steinen zu hören, ein Rascheln im Unterholz. Kommt da was den Pfad entlang? Blue merkte, daß Swayle zögerte, und bellte aufgeregt.

Swayle runzelte die Stirn. Er war bewaffnet. Sollte das verdammte Etwas doch kommen. Er fürchtete sich vor nichts und niemandem in den Wäldern. Blue bellte jetzt anfallartig, als wollte er schreien: »Weg hier! Weg hier!«

Wieder waren die Geräusche zu hören: ein Rascheln im Geäst, das Knacken von Zweigen. Blue erstarrte, die Ohren gespitzt, die großen Pfoten gespreizt, die Nase feucht und bebend. Swayle zog seinen Revolver aus dem Halfter und entsicherte.

»Da schleicht einer rum«, flüsterte er Blue zu. »Ich hör den Kerl atmen.«

Swayles Herz fing an zu rasen, als er ein seltsam schweres, rauhes Ein- und Ausatmen hörte. Er erstarrte ebenso wie der Hund neben ihm.

Das heisere Atmen wurde zu einem kehligen Ruf, der Swayle einen Angstschauer durch den Körper trieb. In seinem ganzen Leben hatte er in den Wäldern nie irgend etwas gehört, das ihn derart erschütterte. Es klang wie das Fauchen eines Tieres, hatte aber etwas an sich, das auf menschliche Intelligenz hindeutete.

War das ein tierisches Geräusch? Swayle kam es nicht so vor. Menschlich. Nicht ganz. Aber was war es dann?

Swayle beschloß, daß es ein Mensch sein mußte, und rief: »Wer ist da? Komm raus, damit ich dich sehen kann!«

Geradeaus vor ihm bewegte sich das Unterholz, als ob etwas verstohlen auf ihn zukam.

»Stehenbleiben«, befahl er heftig.

Was immer es war, es näherte sich weiter, langsamer zwar, aber stetig. Blue knurrte trotz seiner offensichtlichen Angst tief in der Kehle, um das, was sich da heranschlich, abzuschrecken.

Blues Verängstigung machte Swayle unsicher. Er hatte noch nie erlebt, daß das Tier vor irgend etwas Angst gehabt hatte. Welche Bedrohung, welcher Feind konnte diesem starken, stolzen Hund ein derartiges Entsetzen einjagen?

Das Ding im Unterholz kam näher, langsam, aber sicher.

»Ach, Scheiße, ist bestimmt ein kranker Bär«, murmelte Swayle. Aber das eisige Frösteln, das unten am Rückgrat angefangen hatte, reichte ihm mittlerweile bis zur Kopfhaut. Seine

Hand war so schweißnaß, daß er befürchtete, der Revolver würde ihm aus den Fingern rutschen.

Das Etwas war mittlerweile nur noch knapp drei Meter entfernt, aber Swayle und Blue konnten nichts sehen.

Swayle richtete den Revolver in die Luft und gab einen Warnschuß ab, bei dem Flammen aus dem Lauf der Waffe züngelten.

Bei dem Knall wandte sich das Etwas ab und eilte den Hang hinauf. Swayle konnte an der Bewegung im Unterholz verfolgen, wie es schnell davonlief.

»Es haut ab«, sagte Swayle und seufzte erleichtert.

Doch dann begriff er, daß es gar nicht flüchtete. Es bewegte sich in einem Bogen, der Swayle und Blue von ihrem Pick-up abschneiden würde.

Swayle behielt die verräterische Bewegung im Unterholz im Auge und stürmte den steilen Hang hinauf, Blue gleich hinter ihm. Beide rutschten und glitten sie auf dem lockeren Boden aus. Swayle drehte sich um und feuerte zweimal ins Gestrüpp direkt auf die Bewegung. Inzwischen war es ihm egal, ob es ein Mensch war. Er hatte ihn hinreichend gewarnt.

Die Bewegung hörte auf. Swayle glaubte zwar nicht, daß er den Schleicher getroffen hatte, es war kein Aufschrei zu hören gewesen, aber zumindest hatte er ihn aufhalten können.

Als er und Blue den Pick-up erreichten, spürte Swayle das Adrenalin in seinen Adern fließen. Er war ziemlich ausgepumpt. Seine Waden- und Oberschenkelmuskulatur schmerzte; sein Herz pochte wie wild. Keuchend blieb Blue neben ihm stehen.

Swayle riß die Wagentür auf. Blue sprang hinein, sein Herrchen gleich hinterher. Und dann tat Swayle etwas, was er im Wald noch nie getan hatte – er verriegelte beide Türen und schloß die Fenster.

»Es kommt noch immer näher, nicht?« fragte er Blue.

Der Hund warf ihm einen Blick zu und jaulte unglücklich auf.

»Ja, ich spür's auch. Aber was ist es, Blue? Was, zum Teufel, ist das da draußen?«

Ein Beben durchlief den Hund.

Swayle legte den Revolver auf den Sitz zwischen sich und dem Hund. Dann fuhr er los, so schnell es der zerfurchte Ziehweg erlaubte.

Als er später auf dem Highway 101 anhielt, fühlte er sich schwach und zittrig, aber nicht mehr fiebrig, und sein Herz pochte nicht mehr wie wild. Der kalte Schweiß war auf seinem Körper getrocknet, und das seltsame Frösteln im Nacken und auf dem Kopf war weg. Selbst die Erinnerung kam ihm unwirklich vor.

Was war heute mit ihm im Wald passiert? War da wirklich etwas gewesen? Oder verlor er allmählich die Nerven?

Nein, verdammt, was immer es gewesen war, er hatte es sich bestimmt nicht eingebildet. Blue hatte es sich auch nicht eingebildet. Swayle dachte an seine Kettensäge, die er liegengelassen hatte.

Aber er konnte sich nicht dazu durchringen, zurückzufahren und sie zu holen.

◇ Joan Tidewater war auf Patrouille. Sie war zwar nicht für Taholah zuständig, das zum Bezirk der städtischen Polizei gehörte, aber sie war über deren Funknetz erreichbar. Da Matt Swayle das wußte, rief er die Polizeiwache an und fragte, wo er Sheriff Tidewater finden konnte.

»Rufen Sie in fünf Minuten noch mal an«, sagte der Einsatzleiter zu Swayle. »Wir versuchen sie zu erreichen.«

Als Swayle erneut anrief, erfuhr er, daß Sheriff Tidewater in zirka fünfundvierzig Minuten an der Kreuzung Fire Road Six und Moclips Highway sein würde und dort dreißig Minuten auf ihn warten würde.

Als die beiden sich trafen, stieg Swayle aus seinem Wagen und schlenderte zu Joans Jeep hinüber.

»Was ist los, Matt?« fragte sie.

»Ich habe heute bei der Arbeit ein komisches Erlebnis gehabt.«

»Was für ein komisches Erlebnis?«

»Ist schwer zu beschreiben.« Swayle spuckte aus und steckte die Hände in die Taschen. »Hab schweres Atmen gehört, im Gebüsch Bewegung gesehen. Blue hat sich aufgeführt wie verrückt. Wir haben uns umgesehen, aber niemanden entdecken können. Dachte, Sie sollten das wissen.«

»Danke, Matt. Ich kümmere mich drum.«

»Wahrscheinlich Umweltschützer.«

»Hier sind sie bis jetzt noch nicht gewesen.«

»Wahrscheinlich sind sie schlau genug, sich nicht im Indianerreservat rumzutreiben. Aus Angst, skalpiert zu werden.«

»Bestimmt. Noch mal danke, Matt.«

Skalpiert! dachte Joan. Wir haben nicht skalpiert; wir haben gleich den ganzen Kopf abgeschnitten, wie sie aus den Geschichten wußte, die Ahcleet über ihren direkten Vorfahren Musqueem erzählte, der Xulk, den Zauberer, lebendig begraben hatte.

◇◇◇◇◇◇◇ Kapitel 3 ◇◇◇◇◇◇◇

◇ Sie hatte das gelbe Band entfernt, und die Alte Zeder war gefallen! In der Nacht zum 4. Juli wanderte Aminte hinunter zur Landzunge und untersuchte die gesamte Länge des sterbenden Riesen. Die Beutel waren da, die Gebeine ihrer Ahninnen, die nach ihrem Tod in sorgsam gegerbte, nahezu unzerstörbare Wapitihäute gewickelt worden waren.

Nah an der Spitze der Zeder fand sie ein dunkles Bündel, vom Alter geschwärzt, durch Zeit und Wetter geschrumpft. Sie wußte, daß es die Gebeine Walos enthielt, der Geliebten Xulks und der ersten Frau ihrer Ahnenreihe. Ehrfürchtig nahm sie es ab und hängte es sich über den Rücken. Dann entfernte sie so viele Bündel, wie sie tragen konnte, und stieg wieder hinauf zu ihrem fensterlosen Haus.

Als der Morgen graute, hatte Aminte den Weg hinunter zur Landzunge fünfmal zurückgelegt. Aber noch immer hatte sie nicht alle Bündel, denn bei seinem Tod hatte der Baum einige unter sich begraben, auch das jüngste von ihnen, das sie selbst vor nicht allzu langer Zeit in den Baum gehängt hatte und das den Leichnam ihrer Mutter enthielt.

Aminte arbeitete mit finsterem Blick. Der Baum, der Xulk festhielt, war endlich gefallen. Sein Geist war frei, aber seine sterblichen Überreste waren noch immer in den riesigen Wurzeln gefangen.

Sie mußte die Gebeine ihres Vorfahren bekommen.

Sie würde die Geister um Hilfe anrufen.

◇ Die spirituellen Hilfsmittel der amerikanischen Ureinwohner, die Aminte so erfolgreich über Kataloge verkaufte – Masken, Salbeisäckchen, Ringe der Kraft, Ethnopuppen, Kassetten mit Gesängen –, wurden allesamt in großen Stückzahlen hergestellt. Sie waren auf das wachsende New-Age-Publikum zugeschnitten und hatten nichts mit ihren wahren Fähigkeiten zu tun.

Im Privatleben diente Aminte den Geistern, wie es schon ihre Ahninnen vor ihr getan hatten. Manche rief sie an. Andere besänftigte sie. Aminte fand ihr Verhalten durchaus sinnvoll, denn sie wußte, daß man den Geistern nicht trauen darf.

Es waren die Geister von Lachs und Stahlkopfforelle, von Seelöwe und Wal, von Wapiti, Hirsch, Bär und Biber; Geister, die den Ozean bewegten und Gezeiten und Wetter beeinflußten. Alles hatte seinen eigenen Geist – der Wind, die fließenden Gewässer, Regen, Bäume, Steine.

Und sie lebten noch immer. Sie würden ewig leben. Aber kaum jemand erinnerte sich noch an sie, was sie zornig und rachsüchtig machte. So waren sie zu eifersüchtigen Tyrannen geworden, die den Menschen verachteten und ihn dafür strafen wollten, daß er einen höheren Platz anstrebte, als ihm die Natur zuwies.

Aminte schüttelte verächtlich den Kopf, als sie daran dachte, daß die Christen für alles Unglück den Teufel verantwortlich machten – bloß einen schäbigen Teufel!

Sie zog ihre Kleider aus und bereitete sich auf das Ritual vor. Der Große Weiße rannte umher und verfolgte eine imaginäre Beute, angeregt durch Amintes Aktivitäten und die *Klawocks* des Raben. Sie bemalte sich das Gesicht, die Brustwarzen, den Bauchnabel und die Handflächen mit rotem Ocker. An ihrem Hals schimmerte die Kette aus uralten Menschenknochen. Wie immer fiel ihr die Flut aus dicht gelocktem rotem Haar bis unter die Knie, und dieses Haar war so lockig, daß sich eine Strähne bis zu ihrer fünffachen Länge glattziehen ließ.

Als der Rauch von ihrem zeremoniellen Feuer zwischen die Äste der gewaltigen Bäume trieb, die ihr Haus umstanden, fing sie an zu tanzen, eine Rassel aus Seepockenschalen in einer Hand, ihren Seelenfänger in der anderen.

Immer wieder tanzte sie um das Feuer, zuerst mit langsamen, schleichenden Schritten, dann schneller und schneller, bis sie schließlich nur noch eine einzige wirbelnde Bewegung war. Dann wurde sie wieder langsamer und fing an zu singen.

»Wir sind die Ebbe; wir sind die Flut.
Wir sind das Feuer; wir sind die Glut . . .«

Ihre Stimme wurde schrill, als sie die Arme in einer flehenden Geste emporreckte und lauter sang:

»Die Erde, das Wasser, das Feuer, die Luft
Kehrt wieder, kehrt wieder, kehrt wieder.
Mutter, höre mich an, höre mich an.
Kehr wieder, kehr wieder, kehr wieder.
Großmutter, höre mich an, höre mich an.
Erste Frau, sprich, sprich, sprich.
Kehr wieder, kehr wieder, kehr wieder.«

Amintes Gesang wurde lauter und schneller. Ihre Stimme verfiel in kurze Schreie und Schluchzer und seltsame melodische Triller, als sie ihren Beschwörungsgesang anstimmte – den Xulk erkannt und auf den er geantwortet hätte.

»Frauen meines Stammes, macht den Weg frei für Xulk!« schrie sie und beugte den Kopf so weit nach hinten, daß ihr wallendes Haar über den Boden glitt.

Als ein süßer Kristallwind weich über die Erde strich, die Bäume liebkoste und Amintes Haar berührte, schien es, als ob viele weibliche Stimmen einen Gesang erhoben, der die Erfüllung ihrer Wünsche verhieß.

Ein Triumphgefühl erfaßte sie, und sie wußte plötzlich, daß sie Xulks Gebeine irgendwie aus dem gewaltigen Stumpf der Alten Zeder bergen würde und daß der alte Zauberer zu ihr kommen würde, wenn sie ihn rief.

◇◇◇◇◇◇◇ Kapitel 4 ◇◇◇◇◇◇◇

◇ Vierter Juli.

Lia Prefontaine, die Frau des Polizeichefs, schaltete lächelnd in den fünften Gang. Als sie noch ein kleines Kind war und im Reservat lebte, hatte ihr Vater ihr erklärt, daß der 4. Juli ein typisches Fest des weißen Mannes sei.

»Wir werden sie nie verstehen, LiaK-Tomax L'a Aqulaxtl«, hatte er gesagt. LiaK-Tomax L'a Aqulaxtl bedeutete »strahlend wie die Sonne« in der alten Sprache und war ihr richtiger Name. »Da haben sie extra einen Tag, um Freiheit und Unabhängigkeit zu feiern, und dann überleg dir nur, was sie mit uns gemacht haben. Komm, wir lassen ein paar Kracher los.«

Lia nahm ihre Sonnenbrille ab, rieb sich Augen und Nacken und setzte die Brille wieder auf. Sie wußte, daß sie eigentlich eine kleine Pause bräuchte, um sich die Beine zu vertreten, doch dann wäre sie noch später zu Hause.

Sie war eine schöne Frau mit hohen Wangenknochen, schwarzem Haar und grünen Augen. Während sie fort gewesen war, hatte sie reichlich Gelegenheit gehabt festzustellen, wie attraktiv sie auf Männer wirkte. Aber das war ihr nun egal. Sie wollte bloß ihren Mann, den sie törichterweise verlassen hatte.

Am Vortag war sie von San Francisco bis nach Portland gefahren. Jetzt war sie auf dem letzten Stück und fuhr Richtung Olympic-Halbinsel. Aufgrund des Feiertagsverkehrs war die Fahrt anstrengend gewesen.

Bevor sie losgefahren war, hatte sie ihren Mann angerufen.

»Ich habe einen schrecklichen Fehler gemacht, Paul. Ich liebe dich, und ich will bei dir sein. Darf ich zurückkommen?«

Dabei hatte ihr das Herz bis zum Halse geschlagen. Fragen schossen ihr durch den Kopf: Kann er mir den anderen verzeihen? Warum war ich nur so dumm? Was, wenn er mir sagt, ich soll die Suppe auslöffeln, die ich mir eingebrockt habe?

Aber er sagte bloß: »Komm schnell nach Hause. Ich liebe dich auch. Ich will dich wiederhaben. Ich brauche dich. Fahr vorsichtig.«

Sie hatte ihre paar Sachen in einen Koffer geworfen, die Miete bezahlt, war in ihren alten Volvo gestiegen und Richtung Heimat gebraust. Während der Fahrt gingen ihr wieder die Ereignisse der letzten Monate durch den Kopf. Sie fragte sich, was in aller Welt sie an dem anderen Mann nur so toll gefunden hatte. Ihr Ehebruch mußte eine Form von geistiger Umnachtung gewesen sein.

Es hatte alles damit angefangen, daß sie eine wachsende Unruhe in sich spürte. Dann lernte sie den Piloten kennen, ein Mann, der bei einer Firma im Hochland arbeitete und mit dem Hubschrauber Baumstämme beförderte. Sie hatte immer davon geträumt, einmal zu fliegen, und sich sogar schon mal als Stewardeß beworben. Doch ohne Erfolg.

Er war eines Abends am Strand von Taholah gelandet, wie ein Adler, der vom Himmel herabgleitet. Sie war ganz allein dort und hatte sich den Sonnenuntergang angesehen. Er war aus dem Hubschrauber gestiegen und hatte sich bei ihr nach dem Weg zur Reservatsverwaltung erkundigt.

Als sie ihm die Auskunft gab, hatte er sie angelächelt, die weißen Zähne schimmerten in seinem sonnengebräunten Gesicht. Und so hatte alles angefangen. Ein Gott war bei Sonnenuntergang vom Himmel herabgestiegen.

Die Meilen flogen dahin. Aus der Dämmerung wurde Nacht. Schließlich bog sie auf eine schmale Straße ein, die sich die Klippen entlangwand. Tief unten schimmerte das Meer in einem weichen, perligen Grau. Als sie an ihrem kleinen Haus am

Cape Elizabeth ankam, sah sie dankbar, daß Paul Licht für sie angelassen hatte. Sie stieg aus dem Wagen, streckte sich und lief hinein.

Alles war sauber und ordentlich. Im Kamin war Holz für ein Feuer geschichtet. Sie bückte sich und zündete es rasch mit einem Streichholz an. Überall waren kleine Willkommensgrüße verteilt – Sträuße von Wildblumen in Krügen, ein Stück frischer Lachs im Kühlschrank für ihr erstes gemeinsames Essen.

Sie hörte ein Klopfen. Wieso sollte Paul anklopfen? Hatte er seine Schlüssel verloren? Sie lief zur Haustür und riß sie voller Vorfreude auf.

Vor ihr stand nicht Paul, sondern ein schöner, schlanker junger Mann, dessen langes, glänzendes schwarzes Haar von einem Fellstirnband zusammengehalten wurde. Es war Tuco Peters, der für den Holzschnitzer Jim Skinna arbeitete.

»Hallo, Tuco.«

»Sie sind also wieder da«, sagte er.

Sie spürte gehässige Verachtung in seinem Blick.

»Ist Paul da?«

»Nein, ist er nicht«, sagte sie schroff.

Tuco starrte sie einen Augenblick an, dann lächelte er das Lächeln eines Kojoten, der sein hilfloses, hechelndes Mittagessen betrachtet.

»Bestellen Sie ihm, daß ich da war«, sagte er, trat von der Veranda und verschwand in der Dunkelheit.

Das sieht ihm ähnlich, dachte sie gereizt. Er hat einen Hang zu geheimnisvollen Auftritten und Abgängen.

Sie unterdrückte ein Schaudern – seine Anwesenheit machte sie immer beklommen – und dachte bei sich, wie schade es doch war, daß er nie das sein würde, was er sich so verzweifelt wünschte: ein mächtiger Schamane. Wenn sein Ehrgeiz befriedigt werden könnte, wäre er vielleicht weniger sonderbar und dafür menschlicher. Aber genug von Tuco!

Sie ging auf die Veranda, um einen Blick aufs Meer zu werfen. Tief unten donnerten und dröhnten die Brecher gegen Felsen. Der Mond hing tief am westlichen Himmel, und es sah aus, als würde er den Abendstern umarmen.

Wie sehr ihr das alles gefehlt hatte! Endloser Himmel, endloses Meer, endlose Berge. Hier, in ihrem Land, konnte sie atmen, träumen, leben! Gleich morgen würde sie wieder mit dem Bergsteigen anfangen. Die Berge in San Francisco mit ihren befestigten Straßen waren zwar steil, aber sie zählten einfach nicht.

Als sie sich umwenden wollte, um wieder ins Haus zu gehen, kam er von den Bergen herabgeweht – ein süßer Kristallwind, betörend, der sie rief. Von den Bäumen blies er ins Haus, ließ die Glöckchen des Windspiels erklingen, brachte das Feuer zum Knistern und fauchte durch den Kamin, lachend und singend.

Von den bewaldeten Bergen hinab tief in ihre Lunge – sie sog ihn ein, einmal, zweimal. Wie herrlich das Leben war! Sie stand still da, aufgewühlt von uralten Sehnsüchten ihrer Rasse, Sehnsüchte, die sie nicht benennen konnte. Tränen rannen ihr übers Gesicht.

Plötzlich, von einem blendenden inneren Licht durchflutet, begriff sie, daß sie ihren Körper nicht mehr brauchte. Sie konnte sich hoch emporschwingen, ihn auf der Veranda zurücklassen und auf dem Rücken des Windes treiben. Wieso hatte sie das nie zuvor erkannt?

Sie konnte fliegen!

Und sie tat es. Hoch, hoch, hoch mit diesem Kristallwind, über die Baumwipfel und den Rand der Klippe, auf dem Weg zu fernen Sternen.

Eine Zeitlang sahen nur die kreisenden Möwen ihren zerschmetterten Körper unten auf den zerklüfteten Felsen liegen.

◇ Um elf verließ Paul Prefontaine das Polizeirevier und fuhr nach Hause. Auf der Fahrt dachte er an seine Frau, die mittlerweile dort sein mußte.

Er wußte noch immer nicht, was zu dem Bruch zwischen ihnen geführt hatte. Er glaubte nicht, daß es der Pilot gewesen war. Der Mann war wahrscheinlich nur ein Symptom dafür, daß ihre Beziehung grundsätzlich nicht mehr stimmte. Vielleicht hatte er sie zu sehr vernachlässigt. Sie war eine schöne Frau, und es war nicht leicht, eine schöne Frau zu halten.

Möglicherweise hatte sie sich zu eingeengt gefühlt und sich gewünscht, daß er ihr mehr Interesse entgegenbrachte, obwohl er sie über alles liebte. Er selbst hätte reichlich Gelegenheit gehabt, etwas mit anderen Frauen anzufangen, sowohl bevor Lia sich von ihm getrennt hatte als auch danach. Aber er hatte es nicht getan. Und jetzt war sie zu der Erkenntnis gekommen, daß er doch der richtige Mann für sie war. Endlich. Doch wie lange würde es nun mit ihnen gut gehen?

Er wußte, daß sie Angst davor hatte, er würde ihr die kurze Affäre zum Vorwurf machen. Er beschloß, die Sache niemals auszusprechen. Nun, da sie wieder nach Hause kam, würde er sich bemühen, der perfekte Ehemann zu sein. Was immer das auch sein sollte.

Er lächelte, als er Lias Wagen in der Einfahrt stehen sah. Er stieg aus und rief: »Lia! Lia, Schatz, ich bin da!«

Keine Antwort. Er sah in allen Zimmern nach, suchte auf der Veranda, die am ganzen Haus entlanglief. Lia war nicht da. Er überprüfte ihren Wagen. Die Motorhaube war kalt; das Auto stand also schon eine Weile da. Ihr Gepäck war noch auf der Rückbank.

Er nahm seine Taschenlampe und untersuchte das Dickicht in der Umgebung des Hauses, aber abgesehen von den Spuren kleiner Tiere konnte er nichts entdecken, was darauf hinwies, daß jemand hier durchgegangen war. Er sah unter der Veranda nach, dort wo die Verkleidung vom Wind abgerissen worden war. Nichts, nur trockenes Laub.

Er untersuchte den Rasen vor dem Haus. Die einzigen Fußspuren, die er fand, waren Lias. Sie führten vom Wagen zur

Haustür. Dann sah er einen anderen Abdruck. Eindeutig von einem Mokassin.

Er rief den Holzschnitzer Jim Skinna an und fragte, ob Tuco Peters da war. Als Tuco an den Apparat kam, sagte er, ja, er sei früher am Abend bei Paul gewesen. Lia war zu Hause, und er hatte mit ihr gesprochen.

»Da Sie nicht da waren, bin ich wieder gegangen«, sagte Tuco.

Paul stieg in seinen Pick-up und alarmierte über Funk die Washington State Patrol.

Ob sie einen Spaziergang am Strand gemacht hatte? Wohl kaum, es war schon spät, und sie wußte doch, daß er bald kommen würde. Doch es war immerhin möglich. Sie liebte den Strand. Aber es war Flut. Wenn sie runtergeklettert war, wo sollte sie dann spazierengehen?

Prefontaine rannte zur Klippe und richtete den kraftvollen Lichtstrahl der Taschenlampe über den steilen, zerklüfteten Rand. Er sah die Stufen im Fels, die er selbst hineingeschlagen hatte. Er mußte an den Tag denken, als er das gemacht hatte. Sein Herz krampfte sich zusammen, als er sich erinnerte, wie sie gelacht und dabei den Kopf zurückgeworfen hatte. Schließlich, so hatte sie gesagt, war sie Bergsteigerin und brauchte keine Treppe, um an den Strand zu kommen.

Der Strahl wanderte weiter nach unten. Und da sah er sie. Auf die Felsen geschleudert, ausgestreckt wie eine kaputte Puppe, die ein gelangweiltes Kind weggeworfen hat. Das Meer hatte bereits ihre Füße erreicht, die sich im Rhythmus der Wellen bewegten. Jede Vorsicht außer acht lassend, kletterte er die Klippe hinunter. Er rutschte, schlidderte und riß sich die Haut an den tückischen Kanten auf.

Schließlich beugte er sich über sie, um sie hochzuheben. Eine Welle warf ihn um und riß ihn fast mit sich. Er dachte schon, er hätte sie verloren, aber er hielt noch immer ihre Hand umklammert. Rasch, bevor die nächste Welle kam, richtete er sich auf, drückte sie an sich und kämpfte sich wieder die Klippe hinauf.

Er war sicher, daß sie tot war. Niemand konnte so verdreht daliegen und noch am Leben sein.

Das Meerwasser tropfte ihnen beiden vom Körper, als er sie ins Haus trug und aufs Sofa legte. Er tastete am Hals nach ihrem Puls. Nichts. Ihre Haut war eiskalt. Verzweifelt machte er Wiederbelebungsversuche, und nach einer Weile spürte er sie schwach atmen.

»Verlaß mich nicht«, schrie er. »Verlaß mich nicht!«

Sie öffnete die Augen. »Ich bin geflogen«, flüsterte sie. »Ich bin geflogen!«

Er küßte ihre Hände, sah ihr in die Augen und merkte, daß sie allmählich erloschen. Eine ganze Weile blieb Paul Prefontaine so bei seiner Frau.

Ein Wagen der Washington State Patrol hielt quietschend vor dem Haus. Eine Tür schlug zu und Steve Hughes, ein Beamter, den Prefontaine flüchtig kannte, kam herein.

»Wie ich sehe, haben Sie sie gefunden«, sagte Hughes.

Prefontaine antwortete nicht. Statt dessen stand er auf und ging zum Herd, wo er einen Topf Wasser aufsetzte. Dann ging er hinaus.

Hughes betrachtete die Frau genauer. Er berührte ihren Hals, zog ein Augenlid hoch und leuchtete mit der Taschenlampe in die reaktionslose Pupille.

Als Prefontaine wiederkam, hielt er mehrere frische Spitzen eines Zedernzweiges in der Hand. Er warf die Spitzen in den Topf mit Wasser, das inzwischen kochte, und stellte die Platte ab. Bald zog der aromatische Duft des Zedernöls durchs Haus.

»Ich fürchte, es ist zu spät«, sagte Hughes. Er hatte schon oft gehört, daß Indianer stoisch sind. Jetzt würde er es mit eigenen Augen sehen. Aber er sah lediglich eine ruhige Maske mit glitzernden Augen.

Prefontaine nickte. Natürlich wußte er, daß sie tot war. Hatte er seine Frau nicht in den Armen gehalten, während der Tod allmählich wie dunkles Wasser in sie strömte?

Er nahm die heißen nassen Zedernspitzen aus dem Topf und

schwenkte sie durchs Zimmer, strich damit über das Sofa und die Sessel. Dann tauchte er sie erneut ins Wasser und beträufelte dann die ganze Küche, das Bad und das Schlafzimmer. Schließlich ging er hinaus und berührte die Bohlen der Veranda mit den Zedernspitzen, säuberte alles vom Schmutz des Todes.

Hughes fragte nicht, was er da machte.

◇ Nach der Beerdigung setzte sich Prefontaine neben das Grab seiner Frau. Er hatte ihr gesagt, wie sehr er sie liebte; daß er ihre Affäre mit dem anderen zwar nicht verstand, aber es versuchen würde; daß er ihr vergeben hatte. Er bat um ihre Vergebung für alles, was er getan oder nicht getan hatte, so daß sie einen anderen Mann so begehrenswert finden konnte.

Dann sagte er ihr, daß sie ihn jetzt verlassen mußte, obwohl er sehr traurig war. Sie mußte für immer von ihm fortgehen. Er erklärte ihr, daß er zehn Jahre lang ihren Namen, den schönen Namen LiaK-Tomax L'a Aqulaxtl, oder dessen Abkürzung Lia, nicht dem Wind anvertrauen würde, der ihre Ohren erreichen konnte.

Denn er wußte, wenn sie hörte, daß er einen ihrer Namen aussprach, würde sie aus Mitleid mit seiner Einsamkeit zurückkehren. Sie würde auf seinem Wagen sitzen, wenn er fuhr, und neben ihm in ihrem gemeinsamen Bett liegen, bis er aus reiner Sehnsucht zu ihr ging. Ganz gleich, wie sehr man die Toten liebte, man mußte sehr vorsichtig mit ihnen sein.

◇ Früh am Morgen des 5. Juli, einen Tag nachdem Matthew Swayle die Alte Zeder gefällt hatte, fuhr er mit Blue und Lars Gunnarson, dem zweiten Holzfäller, wieder zur Landzunge, um seine Kettensäge zu holen.

Während sie über den holprigen Weg rumpelten, meinte Gunnarson grinsend:

»Du wirst wohl langsam vergeßlich, was? Ich hab noch nie erlebt, daß du deine Säge irgendwo liegenläßt. Hast du 'ne Frau im Kopf, Matt?«

Swayle brummte. »Wohl kaum.«

»Wieso müssen wir jetzt dahin? Du hättest doch unseren Hilfsarbeiter schicken können.«

Swayle warf seinem Begleiter einen kurzen angewiderten Blick zu. »Slota? Den Kerl kann ich nicht ausstehen. Macht den Zuhälter für seine eigene Frau, nicht zu fassen.«

Gunnarson antwortete nicht.

Als die beiden Männer die Landzunge erreichten, versuchte Swayle, Blue im Auto zu lassen, weil er an die Szene vom Vortag dachte. Aber Blue schlug ihm ein Schnippchen und sprang aus dem Wagen.

Der Hund schnüffelte um den gefällten Baum herum, war aber diesmal nicht aufgeregt, sondern benahm sich ganz wie sonst. Swayle musterte den Baum sorgfältig, konnte jedoch keine Spur von den Bündeln entdecken, die er am Vortag zu sehen gemeint hatte.

»Blue, ich glaube, wir sehen Gespenster«, murmelte er.

Blue blickte nur weiter starr auf den gefällten Baum.

◇◇◇◇◇◇◇ Kapitel 5 ◇◇◇◇◇◇◇

◇ Matthew Swayle hatte die Wahrheit gesagt. Oscar Slota vermietete seine Frau tatsächlich.

Das tat er seit beinahe drei Jahren, seit seinem Unfall in der Sägemühle in Aberdeen. Natürlich hatte er Geld von der Versicherung bekommen, aber nach einer großen Reise und einer beträchtlichen Spende an ihre Kirche war nicht mehr viel übriggeblieben. Jetzt reichte das bißchen Geld, das er als Hilfsarbeiter für Quinault Timber verdiente, nicht aus, um die Slotas satt zu machen. Slota begriff nicht, wieso ihn sonst niemand einstellen wollte. Er nahm an, es lag an seinen Versuchen, jeden zu bekehren, der ihm über den Weg lief.

Im Laufe der Zeit hatte Slota seiner Frau ein paar »besondere Freunde« verschafft. Der Preis richtete sich danach, wie zahlungskräftig die Freunde waren. Slota wußte sehr wohl, daß Agnes weder eine Femme fatale noch eine Lolita war. Sie sah in jedem nur das Gute oder behauptete es zumindest, was wahrscheinlich der Grund dafür war, daß sie keine Freundinnen hatte. Außerdem langweilte sie jeden mit ihrem ständigen Gerede von Güte und Liebe.

Als Slota ihr zum erstenmal den Vorschlag gemacht hatte, »besondere Freunde« zu empfangen, hatte sie aufmerksam zugehört, während er ihr erklärte, daß es darum ging, Geld zu verdienen und ihren Mitmenschen einen Dienst zu erweisen.

»Einen Dienst?« hatte sie gefragt.

»Sicher. Den Hunger des Körpers zu stillen. Ich kenne ein paar gute Männer, die ihre Frauen verloren haben. Sie brauchen hin und wieder Sex. Wir könnten ihnen helfen.«

»Was soll ich machen?« hatte sie gefragt.

»Sei einfach du selbst. Stell dir vor, der Mann wäre ich.«

»Eine wunderbare Idee, Oscar! Du weißt ja, daß ich jemandem, der es wirklich verdient, viel Liebe geben kann!«

Slota hatte geseufzt. Das wußte er nur zu gut! Jede verdammte Nacht, ganz gleich, wie müde ein Mann war. Natürlich mußte er sich darüber keine Gedanken mehr machen. Seit seinem Unfall war er zu nichts mehr imstande.

Und dieses Arrangement, so fiel ihm ein, hatte noch mehr Vorteile. So lieferte er Agnes ein Ventil für ihre sexuellen Bedürfnisse – sie wurde, sozusagen unter seiner Aufsicht, befriedigt.

Ohne Wissen seiner Frau hatte Slota also ein kleines Guckloch in die Schlafzimmerwand gebohrt, so daß er von außen zusehen und sich vergewissern konnte, daß sie in Sicherheit war und nichts geschah, was nicht geschehen sollte. Und bis vor kurzem war alles wunderbar gelaufen. Keine ungebührlichen Leidenschaften, Agnes lag einfach still da, wie eine gute Frau es tun sollte, und gewährte dem »besonderen Freund« das Vergnügen, für das er bezahlt hatte. Alles war in Ordnung gewesen.

Bis Lars Gunnarson auftauchte.

Slota wollte keinen zahlenden Kunden verlieren, aber bei Gunnarson hatte er ein ungutes Gefühl. Er beschloß, heute nacht wieder zuzusehen. Vielleicht würde es sich ja bessern.

Es klingelte an der Tür. Slota öffnete und führte Gunnarson ins Wohnzimmer, wo dieser sein Portemonnaie hervorholte und Slota fünf Zehndollarscheine reichte.

»Tja, ich bin dann weg. Muß jemanden in Forks besuchen«, sagte Slota. Damit wußte Gunnarson, daß er ein paar Stunden mit Agnes verbringen konnte.

»Gut, Oscar«, erwiderte Gunny und setzte sich.

Slota ging zu seinem Pick-up, stieg ein und ließ den Motor aufheulen, damit Gunnarson auch genau mitbekam, daß er wegfuhr. Er fuhr langsam die nördliche Küstenstraße hoch, an McTavishs Haus vorbei, bis zu einer dicht bewachsenen Halbinsel, wo er den Wagen abstellte und die halbe Meile bis zu seinem Haus zurücklief, um durch das Guckloch zu spähen.

Ein Blick genügte und Oscar wußte, daß sich nichts gebessert hatte. Es war noch schlimmer geworden. Agnes lag nicht mehr einfach nur da. Jetzt saß sie rittlings auf Gunny wie auf einem Rennpferd, das Gesicht zu einer scheußlichen Grimasse verzogen, ihr nackter Körper schweißnaß, während sich der große Schwede mit der Stetigkeit eines Kolbens auf und ab bewegte. Zur Hölle mit ihr! dachte Slota wütend. Er hatte ihr zwar gesagt, sie solle sich vorstellen, der Kunde wäre er, doch bei ihm hatte sie so etwas nie gemacht. Auch nicht bei einem der anderen »besonderen Freunde«.

Er schluckte und riß sich dann los, taumelte zurück zu seinem Pick-up, stieg ein und hielt sich den schmerzenden Kopf. Was war bloß mit Agnes geschehen? Seine Frau hatte in diesem Schlafzimmer Dinge getan, von denen er nie geglaubt hätte, daß sie sie kannte!

Slota wußte, daß guter, sauberer, einfacher Sex die eine Sache war. Notwendig wie der Gang zur Toilette. Aber was Gunnarson und Agnes da trieben, war obszön. Und die Lust, die Agnes dabei empfand? Abstoßend, gotteslästerlich!

Slota wischte sich Gesicht und Hände und fluchte dann jeden Fluch, den er je gehört hatte, und ein paar, die er erfunden hatte, bevor er bekehrt worden war. Dann sah er auf die Uhr. Er sollte Gunnarson noch ein halbes Stündchen lassen, sonst könnte der einen Teil des Geldes zurückverlangen.

Vielleicht würde er sich besser fühlen, wenn er sich etwas die Beine vertrat. Er stieg aus dem Wagen. Direkt vor sich sah er das Sumpfland, wo der Quinault River in den See floß. Ohne das geringste Geräusch glitt ein kleiner Biber vom Ufer ins stille Wasser, das immer größer werdende Kreise warf.

Slota blickte auf. Der Mond kam ihm heute irgendwie merkwürdig vor. Er war zu hell, wie das Auge eines Irren. Slotas Vetter, so fiel ihm ein, hatte genauso ausgesehen, kurz bevor sie ihn abholten.

Zwischen den hochragenden Zedern, Tannen, Fichten und Hemlocktannen rührte sich ein leiser Wind, und die Bäume bewegten ihre schwarzen Arme vor dem sternenübersäten Himmel. Slota holte tief Atem. Er bemerkte einen Duft in der Luft, eine Süße, die beinahe berauschend war. Er war zwar kein poetischer Mensch, aber er mußte an Kristalle denken, die in den Bäumen hingen und leise klangen, im Sternenlicht glitzerten. Wieder und wieder atmete er tief ein. Zum erstenmal in seinem Leben wurde das bloße Atmen zur reinen Wohltat.

Er schwankte. Sein Kopf tat ihm auf einmal fürchterlich weh. Doch das ging bald vorbei. Plötzlich fühlte er sich hellwach und sehr, sehr schlau. Für Gunnarson würde er sich schon noch was einfallen lassen! Die Hände in die Taschen gesteckt, ging Slota zum Wasserrand. Dann blieb er jäh stehen.

Drei Gestalten, die eine etwas größer als die beiden anderen, kamen wie Schatten unter den Bäumen hervor. Sie wateten bis zu den Oberschenkeln in den Fluß, beugten sich vor und fingen an, mit unglaublicher Schnelligkeit Lachse zu fangen und die großen Fische ans Ufer zu schleudern.

Er war wie hypnotisiert.

Die Gestalten waren gebaut wie sehr große Menschen. Aber es waren keine Menschen. Sie waren von Kopf bis Fuß mit kurzem, weichen Fell bedeckt. Er konnte seinen Augen kaum trauen, aber er wußte doch sofort, was sie waren. Sein ganzes Leben hatte er von ihnen gehört, aber noch nie welche gesehen.

Sie waren Bigfoots. Was die Indianer der Gegend Seatco nannten. Er war wie gelähmt, konnte sich nicht rühren, hatte

Angst, sich durch ein Geräusch zu verraten, und so starrte Slota einfach mit trockenem Mund, während die Wesen sich in kurzen, brummigen Tönen verständigten.

Dann hörte er ein anderes Geräusch, ein unnatürliches Geräusch, das aus der Welt der Menschen kam.

Surr, surr...

Die Wesen kamen aus dem Fluß, und das silbrige Wasser strömte über ihre muskulösen Beine.

Surr, surr...

Das Surren kam erneut und die Wesen erstarrten, die Köpfe gereckt. Dann drehten sie sich langsam nach links und rechts und versuchten festzustellen, wo das Geräusch herkam.

Surr, surr...

Der Mond stieg höher und zeigte eine Frau, die die nächtliche Szene mit einer Motorkamera fotografierte. Slota sah mit offenem Mund zu, wie die Wesen sich ganz langsam auf sie zubewegten, auf alle viere fielen, in der Luft schnüffelten, den Boden beschnupperten, leise kehlige Laute ausstießen. Der kleinste von ihnen gab ein hohes jaulendes Bellen von sich und kroch noch näher an die Frau heran.

Noch immer hielt die Frau die Kamera in der Hand, hockte sich nun hin, um bessere Bilder machen zu können. Plötzlich schrie das größte Wesen auf, streckte seinen langen, pelzigen Arm aus, packte seinen vorwitzigen Freund im Nacken und riß ihn zurück. Alle drei verschmolzen mit dem Wald. Die Lachse am Ufer, von denen einige noch nach Luft schnappten, waren das einzige Anzeichen dafür, daß sie dagewesen waren. Als die Frau versuchte, den Wesen zu folgen, stolperte sie über einen Felsbrocken und fiel hin, so daß er sie nicht mehr sehen konnte.

Slota rührte sich nicht. Wolken schoben sich vor den Mond, verdunkelten den Himmel. Er glaubte, ein schlurfendes Geräusch zu hören, sah aber nichts. Dann war alles still.

Nach einer Weile zogen die Wolken vorbei, und der Mond leuchtete wieder. Von der Frau war nichts zu entdecken.

Slota setzte sich ängstlich, vorsichtig in Bewegung, rechnete jeden Augenblick damit, daß sich etwas Schreckliches auf ihn stürzen und ihn packen würde. Nichts bewegte sich, außer den Zweigen der Bäume. Nichts verfolgte ihn.

Er wurde mutiger und ging zum Rand des Flusses, wo er sich auf einen flachen Felsen setzte und die Szenerie betrachtete. Er hatte Bauchschmerzen. Ihm war schlecht vor Angst. Von den Wesen war keine Spur zu entdecken. Wären nicht die Lachse gewesen, er hätte gedacht, sich das Ganze nur eingebildet zu haben.

Slota hielt sich die Ohren zu, damit er seine tobenden Gedanken nicht hören konnte. Wieder durchzuckten ihn stechende Schmerzen. Er preßte sich die Hände, so fest er konnte, gegen den Kopf. Nach ein paar Augenblicken sah er von Panik geschüttelt auf.

Wurde er verrückt? Wuchs in seinem Kopf vielleicht auch so ein Ding wie bei seinem Vetter? Der in der Anstalt? Der gerade letztes Jahr an einem Gehirntumor gestorben war?

Als Slota aufstand, war der Zauber der Stille gebrochen. Ein Waschbär trieb sich am Rand des Wassers herum und wusch geräuschvoll Süßwassermuscheln, bevor er die Schalen auf einem Stein zerbrach.

Er hörte etwas durchs Unterholz brechen und erstarrte. Kamen sie zurück? Diese entsetzlichen, unnatürlichen Wesen? Wollten sie ihn holen?

Dann hörte er das kurzatmige pfeifende Schnauben eines Wapitihirschs. Er entspannte sich. Wapitihirsche waren natürliche Wesen und konnten laut sein, wenn sie wollten.

Er bewegte sich langsam, behutsam. Trotz seiner Vorsicht stolperte er über die Kamera der Frau. Als er sich bückte und sie aufhob, klapperte etwas im Gehäuse.

Muß beim Fallen kaputtgegangen sein, dachte er. Eines war sicher. Die Frau hatte er sich nicht eingebildet. Er hielt ihre Kamera in der Hand. Aber wo war die Frau? Er wollte es gar nicht wissen. Er wollte nur noch so schnell wie möglich weg.

Er hastete zu seinem Pick-up, ließ den Motor an und raste

nach Hause. Als er dort ankam, war Gunnarson schon gegangen. Agnes saß in der Küche und trank eine Tasse Tee. Sie wollte ihm auch eine machen, aber Slota lehnte ab. Wenn sie dachte, er würde ihr erzählen, was er da draußen am Fluß gesehen hatte, dann hatte sie sich geschnitten. Nicht nach allem, was sie mit Gunnarson getrieben hatte!

Er ging ins Schlafzimmer. Das Bett war frisch bezogen. Er zog sich aus und kroch unter die Bettdecke. Er hörte, wie Agnes sich im Haus bewegte, Türen schloß, das Licht ausmachte. Kurz darauf legte sie sich zu ihm ins Bett. Sie hatte geduscht. Er konnte Seife und Shampoo an ihr riechen. Sie legte einen Arm um ihn. Er rückte von ihr weg.

»Oscar, was ist?« fragte sie.

»Was soll schon sein?«

»Dann gib mir einen Gutenachtkuß.«

Ihr einen Kuß geben? Nach dem, was sie mit ihrem Mund gemacht hatte? Er küßte schmollend die Luft, völlig verkrampft. »Ich bin müde. Schlaf jetzt«, murmelte er.

Sie seufzte und sagte nichts mehr.

Dieser verdammte Gunnarson! Trieb die ganzen Sauereien in seinem Bett! Und Agnes war ganz wild drauf. Ließ auch noch das Licht dabei an!

Sein Entschluß stand fest. Er mußte Gunnarson loswerden. Aber wie? Er konnte ihm nicht einfach sagen, er solle nicht mehr kommen. Dazu zahlte er zu gut. Und nach dem, was die beiden vor Slotas Augen miteinander anstellten, würde Agnes sicherlich einen Weg finden, sich mit Gunnarson zu treffen. Auch konnte er Gunnarson nicht direkt töten. Das war aus vielerlei Gründen zu riskant. Gunnarson war ein großer, starker Mann. Im Gegensatz zu Slota.

Vielleicht könnte er einen Unfall arrangieren! Ein Unglück, das natürlich und unvermeidbar wirkte. Höhere Gewalt. Gottes Wege waren schließlich unergründlich. Vielleicht konnte Slota ja einen dieser Wege finden.

Teil II

◇◇◇◇◇◇◇ Kapitel 6 ◇◇◇◇◇◇◇

◇ Als Joan Tidewater und Paul Prefontaine an der Lake Quinault Lodge ankamen, sahen sie, daß sämtliche Parkplätze überfüllt waren. Auch drinnen im Saal herrschte an diesem 8. Juli dichtes Gedränge. Anlaß war die erste internationale Versammlung der »Earth Scientists« zur Rettung der Arten.

»Wenn die verdammten Umweltschützer unsere Holzindustrie lahmlegen, können wir unsere politische Karriere vergessen«, hatte Lionel Griffiths, Senator des Staates Washington, seinem Assistenten früher am Abend erklärt.

»Das wird nicht passieren«, murmelte der Assistent tröstend.

»Da bin ich mir nicht so sicher«, erwiderte der Senator.

Vor Beginn der Versammlung gingen Joan und Paul aufs Podium, um ihn zu begrüßen. Das Fenster gegenüber der Rednertribüne stand offen. Nachtvögel riefen. Es war ein milder, feuchter Juliabend. Der See spiegelte die leuchtenden Rottöne und das tiefe Schwarz eines atemberaubenden Sonnenuntergangs und glühte wie ein feuriger Kessel, während die bewaldeten Berge vier Meilen jenseits des Sees verblaßten und schließlich verschwanden. Am Rand des Wassers erblühten kleine viereckige Nachtkerzen, als in den Häusern die Lichter angingen.

Just in dem Moment, als sich die kleine Gruppe abwendete, tauchte ein wild bemaltes Gesicht im Fenster auf und funkelte sie aus der Dunkelheit an.

»Wer ist das?« fragte der Senator erschrocken.

»Tuco Peters, der schleicht gerne durch die Gegend«, entgegnete Prefontaine. »Lassen Sie sich von dem nicht aus der Ruhe bringen, Senator. Er ist ein bißchen seltsam.«

Lionel Griffiths lachte verunsichert. »Ich muß zugeben, er hat mir einen ganz schönen Schrecken eingejagt.«

Joans Wangen röteten sich. »Ich kümmere mich um ihn«, sagte sie und ging aus dem Saal.

Prefontaine setzte sich zwischen Joans sechsjährigen Sohn Tleyuk und den alten Ahcleet.

Der Senator nahm wieder Platz und musterte das Publikum. Sein Blick blieb auf einer schönen jungen Frau haften. Sie war ganz in Schwarz gekleidet, und eine Flut von lockigem rotem Haar fiel ihr über den Rücken ... das auffälligste Haar, das er je gesehen hatte. Er seufzte auf, und ein Ausdruck tiefer Sehnsucht erhellte kurz sein Gesicht.

Joan kam leise wieder herein und flüsterte Paul zu: »Ich habe ihn nicht gefunden.«

Senator Griffiths erhob sich, um die Versammlung zu eröffnen, dann stellte er William Tilling vor, den Vorsitzenden der »Organisation zum Schutz alter Wälder«. Tilling war ein gut gekleideter Mann Anfang Vierzig mit blitzenden Augen und einem eigensinnigen Kinn. Er stand auf, sah sich in dem vollen Saal um und fing an zu reden.

»Derzeit findet hier im pazifischen Nordwesten die letzte große Büffeljagd statt«, erklärte er. »Tag für Tag werden in unseren Urwäldern Bäume auf einer Fläche gefällt, die 86 Football-Feldern entspricht. Es gibt nicht mehr viele von den alten Riesen, und die, die noch da sind, fallen zügelloser Gier zum Opfer.«

Er erklärte den Zuhörern, daß ein Urwald eintausend Jahre braucht, um heranzuwachsen. »Bei der derzeitigen Abholzungsrate wird es in weniger als fünfzehn Jahren nur noch in Parks und wenigen unerreichbaren Gegenden ein paar Restbestände geben. Aber wenn die Urwälder abgeholzt werden, ist das nicht nur ein ästhetischer Verlust«, sagte Tilling. »Die Qualität des Trinkwassers wird beeinträchtigt. Selbst die Luft, die wir atmen, wird beeinträchtigt. Vögel, Säugetiere, Insekten und Pflanzen, die in Urwäldern gedeihen, ziehen sich zurück oder sterben, und wenn zuviel von ihrer natürlichen Umwelt zerstört wird, sterben sie aus.

Von dem ehemals riesigen Olympic National Forest mit seinen fast zweihundertfünfzigtausend Hektar sind heute nur noch knapp vierzigtausend übrig. Neunzig Prozent der alten Wälder in Oregon, meiner Heimat, und Washington sind nur noch Erinnerung. Diese unvorstellbaren Mengen sind allein in den letzten vierzig Jahren abgeholzt worden!«

Tilling stockte kurz, dann hob er die Stimme: »Ziel meiner Organisation ist der dauerhafte Schutz der letzten Urwälder im pazifischen Nordwesten – die von vielen als das achte Weltwunder bezeichnet werden – und ihrer einzigartigen biologischen Vielfalt für unsere und für zukünftige Generationen. Diese Bäume gehören unseren ungeborenen Kindern und Kindeskindern.«

Einige im Publikum applaudierten. Die meisten nicht. Joan sah, daß Aminte ganz gerade saß, die Hände im Schoß gefaltet hielt und den Redner fixierte, der wieder Platz nahm.

Ein untersetzter Mann mit rotem Gesicht stand auf, die Daumen unter die Hosenträger geschoben. Neben ihm saß ein blasses dünnes Mädchen mit langem, glattem blondem Haar. Al Rivers, dachte Joan, der für Michael McTavish arbeitet. Und seine einzige Tochter, Holly. Joan wußte, daß Rivers' Frau vor ein paar Jahren gestorben war.

»Das war eine richtig schöne Rede, aber mich interessiert mein Arbeitsplatz«, sagte Rivers. »Was ist wichtiger, einen alten Baum zu bestaunen oder meine Familie zu versorgen?«

Aus dem Publikum erklangen Beifallsrufe und Pfiffe. Senator Griffiths stand auf und brachte mit geübter Würde wieder Ruhe in den Saal. Dann reichte er Tilling das Mikrofon.

»Die Arbeitsplatzfrage ist äußerst wichtig«, sagte Tilling. »Es gibt kaum noch große Bäume. Wenn sie verschwunden sind, und das wird bald der Fall sein, muß die Holzindustrie sich auf die Verarbeitung kleinerer Bäume umstellen, ob sie will oder nicht. Seit über einem halben Jahrhundert wissen die Holzunternehmen, daß sie Baumfarmen anlegen müssen. Einige haben das getan. Ein paar holzen jetzt diese Baumfarmen ab und pflanzen neu. Aber nur ganz wenige Unternehmen haben die Maschinen, die erforderlich sind, um kleinere Bäume zu verarbeiten. Es ist immer noch viel zu einfach, weiter alte Bäume zu schlagen.«

Ein großer gebeugter Mann mit scharfen nordischen Gesichtszügen stand auf. »Darf ich ein paar Worte sagen?«

»Bitte sehr.«

Ohne zu lächeln, sagte der Mann: »Früher war ich Walfänger. Das hatte ich gelernt. Mein Vater war Walfänger. Und mein Großvater und dessen Vater. Schon mein Großvater hat gewußt, daß es eines Tages mit dem Walfang zu Ende gehen würde. Es wurden zu viele Wale getötet. Ständig wurden neuere und bessere Fangmethoden entwickelt. Aber die Walfänger haben sich dagegen gewehrt. Sogar als sie mit leeren Schiffen heimkehren mußten, haben sie abgestritten, daß es immer weniger Wale gab. Sie haben gesagt, sie wären bloß nicht mehr in den alten Fanggründen. Das stimmte nicht. Wir haben die Wale fast ausgerottet.

Und dann hat die kanadische Regierung den Walfang vor ihren Küsten verboten und uns alten Hasen ein hübsches Sümmchen gezahlt, so daß wir uns entweder neue Arbeit suchen oder uns zur Ruhe setzen konnten. Vielleicht wird das ja auch in der Holzindustrie eines Tages so sein müssen. Ich weiß es nicht.«

Nachdem sich der ehemalige Walfänger gesetzt hatte, erklärte Tilling, daß der Vergleich zwischen Walfang und dem Abholzen von Wäldern durchaus zutreffend sei. »Es stimmt, daß Urwälder wie der Bestand an Walen begrenzt sind. Der Unterschied ist, daß Urwälder sich nicht erneuern lassen. Sind sie einmal verschwunden, dann sind sie es für immer.«

Der Urgroßvater von Joan und Paul, ein großer stattlicher Mann, erhob sich von seinem Stuhl, und der Senator erkannte ihn sofort.

»Ich bin Ahcleet. Ich bin ein Quinault«, sagte der alte Mann. Als er sich zum Publikum umdrehte, konnten alle die bläuliche Narbe auf seinem Nasenrücken sehen.

»Ich spreche aus meinem Herzen zu euch und hoffe, daß ihr mich versteht. Ich denke auf meine Weise.« Er deutete auf seinen Kopf. »Aber wenn ich meine Gedanken auf englisch ausspreche, ist es, als würde ich euch über Flammen hinweg eine Blume reichen. Was ich denke, verdorrt, und die Blume hat ihren Duft verloren.«

Joan sah, daß Aminte dem alten Mann einen mörderischen Blick zuwarf.

Ahcleet fuhr fort: »Ich frage euch: Warum ist das älteste Symbol für einen Schamanen der lebende Baum? Weil der Baum, wie ein guter Schamane, eine verwurzelte, lebendige Verbindung zwischen Himmel und Erde ist, zwischen Mensch und Geist. Er leitet die Menschen im Umgang mit den anderen Welten. Nicht anderen Welten irgendwo da draußen, sondern mit den bedeutsamen Welten genau hier.« Er zeigte auf sein Herz.

»Wir, die wir die alten Salish-Rituale praktizieren, bauen keine Kirchen oder Tempel. Seit Anbeginn der Zeit sind unsere heiligen Orte in den alten Wäldern, die ihr Urwald nennt. Doch inzwischen ist soviel Wald von den Kettensägen, vom Dröhnen der Holzlaster zerstört worden, daß wir unsere heiligen Orte kaum noch finden können.

Ich sage euch, niemand nimmt darauf Rücksicht, daß unsere heiligen Orte zerstört werden. Es interessiert niemanden. Und ich frage euch: Würde es jemanden stören, wenn wir eure Kirchen und Tempel niederreißen würden?«

Ahcleet schwieg einen Moment, aber er setzte sich nicht.

Schließlich sagte er: »Es ist eine Frage der Kultur, glaube ich. Die Vorstellung, daß Leben und Geben untrennbar zusammengehören, ist in unserer Natur tief verwurzelt. Wir haben immer nur das genommen, was wir brauchten. Gemeinsam haben wir Vorräte für den Winter angelegt. Jeder war seines Bruders Hüter. Das Haus eines amerikanischen Ureinwohners ist nie zu klein, um jemanden aufzunehmen, selbst eine ganze Familie. In unserer Gesellschaft war der reichste Mann der, der am meisten verschenken konnte. In der weißen Gesellschaft ist der reichste Mann der, der am meisten für sich behält. Da stoßen unsere Kulturen aufeinander.«

Als Ahcleet sich setzte, gab es keine Reaktion – weder Applaus, noch Buhrufe.

◇ Dann stellte Senator Griffiths den Hauptredner des Abends vor: Er sei ein Mann mit Mut, Weitsicht und Klugheit; ein glänzender Autor, geistreicher Redner, ein Weltbürger.

Als Royal L. Mercer auf seinen Stock gestützt zum Podium schritt, betrachtete Joan ihn voller Sympathie. Solange sie denken konnte, war dieser kluge und berühmte Mann ein enger Freund von Ahcleet; er war sogar in den Stamm aufgenommen worden.

Mercer hatte einen ordentlich gestutzten Spitzbart und volles, graumeliertes Haar, das ihm wellig bis auf die Schultern fiel. Als er anfing zu sprechen, wurde das Charisma dieses Mannes deutlich. Die Stimme war sein Instrument.

»Bäume sind majestätische Lebewesen, die uns Schutz, Luft und Schönheit schenken. Menschen können Bäume neu pflanzen, und sie haben das milliardenfach getan. Aber, wie Mr. Tilling bereits gesagt hat, einen Urwald können sie niemals neu entstehen lassen. Ein Urwald ist nicht einfach bloß ein junger Wald, der herangewachsen ist. Er ist ein vollständiges ökologisches System, das nur von der Natur berührt worden ist. In einem Urwald können wir die Hand Gottes sehen.

Mein Großvater war hier auf der Olympic-Halbinsel Holzfäller. Wie viele erfahrene Holzarbeiter aus Maine und Michigan ist er 1880 nach Westen gegangen, angelockt von den riesigen Bäumen. Die Holzfäller damals wußten, daß die Wälder nicht endlos waren. Sie hatten bereits eine Schneise quer durch ganz Nordamerika geschlagen und eine Spur der Zerstörung hinter sich zurückgelassen.

Hier, in der Heimat der großen Bäume, ist das wertvollste Holz bereits geschlagen worden. Bald haben wir es geschafft, meine Freunde. In wenigen Generationen haben wir das erreicht, wofür die Europäer eintausend Jahre gebraucht haben und was die amerikanischen Ureinwohner nie getan haben.

Einen ganzen Kontinent zu entwalden.«

Er schwieg kurz. Draußen strich der Ast einer großen Zeder über das Fenster.

»Sie hören uns zu«, sagte er lächelnd, dann fuhr er fort. »Bäume und Menschen sind verwandt. Jeder Baum könnte den genetischen Code eines Menschen lesen. Das ist nicht verwunderlich. Der erste Gott der Menschheit war ein Baum, ihre ältesten Heiligtümer waren die Wälder. In der gesamten Geschichte ist die Verehrung von Bäumen als Götter überliefert.«

Er deutete auf die drei erwachsenen Quinaults in der ersten Reihe. »Wie mein Freund, der alte Ahcleet, und seine Urenkel, Sheriff Tidewater und Chief Prefontaine, euch erzählen könnten, haben die Ureinwohner, die aus Zedern Schiffe und Totempfähle bauten und Möbel und Kleidung herstellten, stets wichtige Zeremonien vollführt, bevor die notwendigen Bäume gefällt wurden.«

Ahcleet, Paul und Joan nickten.

»Sie glaubten, das Fällen bereite den Bäumen Schmerzen«,

sagte Mercer. »Ihre Schamanen sagten, daß sie das Klagen der Bäume unter dem Fällkeil aus Horn oder Eibenholz hören konnten.

Das ist nicht erstaunlich, wenn wir uns vergegenwärtigen, daß seit den Anfängen der Menschheit der Glaube herrschte, Bäume könnten die Verletzungen, die man ihnen zufügt, empfinden.«

Einer der Holzfäller im Publikum stand auf und rief: »Ich höre lieber einen Baum heulen als meine Kinder vor Hunger weinen!«

Mercer blickte den Mann freundlich an. »Sir, meinen Sie wirklich, daß Holzfällen die einzige Arbeit ist, die Sie machen können?«

Der Mann murmelte: »Verdammt, das habe ich mein ganzes Leben lang gemacht.«

»Der Walfänger von vorhin hat sein ganzes Leben lang Wale gefangen.« Mercer beugte sich über das Rednerpult. »Und es bedeutet ja nicht, daß Sie eine Arbeit machen müssen, die nichts mit Holz zu tun hat. Sie müssen sich bloß von den alten Wäldern fernhalten.«

Mercer wandte sich wieder an die Zuhörerschaft: »Schon immer hat man geglaubt, daß Bäume die ihnen zugefügten Verletzungen empfinden können. In jüngerer Zeit haben Untersuchungen ergeben, daß ein Baum, wenn er angeschnitten wird, die anderen Bäume warnt, und zwar über ein den Bäumen eigenes elektrisches Feld. Gerade letzte Woche konnte ich solchen Experimenten beiwohnen. Wie genau das erfolgt, weiß man noch nicht, aber es wird intensiv erforscht. Populärwissenschaftliche Autoren haben dieses Phänomen als das ›Kriegsgeschrei der Bäume‹ bezeichnet.«

Aminte, die Mercer nicht aus den Augen gelassen hatte, beugte sich nun fasziniert vor.

»Versuchen Sie, sich einmal vorzustellen, wenn eine alte Zeder oder eine fünftausend Jahre alte *Bristlecone Pine* von sich aus eine Botschaft senden würde, eine Botschaft an die verbleibenden Bäume in der Welt, mit der Aufforderung, sich zu wehren, bevor es zu spät ist. Eine solche Botschaft würde vom Wind getragen werden, denn Bäume reisen nicht. Mal angenommen, der Wind würde eine solche Botschaft hierher zu uns tragen? Wie würden diese schönen geschützten Bestände, die ehrwürdigen Greise der Welt, um die Urwälder kämpfen? Denken Sie einmal darüber nach.

Wie würden Sie sich wehren, wenn Sie ein Baum wären?«

Als Royal Mercer eine dramatische Pause einlegte, eilte Fran Wilkerson, die Geschäftsführerin der Lodge, zum Senator und flüsterte ihm etwas ins Ohr. Griffiths nickte. Mit einem entschuldigenden Blick zu Mercer nahm der Senator das Mikrofon. »Ich bitte um Ihre Aufmerksamkeit! Achtung bitte!«

Das Stimmengemurmel erstarb.

»Ich habe soeben erfahren, daß in der Ladehalle C in Aberdeen ein Feuer ausgebrochen ist. Genaueres ist mir nicht bekannt. Ich nehme an, daß diejenigen, die dort Material gelagert haben, sofort dorthin wollen!«

◇ In dem entstehenden Durcheinander verließ Aminte den Saal und setzte sich in der Cocktail Lounge an einen runden Tisch, der aus einer Zedernplatte bestand, die derart auf Hochglanz poliert war, daß sie wie ein dunkler Kristall glänzte. Sie bestellte einen Whisky, ohne Eis, ohne Wasser, und nippte langsam daran, genoß das rauchige Torfaroma.

Zwei Männer blieben neben ihrem Tisch stehen. Der dunkelhaarige von den beiden fragte: »Dürfen wir uns zu dir setzen?«

Aminte sah auf und lächelte. »Matthew Swayle, du weißt doch, daß du stets willkommen bist.«

»Nur nicht in deinem Haus.« Er starrte traurig zu ihr herab. Amintes Gesicht rötete sich.

»Das ist mein Boß, Mike McTavish«, sagte Swayle, nachdem die beiden sich gesetzt hatten. »Ihm gehört Quinault Timber. Mike, die Dame heißt Aminte.«

Sie musterte Michael McTavish und dachte: Das ist der Mann, der mein Holz gekauft hat, der alles in Gang gesetzt hat!

»Guten Tag, Aminte«, sagte McTavish. »Wie war doch gleich Ihr Nachname?«

»Ich habe bloß einen Namen«, sagte sie, »Aminte«, und reichte ihm die Hand. Elektrische Energie schien sich zwischen ihnen zu entladen.

Die Männer bestellten und sprachen dann über die Versammlung. Aminte blickte höflich interessiert.

Als sie ausgetrunken hatte, lehnte sie freundlich die Einladung zu einem zweiten Drink ab. Sie sagte, es habe sie gefreut, Michael kennenzulernen, und ging, wobei ihr jedes männliche Augenpaar in der Bar folgte.

»Da muß so manche Ehefrau aber aufpassen, wenn hier solche Frauen herumspazieren«, meinte McTavish.

»Wann kommt Hannah wieder?«

»Morgen, Gott sei Dank. Sie hat den Vertrag, den sie haben wollte, für einen Fotoband über unsere Regenwälder.« McTavishs Augen leuchteten.

»Ist ja toll, Mike. Bist bestimmt mächtig stolz auf sie.«

»Und ob.« McTavish leerte sein Glas und bestellte noch eine Runde für Swayle und sich. »Diese Aminte ist doch keine Indianerin?«

»Sie ist eine Quinault.«

»Mit den roten Haaren?«

»Trotzdem. Ihre Mutter hatte das gleiche Haar.«

»Verheiratet?«

»Nee.«

»Komisch, daß ich ihr noch nie begegnet bin.«

Swayle schob seinen Stuhl zurück und schlug die Beine übereinander. »Sie ist weg gewesen. Eben erst zurückgekommen, kurz bevor ihre Mutter starb. Die Leute hier sind nicht besonders nett zu ihr, aber ich mag sie. Ihre Mutter war verdammt gut zu mir, als ich meine Familie verloren habe.«

»Ich wußte gar nicht, daß du Familie hattest, Matt. Was ist denn passiert?«

»Ein Unfall. Feuer.«

»Mein Gott, das tut mir leid. Hattest du Kinder?«

»Drei Söhne. Meine Frau und die drei Jungs. Alle verloren –« Swayle stand abrupt auf, als ob er zuviel geredet hätte. »An der Bar haben sie die Nachrichten eingeschaltet.«

McTavish wußte, daß das Gespräch beendet war. Er war erstaunt, daß Swayle, ein schweigsamer Mann, überhaupt soviel erzählt hatte. Die beiden Männer gingen zur Bar, um sich die neuesten Nachrichten über das Feuer anzusehen. Offenbar war es noch nicht unter Kontrolle.

Draußen in der Dunkelheit blieb Aminte nachdenklich stehen und betrachtete Michael McTavish durch das efeuumwachsene Fenster der Lounge.

Endlich hatte sie den richtigen Mann für ihren Zweck gefunden. Sie hatte es gespürt, als sie seine Hand berührte. Sie hatte keinen Ehering gesehen, aber das mußte nichts heißen. Männer, die im Wald arbeiteten, trugen keine Ringe. Und es spielte keine Rolle, ob er einer anderen Frau gehörte. Wenn ja, dann nicht mehr lange.

Sie hatte das Gefühl, beobachtet zu werden, und zog sich in den dunklen Schatten zurück, den die Wand der Lodge warf. Sie wartete und hielt Ausschau, bis Tuco Peters in einem Flekken Mondlicht auftauchte.

Sie trat vor und stellte sich ihm in den Weg. »Folgst du mir?«

»Ich folge jedem«, sagte er.

»Mir nicht. Zisch ab, oder du kriegst mehr Ärger, als dir lieb ist.« Sie wandte sich ab und ging, fuhr dann noch einmal herum: »Und wisch dir die Farbe von deinem blöden Gesicht. Du hast kein Recht, sie zu tragen.«

◇ Nachdem das Feuer 24 Stunden gewütet hatte, konnte es schließlich gelöscht werden. Hunderttausende von Brettern, die für den Transport nach Japan bestimmt gewesen waren, wurden ein Opfer der Flammen.

◇◇◇◇◇◇◇ Kapitel 7 ◇◇◇◇◇◇◇

◇ Endlich daheim, Gott sei Dank! dachte Hannah McTavish. Der Duft der hohen Bäume, die Berge, die grün und zerklüftet jenseits der glitzernden Wasserfläche des Lake Quinault aufragten, die leuchtenden Farbtupfer von den Begonien in ihrem Garten, all das war ein Genuß für ihre Augen und ihr Herz.

Sie war eine große Frau mit weichem, braunem, schulterlangem Haar. Zwei Kinder und die Liebe zu gutem Essen hatten ihre einst schmale Taille fülliger werden lassen, aber noch immer erntete sie mit ihrer Figur bewundernde Blicke. Ihre stärksten Pluspunkte waren der üppige, feste Busen, die traumhaften Beine, die Haut, die wie feines Porzellan schimmerte, und die strahlenden grauen Augen mit ihren geschwungenen schwarzen Wimpern.

»Was möchtest du zum Abendessen?« fragte Michael, als er ihren Koffer ins Haus trug.

»Wir könnten unten am See Hamburger grillen.«

»Gerne. Zieh dich um, während ich die Kinder und den Beagle abhole.« Michael hatte Kirstie, den Hund, zu Binte Ferguson gebracht, bevor er Hannah in Seattle abgeholt hatte.

»Wann bist du zurück?«

»In knapp einer halben Stunde.«

Als sie beide wieder draußen im Garten waren, sagte sie: »Bitte beeil dich, Schatz. Ich kann es kaum noch erwarten, meine Kinder zu sehen.« Sie lächelte. »Und deinen Hund.«

»Was ist mit mir?«

Sie flüsterte ihm ins Ohr: »Warte nur, bis ich dich heute nacht im Bett habe.«

Er streichelte ihre Brüste durch die Kleidung, berührte sanft die Brustwarzen, die augenblicklich hart wurden. »Wie wär's mit jetzt gleich, bevor die Kinder nach Hause kommen?«

»Tjaa –« sagte sie, denn sie wollte ihn genauso wie er sie. Sie war eine Woche fort gewesen. Sie hatten einander immer heftig begehrt, so wie sie sich auch sonst brauchten.

Er spürte seine Frau zittern, trug sie ins Haus und schloß die Tür ab. Sie legten sich vor den Kamin und zogen nur so viel aus wie nötig. Zuerst schmeckten sie einander, dann verschlangen sie sich, und sie kam erst in seiner Hand, dann in seinem Mund.

»Hier, Liebling«, flüsterte er schließlich, tief in ihr. »Das willst du doch, nicht? Genieß es, Darling; dafür ist es da.«

Und sie tat es, acht- oder zehnmal, bis er lustvoll aufstöhnte und sich ihr hingab.

»Gott, ich liebe dich«, sagte er, und Tränen liefen ihm übers Gesicht.

Wie viele Männer mag es wohl geben, die nach der Liebe weinen? fragte sie sich. Was würden die harten Holzfäller, die für ihn arbeiteten, von ihm denken, wenn sie das wüßten?

Sie nahm sein Gesicht in beide Hände. »Michael, ob wir je voneinander genug haben werden?«

»Nicht, solange wir beide leben und atmen.«

Nachdem sie zusammen geduscht hatten, stieg er in seinen Pick-up und machte sich auf den Weg. Hannah ging summend durchs Haus und dachte an ihren Mann, der bei allem, was er tat, Lebensfreude und Vitalität an den Tag legte.

Es war jetzt beinahe zwölf Jahre her, daß er im wahrsten Sinne des Wortes in ihr Leben gelaufen war, in der Innenstadt von Portland. Zunächst war sie auf den großen, gutaussehenden Mann mit den blitzenden blauen Augen wütend gewesen, der sie regelrecht umgerannt hatte, als er forsch um eine Straßenekke kam. Doch nicht lange. Er hatte sich entschuldigt und war sehr besorgt gewesen. Er hatte ihre Aktentasche aufgehoben und sich vergewissert, daß ihr auch nichts passiert war. Dann hatte er nach ihrem Namen gefragt.

Als sie ihn schließlich anblickte, sah sie, daß seine Haut natürlich gebräunt war, nicht von der Sonnenbank. Wahrscheinlich arbeitete er im Freien. Sein blondes Haar war fast weiß gebleicht. Seine Hand, mit der er ihr aufhalf, war stark, trocken und schwielig.

Was sie sah, gefiel ihr, doch ganz sicher war sie sich nicht: War er ein freundlicher Irrer oder bloß jemand, der es eilig hatte?

Wohl weil er ihre Unsicherheit spürte, hatte er mit einem breiten freundlichen Lächeln gesagt: »Ich heiße Michael McTavish.«

Beim ersten Mal, als sie miteinander schliefen, hatte Hannah vor Freude geweint und gelacht. Vor ihm hatte sie andere Liebhaber gehabt, aber nie zuvor war sie von einer so drängenden Leidenschaft und vollendeten Befriedigung erfüllt worden, wie sie sie in seinen Armen fand. Mit diesem Mann war sie endlich sie selbst.

Als sie einen Monat später heirateten, entdeckte sie, daß sie mit einem Energiebündel zusammenlebte. Jeder Tag mit Michael war ein Abenteuer. Sie hatte ihr kleines Fotostudio aufgegeben, um ganz für ihn dasein zu können. Nur hin und wieder nahm sie als freischaffende Fotografin kleinere Aufträge an. Seit ihrer Heirat waren sie viel herumgekommen und hatten beruflich alle möglichen Projekte gemacht. Manche Sachen waren gut verlaufen. Andere nicht. Aber sie hatten allerlei Erfahrungen gesammelt, auch wenn sie nicht dabei reich geworden waren.

Vor etwas mehr als einem Jahr dann hatte Michael in David Abbott einen bereitwilligen und finanzstarken Partner gefunden und die Holzfirma gegründet. Es war das finanziell bislang erfolgreichste Unternehmen von Michael gewesen. Und es machte ihm Spaß. Er war ein Mensch, der gerne draußen arbeitete.

Mittlerweile wußten sie beide, daß sie im Regenwald bleiben wollten, trotz einiger Nachteile. So mußten sie beispielsweise, wenn sie zum Arzt, in die Apotheke, zur Bank, ins Kino, zum Supermarkt oder zu McDonald's wollten, fünfzig Meilen nach Aberdeen und wieder zurück fahren.

Aber sie wußten beide, daß die landschaftliche Umgebung sie für die weiten Fahrten mehr als entschädigte. Vom Haus aus konnten sie Seeadler, Fischadler, Kanadagänse, Eistaucher und unglaublich schöne Trompeterschwäne beobachten. Zu Beginn des Winters legten Schnee-Eulen aus der Arktis hier einen Zwischenstopp ein. Wapitirudel zogen vorbei. Ein Schwarzbär plünderte ihren Mülleimer, wann immer er Gelegenheit dazu hatte.

Das Leben im Regenwald war wie in einem Naturfilm von Walt Disney, dachte Hannah, als sie sich eine verwaschene Jeans und ein weites Sweatshirt anzog.

Michael hatte die Kinder und den Hund abgeholt. Nachdem Hannah sich von Kirstie befreit hatte, die wie wild an ihr hochsprang und sie vor Freude ableckte, umarmte sie Elspat und Angus, der seinem Vater wie aus dem Gesicht geschnitten war. Dann verteilte sie ihre mitgebrachten Geschenke, und sie zogen alle hinunter zum Strand.

Michael und Angus grillten die Hamburger. Als die Dämmerung hereinbrach, stieg aus den Flammen des brennenden Treibholzes ein Duft, der an vergangene Zeiten erinnerte. Hannah streckte sich im Sand aus, in jedem Arm ein Kind, und sah ihren Mann an, der an einem verwitterten Stamm lehnte, den Beagle zusammengerollt neben sich.

»Wie weit ist der Totempfahl?« fragte sie.

Michael hatte einen Totempfahl in Auftrag gegeben, der am Strand vor ihrem Haus aufgestellt werden sollte.

»Sie haben ihn fertig. Wir müssen Jim Skinna nur noch sagen, wann er ihn liefern soll.«

»Wie wär's in zwei Tagen? Ich glaube, inzwischen weiß jeder, daß wir ein Fest planen.«

»Wie du willst, Schatz.«

Hannah sah ihren Mann und ihre Kinder an und dachte: Wir brauchen niemanden sonst. Nicht, solange wir uns haben.

◇ In dieser Nacht hatte Hannah einen Traum.

Die Erde war wie ein riesiges schlummerndes Tier, das warm in der Dunkelheit atmete. Die Uferstraße war verschwunden. Ihr Haus war verschwunden. Sie war umgeben von gewaltigen Bäumen. Giganten der Erde.

Wir sind deine Hüter, wisperten ihre Stimmen. Nebel kroch über den Boden, als sich ein schwacher Wind erhob. Die See lachte leise. Die Bäume begannen zu reden, und sie lauschte.

Diese Zeit ist nicht deine Zeit, sagten sie. *Es ist die Zeit, in der übernatürliche Wesen die Wälder erfüllen, wenn Hexen auf dem Wind reiten. Die Zeit, wenn Tiere zu Menschen werden und Menschen zu Tieren. Wenn die beiden Stämme – Menschen und Tiere – einen Pakt miteinander schließen.*

Aus dem Nebel kam eine Menschengestalt, gehüllt in weiße Wolfsfelle, auf dem Kopf einen Helm mit Maske, die aus einem einzigen Stück Holz geschnitzt war. Die Maske, geschmückt mit Büscheln aus Menschenhaar und Stücken von Menschenhaut, war blaugrün, scharlachrot, schwarz und weiß bemalt.

Die weit geöffneten, roten Lippen der Maske zeigten lange Zähne aus Abalonenschalen. Dicht gelocktes rotes Haar ergoß sich über den Rücken der Männergestalt bis hinunter zu den Fersen.

Hannah schauderte, als ein stöhnendes Brüllen die Erde erbeben ließ. Unheimliche Schreie erfüllten die Nacht. Eine große Zeder näherte sich der Menschengestalt, als ob sie sie einholen wollte, zerrte ihre Wurzeln bei jedem gequälten Schritt aus der Erde, reckte die Äste, um zuzupacken.

Aus der Rinde des Baumes war ein Stück herausgerissen worden, und Hannah wußte mit der Gewißheit, die man in Träumen hat, woher Maske und Helm der Menschengestalt stammten. Als eine groteske Stimme brüllte: »Mein Gesicht! Gib mir mein Gesicht zurück!«, versuchte Hannah zu schreien, aber sie brachte keinen Ton heraus.

Sie erwachte zitternd, die Arme ihres Mannes um sich.

»Ruhig, nur ruhig«, murmelte er noch im Halbschlaf und streichelte sie.

Hannah schloß die Augen, und sogleich sah sie wieder die Abalonenzähne der Gestalt glänzen und hörte das gequälte Kreischen des Baumes. Rasch schlug sie die Augen auf.

Was bedeutet dieser Traum? fragte sie sich. Sie lag da, klammerte sich an Michael, bis der Tag anbrach und sie die Tauben unter dem Dach gurren hörte.

Michael stieg lachend aus dem Bett. »Monster und Bäume, die herumspazieren! Du hast von allen Frauen, mit denen ich schlafe, die seltsamsten Träume!«

Hannah sah lächelnd zu, wie ihr Mann sich anzog, und fühlte sich allmählich ruhiger. Selbst seine Neckerei beruhigte sie, weil sie beide, im Gegensatz zu vielen anderen Ehepaaren, wußten, daß sie einander absolut treu waren.

»Ich bin gegen Mittag zurück«, sagte er.

Sie stand auf, duschte, zog sich an und ging hinunter in die Küche, wo Elspat und Angus Cornflakes aßen und dabei eine Familie von Ottern beobachteten, die sich am Ufer tummelte.

»Morgen, Mom!« sagten sie im Chor.

»Dürfen wir mit dem Floß fahren?« fragte Elspat.

»Ja, wenn ihr in Sichtweite bleibt und beide eure Schwimmwesten tragt.«

»Klar, Mom«, riefen sie und rannten hinaus.

»Heh!« schrie Hannah. »Was ist mit Tisch abräumen?«

»Erwischt!« seufzte Angus gespielt, als sie umkehrten, Löffel und Teller in die Spülmaschine stellten und rasch den Tisch abwischten.

Das Telefon klingelte. Es war Cliff Bennett, der Holzmakler. »Hallo, Hannah. Ist Mike da?«

»Er ist leider schon weg.«

»Dann sag ihm bitte, daß ich ihn heute abend anrufe. Ich glaube, ich habe ein gutes Geschäft für ihn ausgehandelt, für das Holz aus dem Reservat.«

»Ich hoffe, ihr könnt zu unserem Fest kommen, wenn der Totempfahl aufgestellt wird«, sagte Hannah.

»Das tut mir leid, aber ich muß nach Alaska fliegen und da ein Problem klären.«

»Schade, Cliff.«

Hannah legte auf, goß sich eine Tasse Kaffee ein und machte sich ein Sandwich. Dann setzte sie sich an den Küchentisch und genoß die Schönheit eines klaren Morgens im Regenwald. Keine Wolke war am Himmel. Der See sah aus wie schillernder blaugrüner Taft mit Diamanten bestreut. Spiegelungen im Wasser warfen ihr blendende Farbprismen ins Gesicht. Sie hörte die Adler schreien, konnte sie aber bei dem hellen Licht nicht sehen. An einem solchen Morgen in ihrem Haus zu sein, so dachte sie, war, als wohnte man in einem Smaragd.

Es klopfte an der Hintertür. »Komm rein, Binte«, sagte Hannah, als sie Binte Ferguson die Tür aufmachte.

Binte war genau 1,45 m groß, wenn sie ganz gerade stand, und war vor 88 Jahren in dem Haus geboren worden, in dem sie immer noch lebte. Sie kam an den Tagen, an denen Hannah die Buchführung im Betrieb machte oder unterwegs war, um zu fotografieren. Binte putzte ein wenig, wenn sie Lust dazu hatte – sogar Fenster –, redete viel, wenn jemand da war, der ihr zuhörte, und kochte das Abendessen.

»Na, was liegt heute an?« fragte sie und schälte sich aus ihrer Jacke.

»Die Kinder sind unten auf dem Floß. Michael kommt gegen Mittag nach Hause, und dann wird er den Nachmittag wohl unten am Strand sein und das Aufstellen des Totempfahls vorbereiten. Und ich werde heute ziemlich viel unterwegs sein.«

Binte nickte. »Hauptsache, ich kenne deinen Flugplan.«

Das Telefon klingelte erneut.

»Hallo, Hannah. Wie war's in New York?« fragte die freundliche Stimme von Fran Wilkerson, der Geschäftsführerin der Lodge.

»Prima. Aber ich bin froh, wieder daheim zu sein.«

Die beiden erörterten die Vorbereitungen für das Fest. Die Küche der Lodge würde Heidelbeertorten backen, sagte Fran, und sie würden außerdem frisch gebackene Brötchen mitbringen.

Die Indianer sorgten für den Lachs – den berühmten Quinault Blueback, der bei Gourmets als echte Delikatesse galt und sonst nirgendwo auf der Welt zu finden war.

»Kannst du zum Lunch rüberkommen, Hannah? Wir müssen noch ein paar Kleinigkeiten besprechen, und ich stecke bis zum Hals in Arbeit.«

Hannah sagte erneut ja. Sie aß für ihr Leben gern in der Lodge. All die wunderbar schrecklichen Kalorien!

Als sie gegen elf am 10. Juli das Haus verließ, sah sie an ihrem Strand einige Männer, die gruben. Vorbereitungen für den Totempfahl.

Michael hatte ihr das Verfahren erklärt. Sie würden einen sechs Meter langen Graben anlegen, der zu Anfang flach war und dann immer tiefer wurde, bis er die für den Pfahl erforderliche Tiefe hatte.

Als sie in ihren Wagen stieg, kam Michael in seinem Pick-up angefahren, auf dessen Ladefläche jede Menge Ausrüstung lag.

»Denk dran, deinen Wagen an der Tankstelle abzugeben, damit sie die Bremsen überprüfen«, erinnerte er sie. »Jemand von der Lodge kann dich zurückfahren.«

Sie küßten sich. Ihr fiel der Anruf des Holzmaklers ein, und sie erzählte Michael davon.

Er grinste und drückte sie an sich. »Was habe ich dir gesagt? Baby, bald haben wir's geschafft!«

◇◇◇◇◇◇◇ Kapitel 8 ◇◇◇◇◇◇◇

◇ Als Hannah in der Lodge eintraf, war Fran in der Eingangshalle, umgeben von 35 Reisenden einer Reisegesellschaft, die allesamt äußerst unglücklich dreinblickten. Die Koffer waren bereits in den Charterbus verladen worden, der vor der Tür stand und dessen kleiner mürrischer Fahrer vor sich hin brummte und etwas vom Fahrplan murmelte, den er einhalten mußte.

»Wo ist die Frau denn bloß?« fragte Fran und drehte sich zu Hannah um, als ob die das Rätsel lösen könnte.

»Welche Frau?« sagte Hannah.

»Eleanor Smythe. Die Reiseführerin.«

»Habt ihr sie verlegt?«

»Sie ist verschwunden. Nicht zu fassen.«

Fran, eine fröhliche und energische Frau mit vollem, kastanienbraunem Haar, das ihr in widerspenstigen Locken um den Kopf stand, hatte hellblaue Augen und einen blassen Teint mit der Neigung zu Sommersprossen. Sie war sehr dünn und sah so aus, als ob sie es immer gewesen wäre.

Der Ranger Oren Palmer kam zielstrebig auf sie zu.

»Irgendwas Neues?« Fran zog Palmer und Hannah außer Hörweite der führerlosen Gruppe.

»Nichts. Keine Spur von ihr«, sagte er.

Fran verschränkte die Arme und starrte auf die glänzenden alten Bodendielen. »Verdammt, wo steckt sie bloß?«

»Vielleicht auf dem See«, sagte Palmer.

»Wenn sie letzte Nacht rausgefahren ist, dann mit keinem von unseren Booten. Die sind alle da.« Fran senkte die Stimme und flüsterte zwischen zusammengepreßten Zähnen: »In all den Jahren, die ich hier arbeite, ist so was noch nie passiert. Wir hatten Betrunkene, die wir aus der Bar schmeißen mußten, und zornige Ehefrauen, die wir daran hindern mußten, in die Schlafzimmer zu stürmen. Aber noch nie hatten wir eine vermißte Reiseleiterin.«

Ein britisch aussehender Mann in Knickerbockern kam auf sie zu.

»Knickerbocker?« sagte Hannah leise zu Fran.

»Ich bitte um Verzeihung«, sagte der Herr. »Haben Sie etwas von Miss Smythe gehört?«

»Leider nein«, entgegnete Fran. »Aber ich nehme an, daß sie einen Morgenspaziergang macht und dabei die Zeit vergessen hat.«

»Das sähe ihr aber gar nicht ähnlich«, widersprach er. »Meiner Erfahrung nach vergißt sie nie etwas.«

Oren Palmer musterte ihn. »Wie war Ihr Name doch gleich, Sir? Duncan?«

»Bassett-Duncan. Archibald Bassett-Duncan.«

»Kennen Sie Miss Smythe gut?«

»Zweifellos nicht im biblischen Sinne, ha, ha.« Nach dieser Äußerung lief Bassett-Duncan puterrot an. »Oh, ich bitte sehr um Verzeihung. Ich weiß nicht, was manchmal über mich kommt. Äußerst geschmacklos.« Er räusperte sich lautstark. »Ich habe etliche Touren mit ihr als Leiterin gemacht. Sie ist eine sehr tüchtige Person. Hält die Gruppe beisammen, bleibt in der Zeit, schlichtet Auseinandersetzungen und so weiter.«

»Wann haben Sie sie zuletzt gesehen?« fragte der Ranger.

»Gestern nachmittag, als ich meinen Tee trank. Aber jetzt fällt mir auf, daß sie nicht zum Dinner erschienen ist.«

»Wann haben Sie denn Ihren Tee getrunken?«

»Wie immer, um vier Uhr.«

»Hat sie sich irgendwie anders verhalten?«

Bassett-Duncan überlegte einen Moment. »In der Tat, ich habe sie noch nie so aufgeregt gesehen. Und sie schien innerlich zu glühen, wenn Sie verstehen, was ich meine.« Er senkte die Stimme. »Ich habe mir gedacht, daß sie vielleicht jemanden kennengelernt hatte. Sie hat eine große Schwäche für jüngere Männer.«

»Worüber hat sie geredet?« fragte der Ranger.

»Über Fotografieren. Aufnahmen machen. Ich hab's nicht ganz verstanden.«

Palmer fragte Bassett-Duncan, ob er wüßte, wo Eleanor Smythe ihre Fotos machen wollte – oder von wem.

»Nicht die leiseste Ahnung«, entgegnete dieser.

Der Busfahrer kam in die Halle gestürzt, als ob er in den Kampf zöge. »Ihr Bus fährt jetzt los, mit oder ohne seine Passagiere«, verkündete er und schoß dann wieder hinaus.

Kollektives Jammern erhob sich unter den versammelten Reisenden. Bassett-Duncan straffte die Schultern und sagte zu Fran, daß er ihr helfen würde, alle zusammenzuholen. Und er hielt sein Wort. Trotz heftiger Proteste scheuchten Fran und Bassett-Duncan die Gruppe schon bald aus der Lodge in den Bus.

Oren Palmer ging zurück zur Ranger Station. Fran blieb im Eingang der Lodge stehen und sah dem Bus nach, als ob sie hoffte, daß die verschwundene Reiseleiterin wundersamerweise von den überhängenden Zweigen fallen würde.

Dann schlenderten die beiden Frauen durch die Halle, die im großen und ganzen noch immer so aussah wie damals im August 1926, als die Lodge eröffnete. Noch immer standen dieselben vanillefarbenen Rohrsessel und Zweiersofas vor dem riesigen Kamin. Die mit Schnitzereien verzierten Balken an der gewölbten Decke zeigten dezente indianische Kunst.

Hannah war ganz vernarrt in die kosmopolitische Atmosphäre des Restaurants. Hier im abgeschiedenen Regenwald hörte man

Reisende aus aller Welt in den verschiedensten Sprachen durcheinanderreden.

Die beiden Frauen setzten sich und bestellten Krabbensalat auf Eis, Lachs vom Holzkohlengrill mit Schnittlauchbutter, grünen Salat, Zitronencremekuchen und zahllose Tassen Kaffee.

»Genau deshalb bin ich nicht dünner«, bemerkte Hannah.

»Wer will denn schon dünn sein?« fragte Fran.

»Du offensichtlich. Du bist doch bloß ein bewegliches Knochengestell.«

Fran seufzte. »Solange ich denken kann, habe ich gegessen wie ein Pferd. Noch nie habe ich es geschafft, mal etwas zuzunehmen.«

»Wenn ich nicht so ein guter Mensch wäre, könnte ich dich dafür hassen.«

»Ja, aber gegen hübsche Titten hätte ich nichts einzuwenden«, sagte Fran betrübt.

Hannah erzählte Fran ihren verrückten Traum mit der Männergestalt, die weiße Wolfsfelle und eine schreckliche Maske aus Zedernholz trug.

»Woher hast du gewußt, daß es Wolfsfelle waren?« fragte Fran.

»Ich wußte es einfach.«

Fran kaute nachdenklich. »Ich glaube, irgendein berühmter Psychoonkel hat mal gesagt, daß Träume es uns ermöglichen, von Zeit zu Zeit still und heimlich durchzudrehen.«

»Dann war das wohl letzte Nacht bei mir so.«

Nachdem sie die letzten Einzelheiten für das Fest durchgesprochen hatten, fragte Hannah, ob Fran auch ein Fest plante, wenn der Totempfahl vor der Lodge aufgestellt wurde.

»Nein«, sagte Fran. »Der steht dann einfach eines Tages da.«

Die Rede kam auf den rätselhaften Tod von Lia Prefontaine.

»Sie war nicht selbstmordgefährdeter, als ich es bin«, meinte

Fran. »Und wenn sie sich schon umbringen wollte, warum dann nicht in San Francisco? Wieso kommt sie hierher und springt von der Klippe, bevor sie überhaupt Gelegenheit hatte, Paul wiederzusehen?«

»Ich habe gehört, sie war Bergsteigerin.«

»Das war sie. Und es ist einfach unbegreiflich, wie sie von einer Klippe fallen konnte, die sie doch zigmal rauf- und runtergeklettert ist.«

◇ Nach dem Mittagessen ging Hannah über die Straße in das Geschäft von Bill Sanders, um ihn zu ihrem Fest einzuladen.

Als sie die Holzstufen zur Veranda des Ladens hinaufstieg, hielt hinter ihr ein Wagen, und Sheriff Tidewater stieg aus.

»Hallo, Joan«, sagte Hannah. »Wie geht's Paul?«

Sie kannte ihn zwar nicht gut, fand ihn aber ganz sympathisch, und es tat ihr leid, daß er seine Frau verloren hatte.

»Den Umständen entsprechend, denke ich«, erwiderte Joan. »Und was macht dein Kleiner?«

»Tleyuk geht's gut. Er findet es toll, daß wir bei meinem Urgroßvater wohnen.«

Die Fliegentür öffnete sich schwungvoll, und eine Touristengruppe kam heraus. Joan nickte ihnen zu und folgte Hannah dann in den Laden, wo Sanders sie begrüßte. Nachdem Hannah ihn zu dem Fest eingeladen hatte, kamen weitere Kunden herein, und sie sah zu, wie Sanders sie bediente.

Er war um die Vierzig, mit schwarzem, dicht gelocktem Haar, dunklen Augen und brauner Haut, die vor freudiger Erregung gerötet waren. Er arbeitete in einer Umgebung, die sich kaum verändert hatte, seit der Laden von seinem Urgroßvater erbaut worden war. Zu Anfang, als die erste Straße durch die riesigen unberührten Wälder geschlagen wurde, hatte sein Vorfahr das Geschäft eröffnet, um die Pioniere mit Nachschub zu versorgen. Hannah hörte einen Kunden fragen, wie lang es den Laden schon gab.

»Über einhundert Jahre«, erwiderte Sanders. »Mein Großvater hat mir noch von Ochsengespannen erzählt, die hier Rast machten, um sich mit Vorräten einzudecken, und dann auf riesigen Flößen über den See gerudert wurden, zu den Siedlern auf der Nordseite. Um die Jahrhundertwende hat dann eine abenteuerlustige Seele drüben ein Hotel gebaut, und damit kamen gleich viele interessante Dinge hierher. Unter anderem ein Billardtisch, ein Piano und überaus entgegenkommende Damen, die mein Opa mit einem erfreuten Lächeln als ›schmutzige Täubchen‹ bezeichnet hat.«

Alle lachten.

Sanders und Joan unterhielten sich leise miteinander, während Hannah durch den Laden ging und sich alles ansah – Lebensmittel, Laternen, große Lakritzschleifen, handgeflochtene Körbe, Bolzengewehre, neue und alte Bücher, Zeitschriften und Schulbedarf.

Sie bemerkte eine neue Auslage. In einer verschlossenen Glasvitrine auf einer der Theken war eine Sammlung von ungewöhnlichen puppengroßen Figuren zu sehen, die zwischen 96 und 500 Dollar kosteten. Auf einem Schild über der Vitrine stand: HANDGEARBEITETE PUPPEN VON AMINTE. Sie sah genauer hin und stellte fest, daß die Puppen zirka zwanzig Zentimeter groß waren und indianische Figuren darstellten.

»Bill, wo haben Sie denn diese wundervollen Puppen her?«

Noch bevor er antworten konnte, flog die Tür auf, und eine Frau kam herein. Hannah sah, daß Joan sich umwandte und die Regale studierte, während die neue Frau mit der Grazie einer Tänzerin auf Sanders zuging.

Sie war ganz in Schwarz gekleidet: hochhackige, schwarze Wildlederstiefel, schwarze enge Hose, schwarzer seidiger Rollkragenpullover, schwarzer Leinenblazer und ein breitkrempiger schwarzer Hut. Abgesehen von ihrem Elfenbeinteint war das einzig Farbige an ihr die Flut von dichtgelocktem feuerrotem Haar, das ihr über den Rücken fiel.

Das Haar habe ich in meinem Traum gesehen! dachte Hannah.

Die Frau sprach kurz mit Sanders, der daraufhin seine Kasse öffnete und ihr etliche Hundertdollarscheine reichte.

»Hannah«, sagte er, »die Dame hier ist Aminte. Sie entwirft und fertigt diese Puppen, nach denen du gefragt hast. Aminte, Hannah McTavish. Ihrem Mann Mike gehört Quinault Timber.«

»Ich weiß«, sagte die Frau und musterte Hannah ausdruckslos mit den schwärzesten Augen, die Hannah je gesehen hatte. Selbst mit Kontaktlinsen konnten Augen nicht derart seltsam aussehen, fand sie. Eigentlich war sie selten um eine Antwort verlegen, aber jetzt wußte sie nicht, was sie sagen sollte.

Die rothaarige Frau warf einen spöttischen Blick auf Joans Rücken, nickte Hannah und Sanders zu und ging hinaus.

Hannah fühlte sich benommen, als hätte sie eine Erscheinung gesehen. Sie wollte von Sanders mehr über die Puppenmacherin wissen, doch als sie ihn fragen wollte, sagte Joan, die vor einer Vitrine mit Filmen stand, gerade zu Sanders: ». . . das Zeug verkauft sich bestimmt gut.«

»So gut, daß ich kaum nachkomme. Ein Glück für die Reiseleiterin, daß ich noch Infrarot auf Lager hatte.«

»Infrarot?« sagte Hannah. »Das ist doch für Nachtaufnahmen.«

»Was wollte sie denn damit anfangen?« fragte Joan.

»Bigfoot, nehme ich an. Davon reden die Touristen hier ständig.«

»Eleanor Smythe wird vermißt«, sagte Joan. »Ihre Gruppe mußte ohne sie abreisen.«

»Habe ich schon gehört.« Sanders fing an, Kaffeebohnen zu mahlen, und schon bald verbreitete sich der köstlich-aromatische Duft im ganzen Laden. »Wahrscheinlich ist sie draußen im Wald. Wie viele verlaufen sich denn so pro Jahr, Sheriff? Zehn? Zwanzig?«

»Unterschiedlich.« Joan ging zur Tür. »Wenn sie nicht wieder auftaucht, müssen wir eine großangelegte Suchaktion einleiten. Sagen Sie mir Bescheid, wenn Sie etwas hören, Bill.«

◇ Hannah fragte Joan, ob sie vielleicht in ihre Richtung fuhr. »Mein Wagen ist zur Inspektion«, erklärte sie.

»Du hast Glück. Steig ein.«

Während der Fahrt betrachtete Hannah Joans Profil. Sie war eine attraktive Frau, deren Schönheit etwas Wildes hatte. Und was für herrliche schwarze Locken, die ihr wie eine Kappe um den Kopf lagen!

Impulsiv sagte Hannah: »Entschuldige, wenn ich zu neugierig bin, Joan, aber hast du eine Dauerwelle?«

Joan fuhr sich mit der Hand durch die blauschwarzen Löckchen. »Nein, das wurde bei der Geburt mitgeliefert.«

»Aber ich dachte, Indianer hätten immer glattes Haar.«

»Hast du nie was über Chief Seattle gelesen? Der hatte schwarze Locken und eine Stimme, die man meilenweit hören konnte. Ich habe dasselbe Haar, aber nicht die Stimme, Gott sei Dank.«

Sie mußten beide lachen.

»Ich muß mehr über euer Volk erfahren, Joan. Ich mache ein Buch über den Regenwald, und das kann nicht gut werden, wenn ich nicht etwas über die Quinault weiß. Was meinst du, mit wem ich mich mal unterhalten könnte?«

Joan lächelte sie an. »Wie wär's mit mir?«

»Ich könnte mir niemand Besseren vorstellen! Okay. Erste Frage: Bist du eine reinblütige Quinault?«

»Das bin ich«, erwiderte Joan freundlich. »Es sind nicht mehr viele von uns reinrassig. Die meisten Quinault sind

Mischlinge. Unsere Vorfahren haben sich mit den Nisqually vermischt, die auch hier auf der Halbinsel lebten – und mit Polynesiern.«

»Die Polynesier hatten's aber weit«, sagte Hannah.

»Sie befuhren das Meer, so wie wir. Und viele von ihnen kamen bis zu unserer Küste, schon vor langer Zeit.«

»Da muß ja nachts zwischen den Tipis viel losgewesen sein.«

Joan lachte leise. »Wir haben nicht in Tipis gewohnt. Wir haben große Häuser aus Zedernholz gebaut, in denen ein ganzer Clan wohnen konnte. Das größte war über einhundertachtzig Meter lang. Das ganze Dorf lebte darin, einschließlich der Sklaven.«

»Sklaven? Die Indianer hatten Sklaven?«

»Und ob.« Joan riß das Lenkrad herum, um einem großen Braunbären auszuweichen, der über den Highway trottete. »Der Bursche ist auf Beerensuche«, sagte sie. Dann kam sie auf Hannahs Frage zurück. »Dreißig Prozent aller Ureinwohner an der Nordwestküste waren Sklaven der übrigen siebzig Prozent.«

Hannahs ganzes Geschichtsbewußtsein geriet aus den Fugen. »Wie haben sie sich die Sklaven beschafft?«

»Auf dem üblichen Weg. Gekauft, eingetauscht, gefangen. Die haben sich damals prächtig amüsiert, wenn sie loszogen, um sich ein paar Sklaven zu besorgen.«

»Gibt es denn noch Nachfahren der Sklaven, Joan? Stammst du von ihnen ab?«

»Nein«, sagte Joan mit Bestimmtheit.

Das Thema laß ich lieber! dachte Hannah. Nachdenklich sagte sie: »Ich frage mich, wann dieses Fleckchen Erde hier entdeckt worden ist, ich meine von den Europäern.«

Joan sagte langsam, als ob sie sich an ihren Geschichtsunterricht erinnerte: »Ich glaube, die ersten Europäer waren russische Forscher, die 1741 hier gelandet sind. Zwei Jahre später ging Bruno Heceta südlich von Point Grenville vor Anker. Als

Heceta an Land ruderte, wurde er von sechs großen, schönen, jungen Männern begrüßt, die mit Fellen bekleidet waren und ihm Lachs schenkten. Sie waren Quinault. Drei von ihnen, so schrieb er, waren blond.«

»Blonde Indianer?« wunderte sich Hannah.

»Ja, hast du noch nie von den Blonden am Hoh River gehört?«

Hannah verdaute diese neue Information.

Joan fuhr fort. »Als Heceta später mit Priestern wiederkam und ein Kreuz aufstellen ließ, haben wir mächtig Ärger gemacht.«

»Wart ihr kein friedliches Volk?«

Joan lachte. »Nicht, wenn fremde Schamanen in schwarzen Roben herumtanzten und magische Dinge in unseren Sand steckten. Auch ansonsten waren wir nicht sonderlich friedlich. Ich muß lachen, wenn einige von uns ihre Vorfahren als friedliebende Leute beschreiben, im Vergleich zu anderen kriegerischen Stämmen. Vor zweihundert Jahren waren wir vermutlich das wildeste Volk westlich der Rockies. Jahrzehntelang hatten die Europäer panische Angst davor, hier an der Küste zu stranden.«

»Erzähl mir mehr über die Sklaven.«

Joan lächelte. »Vor rund einhundert Jahren hatten die Eingeborenen oben im Norden zu viele Mäuler zu stopfen. Ihre Wirtschaft ging den Bach runter. Entweder sie mußten einige von ihnen töten oder sie freilassen. Sie haben sie freigelassen und ihnen gesagt, sie sollten machen, daß sie wegkamen. Die meisten von ihnen sind nach Taholah gekommen, wo wir Quinault lebten. Nach und nach haben sie sich mit uns vermischt. Aber noch heute sagt man von manchen, sie seien ›niedere Klasse‹, was nichts anderes heißt, als daß sie von Sklaven abstammen. Außerdem haben manche Stämme ihre Verbrecher nicht hingerichtet, sondern verbannt, und einige von diesen Verbannten haben sich hier niedergelassen.«

»Ihr Quinault müßt ein großzügiges Volk sein«, sagte Hannah leise und schwieg dann. Sie dachte darüber nach, was Joan ihr über dieses Land und sein Volk erzählt hatte. »Wie haben die Indianer ihre Verbrecher hingerichtet?«

»Die übelsten wurden lebendig begraben, und auf ihr Grab wurde eine junge Zeder gepflanzt.«

»Ein Baum? Wieso das?«

»Um die Seele zu fangen. Sie war in dem Baum eingeschlossen und bis in alle Ewigkeit verdammt. Unsere Ahnen nannten sie die Baumleute. Einer von den Alten – das ist übrigens ein Wort, das Achtung ausdrückt – hat mir erzählt, daß er sich hin und wieder mit den Baumleuten unterhält, daß aber nie etwas Gutes dabei rausgekommen ist, weil man ihnen kein Wort glauben kann. Alles Lügner. Heute ist ganz schön viel Verkehr.« Sie bremste scharf, weil ein Stinktierpaar über die Straße trottete. »Aber schließlich kann man auch den Lebenden nicht viel glauben.«

»Joan, wie hat er denn mit ihnen reden können, wenn sie in einem Baum stecken?«

»Bäume reden die ganze Zeit. Hör mal genau hin, wenn du das nächste Mal im Wald bist.«

»Für welche Verbrechen wurden sie denn bestraft?«

»Zwietracht säen. Mord. Einen Mann töten, weil man etwas haben wollte, was er hatte. Seine Frau beispielsweise. Und Lügen. Meine Ahnen haßten Lügner.« Sie blickte plötzlich finster. »Und ich auch.«

Sie fuhren schweigend etliche Meilen, dann fiel Hannah die Frau in Schwarz ein.

»Diese Frau mit dem roten Haar, die Puppenmacherin.«

Joan schien ihre Gedanken aus der Vergangenheit in die Gegenwart zurückzuholen. »Aminte?«

»Ja. Kennst du sie?«

»Das kann man wohl sagen.«

»Das klingt nicht so, als ob du sie besonders magst.«

Joan lächelte, ihre weißen Zähne blitzten. »Sie mag mich jedenfalls nicht. Oder meine Familie.«

»Was habt ihr denn für ein Problem miteinander, wenn ich nicht zu neugierig bin.«

»Etwas, das vor schrecklich langer Zeit geschehen ist.«

◇◇◇◇◇◇◇ Kapitel 9 ◇◇◇◇◇◇◇

◇ »Ich bin auf dem Weg zu Skinnas Werkstatt. Hast du Lust mitzukommen?« fragte Joan, als sie bei Hannahs Haus ankamen.

»Gerne. Ich hole nur eben meine Fotoausrüstung.«

Hannah wollte Fotos von dem Totempfahl für ihr Buch verwenden. Sie winkte Michael, der unten am Strand arbeitete, und rief ihm zu, daß sie mit Joan zu dem Schnitzer fuhr. Er nickte, lächelte und winkte.

Sie fuhren etliche Meilen am Nordufer entlang und bogen dann in eine fast unsichtbare Nebenstraße, die sich unter mächtigen Ahornbäumen dahinschlängelte, die beinahe vollständig von Flechten und Moosbehang verdeckt waren. Auf einer offenen Lichtung lag ein fertiger Totempfahl. Bei einem weiteren daneben waren die Schnitzereien noch nicht fertig.

»Das ist euer Pfahl«, sagte Joan. »Der unfertige ist für die Lodge.«

Jim Skinna stand da, die Arme über der Brust verschränkt, und betrachtete sein Kunstwerk. Als sie ankamen, blickte er auf, nickte und wandte sich dann wieder dem Pfahl zu.

»Faszinierender Mann«, sagte Hannah.

Joan stimmte ihr zu. Skinna ging um den Pfahl, kniete sich von Zeit zu Zeit nieder, um mit dem kritischen Auge des Meisters ein Detail zu überprüfen.

Dicht hinter ihm, fast in seinen Fußstapfen, ging sein Assistent Tuco Peters, ein dunkler und aristokratisch aussehender junger Mann von fast unheimlich attraktivem Äußerem. Er trug ein Stirnband aus Fell, damit ihm das lange schwarze Haar nicht ins Gesicht fiel.

»Sind die beiden verwandt?« fragte Hannah.

»Ich weiß nicht genau. Jedenfalls sind sie keine Quinault. Wir haben auch keine großen Pfähle gemacht. Skinna und Tuco sind beide vor ein paar Jahren aus British Columbia gekommen. Fällt dir an Tucos Schuhen was auf?«

»Solche habe ich noch nie gesehen.«

»Sie sind aus dem Fesselstück eines Wapiti gemacht. Die Fessel ergibt die Ferse. Die Haut unter der Fessel ist der Fuß. Er trägt sie mit der Haarseite nach innen.«

»Er könnte doch einfach Nikes tragen.«

»Klar, aber Tuco will alles so wie früher.«

»Er ist schön, fast so als käme er aus einer anderen Zeit«, sagte Hannah.

»Vielleicht ist das sein Problem.«

»Hat er Probleme?«

»Er ist ein Junge, der herausfinden will, wohin er gehört, in die Welt der Weißen oder die der Ureinwohner«, sagte Joan. »In der Welt der Weißen ist er schon in Schwierigkeiten geraten.«

»Wird er finden, was er sucht?«

Joan zuckte die Achseln. »Vielleicht. Wenn er einem Echo folgen kann. Wenn er den Wind versteht.«

Einem Echo folgen? Den Wind verstehen? Verwirrung zeigte sich in Hannahs Gesicht.

Ein seltsamer Ausdruck huschte über Joans Gesicht. »Es ist gefährlich, heute die alten Bräuche wiederzubeleben.«

»Wieso gefährlich?«

»Gefährlich sind die Heuchler und Eiferer. Leidenschaften, die zu extrem werden, bergen viele Gefahren.« Joan wollte das Gespräch beenden und öffnete die Tür. »Steigen wir aus.«

Während Joan mit Skinna über die vermißte Reiseleiterin sprach, ging Hannah um den Totempfahl herum und machte

Nahaufnahmen von den kunstvoll geschnitzten Details. Als sie spürte, daß Tuco Peters dicht hinter ihr war, ging sie hinüber zu Skinna. Der junge Mann hatte etwas an sich, das sie beklommen machte; sie fühlte sich plump, unfertig. Peters entfernte sich.

»Mr. Skinna, haben Sie eigentlich Muster für die Figuren?«

»Nein.« Er ging um den Pfahl und kniete sich neben den Kopf der obersten Figur, glitt mit den Händen über die scharf hervortretenden Züge des Raben. »Meistens arbeite ich ohne Vorlage«, sagte er. »Aber wenn ich ein Auge wie dieses hier schnitze«, er zeigte mit einem knotigen Finger auf ein Auge des Raben, »verwende ich getrennte Muster für den Augapfel, für den Umriß der Augenöffnung und hierfür.« Er deutete auf eine bohnenförmige Schnitzerei, die die Augenhöhle darstellte. »Das mache ich, damit die Augen zusammenpassen. Dieselbe Größe, dieselbe Form.«

Hannah kniete sich nieder und machte weitere Aufnahmen. »Wie machen Sie denn diese Teile hier, die so abstehen?« fragte sie.

Skinna warf Tuco Peters einen Blick zu. Sie lächelten beide über ihre Umschreibung für Schnabel, Flossen und Flügel. Doch im Gegensatz zu Skinnas freundlichem Lächeln war das von Tuco sarkastisch.

»Bevor ich mit dem Schnitzen anfange«, sagte Skinna, »verzapfe ich sämtliche Stücke, die im rechten Winkel vom Pfahl abstehen.«

»Wie macht man das?«

»Zuerst schneide ich ein Rechteck in den Pfahl; dann schlage ich mit dem Holzhammer einen passenden Zedernholzblock hinein. Falls ich leimen muß, mache ich meinen Leim selbst. Zerkochte Heilbuttflossen ergeben einen guten Leim.«

Skinna strich über den Schnabel des Raben. »Aus diesem Stück hier habe ich den Schnabel des Raben gemacht. Durch diese Methode werden die Teile, die vom Pfahl abstehen, zum Beispiel Schnabel und Flügel, sehr viel stabiler und halten viel länger, als sie es sonst täten.« Skinna verstummte und musterte den Totempfahl mit erfahrenem Blick.

Wieder spürte Hannah, daß Tuco Peters zu dicht hinter ihr stand, und sie sagte mit einem übertrieben freundlichen Lächeln: »Sie arbeiten wohl mit Mr. Skinna Hand in Hand.«

»Nein«, entgegnete der junge Mann, fast ohne die Lippen zu bewegen.

Skinna sagte: »Tuco hilft mir bei allem, nur nicht beim Bemalen.«

Hannah legte die Hand auf den Pfahl. »Die Farben sind so schön weich und leuchtend, gar nicht hart oder aufdringlich. Woher haben Sie diese Art von Farbe, Mr. Skinna?«

»Das ist Fischtempera. Die mache ich selbst.«

»Und wie?«

»Zuerst zermahle ich Eisen, Kupfer und Kohlenmonoxide.« Ein breites Grinsen erschien auf seinem Gesicht. »Dann kaue ich frische Lachseier und zusammen mit meiner Spucke ergibt das Farbe.«

Sie lachte entzückt. »Speichel und Lachseier! Wer hätte das gedacht?«

Nun lag Skinnas Meisterwerk mit seinen schönen, weichen, matten Farben vor ihnen und wartete auf seine Reise den Fluß hinunter zum Lake Quinault und zu Hannahs und Michaels Haus.

Was waren Totempfähle? Waren sie einfach nur Wappenpfähle, wie viele meinten? Oder waren sie sehr viel mehr? Waren sie wirklich Darstellungen von Schutzgeistern, von Göttern derjenigen, die weiße Invasoren fälschlicherweise Indianer genannt hatten? Besaßen sie auch in der Welt des weißen Mannes mit seinen Raketen, Krankheiten und Massenvernichtungen immer noch ihren alten Zauber, die Macht, zu verkünden und zu schützen? Oder waren sie heute machtlos, tot, weil ihnen keine Achtung mehr entgegengebracht wurde?

Was war die Bedeutung, das Geheimnis des Totempfahls?

Als Hannah auf die schönen Figuren von Rabe, Bär, Lachs

und Adler hinabsah, kam es ihr so vor, als warteten sie geduldig darauf, durch die Kraft der alten Zeremonie wieder zum Leben erweckt zu werden.

Auf der Rückfahrt sagte Joan: »Du magst Tuco Peters nicht.«

Hannah dachte. Ist das so offensichtlich?

»Ich weiß nicht,wie ich das erklären soll, Joan. Er ist sehr schön, aber irgendwie habe ich bei ihm ein ungutes Gefühl.«

Auf Joans Gesicht zeichneten sich finstere Linien ab. »Mach dir nichts draus. Da bist du nicht die einzige.«

◇ Sheriff Tidewater veranlaßte eine großangelegte Suchaktion nach Eleanor Smythe, der vermißten Reiseleiterin.

Das Büro des County-Sheriffs stellte seine Such- und Rettungsmannschaft zur Verfügung; die Nationalgarde schickte ein Dutzend Freiwillige; das Aberdeen Police Department schickte Bluthunde. Der Stamm der Quinault schickte eine Such- und Rettungsmannschaft, ebenso der Forstdienst und die Belegschaften des Nationalparks.

Joan wußte, daß die Suche mühselig werden würde, denn das Land war unwegsam, mit dichter Vegetation, tiefen Schluchten und zahllosen Gebieten, die absolut undurchdringlich waren.

◇ An jenem Abend, Elspat und Angus waren schon im Bett, lag Hannah auf dem Sofa und las. Auch Michael versuchte zu lesen, doch nach Einbruch der Dunkelheit, wenn die Waldarbeiter zu Hause waren, hatte er noch lange nicht Feierabend. Das Telefon hatte nicht still gestanden. Als letzter rief Cliff Bennett an.

Nachdem er aufgelegt hatte, machte Michael ein paar Kalkulationen mit seinem Taschenrechner und sagte dann: »Schatz, dank Cliff machen wir mit dem Holz aus dem Reservat ein dikkes Geschäft.«

»Klingt ja phantastisch.«

Sie legte ihr Buch beiseite. »Paß auf, daß du dich nicht noch totarbeitest. Ein armer lebendiger Mann ist mir lieber als ein reicher toter.«

Er lachte, setzte sich neben sie und schmiegte sich an sie.

»Was willst du machen, wenn wir stinkreich sind?«

»Die ganze Zeit mit dir schlafen«, sagte sie, ohne zu zögern.

»Hab ich's mir doch gedacht.« Er blickte sie forschend an. »Wie wär's, wenn wir jetzt schon mal ein bißchen üben?«

Zuvor gingen Hannah und Michael auf die Veranda und lauschten den Geräuschen des Sees. Irgendwo in den Bergen hinter ihrem Haus brüllte ein Wapitibulle.

»Der ruft seinen Harem zusammen«, sagte Michael.

»Wollen die Weibchen nicht?«

»Doch, schon. Aber sie lassen sich nur mit den stärksten Bullen ein. Die Jungs haben es echt schwer.«

»Wieso?«

»Na ja, er hat jetzt kaum Zeit zu fressen oder sich auszuruhen, und er paart sich mit jedem Weibchen in seinem Harem mehrmals. Dabei muß er ständig andere Bullen in die Flucht schlagen. Viele von ihnen überanstrengen sich so, daß sie den Winter nicht überleben.«

Sie küßte ihn aufs Ohrläppchen. »Komm ins Schlafzimmer. Ich verspreche dir, daß du keine anderen Männchen in die Flucht schlagen mußt. Und vielleicht laß ich dir sogar ein bißchen Zeit zum Ausruhen.«

Er fügte sich.

Später, um Mitternacht, kam Wind vom Meer auf, der sich mit dem Wechsel der Gezeiten erhob und über die Wälder strich, so daß die großen Bäume ihre aromatischen Essenzen verströmten. Und als die Bäume das taten, wurde der Wind süß und kristallen, betörend verführerisch – mit tödlicher Wirkung.

Als der Wind sehnsüchtig durch ihre Schlafzimmerfenster drang, murmelte Hannah im Halbschlaf: »So was Süßes habe ich hier noch nie gerochen, du, Schatz?«

Michael, erfüllt und zufrieden, flüsterte, daß er das auch nicht habe.

◇ Unten in der Dunkelheit am Strand der McTavishs machte sich Tuco Peters leise an dem Graben zu schaffen, der tagsüber angelegt worden war. Er erfüllte eine heilige Pflicht, so sagte er sich, er tat, was getan werden mußte, um die Errichtung eines neuen Totempfahls gebührend zu ehren.

In seiner Phantasie war die Nacht um ihn voller Trommelklang, und der Rauch von zahllosen Festfeuern stieg auf, um die Geister milde zu stimmen.

Er hörte Lachen, Freudenschreie und sah helle verführerische Augen, als sich sein eigenes Volk gemeinsam mit den höchsten Würdenträgern anderer Stämme, die zu Gast waren, versammelte. Viele Schamanen, unter denen er sich selbst als einen Hohenpriester sah, tanzten und sangen.

Er hatte sein Gesicht bemalt, und auch wenn seine Bewegungen äußerst verstohlen waren, so war die Szene in seinem Geist doch wild und ausgelassen, voller Klänge und Düfte und Magie.

Immer wieder blickte er zum Haus der McTavishs hinauf. Aber seine Sorge war unbegründet. Nachdem sie sich geliebt hatten, schliefen Hannah und ihr Mann tief und fest.

◇◇◇◇◇◇◇ Kapitel 10 ◇◇◇◇◇◇◇

◇ Am Abend des 13. Juli, an dem der Totempfahl feierlich aufgestellt werden sollte, kamen die ersten Gäste schon um fünf. Binte hatte körbeweise Gemüse aus ihrem Garten mitgebracht, aus dem sie mit Hannah die Salate zubereitete.

Matthew Swayle half ihnen in der Küche; er putzte das Gemüse und schnitt Sellerie und Tomaten klein. Er hatte mehrere Kilo gedörrtes Lachsfleisch mitgebracht, eine hausgemachte Spezialität, für die er berühmt war.

»Ich begreife einfach nicht, wieso du immer noch Single bist«, sagte Hannah bewundernd. »Bei deinen Kochkünsten müßten die Frauen doch nur so auf dich fliegen.« Dann biß sie sich fast auf die Zunge, weil ihr einfiel, was Michael ihr über den tragischen Tod von Swayles Familie erzählt hatte. Sie berührte seinen Arm. »Tut mir leid, Matt. Ich habe für einen Moment vergessen, was du durchgemacht hast.«

»Ist schon gut«, sagte er. »Jetzt seid ihr mein Familienersatz.«

Sie hörten Rufe, und als sie aufblickten, sahen sie langsam ein Kanu über den See gleiten, das den Totempfahl hinter sich her zog. Große, reglose Augen starrten hinauf in den grünlichen Himmel, uralte Geister, fleischgeworden durch die Zauberkunst des Meisterschnitzers. Im Hintergrund erhoben sich Wellen um Wellen bewaldeter Berge rötlich im Licht des Sonnenuntergangs.

Hannah sah gebannt zu, wie die großen, kühnen Gesichter von Rabe, Bär, Lachs und Adler still über die lavendel- und purpurfarbene Wasserfläche glitten. Ihr war, als habe deren leises Kommen etwas Unerbittliches an sich, etwas Vorherbestimmtes, etwas, das, war es erst in Bewegung gesetzt, nie mehr rückgängig zu machen war.

Elspat kam in die Küche gefegt. »Mom! Binte! Kommt doch! Wir verpassen noch das Beste!«

»Du hast recht«, sagte Hannah. »Jeder nimmt sich eine Schüssel und dann raus hier.«

Beladen mit Essen verließen sie das Haus. Dann rannte Hannah noch einmal zurück und holte ihre Kamera.

Alle waren am Strand. Etliche Zeitungen hatten Reporter und Fotografen geschickt. Zwei Fernsehteams aus Seattle waren gekommen, und zu Hannahs großer Überraschung sah sie sogar Mitarbeiter des *Wall Street Journal.*

Lars Gunnarson und Michael unterhielten sich mit Buck Trano, dem Betriebsleiter von Quinault Timber. Matt Swayle stand ebenso dabei wie Paul Prefontaine und sein Freund Royal Mercer, der berühmte Anthropologe.

»Hallo, Joan«, sagte Hannah und lächelte den kleinen Tleyuk an, der die Hand seiner Mutter fest umklammert hielt. »Ich hatte schon Angst, du hättest heute abend Dienst und könntest nicht kommen.«

»Erst ab Mitternacht wieder«, entgegnete Joan.

Oren Palmer und seine Leute waren da wie auch die Rangers vom Olympic National Park.

Etliche Lehrer von der örtlichen Schule waren gekommen, darunter auch Daisy Carradine und ihr jugendlicher Sohn Roger, die beide neu zugezogen waren, und Richard Bullier, der wohlbeleibte neue Schuldirektor, mit seiner kleinen französischen Frau Jacqueline. Nachbarn, Freunde, Bekannte, Fremde, ein fröhliches Gedränge von Menschen, die sich unterhielten und lachten, selbst die Crazy Lady aus Humptulips war da.

Hauptgesprächsthema war das rätselhafte Verschwinden von Eleanor Smythe, der Reiseleiterin. Bislang hatte keiner der Suchtrupps auch nur die geringste Spur von ihr gefunden. Einige meinten, daß sie in eine tiefe Schlucht gestürzt und ums Leben gekommen war; andere glaubten, daß die Frau aus eigenem Entschluß verschwunden war.

Das Kanu mit dem Totempfahl im Schlepptau erreichte das Ufer. Tuco Peters stieg mit aristokratischer Würde aus und blieb dann mit verschränkten Armen und ernstem Gesichtsausdruck stehen, ohne auf Begrüßungen zu reagieren. Zwei junge Mädchen kicherten und riefen ihm etwas zu. Er wandte den Kopf, starrte sie kurz an und blickte dann ausdruckslos wieder Richtung Westen.

Männer zogen den Totempfahl aus dem Wasser und rollten ihn in den vorbereiteten Graben, wo er in einem Winkel von dreißig Grad lag, das untere Ende im tiefsten Teil des Grabens.

Jim Skinna und Tuco Peters schoben eine kurze Walze für Baumstämme unter das obere Ende des Pfahls und rollten sie allmählich vorwärts. Andere halfen mit Piken und Händen, den Pfahl aufzurichten. Ein aufrecht hingestelltes Brett am Ende des Grabens sorgte dafür, daß der Pfahl nicht wegrutschte.

Die anwesenden Quinault – Männer, Frauen und Kinder – packten allesamt die vielen herabbaumelnden Seile und richteten den Pfahl ganz auf. Sobald der Pfahl stand, drehte man ihn so, daß er mit der Vorderseite zum See stand und von Michaels und Hannahs Haus aus im Profil zu sehen war. Einige Männer nahmen sich Schaufeln, füllten den Graben auf und stampften die Erde um den Pfahl sorgfältig fest.

Als das erledigt war, entspannte sich Tuco Peters und begrüßte einige der älteren und offensichtlich wichtigen Personen, die bei ihm standen.

Nun legten die Quinault Feuerstellen an. Zunächst arrangierten sie große Steine ringförmig im Sand und schichteten dann Erlenholz darin auf. Während die lodernden Flammen das Holz in rotglühende Kohle verwandelten, wurden die Bratroste vorbereitet. Sie bestanden aus langen Hartholzschäften mit hölzernen Querstreben. Zwischen diese Querstreben wurde ein ganzer filetierter Lachs geklemmt.

Als die Kohlen genau die richtige Temperatur hatten, rammten Quinault-Männer die Schäfte der Roste neben den Feuern in den Sand und legten Muschelschalen an die passenden Stellen, um das herabtropfende Fett aufzufangen. In dieser aufrechten, leicht schrägen Position wurde der Lachs gegart.

Als die Filets brutzelten und ein herrliches Aroma verbreiteten, kamen zwei Boote von der Lodge an. Fran und ihre kulinarische Einsatztruppe kletterten beladen mit verschiedenen Köstlichkeiten heraus.

Als der Lachs fertig war, wurde er von Fran und ihren Helfern serviert. Hannah fiel auf, daß Prefontaine Salat und Brot nahm, aber keinen Fisch. War es denn möglich, daß es einen Indianer gab, der keinen Lachs mochte?

Der alte Ahcleet stand auf, trotz seines Alters immer noch eine eindrucksvolle Erscheinung. Sein edles Gesicht war von unzähligen feinen Linien und tieferen Falten gezeichnet, und die schreckliche Narbe auf seinem Nasenrücken leuchtete bläulich. Er blieb stumm, bis alle seine Anwesenheit bemerkt hatten. Dann begann er zu reden.

»Laßt uns nicht vergessen, daß *tgunat*, unser Bruder Lachs, mit uns verwandt ist und daß er das Brot unseres Landes ist. Hört, und ich werde euch erzählen, wie es dazu kam.«

Bäume rauschten. Der feuchte Duft des Sees tränkte die Luft. Die Gäste sahen einander an und lächelten, dann rückten sie enger zueinander und freuten sich darauf, hier am Lagerfeuer eine Geschichte erzählt zu bekommen. Ahcleet fing an.

»*Anqa*, vor langer Zeit, wohnte ein Junge von hoher Geburt mit Namen Shin'qo'klah unter uns. Eines Tages hatte er Hunger und bat seine Mutter um ein Stück getrockneten Lachs. Sie gab ihm eines, das sie zwei Jahre lang aufbewahrt hatte, was man, wie wir heute wissen, nicht tun soll.

Als Shin'qo'klah sah, daß der Lachs an einer Stelle schimmelig war, warf er ihn ins Wasser. Dann ging er zum Strand, um Fallen für die Möwen aufzustellen. Später entdeckten andere

Kinder beim Spielen am Ufer, daß eine Möwe gefangen war und riefen Shin'qo'klah herbei.

Shin'qo'klah wollte den Vogel aus der Falle nehmen, aber der flüchtete in tieferes Wasser. Der Junge setzte ihm nach. Doch als er gerade danach griff, verschwand er in den Wellen.

Die anderen Kinder riefen um Hilfe, und die Leute aus unserem Dorf kamen herbeigerannt. Verzweifelt versuchten sie, den Jungen zu retten. Wir sind immer sehr vorsichtig mit unseren Kindern, wie ihr alle wißt, denn die Kinder sind unser Reichtum, unsere Zukunft, der beste Teil von uns.«

Lächelnd ließ Ahcleet den Blick auf den kleinen Tleyuk gleiten, der zu seinen Füßen saß.

»Sie konnten Shin'qo'klah nicht finden. Sie fürchteten, daß er in ein Krabbenloch getreten und ertrunken war. Unser Volk trauerte und suchte viele Tage nach seiner Leiche. Doch vergebens.

Aber Shin'qo'klah war nicht ertrunken. Das Lachsvolk hatte ihn unter Wasser gezogen, weil es ihm danken wollte. Denn dadurch, daß er den verschimmelten Lachs ins Wasser geworfen hatte, war einer der Ihren wieder zum Leben erweckt worden.

Das dankbare Lachsvolk setzte den Jungen in ein großes Kanu und brachte ihn in ein Dorf aus Zedernhäusern, die denen ähnlich sahen, in denen wir früher wohnten.

Doch diese Häuser waren anders. Die Türen lebten, und die geschnitzten Häuserpfosten konnten sprechen. Dann zeigten sie ihm das Haus der Haie. Der Eingang war sichelförmig wie das Maul eines Hais und mit sehr großen scharfen Zähnen besetzt. Die dort lebten, waren gefährlich, sagte ihm das Lachsvolk, und sie ermahnten ihn, sich von dort fernzuhalten.«

Tleyuk kroch auf Ahcleets Schoß. »Großvater, ist Shin'qo'klah je wieder ein Mensch geworden?«

Der alte Mann lächelte und strich dem Kind über den Kopf.

»Hör zu, und du wirst es erfahren. Shin'qo'klah lebte drei Jahre beim Lachsvolk, bis einer ihrer Führer ihnen sagte, sie sollten sich alle auf eine lange Reise vorbereiten.

Zu Hunderten liefen die Menschen aus dem Lachsvolk aus ihren Häusern und hinunter zum Strand, wo sie in gewaltige ausgehöhlte Zedernkanus stiegen. Die Kanus wurden in Gruppen eingeteilt, denen jeweils ein Führer vorstand. Dann machten sie sich auf den Weg zu den Mündungen der Flüsse und den Städten der Menschen. An der Mündung jedes Flusses oder Baches befahlen die Führer der ihnen zugeteilten Gruppe, dort hineinzufahren. Manchmal wurde ein Fluß oder Bach ausgelassen. Als Shin'qo'klah sich darüber wunderte, sagte man ihm, daß die Menschen dort die Gebote der Lachse nicht befolgt hatten. Sie würden keine Nahrung bekommen. Ihre Strafe war der Hunger.

Shin'qo'klahs Gruppe bekam den Befehl, den Quinault River hinaufzufahren. Als er dicht am Ufer schwamm, sah er eine Reihe von Frauen dort hocken, die Fische säuberten, um sie zu trocknen. Seine eigene Mutter war dabei.

Für die Frauen sah es so aus, als ob die Lachse mit den Flossen schlugen, wie sie es machen, bevor sie einen Fluß hinaufschwimmen. Doch Shin'qo'klah wußte, daß die Fische in Wirklichkeit über die Frauen lachten. Er war verlegen. Er schwamm dicht ans Ufer, um seiner Mutter zu sagen, sie solle ihren Rock herunterziehen. Sie sah ihn, erkannte ihn aber nicht. Sie sah bloß einen Fisch.

›Komm rasch her, Mann!‹ rief sie. ›Hier ist ein schöner junger Lachs!‹

Shin'qo'klahs Vater spießte den jungen Lachs auf und trug ihn nach Hause. Aber als er versuchte, den Kopf abzuschneiden, gelang es ihm nicht. Er bemerkte, daß an der Klinge des Messers kleine Stücke Kupfer haftenblieben. Dann erinnerte er sich, daß sein verlorener Sohn ein Kupferhalsband getragen hatte, als er verschwand.

Da wußte der Vater, daß er es mit übernatürlichen Dingen zu tun hatte. Alles hing nun davon ab, was er als nächstes tun würde.

Zuerst befahl er allen Frauen, das Haus zu verlassen, denn

wenn eine von ihnen in ihrer Zeit des Monats war, würde das die Geister verärgern. Und es wäre unhöflich gewesen, eine so intime Frage zu stellen. Dann befahl er allen Männern in seinem Haus, Salzwasser zu trinken, um sich für das, was nun kam, zu reinigen.

Als alle sauber und bereit waren, legte der Vater den Lachs in einen frisch geflochtenen Korb und stellte ihn so auf, daß Wasser vom Dach darauf tropfen mußte. Wir sind hier mit viel Wasser gesegnet, wie ihr wißt. Im Meer, in den Flüssen, den Wasserfällen, im Himmel.

Langsam, ganz langsam, öffnete sich die Haut des jungen Lachses und glitt zurück. Allmählich erschien eine kleine menschliche Gestalt. Schließlich löste sich die Fischhaut ganz, und Shin'qo'klah war wieder da. Er sah genauso aus wie damals, als er verschwunden war, nur daß er jetzt nicht größer als einen halben Meter war.

Er wuchs schnell. In wenigen Tagen hatte Shin'qo'klah wieder seine alte Größe.«

»Und was ist dann passiert, Großvater?« fragte Tleyuk schläfrig.

»Von diesem Tag an war Shin'qo'klah wegen seiner Erfahrung mit *tiolema*, dem Übernatürlichen, weiser als seinem Alter angemessen. Als Erwachsener war er einer unserer größten Schamanen.

Er war es, der uns die *tgunat tke-lau*, die Gebote der Lachse, gelehrt hat. Wegen Shin'qo'klah leben wir seither im Überfluß.«

»Wo ist Shin'qo'klah jetzt?« wollte Tleyuk wissen.

Ahcleet lächelte zu ihm hinunter. »Er ist sehr alt geworden, älter als alle, die vor ihm gelebt haben. Sein Haar reichte bis zum Boden, denn es wurde nie geschnitten, und man verehrte und achtete ihn wegen seiner Weisheit und seines Alters.

Eines Tages im Sommer war der Fluß wieder voller Lachse. Unser Volk arbeitete hart, um Wintervorräte anzulegen. Da sah einer einen Lachs, der anders war als alle, die er je gesehen hatte. Er war durchsichtig. Einige Männer versuchten, diesen seltsamen Lachs aufzuspießen. Aber so sehr sie sich auch abmühten, es wollte keinem von ihnen gelingen.

Shin'qo'klah kam hinunter zum Fluß, um nachzusehen, was los war. Einer der Männer reichte ihm respektvoll einen Speer und sagte: ›Ehrwürdiger, versuche du, diesen Fisch mit dem Speer zu treffen. Niemand sonst kann es.‹

Der alte Shin'qo'klah nahm den Speer, zielte und warf. Der Speer traf den Lachs mitten ins Herz. Und im selben Augenblick fiel der alte Schamane tot zu Boden. Denn der Lachs war Shin'qo'klahs Seele gewesen, und er hatte sie getötet.

Mit seinem letzten Atemzug äußerte Shin'qo'klah noch einen Wunsch. Er wollte in seine Schamanenkleider gehüllt werden. Dann sollte man ihn mit all seinen persönlichen Sachen, auch seinen Trommeln, auf ein Floß legen und mit der Ebbe aufs Meer hinaustreiben lassen. Natürlich tat man wie geheißen. Die Wünsche der Alten müssen immer respektiert werden. Besonders, wenn sie Schamanen sind.

Das Floß trieb pfeilgerade den Fluß hinunter, hinaus auf den Ozean. Dort geriet es in einen Strudel und versank. Und noch heute, wenn bedeutsame Dinge bevorstehen, können diejenigen unter uns, die die alten Gebräuche befolgen, Shin'qo'klahs warnende Trommelschläge dumpf aus den Tiefen des Meeres hören.

Ein alter Mann, noch älter als ich es bin, den ich kannte und der inzwischen im Land der Toten wandelt, hat Shin'qo'klah gesehen und gesagt, daß er nur vier Fuß groß ist und sein Haar auf dem Boden hinter sich herschleift.«

Ahcleet hielt inne und sah zum Himmel auf. »Das war meine Geschichte; morgen haben wir schönes Wetter.«

Eine Weile schwiegen alle. Man hörte nur das Knistern der Feuer, das Plätschern des Sees, das Rauschen und Raunen der Bäume. Plötzlich sprang ein Lachs im See.

»Was hat es zu bedeuten, daß der Lachs schimmelig war?« fragte Hannah.

»Es ist verboten, Lachs länger als ein Jahr aufzubewahren«, erklärte Ahcleet. »Nicht, weil er verderben könnte, sondern weil der Lachs so seines natürlichen Lebens beraubt wird. Sein Geist wird nicht frei, damit er in seinem eigenen Land wieder zum Leben erwacht, solange er nicht gegessen und die Reste in fließendes Wasser geworfen wurden.«

Prefontaine sagte: »Als die ersten Konservenfabriken hier auf der Halbinsel aufmachten, war das ein echtes Problem.«

»Natürlich«, sagte Ahcleet. »Wer sollte denn die Lachsreste ordnungsgemäß zurückgeben? Weiße in Chicago oder New York City?«

»Sehr interessant, die alten Mythen«, meinte Michael.

Ahcleet musterte ihn mit durchdringendem Blick. »Mythen? Was ist denn seitdem mit unserem Lachs? Er wird von Jahr zu Jahr seltener.«

Hannah erkundigte sich nach weiteren Geboten.

»Nun, bestimmte Menschen dürfen keinen Lachs essen. Zum Beispiel Mörder – niemals. Niemand, der Leichen für die Beerdigung vorbereitet – niemals. Frauen während der Menstruation. Frauen, die gerade geboren haben, und Verwitwete dürfen sechzig Tage lang keinen Lachs essen.«

Hatte der Polizeichef deshalb keinen Lachs gegessen? Weil er gerade Witwer geworden war? überlegte Hannah.

Sie wandte sich Prefontaine zu: »Mr. Ahcleet ist ein wunderbarer Geschichtenerzähler.«

»Kein Wunder. Als er klein war, hat ihm seine Großmutter gekochte Lercheneier zu essen gegeben.«

»Wieso denn Lercheneier?«

»Damit er ein wortgewandter Redner wurde.«

Sie lachten.

Die Sonne ging rotglühend unter. Angus ging wieder ans Ufer des Sees und fing an, mit einer Gruppe von jungen Quinault Steine über die Wasserfläche hüpfen zu lassen. Roger Carradine, der sechzehnjährige Sohn der neuen Lehrerin, gesellte sich zu ihnen, und bald lachten sie alle schallend.

Als Hannah aufschaute, sah sie eine Sternschnuppe über den Himmel rasen.

»Jede Sternschnuppe bedeutet, daß zwei Liebende zusammen durchbrennen«, sagte Prefontaine zu ihr.

»Das ist eine hübsche Vorstellung«, murmelte sie.

Sie hörte die Stimme ihres Mannes, der warnend zu Trano sagte: »Und paßt bloß auf, daß keiner die Bäume mit dem gelben Plastikband anrührt.«

Hannah hörte auf, den Himmel zu betrachten, und lauschte dem Gespräch.

»Wieso nicht?« fragte Trano.

»Im Vertrag steht, wenn auch nur ein Baum innerhalb des markierten Gebiets gefällt wird, muß die Arbeit eingestellt werden, und wir müssen eine Strafe von dreihunderttausend Dollar zahlen.«

Hannah sagte: »Und das hast du unterschrieben?«

»Mach dir keine Sorgen, Schatz«, beruhigte Michael sie. »Das ist überhaupt kein Problem. Wir fällen diese Bäume einfach nicht, und damit basta.«

Trano stieß einen leisen Pfiff aus. »Himmel! Wenn wir es doch täten, kämen die Indianer dann damit durch?«

Niemand sagte etwas.

Hannah fragte Joan: »Könntet ihr darauf bestehen?«

»Wenn es so im Vertrag steht, ja. Auf alle Fälle müßten wir den Holzabfuhrweg sperren, bis die Sache vor dem Stammesrat geklärt ist.«

»Warum dürfen gerade diese Bäume nicht geschlagen werden?«

»Vielleicht sind dort irgendwelche Vorfahren beerdigt«, schlug Trano vor.

Michael sagte: »Ich habe nichts entdeckt, was auf irgendwelche Gräber hinweist, und ich bin das ganze riesige Gebiet mit dem Holzvermesser abgegangen.«

Besorgt über den Vertrag stand Hannah auf und ging zu Royal Mercer und Ahcleet hinüber. Der alte Mann unterhielt sich angeregt mit Jacqueline Bullier. Diese beiden völlig unterschiedlichen Menschen hatten ein gemeinsames Interesse entdeckt. Kochen.

»Sie können nach Wunsch ein Viertel Hühnerbrühe nehmen«, sagte Ahcleet gerade zu Jacqueline. »Meine Vorfahren haben einfach Wasser in einem Korb oder einer Zedernkiste zum Kochen gebracht. Wissen Sie, wie das geht?«

»Leider nein«, sagte Jacqueline und beäugte den alten Mann, als ob sie den Verdacht hatte, daß er sie auf den Arm nahm.

»Ganz einfach. Man füllt einfach Wasser in einen dichtgeflochtenen Korb oder eine Zedernkiste und legt heiße Steine hinein, bis das Wasser kocht. Dann gibt man in Streifen geschnittenen Lachs hinein, etwa ein Pfund, ein paar Handvoll Spinat, eine wilde Zwiebel, oder eine gelbe Zwiebel aus dem Handel, und ein bis zwei Handvoll Geigenkopffarnspitzen –«

»Wo kann ich die kaufen?«

»Nirgendwo. Die muß man sammeln. Stehen überall rum. Wenn Sie die Farnspitzen hineingegeben haben, läßt man das Ganze schön aufkochen. Serviert wird es mit Kerzenfischfett, wenn man welches im Haus hat –«

»Und was ist Kerzenfisch?«

»Die Weißen nennen ihn Stint. Wenn Sie kein Kerzenfischfett haben, können Sie auch Butter nehmen. Ist aber nicht so delikat.«

»Das hört sich köstlich an, Mr. Ahcleet«, sagte Jacqueline. »Jetzt verrate ich Ihnen, wie ich mein Bœuf Bourguignon zubereite.« Sie hielt inne und wartete darauf, daß der alte Mann fragte, was das denn sei. Aber sie wurde enttäuscht.

»Sie meinen Rindereintopf?« fragte er listig lächelnd.

Nachdem Hannah sich das komplizierte Rezept angehört hatte, beschloß sie, Jacqueline eine Einladung zum Abendessen abzuluchsen. Wie schaffte diese Frau es bloß, so schlank zu bleiben? Sicherlich aß ihr Mann alles, was sie kochte. Er war nun wirklich alles andere als schlank!

Crazy Lady aus Humptulips kam herübergeschlendert.

»Wie geht es dir heute, Sare?« Joan ergriff die Hand der alten Frau, und Royal Mercer stand auf, um sie zu begrüßen.

Sie nickte ihm zu, setzte sich und starrte Hannah an. Nach ein paar Augenblicken stand sie wortlos wieder auf und entfernte sich von der Gruppe.

»Wovon lebt sie eigentlich?« fragte Hannah.

»Tja, im Frühjahr sammelt sie Salatblätter, Heidelbeeren und Schwertfarn für Großhändler. Die Pflanzen werden in die ganze Welt versandt.«

»Kann sie denn das ganze Jahr über davon leben?«

»Nein. Im Sommer sammelt sie Brombeeren und Waldbeeren für die Händler hier in der Gegend. Im Herbst Waldpilze und im Winter Tannenzapfen, die sie als Saatgut an Baumschulen verkauft. Außerdem sammelt sie in jedem Frühjahr und Sommer Austern und gräbt nach Muscheln.«

Ahcleet war mit den Gedanken wieder in der Vergangenheit und murmelte: »Früher, in den alten Zeiten, unterzogen sich ehrgeizige Männer komplizierten Ritualen, um von den Geistern belohnt zu werden.«

»Geister?« fragte Elspat, die sich an ihre Mutter geschmiegt hatte. »Gespenster und so? Wie bei Halloween?«

Ahcleet schüttelte den Kopf. »Keine Kürbislaternen. Weißt du, alles, was existiert, hat seinen eigenen Geist. Pflanzen, Tiere, die Gezeiten, Winde, die Erde selbst.«

»Was für Riten waren das denn?« fragte Hannah.

»Zeremonielle Waschungen. Fasten. Reinigungen. Kontinenz.«

»Bedeutet Kontinenz das, was ich glaube?« fragte Buck Trano.

»Es bedeutet das, was es immer bedeutet«, sagte Ahcleet gelassen.

»Dann müssen damals aber jede Menge geile Burschen durch die Gegend gerannt sein.« Trano sah sich um und grinste.

Einige Männer lachten.

»Wasch dir die Hände, Schätzchen«, sagte Joan zu Tleyuk, der noch etwas essen wollte.

»Ja, tu das.« Ahcleet lächelte den Kleinen an. »Reinlichkeit ist sehr wichtig. Die Geister haben einen feinen Geruchssinn. Mein alter Onkel konnte nicht in der Nähe von Weißen sein. Er sagte, sie würden nicht oft genug baden.«

»Ich bade jeden Tag«, sagte Elspat empört.

»Gut«, sagte der Alte. »Fasten ist auch wichtig. Ein Junge, der so lange gefastet hat, daß er durchsichtig wurde, hat viele Belohnungen bekommen.«

»Durchsichtig ist aber ganz schön dünn«, sagte Elly skeptisch. Hannah tätschelte die Hand ihrer Tochter. Elspat hatte wie ihre Mutter einen Hang zu gutem Essen.

Hannah meinte, bei den amerikanischen Ureinwohnern seien Riten und Gebote wohl die Grundlage der religiösen Verehrung gewesen.

»Religiöse Verehrung? Unsere Vorfahren haben nicht religiös verehrt«, korrigierte Prefontaine sie.

»Haben sie denn gar nichts angebetet?«

»Sie haben mit der Erde geredet.«

»Der Erde?«

»Wieso nicht? Die Erde ist unsere Mutter.«

»Und an was haben sie geglaubt?«

Er wandte sich an Royal Mercer, der dazugekommen war. »Roy, als erleuchteter weißer Mann kannst du das vielleicht besser erklären als ich.«

»Ich werde es versuchen.« Der Anthropologe setzte sich bedächtig auf den Boden.

»Die Religion der Quinault ist von den Weißen immer vereinfacht dargestellt worden. Sie haben sie auf derart unbeholfene Termini wie beispielsweise *Medizinmann* reduziert. In Wahrheit zielte die Religion der Quinault auf das Erlangen und Beherrschen von Macht ab, um das Glück in diesem Leben zu steigern, weniger im nächsten. Sie spiegelte ihre Ansichten wider, wie die Natur funktionierte, mit dem Erwerb von Reichtümern, der Vermeidung von Krankheiten, Ordnung und Aufbau der Gesellschaft, mit Magie, Tod und dem Leben danach.

In einem Land endloser Wälder wurde das Heilige durch hölzerne Gerätschaften symbolisiert und die Spiritualität darin eingefangen. Dabei handelte es sich um zauberkräftige Zedernholzpuppen, Zauberstäbe, Rasseln, *Tamanois*-Pfähle, Gehstökke, Planken und Hausmalereien.«

»Und was heißt *Tamanois*?« fragte Hannah.

»Mit diesem Wort wurde im letzten Jahrhundert die Religion im Interesse der Weißen vereinfachend beschrieben. Man nannte sie auch Smokehouse-Religion. Das Wort *Tamanois* könnte übersetzt werden mit ›Medizin‹, ›Macht‹, ›Magie‹, ›Geist‹ oder ›Spirituelles‹, ja sogar irreführend mit ›Götze‹ – es war Nomen, Verb und Adjektiv –, man könnte es wohl zusammenfassen mit ›übernatürliche Macht‹ oder genauer ›internatürliche Macht‹.«

Joan und Paul saßen dicht beisammen. Was für ein schönes Paar, dachte Hannah und ihr Blick verweilte kurz auf dem Polizeichef.

»Wie der alte Ahcleet bereits gesagt hat, glaubten die Quinault, daß alles beseelt war. Mensch und Natur«, sagte er ausladend gestikulierend, »verstanden einander.«

»War ein Schamane dasselbe wie ein Medizinmann?« fragte Michael.

»Der sogenannte Medizinmann war ein Arzt«, erwiderte Mercer. »Er oder sie wachte über die Gesundheit des Körpers. Der Schamane wachte über den spirituellen Teil des Lebens.«

»Was war ein Schamane denn nun genau?«

Mercer wandte sich Prefontaine zu. »Paul, erklär du ihnen das.«

»Ein Schamane ist ein Mystiker«, sagte Prefontaine. »Die höchste spirituelle Autorität. Das Sprachrohr der Geister. Um akzeptiert zu werden, muß er sowohl körperliche als auch geistige, sowohl äußere als auch innere Reinheit und Sauberkeit erlangen. Ein Schamane besitzt Fähigkeiten und Kräfte, die niemand sonst hat.«

Hannah starrte Prefontaine fasziniert an, weil er in der Gegenwart über Schamanen sprach. War er vielleicht selbst einer?

»Konnte eine Frau Schamanin werden?« fragte sie.

Ahcleet meldete sich zu Wort. »Ja. Eine sehr ungewöhnliche Frau.«

Der Alte sah Joan eindringlich an, aber sie senkte den Blick und wandte den Kopf ab. Prefontaine setzte sich wieder und legte den Arm um seine Schwester. Beschützend? fragte sich Hannah.

»Woher kommen diese Kräfte, Mr. Ahcleet?« fragte sie.

»Von den Geistern. Durch Träume, Visionen, Begegnungen, außergewöhnliche Erfahrungen. Dinge, die einem gewöhnlichen Menschen verschlossen bleiben.«

»Welche Haltung hatten die anderen gegenüber einem Schamanen?«

»Sie achteten ihn. Fürchteten ihn. Schließlich war er es, der mit den Geistern sprach, die Zukunft vorhersagte, gute Jagd- und Fischgründe bestimmte, Verbrechen und Zauberei aufdeckte, dem Feind Unglück brachte, Krankheiten hervorrief und heilte –«

»Kam er denn dabei nicht dem Medizinmann in die Quere?« unterbrach ihn Michael.

»Das hing von der Art der Krankheit ab. Der Schamane konnte einen Menschen krank machen, indem er seine Seele stahl, oder ihn heilen, indem er die umherirrende Seele einfing und dem rechtmäßigen Besitzer zurückgab.«

»Vor langer Zeit hatten die Quinault eine Zeremonie, die Reise in das Land der Toten, die nur diesem Zweck diente«, sagte Mercer.

Hannah dachte, Paul Prefontaine deckt Verbrechen auf. Vielleicht ist er ein Schamane. Sie fragte sich, wie er sich wohl beim Fangen verlorener Seelen anstellte.

Ahcleet sprach in die aufmerksame Stille hinein. »Der weiße

Mann hat die Geister vergessen. Aber sie sind um uns herum. Ihr könnt mich vergessen, wenn ihr von hier fortgeht. Bedeutet das, daß es mich nicht mehr gibt?«

Er sah Hannah an. »Tiere und Menschen . . . sie haben das Leben gemeinsam. Wer weiß, wann sich ein Tier als Mensch zeigen wird. Vielleicht ist heute abend einer unter uns ein Wolf. Wer könnte das sein?«

Die Nacht wurde dunkler; die Bäume raunten; eine Eule schrie zwei Fragen. Dann hörte Hannah Schritte und leise Grußworte von neu eingetroffenen Gästen: Bill Sanders, der Ladenbesitzer, und die rothaarige Puppenmacherin. Hannah ging hinüber, um sie zu begrüßen, dann stellte sie Aminte Michael vor.

»Wir kennen uns schon«, sagte er mit einem freundlichen Lächeln.

Seltsam, dachte Hannah, davon hat er mir gar nichts erzählt. In der nur vom Feuer erhellten Dunkelheit schimmerte Amintes Gesicht wie Elfenbein; das lange lockige Haar spiegelte den Schein der Feuer wider, so daß es aussah wie eine lebendige Flamme.

Wie auf ein Signal standen alle anderen Quinault auf, bedankten sich einzeln bei Hannah und Michael und gingen. Ahcleet, Prefontaine, Royal Mercer, Joan und Tleyuk kamen gemeinsam und beteuerten, daß es ein sehr schöner Abend gewesen war.

»Ich habe mich wirklich gefreut, heute abend hier zu sein«, sagte Royal Mercer. »Morgen fahre ich für zwei Monate nach Frankreich.«

»Ich muß Sie etwas fragen«, sagte Hannah. »Wie haben Sie Ahcleets Familie kennengelernt?«

»Mein Großvater, der Holzfäller, und Ahcleets Vater sind vor vielen Jahren Freunde geworden. Unsere Freundschaft ist gereift und gewachsen«, erwiderte Mercer lächelnd. »Unsere Familien werden immer eine besonders enge Beziehung haben.«

Im Feuerschein leuchtete die Narbe im zerfurchten Gesicht

des alten Ahcleet wie ein Stammessymbol. Aber Symbol für was? fragte Hannah sich. Eine derart entsetzliche Verletzung mußte durch einen Unfall hervorgerufen worden sein.

»Danke, daß ihr alle gekommen seid.« Sie wandte sich Joan zu. »Fahr heute nacht da draußen in der Wildnis vorsichtig.«

Sheriff Tidewater lächelte. »Das tue ich immer.«

Nachdem die Quinault gegangen waren, beobachtete Hannah heimlich, wie Aminte und Michael sich unterhielten. Wieso mag ich diese Frau nicht? fragte sie sich. Sie hat mir nichts getan. Bin ich eifersüchtig?

Später blieb Binte Ferguson noch, um beim Aufräumen zu helfen.

»Ich verstehe gar nicht, warum die Quinault so plötzlich gegangen sind, als ob jemand eine Glocke geläutet hätte«, sagte Hannah. »Aber es war natürlich schon spät.«

»Weißt du nicht mehr, was vorher passiert ist?« fragte Binte.

»Nichts ist passiert, außer daß Bill Sanders und Aminte gekommen sind.«

»Das war ihr Signal zum Aufbruch«, erklärte Binte. »Die Ankunft der Hexe.«

»Der *was*?«

»Der Hexe. Aminte ist eine Hexe.«

Hannah und Michael sahen einander an und prusteten los.

»Lacht nicht!« befahl Binte streng.

»Glaubst du wirklich an so etwas?« fragte Michael ehrlich erstaunt. Binte wechselte geschickt das Thema, und schon bald sprachen sie über die Familien, die seit Generationen am See lebten.

»Ich glaube, die meisten kennen wir inzwischen«, sagte Michael. »Aber es gibt ein paar, die ganz zurückgezogen leben.«

»Das darf man ihnen nicht übelnehmen«, entgegnete Binte. »Manche Leute mögen einfach keine Gesellschaft. Das ist keine Sünde. Aber es gibt eine Sippschaft, von der ich mich wirklich fernhalten würde.«

»Welche denn?« fragte Michael.

»Die Maynards. Wohnen am Südufer und sind ein verlotterter Haufen.«

»Ich habe gerade einen von den Jungen eingestellt«, sagte Michael.

»Den mußt du im Auge behalten. Mehr will ich dazu nicht sagen«, warnte sie.

»Was stimmt denn nicht mit denen?« fragte Angus, der den Boden fegte und den Erwachsenen zuhörte.

»Nichts, was für junge Ohren taugt«, murmelte Binte.

Hannah, Michael und Angus brachten Binte zu ihrem Pickup der Marke Model-T aus dem Jahr 1920. Nachdem er ihr hinters Steuer geholfen hatte, warf Michael die Kurbel an und stieg dann auf das Trittbrett, während der alte Motor warmlief. Drinnen gab es drei Pedale – eins für vorwärts, eins für rückwärts und eines zum Bremsen.

»Und rase nicht wieder so«, sagte er streng.

Sie sah ihn herablassend an. »Ich fahre sehr vorsichtig. Und das schon länger, als du auf der Welt bist, Michael McTavish.«

Sie trat auf das Vorwärtspedal und fuhr mit lautem Knallen los, eine schwarze Rauchwolke zurücklassend.

Als sie ins Bett gingen, fragte Hannah ihren Mann, warum er ihr nichts von Aminte erzählt hatte.

Michael blickte erstaunt. »Was gibt's denn da zu erzählen? Die hatte ich ganz vergessen. Matt Swayle hat uns am Abend nach der Versammlung in der Lodge vorgestellt. Du weißt schon, als du in New York warst.«

Nachdem sie sich langsam und genußvoll geliebt hatten, schlief Michael ein. Hannah lag noch wach und hing ihren Gedanken nach.

Ihre Verlegerin fiel ihr ein. Sie mußte wirklich sehen, daß sie mit dem Buch über den Regenwald weiterkam. Sie hatte zwar schon viele Fotos, aber noch längst nicht genug. Dummerweise hatte sie versprochen, in sechs Monaten fertig zu sein.

Sie würde gerne ein Porträtfoto von Ahcleet machen. Und wie wär's mit ein paar von den Puppen, die Aminte herstellte?

Ob sie auch eine Studie von dem Gesicht der rothaarigen Frau machen könnte? Vielleicht die beiden Gesichter als Beispiele für alte und moderne Quinault?

Schließlich wandte sie sich der eigentlichen Frage zu, der Frage, die ihr mehr zu schaffen machte, als sie je zugeben würde. Konnte Michael wirklich eine so schöne und exotische Frau wie Aminte vergessen? War das möglich?

Hör auf, du Närrin! sagte sie sich selbst. Sie mußte endlich schlafen. Am nächsten Morgen hatte sie viel Arbeit im Büro.

Andererseits, vielleicht hatte Michael ja noch Lust auf ein bißchen Liebe. Sie schmiegte sich enger an ihn, und seine Arme schlossen sich fester um sie, aber sie konnte ihn nicht wach bekommen. Er mußte sehr viel müder gewesen sein, als sie gedacht hatte. Er lag einfach da wie tot.

Sie hatte eine solche Sehnsucht nach ihm, daß sie trotzdem die Initiative ergriff. Als er durch ihr forderndes, drängendes Streicheln erwachte, weinte sie: »Michael, du darfst mich nie verlassen!«

Er nahm ihr Gesicht in beide Hände und flüsterte: »Ich werde dich nie verlassen, mein Herz. Niemals in diesem Leben.«

◇◇◇◇◇◇◇ Kapitel 11 ◇◇◇◇◇◇◇

◇ Sägewerk und Hauptbüro von Quinault Timber befanden sich in dem kleinen, direkt am Meer gelegenen Dorf Moclips, das rund dreißig Meilen westlich vom Lake Quinault am Rand des Quinault-Reservats lag.

Bei ihrer Ankunft stellte Hannah fest, daß die meisten Holzlaster schon längst unterwegs waren. Zwei Fahrzeuge standen noch in der Garage. An einem machte sich der Mechaniker zu schaffen, und daneben stand der glänzende Kipplaster, den Michael gebraucht gekauft hatte. Sie nannte ihn den blauen Misthaufen, weil er trotz seines eleganten Aussehens dauernd kaputt war.

Bevor sie das Büro betrat, verscheuchte sie etliche Killerhühner, die sich der Wachmann hielt, der in einem Wohnwagen nebenan wohnte. Da er die ganze Nacht Dienst hatte, schlief der Mann tagsüber. In der Nähe dieses nicht mehr ganz jungen, schlecht rasierten Menschen, der sich nur in einsilbigen Grunzern äußerte, fühlte Hannah sich unwohl, obwohl Michael und Buck Trano gut mit ihm zurechtkamen.

»Er hat Angst vor dir«, hatte Michael ihr erklärt. »Du bist eine Frau und riechst so gut.«

Sie schaltete das Licht im Büro an, setzte Kaffee auf, ging die Post durch und machte einige Anrufe.

Heute war Zahltag. Buck Trano hatte ihr die Stempelkarten der Männer hingelegt. Nachdem sie ihren Stundenlohn ausgerechnet und Vorschüsse sowie Sozialabgaben abgezogen hatte, rief sie die Bank in Aberdeen an, damit der erforderliche Betrag auf das Lohn- und Gehaltskonto überwiesen wurde. Dann unterschrieb sie die Schecks.

Normalerweise verteilte Buck Trano die Lohnschecks, aber er war in Seattle, um sich um irgendwelche Maschinen zu kümmern. Sie würde sie den Männern selbst geben müssen. Eines hatte sie inzwischen gelernt – nur der Tod würde Holzfäller daran hindern, sich ihren Lohn abzuholen, und selbst da war sie nicht ganz sicher.

Gegen halb fünf trafen die Fäller in den zwei klapprigen alten Bussen ein, mit denen sie zu den Einschlägen gebracht wurden. Die älteren Männer nahmen ihre Schutzhelme ab, als sie das Büro betraten. Die Jüngeren achteten nicht darauf. Sie standen alle stumm da, während sie ihnen die Umschläge aushändigte.

Als der Mechaniker Feierabend machte, steckte er kurz den Kopf ins Büro und sagte: »Mrs. McTavish? Sagen Sie Ihrem Mann, daß wir ein paar Ersatzteile für den Kenworth brauchen. Wenn er will, kann er mich heute abend zu Hause anrufen.«

Um sechs rief sie Binte an und erklärte ihr, daß Michael noch nicht aus dem Wald zurück war, und bat sie, die Kinder zu versorgen und so lange zu warten, bis sie und Michael nach Hause kamen. Binte war einverstanden.

Um sieben Uhr machte sich Hannah ernsthaft Sorgen. Michael hatte zwar ein Telefon im Auto, aber an vielen Stellen im Regenwald funktionierte es nicht, besonders in und an den steilen Schluchten, wo die Elk-Creek-Mannschaft arbeitete.

Michael hätte schon vor zwei Stunden zurück sein müssen. Es war gesetzlich vorgeschrieben, daß jemand nach Beendigung der Arbeit noch eine Stunde bei der Ausrüstung blieb, um sicherzugehen, daß beispielsweise kein Funke von einem überhitzten Motor einen Waldbrand auslöste. Die Arbeit wurde um halb vier eingestellt. Die Feuerwache dauerte nur eine Stunde, also hätte er um halb fünf oben in den Bergen losfahren müssen.

Vielleicht war ein Feuer ausgebrochen, mit dem er allein nicht fertig wurde und das mittlerweile außer Kontrolle war. Er konnte dort oben in den Bergen eingeschlossen sein und sie wüßte es noch nicht einmal.

Sie befahl sich, nicht so zu denken, nicht die Fassung zu verlieren. Er hatte sich schon so oft verspätet, ohne daß sein Leben in Gefahr gewesen war – außer einmal, als er und ein Holzvermesser sich in einem Zedernsumpf verirrt hatten und erst um drei Uhr nachts zurückgekehrt waren, dreckig, erschöpft und blutend.

Vielleicht sollte sie nach Hause fahren. Aber Angus hatte ihr am Morgen gesagt, Michael wollte, daß sie im Büro auf ihn wartete. Es wurde schon dunkel, und sie war nicht gern allein in diesen großen und leeren Gebäuden, wo Eulen schrien und nachts eigentümliche Geräusche im Gebälk zu hören waren, die es tagsüber nicht gab. Und der Wachmann war seltsam und seine Hühner sogar noch schlimmer.

Sie beschloß, noch eine Stunde zu warten. Als sie hinausging, um frische Luft zu schnappen, sah sie, daß Nebel in großen feuchten Schwaden vom Meer herantrieb. Die Holzlaster mit den leeren Trailern hinter den Fahrerhäusern lauerten wie Bestien aus einer anderen Zeit. Sie schauderte und ging wieder hinein.

Um halb acht schaute Paul Prefontaine vorbei. »Mike da?«

»Er hätte schon um halb sechs hier sein müssen«, sagte sie und versuchte ihre Besorgnis zu verbergen. »Aber du weißt ja, wie das manchmal geht.«

»Er hat im Büro des Sheriffs angerufen wegen ein paar Holzdieben. Joan ist auf Nachtpatrouille, deshalb dachte ich, ich schaue mal kurz vorbei, um zu hören, was er zu sagen hat. Wo arbeitet er denn?«

»Am Wolf Ridge hinten im Elk-Creek-Gebiet.«

Er nahm seinen Stetson ab und fuhr sich mit der Hand durchs Haar. »Vielleicht fahr ich mal rauf und seh nach.«

»Aber das ist nicht im Reservat«, sagte Hannah.

»Das weiß ich.«

»Das kann ich nicht von dir verlangen, Paul.«

»Du hast es nicht verlangt. Ich tue das freiwillig, weil ich nichts Besseres vorhabe.«

Sie nickte. Ein leeres Haus mußte schrecklich sein, wenn man weiß, daß der Mensch, den man liebt, nie wiederkommt.

»Willst du mitkommen?« fragte er.

Sie zögerte: »Was, wenn Michael kommt, und ich bin nicht da?«

»Laß ihm eine Nachricht da.«

Das war eine Idee. »Ich komme mit«, sagte sie und kritzelte rasch eine Nachricht.

◇ Hannah und Prefontaine fuhren über den holprigen Moclips Highway. Mehr als einmal knallte sie mit dem Kopf gegen die Decke des Führerhauses, in dem jedes Gespräch ausgeschlossen war.

Sie betrachtete die Landschaft oder das, was davon übriggeblieben war. So weit das Auge reichte, sah man riesige Flächen der Verwüstung, Reservatsgebiete, deren Baumbestand verkauft worden war. Nun legten ausgebleichte Stümpfe und schwarzverbrannte Erde stummes Zeugnis von den Wäldern ab, die einst hier standen.

»Sieht aus wie das Ende der Welt, nicht?« fragte er.

»Schlimmer«, sagte sie.

Dann bog Prefontaine in die Elk Creek Road ein, die hinauf in die Berge führte. Nach mehreren kurvenreichen Meilen hörte die Asphaltdecke auf, und der Schotter auf der schmalen Straße, die viel von Holzlastern befahren wurde, war ziemlich ausgedünnt.

»Wenn der Schnee kommt, ist hier oben alles dicht«, sagte Prefontaine.

Einmal hielt er an, stieg aus und untersuchte die Straße im Licht seiner Taschenlampe.

»Hast du was gesehen?« fragte sie.

Er schüttelte den Kopf. »Ich glaube nicht, daß Mike hier schon runtergekommen ist.«

Mittlerweile war es ganz dunkel. Je höher sie kamen, desto kälter wurde die Luft. Prefontaine stellte die Heizung an.

»Angus wollte heute mit seinem Vater hochfahren, aber ich hab's ihm verboten«, sagte Hannah. »Es ist zu gefährlich.«

Prefontaine antwortete nicht.

Sie erreichten den Verladeplatz, eine große gerodete Fläche, eine Art riesige Plattform, die in den Berg geschnitten war und auf der die Skidder und Schlepper die Stämme sortierten, stapelten und auf Laster luden. Sie sahen sofort, daß Michaels Pick-up noch da stand. Prefontaine hielt daneben, schaltete den Suchscheinwerfer ein und ließ das Licht über den Platz wandern. Nichts regte sich.

Er bat Hannah, im Wagen zu bleiben, während er ausstieg und sich umsah. Er entfernte sich ein paar Schritte und rief: »Mike!«

Er wartete auf irgendeine Antwort, vielleicht ein fernes Rufen, hörte aber nichts. Er ging zur gegenüberliegenden Seite des Verladeplatzes und rief erneut: »M-i-k-e!«

Wieder keine Antwort. Nur der stärker werdende Wind toste, schleuderte kleinere Holzreste hoch in die Luft, fegte durch die noch stehenden Bäume, die mit Stöhnen und Ächzen reagierten.

Als Prefontaine sah, daß Hannah aus dem Wagen stieg, ging er zu ihr, den Stetson fest auf den Kopf gedrückt.

»Daß er nicht hier ist, muß nichts Schlimmes bedeuten«, sagte er und beugte sich dabei vor, damit der Wind seine Worte nicht fortriß.

»Aber sein Pick-up steht hier!« schrie sie zurück. Sie zog den Reißverschluß ihrer Jacke zu und setzte sich eine Wollmütze auf, die sie über beide Ohren zog.

»Bestimmt hat ihn einer der Männer mitgenommen. Wahrscheinlich ist sein Pick-up kaputt.«

»Die Männer sind mit den Bussen runtergekommen«, sagte sie.

»Was ist mit Lars Gunnarson? Kommt der nicht mit dem eigenen Wagen zur Arbeit?«

Sie überlegte einen Moment. »Du hast recht. Er fährt seinen eigenen Pick-up, wir zahlen ihm Kilometergeld.«

»Na siehst du«, sagte er. »Mike ist mit ihm gefahren.«

»Aber wieso ist er dann nicht ins Büro gekommen?«

»Wahrscheinlich hat Gunnarson ihn nach Aberdeen gebracht, um ein Ersatzteil für den Pick-up zu besorgen.«

Hannah spürte eine Welle der Erleichterung. Natürlich! Wie oft hatte Mike nicht schon am Flughafen gesessen und manchmal die halbe Nacht auf ein wichtiges Ersatzteil gewartet, das von Seattle oder Portland oder Chicago oder Gott weiß woher eingeflogen wurde.

Überhaupt, wahrscheinlich hatte er angerufen, kurz nachdem sie das Büro verlassen hatte. Tränen schossen ihr in die Augen, als sie begriff, daß es Michael gut ging. Würde sie sich denn nie an die Gefahren, die Sorgen, die Überstunden in diesem Geschäft gewöhnen?

»Ich seh mir mal seinen Wagen an. Vielleicht kann ich rausfinden, was kaputt ist«, sagte Prefontaine.

Gegen den Wind gebeugt, gingen sie zu Michaels Pick-up. Paul leuchtete mit der Taschenlampe hinein. Der Schlüssel steckte. Das war nicht ungewöhnlich, wie Hannah wußte. Wenn die Männer zwischenzeitlich irgendwo anders zu tun hatten, ließen sie die Schlüssel immer stecken, damit andere den Wagen notfalls bewegen konnten.

Sie sah zu, wie Prefontaine einstieg, die Zündung einschaltete und den Starterknopf drückte. Beim zweiten Versuch sprang der Motor an. Er schaltete die Scheinwerfer ein, Auf- und Abblendlicht. Es funktionierte tadellos.

Er beugte sich vor, öffnete die Beifahrertür und winkte Hannah einzusteigen. Als sie drinnen war, legte er einen Gang ein, fuhr vor und zurück. Mehrmals testete er die Bremsen.

»Scheint alles in Ordnung zu sein«, sagte er.

»Irgend etwas ist hier eigenartig«, sagte sie.

»Was meinst du damit, Hannah?«

Sie spähte aus dem Seitenfenster und versuchte, in der windigen Dunkelheit etwas zu erkennen. »Ich weiß nicht, Paul. Irgend etwas stimmt hier nicht.«

»Komm, wir sehen uns mal um.«

Er stieg aus, ging um den Wagen und öffnete die Tür für sie. Sie saß da, als ob sie Angst hätte auszusteigen.

»Bleib du doch im Wagen, während ich mich ein bißchen umsehe«, schlug er vor.

»Nein. Ich komme mit.« Sie sprang heraus und knallte die Tür hinter sich zu.

Der Wind wurde heftiger. Sie gingen zurück zu Prefontaines Pick-up; Paul hatte den Motor und das Licht angelassen. Er griff ins Wageninnere und richtete den Suchscheinwerfer auf die gegenüberliegende Seite des Verladeplatzes, wo die schweren Maschinen standen.

»Riechst du den Rauch?« fragte er. Sie nickte.

Sie sahen sich um, konnten aber nichts Ungewöhnliches entdecken, und dann war der Geruch wieder weg.

Eng aneinander gedrückt, um gemeinsam gegen den heftigen Wind anzukämpfen, gingen sie an den Rand der Schlucht, wo die Bäume geschlagen wurden.

Hinter und über ihnen toste der Wald wie ein Ozean bei Sturm. Auf den ersten Blick schien alles normal. Der Schlepper stand an Ort und Stelle.

Daneben lag ein gewaltiger Berg gefällter Bäume, die von einer Seite der Schlucht hinaufgezogen worden waren. Die Stämme waren bereits entastet und geschält worden.

Ein über drei Meter hoher Stapel Holz, das in die vorgeschriebene Länge geschnitten worden war, wartete auf den Holzlader.

Aber der Lader war nirgendwo zu sehen.

»Wo ist der Holzlader?« schrie Hannah, doch der Wind riß ihr die Worte von den Lippen.

»Was?« rief Prefontaine.

»Der Holzlader. Wo ist er?«

Sie ließen ihre Taschenlampen suchend im Halbkreis wandern, als ob sich die Vierzigtonnenmaschine versteckt hätte.

Der Holzlader war verschwunden.

»Das ist doch unmöglich! Holzlader spazieren nicht einfach auf und davon«, meinte Hannah.

»Die fahren auch nicht weg«, murmelte Prefontaine.

Einen Holzlader zu bewegen, besonders einen dieser Größenordnung, war eine gewaltige Operation, das wußte Hannah. Oft genug hatte sie die Schecks für die Rechnungen von Firmen ausgestellt, die auf derlei Transporte spezialisiert waren.

Prefontaine richtete sein Licht auf den Boden direkt vor ihnen, bis zum Rand des Verladeplatzes. »Irgend etwas ist da über den Rand gerutscht«, sagte er.

Sie konnten die Spur sehen, die eine große, schwere Maschine hinterlassen hatte, die offensichtlich über den Rand in die Schlucht gestürzt war. Und sie konnten die Zeichen ihres Absturzes sehen: aufgerissenes Unterholz, tiefe Furchen in der Erde.

Ungefähr auf halber Höhe der Schlucht fiel der Lichtstrahl auf ein Durcheinander von Maschinenteilen und Bäumen – Bäume, die man nicht sauber gefällt hatte, sondern die mitsamt ihren Wurzeln herausgerissen und teilweise wie Streichhölzer geknickt waren.

Und sie sahen ein blaßrotes Glimmen.

»Da kam der Rauchgeruch also her.« Prefontaine war schon unterwegs nach unten in die Schlucht, Hannah direkt hinter ihm.

Er hielt inne und wandte sich um. »Geh zurück«, sagte er betont deutlich, damit sie ihn über den immer stärker werdenden Wind hinweg verstand. »Warte oben auf mich. Ich seh nach, was da unten los ist.«

»Ich komme mit!« schrie sie.

»Nein! Warte hier!« Er kletterte weiter nach unten.

Sie wollte schlucken, doch ihr Mund war plötzlich sehr trokken. »Ich habe gesagt, ich komme mit!«

Er drehte sich wieder um, in seinem Gesicht lag Besorgnis. »Hannah, bitte. Da unten ist es gefährlich. Warte auf mich.«

Ihre Lippen wurden zu einem dünnen Strich. »Ich komme mit.«

Er wollte ihren Arm ergreifen, um sie zurückzuhalten, doch sie riß sich los und kletterte nach unten. Er folgte ihr.

»Hannah! Da unten braucht vielleicht jemand meine Hilfe! Halte mich jetzt nicht auf!«

»Es ist Michael! Ich weiß, daß es Michael ist!« schrie sie.

Er versuchte sie wieder zurück auf den Verladeplatz zu zerren. Sie wehrte sich, und er war überrascht, wie stark sie war. Er ließ los.

Die Angst um Michael überwältigte sie. Sie kroch auf allen vieren, riß sich Kleidung und Hände an der Rinde gefällter Bäume auf, kletterte über diese Bäume und stieß schmerzhaft gegen ein Eisenteil, das halb unter zersplitterten Ästen versteckt lag.

Der vierzig Tonnen schwere Holzlader lag auf dem Dach. Noch immer flackerte in seiner Umgebung hier und da brennendes Öl und Dieselkraftstoff auf. Hier, auf halber Höhe der Schlucht und vom Wind geschützt, war der Dieselgeruch penetrant.

Prefontaine kletterte mühsam an der ausgebrannten Maschine hoch und leuchtete mit der Taschenlampe ins Führerhaus. Eine verkohlte Gestalt hing halb nach draußen, als wäre sie irgendwo hängengeblieben.

Hannah taumelte hinter ihm durch die Trümmer. Prefontaine mußte sich Halt suchen, als sie ihm förmlich auf den Rücken sprang. Er stieß sie weg und hielt sie dann mit brutaler Gewalt fest.

Sie öffnete den Mund und schrie. Und schrie. Er schüttelte sie. Ihr Mund klappte zu. Sie funkelte ihn an, ihre Augen glühten.

»Hör zu, Hannah.« Prefontaine brachte sein Gesicht dicht an ihres. »Da drin ist jemand. Und es ist nicht Michael. Wir müssen Hilfe holen!«

Sie starrte ihn an, völlig unbeweglich.

»Hast du gehört, was ich gesagt habe?« schrie er. *»Es ist nicht Michael!«*

Sie starrte ihn weiter an, als ob sie gestorben wäre und die Totenstarre eingesetzt hätte.

Er schüttelte sie erneut. Keine Reaktion.

Dann küßte er sie auf den Mund. Der Kuß war nicht sanft und liebevoll, sondern hart und lebensspendend, der Kuß eines Menschen, der versucht, einen anderen ins Leben zurückzuholen.

Sie blinzelte und versuchte zurückzuweichen.

Seine Stimme wurde weich. »Es ist nicht Mike, Hannah.«

Tränen strömten ihr über die Wangen.

»Es ist nicht Mike«, flüsterte er.

Er kletterte in der Spur, die der Holzlader bei seinem Absturz hinterlassen hatte, den Hang hinauf und zog sie hinter sich her. Oben angekommen, blieb Hannah im blendenden Licht des Suchscheinwerfers stehen. Ihre Schultern sackten herab, sie ließ den Kopf hängen. Sie zitterte, und ihr Haar flatterte im Wind. Die wollene Mütze hatte sie schon lange verloren.

Prefontaine redete beruhigend auf sie ein. »Ich brauche jetzt deine Hilfe. Komm, Hannah.«

Sie richtete sich auf, starrte ihn an. Er strich ihr Haar zurück, zog ein sauberes Taschentuch hervor und reichte es ihr. Sie wischte sich Gesicht und Hände ab, putzte sich die Nase, knüllte das große Taschentuch zusammen und stopfte es in ihre Jacke.

»Kriegst es wieder, wenn es gewaschen ist«, murmelte sie.

»Vergiß es. Wir müssen eine Stelle suchen, von der aus ich senden kann«, sagte er und führte sie zum Pick-up, wo er ihr auf den Beifahrersitz half.

Er fuhr den Berg hinunter und hielt von Zeit zu Zeit an, um sein Funkgerät auszuprobieren. Schließlich fand er eine geeignete Stelle. Er parkte den Wagen, schaltete die Innenbeleuchtung ein, nahm Notizbuch und Stift zur Hand und sah zu Hannah hinüber.

»Hannah, wo wohnt Michaels Materialwart, Al Rivers?«

Sie starrte ihn an. »Wieso gibst du ihnen nicht Michaels Namen und Telefonnummer?«

»Das werde ich«, sagte er leise. »Aber falls sie Mike nicht erreichen können, falls er zum Beispiel noch in Aberdeen ist, sollen sie Al Rivers anrufen.«

Sie sagte es ihm.

Er funkte die State Patrol an und gab seine Position durch, Michaels Name und Telefonnummer und dasselbe für den Materialwart von Quinault Timber. Er sagte, daß er auf sie warten und sie dann zum Unfallort führen würde.

»Die werden alle zuständigen Stellen benachrichtigen. Wenn sie kommen, bringe ich dich nach Hause.«

Sie saß still und wächsern da, hatte den Kopf gegen die Rükkenlehne gedrückt. »Ich bleibe hier, bis sie rausgefunden haben, wer es ist.«

»Es ist nicht Michael«, sagte er.

Sie sah ihn an. »Das weiß ich. Du hast es mir gesagt. Michael hat den Holzlader nicht gesteuert. Aber wer ist es? Ich muß bleiben, bis ich es weiß.«

Er widersprach nicht.

Weit, weit weg, wie aus einer anderen Welt, hörten sie Sirenen heulen. Der Wind verwehte das Geräusch, mal war es lauter, mal schwächer. Sie dachte an Fahnen, blutrote Fahnen, auf Halbmast.

Er nahm ihre Hand. Sie war eiskalt.

Ungefähr eine halbe Stunde, nachdem sie die erste Sirene gehört hatten, bog ein Wagen der State Patrol um die Kurve, wo Prefontaine und Hannah warteten. Prefontaine stieg aus und sprach mit den Beamten, dann kam er zum Pick-up zurück und fuhr voraus.

Auf dem Verladeplatz fragte Prefontaine: »Willst du nicht lieber im Wagen bleiben, wo es warm ist?«

»Nein«, sagte sie und sprang hinaus.

»Hatte ich auch nicht erwartet«, murmelte er.

Der Wind legte sich schlagartig. Wagen um Wagen kam mit aufgeblendeten Scheinwerfern auf den Platz gerollt. Uniformierte Männer sprangen heraus. Prefontaine führte sie zum Rand des Verladeplatzes. Ein paar Beamte mit Taschenlampen kletterten hinunter. Dann traf der Rettungswagen ein und setzte alles unter Flutlicht.

Wenige Augenblicke später hielten weitere Wagen, in denen Zivilisten saßen. Hannah entdeckte den Materialwart Al Rivers.

»Was ist hier los?« fragte er.

»Der Lader ist abgestürzt«, sagte sie.

»Mein Gott!«

»Wer war da drin? Wissen Sie das?«

Er schüttelte den Kopf. »Keine Ahnung. Die Männer haben sich alle abgemeldet und sind zusammen runtergefahren. Entschuldigen Sie, Ma'am. Aber ich hab jetzt zu tun.«

Hannah sah zu, wie Al Rivers in den Schlepper stieg und ihn anließ. Einige Männer befestigten starke Drahtkabel an dem umgekippten Lader, und nach vielen Versuchen und lautstarken Befehlen wurde er in eine aufrechte Position gehievt.

Dreckklumpen und Trümmerstücke glitten vom Dach der Maschine. Die Männer traten zurück, als ein kleiner dünner Mann ins Innere kletterte.

Prefontaine war nicht mit den andern nach unten geklettert. »Komm, Hannah; wir setzen uns wieder in den Wagen«, sagte er.

Sie schien ihn gar nicht zu bemerken.

Einer der Beamten neben dem Lader reichte dem kleinen dünnen Mann einen Plastikbeutel. Nach einer Weile zwängte sich der dünne Mann aus dem Führerhaus; die Männer drängten sich um ihn und betrachteten irgend etwas.

»Wer ist der Mann?« fragte Hannah. »Der da reingestiegen ist?«

»Gerichtsmediziner«, erwiderte Prefontaine.

Beamte der State Patrol und der Gerichtsmediziner kletterten den Hang hinauf. Einer der Beamten hielt den Plastikbeutel in der Hand. Als er den Verladeplatz erreicht hatte, sah er sich um. »Ist hier ein Verantwortlicher von Quinault Timber?«

»Ich bin Hannah McTavish«, sagte sie. »Meinem Mann gehört die Firma.«

Der Beamte sah sie ausdruckslos an. »Wo ist Ihr Mann, Mrs. McTavish?«

»Wir vermuten, daß er nach Aberdeen gefahren ist«, sagte sie.

Der Beamte sah den indianischen Polizeichef an und nickte; es war derselbe Mann, der unmittelbar nach Lia Prefontaines Tod eingetroffen war. Steve Hughes.

»Mrs. McTavish«, sagte Hughes, »wir haben an dem Toten im Lader diese Armbanduhr gefunden. Erkennen Sie sie?«

Prefontaine sagte: »Hannah, laß mich das machen.«

Sie rückte von ihm ab. Hughes öffnete den Plastikbeutel und leuchtete mit einer Taschenlampe auf die Uhr. Sie starrte sie an. Offensichtlich war die Uhr hastig abgewischt worden. An manchen Stellen war noch immer Ruß und Fett zu sehen.

Sie spürte einen Druck auf ihrer Brust, der immer schwerer und schwerer wurde, als ob jemand Steine auf sie häufte. Ein stechender Schmerz schoß ihr vom Rücken hinauf in die Schultern.

»Drehen Sie sie bitte um«, bat sie.

Mit einer großen Pinzette wendete Hughes die Uhr im Innern des Beutels. Hannah studierte die Inschrift auf der Rückseite. Dann sah sie Hughes direkt in die Augen.

»Das ist die Uhr meines Mannes«, sagte sie. »Michaels Uhr. Jemand hat Michaels Uhr gestohlen.«

Hughes und Prefontaine warfen sich Blicke zu. Der Gerichtsmediziner reichte Hughes einen weiteren Plastikbeutel, dann wandte er sich ab und starrte in die Nacht.

Der Wind hatte sich erneut erhoben und strich durch die Schlucht wie Meeresrauschen. Sie hörten, wie die Bäume aneinander schabten.

»Mrs. McTavish, würden Sie sich bitte diesen Ring ansehen?« bat Hughes.

Ring?

»Gern«, sagte sie. »Aber das ist nicht Michaels Ring. Völlig ausgeschlossen. Die Uhr hat jemand gestohlen. Aber den Ring hätte niemand von seinem Finger bekommen.«

»Schön, Mrs. McTavish«, sagte Hughes. »Werfen Sie nur mal einen Blick drauf.«

Er hielt den Ring mit der Pinzette und leuchtete so mit der Taschenlampe darauf, daß Hannah kein Detail entgehen konnte. Sie sah jedes Wort der eingravierten Inschrift:

FÜR MICHAEL VON HANNAH IN EWIGER LIEBE

Sie starrte den Ring an.

Das war der Ring, den sie am Tag ihrer Hochzeit auf Michaels Finger gesteckt hatte. Der Ring, den er nur zu besonderen Anlässen trug, weil es zu gefährlich war, bei der Arbeit mit den schweren Maschinen einen Ring am Finger zu haben.

Ihr Gesicht wurde zuerst rot und dann entsetzlich weiß, als ob ein unsichtbarer Vampir ihr Herzblut aussaugen würde, ihr Leben, ihre Liebe, ihre Zukunft. Sie drehte sich zu Paul Prefontaine um, dem Mann, der ihr bis hierher beigestanden hatte, dem Mann, der aus Mitgefühl nach Michael gesucht hatte.

»Lügner!« kreischte sie. »Lügner! Du hast gesagt, das da unten wäre nicht Michael!«

»Verzeih mir, Hannah. Ich dachte, er wäre es nicht.« Er versuchte sie zu beruhigen, seine Arme um sie zu legen, sie vor den neugierigen Blicken von Steve Hughes zu schützen. Die anderen Männer schauten weg.

Wieder wollte sie den Abhang hinunter.

»Michael!« schrie sie. »Michael, antworte mir!«

Und wieder versuchte Prefontaine, sie zurückzuhalten, ihr den Anblick da unten zu ersparen. Als er sie festhielt, schlug sie ihn erneut, mit aller Kraft, und schlug immer weiter, bis er aus reinem Selbstschutz gezwungen war, ihr die Arme auf den Rükken zu pressen und sie auf den Verladeplatz zu schieben.

Der Gerichtsmediziner sprach leise auf sie ein. Bald konnte er sie zum Rettungswagen führen, wo er ihr eine Spritze gab.

»Die wird ja richtig handgreiflich, was?« In Steve Hughes' Tonfall schwang seine Aversion gegen Frauen mit, die Polizisten schlugen.

»Es gibt Dinge, die niemand sehen sollte«, erwiderte Prefontaine. »Und schon gar nicht eine so nette Frau wie sie.«

Er ging zum Rettungswagen. Hannahs Augen verrieten ihm, daß die Spritze allmählich wirkte.

»Könnten Sie sie nach Hause bringen?« fragte der Gerichtsmediziner.

Prefontaine nickte.

»Komm, Hannah«, flüsterte er und legte den Arm um sie. »Wir müssen zu deinen Kindern. Komm jetzt; komm mit mir.«

Sie ging stumm mit.

◇ Er wurde auf dem kleinen Friedhof am Lake Quinault beerdigt. Der Gottesdienst fand am Grab statt. Der Zustand des Toten machte einen geschlossenen Sarg erforderlich. Die Leute munkelten, daß Michael McTavish neben anderen Verletzungen kein Gesicht mehr hatte.

Am Morgen der Beerdigung regnete es sacht. Noch am Mittag hingen während des Gottesdienstes schwarze Wolken am Himmel. Doch gerade als der Pastor zum Schluß kam, rissen die Wolken auf, und die Sonne brach mit einem phantastisch strahlenden Licht durch.

Das Sonnenlicht war zu einer einzigen Säule gebündelt und fiel direkt auf die Trauergemeinde, so daß die Menschen dramatisch lebendig wirkten. Das Gras leuchtete in einem hinreißenden Grün. Die nassen Blätter, auf deren Spitzen das Licht fiel, brannten wie smaragdfarbene Kerzen. Der süße

Sommerwind regte sich in den Bäumen, hauchte über sie hinweg.

Hannah, die so stark zitterte, als ob sie sich im letzten Stadium eines tödlichen Schüttelfrostes befände, sah hinauf zum Himmel, zu den Bäumen und hinunter zum See. »Ich habe dich geliebt«, sagte sie, und die Worte klangen schneidend und anklagend – wie die Worte einer betrogenen Geliebten.

◇◇◇◇◇◇◇ Kapitel 12 ◇◇◇◇◇◇◇

◇ Am Tag nach der Beerdigung ging ein Mann humpelnd am Rand des Highway 101 entlang, ohne auf die vorbeirasenden Autos und Lastwagen zu achten. Irgend etwas sagte ihm, daß er nicht auf den Asphalt kommen durfte, daß er auf dem mit Kies bestreuten Randstreifen bleiben mußte. Irgend etwas sagte ihm, daß er weitergehen mußte, auch wenn ihm alles am Körper weh tat.

Er wußte nicht, wie lange er schon so ging. Stunden oder Tage. Vielleicht sogar Jahre. Und noch immer ging er weiter, setzte schlurfend einen Fuß vor den anderen, Schritt um Schritt. Er mußte irgendwohin – er wußte nur nicht wohin.

Er erinnerte sich an Dunkelheit. Er erinnerte sich an Helligkeit und Licht, so wie jetzt. Er erinnerte sich an Blut. Er sah an sich hinunter. Da war noch immer Blut unter dem ganzen Schmutz.

Er erinnerte sich an Kälte, er erinnerte sich an Nässe – und an Angst. Er erinnerte sich daran, daß ihm schlecht war – so wie jetzt. Er torkelte in ein Gebüsch und erbrach zähflüssige grüne Galle.

Er stolperte zurück auf den Randstreifen und setzte seinen Weg fort. Er erinnerte sich, daß Autos neben ihm angehalten hatten und daß sie weitergebraust waren, nachdem ihre Fahrer ihn genauer betrachtet hatten. Es war ihm egal. Er mußte weitergehen.

Er kam an ein Schild, auf dem stand: NORTH SHORE ROAD.

Irgend etwas daran kam ihm wichtig vor. Sollte er weiter diese North Shore Road entlanggehen? Er wußte es nicht. Er versuchte zu denken. Denken strengte ihn an. Dann schmerzte sein Kopf noch mehr.

Er ließ sich gegen das Schild sinken. Irgend etwas an dem Namen beschäftigte ihn. Aber je angestrengter er nachdachte, desto schlimmer schmerzte sein Kopf, bis er schließlich nur noch ein hohes dünnes Kreischen zwischen den Ohren hörte.

Er stand auf und ging weiter. Einen Fuß vor den anderen. Der Kopf tat ihm nicht ganz so weh, wenn er einfach weiterging, wenn er nicht versuchte nachzudenken. Die Sonne kam heraus und quälte seine Augen, also schloß er sie.

Und ging weiter. Und fiel hin, spürte, wie der Kies ihm die Haut von der linken Wange schürfte, rollte sich zusammen wie ein Fötus und blieb still liegen.

Eine Stunde. Vielleicht einen Tag. Vielleicht ein Jahr.

Lastwagen und Autos jagten an ihm vorbei.

Wusch! Wusch! Wusch!

Kein einziger hielt an.

Er rappelte sich mühsam auf und sah sich blinzelnd um. In welche Richtung mußte er?

Etwas sagte ihm, daß er in derselben Richtung weitergehen sollte. In dieselbe Richtung, in die die Autos fuhren. Er konnte nicht gut sehen, aber er ging weiter, hörte das *Wusch! Wusch! Wusch!*

Dann war eine Zeitlang nichts zu hören, bis wieder ein Auto vorbeirauschte. Der Wagen bremste quietschend, setzte zurück und hielt neben ihm. Der Fahrer lehnte sich zur Seite und kurbelte das Fenster herunter.

»Heh, Kumpel! Kann ich dich mitnehmen?«

Der Mann ging weiter.

»Himmel, was ist denn mit dir passiert?«

Der Wagen rollte langsam schnaufend neben dem Mann.

»Komm schon, Kumpel, steig ein. Ich bring dich zum Arzt.«

Er ging weiter.

Der Wagen knurrte leise neben ihm.

»Den Typ melde ich wohl besser«, hörte er den Fahrer murmeln. Der Wagen beschleunigte und war weg.

Er ging weiter, einen Fuß vor den anderen. Schweiß rann ihm übers Gesicht, mischte sich mit dem Blut aus seinen Kopfverletzungen. Er lief ihm in die Schürfwunde auf seiner Wange und brannte wie Feuer. Der Mann ging weiter und weiter, bis er schließlich zögerte und sich umsah.

Vier Holzlaster fuhren vorbei.

Irgend etwas sagte ihm, daß er sich auf die Straße stellen sollte, genau vor die Laster. Irgend etwas sagte ihm, daß er dann keine Schmerzen mehr haben würde. Ihm würde nicht mehr schlecht sein. Er würde keine Angst mehr haben, er würde nicht mehr weitergehen müssen.

Er machte einen Schritt auf die Straße.

Der Fahrer des fünften Holzlasters lehnte sich aus dem Fenster und schrie: »Verdammt, mach, daß du von der Straße kommst, du Idiot!«

Der Laster dröhnte vorbei und zog die Worte des Fahrers hinter sich her. Der Mann konnte sie in der Luft sehen, rot und explosiv wie Feuerwerkskörper.

Er machte einen zweiten Schritt auf die Straße. Weit hinten kamen weitere Laster. Er spürte, wie der Boden unter seinen Füßen bebte und grollte, als sie näher kamen.

Er machte einen dritten Schritt. Und einen vierten.

Die Sonne war heiß! Er spürte, wie sie auf seinen Kopf brannte. Hätte er doch bloß einen – was? *Was!?* Ihm fiel das Wort für eine Kopfbedeckung nicht ein.

Genau in diesem Augenblick flog etwas über ihn. Auf seinem Kopf war plötzlich Schatten. Kühle.

Er machte einen fünften Schritt.

Das, was den Schatten geworfen hatte, landete auf seinem Kopf.

Er machte einen sechsten Schritt. Jetzt war er fast mitten auf dem Highway.

Das, was auf seinem Kopf gelandet war, fing an, auf seine Stirn einzuhacken.

Halt! dachte er. Halt! Das tut weh!

Er wischte sich mit blutigen Händen über die Stirn. Das Ding auf seinem Kopf hackte einfach weiter.

Die Laster kamen näher. Das verrieten ihm seine Füße. Jetzt erfüllte ihr Brüllen die ganze Welt. Das Ding auf seinem Kopf hackte fester und fester, bis ihm Blut in die Augen lief und er sich umdrehte und vom Highway wankte.

Die Laster rasten vorbei – *Wusch! Wusch! Wusch!* – und rissen ihn durch ihren Luftzug um. Die Steine des Randstreifens bohrten sich in seine wunden Handflächen. Einen Augenblick lang war er wieder ein kleiner Junge, der mit seinem Fahrrad stürzte.

Das Ding auf seinem Kopf hackte fester, bis er aufstand und in die Büsche neben der Straße humpelte. Er torkelte weiter, schluchzend, wild um sich schlagend. Das verdammte Ding saß da oben fest. Er bekam es nicht los. Als er weit genug durch das Gebüsch und in den Wald gegangen war, flog das Ding von seinem Kopf herunter und landete vor seinen Füßen.

Er betrachtete es.

»Kla wock!« krächzte es.

Es war ein großer schwarzer Rabe.

»Geh zum Teufel!« murmelte er.

»Kla wock!«

Der Rabe flog los, nicht sehr hoch, und sah sich von Zeit zu Zeit um, ob er auch nachkam.

Er ging weiter, stolperte durch das Unterholz, strauchelte über tote Äste, stieß gegen Bäume, rutschte auf Moos aus. Hin und wieder hielt er inne und fiel zu Boden. Dann hielt auch der Rabe, landete ihm auf dem Kopf und hackte auf seine Stirn ein, bis der Mann wieder auf die Beine kam.

Daraufhin flog der Rabe halb, halb hüpfte er wieder voraus und rief: *»Kla wock! Kla wock!«*

Bis er nicht mehr weiter konnte. Bis er zum letztenmal stürzte und nicht mehr aufstand. Bis es ihm egal war, ob er je wieder aufstand. Bis er wünschte, nie wieder aufzustehen.

Bis jemand aus dem Nebel und dem dunklen feuchten Wald kam, um ihn zu holen.

Jemand, der ihm etwas ins Ohr flüsterte. Jemand, der ihm Wasser an die Lippen hielt. Jemand, der ihn hochzog und ihn an einen geschützten, warmen und geborgenen Ort brachte. Jemand, der sich weich und stark anfühlte.

Jemand, der langes, lockiges, feuerrotes Haar hatte. »Mein Name ist Aminte«, flüsterte sie.

◇ Er hatte keine Ahnung, wer er war, wo er war, wieviel Zeit vergangen war. Manchmal, wenn er halb bewußtlos dalag, tanzte sie, warf ihren Kopf zurück, daß ihr lockiges Haar über den Boden strich. Dann wieder saß sie neben ihm, wusch ihm das Gesicht. Einmal sprach sie ernsthaft auf ihn ein, aber er hörte nur den letzten Teil, wie in einem Tagtraum.

». . . und es gibt viele Mächte in der unsichtbaren Welt. Glaube mir, sie heißen nicht Gott oder Teufel.«

Er lauschte verwundert. Wer war sie, diese schöne Frau mit dem flammenden Haar? Sie war so sanft, so weich, so zärtlich, sie ließ ihn beinahe die schrecklichen Schmerzen in seinem Kopf vergessen. Während er noch zu ihr aufblickte, versank er wieder in einen Schlaf, der mehr als Schlaf war – ein Abgleiten in die Dunkelheit.

Aminte betrachtete ihn in seiner Hilflosigkeit. Das Koma war gut. Es würde seine Erinnerungen an die Vergangenheit für immer auslöschen. Sie würde ihn mit ihrem weiblichen Zauber umspinnen, und er würde ihrem Zweck dienen. Und danach? Dann wäre es praktischer, wenn er nicht überlebte.

Als eine Frau mit Macht war sie die heilige Schwelle. Sie mußte auswählen, was hinein- und was hinausging. Und hier war der Mann, auf den sie gewartet hatte, ein Geschenk der Geister an sie. Er würde der Vater ihrer Tochter sein.

Auch wenn er nicht von ihrem Blut war, eignete er sich. Er eignete sich sogar sehr gut, dachte sie, während ihre Finger über seine muskulöse Brust und die sehnigen Beine glitten. Sie legte die Hand auf seine Männlichkeit, sinnlich und schutzlos. Herrlich, absolut herrlich! Sollte sie warten? Sie hatte zu lange gewartet!

Sie wollte nicht mehr warten!

Sie strich ihm über die Stirn und vergewisserte sich, daß er bequem auf dem Bett auf Zedernzweigen lag. Sie zog das alte Gewand aus Wolfsfellen herunter, mit dem sie ihn zugedeckt hatte. Sie legte ihre Kleidung ab und rieb ihn am ganzen Körper mit duftendem Fett ein, liebkoste ihn, massierte seine Lenden.

Er nahm sie nicht in die Arme, denn er war noch immer an jenem dunklen Ort, aber sein Körper reagierte. Sie glitt auf ihn und streichelte sich mit der Spitze seines steifen Penis, so wie ihre Mutter es sie gelehrt hatte – es war ihre erste Paarung. Vor dem Schmerz mußte sie Lust empfinden.

Schließlich senkte sie sich behutsam auf ihn nieder. Als sie das Hindernis spürte, stieß sie nach unten. Bräunliches Blut sikkerte ihr die Oberschenkel herab. Sie beugte sich zu ihm vor und bewegte sich sachte hin und her, ihre bemalten Brustwarzen rieben sich an seinen.

Einmal öffnete er die Augen und ungläubiges Entsetzen spiegelte sich darin. Sie wußte, was er sah . . . die anderen waren zu ihr gekommen. Ihre Stimmen, dünn und schrill, erhoben sich mit der ihren, als sie aufschrie.

Langsam fingen sie an, sich mit gezielten Schritten zu bewegen, alptraumhafte Gestalten, angetan wie Tiere, im Tanz des Waldes. Das Lauern eines Pumas, der gekrümmte Rücken eines drohenden Bären, die glitzernden Augen eines lauernden Wolfes, die wache Haltung eines Wapitis.

Aber sie waren Phantome, mit Gesichtern so ausdruckslos wie Stein, die Augen tief und lichtlos: unkörperliche Wesen, die mit dem Klang ihrer Stimme mal deutlicher, mal schwächer wurden.

Sie bewegte sich in ihrem eigenen Tanz, und als sich sein Samen ergoß, lächelte sie, nicht aus Lust, sondern weil sie mit ihrer Leistung zufrieden war.

Jetzt würde sie eine Tochter bekommen! Von der allerersten Frau ihres Geschlechts war das Wissen von Mund zu Mund weitergegeben worden, daß nur ein Mann, der eine Frau wirklich erregte, eine Tochter zeugen konnte. Und Michael erregte sie, schon von Anfang an, als sie ihn in der Lodge kennengelernt hatte.

Nun paarten sie sich mehrmals, solange der Mann konnte. Schließlich lag er nur noch erschöpft da. Ein süßer kristallener Wind strich sachte über die Erde, liebkoste die Bäume, berührte Amintes Haar, kühlte das Gesicht des Mannes.

In der Dunkelheit glaubte er, verwirrt wie er war, eine Frau zu hören, die seinen Namen rief. Eine Frau, die nicht diese Rothaarige war. Eine Frau, die Teil von ihm gewesen war.

Irgendwann . . . irgendwo . . .

Er versuchte sich zu erinnern. Ein tiefer Schmerz erfaßte ihn, und die wenige Kraft, die er hatte, strömte aus ihm heraus wie fließendes Wasser. Er seufzte. Er würde wieder zurück in die Dunkelheit gleiten. Dort war es besser.

Er war so müde. Er hustete, und seine Seele bebte. Im Nu kniete Aminte neben ihm, bereit, seine Seele einzufangen, die schon fast fort war.

Die Durchsichtigen drängten sich um sie, sahen besorgt, daß ihm die Seele von den Lippen flatterte wie eine zerplatzende Blase, genau in den Seelenfänger, den Aminte in der Hand hielt.

Die anderen wisperten und nickten anerkennend, dann verschmolzen sie ineinander und trieben mit dem Rauch des Feuers davon.

Aminte lächelte. Dieser Mann würde ihr nicht so leicht entkommen.

◇◇◇◇◇◇◇ Kapitel 13 ◇◇◇◇◇◇◇

◇ Henry Wallach, Michaels Anwalt, hatte ein Gespräch mit Hannah bei ihr zu Hause. Er war zur Beerdigung aus Portland gekommen und hatte in der Lodge gewohnt.

Als er fort war, starrte Hannah hinaus in den strömenden Juliregen. Sie war wie betäubt. Zusätzlich zu der Beteiligung von Abbott, Michaels Finanzpartner, hatten sie und Michael ihr gesamtes Vermögen in das Holzgeschäft gesteckt. Sie hatten sich sogar ihre Lebensversicherungen auszahlen lassen und von dem Geld gelebt, damit Michael kein Gehalt von der Firma beziehen mußte.

Wie Wallach ihr erzählt hatte, gab es für sie zwei Möglichkeiten. Sie konnte an David Abbott verkaufen, aber das würde ihr nur sehr wenig Gewinn bringen. Abbott würde die Firma dichtmachen und Maschinen und Ausrüstung mit großem Verlust verkaufen, was für ihn steuerlich von Vorteil wäre. Er hatte viele lukrative Beteiligungen und brauchte Abschreibungsverluste.

Hannah hingegen wäre ruiniert. Nach ihren Bankauszügen hatte sie weniger als zweihundert Dollar zum Leben. Trotz des Finanzpartners hatten Michael und sie alles in Quinault Timber gesteckt.

Oder sie konnte selbst die Leitung der Firma übernehmen. David Abbott drängte bereits darauf, die Sache zum Abschluß zu bringen. Sie sollte sich innerhalb einer Woche entscheiden und ihn dann in Portland treffen.

Was sollte sie machen?

Hannah ging nach oben und drehte die Dusche auf. Als sie unter dem dampfenden Strahl stand, dachte sie wieder über ihr Gespräch mit dem Anwalt nach.

Wo bekomme ich Geld her? überlegte sie dumpf, während sie sich einseifte. Fran hatte angeboten, ihr Geld zu leihen, damit sie fürs erste über die Runden kam. Außerdem bekam sie fünftausend Dollar Vorschuß für ihr Buch über den Regenwald. Aber erst wenn sie den Vertrag unterschrieben hatte, und der war bislang noch gar nicht eingetroffen.

Irgendwie mußte sie Quinault Timber weiterführen. Aber wer konnte ihr da mit Rat und Tat zur Seite stehen? Wer besaß die erforderlichen Kenntnisse?

Buck Trano, Michaels Betriebsleiter? Er kannte die praktische Seite des Geschäfts, aber verstand er was von Finanzen? Wahrscheinlich nicht.

Und würde Abbott jetzt, wo Michael tot war, ihr Partner bleiben wollen? Sie bezweifelte es. Er war ein gerissener Geschäftsmann. Wieso sollte er jemanden unterstützen, der nichts vom Holzgeschäft verstand? Noch dazu eine Frau?

Wenn sie nur wüßte, wie es weitergehen sollte, würde sie sich viel besser fühlen. Während sie sich die Haare wusch, versuchte sie sich zu beruhigen und nahm sich vor, die Dinge gemächlich anzugehen. Als sie aus der Dusche stieg und sich in ein Badetuch wickelte, dachte sie über das andere Problem nach, das sie beschäftigte.

Selbst wenn es ihr gelang, die Firma zu behalten, würden die Männer weiter für sie arbeiten? Für eine Frau?

Die Arbeit im Holzgeschäft war eine der letzten Bastionen männlicher Vorherrschaft. Sämtliche Waldarbeiter, die sie kannte, waren der festen Überzeugung, daß eine Frau draußen im Wald nichts zu suchen hatte – schon gar nicht als Boß eines Teams von Holzfällern.

Könnte sie zu einem Einschlag fahren und brüllen: »An die Arbeit, ihr Mistkerle!« und das so, daß sie es ernst nahmen?

Nein, das könnte sie nicht. Erstens war ihre Stimme nicht laut genug und kippte, wenn sie sich aufregte. Zweitens würde sie sich blöd vorkommen.

Ohne ein gutes Team lief gar nichts. Michael hatte ein gutes Team gehabt. Die Männer verstanden was von ihrer Arbeit. Sie gingen pfleglich mit der Ausrüstung um. Es gab keine Spinner unter ihnen, bis auf Al Rivers, den Materialwart, der hin und wieder in ein Kabel oder in seinen eigenen Arm biß, wenn er wütend wurde. Aber, so hatte Michael ihr versichert, er biß niemanden sonst und erledigte seine Arbeit.

Ein schlechtes Team bedeutete Nachlässigkeit und hatte zur Folge, daß ständig irgendwelche Maschinen ausfielen, was teuer war, weil die Produktivität darunter litt und die Reparaturen kostspielig waren. Außerdem bedeutete es Unfälle, was die Versicherungsbeiträge in schwindelerregende Höhen trieb.

Und dann gab es noch die alltäglichen Probleme.

Heiße, trockene Witterung, bei der die Arbeit wegen Feuergefahr eingestellt werden mußte. Waldbrände, bei denen zigtausend Stämme in Flammen aufgingen. Stürme, bei denen niemand arbeiten konnte, weil die Gefahr bestand, daß Bäume umstürzten. Schwere Unwetter und Erdrutsche, die die Holztransportwege fortrissen. Ausfallzeiten bei den Maschinen. All das bedeutete, daß kein Holz raus und kein Geld rein kam. Aber die Kosten für Maschinen, Geräte und Versicherungen liefen weiter, Woche für Woche, ganz gleich, ob höhere Gewalt die Arbeit unmöglich machte.

Hannah trocknete sich gedankenversunken ab. Was sollte sie tun? Was sollte sie tun? Michael war tot, seine Firma kurz vor dem Zusammenbruch; sie wußte nicht, was sie machen sollte; sie hatte kein Geld.

Kirstie starrte sie bekümmert und besorgt an, während sie hilflos weinte.

◇ Paul Prefontaine war auf dem Nachhauseweg, als er die Meldung über den Landstreicher bekam. Er sah sich um, hatte den Mann bislang aber nicht entdecken können.

Der Tag war grau, naß und traurig gewesen. Regenwasser stand in Pfützen auf der Straße und tropfte von den Bäumen. Immer wieder setzten plötzliche Schauer ein. Prefontaine war froh, daß es bei Mikes Beerdigung nicht geregnet hatte.

Seine Stimmung paßte zum Wetter. Er war müde und frustriert; Joan und er hatten bei ihren Nachforschungen nichts erreicht. Zumindest noch nicht. Seine Gedanken kreisten um die seltsamen Geschehnisse in der Gemeinde.

Es hatte alles mit seiner Frau angefangen. Offiziell war ihr Tod ein Unfall gewesen. Prefontaine wußte, daß Lia nicht Selbstmord begangen hatte, trotz der Gerüchte. Sie war nicht der Typ. Außerdem war sie überglücklich gewesen, nach Hause zu kommen.

Sie war aber auch keine Frau, die von Klippen fällt. Sie war viel zu geschickt und sicher gewesen, viel zu vertraut mit diesem Teil der Küste, kannte die Klippe vor ihrem Haus im Schlaf. Verdammt, sie war Bergsteigerin gewesen!

Von Anfang an hatte er den Verdacht gehabt, daß jemand sie hinuntergestoßen hatte. Aber wer? Als er den Mokassinabdruck vor seinem Haus entdeckt hatte, war ihm sofort klar gewesen, wem der gehörte: Tuco Peters. Aber Peters' Geschichte hatte überzeugend geklungen; er kam häufiger mal unangemeldet vorbei. Er hatte keinen Grund, Lia etwas anzutun.

Konnte der Hubschrauberpilot, wegen dem Lia ihn verlassen hatte, ihr Mörder sein? War er ihr vielleicht von San Francisco gefolgt, um sich zu rächen, weil sie zu ihrem Mann zurückwollte?

Prefontaine hatte sich erkundigt und herausgefunden, daß der Mann, nachdem die beiden sich in San Francisco getrennt hatten, nach Florida gegangen war, wo er Touristen mit einem Boot durch die Sümpfe fuhr. In der Nacht, in der Lia gestorben war, hatte sich der Mann nachweislich auf der anderen Seite des Kontinents aufgehalten.

Eines wußte Prefontaine mit Sicherheit. Er würde nicht ruhen, bis er herausgefunden hatte, wer oder was für den Tod seiner Frau verantwortlich war. Und Joan auch nicht.

Dann war da noch die verschwundene Reiseleiterin Eleanor Smythe. Bislang hatte man keine Spur von ihr entdeckt. Die Suchmannschaften hatten nichts gefunden, sie war wie vom Erdboden verschluckt.

Und jetzt der Tod von Michael McTavish. Sicher ein Unfall.

Oder doch nicht?

Er und Joan hatten sich schon gefragt, ob es vielleicht ein arrangierter Unfall gewesen war. Paul erinnerte sich, daß Hannah ihm in der Nacht des Unfalls erzählt hatte, daß Michael niemals mit irgendwelchen Maschinen arbeitete, wenn er allein im Wald war. Sie hatte außerdem gesagt, daß er im Wald nie seinen Ehering trug. Ihm war klar, daß diese Details nicht viel besagten. Schließlich hatte jede Regel ihre Ausnahmen.

Aber gab es zwischen diesen Ereignissen vielleicht eine Verbindung? Er und Joan hatten stundenlang darüber debattiert. Falls es eine gab, hatten sie diese noch nicht gesehen.

Trotzdem lag irgend etwas in der Luft, das ihnen nicht gefiel. Und er konnte nicht sagen, was es war. Alle verhielten sich plötzlich seltsam – nicht wie sonst. Ein wenig aus dem Gleichgewicht gebracht.

Oder lag es bloß an ihm selbst? War das die psychische Reaktion auf den Tod seiner Frau? Sie fehlte ihm, fehlte ihm schrecklich. Aber wenn er ehrlich war, mußte er zugeben, daß er das größte Verlustgefühl damals empfunden hatte, als sie ihn wegen eines anderen verließ. Jetzt hatte er abgesehen von der Trauer auch mit der unterdrückten Wut darüber zu kämpfen, was sie ihm angetan hatte. Jedesmal, wenn er sich bei dem Gedanken an sie ertappte, zwang er sich rasch, an etwas anderes zu denken.

Er seufzte. Im Moment konnte er nicht viel mehr tun als seine Arbeit machen und Augen und Ohren offenhalten.

Er näherte sich der North Shore Road. Vielleicht sollte er kurz bei Hannah vorbeischauen und sie vor dem Landstreicher warnen.

Ihr sagen, daß sie vorsichtig sein sollte . . .

◇ Hannah saß noch immer auf dem Rand ihrer Badewanne und grübelte über ihre Zukunft nach, als es an der Tür klingelte. Sie warf sich einen Seidenkimono über, ging nach unten und machte auf. Als sie Paul Prefontaine sah, dachte sie: Was denn nun? Welche Katastrophe ist denn jetzt passiert?

Sie zog den Kimono enger um sich, wußte nicht mehr, ob sie etwas darunter angezogen hatte oder nicht. Es war ihr egal. Und sie nahm an, daß es dem Chief auch egal war. Sie beide hatten wichtigere Dinge im Kopf.

»Hannah«, sagte er, »hier in der Gegend treibt sich ein Landstreicher rum. Halt doch bitte die Augen auf und nimm dich vor jedem in acht, der dir seltsam vorkommt.«

Hannah überlegte, ob sie ihn hereinbitten sollte. Sie wollte keine Besucher. War ein Polizeibeamter ein Besucher? Motten flatterten um die Verandalampe, versuchten dem Regen zu entfliehen. Sie wollte auch keine Insekten im Haus haben.

»Komm doch rein«, sagte sie.

»Danke.« Er kam ins Haus und nahm seinen Stetson ab.

»Willst du dich setzen?«

Er nickte und setzte sich in den Kaminsessel mit der hohen Rückenlehne. Sie nahm ihm gegenüber auf dem Sofa Platz.

»In welcher Weise seltsam, Paul?« fragte sie. »Ich meine den Mann, von dem du gesprochen hast.«

»Wahrscheinlich ein Bursche, der den Eindruck macht, als wüßte er nicht, wo er hinwill.« Er wollte ihr nicht erzählen, daß der Landstreicher den Berichten zufolge verletzt war.

»Ich werde aufpassen.«

Er erkundigte sich nach Angus und Elspat. Sie sagte, daß Michaels Verwandte aus Seattle die Kinder für zwei Wochen zu sich genommen hatten.

»Gut.« Seine Stimme klang sanft. »Und wie geht es dir, Hannah?«

Ihre rotgeränderten Augen füllten sich erneut mit Tränen. »Ach, ich weiß es nicht, Paul. Manchmal habe ich das Gefühl, die nächste Stunde überstehe ich nicht.«

Er beugte sich vor. »Du wirst drüber wegkommen. Glaub mir, ich weiß es.«

Sie lächelte ihn gequält an. Sie spürte, wie gespannt und aufgedunsen ihr Gesicht war, fleckig und rot, die Augen fast zugeschwollen. Ich muß schrecklich aussehen! dachte sie.

»Paul, es tut mir furchtbar leid, wie ich mich benommen habe«, sagte sie plötzlich.

Er blickte überrascht. »Was?«

»Oben auf dem Verladeplatz.« Ihre Stimme zitterte. »Als wir Michael gefunden haben.«

»Oh.« Jetzt wußte er, was sie meinte. Daß sie ihn angeschrien und geschlagen hatte. »Vergiß es. Du bist eine sehr tapfere Frau.«

Sie putzte sich die Nase, die schon ganz wund war. »Erzähl mir von dem Mann, den du suchst. Was hat er angestellt?«

»Nichts, soweit ich weiß. Jemand hat Meldung gemacht, daß er einen Burschen gesehen hat, der den Highway entlangtorkelt. Vielleicht ein Betrunkener oder ein geistig Verwirrter.«

»Na ja, wenn ich ihn sehe, rufe ich euch an.« Sie stand auf, den Kimono fest an sich gepreßt, und warf ein Stück Holz ins Feuer. »Möchtest du was trinken?«

Er sah auf die Uhr. »Gern.«

»Ich habe Scotch da, Brandy –«

»Einen Brandy bitte.«

Sie füllte die Gläser und reichte ihm eins.

Er bedankte sich. »Ich würde gern mit dir anstoßen, aber ich weiß nicht auf was. Nach allem, was in letzter Zeit passiert ist.«

»Vielleicht einfach darauf, daß wir beide das überstehen, was uns zugestoßen ist.«

»Darauf trinke ich.« Er hob sein Glas. »Auf bessere Zeiten«, sagte er bedrückt.

Eine Zeitlang saßen sie still da. Das Feuer knisterte und ächzte. Ein Scheit knackte im Kamin, und glühende Funken stiegen auf. Sie hörten, daß der Wind draußen stärker wurde und ums Haus pfiff.

»Wie im Winter«, sagte sie schaudernd.

»Der Sommer kommt zurück«, erwiderte er. »Bald.«

Hannahs Blick fiel auf einen Stapel Post, den Oscar Slota ihr tagsüber gebracht hatte. Sie bemerkte, daß der oberste Umschlag per Hand mit unbeholfener, krakeliger Blockschrift adressiert war, ohne Absender. Der Poststempel war aus Aberdeen. Verwundert riß sie den Umschlag auf. Die gräßlichen Worte sprangen ihr entgegen.

ES WAR MORD, MISSUS

Ihre Hand zitterte.

»Was ist los?« fragte Prefontaine.

Sie antwortete nicht. Sie wollte sich nur noch fallen lassen und weinen. Sie wollte, daß ein starker Mensch sie in seine Arme nahm und tröstete, ihr die Tränen abwischte, ihr sagte, daß alles gut war, daß Michael doch nicht tot war, daß alles nur ein schrecklicher Alptraum gewesen war.

Prefontaine nahm ihr sanft das Stück Papier aus der Hand. Er las es, schüttelte langsam den Kopf und studierte dann sorgfältig die krakelige Blockschrift.

»Warum, Paul?« flüsterte sie. »Wer tut mir das an?«

»Glaubst du es?« fragte er behutsam.

Ihre Stimme klang beinahe hysterisch. »Was glauben? Daß Michael ermordet worden ist? Wer hätte ihn denn töten wollen?«

Er sprach leise. »Ich würde das und den Umschlag gerne behalten.«

»Nimm es mit. Ich will es nicht hier haben.«

»Hör zu, Hannah. Wenn du noch mehr solcher Briefe bekommst, mußt du mir oder Joan Bescheid sagen, ja?«

Sie starrte ihn an, leichenblaß. »Meinst du, da kommen noch mehr?«

Er zuckte die Achseln.

Plötzlich legte sie den Kopf an seine Schulter und schlang beide Arme um seinen Hals. Aber diesmal weinte sie nicht, sie hatte keine Tränen mehr.

Er löste sanft ihre Arme und stand auf, um zu gehen, wußte, daß er gehen mußte, obwohl er bleiben wollte. Er wollte sie hochheben, zu ihrem Bett tragen und zudecken. Er wollte sie trösten und küssen und ihr sagen, daß alles gut werden würde.

Aber das durfte er nicht. Er hatte Angst, er wäre, wenn er sie ins Bett brachte, nicht vernünftig genug, dann noch zu gehen. Er würde bleiben, sie an sich drücken und mit seinem Körper versuchen, sie und sich mit dem Rauschgift Liebe zu trösten, damit sie beide für einen Moment die schreckliche Trauer vergaßen.

Außerdem glaubte er nicht daran, daß alles gut werden würde. Noch lange nicht. Wenn überhaupt.

»Auf Wiedersehen, Hannah«, flüsterte er. »Ich finde schon selbst hinaus.«

Den Brief nahm er mit.

◇◇◇◇◇◇◇ Kapitel 14 ◇◇◇◇◇◇◇

◇ Wieso, fragte sich Hannah, haben teure Anwälte ihre Kanzlei meistens in den obersten Etagen von Hochhäusern? Wollen sie so ihre Nähe zu Gott andeuten und damit ihre Unfehlbarkeit?

Jetzt saß sie als einzige Frau unter mehreren Männern im Konferenzzimmer ihres Anwaltes in Portland, Oregon, um den Verkauf des Firmenanteils ihres verstorbenen Mannes an seinen Geschäftspartner zu erörtern. Aber sie hatte beschlossen, nicht zu verkaufen, obwohl David Abbott noch nichts von ihrer Entscheidung wußte.

»Zunächst einmal«, wandte sich Wallach an Hannah, »möchten wir alle Ihnen erneut unsere tiefste Anteilnahme aussprechen.«

Zustimmendes Gemurmel. Sie nickte, biß sich auf die Lippen und starrte zum Fenster hinaus auf die gewaltigen Berge, die weit im Norden in einem hyazinthfarbenen Himmel schwebten.

Sie wußte, wenn sie sich auch nur ein kleines bißchen gehenließ, würde sie sofort in Tränen und Schluchzen ausbrechen. Sie hatte viel über Trauer gelernt: Es gab immer noch mehr Tränen. Sie schluckte und brachte ein geflüstertes Danke hervor.

Wallach rückte seine Brille mit dem Silbergestell auf der Nase zurecht und schlug eine Akte auf. Sie hatte ihn schon immer elegant gefunden – gepflegt und schlank.

»Nun zum Geschäft.« Wallach wandte sich höflich an Saul

Isaacs, Abbotts Anwalt. »Haben Sie noch irgendwelche Anmerkungen, bevor wir anfangen?«

Isaacs, ein massiger Mann in einem eleganten Seidenanzug, setzte seine schwarzgeränderte Brille auf und schlug eine eigene Akte auf. »Es ist eigentlich alles ganz klar. Quinault Timber hat eine Teilhaberversicherung für Michael McTavish und David Abbott. Im Falle des Todes eines der beiden Teilhaber ist Geld vorhanden, um die Hinterbliebenen des Verstorbenen auszubezahlen.«

Wallach fragte David Abbott: »Ist es Ihr Wunsch, Mr. Abbott, Hannah McTavish auszubezahlen?«

»So lautete unsere Absprache. Und das Geld aus der Versicherung steht zur Verfügung.« Er schenkte Hannah ein mitfühlendes Lächeln. »Zumindest müssen Sie sich darum keine Gedanken machen.«

»Was haben Sie mit der Firma vor, Mr. Abbott?« fragte sie.

Er starrte sie an, als hätte sie eine besonders törichte Frage gestellt. »Sie schließen. Was denn sonst?«

»Michaels Firma schließen?«

»Ich habe nicht vor, auf die Olympic-Halbinsel zu ziehen und dort Bäume zu fällen. Ich verstehe nichts davon, ebensowenig wie Sie.«

Wallach sagte: »Quinault Timber hat eine gute Auftragslage und, wie ich hinzufügen möchte, exzellente Ertragsaussichten.«

»Mr. Abbott«, sagte Hannah. »Quinault Timber war Michaels Leben. Wir wissen beide, daß er nicht gewollt hätte, daß die Firma dichtmacht.«

»Michael ist nicht mehr da«, sagte Abbott leise.

Wallach sagte: »Ich möchte diesen Punkt eindeutig klären, Mr. Abbott. Sie wollen also Mrs. McTavish den vollen Betrag der Teilhaberversicherung auszahlen und dann Grund und Boden, Lagerbestände, Maschinen und technische Anlagen liquidieren. Habe ich das richtig verstanden?«

Abbotts Gesicht verfärbte sich. »Wir werden die Firma auflösen, ganz recht.«

Wallach nahm seine Brille ab und beugte sich vor. »Ich verstehe einfach nicht, wieso Sie dieses Unternehmen schließen wollen, wenn es in Zukunft so gute Profite einfahren wird.«

Abbott schob seinen Sessel zurück und umklammerte die Armlehnen, als ob er Wallachs Argument körperlich Widerstand leisten müßte. »Unter Mikes Führung hätte ich viel Geld machen können, das stimmt. Aber jetzt, wo er nicht mehr da ist, wäre es Unsinn weiterzumachen. Es gibt zu viele Probleme. Wir haben niemanden, dem ich zutrauen würde, die Leitung zu übernehmen.«

Hannahs Gesicht wurde zornrot. »Ich verkaufe nicht. Ich werde die Leitung von Quinault Timber übernehmen.«

Abbott starrte sie an. »Trauen Sie sich das zu? Bloß weil Sie die Buchhaltung gemacht haben, heißt das noch lange nicht, daß Sie was vom Holzgeschäft verstehen. Eine Frau als Boß von diesen Rauhbeinen? Das ist doch Wahnsinn.«

»Ich bin fest entschlossen, das zu tun, was mein Mann gewollt hätte. Er hätte jedenfalls nicht gewollt, daß die Firma dichtmacht. Ich weigere mich zu verkaufen. Das ist mein letztes Wort.«

Abbott sagte hitzig: »Gott sei Dank haben Sie gar keine Wahl! Der Vertrag zwischen Michael und mir sieht eindeutig vor, daß im Falle seines Todes die Hinterbliebenen an mich verkaufen müssen.«

Wallachs klare Stimme drang durch die feindselige Stimmung im Raum. »Das glaube ich nicht, Mr. Abbott.«

Abbott sah ihn an. »Was erzählen Sie da?«

»Im Vertrag findet sich keine derartige Klausel.« Wallach hielt eine Ausfertigung hoch. »Ich bin ihn sorgfältig durchgegangen und habe nirgendwo eine Klausel gefunden, nach der ein Zwangsverkauf im Falle des Todes eines der Partner vorgesehen ist.« Er legte den Vertrag bedächtig vor sich auf den Tisch. »Ich habe jedoch etwas anderes entdeckt. Der Vertrag sieht vor, daß die gesamte Versicherungssumme gemäß eines Ankauf-Verkauf-Abkommens an den überlebenden Teilhaber gezahlt werden soll, ganz gleich, in welcher Situation sich die Firma zum Zeitpunkt des Todes befindet.«

»Was selbstverständlich bedeutet, daß mein Mandant die gesamte Summe erhält«, sagte Isaacs.

»Sie sollten allerdings bedenken, was das für steuerliche Konsequenzen haben kann«, sagte Wallach seelenruhig. »Eine andere Möglichkeit wäre, daß Mr. Abbott als Geschäftspartner von Mrs. McTavish seine Anteile in Quinault Timber beläßt.«

Abbott wandte sich an Hannah. »Seien Sie doch vernünftig. Ihre Freunde leben hier in Portland, nicht da oben in dieser Wildnis. Verkaufen Sie Ihr Haus am See, ziehen Sie wieder zurück in die Zivilisation und bauen Sie sich ein neues Leben auf. Sie sind noch jung und finden bestimmt wieder einen Mann.«

Sie starrte Abbott mit versteinertem Gesichtsausdruck an. Wieder einen Mann? Michael war der einzige Mann, den sie je gewollt hatte und auch in Zukunft wollen würde. Kein Mann könnte sie jetzt interessieren. Sie würde ihre Kinder großziehen, die Firma leiten und mit ihren Erinnerungen an Michael leben.

Sie spürte, wie Kälte in ihr aufstieg. »Danke für Ihren Rat, Mr. Abbott. Er war bestimmt nett gemeint. Aber meine Entscheidung steht fest. Ich verkaufe nicht.«

Isaacs räumte seine Unterlagen in die Aktentasche. »Dann wäre ja wohl alles gesagt.«

»Nur noch eines, Mr. Abbott«, sagte Wallach, als die beiden Männer aufstanden. »Sie sind noch immer Hannahs Geschäftspartner und vertraglich verpflichtet, als solcher zu fungieren.«

Abbott blickte finster.

Nachdem die anderen gegangen waren, erörterte sie noch einige geschäftliche Dinge mit Henry Wallach. Als er sie noch zum Fahrstuhl begleitete, sagte er: »Ich persönlich habe großes Vertrauen in Sie, Hannah. Es ist eine gewaltige Herausforderung, aber ich glaube, wenn Sie die Firma wirklich weiterführen wollen, können Sie es schaffen. Ich werde Ihnen dabei helfen, so gut ich kann.«

»Danke, Henry. Sie sind weitaus mehr für mich als nur ein Anwalt.«

»Ich habe Ihren Mann sehr geachtet und bewundert, Hannah. Und Sie auch.«

Als der Fahrstuhl kam, fuhr sie in die Tiefgarage, stieg in ihren Wagen, in dem Kirstie, der Beagle, geduldig wartete, hielt bei der ersten Grünanlage kurz an, damit Kirstie sich erleichtern konnte, und fuhr dann aus der Stadt Richtung Norden.

Sie wußte, daß sie David Abbott verärgert hatte. Aber das spielte keine Rolle. Er hatte sie mit seiner herablassenden Art auch verärgert. Sie würde es ihm zeigen – ihnen allen. Sie konnte die Firma genausogut leiten wie ein Mann. Vielleicht sogar besser.

Während der Fahrt merkte Hannah, daß ihr die Wut auf Abbott guttat. Zumindest war sie eine Ablenkung von der zermürbenden, endlosen Trauer.

Nach drei Stunden Fahrt kam sie an die Ausfahrt nach Aberdeen. Mittlerweile war es später Nachmittag, und sie war müde. Sie hielt an einer Imbißbude, um zur Toilette zu gehen, einen Kaffee zu trinken und Kirstie ein wenig laufen zu lassen. Wieder im Wagen, gingen ihr erneut Fragen zu Michaels Tod durch den Kopf.

Was hatte er auf dem Holzlader gemacht?

Sie konnte sich vorstellen, daß er in die riesige Maschine geklettert war, um irgend etwas zu überprüfen, aber er hätte sie nicht angeworfen, zumal die Männer bereits Feierabend gemacht hatten und niemand mehr da war. Und der Lader mußte in Betrieb gewesen sein, sonst wäre er nicht über den Rand des Verladeplatzes in die Schlucht gestürzt.

Wieso hatte er seinen Ehering angehabt?

Wahrscheinlich hatte er irgendwo anders geschäftlich zu tun gehabt und war nur kurz zu dem Einschlag am Elk Creek gefahren, um eine Stunde lang Feuerwache zu halten, nachdem seine Leute gegangen waren.

Wie auch immer, Michael war tot. Sie mußte mit dem Leben fertig werden, so wie es jetzt war.

»Michael, was sollen wir nur ohne dich machen?« weinte sie laut. »Was soll ich nur ohne dich machen? Wie soll ich die restlichen Tage meines Lebens ohne dich durchstehen? Und die Nächte?«

Ihr Kopf schmerzte; der Magen war kalt und verkrampft. Ihr war, als wäre ihr Herz zu blutigen Splittern zersprungen. Nie wieder würde sie seine Hände spüren, diese zärtlichen Hände, die auf ihrem Körper wie auf einer Harfe gespielt hatten, nie wieder diesen Mund, diesen festen männlichen Körper, der ihr soviel Erregung verschafft hatte – sie konnte es einfach nicht ertragen! Nach zwölf Jahren Ehe liebte sie ihren Mann noch immer wie am ersten Tag. Ihren toten Mann.

Sie zwang sich, noch einmal über die Besprechung in Henry Wallachs Büro nachzudenken. Du hast den Mund ganz schön voll genommen. Kannst du deinen großen Sprüchen auch Taten folgen lassen?

Müde, mutlos, von Trauer geschüttelt, konnte sie es sich nicht vorstellen. Michael hatte zig Geschäfte laufen. Von den meisten wußte sie noch nicht einmal. Zugegeben, er hatte versucht, sie auf dem laufenden zu halten, aber sie hatte nichts davon hören wollen. Ihre Eltern, die mittlerweile beide tot waren, hatten zusammen ein Geschäft gehabt und sich ständig wegen irgendwelcher geschäftlichen Dinge in den Haaren gelegen. Sie hatte sich von Anfang an vorgenommen, daß das in ihrer Ehe nie passieren sollte.

»Habe ich das Richtige getan, Michael?« flüsterte sie und fing dann so heftig an zu weinen, daß sie anhalten mußte, bis sie sich wieder unter Kontrolle hatte. Sie stieg aus und schaute sich um. Sie hatte am »Garten Eden« gehalten, einem Parkplatz, der von einer großen Holzfirma angelegt worden war, nachdem sie den gesamten alten Waldbestand abgeholzt hatte.

Dieses Land, dieses Leben hätte unser Garten Eden sein können, dachte sie unglücklich. Michaels und meiner. Und der unserer Kinder. Sie wischte sich die Augen und stieg wieder ins Auto.

Als sie den Zündschlüssel drehte, kam ein vollbeladener Holzlaster den Highway entlanggedonnert und hupte ihr ohrenbetäubend zu. Sie las die Aufschrift auf der Fahrertür: QUINAULT TIMBER. Und darüber schwebte Donnervogel mit ausgebreiteten Schwingen.

◇◇◇◇◇◇◇ Kapitel 15 ◇◇◇◇◇◇◇

◇ Als Hannah zu Hause ankam, machte sie im ganzen Erdgeschoß Licht, duschte, zog sich eine Jeans und eins von Michaels alten Sweatshirts an und telefonierte dann mit Fran in der Lodge. Vielleicht konnte sie ein paar Stunden freimachen?

»Ich bin in zwanzig Minuten da.«

Hannah ging auf die Veranda und hielt über das tiefe, kalte Wasser des weiten Sees hinweg nach ihrer Freundin Ausschau. Als sie Frans Boot sah, ging sie wieder ins Haus, nahm sich eine Windjacke, Hot dogs, Brötchen und etwas zu trinken. Dann kletterte sie zum Strand hinunter, und Kirstie folgte ihr mit hängenden Ohren.

Während Hannah wartete, beobachtete sie zwei Adler beim Fischen. Zuerst schwebten sie hoch, hoch über dem Wasser. Dann stießen sie geräuschlos und schnell wie tödliche Pfeile herab, strichen in anmutigem Schwung über die Wasserfläche und erhoben sich wieder, jeder mit einem Lachs in den Klauen.

Voller Bewunderung für ihr Geschick und ihre Sicherheit, dachte sie: So muß ich werden, unbeirrbar wie ein Adler. Ich muß Michaels Firma leiten, und zwar erfolgreich.

Als Fran sich dem Steg näherte, warf Hannah ihr eine Leine zu, sie vertäuten das Boot, und Fran sprang an Land. Die beiden Frauen umarmten sich und gingen zu einer kleinen Bucht, wo sie aus Treibholz ein Feuer machten.

Sie setzten sich ans Ufer und sahen zu, wie die Berge jenseits des Sees im Abendlicht in allen möglichen Rottönen erglühten, von Blaßrosa bis hin zu Blutrot. Lake Quinault lag wie ein ausgebreitetes Tuch aus schimmernder Seide vor ihnen.

Als die Sonne unterging, erhob sich allmählich im Osten ein großer, runder, bläulicher Mond über den Bergen. Es sah so aus, als ob er mit seinem Gewicht ihre spitzen Gipfel zermalmen würde.

Plötzlich zerriß die Oberfläche des Sees in glitzernde Fäden, als ein Schwarm Trompeterschwäne wie schlanke weiße Flammen vor den dunkelgrünen Baumwipfeln aufstieg. In diesem Augenblick war Hannah von der Schönheit des Bildes überwältigt.

»Hast du heute verkauft?« fragte Fran.

»Nein. Ich werde die Leitung der Firma übernehmen.«

Frans Reaktion bestand aus einem einzigen Wort: »Gut.«

Hannah warf Holz aufs Feuer, lehnte sich zurück und sog tief die Luft ein. Die Düfte des Regenwalds waren stark – feuchte Düfte, tiefe Seedüfte, süße Baumdüfte.

Die beiden Frauen hörten ein Geräusch, und als sie sich umdrehten, sahen sie Lars Gunnarson auf ihr Feuer zukommen.

»Hi, Ladys!« rief Lars. »Ich habe den Rauch gesehen. Darf ich mich dazusetzen?«

»Aber klar!« sagte Fran.

Er ließ sich neben ihnen auf dem Boden nieder.

»Sie sollten sie mit Respekt behandeln.« Fran nickte Richtung Hannah. »Sie ist nämlich euer neuer Boß.«

Lars beugte sich mit einem breiten Grinsen zu Hannah herüber und schüttelte ihr die Hand. »Ich bin froh, daß Sie bleiben. Besser als hier kann man nirgendwo leben. Die Strände voller Muscheln. Die Seen voller Fische. In den Wäldern Wapitis und Bären. Vielleicht sogar Bigfoot. Saubere Luft.«

»So sauber ist sie nicht mehr«, sagte Fran. »Man hat zum erstenmal hier oben Schadstoffe gemessen. Nicht zu fassen. Die sauberste Luft im ganzen Land, und wir haben sie versaut!«

»Trotzdem ist es immer noch die sauberste Luft, die ich je geatmet habe«, sagte Hannah.

Die drei lehnten sich zurück und genossen die Ruhe der langen pazifischen Dämmerung. In einsamen Cañons fingen Kojoten nacheinander zögernd zu heulen an, als ob sie ihre individuelle Tonlage ausprobierten. Dann, als sie alle eingestimmt waren, erhoben sie ihren volltönenden Gesang, so alt wie das Land selbst.

Ein Eistaucher lachte im Schlaf. Nistende Kanadagänse, aus ihrem Traum aufgeschreckt, schnatterten und quakten mürrisch, dann wurden sie wieder still. Der See leckte plätschernd am Ufer. Über ihm sangen die Bäume – Zedern, Hemlocktannen, Fichten – ihr uraltes Lied.

Hannah stellte sich vor, daß Michael neben ihr saß; sie mußte nur den Kopf wenden und würde ihn sehen. Aber sie wandte den Kopf nicht, denn dann würde sie wissen, daß er nicht da war und es nie wieder sein würde.

Oder war er es doch?

Würde etwas von ihm immer bei ihr sein? Vielleicht ein Funke, ein Leuchten, das Mut und Wärme bedeutete, irgendwo, irgendwie, das für immer Michael war.

Der Mond stieg höher, löste sich von den Gipfeln und verlor dabei etwas von seiner Schwere und seinem Blau.

»Die Flut steigt«, sagte Gunnarson und stand auf. »Gute Nacht, Ladys.«

Unvermittelt war er fort.

»Da steigt noch etwas anderes«, murmelte Fran.

»Was?«

»Die Flut der Männlichkeit, vermute ich. Wahrscheinlich besucht er jetzt Agnes Slota.« Sie spießte die Hot dogs auf grüne Zweige, die sie von einer Weide abgebrochen hatte. »Willst du Senf drauf?« fragte sie und hielt die Würstchen ins Feuer, damit sie schön braun und knusprig wurden.

Es dauerte eine Weile, bis Hannah Frans Bemerkung richtig verstand. Sie sagte verwundert: »Agnes Slota? Die ist doch verheiratet.«

»Und wie.« Fran nahm eins der Würstchen aus dem Feuer,

betrachtete es sorgfältig und hielt es dann wieder hinein. »Mit Oscar. Oscar vermietet sie.«

»Oscar tut *was*?«

»Er vermietet sie. Wußtest du das nicht?« Auf Frans Gesicht malte sich unschuldiges Erstaunen.

»Das ist doch wohl nicht dein Ernst.«

»Mein voller Ernst. Da, sie sind fertig. Gib mir die Brötchen. Nimmst du nun Senf oder nicht?«

»Du weißt doch, daß ich Senf nehme. Was soll das heißen, daß Oscar sie vermietet?«

Fran reichte Hannah ein verbrutzeltes Etwas mit Senf in einem Brötchen. Sie biß vorsichtig ein kleines Stückchen ab und fand es genau richtig. Köstlich.

»Jetzt sag«, nuschelte sie mit vollem Mund. »Beantworte meine Frage.«

»Es heißt genau das, was ich gesagt habe.« Auch Fran sprach mit vollem Mund. »Das macht er schon seit Jahren.«

»Du meinst, Agnes steigt zu anderen Männern ins Bett?«

»Nein, sie bleibt zu Hause in ihrem, und die Männer kommen, wenn du mir das geschmacklose Wortspiel nachsiehst.«

»Und ihr Mann erlaubt das?«

»Er erlaubt es nicht nur. Er hat die Geschäftsleitung inne.«

»Fran, woher weißt du das alles?« fragte Hannah.

»Ich weiß fast alles, was hier in der Gegend vor sich geht.«

Hannah konnte es sich gut vorstellen. Nicht, daß sie Fran für neugierig hielt. Ganz im Gegenteil. Die Leute erzählten ihr einfach Dinge, die sie anderen nicht erzählen würden. Sie verstummte, kaute auf ihrem Hot dog und dachte über die Neuigkeit nach, die sie von Fran erfahren hatte. Schließlich sagte sie: »Ich kann es kaum glauben. Immerhin sind die Slotas sehr religiös.«

Fran zuckte die Achseln. »Es stimmt aber. Außerdem sind die meisten ihrer Gäste, außer Lars, Kirchenmitglieder. Zum Beispiel Henry Astoff.«

»Ihr *Pastor*?« kreischte Hannah auf.

»Jawohl. Der ist doch nun wirklich religiös. Hält mir immer ganze Predigten, wenn er mich erwischt.«

»Und seine Frau?«

»Er hat keine. Eleanor Astoff ist vor drei Jahren gestorben.«

»Woran denn?«

»Wahrscheinlich an Henry Astoff. Jedenfalls war seine öffentliche Trauer wirklich dramatisch. Er ist ins offene Grab gesprungen und hat geschrien: ›Eleanor! Keine Sorge! Solange ich lebe, werde ich keine andere Frau anrühren!‹ . . .« Fran stockte. »Es tut mir leid, Hannah. Ich hätte nicht –«

»Ist schon gut.« Hannahs eigene Trauer war noch so frisch und tief, daß sie Mitleid mit dem Pastor empfand. »Wie ist es dazu gekommen, daß er bei den Slotas aktiv wurde?«

Fran spießte weitere Hot dogs auf Stöcke. »Wie ich gehört habe, war Henry zunächst empört, als Oscar ihm das Angebot unterbreitete. Aber, wie er es ausdrücken würde, er ›rang weiter mit dem Herrn‹. Schließlich bekam er dann von ganz oben die Order, zu Agnes zu gehen. Das sei eine kleinere Sünde, als Hand an sich selbst zu legen.«

»Ach ja, Onans Sünde«, sagte Hannah wissend. »Und dann? Spann mich nicht so auf die Folter.«

»Okay. An einem stürmischen Abend Mitte Januar hat Henry Oscar angerufen und gefragt, ob das Angebot noch gelte. Als der das bejahte, ist Henry rübergesaust und in das Zimmer gestürmt, in dem Agnes saß und gerade eins von Oscars Hemden flickte. Er ist ihr zu Füßen gesunken und hat sie um Vergebung für das gebeten, was er ihr nun antun würde.

Agnes hat seelenruhig geantwortet: ›Schon gut, Bruder Astoff. Aber ich glaube, im anderen Zimmer wäre es bequemer für uns.‹ Sie hat ihr Nähzeug hingelegt, ist vor ihm her ins Schlafzimmer gegangen und hat sich ausgezogen. Henry hat nur Schuhe und Hose abgelegt. Die lange Unterhose hat er anbehalten.«

»Lange Unterhose?« Hannah klang skeptisch.

»Na ja, es war schließlich kalt. Und wenn ich es mir recht

überlege, bin ich nicht ganz sicher, ob er überhaupt die Schuhe ausgezogen hat.«

Hannah blickte ungeduldig. »Weiter«, sagte sie.

»Agnes lag also im Bett, und Henry hat sich erst mal daneben hingekniet und gebetet. Er hatte kaum Amen gesagt, da ist er auch schon aufs Bett und auf Agnes gesprungen, hat zweimal gestoßen, dann aufgestöhnt und sich runtergerollt. Er hat sich die Hose wieder angezogen, ist in seine Schuhe geschlüpft – falls er sie ausgezogen hatte –, und weg war er. Am nächsten Tag hat er den Slotas einen Umschlag mit zwanzig Dollar in den Briefkasten gesteckt.«

Hannah ließ sich schreiend vor Lachen zurücksinken. »Aufhören!« bettelte sie. »Ich mach mir in die Hose! Aufhören, bitte! Ich –«

»Das ist zwei Jahre her«, fuhr Fran erbarmungslos fort. »Wie ich höre, ist er jetzt etwas unverkrampfter im Umgang mit Agnes, bleibt länger im Bett und hinterher unterhalten sie sich sogar manchmal. Er betet immer noch laut, bevor sie es tun. Vor kurzem hat er Agnes aufgefordert, mit ihm zu beten. Und sie tut es.«

»Was beten sie denn so?« fragte Hannah prustend und schniefend.

»Wahrscheinlich, daß er ihn hochkriegt«, entgegnete Fran ernst.

Hannah jauchzte auf, und es kam, wie es kommen mußte. Ihre Blase verlangte ihr Recht. Hannah versuchte vergeblich, sie zu kontrollieren. Sie lag da, kreischend vor Lachen, die Beine gekreuzt, und machte sich in die Hose.

Fran stand auf und betrachtete sie besorgt. »Liebes, alles in Ordnung?«

Hannah blickte zu Fran auf, und in diesem Augenblick liebte sie ihre Freundin. Zum erstenmal seit Michaels Tod hatte sie gelacht, so herzhaft gelacht, daß ihr ganzer Körper ermattet war. Dann fing sie an zu zittern. »Ich habe Angst, Fran«, flüsterte sie.

»Wovor?«

»Daß ich die Firma nicht leiten kann. Was habe ich mir da bloß eingebildet.«

»Ich dagegen habe Angst, daß du festfrierst, wenn du weiter in deinem eigenen Urin liegenbleibst.« Fran warf Sand aufs Feuer. »Komm, steh auf. Laß uns reingehen.«

»Mußt du heute nacht zurück zur Lodge?« fragte Hannah zaghaft.

»Heute nacht nicht, ausgeschlossen. Ich bleibe hier, ob du willst oder nicht.«

Fran zog Hannah auf die Beine und schob sie vor sich her zum Haus, wo sie sie die Treppe hochscheuchte und die Dusche aufdrehte. »Kommst du jetzt klar?« fragte sie.

Als Hannah bejahte, ging Fran nach unten, machte Feuer im Kamin und kochte heißen Kakao.

Nachdem Hannah geduscht und einen von Michaels Flanellpyjamas angezogen hatte, kam sie die Treppe runter und trank mit Fran vor dem Kamin Kakao. Kirstie lag ausgestreckt vor dem Feuer und ließ sich den Bauch rösten.

Fran hatte das Licht ausgemacht. Der Raum wurde nur vom Feuerschein erhellt. Er spiegelte sich in den Gläsern, leuchtete auf den Bildern und schimmerte auf Bücherrücken. Hannah sah sich um. Genau das brauchte sie, um Kraft zu schöpfen – ihre eigenen Sachen um sich, Dinge, die sie und Michael in ihren gemeinsamen Jahren zusammengetragen hatten.

An allem hing eine Erinnerung. Während sie unter einer Decke auf dem Sofa lag, fiel ihr wieder ein, wie das ganze verrückte Gespräch unten am See begonnen hatte, nämlich mit Frans Bemerkung, daß Lars Gunnarson auf dem Weg zu Agnes war.

»Jetzt erzähl mir nicht, daß Gunny ein Kunde ist«, sagte sie.

»Ein ziemlich neuer.«

»Aber wieso? Bei seinem Aussehen könnte er doch jede Frau haben, die er will?«

Fran seufzte. »Ja, ich weiß. So ein Idiot. Er könnte sogar mich haben. Aber im Ernst, er möchte sich nicht auf eine richtige Beziehung einlassen, und aus Angst vor Aids geht er nicht zu Prostituierten und reißt auch keine Frauen in irgendwelchen Bars auf.«

Hannahs Gedanken schweiften ab. Plötzlich dachte sie, ob ich mir auch Sorgen wegen Aids machen würde, wenn ich nicht verheiratet wäre, und wurde sich dann mit erschreckender Klarheit bewußt, daß sie nicht verheiratet war, nicht mehr. Sie war Witwe, so schmerzhaft die Tatsache auch war.

Hannah döste vor sich hin.

Heute nacht würde sie endlich schlafen, Gott sei Dank. Sie war jetzt schon halb im Koma. »Fran, ich schaffe es nicht mehr die Treppe rauf.«

»Ist okay. Ich schließe die Tür ab.«

»Du bleibst doch hier, nicht?«

»Klar. Wenn du mich brauchst, ruf einfach. Ich schlaf im Gästezimmer. Weißt du, ich finde, du und die Kinder, ihr solltet eine Weile in der Lodge wohnen. Als meine Gäste natürlich.«

»Kirstie auch?«

»Natürlich auch Kirstie.«

Hannah sagte nur ja, zu müde, um sich noch zu bedanken. Sie lag in ihrem friedlichen Wohnzimmer, hörte die leisen gemütlichen Geräusche von Fran im Gästezimmer und fragte sich, ob sie je ihren Seelenfrieden wieder finden würde, ob sie diese Trauer je überwinden würde. Sie glaubte es nicht.

Sie fragte sich, ob sie eine Holzfirma leiten konnte. Das würde sich bald zeigen.

Sie fragte sich, warum Michael gestorben war und was sie tun würde, falls sie es je herausfände.

◇ Die Suche nach Eleanor Smythe wurde schließlich eingestellt. Doch sowohl Sheriff Joan Tidewater als auch Chief Paul Prefontaine war klar, daß die Geschichte um die vermißte Frau noch nicht zu Ende war. Ihre Akten waren noch nicht geschlossen. Beide hegten sie den Verdacht, daß das, was Eleanor Smythe zugestoßen war, viel mit dem Land selbst zu tun hatte, und mit den Menschen, die es bewohnten.

Aufgrund der Pressemeldungen über die verschwundene Reiseleiterin, die durch Spekulationen über eine mögliche Entführung durch Bigfoot sensationell aufgepeppt wurden, befürchtete Fran, daß die Zimmerreservierungen für die Lodge zurückgehen könnten.

Doch die einzigen Gäste, die sie verlor, waren Virgil und Mable Beerman, ein älteres Ehepaar, das seit seiner Heirat im Jahr 1930 jedes Jahr Urlaub in der Lodge gemacht hatte. In seinem Brief, in dem er die Reservierung rückgängig machte, schrieb Mr. Beerman, daß seine Frau zwar stets gern gekommen sei, er selbst aber immer das Gefühl gehabt habe, daß es im Wald eine Kraft gebe, die für Menschen gefährlich sei. Die Ereignisse, so schrieb er, bestätigten nun seinen Verdacht.

Fran schrieb höflich zurück, daß sie die Entscheidung der Beermans bedauerte. Insgeheim dachte sie, daß die einzige Gefahr im Wald von den lärmenden zweibeinigen Wesen ausging, die ihn verschmutzten und zerstörten.

◇◇◇◇◇◇◇ Kapitel 16 ◇◇◇◇◇◇◇

◇ »Ich kann es einfach nicht glauben!« sagte Hannahs Lektorin in New York erschüttert am Telefon.

»Verstehst du, daß ich mehr Zeit für meinen Auftrag brauche, Susan?« Hannah versagte die Stimme.

»Natürlich, Hannah, und du bekommst sie auch! Ein Arbeitsunfall, hast du gesagt? Einfach furchtbar, wirklich!«

»Ja. Es tut mir leid. Ich kann nicht sprechen –«

»Hannah«, sagte die Lektorin hastig. »Nimm dir soviel Zeit, wie du brauchst. Hörst du? Sag mir einfach Bescheid, wenn du anfangen willst, okay? Und es tut uns allen furchtbar leid. Wenn wir irgendwas für dich tun können –«

»Danke –«, brachte Hannah heraus.

Als Michaels Verwandte Angus und Elspat nach Hause brachten, bezog Hannah mit ihnen und Kirstie zwei Zimmer in der Lodge.

In der ersten Nacht krochen sie alle drei in Hannahs Bett. Kirstie rollte sich oben auf der Bettdecke zusammen, und Hannah erzählte ihnen, daß sie die Leitung der Firma übernehmen würde.

Als sie zum erstenmal morgens zur Arbeit fuhr, saß sie kerzengerade im Auto, die Zähne wild entschlossen zusammengepreßt und das Lenkrad so fest mit den Händen umklammert, daß die Knöchel weiß hervortraten.

Dieser erste Morgen war eine echte Enttäuschung. Es war niemand da, den sie irgend etwas hätte fragen können. Niemand erwartete sie. Keine Menschenseele schien sich darum zu kümmern, ob sie überhaupt da war. Die unharmonische Sinfonie der Waldarbeit hatte ohne Dirigentin angefangen – falls sie angefangen hatte.

Hatte David Abbott ohne ihr Wissen die Firma geschlossen? Genau in diesem Moment kamen die Kampfhühner des Wachmanns auf sie zugerannt, und sie floh wild mit den Armen wedelnd ins Büro.

Drinnen: ungeöffnete Post, Abrechnungen, die sie in den Computer eingeben mußte, Staub auf Tischen und Ablagen, Klümpchen getrockneter Schlamm auf dem Boden. Sie hob den Hörer ab und hörte den Freiton. Zumindest war das Telefon noch angeschlossen.

Was nun? Womit sollte sie anfangen? Sollte sie David Abbott in Portland anrufen und ihn fragen, ob er wüßte, was vor sich ging? Nein. Dann hätte er gleich den Eindruck, daß sie die Sache nicht im Griff hatte.

Ihren Anwalt anrufen und ihn fragen, was sie machen sollte? Nein, Henry Wallach war auf Geschäftsreise, und sie wollte ihn nicht belästigen.

Beim Betriebsleiter zu Hause anrufen und seine Frau fragen, ob sie wüßte, wo die Leute heute arbeiteten? Nein. Wenn sie das machte, würde es sich wie ein Lauffeuer rumsprechen, daß der neue weibliche Boß von Quinault Timber ihm nachspionierte. Außerdem, war Buck Trano überhaupt verheiratet?

Sie saß zusammengesunken da, betrachtete den Staub, die Unordnung, die Spinnen in allen Ecken und Ritzen. Eine gewaltige, unbändige Wut auf Michael stieg in ihr auf. Einfach so zu sterben, ohne ihr die wichtigsten Dinge über das Geschäft mitgeteilt zu haben.

»Verflucht noch mal!« explodierte sie. »Wieso hat er mir nicht erzählt, was los ist?«

Dieser Ausbruch tat gut. Klärte ihr den Kopf. Und sie mußte fairerweise zugeben, daß Michael oft versucht hatte, mit ihr über solche Dinge zu reden, sie aber nie zugehört hatte.

Sie wusch sich das Gesicht mit kaltem Wasser, wischte Staub, kehrte den Boden, leerte die Aschenbecher und machte die Fenster auf, um frische Luft hereinzulassen. Michaels Büro betrat sie nicht. Sie schloß einfach die Tür. Sie spitzte Bleistifte, ordnete die Papiere, schaltete den Computer ein, räumte ihren Schreibtisch auf und ging die Post durch.

Dann setzte sie sich an die Schreibmaschine und schrieb:

BITTE MELDEN SIE SICH BEI HANNAH MCTAVISH IM BÜRO, BEVOR SIE HEUTE ABEND NACH HAUSE FAHREN. DANKE.

Sie machte etliche Kopien davon und ging dann nach draußen, wo sie den Zettel bei jedem Auto unter den Scheibenwischer klemmte.

Die Hühner starteten eine neue Attacke gegen sie, aber diesmal nahm sie ein Brett und ging ebenso entschlossen zum Gegenangriff über. Das Geflügel zog sich mürrisch gackernd zurück. Nachdem sie die Zettel verteilt und die Hühner in die Flucht geschlagen hatte, fühlte sie sich etwas besser. Es war ein Anfang.

Wieder im Büro, setzte sie sich an ihren Schreibtisch und rief Cliff Bennett an.

»Schön, daß du anrufst, Hannah. Wenn Gladys und ich irgendwas für dich tun können, laß es uns wissen.«

»Ich habe beschlossen, die Firma zu leiten«, sagte sie zu ihm. »Ich werde jede Menge Hilfe von den richtigen Leuten brauchen.«

Er schwieg einen kurzen Moment. Dann sagte er: »Du kannst von Glück sagen, daß du Buck Trano hast. Er ist ein guter Mann. Er arbeitet doch noch für dich, oder?«

»Natürlich. Wieso nicht? Solange er seine Arbeit gut macht, behalte ich ihn.«

Sie hörte, wie Cliff kurz etwas zu jemandem in seinem Büro sagte; dann war er wieder am Apparat. »Hannah, vielleicht komme ich in zwei, drei Wochen mal bei dir vorbei.«

»Das wäre schön, Cliff«, sagte Hannah.

»Ich sage dir aber noch Bescheid. Und wenn du mit irgend etwas Probleme hast, frag Buck. Ich bin sicher, er kann dir helfen.«

Nachdem sie aufgelegt hatte, fühlte sie sich besser. Sie würde sich mit Buck unterhalten. Michael hatte immer großes Vertrauen in Trano gehabt. Sie selbst hatte nie großartig über ihn nachgedacht.

Später kam Matt Swayle vorbei. Als er das Büro betrat, nahm er seinen Schutzhelm ab.

»Was kann ich für dich tun, Matt?« fragte sie. Sie mochte den stillen, hageren, verschlossenen Mann und spürte, daß er für sie und ihre Familie echte Wärme und Mitgefühl empfand.

»Ich wollte nur hören, ob ich was für dich tun kann«, sagte er.

Sie überlegte einen Moment. Er wohnte auf derselben Seite des Sees wie sie. »Vielleicht könntest du ein Auge auf das Haus haben, solange wir in der Lodge wohnen. Wenn es dir nichts ausmacht.«

»Das macht mir nicht das geringste aus, Hannah. Tu ich gern.«

Die Frau, die diese Perle von Mann einmal bekommt, kann sich glücklich schätzen, dachte sie, und dann fiel ihr wieder ein, was für einen Schicksalsschlag er erlitten hatte. Vielleicht nicht, nicht mit seinen schrecklichen Erinnerungen. Jetzt, da sie das über Matt Swayle wußte, hatte sie das Gefühl, daß ein großer Teil von ihm gestorben war, als seine Familie bei dem Brand umkam.

Am Nachmittag gegen drei flog die Bürotür auf. Trano kam herein, staubig und verschwitzt. Er nahm seinen Schutzhelm ab und wischte sich mit dem Hemdsärmel über die Stirn.

»Tut mir leid, daß ich heute morgen nicht da war, Hannah. Aber ich mußte in aller Herrgottsfrühe aufstehen. Ein Team ist mit der Arbeit am Elk Creek so gut wie fertig; ein anderes hat mit den zehn Hektar am Highway 101 angefangen. Ich möchte, daß beide Teams so schnell wie möglich mit der Arbeit im Reservat loslegen.«

»Jetzt sind Sie ja da«, sagte sie lächelnd. Sie wollte dieser Geschäftsbeziehung einen möglichst angenehmen Anfang geben.

Er fuhr sich mit den Fingern durch das schweißnasse braune Haar. »Eine Gluthitze ist das da draußen. Wenn das Wetter noch lange so bleibt, müssen wir die Arbeit einstellen.«

»Ich habe frischen Kaffee und ein kaltes Bier.«

»Da nehme ich lieber das Bier.«

»Ich trinke auch eins«, sagte sie.

Trano setzte sich zu ihr und ging die verschiedenen Einschläge durch, an denen derzeit gearbeitet wurde, wie viele Männer jeweils dort beschäftigt waren und die voraussichtlichen Abschlußtermine.

Die Busse mit den Arbeitern trafen ein, und Hannah sah, wie die Männer die Zettel an ihren Autos lasen, darüber sprachen und dann geschlossen auf das Büro zukamen.

»Die denken, Sie machen den Laden dicht«, sagte Trano.

Als sie Mann für Mann eintraten, nahm jeder seinen Schutzhelm ab. Schließlich sagte Hannah: »Gentlemen, ich habe Sie alle hergebeten, um Ihnen mitzuteilen, daß Quinault Timber weiter im Geschäft bleibt. Ich habe die Firma nicht an Michaels Partner verkauft, weil der nämlich alles liquidiert hätte, einschließlich Ihrer Arbeitsplätze.«

Sie lächelten schüchtern. Einige traten vor und schüttelten ihr die Hand.

»Ich verstehe nicht viel vom Holzgeschäft«, fuhr sie fort. »Aber mit Ihrer Hilfe und der Hilfe von Buck werde ich hoffentlich schnell lernen.« Sie stockte und fügte dann hinzu: »Ich möchte Ihnen allen ein Bier ausgeben.«

Dafür erntete sie Applaus. Trano grinste und fing an, die Flaschen aus dem gut gefüllten Kühlschrank zu verteilen.

James und John, Zwillingsbrüder, die beide für die Firma Laster fuhren, kamen hereingestürmt. »Wir wollten nur mal sehen, ob es Ihnen gut geht, Mrs. McTavish«, sagte James. »Aber anscheinend hat die ganze Belegschaft denselben Einfall gehabt.«

Hannah umarmte sie beide. Sie waren noch halbe Kinder – lange, schlaksige junge Quinault, die sich Geld fürs College verdienten. James wollte Tierarzt werden; John sagte, er wollte Mädchen nachsteigen.

Als alle fort waren, fragte Hannah Trano: »Sagen Sie mir die Wahrheit. Trauen Sie mir zu, die Firma zu leiten?«

»Sie möchten wirklich die Wahrheit hören, nicht?« Er lächelte sie an, vielleicht um seine Worte weniger scharf klingen zu lassen. »Die Wahrheit ist, daß ich es Ihnen nicht zutraue. Nicht Sie allein. Aber mit mir zusammen, sicher. Und ob. Wir beide werden ein prima Team.«

Später, kurz bevor sie nach Hause fuhr, kam Tuco Peters vorbei und gab die Rechnung für den Totempfahl ab. Zehntausend Dollar.

»Sie erwarten doch nicht, daß ich Ihnen das jetzt sofort zahle, oder?« fragte sie.

»Ich erwarte überhaupt nicht, daß Sie mir etwas zahlen«, erwiderte er. »Mr. Skinna bekommt das Geld.«

»Ich werde Mr. Skinna anrufen«, sagte sie abweisend.

Aber er ging nicht.

»Wollen Sie sonst noch was?« Ihre Stimme klang schneidend.

Er starrte auf ihre Brüste. »Wenn Sie nicht selbst drauf kommen, ich werde es Ihnen jedenfalls nicht verraten.«

Zornesröte schoß ihr in die Wangen. Meint der, er wäre so verdammt schön – oder ich so geil –, daß ich es auf ihn abgesehen habe? dachte sie wütend, als die Tür hinter ihm zuknallte.

◇ Ungefähr jeden zweiten Tag fuhr Hannah zu ihrem Haus. Jedesmal wurde sie von einem unwirklichen Gefühl erfaßt. Ihr Besitz schien in einer anderen Dimension zu existieren, die sich allmählich in nichts auflöste.

Bei einem dieser Besuche setzte sie sich auf den Boden und schrie ihre Trauer und Verzweiflung hinaus, bis sie heiser war und vor Erschöpfung nicht mehr konnte. Dann ging sie müde die Treppe hinauf in ihr gemeinsames Schlafzimmer.

Das Zimmer war warm und stickig. Sie öffnete das Westfenster, zog all ihre Sachen aus und legte sich aufs Bett. Draußen hörte sie den See ans Ufer plätschern. Obwohl es noch hell war, schrie in den nahen Bäumen eine Eule.

Sie griff nach Michaels Kissen, das noch immer nach ihm roch – oh, Gott, Michael, wie konntest du mich nur verlassen? –, schloß die Augen und drückte es an sich. Sie dämmerte leicht ein, und ein süßer kristallener Wind wehte durchs Fenster, umhüllte ihren Körper mit seinem kühlen Duft.

In ihrem Schlaf wurde das sanfte, suchende Atmen des Windes allmählich zu Michaels Fingern, die durch ihr Haar glitten, über ihr Gesicht, ihre Augenlider liebkosten, die üppigen Linien ihres Mundes erforschten, sich um ihre Brüste legten, ihre Brustwarzen streichelten.

Als seine Hand federleicht über ihren Bauch strich, öffnete sie weit die Beine, damit er in sie eindrang. Und einen herrlichen Augenblick lang schien er wirklich in sie einzudringen, denn sie spürte, wie seine drängende Härte ihren nassen inneren Mund öffnete. Mit einem Aufschrei legte sie die Hände auf seine Gesäßbacken, zog ihn an sich, wartete auf die rauschhafte Lust, wenn er tief in sie eintauchte –

Und spürte nichts. Plötzlich war sie wie taub . . . bis auf ihr eigenes wildes unbefriedigtes Verlangen. Sie erwachte mit einem Schrei, schweißnaß, ihr Körper noch immer in Bewegung, darauf fiebernd, den geliebten Körper ihres Mannes zu fühlen, aber da war nichts als Luft. Schläfrige, träge, sonnenerfüllte Luft.

Fiebrig, von Leidenschaft durchdrungen, wußte sie, daß sie nicht einfach so liegen bleiben konnte, bis ihr Körper sich beruhigte – sie mußte es zu Ende führen, sonst würde sie regelrecht krank werden.

Sie tastete in ihrer Nachttischschublade nach dem Vibrator, den sie einmal aus Jux bestellt hatte. Michael hatte gelacht, als er ihn gesehen hatte, und gesagt, eher würde die Welt zusammenbrechen, als daß sie dieses Ding benutzen müßte!

»Michael«, schrie sie, »die Welt ist zusammengebrochen.« Sie benutzte das Gerät brutal, zwang sich zu einem Orgasmus nach dem anderen, bis sie ganz wund und trocken war. Weinend schleuderte sie den Vibrator quer durch den Raum. Ihre körperliche Leidenschaft war gestillt, aber sie fühlte sich nicht erfüllt. Statt dessen fühlte sie sich zwischen den beiden Ungeheuern der Trauer und des Verlangens in Stücke gerissen.

Noch immer schluchzend lehnte sie sich zurück und dämmerte ein, bis sie die Gegenwart eines Menschen spürte. Sie öffnete die Augen und setzte sich hastig auf. Matthew Swayle stand in der Tür, und seine ruhigen dunklen Augen nahmen alles auf – ihre Nacktheit, den Schweiß, der auf ihrem Körper trocknete, den Vibrator auf dem Boden.

Das Haar fiel ihr wirr ins Gesicht, als sie den Kopf senkte. »Sieh mich nicht an!« schluchzte sie. »Nicht hinsehen!«

»Ich sehe nicht hin, Hannah«, sagte er und nahm schnell einen Morgenmantel aus dem Schrank, mit dem er sie zudeckte.

»Ach, Matt, ich weiß nicht, was werden soll!«

Er beruhigte sie, strich ihr übers Haar, murmelte leise: »Ich weiß; ich verstehe dich. Du kannst dir nicht vorstellen, was ich getan habe, als ich meine Frau für immer verloren hatte. Ich glaube, eine Weile war ich richtig verrückt. Aber es geht vorbei. Es geht vorbei, Hannah. Ganz ruhig, es wird wieder besser werden.«

Er half ihr ins Badezimmer und wartete dann draußen im Flur, während sie duschte und sich anzog.

Als sie die Treppe hinuntergingen, erzählte er ihr, daß er ihren Wagen gesehen hatte, und als auf sein Rufen niemand antwortete, war er hineingegangen und hatte nach ihr gesucht.

»Ich wollte nachsehen, ob alles in Ordnung ist.«

So wie er das sagte, begriff Hannah, daß er Angst gehabt hatte, sie würde sich umbringen. Sie sah ihm direkt in die Augen.

»Du kannst dich drauf verlassen, Matt, ich werde mir nichts

antun. Vielleicht werde ich verrückt, aber ich bringe mich nicht um. Ich muß für die Kinder leben. Das würde ich ihnen niemals antun.«

»Das weiß ich, Hannah, aber, na ja, ich war trotzdem besorgt.«

Als sie nach draußen gingen und sie den Schlüssel im Schloß drehte, wurde ihr klar, daß sie in diesem Haus nicht leben konnte. Noch nicht. Sie dankte Gott für Fran und ihre Einladung, in der Lodge zu wohnen!

◇ Eines Tages ging Hannah einer plötzlichen Eingebung folgend über die Straße, die vor der Lodge vorbeiführte, und spazierte ungefähr eine Meile weit durch den Wald zum Old Grove, wo riesige Zedern, Mammut- und Hemlocktannen und Fichten über einhundert Meter hinauf in den Himmel ragten.

Sie hatte das Gefühl, eine Kathedrale zu betreten. Diese ehrwürdigen Bäume, Hunderte von Jahren alt, erhoben sich gottähnlich über ihr, schienen mit einem höheren Wesen zu kommunizieren, das sie sich noch nicht einmal vorstellen konnte.

Von da an ging sie häufiger zum Old Grove hinauf. Mit der Zeit empfand sie dort einen Frieden und Trost, wie sie ihn nirgendwo sonst finden konnte. Jeden Tag, wenn sie von der Arbeit nach Hause kam, zog sie sich erst um und wanderte dann, manchmal mit den Kindern, aber häufiger allein, zum Old Grove. Das Gesicht gen Himmel gewandt, genoß sie den herrlichen Anblick und die sanften Geräusche des Waldes, entdeckte eine Frische der Sinne und eine Ruhe des Geistes, wie sie sie noch nie erfahren hatte.

Auf dem Weg dorthin sog sie die verschiedenen Walddüfte ein, die sie umwehten wie flüchtige Nebelstreifen: das süße Aroma der Zedern, den würzigen, sauberen Geruch der Tannen, den harzigen Duft der Fichten, die kühle Frische der Hemlocktannen.

Auch das Unterholz ließ seine besonderen Düfte aufsteigen,

ein feines erdiges Potpourri: modriger Farngeruch, herbstliches Weinaroma der Pilze, dann, wie eine plötzliche, köstliche Überraschung, der süße Atem der Bergblumen.

Als Fran sie das erste Mal begleitete, erzählte Hannah ihr, daß die Schönheit des Waldes jeden ihrer Sinne anrührte, obwohl sie damit rechnete, daß die stets pragmatische Fran sie nachsichtig belächeln würde.

Statt dessen entgegnete ihre Freundin: »Was meinst du eigentlich, warum ich hier am Arsch der Welt arbeite? Bestimmt nicht bloß des Geldes wegen, Schätzchen.«

Jetzt hatte Hannah das Gefühl, daß sie auf den nächsten Schritt in ihrem Leben wartete, der noch in der Schwebe war, solange sie die Wunden heilte, die die Trauer ihr geschlagen hatte. Sie wartete darauf, daß etwas geschah, so redete sie sich ein, und war sich nicht bewußt darüber, was sich sachte in ihrem Innern bereits andeutete – das allmählich nachlassende Gefühl der alles erfüllenden Trauer.

◇ Das Wetter blieb heiß und trocken, und die Arbeit im Wald mußte eingestellt werden, weil die Brandgefahr zu groß wurde.

Eigentlich hatte die Firma mit dem Fällen der Bäume im Reservat beginnen wollen, doch durch diese Verzögerung war sie lahmgelegt. Hannah ging ruhelos auf und ab, rief immer wieder das Wetteramt an, betete um Regen.

An einem Samstagabend saßen Lars Gunnarson und Al Rivers in der überfüllten Black Rooster Tavern und betranken sich systematisch. Gunnarson prahlte immer lauter mit den Tausenden von Bäumen, die er in seinem Leben schon gefällt hatte.

»Gebt mir nur genug Zeit, Jungs«, dröhnte er, schwenkte sein Glas und bespritzte seinen schief grinsenden Nachbarn mit Bier, »und ich lege jeden verdammten Baum auf dieser Halbinsel flach.«

»Falls das Wetter endlich umschlägt«, sagte Rivers mürrisch.

Der Lärm in der Bar ließ plötzlich nach, als in einer Ecke eine schlanke Gestalt aufstand und sich vor ihnen aufbaute.

»Heh, da ist ja Tuco Peters, dieser komische Indianer«, flüsterte Rivers Gunnarson zu.

Peters trat noch einen Schritt näher. »Ihr habt die Geister beleidigt, indem ihr die Bäume gefällt habt. Der Wald selbst wird euch holen.« Er drehte sich um und sagte mit erhobener Stimme: »Euch alle. Ihr werdet bekommen, was ihr verdient, und von mir aus lieber heute als morgen.«

Stille trat ein, als der gutaussehende junge Indianer hinausging, geschmeidig wie eine große Katze.

Rivers sah ihm nach und sagte: »Gunny, den sollten wir im Auge behalten. Der Kerl ist total übergeschnappt.« Er rülpste laut. »Der jagt uns noch die Ausrüstung in die Luft. Oder sogar uns.«

◇ Tage vergingen. Nichts bewegte sich im Wald, außer den Wesen, die dort lebten. Bären trotteten umher und fraßen wilde Beeren; Wapitis grasten; Eulen schrien und machten Jagd. Die Bäume wuchsen, auch wenn ihre Tage gezählt waren.

Der kristallene Wind kam und ging, wehte sacht über die Strände am Ozean, über Seen und Wälder. Selbst diejenigen, die schon lange auf der Halbinsel lebten, konnten sich nicht erinnern, wann die Luft je so süß gewesen war, so köstlich. Sie meinten, es wäre irgend etwas, das im Wald blühte. Etwas, das nie zuvor geblüht hatte.

In Quinault, Humptulips, Taholah und Moclips erkrankten Menschen mit grippeähnlichen Symptomen. Die ersten starben, meistens die sehr alten und ganz jungen.

Einige meinten, die ungewöhnliche Witterung sei für die Krankheit verantwortlich. Die Hitze und Trockenheit, die alle Rekorde brachen, waren ungewöhnlich für den Regenwald und brachten das Immunsystem der Menschen durcheinander, sagten sie.

Schließlich regnete es. Die Leute von Quinault Timber führten ihre anderen Arbeiten zu Ende und bereiteten sich darauf vor, im Reservat anzufangen.

Wo etwas, das sie nie für möglich gehalten hätten, auf sie wartete.

◇◇◇◇◇◇◇ Kapitel 17 ◇◇◇◇◇◇◇

◇ Um sechs Uhr morgens am 11. August betrat Hannah ihr Büro und umkringelte das Datum auf dem Kalender rot. Heute fingen sie im Reservat an. Was für ein Glück, daß Michael den Zuschlag für diesen wertvollen alten Baumbestand bekommen hatte. Es war das Letzte und Beste, was er für die Firma getan hatte.

Sie hatte sich für den Tag viel vorgenommen, wollte sämtliche Bücher durchgehen und alles für David Abbott und seinen Anwalt vorbereiten. Vielleicht würde Abbott ja ihr Teilhaber bleiben, wenn er Zahlen sah, die ihm bewiesen, daß die Firma gut lief.

Hannah wußte, daß sie sich was vormachte, wenn sie glaubte, Abbott nicht zu brauchen. Genauer gesagt, sein Geld.

Sie arbeitete ohne Unterbrechung bis zehn Uhr und stand dann auf, um frischen Kaffee aufzusetzen. Es war einer jener dunstigen Augustvormittage, an denen Moclips in feuchten grauen Wolkenbänken zu ertrinken schien. Wenige hundert Meter weiter oben brannte die Sonne; das konnte Hannah an dem Glitzern in der Luft erkennen.

Ein Pick-up kam auf den Hof gebraust und hielt mit quietschenden Reifen. Buck Trano stieg aus, sprang die Stufen hinauf und platzte ins Büro, Lehmbrocken fielen von seinen verkrusteten Stiefeln. In den Dingern kann er doch nicht gefahren sein! dachte Hannah. Doch da stieg auch schon Al Rivers an der Fahrerseite aus Tranos Wagen und ging zu seinem eigenen hinüber.

»Wir haben Schwierigkeiten!« verkündete Trano. »Große. Die Straße ist weggesackt.«

»Wie ist das passiert?«

»Es hat zuviel geregnet in den letzten Tagen. Die Erde ist völlig aufgeweicht. Als wir unsere Ausrüstung hochschaffen wollten, ist uns der ganze verfluchte Lehmberg entgegengekommen.«

Hannah machte sich auf das Schlimmste gefaßt. »Ist jemand verletzt worden?«

Er nahm seinen Schutzhelm ab und fuhr sich mit der Hand durch das verschwitzte Haar. »Gott sei Dank nicht.«

»Was ist mit der Ausrüstung?«

Er lachte kurz auf, zynisch. »Der Tieflader mit dem Schlepper sitzt auf der anderen Seite des Erdrutsches fest. Die verdammte Straße ist hinter ihnen weggebrochen. Was heißt, daß wir Miete für den Tieflader zahlen müssen, bis wir ihn da rauskriegen. Und Gott allein weiß, wann das sein wird. Ich muß jetzt nach Taholah und uns von den Indianern eine Erlaubnis holen, daß wir eine neue Straße bauen dürfen. Möchten Sie mitkommen?«

»Kann ich eigentlich machen«, sagte sie. Der Tag war ohnehin im Eimer. »Warten Sie einen Moment. Ich mach nur noch den Anrufbeantworter an und die Kaffeemaschine aus.«

»Nehmen Sie eine Jacke mit«, meinte er. »Für alle Fälle.«

◇ Die Fahrt zum sieben Meilen die Küste aufwärts gelegenen Taholah dauerte nur ein paar Minuten.

Einige Jahre zuvor hatte es Pläne gegeben, bei Taholah eine Brücke über den Quinault River zu bauen und den Highway weiter an der Küste entlang verlaufen zu lassen, aber der Stamm hatte sich gegen diese Idee ausgesprochen. Hannah konnte das gut verstehen. Ihre nahezu unberührten herrlichen Strände waren nur Indianern zugänglich – Weiße durften sie nur mit Sondergenehmigung betreten.

Als Trano und Hannah vor dem Polizeirevier vorfuhren, kam Paul Prefontaine gerade heraus.

Trano kurbelte die Scheibe runter. »Wir haben Ärger, Paul«, sagte er zu dem Chief. Dann berichtete er ihm von dem Erdrutsch.

»Das mit der Erlaubnis für eine zweite Straße geht schnell«, sagte Prefontaine. »Unter diesen Umständen ganz bestimmt. Der große Vorsitzende ist heute da.«

Als sie aus dem Pick-up stiegen, sahen sie eine Gruppe von Leuten eilig Richtung Strand gehen. »Was ist los?« fragte Hannah.

»Ein gestrandeter Wal«, sagte Prefontaine. »Wir versuchen, ihn wieder ins Wasser zu schaffen.« Er sah sie an. »Komm doch mit, während Buck sich um die Baugenehmigung kümmert.«

»Ja, gehen Sie ruhig«, sagte Trano. »Das mit der Straße ist reine Formsache.«

»Aber ich bin keine Quinault. Darf ich denn an den Strand?« fragte sie Prefontaine.

»Du darfst, wenn ich es sage.«

Am Strand sah sie, wie einige Quinault eimerweise Meerwasser über den Wal gossen, während andere versuchten, das Tier so zu drehen, daß es mit dem Kopf zur offenen See hin lag. Die Flut stieg noch und spülte mit langen unregelmäßigen Fingern aus schaumigen Wellen über den Strand.

In der Nähe saßen der alte Ahcleet und der kleine Tleyuk auf einem angetriebenen Stamm und betrachteten das Treiben. Prefontaine ging hinüber, um erneut bei der Walrettung zu helfen, und Hannah ging am Strand entlang und setzte sich neben Ahcleet und Tleyuk. Sie begrüßten sie beide mit Kopfnicken und einem Lächeln.

»Du hast doch früher Wale gejagt, nicht wahr, Großvater?« fragte Tleyuk.

Ahcleet erwiderte langsam: »Ja, ich habe den Wal gejagt.«

»War das wie Fischen?«

Ahcleet lächelte. »Nein, Tleyuk, das war ganz anders.«

»Tleyuk«, sagte Hannah nachdenklich. »Mr. Ahcleet, ich habe mich schon immer über den ungewöhnlichen Namen Ihres Urenkels gewundert.«

»Er bedeutet ›Feuerfunke‹«, erklärte Ahcleet.

Der kleine Junge, dessen Augen leuchteten wie sein Name, blickte aufmerksam in das Gesicht des alten Quinault. »Wie war es denn, Großvater?«

Hannah argwöhnte, daß der Kleine die Geschichte zwar schon oft erzählt bekommen hatte, sie aber immer wieder gern hörte.

»Es war die höchste Ehre. Nur die besten Männer durften hinausfahren«, sagte Ahcleet.

Hannah beobachtete einige Frauen, die dem gestrandeten Wal nasse Tücher auf den Kopf legten.

»Wie ging das, Großvater?«

Ahcleet zog den Jungen zu sich heran und fing an, leise zu erzählen. »Zuerst mußten wir Walfänger uns spirituell und körperlich bereitmachen, so wie Donnervogel es unsere Vorfahren gelehrt hatte. Viele Tage und Nächte reinigten wir uns, wir fasteten, wir übten strenge Abstinenz.«

»Was heißt *Abstinenz*, Großvater?« fragte der Kleine.

Hannah wandte das Gesicht ab und lächelte. Anscheinend interessierten sich alle für dieses Wort, selbst Buck Trano auf ihrem Totempfahlfest. Sie war neugierig, wie der Alte es dem kleinen Jungen erklären würde.

»Es bedeutet, sich von Frauen fernzuhalten«, sagte Ahcleet ruhig.

»Für immer?« Die Augen des Jungen waren groß und dunkel.

»So lange, bis wir vom Walfang zurückkehrten, erfolgreich.« Er fuhr fort: »Jeden Morgen wuschen wir uns im Wasser des Meeres und schlugen unsere Körper mit Nesselgerten wund, um die Haut abzuhärten. Jede Nacht suchten wir die Kraft der Geister, manchmal in den Höhlen, wo die Knochen unserer Vorfahren lagen, manchmal, indem wir den Großen Geist der Wale anriefen, uns zu helfen.

Jede Nacht gedachten wir der mutigen Walfänger der Vergangenheit, von denen viele starben, um unserem Volk das Fleisch und das Öl des Wales zu bringen.«

Silbriger Nebel kroch über den Strand, Ahcleets Stimme hob und senkte sich wie das Rauschen des Meeres, und Hannah hatte das Gefühl, in eine andere Zeit versetzt zu sein.

Sie betrachtete den alten Walfänger und stellte sich vor, wie er vor über einem halben Jahrhundert gewesen sein mochte, als sie noch nicht geboren war. Jung, stark, furchtlos den wilden Nordpazifik herausfordernd.

Der warme Nebel wurde so dicht, daß er die emsigen Walhelfer verhüllte, obwohl sie kaum mehr als acht Meter von ihnen entfernt waren.

»Am Morgen der Jagd badeten wir zuerst in Salzwasser und dann in Süßwasser.« Ahcleet senkte den Kopf und hob ihn wieder, als ob er die Wellenbewegungen und verräterischen Fontänen seiner heiligen Beute nachahmte, der Jäger eins mit dem Gejagten.

»Unsere Kanus waren gut zehn Meter lang. Und in der Mitte breit, so daß wir sie selbst bei ganz rauher See gut manövrieren konnten. In jedem Kanu fuhren acht Mann. Unsere Ausrüstung nahm soviel Platz im Kanu ein, daß wir uns gerade noch ausreichend bewegen konnten. Sich schnell bewegen zu können entschied über Leben und Tod.«

»Was für Ausrüstung hatten Sie denn, Mr. Ahcleet?« fragte Hannah.

»Ganz früher hatten wir zusammengerollte Taue aus Zedernrinde im Boot, die an Schwimmern aus Seehundfell befestigt waren. Wenn der Wal harpuniert war, hielten diese Schwimmer ihn über Wasser. Außerdem hatten wir immer Ersatzschäfte und Ersatzharpunenspitzen dabei.« Er blickte aufs Meer hinaus. »Wir hatten Proviant, Decken, warme Kleidung, Klingen, Feuer in Muschelschalen.«

Er strich zärtlich mit der Hand über Tleyuks Wange. »Wir polierten jedes Walfangkanu mit Sand, bis es seidig glatt war.

In den Bug schnitzten wir Wolfsköpfe mit bedrohlichen Gesichtern und Zähnen, denn schließlich machten wir Jagd auf die ›Wölfe des Meeres‹.«

Tleyuk rutschte von Ahcleets Schoß und baute sich vor ihm auf. »Wie sahen die Harpunen aus, Großvater?«

»Sie waren über fünf Meter lang und ungefähr so dick.« Seine Finger zeigten einen Umfang von zirka zehn Zentimetern an.

»Die müssen furchtbar schwer gewesen sein«, sagte Hannah.

»Ungefähr achtzehn Kilo. Sie wurden in drei Teilen gefertigt, und die Teile so sorgfältig zusammengefügt, daß man die Nahtstellen kaum sehen konnte. Manchmal, wenn die See sehr ruhig war, steuerten wir unser Kanu bis ganz dicht an den Wal – bis auf einen Meter –, und dann schleuderte ich die Harpune.«

Ein Meter! So dicht an ein gewaltiges Ungeheuer heran! dachte Hannah.

»Manchmal mußte ich sie aber auch fünfzehn Meter weit schleudern. Wenn wir uns den Walen näherten, stand ich im Bug des großen Kanus, meine Waffe in der Hand, die von einem Schamanen gesegnet worden war.

Ich war der wichtigste Mann auf der Jagd. Ich war es, der die Sekunden zählte, wenn das große Kanu neben dem Wal längsseits ging. Ich war es, der das Auf- und Abtauchen der Wale beobachtete, bis zu dem Augenblick, wenn die Geister mir sagten, daß der tödliche Wurf gelingen konnte. Nur ich wußte, wie lange ein Wal an der Oberfläche oder unter Wasser bleiben würde.«

Sie sahen zu, wie mehrere Leute in Taucheranzüge gekleidet und mit Schwimmflossen in der Hand über riesige Berge von ausgebleichtem Treibholz stiegen.

»Der Wal da vorne ist ein Buckelwal«, sagte Ahcleet. »Wir haben Buckel- und Grauwale gejagt. Buckelwale sind am schwersten zu fangen. Sie sind schneller als der Blitz.«

Sie schwiegen. Der Nebel wurde dichter. Inzwischen tropfte

ihnen die salzige Feuchtigkeit vom Gesicht. Hannah nahm ein Taschentuch und wischte sich den Nebel von der Haut.

Ahcleet, an dessen Augenbrauen und Wimpern kleine Tröpfchen hingen, wandte sich ihr zu. »Seit Menschengedenken hat unser Volk den Buckelwal gejagt, aber als die Weißen kamen, konnten sie trotz ihrer Schiffe und ihrer modernen Ausrüstung keine Buckelwale fangen. Es ist ihnen erst gelungen, nachdem einer von ihnen eine Kanone erfunden hat, die Harpunen abschießt, mit denen der Wal getötet und gleichzeitig über Wasser gehalten wird.«

»Was unterscheidet denn den Buckelwal von anderen Walen?« fragte Hannah.

Ahcleet erklärte: »Wenn man einen Buckelwal mit Lanze oder Harpune tötet, sinkt er sofort und kommt erst wieder an die Oberfläche, wenn er verwest ist. Die Kunst ist, ihn zu harpunieren und über Wasser zu halten.«

»Sind Sie bei jedem Wetter rausgefahren?«

»Wetter«, Ahcleet sprach das Wort mit gewichtiger Betonung aus. »Regen, Graupel, Schnee. Wind, Böen, Stürme. Das Nahen der Nacht.« Er streckte die Hand aus, damit der Nebel sich in seiner Handfläche sammelte. »Nebel wie dieser, wenn die Geister kommen.«

Tleyuk kletterte zurück auf den Schoß des Alten. »Nebel«, flüsterte der alte Mann. »Im Nebel verschwindet alles. Die Geräusche sind verzerrt. Mal lauter, mal leiser.

Wo ist Norden? Wo ist Süden? Wo ist Land? Man weiß nicht mehr, wo man ist. Man atmet kaum, während man darauf wartet, daß der Wal spritzend und blasend auftaucht.«

Vom Strand her hörte Hannah ein tiefes grollendes Grunzen und fragte sich, ob es vielleicht von dem Wal kam.

»Wenn der Nebel kommt«, fuhr Ahcleet fort, »sind diese Wale geisterhafte Ungeheuer der Tiefe, die uns jagen. Wenn der Nebel kommt, fragen wir uns: ›Wo ist *ekoale*? Unter dem Kanu? Greift er uns an? Und wo ist das Land, mit seinen hungrigen Felsenzähnen?‹«

Sehr würdevoll rieb der alte Mann mit dem Finger über die fürchterliche Narbe auf seinem Nasenrücken. »Tleyuk, weißt du, warum dein Großvater die hat?«

»Weil er ein großer Walfänger war?«

»Ja, Tleyuk. Unser Walfang war so wichtig, daß ein Schnitt quer über die Nase das Ehrenzeichen für diejenigen von uns war, die Wale töteten. Es war das Zeichen von Donnervogel. Ich bin der letzte Überlebende unseres Volkes, der dieses Zeichen trägt.«

Hannah schauderte bei dem Gedanken an die Schmerzen, die Ahcleet erduldet haben mußte.

»Großvater, ist das schon lange her?« fragte der kleine Junge.

Ahcleet starrte in den Nebel, als ob er in die Vergangenheit schaute, in die Liebe, den Haß, die Leidenschaft, die Triumphe und Niederlagen, die auf immer vergangen waren.

»Das ist lange her«, sagte er leise, und auf seinem Gesicht lag der Schimmer des Alters und der Erinnerung. »Lange, lange her.«

Ich wünschte, ich könnte in seinen Kopf sehen, dachte Hannah, und die anderen wundervollen Geschichten lesen, die darin stecken!

»Wieso haben die Walfänger solche spirituellen Vorbereitungen getroffen?« fragte sie.

Ahcleet antwortete: »Wenn ein Mann etwas tun will, das die menschliche Kraft überschreitet, braucht er für diese Aufgabe die Hilfe übermenschlicher Mächte.« Er sah sie unverwandt an. »Das gilt auch für Frauen.«

Versuche ich, etwas zu tun, was meine Kraft überschreitet, indem ich die Holzfirma leite? fragte Hannah sich. Und wenn ja, wo hole ich mir dann Stärkung?

Wie durch eine mystische Offenbarung wurde ihr plötzlich klar, daß sie das bereits wußte. Bei den alten Bäumen im Old Grove.

◇◇◇◇◇◇◇ Kapitel 18 ◇◇◇◇◇◇◇

◇ Am Morgen des 12. August kam der Bulldozer auf einem Tieflader an. Später am Tag parkte Hannah Michaels Pickup auf einer kleinen Lichtung unter drei gewaltigen Ahornbäumen, die mit Moosen und Flechten behangen waren.

Ihr war schon aufgefallen, daß Flechten und Moose im Regenwald auf Baumstämmen und den Spitzen von Zaunpfählen wuchsen. In Astbeugen hatten sich Farne angesiedelt, Bärlapp hing in meterlangen Vorhängen herab. Selbst das winzigste Ästchen ist bedeckt, dachte Hannah mit einem Lächeln.

Überall um sie herum war Wald und dichtes Unterholz. Gehen kam einem körperlichen Kräftemessen mit dem Wald gleich – zumindest brauchte man eine Machete, um sich den Weg freizuschlagen. Gedankenverlorene Spaziergänge waren unmöglich, außer auf den Pfaden, die vom Parkservice angelegt und freigehalten wurden.

Matt Swayle und Lars Gunnarson waren noch immer dabei, Bäume zu fällen, um Platz für die neue Straße zu schaffen. Die Luft war erfüllt vom Ächzen und Krachen fallender Bäume, dem Knirschen des splitternden Unterholzes, dem wütenden Heulen der Motorsägen, dem peitschenden Knallen der Zweige, wenn sie auf den Boden schlugen, und dem Dröhnen des Bulldozers.

Sie setzte sich unter die Ahornbäume, den Schutzhelm auf dem Kopf, trank Kaffee und dachte nach, während Trano sich auf dem Bulldozer langsam weiter vorarbeitete. Nach einer Stunde hörte sie, wie der Motor erstarb, und kurz darauf kam Trano um die Kurve des neu angelegten Holzabfuhrweges. Sie goß ihm einen Kaffee ein.

»Riechen Sie das?« sagte er und fuhr mit dem Arm durch die Luft. »Der Geruch des Geldes.«

Er hatte natürlich recht. Sie waren umgeben vom Duft des Zedernöls und des frischen Harzes von Hemlocktanne und Sitkafichte.

Gemeinsam stapften sie dann den neuen Weg entlang, und ihre Füße versanken tief in der frisch aufgebrochenen, fruchtbaren Erde.

Sie atmete tief ein. »Dieser Boden riecht so gut!«

»Die Bäume, die wir fällen, riechen noch besser«, sagte er.

Sie sah sich um und betrachtete die riesigen Immergrün, deren Zweige sacht im Wind schwankten, der vom Meer kam. »Macht es Ihnen denn gar nichts aus, wenn sie gefällt werden?«

»Das einzige, was mir was ausmacht, ist, wenn wir nicht schlagen können.«

»Mir tut es irgendwie leid«, sagte sie leise.

Trano blickte sie verblüfft an. »Hannah! Das ist Ihr großes Los. Michael hat ein ganzes Jahr dafür gearbeitet, den Zuschlag zu bekommen. Der letzte alte Baumbestand im Reservat. Jetzt haben Sie ihn. Werden Sie jetzt bloß nicht sentimental wegen der Bäume!«

Hannah antwortete nicht. Sie mußte an die Wale denken. Walfänger dachten immer nur an ihren nächsten Fang, selbst heute noch, obwohl die öffentliche Meinung gegen sie war. Wir denken immer nur daran, den nächsten Baum zu fällen, dachte sie bei sich. Wo wird das aufhören? Sollte es aufhören?

»Hören Sie«, sagte Trano, »wenn wir das Holz nicht schlagen, tut es jemand anders. Und verdient sich eine goldene Nase. Sie müssen an sich und Ihre beiden Kinder denken. Sie sollten Gott danken, daß Mike diesen Zuschlag noch bekommen hat, bevor er starb.«

»Wahrscheinlich haben Sie recht«, murmelte sie.

Sie gingen weiter, bis sie zu einem gewaltigen Zedernstumpf gelangten, der den Weg blockierte. Direkt davor stand der Bulldozer, als ob sich da eine Auseinandersetzung zwischen zwei Titanen anbahnte. Hinter dem Stumpf lag der riesige Baum selbst.

»Mein Gott!« rief sie. »Wann ist der denn geschlagen worden?«

»Vor ein paar Wochen. Matt Swayle hat ihn gefällt. Hier, halten Sie mal.« Er reichte ihr das eine Ende eines Aluminiummeßbandes. »Will doch mal sehen, wie dick das Ding genau ist.«

Er sprang auf den Stumpf und zog das Band gerade.

»Das verdammte Monstrum ist sechseinhalb Meter im Durchmesser.« Er sprang wieder herunter.

»Müssen wir den Weg um den Stumpf herumführen?«

»Wenn wir nicht im Reservat wären, würden wir ihn raussprengen.« Trano stopfte sich ein Stück Kautabak in den Mund. »Ich versuch mal, ob ich ihn umschieben kann. Wollen Sie zusehen?«

»Klar«, sagte sie. »Übrigens, wann können wir mit der Holzabfuhr anfangen?«

»Wir brauchen eine Woche mit dem Bulldozer und ungefähr drei Tage für die Lkws mit dem Schotter; dann kann's losgehen.«

Er startete den Bulldozer, rollte an den Zedernstumpf und fing an, gegen das massige Hindernis zu drücken. Die heisere Stimme des Bulldozers erfüllte die Luft, als die brutale Kraft der Maschine auf die Stärke der alten Zedernwurzeln traf.

Mit gesenkter Schaufel umkreiste Trano den riesigen Stumpf, durchtrennte und kappte Wurzeln, fuhr vor und zurück, und selbst Hannah, die keinerlei Erfahrung besaß, erkannte, wie geschickt er mit der schweren Maschine umging.

Er läßt sie tanzen wie einen Berglöwen, dachte sie.

Immer und immer wieder umkreiste er den Stumpf, fuhr zunächst langsam und vorsichtig heran, bis er Kontakt hatte, und jagte dann die Maschine auf absolute Höchstleistung.

Der Stumpf rührte sich nicht.

Das schafft er nie, dachte sie. Der Stumpf ist einfach zu groß. Seine Wurzeln waren zu lange in der Erde. Manche Dinge sollte man eben in Frieden lassen.

Schließlich hörte sie tief, tief unten etwas zerreißen. Trano kreiste weiter um den Stumpf, schob, fuhr zurück, schob, fuhr zurück. Das Reißen wurde jetzt lauter und schärfer. Aus dem Boden drangen knallende Geräusche, wie von einem Maschinengewehr. Der Zederngeruch war fast greifbar.

Trano machte den Motor aus, nahm seinen Schutzhelm ab, fuhr sich mit der Hand durch das nasse Haar, wischte sich mit einem Taschentuch übers Gesicht und sah grinsend auf sie herab. Dann setzte er sich schwungvoll den Helm wieder auf und ließ den Bulldozer an.

Der Stumpf der Alten Zeder fing ganz allmählich an zu wakkeln. Schließlich gab auch die letzte große Wurzel mit einem kehligen Aufschrei nach, und der Stumpf war lose.

Trano arbeitete weiter, bis der Stumpf völlig aus dem Boden gelöst war. Dann legte er ein Stahlkabel darum und zog ihn zur Seite.

Gerade, als er den Motor abstellte und vom Bulldozer sprang, kamen Swayle und Gunnarson aus dem Wald, Kettensägen in der Hand, Benzin- und Ölkanister auf den Schultern.

»Riesending, nicht?« sagte Gunnarson und betrachtete den Mammutstumpf. Er wandte sich an Swayle. »Ist bestimmt ein Rekord, selbst hier in der Gegend.«

»Heute ja. Vor ein paar Jahren wäre er das nicht gewesen«, sagte Swayle.

Hannah trat näher heran und sah hinauf in die freigelegten Wurzeln, die über ihr in die Luft ragten. Noch immer fiel fette, alte Erde von ihnen ab.

»Mit dem Holz von dem Baum kann man einhundert Häuser bauen«, sagte Swayle. »Wahrscheinlich mehr.«

»Mit einem von unseren Holzlastern kriegen wir das Ding bestimmt nicht hier raus«, sagte Trano.

Swayle spuckte aus. »Müssen 'nen Tieflader mieten.«

Gunnarson lachte. »Ich würde gern das Gesicht von dem Typ sehen, wenn das Ding gewogen wird.«

Als Hannah sich umdrehte, um mit den Männern den Weg zurückzugehen, hatte sie das Gefühl, daß jemand sie rufen würde.

»Haben Sie das gehört?« fragte sie Trano.

»Was gehört?«

»Dieses Geräusch. Als ob jemand um Hilfe riefe.«

Sie lauschte aufmerksam. Ein leichter Wind war aufgekommen, ein Wind, der eine unglaubliche Süße mit sich trug und sie an Kristalle denken ließ, die in den Bäumen baumelten und klimperten. Wieder hörte sie das Rufen, wie ein schmerzerfülltes, ersticktes Stöhnen aus einem lebendigen Körper.

»Das ist bloß das Knarren der Bäume im Wind«, sagte Trano zu ihr.

Fast wie ein Mensch, der Schmerzen hat, dachte sie verwundert und blickte zurück. Es war niemand da. Niemand, den sie sehen konnte. Aber sie wurde das Gefühl nicht los, daß irgend etwas sie beobachtete.

Etwas Uraltes, unversöhnlich und endlos geduldig.

Teil III

◇◇◇◇◇◇◇ Kapitel 19 ◇◇◇◇◇◇◇

◇ Jetzt war der Stumpf der Alten Zeder entwurzelt, und Xulks Gebeine lagen frei. Aminte zog einen schwarzen Trainingsanzug und schwarze schwere Stiefel an und zwängte soviel wie möglich von ihrem hellen Haar unter eine schwarze Skimütze.

Dann machte sie sich, ausgerüstet mit einer Taschenlampe, einer kleinen Schaufel und einem Jutesack, begleitet von Rabe und dem Großen Weißen, auf den Weg hinunter zur Landzunge.

Es war der 12. August, eine stille dunkle Neumondnacht. Im schwachen Licht der Sterne, die blaß und unsagbar weit schienen, war der Wald erfüllt vom Rascheln kleiner Tiere.

Als Aminte den Stumpf erreichte, blieb sie stehen und ließ den Strahl der Taschenlampe über die verschlungenen Wurzeln gleiten, die hoch über ihr in die Luft ragten, und zunächst fühlte sie sich fast überwältigt von der Bedeutung des Augenblicks, seiner Magie und seinem Zauber. Dann erfaßte sie eiskaltes Grauen.

Es war eine Sache, ihre Masken, Salbeisträußchen, Wahrsagungen und Puppen an die wachsende Zahl von Interessierten zu verkaufen, die dafür gutes Geld zahlten. Es war gefahrlos, bedeutungslos, einfach ein gutes Geschäft. Kurz vor ihrer Abreise aus Seattle hatte ihr Steuerberater ihr für dieses Jahr einen Umsatz von drei Millionen Dollar prognostiziert.

Aber diese Suche nach Xulk war etwas völlig anderes! Sie mußte verrückt geworden sein, sich auf so etwas einzulassen. Sie wandte sich ab und wollte gehen.

Und hörte eine Stimme.

Eine Stimme? Unmöglich!

Sie machte einen Schritt weg von dem entwurzelten Stumpf.

Wieder hörte sie die Stimme. Und erstarrte. Und lauschte.

Die Nacht war still, bis auf das Raunen der Bäume und das verstohlene Atmen des Windes. Das, so redete sie sich ein, erklärte die Stimme, die sie zu hören gemeint hatte.

Sie ging weg. Und hörte die Stimme erneut. Reglos und konzentriert lauschte sie. Wieder ertönte die Stimme, weich und verführerisch, in einer alten Sprache.

»Aya'Xan.«

Unmöglich! Sie ging weiter.

Die Stimme wurde lauter, gewann an Kraft. *»A-y-a-'X-a-n*, T-o-c-h-t-e-r!«

Das konnte nicht sein. Aber sie hörte es.

Gebannt und zitternd vor Ehrfurcht, sah sie zurück zu dem Stumpf.

Die Stimme, kraftvoll und männlich, sprach erneut. *»Aya'Xan! Mete!* Tochter! Komm!«

Sie rannte zurück und vergrub ihre Hände in der satten, duftenden Erde. Träume aus alter Zeit stiegen auf und drangen in ihr Bewußtsein, machten sie wehrlos gegen den Ansturm der Erinnerungen.

Aber es waren Erinnerungen anderer, die jetzt ihren Verstand überfluteten: Walo, die um Xulk weinte, Xulks Versprechen, daß er wieder leben würde, und sie auch.

Und noch frühere Erinnerungen, als Xulk und seine Frau sich zum erstenmal vereinten.

Vor so langer Zeit . . .

◇ Die sehr schöne Frau mit den Knochen kleiner Kinder im Haar, die Frau, die Xulk geliebt hatte, begründete eine Ahnenreihe von einzigartigen Frauen, die sich der Zauberei und dunklen Magie verschworen.

Ihr Name war Walo, was in der alten Salish-Sprache »der Hunger« bedeutet. Und wie hatte sie nach Xulk gehungert! Walo wurde einhundertdreißig Jahre alt. Selbst als ihre Augen nicht mehr sahen und ihre Ohren nicht mehr hörten, erinnerte sich ihr Körper noch immer an Xulks Umarmungen und sehnte sich nach ihm.

Xulk hatte Walo als kleines Kind hilflos und zitternd im Wald gefunden, eine Sklavin, die einem strengen Stamm im Norden entflohen war. Er hatte sie in sein Haus in einem großen hohlen Baum gebracht, sie gewaschen, bekleidet und für sie ein sicheres, warmes Versteck gemacht, wo sie bleiben konnte. Jeden Tag brachte er ihr Essen, erzählte ihr wunderbare Geschichten und tröstete und liebkoste sie mit der liebevollen Zärtlichkeit eines hingebungsvollen Vaters.

Mit der Zeit wuchs ihre Liebe zu diesem großen Mann, der mit seinen seltsamen, hungrigen Augen unter der erschreckenden Schamanenmaske so lebendig und kraftvoll war. Sein langes, dicht gelocktes Haar faszinierte sie; solches Haar hatte sie noch nie zuvor gesehen.

Xulk, so begriff sie bald, war kein gewöhnlicher Mensch, sondern viel mächtiger als die Schamanen des Stammes, dem sie entflohen war.

Zuerst sah sie zitternd vor Angst zu, wenn Xulk die Übernatürlichen rief und empfing. Doch schon bald freute sie sich auf die Zeremonien, bei denen sie ihn in all seiner Würde und Kraft erlebte. In diesen Momenten liebte sie ihn am meisten. Für alle Zeiten, so beschloß sie, wollte sie ihm gehören.

Als sie in das Alter kam, in dem ihr schlanker Körper Brüste entwickelte, veränderten sich Xulks Küsse und Umarmungen unmerklich. So wie ihre. Immer öfter schlang Walo ihre Arme und Beine um ihn und wollte ihn nicht mehr loslassen. Irgendwie hatte sie das Gefühl, daß ihre Berührungen und Liebkosungen weiter reichen, tiefer gehen müßten, aber wie das genau geschehen sollte, konnte sie nicht sagen.

»Oh, Xulk!« schrie sie. »Halt mich; halt mich fest!«

»Ich halte dich ja, kleine Walo. Wenn ich dich noch fester drücke, breche ich dir die Knochen.«

»Aber es ist nicht genug!« Verzweiflung lag in ihrer Stimme. »Halt mich noch fester!«

Schließlich sagte Xulk ihr, daß sie sich, wenn die Zeit reif dafür war, paaren würden.

»Paaren?« fragte sie verwundert. War es das, wonach ihr Körper verlangte? Warum ihr heiß und kalt wurde und sie seltsame Sehnsüchte empfand? Warum sie keinen Hunger verspürte? Warum ihre Träume dunkel und schattenhaft waren, wie unter gewaltigen Adlerschwingen?

Sie hatte einmal gesehen, wie Wapitis sich paarten. Aus ihrem Versteck hatte sie zugesehen, wie ein Wapiti-Bulle eine längliche Mulde in den Waldboden scharrte und dann einige Male hineinurinierte. Kurz darauf war eine Wapiti-Kuh auf die kleine Lichtung getreten, hatte sich in der schlammigen Mulde gewälzt, sich dann aufgerichtet und dem Bullen ihr Hinterteil dargeboten. Der hatte sich auf seine Hinterbeine aufgerichtet und etwas langes Vorstehendes unter den hoch aufgerichteten Schwanz des Weibchens gestoßen.

Ob Xulk das vorhatte? Wollte er ein Loch in die Erde kratzen und hineinurinieren? Wollte er, daß sie sich in dem Urinschlamm wälzte? Würde er ihr etwas zwischen die Beine stoßen?

Sie fragte ihn.

Zuerst sah er sie verblüfft an. Dann lachte er und lachte, bis er umfiel und sich auf dem Boden rollte.

Walo war verärgert. Sie fand ihre Frage nicht lustig.

Als er die Beherrschung wiedererlangt hatte, betrachtete Xulk sie mit einem eigenartigen Blick. »Wenn du das möchtest, kleine Walo, kann ich das für dich einrichten«, sagte er. »Aber ich hatte eigentlich etwas anderes im Sinn.«

»Aber wie soll ich das wissen, wenn du es mir nicht sagst?«

»Heute nacht werde ich es dir zeigen.«

Sie frohlockte. »Heute nacht werden wir uns paaren?«

»Nein. Heute nacht zeige ich dir, wie es sein wird, wenn wir es tun.«

Auch Xulk hatte ungeduldig darauf gewartet, daß Walo zur Frau wurde. Er war ein starker gesunder Mann, der eine eigene Frau brauchte. Aber wie hätte er eine Frau aus seinem Stamm nehmen können, wo er doch kein gewöhnlicher Mensch war, sondern jemand, den man zugleich achtete und fürchtete?

Aber Walo gehörte ihm. Sie war aus dem Wald zu ihm gekommen ohne irgendeinen persönlichen Besitz, ja, sogar ohne ihre Vorfahren zu kennen. Sie hatte nur Furcht und Hunger und Kälte gekannt. Ja, Walo gehörte niemandem außer ihm.

Jahrelang hatte er sie vor seinem eigenen Stamm versteckt. Er hatte sie erzogen und ausgebildet. Bald würde sie ihm ganz gehören. Bald würde er, der mächtigste Schamane, der je gelebt hatte, Walo zur Schamanin machen. Wer sollte ihnen beiden dann noch widerstehen können?

An jenem Abend befahl Xulk Walo, zu ihm auf die Felle vor seinem Feuer zu kommen, was sie bereitwillig tat. Er liebkoste ihr Gesicht, die Augenlider, die Lippen, fuhr mit den Fingern durch ihr langes, lieblich duftendes Haar. Sanft löste er die Verschlüsse an ihrem Kleid, gewebt aus weicher Zedernrinde, und öffnete es. Ihre jugendlichen Brüste schimmerten im Licht des Feuers, und ihre Brustwarzen wurden hart wie rosige Knospen. Er beugte sich vor und fing an, zuerst leicht, dann drängender an ihnen zu saugen. Gleichzeitig glitt seine Hand sanft zwischen ihre Schenkel.

Sie stöhnte, als sich heiße, wundervolle Schmerzen von den Brüsten bis hinab zu ihrem Schoß ausbreiteten. Sie kniff das Gesäß zusammen, spreizte die Beine und hob unbewußt fordernd ihr Becken an.

Langsam, so langsam wie ein erfahrener Folterer, ließ er seine langen, starken Finger über ihren Körper wandern, erkundete die Tiefe ihres Nabels, streichelte federleicht ihre Rippen, strich bedächtig über ihren bebenden Bauch.

Langsam, unendlich langsam öffnete er die jungfräulichen Lippen und leckte die rosige nasse Knospe, die dazwischen hervorschimmerte. Walo wurde noch nasser, und dann preßte sie sich plötzlich mit einem Schrei gegen seinen fordernden Mund, überwältigt von dem Schock und der Kraft ihres ersten Orgasmus.

Xulk streichelte und küßte sie, bis sie zitternd zur Ruhe kam. Sie atmete keuchend und stoßweise, ihre Pupillen waren geweitet, und Tränen strömten ihr übers Gesicht, während sie ihn stumm anstarrte.

Xulk warf sein Fell zur Seite, nahm ihre kleine Hand, legte sie auf sein erregtes Glied und fing an sich damit zu streicheln. Schon bald ergossen sich milchige Ströme, wie bei einem laichenden Lachs.

»Walo, wenn die Zeit gekommen ist, werde ich das in deinem Körper tun«, sagte Xulk, als er wieder sprechen konnte. »Wir werden ein Kind machen.«

Von da an schliefen Xulk und Walo jede Nacht eng umschlungen. Und jede Nacht befriedigte jeder das quälende Verlangen des anderen, so gut es ging, ohne sich zu vereinen, denn das durfte erst geschehen, wenn Walo ganz zur Frau geworden war.

Schließlich kam der Tag, an dem Walo das erste Mal menstruierte. Eifrig baute Xulk mit eigener Hand die Hütte für ihre Zeit der Isolation. Jetzt, so wußte er, war das qualvolle Warten auf Erfüllung fast vorüber.

Zuerst bemalte er Walos Gesicht mit einer Mischung aus rotem Ocker und Bärenfett. Er kämmte ihr Haar, flocht es zu zwei Zöpfen, die er mit Dentaliumschnecken schmückte, und sagte ihr, sie sollte die Zöpfe vorn über die Schultern hängen lassen.

Xulk gab ihr Anweisungen, was sie tun mußte, wenn sie aus der Hütte kam. Er gab ihr einen Vorrat an weichen Moosbinden und befahl ihr, sie regelmäßig zu wechseln und in einer beschnitzten Zedernkiste zu verwahren.

Für diese erste Menstruation mußte sie von einem Vollmond bis zum nächsten allein in der Hütte bleiben, sagte er. Mehrmals am Tag sollte sie sich waschen, indem sie ihren Körper mit modrigem Hemlocktannenholz abrieb.

Jeden Morgen erschien er vor der Menstruationshütte, um ihr Gesicht zu waschen und es kräftig mit einem Zederntuch abzureiben. Er erneuerte die Farbe und kämmte ihr Haar. Während dieser Zeit durfte sie sich nicht selbst das Gesicht waschen, sonst würde sie bald Falten bekommen. Auch durfte sie sich nicht selbst kämmen, sonst würde sie kahlköpfig werden.

Zweimal am Tag stellte er ihr Nahrung und Wasser vor die Hütte. Sie durfte nichts essen, was die Natur gerade hatte reif werden lassen – weder Lachs noch Stör, noch Schalentiere noch Beeren –, denn wenn sie das tat, würden die Fische wegbleiben, die Schalentiere würden das »Volk« krank machen, und die Beeren würden unreif von den Büschen fallen.

Xulk warnte sie, daß sie bei Südwind, der vielleicht Regen mit sich brachte, auf gar keinen Fall die Hütte verlassen durfte, nicht einmal, um ihre Notdurft zu verrichten, denn sonst wäre *Ika'qamtk*, der Südwind, beleidigt. Er würde Donnervogel schikken, der dann seine Flügel schlug, so daß es donnerte, und aus seinen Augen würden Blitze sprühen.

Zuerst, sagte Xulk, mußte sie fasten. Wenn sie sich würdig erwies, würde sie ihren *Tamanois*, ihren persönlichen Schutzgeist, sehen und große Kraft erlangen, so daß sie schließlich mit Xulk selbst zusammenarbeiten könnte.

Walo stand fünf Tage und sechs Nächte ohne zu essen durch. Sie trank nur kleine Schlückchen Wasser.

Xulk war zufrieden. Fünf Tage und sechs Nächte war gut. Er selbst hatte 14 Tage und 13 Nächte ohne Nahrung ausgeharrt, aber er war schließlich ein Mann. Und überhaupt, er war Xulk!

Er wußte, daß sie ihren *Tamanois* gesehen hatte, ihren Schutzgeist, aber natürlich durfte sie dessen Namen auch ihm gegenüber niemals aussprechen.

Einen Monat später, am Abend des nächsten Vollmonds, trat Walo aus der Hütte und hielt eine kleine, mit Schnitzereien verzierte Kiste mit blutgetränkten Moosbinden in der Hand. Sie machte ein kleines Feuer, setzte sich davor und warf die benutzten Binden einzeln hinein, wobei sie darauf achtete, daß jede ganz verbrannt war, bevor sie die nächste hineinwarf. Zum Schluß übergab sie auch die Kiste den Flammen. Als sie verbrannt war, erstickte sie das Feuer mit Walderde.

Sie ging zu einem Bergbach in der Nähe und wusch ihren Körper mit den weichen Spitzen junger Zedernzweige und einem seifigen Schaum aus Farnwurzeln. Sie löste die Zöpfe und wusch sich das Haar, bis ihre Kopfhaut brannte, dann putzte sie ihre Zähne mit geschälten Hartriegelzweigen und trocknete sich mit Büscheln aus weichen Zedernfasern ab. Schließlich kämmte sie ihr Haar mit einem Eibenholzkamm. Nackt und lieblich duftend ging sie den Pfad entlang, der zu Xulk führte.

Xulk erwartete sie am Feuer. Er war nackt, bis auf die schreckliche Maske aus Zedernholz, die sein Gesicht bedeckte. Sie bestand aus einem einzigen Stück und war blaugrün, rot, schwarz und weiß bemalt. Büschel aus Menschenhaar und Stücke getrockneter Menschenhaut schmückten sie zusätzlich.

Die leuchtendrot bemalten Lippen waren weit geöffnet und ließen gräßliche Zähne aus Abalonenschalen sehen. Dick gemalte schwarze Brauen wölbten sich über glitzernden Abalonenschalen-Augen.

Sie kniete vor Xulk auf einem Bett aus frischen Zedernästen nieder. Als er einen Kranz aus jungen Zedernzweigen und Hagebutten auf ihr Haar setzte, legte sie sich zurück und starrte hinauf in den unendlichen Raum, der ihre Welt umgab.

Behutsam nahm Xulk Walos Haar, als ob es das wertvollste Material der Welt sei. Er breitete es fächerförmig auf dem Boden aus und flocht die Knochen kleiner Kinder in die schimmernden Strähnen. Während er das tat, kam Westwind auf und brachte Wolken mit sich. Die Bäume – Zedern, Hemlocktannen und Fichten – schwankten und sangen gemeinsam.

»Schließ die Augen«, flüsterte er.

Langsam, peinlich genau auf jedes zeremonielle Detail achtend, salbte er ihren Körper mit besonderen Ölen und Kräutertinkturen. Dann fing er an zu singen:

»Die Lider deiner Augen sollen nur mich sehen.
Die Lippen deines Mundes sollen nur mich küssen.
Die Muscheln deiner Ohren sollen nur mich hören.«

Walos Augen füllten sich mit Tränen, und sie zitterte vor Erregung. Wieder erklang Xulks Stimme, männlich und magisch.

»Die Spitzen deiner Finger sollen nur mich berühren.
Die Sohlen deiner Füße sollen nur zu mir gehen.
Die Lippen deines Schoßes sollen nur mich fühlen.
Der Nabel deines Bauches soll nur mich lieben.«

Mittlerweile war sie nur noch Gefühl und Verlangen; sie stöhnte, die Innenseite ihrer Schenkel triefend naß.

»Die Zeit ist da, meine Honigsüße«, flüsterte er und schob sich behutsam an die Schwelle zu ihrer Weiblichkeit.

Als er in sie eindrang, schloß Walo die Augen und biß sich auf die Lippen, denn sie war jung und unberührt und es tat weh. Aber ihre Leidenschaft für ihn überwand den Schmerz, und sie griff mit beiden Händen nach seinem Gesäß, um ihn tiefer in sich hineinzuziehen.

Weicher, sanfter Regen sank aus dem Abendhimmel nieder und benetzte sie beide, während über ihnen eine riesige Zeder ihre Äste schüttelte und winzige reife Zapfen auf sie niederregnen ließ.

Nach ihrer ersten Paarung hatten Xulk und Walo noch fünf Jahre gemeinsam, in denen er sie vieles lehrte. Sie lernte, kleine Unwetter herbeizurufen, die Insekten zum Schweigen zu bringen, Feuer aufflammen oder sterben zu lassen, einige Übernatürliche zu rufen. Wenn ihr Körper schmerzte, konnte sie den Schmerz beenden. Sie lernte nicht, ihre Leidenschaft für Xulk zu zügeln. Aber das wollte sie auch nicht. Ebensowenig wie er.

»Ich kann dein Gesicht unter mir kaum noch sehen, selbst wenn das Feuer hell brennt«, sagte er in einer Winternacht zu ihr, als sie in seinem Haus in der hohlen Zeder zusammenlagen.

»Wieso wirst du blind? Kannst du nicht, mit all deiner Macht, das Licht zurück in deine Augen holen?«

Er schüttelte den Kopf. »Ich bin der größte Zauberer, der je gelebt hat«, erwiderte er ihr. »Das Zeichen der wahrhaft großen Zauberer ist Blindheit. Soll ich mein Schicksal bekämpfen?«

»Aber es ist nicht gerecht!« weinte sie.

»Gerecht?« Er lächelte. »Es ist mehr als nur gerecht. Je weniger ich in diesem Leben sehe, desto mehr kann ich von der Zukunft erkennen.«

Sie rang entsetzt nach Luft, als er ihr von seinem Treffen mit dem Rat der *sa-ehm* erzählte. »Sie wollen mich vernichten«, sagte er. »Sie fürchten meine Macht. Narren! Mein eigenes Volk – hat Angst vor dem, was ich tun kann!«

»Laß uns fliehen!« drängte sie und machte sich schon daran, ihre Matten und Felle zusammenzurollen.

Er hielt ihre Hand fest. »Nein.«

»Du willst zulassen, daß sie dich ergreifen!« Ihre Stimme klang vorwurfsvoll.

Er umarmte sie. »Hör mir zu, Walo. Ich habe die Zukunft gesehen. Dieses Heute, dieses Jetzt, ist nur ein kleiner Teil unseres Schicksals. Sie denken, sie werden mich töten. Ha! Ich werde nur eine Weile schlafen, Winterschlaf halten wie ein Bär. Mein größtes Werk wird erst noch kommen.«

»Aber was ist mit mir, Xulk?« Sie schluchzte, streichelte ihren Bauch, der von der Schwangerschaft gewölbt war. »Was ist mit ihm?«

Xulks Zähne schimmerten im Feuerschein. »Es ist kein Er, Walo. Es ist eine Sie. Sie werden alle weiblich sein. Sie alle werden warten und über mich wachen.«

Sie legte die Hände auf seine Augen und schmiegte ihre Wange an seine. »Was werden sie dir antun, Xulk? Ich ertrage es nicht, dich leiden zu sehen. Ich ertrage es nicht, dich zu verlieren!«

Er tröstete sie, wie er es immer getan hatte, doch diesmal war ihre Leidenschaft bittersüß durch das Wissen um den drohenden Verlust.

Er erzählte ihr, was geschehen würde. Sie würden ihn lebendig begraben und eine junge Zeder auf sein Grab pflanzen. »An demselben Ort, wo Hexen und Kindesverführer liegen«, sagte er und spuckte auf den Boden.

Vor Wut und Verzweiflung schrie sie auf.

»Vergiß nicht, Walo, auch Bäume sterben«, sagte er. »Ich werde in dieser Zeder sein. Eines Tages, vielleicht nach einigen Sommern und Wintern, vielleicht auch nach Tausenden, wird dieser Baum fallen. Und wenn er das tut, werde ich erneut leben, stärker und mächtiger als zuvor.« Seine fast blinden Augen wurden weich. »Und dann, meine Walo, wirst du bei mir sein. Wir werden gemeinsam Rache nehmen.«

»Ich werde den Baum ausreißen, sobald er gepflanzt ist«, sagte sie. »Ich werde dich ausgraben und zurückholen.«

Er wurde noch ernster. »Nein. Das darf nicht sein. Wenn du es versuchst, werden sie dich töten. Und du wirst nicht wieder leben. Und ich auch nicht. Warte und wache. Sei gehorsam.«

»Und wenn ich alt werde und sterbe, bevor der Baum fällt?«

»Wenn du tust, was ich dir sage, kleine Walo, wirst du wieder leben.«

Xulk erlebte die Geburt seines Kindes noch. Wie er vorhergesagt hatte, war es ein Mädchen. Sie nannten sie Ltga.

»Wenn meine Zeit zu sterben gekommen ist, halte dich versteckt«, sagte er. »Sie dürfen weder dich noch das Kind sehen.« Dann berührte er ihr Gesicht mit den Fingerspitzen und flüsterte: »Ich gehe, Liebste. Wir werden uns wiedersehen, aber erst nach einer langen, langen Zeit.«

Er ging den Pfad hinunter zu der Stadt am Ufer des Quinault River, um sich seinem Schicksal zu stellen, denn er wußte, was sie nicht wußte – die Krieger sammelten sich bereits, um ihn zu ergreifen.

Walo wurde alt genug, um die Geburt ihrer Enkelin Qan, was »die Stille« heißt, denn sie weinte nie, noch zu erleben. Und die Geburt von Anoya, ihrer Urenkelin, was bedeutet »ich gehe«.

Auch die Geburt ihrer Ururenkelin erlebte sie noch, und Anoya erlaubte ihr, den Namen für das Mädchen zu bestimmen, denn sie wußte, daß dies die letzte Geburt war, bei der ihre Ahnin noch unter den Lebenden weilte. Walo nannte das winzige Kind Ilalqal, Erinnerung.

Als Ilalqal dreizehn Jahre alt war, befahl Walo Ltga und Qan: »Bringt mich zu der Zeder. Morgen sterbe ich.«

Im Morgengrauen des folgenden Tages, der wunderschön zu werden versprach, trugen Ltga, Qan, Anoya und Ilalqal Walo auf einer Trage hinunter zu der Zeder, die auf der Landzunge wuchs. Sie war groß geworden, mit vielen schweren Ästen, aber noch nicht annähernd so groß, wie sie einst werden sollte.

Tief unten warf sich das herbstliche Meer gegen die Klippen und sandte Schleier von Gischt hinauf, die sie umhüllten.

»Wickelt mich ein«, murmelte Walo. »Die Zeit ist da.«

Als sie diese Worte aussprach, schien ihr, als spräche eine andere Stimme, eine starke, männliche Stimme, die Stimme von Xulk, und sie erinnerte sich wieder daran, was vor so langer Zeit geschehen war. »Die Zeit ist da, meine Honigsüße«, hatte er ihr damals zugeflüstert.

»Die Zeit ist da«, wiederholte sie nun und legte beide Hände auf die Rinde der Zeder. »Ich komme, Xulk. Ich komme.«

Die Frauen wickelten sie gemäß ihren Anweisungen sorgfältig ein. Dann kletterten die jüngeren und wendigeren von ihnen mit ihr hinauf bis zu den oberen Ästen der Zeder und banden sie mit haltbaren Lederriemen dort fest.

»Laßt mein Gesicht unbedeckt«, sagte Walo. »Ich will den Wind fühlen.«

Im Sterben spürte sie, wie Xulk sie zu sich hinabzog, tief hinein in das Herz des Baumes, in dem sein Geist gefangen war. Und sie war wieder jung – leidenschaftlich, ungeduldig, lief zu ihm, sprang in seine Arme, fühlte, wie er lustvoll in sie drang.

Die Zeit verging, und Ilalqal, Erinnerung, gebar Lgexan; Lgexan gebar Wamaq, was bedeutet »deine Mutter«; Wamaq gebar Xena; Xena gebar Iqeloq, den Schwan; Iqeloq gebar Yawa, den Puma; Yawa gebar Igocax, den Himmel; Igocax gebar Atol, das Feuer.

Atol gebar Skasit; Skasit gebar Imela; Imela gebar Tuwax, das Licht; Tuwax gebar LiaKekal; LiaKekal gebar Agaxan; Agaxan gebar Igowitck, was »sie tanzte« bedeutet; Igowitck gebar L'Amoate; L'Amoate gebar eKtelil, den Morgenstern; eKtelil gebar Ahatau; Ahatau gebar Spaark, was »die Rose« bedeutet; Spaark gebar Ola, was »morgen« bedeutet.

Und Ola gebar Aminte.

Jede der Frauen durfte ihren ersten Verkehr nur mit einem Mann haben, für den sie ein unbezähmbares körperliches Begehren empfand. Es spielte keine Rolle, wenn sie ihn danach nie wieder sah, es war sogar besser, wenn sie es nicht tat.

Einige von ihnen vollzogen den Akt unmittelbar nach ihrer ersten Menstruation, andere warteten dagegen jahrelang.

Die erste Frucht ihres Schoßes mußte unkontrollierter Leidenschaft entspringen, um sicherzustellen, daß das Kind ein Mädchen wurde. Wurde ein Junge geboren, so töteten sie ihn.

Nach der Geburt der erforderlichen Tochter schliefen manche von Walos Nachkommen nie wieder mit einem Mann.

So wartete Atol zum Beispiel, bis sie siebzehn war. Dann ging sie zornig, gegen ihren Willen, aber von ihrem Körper getrieben, zu einem Jäger, der ihr wochenlang nachgestiegen war. Als er befriedigt eingeschlafen und sie befruchtet war, schlitzte sie ihm die Kehle mit einem Messer aus Muschelschalen auf.

Manche Männer, die die Gunst der Hexen genossen hatten, warnten andere vor diesen gefährlichen wilden Frauen, die in den Bergen lebten. Flüsternd erzählten sie von entsetzlichen Ritualen – sogar von Kannibalismus.

Wenn eine von ihnen starb, wurde sie eingehüllt und in die große Zeder gehängt. Niemand störte die Frauen. Die Bewohner der Stadt fürchteten die Landzunge, wo der große Baum wuchs und gedieh, denn sie wußten, daß er den Geist eines mächtigen und bösen Schamanen in sich barg.

Im Laufe der Zeit verblaßte das Geschehen um Musqueem und Xulk, den bösen Schamanen, und seine Frau Walo zu einer Geschichte, die man sich an den Lagerfeuern erzählte, dann zum Märchen, an das sich, wenn überhaupt, nur die ganz Alten erinnerten. Später glaubte kaum noch jemand daran. Schließlich gab es ja so viele Fabeln über den Anfang der Zeiten.

Als dann später die weißen Eindringlinge im Namen der Wissenschaft Gräber öffneten, schützte das seltsame Prinzip des »Reservats« die alte Zeder. Die Landzunge gehörte mittlerweile, wenn menschlicher Besitz überhaupt möglich und notwendig war, dem Stamm der Quinault. Die Erlaubnis, das Land zu betreten, mußte vom Stammesrat erteilt werden. Und so wuchs die alte Zeder weiter, von der Sonne gekräftigt, von Wind und Regen umschmeichelt, und ihre duftenden, raunenden Äste verbargen die seltsamen Hülsen mit menschlichen Früchten.

Bis Michael McTavish den Zuschlag erhielt, den letzten Bestand an alten Bäumen zu schlagen, in dem auch die alte Zeder stand.

Bis Joan Tidewater, als Sheriff des Indianerreservats, die Fällgenehmigung ausstellte.

Bis Aminte das Plastikband entfernte, das die alte Zeder geschützt hatte.

Bis Matthew Swayle, allein im Wald, die alte Zeder fällte.

Bis Buck Trano mit seinem Bulldozer die Wurzeln der alten Zeder herausriß und eine unglaubliche und unsterbliche Kraft freisetzte.

◇ Endlich war ihr die ganze Wahrheit offenbart worden! Nun wußte sie, was sie zu tun hatte. Aminte klemmte ihre Taschenlampe zwischen zwei Felsen, so daß der Lichtschein auf die Mitte der aufragenden Wurzelmasse fiel.

Sorgfältig durchsuchte sie das verschlungene Geflecht, reckte sich, tastete links und rechts, kniete nieder und kroch in den höhlenartigen Raum darunter. Rabe saß auf der obersten Wurzel, während der Große Weiße emsig herumschnüffelte.

Aminte bewegte sich behutsam, um das, was darin verborgen lag, nicht unbedacht zu stören. Dann und wann löste sie einen langen schmalen Gegenstand aus den Wurzeln, wischte ihn ab und steckte ihn in ihren Beutel. Einmal hob sie ehrfürchtig etwas Rundes, Verkrustetes auf und später etwas, das aussah wie verschlungenes Moos.

Als sie alles gefunden hatte, was sie suchte, stieg sie zurück den Berg hinauf, wo sie den Sack und seinen Inhalt in einer großen luftigen Höhle, die hinter ihrem Haus zwischen den Bäumen versteckt war, neben die anderen Bündel legte.

Erschöpft ging sie ins Haus, duschte, kochte eine Suppe für den Mann aus dem Wald und fütterte ihn Löffel für Löffel, während er halb bewußtlos vor sich hin murmelte. Dann sank sie zwischen Rabe und dem Großen Weißen auf den Bärenfellteppich und fiel in einen tiefen traumlosen Schlaf. Sie alle schliefen, ohne auch nur einmal wach zu werden, den ganzen folgenden Tag durch.

◇ Aminte traf Vorbereitungen für eine schwierige Reise ins Übernatürliche. Ihre Prüfungen würden fünf Tage dauern. In dieser Zeit würde sie weder essen noch schlafen. Sie würde sich nur gelegentlich einen Schluck Wasser gönnen.

Am Ende würde sie in ihrem eigenen Blut tanzen. Zuvor jedoch mußte ihr Körper folgende Qualen erdulden: lang andauernde Schlafdeprivation, Hypoglykämie durch Fasten, Dehydrierung durch Durst, erzwungenes Erbrechen, Darmentleerung und intensives Schwitzen. Ihr Blut würde aufgrund von Hyperventilation mit Sauerstoff unterversorgt werden und sie würde sich extremen Temperaturen aussetzen. Zudem würde sie sich durch selbst zugefügte Schmerzen stimulieren.

Ein Psychiater, den Aminte kannte und der alte Zeremonien des Schamanismus studierte, hatte derlei Prüfungen einmal als »somatopsychologische Faktoren zur Erlangung spontaner dissoziativer Zustände« bezeichnet.

Was sie suchte – und was sie finden würde –, war kein Traum, keine Vision und keine selbst herbeigeführte hypnotische Trance. Sie würde auch keine Drogen nehmen, die bei den echten schamanistischen Ritualen verboten waren. Nur so würde sie Zugang zur Welt der Macht und Magie erlangen.

Aminte versorgte ihren Patienten, gab ihm eine Fleischsuppe und ein wenig Kartoffelpüree zu essen. Er dankte ihr und blieb einige Minuten bei Bewußtsein. Als er müde wurde, flößte sie ihm einen heißen Beruhigungstee ein. Dann schlief er in dem frisch bezogenen Bett ein.

Sie ging hinaus zur Schwitzhütte, die sie selbst neben dem kleinen, rauschenden Bach gebaut hatte, der durch ihr Grundstück floß. Drinnen erhitzte sie Bachsteine, die sie zuvor gesammelt hatte, bis sie fast glühten, dann goß sie kaltes Wasser darüber, so daß der kleine Raum, in dem sie nackt kauerte, sich mit Dampf füllte. Während des gesamten Vorgangs sang sie alte Gesänge.

Als sie nicht mehr schwitzen konnte, lief sie nach draußen und sprang in den eiskalten Bach. Danach ging sie ein Stück und kitzelte sich mit einer Schwanenfeder in der Kehle, bis sie sich mehrmals erbrochen hatte.

Sie kehrte ins Haus zurück und trank ein stark abführendes Pflanzengebräu, das bei den wichtigsten schamanistischen Übungen verwendet wurde. Eine Stunde lang konnte sie ihr Badezimmer nicht mehr verlassen. Als sie schließlich herauskam, war sie innerlich und äußerlich gereinigt.

Beladen mit einem schweren Stein wanderte sie zehn Meilen zu einer einsamen Stelle an der Küste, wo sich eine Basaltklippe 15 Meter hoch über einem sichelförmig geschwungenen Strand erhob. Am Fuße der Klippe hatte sich das Wasser zu einem tiefen Strudel gesammelt.

Nachdem sie ihre Kleidung abgelegt hatte, befeuchtete sie den schweren Stein mit ihrem eigenen Speichel. Dann stellte sie sich an den Überhang, den Stein umklammernd, und sprang kopfüber in das eisige schäumende Wasser des Strudels.

Der Stein zog sie tief hinunter. Einige Minuten später tauchte sie keuchend auf, noch immer den Stein umklammernd. Sie kletterte wieder zur Klippe empor und sprang ein weiteres Mal. Und noch mal. Sie sprang oft, und nach einer Weile verlor sie jedes Gefühl für Zeit und Raum und für sich selbst. Jedesmal hielt sie den schwarzen Stein umklammert, jedesmal kletterte sie entschlossen wieder hinauf, jedesmal sprang sie erneut.

Als sie das letzte Mal sprang, tauchte sie endlos lange nicht wieder auf.

Als sie es tat und das Bewußtsein wiedererlangt hatte, merkte sie, daß sie auf dem schmalen Sandstrand lag und noch immer den Stein umklammerte. Plötzlich schienen unter ihrem Blick Millionen winziger kleiner blauer Iris aus dem Strand zu sprießen. Dann kamen Wolken von Libellen mit gelben seidigen Flügeln, nippten an den Blumen, tranken von ihren Augen und Lippen, zogen sie sacht auf die Beine.

Dem Stand der Sonne nach zu urteilen, war ein ganzer Tag vergangen. Sie fühlte sich ausgezehrt und durchscheinend. Den schweren Stein ließ sie am Strand liegen und wanderte durch die graue Dämmerung zurück zu ihrem Haus.

Die folgenden Tage und Nächte verbrachte Aminte mit Singen, Tanzen und den Vorbereitungen für ihre gewaltige Aufgabe. Sie gönnte ihrem Körper – ihrem Werkzeug und Instrument – keinerlei Ruhe.

Am dritten und am vierten Tag legte Aminte vor der Höhle, in der sie die Gebeine ihrer Ahninnen und die von Xulk aufbewahrte, mit Erde von den Wurzeln der alten Zeder einen großen Kreis an.

Dann ging sie in die Höhle und öffnete die Bündel, die sie so sorgfältig von den Zedernästen gepflückt hatte. Nacheinander breitete sie die Skelette auf dem Boden im Innern der Höhle aus. Das Skelett von Walo plazierte sie genau am Eingang der Höhle und wand ihm Zedernzweige und wilde Hagebutte um Hals und Handgelenke.

Am Abend des fünften Tages, nach einer weiteren Schwitzzeremonie, arrangierte sie Xulks Gebeine im Innern des Kreises. Aufgrund des hohen Anteils an Kieselerde im Boden war der Körper fast vollständig erhalten, nur daß die Wurzeln der großen Zeder durch ihn hindurchgewachsen waren und ihn auseinandergerissen hatten.

Nun war alles bereit.

Nackt trat sie in den Kreis und baute ein zeremonielles Feuer aus Eibenholz und Holzapfelästen. Als Zunder verwendete sie die getrockneten Blüten von Rohrkolben. Das feste Holz des Holzapfels, das in alter Zeit benutzt wurde, um Zedernstämme in Planken zu spalten, symbolisierte für Aminte das Spalten der großen Zeder, um Xulks Geist zu befreien.

Als die Flammen aufloderten, tauchte sie ihren Zeigefinger in eine Mischung aus Bärenfett und Asche und malte sich dunkle Zeichen auf beide Wangen. Langsam und würdevoll tanzend verfiel sie in einen Sprechgesang, in dem sie ihre gesamte Ahnenreihe aufsagte und dabei jeden einzelnen Namen gefühlvoll und klar aussprach.

»Walo gebar Ltga . . . Ltga gebar Qan . . . Qan gebar Anoya . . . Anoya gebar Ilalqal . . . Ilalqal gebar Lgexan . . . Lgexan gebar Wamaq . . . Wamaq gebar Xena . . . Xena gebar Iqeloq . . . Iqeloq gebar Yawa . . . Yawa gebar Igocax . . . Igocax gebar Atol . . . Atol gebar Skasit . . . Skasit gebar Imela . . . Imela gebar Tuwax . . . Tuwax gebar LiaKekal . . . LiaKekal gebar Agaxan . . . Agaxan gebar Igowitck . . . Igowitck gebar L'Amoate . . . L'Amoate gebar eKtelil . . . eKtelil gebar Ahatau . . . Ahatau gebar Spaark . . . Spaark gebar Ola . . . Ola gebar Aminte.«

Mit lauter fordernder Stimme schrie sie ihren *Tamanois* hinaus: »Und ich bin Aminte! Hör mich!«

Ein unheimliches Heulen erklang in der Ferne und kam stetig näher. Es durchdrang die Nacht, und Aminte wußte, daß das Übernatürliche bei ihr war.

Sie hob Xulks Unterarmknochen auf, noch immer mit ledriger Haut überzogen, und rieb feierlich damit über ihren Körper.

Leise singend ergriff sie ein Büschel Nesseln und peitschte damit ihren Körper, bis er blutüberströmt war. Dabei tanzte sie die ganze Zeit und stieß immer wieder laute, heisere Schreie aus.

Dann nahm sie ein altes Messer aus geschärfter Muschelschale und schlitzte jede Fingerspitze knapp unter dem Nagel auf. Noch benommen vom Schmerz hob sie ihre linke Brust an und machte einen tiefen Schnitt, da, wo die Narbe später nicht zu sehen sein würde. Dann hob sie die rechte Brust an und machte auch dort den rituellen Schnitt. Ihr ganzer Körper triefte von Blut, und jeder ihrer Schritte hinterließ einen blutigen Abdruck, aber sie tanzte und sprang und sang, und plötzlich spürte sie eine unermeßliche Freude. Da wußte sie, daß sie endlich den wichtigsten Teil der Zeremonie erreicht hatte.

Das Ausrufen des Namens. Sie richtete sich hoch und gerade auf und schrie: »X-U-L-K!«

Keine Antwort.

Wieder rief sie den Namen, laut und fordernd.

»X-U-L-K! *Mxe'latck;* erhebe dich!«

Nichts geschah.

Wieder und wieder schrie sie den Namen hinaus, und ihre Stimme erhob sich über die Bäume in den nächtlichen Himmel, schallte durch den Wald, bis ihre ganze Welt erfüllt war vom Klang des Namens Xulk.

Nichts.

Nur Stille. Kalte, dunkle Stille.

Nichts geschah. Nichts würde geschehen. All ihre Mühen waren vergeblich gewesen. Sie hatte ihre Macht verloren.

Sie hatte versagt.

Nackt und schmutzig stand sie vor dem zeremoniellen Feuer, das kaum noch glimmte, die Schultern gesenkt, den Kopf gebeugt, aus zahlreichen Wunden blutend. Tränen rannen ihr übers Gesicht und vermischten sich mit dem Blut und der Asche auf ihren Wangen. Sie wandte sich ab und schlurfte langsam niedergeschlagen davon.

Plötzlich erhob sich ein Rauschen, wie von einem heftigen Wind. Steinchen, Blätter und Zweige flogen durch die Luft, und der Boden schien zu schwanken. Als sie den Schrei eines Adlers hörte, blieb sie wie angewurzelt stehen. Der Vogel kam näher, und sie sah, daß er Menschengestalt angenommen hatte. Er umkreiste mehrmals das Feuer, dann verwandelte er sich wieder in einen Adler und flog davon.

Sie fürchtete sich sehr und wollte fliehen.

Aber sie wagte es nicht, denn nun ertönten dröhnende Schritte, als ob ein Riese durch den magischen Kreis stampfte.

Das furchterregende Rauschen kehrte zurück wie ein Wirbelwind. Irgend etwas schlug ihr hart auf den Rücken. Die Bäume peitschten frenetisch ihre Zweige, und der Wind erfaßte ihr langes, wogendes rotes Haar und riß es hoch, so daß es ihr gerade über dem Kopf stand.

Wie Krallenfinger stießen Blitze durch die wild schwankenden Bäume; es war, als ob das Sternenlicht gebündelt zu ihr hinabschoß. Wieder zuckten Blitze wirbelnd vor ihr nieder und tauchten in das zeremonielle Feuer.

Sie fing an zu zittern, und ihre Zähne klapperten unkontrolliert. Plötzlich spürte sie in Händen und Gelenken eine wogende, drängende Kraft, die rasch ihren ganzen Körper erfaßte. Sie fühlte sich wie elektrisiert, von einer Freude durchdrungen, die sie förmlich überwältigte, verspürte Wärme und Licht.

Sie wußte mit absoluter Sicherheit, daß sie fliegen konnte, unsichtbar werden, in die Zukunft oder zurück in die Vergangenheit reisen.

Sie spürte, wie die Fesseln ihres Menschseins von ihr abfielen. Schon bald würde sie frei sein von den Ketten des Fleisches, die sie gefangenhielten, den trägen Beschwernissen des Körpers, frei . . .

Erneut schien der Boden unter ihr zu beben. Aminte wurde eiskalt. Ein tiefes dumpfes Grollen raste über den Himmel. Aus dem Feuer stieg jäh eine große blaue Rauchwolke. Schaudernd spähte sie durch die Flammen hindurch . . .

Und sah, wie Xulks Knochen anfingen, sich zu bewegen.

Unter ihrem Blick entstand ein Körper wie aus herbstlichen Nebeln, die sich in einer Senke sammeln, doch er bestand überwiegend aus Knochen und Fleischfetzen und langem, verschlungencm Haar.

Sie schloß die Augen und atmete mehrmals tief und langsam durch. Als sie sie wieder aufschlug, flammte das Feuer orangefarben auf, ein einsames Heulen erfüllte die Nacht, und etwas Unglaubliches erhob sich.

Ein kräftiger, hochgewachsener Mann, inzwischen fast vollständig, mit langem, dicht gelocktem, rotem Haar starrte sie aus glitzernden Augenhöhlen an, in denen keine Augen waren.

»*Aya'Xan!* T-o-c-h-t-e-r!« hauchte er und streckte die Hand durch den Rauch hindurch, um das Halsband mit winzigen ausgebleichten Knochen zu berühren, das um ihren Hals lag. »Was hast du für mich?«

»Eine Seele«, flüsterte sie und reichte ihm ihren Seelenfänger mit Michaels Seele darin.

Es war drei Uhr morgens.

◇◇◇◇◇◇◇ Kapitel 20 ◇◇◇◇◇◇◇

◇ Drei Uhr morgens, die Stunde, wenn Seelen hinüberwechseln in die Geisterwelt.

Tuco Peters, der in einem hohlen Zedernstumpf schlief, hörte einen seltsamen Schrei und fuhr auf, alle Sinne hellwach.

Was war das?

Er erhob sich von seinem Bett aus Hemlocktannenzweigen, ging hinaus in die Nacht und hielt Ausschau, bis die Dämmerung strahlend hell hereinbrach.

◇ Unten in Taholah träumte der alte Ahcleet von Shin'qo'klah und seinen Trommeln, die dumpf und warnend aus den Tiefen des Meeres heraufklangen – das Alarmsignal der jenseitigen Welt, daß etwas Wichtiges geschah.

Jäh wachte er auf, jeder Nerv in ihm hellwach. Er meinte, einen hohen schrillen Schrei gehört zu haben. Er stand auf und sah bei Joan und Tleyuk nach, die beide fest schliefen und beide einen Medizinbeutel um den Hals trugen.

Beunruhigt ging er nach draußen. Es war eine dunkle, mondlose Nacht. Ein rauher, salziger Wind wehte ums Haus, brachte die Glöckchen am Verandadach zum Klingeln und rauschte zwischen den Bäumen, die wie bestürzt ihre Äste reckten.

Es schien alles in Ordnung zu sein. Vielleicht hatte er eine

Seele gehört, die sich wehrte, diese Welt zu verlassen, oder einfach nur die Stimmen der Flut. Aber er glaubte es nicht. Irgend etwas stimmte nicht. Er spürte es in seinen Knochen.

Ein Schwarm Wildgänse flog über ihn hinweg, schreiend wie verängstigte Menschen. Ahcleet lauschte aufmerksam. Die Gänse flogen Richtung Westen, hinaus aufs offene Meer, anstatt nach Süden. Was hatte das zu bedeuten? Es war ein sehr schlechtes Zeichen, wenn die Hüter der irdischen Träume ihre gewohnten Flugbahnen verließen.

Besorgt umfaßte er den Medizinbeutel an seinem Hals und ging wieder hinein. Joan war in Gefahr, Joans Sohn Tleyuk war in Gefahr, Paul war in Gefahr, sein ganzes Volk war in Gefahr, seit die rothaarige Hexe zurückgekehrt war.

Er griff zum Telefon.

Prefontaines Stimme am anderen Ende klang fest und wach. »Ja?«

»Du schläfst nicht«, sagte Ahcleet.

»Nein. Weißt du, wie spät es ist, Großvater?«

»Ich kenne die Uhrzeit.«

»Stimmt was nicht? Ist was mit Joan oder Tleyuk?«

»Joan geht es gut. Tleyuk auch. Aber ich habe gerade Shin'qo'klahs Trommeln gehört. Irgend etwas stimmt nicht. Ich weiß nur nicht was.«

»Brauchst du mich, Großvater?« Vor Sorge sprach er schneller.

»Du brauchst mich. Trägst du deinen Medizinbeutel?«

Prefontaine zögerte. Wo war das blöde Ding? »Ich weiß nicht, wo ich ihn habe.«

»Dann mach dir einen neuen«, befahl Ahcleet.

»Jetzt?«

»Auf der Stelle. Sobald ich aufgelegt habe.« Das Klicken des Hörers klang laut in Prefontaines Ohren.

◇ Prefontaine warf ein weiteres Scheit aufs Feuer. Da draußen in der Nacht war etwas, sagte er sich, etwas braute sich zusammen. Auch er konnte es spüren.

Das Telefon klingelte.

Erneut war der alte Ahcleet am Apparat. »Machst du dir einen Medizinbeutel?«

»Noch nicht, Großvater.«

»Und wenn du nie wieder in diesem Leben etwas für mich tust, mach ihn dir jetzt.«

Ahcleet legte auf.

Paul nahm eine Flasche Brandy und ging hinaus auf die Veranda. Tief unten konnte er die Brandung hören, die Lia gerufen hatte. Möwenschwärme flogen schreiend umher, was für eine so dunkle Nacht ungewöhnlich war. Wieso waren sie nicht ruhig in ihren Nestern?

Was war los?

Er ging wieder ins Haus. Um seinen Großvater zu beruhigen, so redete er sich ein, würde er sich einen neuen Medizinbeutel machen. Und ihn tragen. Konnte ja nicht schaden. Aus einer Schublade seines Arbeitstisches nahm er einige Stücke weiches Rehleder.

Zunächst schnitt er aus einem der größeren Lappen ein kreisrundes Stück aus, dann einen langen schmalen Riemen. Mit einer Ahle stanzte er zwölf Löcher in den Rand des Rundstückes und fädelte den Riemen hindurch.

In den so entstandenen Beutel legte er einen flachen, glatten, dreieckigen Stein mit einem vollkommen runden Loch in der Mitte, die Flaumfeder eines Adlers, einen Achat in Form eines Adlereis, eine Lachsschuppe und ein kleines Stückchen Igelkraftwurz, das große Kraft gegen böse Mächte besaß.

Zum Schluß kam das Wichtigste, ein Gegenstand, der ganz individuell mit ihm und seiner Ahnenreihe zu tun hatte. Es war ein kleiner Fingerknochen, der einem der Walfänger unter Prefontaines Vorfahren gehört hatte. Nachdem er das getan hatte, sang er ein Gebet, in dem er seinen Schutzgeist anrief, und hängte sich den Medizinbeutel um den Hals.

Dann rief er seinen Großvater an.

»Trägst du deinen Medizinbeutel?« wollte Ahcleet wissen.

»Ja.«

»Gut. Jetzt bin ich beruhigt.«

»Ich trage aber auch meinen .38er.«

»Das ist auch gut. Jetzt bin ich noch beruhigter.«

◇ Fran Wilkerson erwachte mit einem Ruck. Hatte da jemand ihren Namen gerufen? Ihr Wecker verriet ihr, daß es drei Uhr morgens war. Sie setzte sich auf, blickte um sich und lauschte auf die nächtlichen Geräusche der Lodge. Rascheln, Knakken in irgendwelchen Ecken, ein Seufzen, das unter ihrem eigenen Bett hervorzukommen schien. Sie alle waren ihr vertraut.

Obwohl sie kein ungewöhnliches Geräusch ausmachen konnte, hatte sie das Gefühl, daß etwas nicht stimmte. Sie stand auf und sah aus dem Fenster. Auf dem Parkplatz war alles ruhig. Sie zog ihren Morgenrock über, verließ das Zimmer und ging den Flur entlang und die Treppe zur Halle hinunter.

Alles ruhig. Noch immer glimmten Reste des abendlichen Feuers im Kamin. Sie öffnete die Terrassentür und trat ins Freie. Der See war dunkel und still, die Bäume bläuliche Flecken vor dem pechschwarzen Himmel. Sie konnte nichts Ungewöhnliches entdecken.

Sie schauderte und ging zurück in ihr Zimmer. Wieder einmal fragte sie sich, was Eleanor Smythe, der Reiseleiterin, zugestoßen war, die mittlerweile ganz bestimmt tot war. Fran hoffte bloß, daß die Überreste der armen Frau nicht irgendwann auf grausige Weise entdeckt wurden und die Gäste der Lodge verstörten.

◇ Hannah schlief fest, beide Arme eng um das zweite Kopfkissen geschlungen.

Sie träumte von Michael, von der Zeit, als sie frisch verheiratet gewesen waren, bevor die Kinder kamen, als sie sich einfach so ungestört zu jeder Tages- und Nachtzeit lieben konnten. In jedem beliebigen Zimmer des Hauses oder im Wagen oder im Freien, im Herbst, wenn goldbraune und rostrote Blätter auf sie herabregneten, oder im August, wenn der Sommerregen ihre brennenden Körper kühlte, oder im Schnee, wenn selbst die dicke Winterkleidung sie nicht davon abhalten konnte.

In ihrem Traum sah sie ihn jetzt einen gewundenen Waldweg hinuntergehen, fort von ihr, irgendwohin, wo sie ihm nicht folgen konnte. Kurz bevor er ihren Blicken entschwand, drehte er sich um und winkte ihr zu; ein breites strahlendes Lachen erhellte sein sonnengebräuntes Gesicht; er wollte nicht gehen, aber er mußte.

»Michael, verlaß mich nicht!« schrie sie und erwachte.

◇ Wie damals wütete das Feuer erneut in Matt Swayles Alptraum. Erneut starrten die Gesichter seiner drei kleinen Söhne mit panischem Entsetzen aus zerplatzenden Fenstern.

Erneut wurde seine geliebte Frau Nancy von lodernden Holzbalken erfaßt, ihr Haar eine einzige Flamme. Erneut warf er sich in das brennende Haus und schrie: »Nein! Oh, Gott, nein!«

Und erneut war es vergebens.

Er erwachte, und es war, als ob er sich aus den Tiefen der Hölle emporkämpfen müßte. Seine verheilten Brandwunden schmerzten einen Augenblick wieder so unerträglich wie in der tragischen Nacht. Dann kam er langsam zur Besinnung, und der Schmerz ließ nach.

Der Schmerz in seinem Kopf wurde jedoch niemals weniger, ließ niemals nach, ob er wach war oder schlief. Allein der beruhigende und wohltuende Trank, den erst Amintes Mutter und jetzt Aminte selbst für ihn zubereitete, brachte ihm Linderung.

Er stand auf und nahm einen großen Schluck davon. Nach einer Weile half es. Es half immer. In seiner Erinnerung sah er noch immer die Flammen, roch den entsetzlichen Geruch von verbranntem Menschenfleisch, empfand seinen eigenen abgrundtiefen Kummer und Schmerz, aber eine Zeitlang war es so, als ob das alles jemand anderem widerfahren wäre.

Blue, der die Verzweiflung seines Herrn spürte, kratzte an der Tür. Swayle ließ den Hund herein, dann sah er auf die Uhr.

Es war drei Uhr morgens.

Er starrte aus der offenen Tür auf den dunklen See und dachte daran, in ihn hineinzugehen, bis keine Erinnerung mehr da war. Aber das konnte er nicht machen. Das wäre feige.

Außerdem brauchte Blue ihn. Sie waren ein Team, er und Blue. Sie brauchten einander.

◇ Drei Uhr morgens. Lars Gunnarson schlief in den Armen einer einsamen, freundlichen Frau in einem Wohnblock irgendwo in Aberdeen. Am Vorabend hatte er seine Kettensäge zur Reparatur abgegeben, und gegen Mittag würde er sie wieder abholen können.

Immer, wenn er in der Stadt war, verbrachte Gunnarson die Nacht bei dieser Frau – außer er hatte etwas Besseres vor. Sie war die Witwe eines alten Bekannten; sie ließ sich nicht mit anderen ein, so daß Gunny ziemlich sicher sein konnte, sich bei ihr keine Krankheit einzufangen.

Außerdem mochte er einsame Frauen. Sie waren so dankbar. Er hatte sich vorgenommen, nicht mehr zu Agnes Slota zu gehen. Sie war zwar im Bett sehr leidenschaftlich gewesen, was ihn wirklich verblüfft hatte. Eine prima Amateurin, die ihr Geld wert war, das schon.

Aber ihr Mann gab ihm zu denken. Die Art, wie Slota ihn in

letzter Zeit angestarrt hatte, gefiel ihm ganz und gar nicht. Der Mann hatte überhaupt keinen Grund, auf Gunnarson sauer zu sein; schließlich hatte Slota selbst das Geschäft angeleiert. Insgeheim war Gunnarson der Überzeugung, daß Slota bei seinem Unfall den letzten Rest an Verstand verloren hatte.

Und wenn Oscar vollends durchdrehte, wollte Gunnarson so weit wie möglich von ihm entfernt sein.

◇ Oscar Slota schlief unruhig, seit er diese behaarten Wesen beim Lachsfang beobachtet hatte, seit er die Kamera von der Frau gefunden hatte, wovon er niemandem etwas erzählt hatte.

Die Schmerzen in seinem Kopf machten die Sache auch nicht besser.

Seine Kopfschmerzen ließen etwas nach. Er döste ein.

Er wurde durch lautes tierisches Stöhnen geweckt. Einen Moment lang lag er da, starrte mit weit aufgerissenen Augen in die Dunkelheit und überlegte, ob er träumte. Er sah auf die Leuchtziffern seines Weckers. Es war drei Uhr morgens.

Sein Kopf tat ihm wieder furchtbar weh, schlimmer als vorher. Wahrscheinlich hatte er sich selbst stöhnen gehört. Er würde ein paar Aspirin nehmen.

Das Bett fing an, heftig zu wackeln. Was zum Teufel war das? Er griff zu Agnes hinüber. Die Frau hatte Zuckungen!

Er schaltete seine Nachttischlampe an und sah sofort die Ursache für das Geräusch und das Rütteln. Lars Gunnarson war in ihrem Bett! Trieb es direkt vor Slotas Nase mit Agnes! Er stierte auf die beiden. Sie hatten die Welt um sich vergessen, waren ineinander verschlungen wie zwei Schlangen und bumsten, was das Zeug hielt. Er wollte seinen Augen nicht trauen! Was war bloß in sie gefahren? In seinem eigenen Bett, während er daneben lag? Die waren wohl vollkommen wahnsinnig geworden!

Slota schlüpfte aus dem Bett und hielt sich dabei den Kopf, weil er ihm derartige Schmerzen bereitete. Er warf einen Blick zurück. Sie bemerkten noch nicht einmal, daß er sich davonschlich; sie machten zuviel Krach.

Er stolperte in die Küche und schnappte sich das größte Messer, das er finden konnte. Dann schlich er zurück ins Schlafzimmer und stieß zu. Immer und immer wieder.

Nach einer Weile verklang das Stöhnen, und das Bett hörte auf zu wackeln.

Lars Gunnarson hatte er es gezeigt; und Agnes würde es hoffentlich für alle Zeit eine Lehre sein.

◇◇◇◇◇◇◇ Kapitel 21 ◇◇◇◇◇◇◇

◇ Am Morgen des 18. August saß Ahcleet vor der Fischfabrik in der Sonne und beobachtete das Meer, während Tleyuk in der Nähe spielte.

Der alte Mann war müde. Er hatte seit drei Uhr nicht geschlafen, seitdem er das Gefühl hatte, daß etwas nicht stimmte. Aber noch immer wußte er nicht, was.

Crazy Lady trat aus dem Schatten. »Etwas Böses liegt in der Luft«, sagte sie und blickte sich um.

Ahcleet nickte. Er wußte, was sie meinte.

»Wie bist du hergekommen, Sare?« fragte er und bedeutete ihr, sich zu ihm auf die Bank zu setzen.

»Per Anhalter.«

»Wie läuft das Geschäft?«

»Ganz gut«, entgegnete sie und schnalzte mit den Lippen, eine Angewohnheit von ihr, seit sie vor vielen Jahren die letzten Zähne verloren hatte. »Solange meine Füße es noch tun und mein Rücken und meine Beine, geht's mir gut.«

»In unserem Alter ist das ziemlich viel verlangt«, sagte Ahcleet.

Tleyuk blickte kurz hoch, als die beiden auflachten; sie hatten den besonderen Humor alter Menschen, die lange genug gelebt haben, um viele Geheimnisse zu verstehen.

»Du solltest allmählich daran denken, mit der Arbeit im Wald aufzuhören«, erklärte Ahcleet. »Wir sind nicht mehr die Jüngsten.«

»Das warst du nie«, sagte sie und betrachtete ihn aus wieselflinken Augen. »Jedenfalls ist es besser, als in stinkigen Altenheimen rumzuliegen und mich von Weißen begrabschen zu lassen.« Sie strich sich über das schulterlange glatte Haar, das mittlerweile schütter war, aber noch immer schwarz, trotz der Jahre.

Ahcleet brummte zustimmend. Alles war besser als das. Dann runzelte er die Stirn. Ihre Andeutung, daß er schon als junger Mann verknöchert gewesen sei, ärgerte ihn. Er, Ahcleet, der den Wal gejagt und getötet hatte, der noch immer das grausame Ehrenzeichen des Mutes auf der Nase trug! Was bildete sie sich denn ein, diese Jammergestalt im alten Overall und Männerstiefeln, die sie irgendwo gefunden hatte?

Widerwillig mußte er daran denken, daß sie einmal jung und schön gewesen war und daß sie jeden jungen Quinault hätte haben können, einschließlich ihn selbst. Ihn besonders. Er wollte nicht mehr an die Vergangenheit denken und daran, wie sehr er sie begehrt hatte. »Heute wird es stürmisch«, sagte er.

Sie hob ihr verwittertes Gesicht ins morgendliche Sonnenlicht. »Jetzt ist es völlig windstill.«

Er schloß die Augen. »Der Wind wird kommen. Wart's nur ab. Letzte Nacht haben die Sterne geflackert wie weiße Feuer. Das bedeutet Wind am nächsten Tag.«

Sie nickte und atmete tief ein.

Ahcleet öffnete die Augen und beugte sich zu der alten Frau. »Kann ich irgendwas für dich tun, Sare?«

Er empfand Mitleid für sie. Sie war so alt wie er, eine der ganz wenigen, die sich noch an die alten Zeiten und Sitten erinnern konnten. Mittlerweile waren es so wenige geworden, daß er sie an den Fingern einer Hand abzählen konnte und noch ein paar Finger übrig behielt.

Sie überraschte ihn, als sie sagte, ja, er könnte etwas tun. »Freunde von mir haben ein Haus gekauft, in dem ein paar schlechte Menschen gestorben sind. Ich möchte, daß du die Geister für sie vertreibst.«

Jetzt wußte er, warum sie gekommen war. »Sind deine Freunde Indianer?«

»Weiße, aber gute. Sie haben Ärger mit dem Haus. Ich würde ihnen gerne helfen.«

Ahcleet starrte auf die Gräser, die im Sand zu seinen Füßen wuchsen. »Das kann ich machen.«

Sie verschränkte die Arme. »Ich kann dir kein Geld dafür bezahlen. Aber ich könnte dir Beeren bringen oder so was.«

Er nickte. »Wir werden uns da schon einig.«

Ahcleet sah zu, wie Crazy Lady mühsam von der Bank aufstand und langsam zum Flußufer ging. Auf einen Ast gestützt, der ihr als Gehstock diente, blieb sie stehen und starrte in das tiefe blaugrüne Wasser, das sprudelnd und schäumend und rauschend zum Meer eilte. Er fand, daß sie irgendwie jünger aussah, als ob Luft und Wasser ihres Heimatortes die tiefen Falten in ihrem Gesicht geglättet hätten. Vielleicht lag es aber auch nur daran, daß sie ihre Bitte losgeworden war. Er wußte, daß sie nichts mehr haßte, als jemanden um einen Gefallen zu bitten. Das war schon immer so gewesen und würde immer so sein. Er stand auf und ging zu ihr.

»Wird Zeit, daß der Schwimmer zurückkehrt«, sagte er leise und erinnerte sich an ihre Kindheit und die aufregenden Feiern, wenn der erste Lachs gefangen worden war.

Er wurde sorgsam mit dem Kopf flußaufwärts am Ufer hingelegt und mit Daunenfedern des Adlers bestreut; dann trug man ihn zum Haus und gab ihn der Frau, die ihn zubereitete. Alle wurden eingeladen und bekamen feierlich ein Stück von dem Fisch.

Der Lachs durfte nicht quer geschnitten werden, sondern mußte längs des Rückens vom Kopf zum Schwanz aufgeschlitzt und in dünne Streifen zerteilt werden.

Er durfte mit keinem anderen Gerät als einem Muschelmesser zerschnitten werden. Die Innereien wurden herausgenommen und das Herz im Feuer verbrannt, denn wenn ein Tier, oder auch ein Mensch, das Herz aß, würde die Laichwanderung der Lachse sofort aufhören. Er wußte, daß auch sie sich daran erinnerte, denn ein wehmütiger Ausdruck huschte über ihr Gesicht.

»Du solltest dir wirklich überlegen, zurück nach Taholah zu kommen, zumindest den Winter über«, sagte er. »Der nächste wird hart. Dieses Jahr gibt es große Kälte und viel Schnee.«

Sie blickte ihn zornig an. »Niemals!«

Trotz der fehlenden Zähne verhärtete sich ihr Mund, als sie den störrischen Blick bekam, den er nur allzugut kannte.

Einen kurzen Moment lang war über das Rauschen des Flusses und das Donnern des Meeres hinweg von der Landzunge her der Lärm schwerer Maschinen und das Krachen stürzender Bäume zu hören.

»Da oben fällen sie«, sagte Ahcleet.

»Findest du das richtig?« Der Zorn verschwand aus ihrem Gesicht, als ihre Augen ihn fragend ansahen.

»Nein. Aber einige Jüngere nennen das Fortschritt.«

»Fortschritt!« Sie spuckte aus und trat dann dichter an Ahcleet heran. »Neulich habe ich hinter dem Haus der jungen Hexe Holz gesammelt, und da habe ich einen Mann gesehen. Hat sie geheiratet?«

»Du hast einen Mann bei –«

Sie legte ihm ihre rauhe Hand auf den Mund, damit er den Namen der Hexe nicht laut aussprach. »Jawohl. Habe ihn genauso deutlich gesehen, wie ich dich jetzt sehe.«

Ahcleet hatte da seine Zweifel. Sie konnte gar nicht so nah an Amintes Haus heran, weil das große Grundstück von einem elektrischen Zaun umgeben war.

»Wahrscheinlich bloß Rabe«, sagte er achselzuckend.

»Natürlich. Daran hatte ich gar nicht gedacht.«

Sie wußten beide, daß Rabe sich, wann immer er wollte, in einen Menschen verwandeln konnte.

Sie drehte sich um. »Ich muß zurück.«

»Nicht, ohne meinen Urenkel zu begrüßen, hoffe ich. Komm, Tleyuk und ich bringen dich zu ihm.«

Sie richtete sich so gerade auf, wie es ihr gebeugter Rücken zuließ. »Mir muß niemand irgendeinen Gefallen tun«, sagte sie.

Trotziges Weib! dachte Ahcleet und winkte dem kleinen Jungen zu, mit ihnen zu kommen. Sare war noch immer so stur wie eh und je! Wieso war sie nicht weicher geworden, so wie er?

»Dir wird schon niemand einen Gefallen tun, keine Sorge.«

Da lächelte sie ihn an, ein Lächeln, so zauberhaft und rührend, daß Ahcleet Herzklopfen bekam. Für einen kurzen Moment lang war er wieder sehr jung und versuchte, das schönste und begehrenswerteste Mädchen der Welt davon zu überzeugen, sein zu werden. Schön und eigensinnig und entschlossen, nie jemandem zu gehören. Der Moment verging, und sie waren wieder zwei alte Leute, die über das holprige Pflaster gingen, während ein lebhafter kleiner Junge um sie herumtanzte.

Als sie das Polizeirevier betraten, sahen sie, daß Joan da war und sich mit Paul unterhielt. Tleyuk rannte zu ihr und sprang in ihre Arme.

Ahcleet zwinkerte Prefontaine zu. »Sare will wieder zurück nach Humptulips, aber sie wollte dir vorher noch guten Tag sagen.«

»*A-a-a! Qa'mta amco'ya?* Ah! Wohin gehst du?« sagte der Chief als Zeichen der Achtung in der alten Sprache zu Sare. Die meisten ihres Volkes konnten die alte Sprache nicht mehr. Sie war ihnen zu schwierig, die komplizierteste Sprache der Welt, wie viele Linguisten behaupteten, mit subtilen Bedeutungsunterschieden, für die es in andern Sprachen keine Entsprechung gab.

Nachdem er und Joan höflich mit Crazy Lady geplaudert hatten, sah die alte Frau aus dem Fenster. »Wird ein bißchen ungemütlich«, sagte sie.

Plötzlich hatte ein so heftiger Wind eingesetzt, daß ein kleines Mädchen, das draußen gespielt hatte, sich an einem Pfahl festhielt, um nicht umgepustet zu werden.

»Wenn das so bleibt, müssen sie die Arbeit im Wald einstellen«, sagte Joan.

»Es bleibt so«, sagte Ahcleet.

»Wieso? Haben die Sterne letzte Nacht geflackert, Großvater?«

»Ja.«

Joan sagte, daß sie nach Aberdeen müßte und direkt an Sares Haus in Humptulips vorbeiführe. Sie müßte jetzt los.

Als Joan und Crazy Lady schon zur Tür gingen, fragte Prefontaine an Ahcleet und Joan gerichtet: »Was haltet ihr davon, wenn ich heute abend was Schönes koche?«

»Ich bin nicht zu Hause«, entgegnete Joan, »aber meine beiden Männer sind bestimmt begeistert.«

»Ja, Onkel Paul, ja!« Tleyuk hüpfte und krähte vor Freude.

»Bei dir oder bei mir?« fragte Ahcleet.

»Bei dir.«

»Soll ich was einkaufen?«

»Nein, Großvater. Ich bringe alles mit.«

»Aber bring auch genug mit. Wir haben immer Hunger.« Ahcleet zwinkerte Tleyuk zu. »Um wieviel Uhr kommst du?«

»Gegen sechs. Sieben. Acht. Um den Dreh.«

»Danke für die genaue Angabe.«

»Ich weiß doch nie, was noch alles dazwischenkommt.«

»Ich weiß«, sagte Ahcleet.

Im Wagen des Sheriffs grollte Crazy Lady: »Ich habe gesagt, ich will keine Gefälligkeiten. Von keinem, auch von dir nicht.«

»Sare, du bist kratzbürstig wie ein Stachelschwein. Die sturste Frau auf der Welt.«

Sie sah Joan an und brummte: »Ich glaube, das hast du nur so gesagt, daß du in die Stadt mußt.«

Auf dem Rückweg bekam Joan über Funk die Durchsage, daß in einem Haus am See ein Mord geschehen war.

Als sie am Haus der Slotas eintraf, waren Jasper Wright, der County Sheriff, und Steve Hughes von der State Patrol schon vor Ort. Draußen drängten sich etliche Nachbarn mit ängstlichen und neugierigen Mienen.

Die Haustür stand offen. Durch die Fliegengittertür konnte sie etwas sehen, das wie das Gesicht von Agnes Slota aussah, aber beunruhigend war, daß es sie vom Boden aus anstarrte. Joan lief ein kalter Schauer über den Rücken. Der Kopf der Frau konnte unmöglich in so einer Position sein, selbst wenn ihr Körper auf dem Boden lag. Mit gezückten Waffen gingen sie hinein und stellten fest, daß es lediglich ihr Gesicht war. Der Körper mußte irgendwo anders sein.

Sie hörten ein schwaches ersticktes Keuchen und fanden Oscar zusammengekauert im Schrank unter der Spüle, die Heilige Schrift umklammernd, mit tränenüberströmtem Gesicht, während er versuchte, den Atem anzuhalten.

»Ich will nicht atmen!« schrie er, als sie ihn herauszogen. »Ich will nicht atmen! Die Luft da draußen, die Luft, sie macht mich verrückt!«

Den Rest von Agnes' Körper entdeckten sie im Bett.

◇ Gott sei Dank, daß sie endlich mit der Holzabfuhr von der Landzunge angefangen hatten, dachte Hannah, als sie über den Firmenbüchern brütete. Das hoffte sie wenigstens. Heute sollte der erste reguläre Abfuhrtag sein.

Sie seufzte. Das Geld reichte nicht, um nächste Woche die Gehälter auszuzahlen. Es würde erst wieder besser aussehen, wenn die Zahlungen für das Holz aus dem Reservat eingingen.

Am späten Nachmittag kam Paul Prefontaine vorbei.

»Na, was ist mit dem Wal passiert?« fragte sie. »Habt ihr ihn retten können?«

»Wir konnten«, sagte er und betrachtete sie prüfend. Sie sah müde aus, fand er, und er wollte ihr helfen. »Hast du noch Kaffee da?« fragte er.

»Immer.«

Er ging in den hinteren Raum und kam mit der Kanne zurück. Als er ihr Kaffee einschenkte, stellte Hannah fest, daß sie sich in seiner Gegenwart sicher und geborgen fühlte. Lag das daran, daß er Polizist war? Oder lag es an seiner fürsorglichen und tüchtigen Art?

Während sie noch Kaffee tranken, hielten die beiden Busse mit den Arbeitern auf dem Parkplatz, und Buck Trano folgte ihnen in seinem Pick-up. Nachdem er kurz mit den Männern gesprochen hatte, kam er ins Büro geeilt.

»Hi, Hannah«, sagte er, »und Paul.«

»Wie läuft es?« fragte sie.

»Super«, antwortete Trano.

»Wieviel Fuhren habt ihr abgefahren?«

»Sechzehn.«

»Sechzehn? Sind Sie sicher?« Sechzehn Fuhren gutes Holz bedeuteten einen sehr lukrativen Tag.

Er lachte. »Sicher bin ich sicher. Ich habe den Fahrern gesagt, sie sollen mit den Lastern nach Hause fahren, damit sie morgen ganz früh wieder anfangen können. Wir haben schon wieder jede Menge da oben gestapelt.«

Und schon war er wieder draußen.

»Das hört sich ja alles ganz gut an«, sagte Prefontaine.

»Gute Neuigkeiten machen mich immer hungrig.« Ihre grauen Augen leuchteten.

»Wir können ja bei Mac's einen Happen essen.«

Mac's war das kleine Lokal auf dem Berg oberhalb des Büros.

»Gern.«

»Laß deinen Wagen hier stehen. Ich bringe dich hinterher zurück.«

Sie waren die einzigen Gäste. Schon als sie reinkamen, rief Prefontaine: »Was gibt's heute für ein Menü, Mac?«

Mac, ein sympathischer älterer Mann, der überwiegend aus knorrigen Gelenken zu bestehen schien, erwiderte, daß er unheimlich leckere Klöße mit Huhn anzubieten hätte.

»Das nehm ich«, sagte Prefontaine. »Du auch, Hannah?«

»Und ob«, erwiderte sie.

Mac deckte den Tisch und goß ihnen beiden eine Tasse Kaffee ein. Prefontaine knöpfte sich die Jacke auf und nahm den Stetson ab.

Dann bekamen sie die köstlichsten Klöße mit Huhn serviert, die Hannah je gegessen hatte.

»Wie kriegen Sie bloß die Klöße so locker hin?« fragte sie Mac. »Meine sind immer ein bißchen zu fest und außen etwas glitschig.«

»Altes Familienrezept«, sagte Mac lächelnd.

»Und wahrscheinlich streng geheim?«

»Wie recht Sie haben«, entgegnete er und marschierte vergnügt glucksend zurück in die Küche.

»Wenn du die schon locker findest, solltest du mal sein Omelett probieren«, sagte Prefontaine. »Aber ich darf nicht zuviel essen. Ich esse heute mit meinem Neffen und Ahcleet zu Abend.«

»Abendessen? Was ist denn das hier?«

»Die Vorspeise.« Er ließ seine Gabel sinken und sah sie ruhig an. »Ich habe eine Idee.«

»Was denn«, nuschelte sie mit vollem Mund.

»Ich könnte dich doch heute abend zur Lodge bringen, und du läßt deinen Wagen hier stehen.«

»Wie soll ich denn morgen ins Büro kommen?«

»Ich muß morgen gegen sechs in Quinault sein, also könnte ich dich abholen und herfahren. Früher willst du doch wohl nicht hier sein.«

»Bloß nicht.«

»Morgen früh gibt's gebackene Muscheln«, rief Mac aus der Küche.

»Wir könnten hier frühstücken«, drängte Prefontaine.

Hannah sah nach draußen. Es war fast dunkel. Der Wind war stärker geworden. Die Vorstellung, jetzt zwanzig Meilen über den holprigen, unbeleuchteten, einsamen Moclips Highway zu fahren, behagte ihr ganz und gar nicht. Sie hatte einen anstrengenden Tag gehabt. Der Gedanke, sich von jemandem fahren zu lassen, war sehr verführerisch.

»Okay«, sagte sie.

Die Fahrt war noch ungemütlicher als sonst. Der Wind brachte selbst Prefontaines schweren Wagen ins Schwanken. Als er sie vor der Lodge aussteigen ließ, beugte sie sich zu ihm hinüber und küßte ihn auf die Wange.

◇ Prefontaine traf erst um acht Uhr bei Ahcleet ein. Während er eine köstlich duftende Mischung aus Garnelen, kleinen Lachsstücken mit Knoblauch, gehackten Frühlingszwiebeln und trockenem Weißwein anbriet, erzählte er Ahcleet von Oscar Slota.

»Ich habe gewußt, daß so was passieren würde, als wir ihnen erlaubt haben, die Bäume auf der Landzunge zu schlagen«, sagte Ahcleet.

»Du hast gewußt, daß Slota seine Frau ermorden würde? Jetzt hör aber auf, Großvater!«

»Ich habe gewußt, daß schlimme Dinge geschehen würden.«

»Daß ich meine Frau verloren habe, war schlimm. Und das ist passiert, bevor sie mit den Arbeiten angefangen haben.«

»Du hast sie noch nicht verloren. Noch nicht ganz.«

Prefontaine stieß den Topf auf die andere Herdseite und wandte sich zu Ahcleet um. »Was zum Teufel meinst du denn damit?«

»Sie ist noch da. Ich sehe sie manchmal schemenhaft hinter dir auftauchen.«

Prefontaine zog den Topf zurück auf die Platte und rührte heftiger, als es erforderlich war. »Das wird meinem Liebesleben richtig guttun, wenn ich je wieder eins habe.«

Der Wind hatte sich auch mit Beginn der Nacht nicht gelegt. Im Gegenteil. Inzwischen heulte er so laut, daß sie das Küchenfenster schließen mußten, um einander verstehen zu können.

Prefontaine rief seinen Neffen in die Küche. »Essen ist fertig.«

»Nicht schlecht gekocht, für einen Indianer«, meinte Ahcleet und kaute mit sichtlichem Vergnügen. »Trägst du deinen Medizinbeutel?«

Prefontaine öffnete sein Hemd und zeigte ihm den Beutel.

Als die drei gegessen hatten und Prefontaines Zorn abgekühlt war, empfand er das Bedürfnis, den alten Mann zu fragen, ob er glücklich war. Aber eigentlich war das gar nicht nötig. Natürlich war Ahcleet glücklich. In ihm waren Harmonie und Rechtschaffenheit vereint. Er lebte in seinem eigenen Raum, wie Himmel und Meer und Erde ihren eigenen Raum hatten.

»Sare hat mir erzählt, daß sie den Raben neulich in Männergestalt gesehen hat«, sagte Ahcleet unvermittelt.

»Wo? Im Black Rooster kurz vor der Polizeistunde?«

Ahcleet lächelte nicht. Er stand auf und goß Prefontaine frischen Kaffee in eine Tasse mit der Aufschrift: »Vorsicht! Ich bin bewaffnet und kriege bald meine Tage!«

»Nein. Beim Haus der rothaarigen Hexe.« Der Alte tunkte ein Stück Brot in sein Glas Weißwein. »Ich mache mir Sorgen um die Frau.«

»Sare wird sich nicht ändern und wenn du dir noch soviel Sorgen machst.«

»Das weiß ich.«

Prefontaine tat Zucker in seinen Kaffee. »Wieso hast du sie eigentlich nicht geheiratet?«

Ahcleet sah ihn an. »Denk nicht, ich hätte es nicht versucht. Aber sie wollte mich nicht. Keinen von uns.«

»Wieso?«

Der alte Mann seufzte. »Das hing damit zusammen, daß die Weißen kamen. Damals fingen viele Indianer an, sich für ihre alten Sitten zu schämen, und ihre Familie gehörte dazu. Man könnte sagen, daß sie die weiße Mythologie mit Stumpf und Stiel geschluckt haben. Natürlich hat man sie sehr dazu ermuntert. Kannst du dich noch an den alten Miller erinnern? An die Narben, die er auf den Handflächen hatte?«

Prefontaine nickte.

»Weißt du, woher er die hatte?«

Prefontaine schüttelte den Kopf. »Ich habe ihn mal gefragt, aber er wollte es mir nicht sagen.«

»Er hat sie auf der Schule der Weißen bekommen. Als er noch klein war. Ein paarmal hat er aus Versehen die alte Sprache gesprochen, die einzige, die er kannte. Sie haben ihm die Hände verbrannt, damit das nicht wieder passierte. Manchmal haben sie uns auch die Zunge verbrannt. Negative Verstärkung nennt man das heute, glaube ich. Damals sind viele Dinge in der Art passiert.

Jedenfalls hat Sare gemeint, wenn ihre Familie die Lebensart der Weißen so toll fände, dann würde sie eben das Reservat verlassen und eine Weiße werden. Und sie hat es getan. Jedenfalls ist sie weggegangen. Aber sie ist nie eine Weiße geworden, obwohl sie einen nichtsnutzigen weißen Waldarbeiter geheiratet hat, der mehr an der Flasche als an ihr hing. Ein paar Jahre nach der Hochzeit ist er bei der Arbeit tödlich verunglückt. Seitdem lebt sie allein. Allein und unabhängig wie ein Vielfraß. Und auch so angriffslustig, wenn ihr danach ist.«

»Glaubst du, daß sie je hierher zurückkommen wird?«

Ahcleet schüttelte den Kopf. »Wohl kaum.«

»Wie soll das denn mit ihr weitergehen?«

»Das kannst du dir doch denken. Irgendwann stirbt sie im Wald, und Holzfäller oder Jäger werden über ihre Knochen stolpern. Oder aber sie geht bei einem Unwetter im Winter zum Strand und setzt sich auf eine Sandbank, bis das Ende kommt.«

Tleyuk gähnte. Die ganze Zeit über hatte er mit großen Augen das Gespräch verfolgt.

»Schlafenszeit, Fünkchen«, sagte sein Ururgroßvater. Der Kleine gab ihnen beiden einen Kuß und ging ins Bad.

Mittlerweile rüttelte und schüttelte der Sturm, der aus Nordwesten kam, an dem kleinen Haus. Ahcleet, der plötzlich uralt aussah, stand langsam auf und ging zum vorderen Fenster.

»Das wird ein schlimmer Sturm«, sagte er.

»Mach dir keine Sorgen, Großvater«, sagte Prefontaine. »Du hast schon viele überstanden.«

Ahcleet starrte hinaus in die Nacht.

◇ »Wo sind die Kinder?« fragte Hannah Fran, als sie die Lodge betrat.

»Schwimmen. Und keine Sorge, der Koch ist bei ihnen.« Die Lodge hatte ein riesiges Hallenbad. »Du hast Post.« Fran reichte ihr einen Umschlag.

Als Hannah die krakelige Blockschrift sah, wurde ihr bang ums Herz. Wieder so eine schreckliche Mitteilung. Hastig riß sie den Umschlag auf, und die Worte sprangen ihr entgegen:

ER WURDE ERMORDET, MISSUS. IST IHNEN DAS EGAL?

»Nein!« schrie sie. »Nicht schon wieder! Laßt mich doch in Ruhe!«

»Hannah, was ist denn los?« fragte Fran.

Ohne zu antworten, knüllte Hannah den Zettel zusammen und ging zum Kamin, um ihn zu verbrennen. Dann fiel ihr ein, daß Paul Prefontaine sie gebeten hatte, ihm jeden anonymen Brief zu geben. Sie stopfte Zettel und Umschlag in die Tasche und ging in ihr Zimmer.

Am Morgen gab sie Prefontaine beides.

»Vielleicht solltest du mit den Kindern wieder ins Haus ziehen«, sagte er.

»Wieso meinst du das?«

»Man hat immer mehr Kraft, wenn man bei sich zu Hause ist.«

Sie sah ihn aufmerksam an. »Kraft wozu?«

Sein Mund verhärtete sich. »Um sich selbst und diejenigen, die man liebt, zu beschützen.«

◇◇◇◇◇◇◇ Kapitel 22 ◇◇◇◇◇◇◇

◇ Hannah war auf dem Weg zu Binte. Am östlichen Horizont erstreckten sich die Olympic Mountains wie gigantische schneebedeckte Wellen.

Bintes Haus war wie einem Märchen entsprungen. Zweistökkig und seit seiner Erbauung vor über einhundert Jahren nie mehr gestrichen, sah es aus wie ein überdimensionaler Blumentopf.

Das Dach war mit einer dicken Schicht Moos überwachsen, aus dem graziöse Farne winkten. Das Moos auf Fensterbänken und Zaunpfählen sah aus wie Schneewehen.

Binte trat unter einem Baum hervor und hielt mit beiden Händen eine Wildente fest. »Sieh mal«, befahl sie. Sie stieß mit dem Fuß ein paar Steine zur Seite, unter denen sich ein Nest von weißen Schildläusen befand. Dann klemmte sie der Ente die Beine unter den Körper und hielt sie wie einen Schlauch nach unten. Quakend und trompetend verschlang der Vogel die Läuse in Null Komma nichts, wandte den Kopf und starrte die alte Frau an, als ob er sagen wollte: »Haste noch mehr?« Binte hielt die Ente über ein Blumenbeet, und sie schlürfte links und rechts Insekten auf.

»Der reinste Staubsauger!«

»Der beste Schädlingsbekämpfer, den ich je hatte.« Binte setzte die Ente ab und tätschelte ihr den schlanken, grünen Kopf. »Danke, Ferdinand.«

Bintes Haus war einfach, aber gemütlich eingerichtet. An den meisten Wänden standen selbstgebaute Regale voller Bücher, der nackte Holzboden war sauber gefegt. Von den üblichen Dingen, die man im Haus einer Frau in Bintes Alter erwarten würde, war nichts zu sehen. Keine eingerahmten Fotos, keine selbstgenähten Puppen, keine Nippes und keine Spitzendeckchen. Bloß überall Bücher. Und so abgegriffen, wie sie aussahen, hatte sie auch alle gelesen.

Kirstie kam fröhlich durch die offene Tür gefegt und verlangte nach Streicheleinheiten und lieben Worten, die sie auch prompt von Hannah bekam. Sie hatte Kirstie zu Binte gebracht, als die Hündin zum erstenmal heiß wurde.

»Du siehst ja unverschämt glücklich aus«, sagte Hannah zärtlich zu Kirstie.

»Das will ich hoffen«, sagte Binte, die Kaffeebohnen mahlte. »Sie hat die entsetzliche Last der Jungfräulichkeit verloren.«

Hannah stöhnte auf. »Ich wollte sie doch mit einem reinrassigen Rüden paaren.«

»Ich habe versucht, sie hier zu halten, aber es hat nicht geklappt.«

»Weiß man, wer oder was die Gunst der Stunde genutzt hat?«

»Ein großer schwarzer Labrador namens Zeus.«

Skeptisch fragte Hannah: »Bist du sicher? Sie kann ihm doch nur bis zu den Knien gegangen sein.«

Binte setzte den Kaffee auf und fing an, einen Schokoladenkuchen zu glasieren. »Sie haben sich zu helfen gewußt. Kirstie hat sich auf einen Baumstumpf gestellt.«

Als der Kaffee fertig war, schenkte die alte Frau jedem ein, auch dem Beagle, dessen Schüssel aber hauptsächlich frische Sahne enthielt.

Plötzlich knallte es wie ein Donnerschlag, und das Haus erbebte in seinen Grundfesten.

»Was im Himmel war das?« rief Binte, schnappte sich einen Besen und sauste ins Wohnzimmer. Ihre Stimme hob sich zu einem wütenden Schrei: »Er hat meine Veranda kaputtgemacht!«

Klein und zornig stürmte sie mit hoch erhobenem Besen auf

die noch immer wackelnde Veranda und die Stufen hinunter, die einigermaßen unversehrt waren, Hannah hinterdrein.

»Was machen Sie hier, Sie betrunkener Rüpel!« schrie sie.

Hinter einem heruntergekurbelten Autofenster erschien ein hochrotes Gesicht, das Kinn fast auf gleicher Höhe wie der zersplitterte Boden von Bintes Veranda. Einige Stützen, die das Dach der Veranda hielten, waren geknickt, so daß das Ganze jetzt bedenklich schräg stand. Etliche Begonien und Fuchsien waren heruntergefallen. Blüten, Blätter und Erde hatten sich überall verteilt, auch auf die violette Nase, die sich jetzt Binte entgegenreckte.

»Ich such meinen Jungen. War er vielleicht hier?«

»Welcher?«

»Der lange dünne. Richard.«

»Den Taugenichts würde ich nie und nimmer auf meinen Grund und Boden lassen!« Binte stand da wie ein wütender Kampfhahn, die Arme verschränkt, den Besenstiel kriegerisch in die Höhe gereckt. »Steigen Sie aus dem Wagen.«

Theron Maynard rülpste vernehmlich. »Kann mich nicht bewegen, Binte. Ich sterbe.«

»Wenn es nur wahr wäre!« zischte sie und marschierte zurück ins Haus.

»Was willst du denn mit ihm machen?« fragte Hannah, die hinter der alten Frau hereilte. »Er sieht wirklich nicht gesund aus.«

»Gesund genug, um sich morgen wieder zu besaufen.« Sie nahm den Hörer ab und wählte. »Park Service? Ein Trunkenbold namens Maynard ist gerade gegen meine Veranda gefahren. Ich will ihn hier weg haben, *sofort*!«

Kurz darauf kamen zwei Park Rangers mit einem Abschleppwagen. Zuerst befreiten sie Maynard aus seinem zerdepperten Wagen und vergewisserten sich, daß er abgesehen von seinem Vollrausch wohlauf war.

Dann fragten sie Binte, ob sie Anzeige erstatten wollte, worauf sie mit einem resoluten »Und ob!« antwortete.

Jämmerliches Stöhnen von Maynard. »Ich habe gar keine sauberen Sachen, die ich vor Gericht anziehen kann.«

Sie warf ihn einen angewiderten Blick zu. »Der Mangel an sauberen Sachen hat dich doch sonst nicht gestört.«

Nachdem die Rangers ihn sicher in ihrem Wagen verstaut und seine Klapperkiste auf den Haken genommen hatten, sagte der jüngere von den beiden: »Er faselt ständig was davon, daß er nach seinem Sohn Richard sucht.«

»Der Bursche hat so viele Kinder, daß ich mich ohnehin frage, wie er sie überhaupt auseinanderhalten kann«, sagte der ältere Ranger. »Wissen Sie was über diesen Richard Maynard, Mrs. Ferguson?«

»Ich weiß nur, daß ich keinen von denen auf meinem Grund und Boden sehen will. Mehr nicht. Wenn die sich hier blicken lassen, kriegen sie eine Ladung Schrot in den Hintern.«

Nachdem die Rangers Binte gesagt hatten, daß am nächsten Tag jemand kommen würde, um die Veranda zu reparieren, gingen die beiden Frauen und der Beagle wieder ins Haus, um ihr unterbrochenes Kaffeekränzchen fortzusetzen.

»Dieser Theron Maynard ist mir einfach zuwider«, sagte Binte und leckte sich Schokoladenglasur von der Oberlippe. »Schon immer. Der war einer von diesen Idioten, die die großen Zedern angesteckt haben, bloß, weil sie sehen wollten, wie sie explodieren.«

»Was wohl mit dem Maynard-Jungen passiert ist?« fragte Hannah, die trotz der absurden Umstände von dem Vater gerührt war, der nach seinem Sohn suchte.

»Ein Bursche wie der? Wird wahrscheinlich irgendwo auf Diebestour sein. Wer weiß? Wen interessiert das schon?«

»Offenbar seinen Vater.«

Binte grunzte. »Da fällt mir ein, hat dein Michael nicht erzählt, daß er einen von den Maynards eingestellt hatte?«

»Wann hat er das gesagt?«

»An dem Abend, als der Totempfahl aufgestellt worden ist.«

»Das weiß ich nicht mehr. Binte, dieser alte Mann tut mir jedenfalls leid.«

»Wie der Ranger schon gesagt hat, keine Ahnung, wie er bei den vielen Kindern noch den Überblick behält.«

»Haben sie denn keine Mutter?«

»Jede Menge. Sogar die eigenen Töchter vom alten Theron, wenn du verstehst, was ich meine.«

Hannahs Augen wurden groß. »Oh, ich verstehe.«

»Das habe ich mir gedacht.« Binte scheuchte den Beagle nach draußen. »Also, wann zieht ihr wieder in euer Haus?«

»Deshalb bin ich hier. Ich wollte dich fragen, ob du mir helfen kannst, alles vorzubereiten?«

»Sicher. Wird auch Zeit. Du mußt das Leben wieder aufnehmen, wie es vor dem Unfall war.«

»Unfall. Manchmal bin ich mir da nicht sicher.«

Binte räumte den Tisch ab. »Was immer es war, Schätzchen, es ist verschüttete Milch, Schnee von gestern. Es ist Vergangenheit. Laß es los. Spar dir deine Energie für die Zukunft. Glaub mir, du wirst sie brauchen.«

Auf dem Rückweg zur Lodge hielt Hannah an ihrem Haus, aber sie ging nicht hinein. Sie betrachtete es bloß, den Totempfahl, den Garten, der traurig verwahrlost aussah. Wie glücklich sie hier gewesen waren.

Dann fiel ihr Prefontaines Bemerkung ein, daß sie in ihrem eigenen Haus mehr Kraft haben würde. Das war ihr Zuhause, das Zuhause, das Michael für sie geschaffen hatte, das Zuhause, das sie beide geliebt hatten und in das sie nun zurückkehren mußte.

Aber sie war noch nicht soweit.

◇ Früh am nächsten Morgen war Hannah unterwegs zum Verladeplatz, um festzustellen, ob schon genug Holz für einen dringenden Sonderauftrag transportbereit war. Der Wind umhüllte sie mit dem blausalzigen Geruch des Ozeans und dem grünharzigen Duft des Waldes. Zitronengelbe Erlenblätter wirbelten um ihren Wagen. Allmählich fand sie Gefallen am Holzgeschäft!

Als sie eintraf, war nichts von der normalen Hektik zu spüren, die sie erwartet hatte. Die Holzlaster waren noch nicht abgefahren – Gott sei Dank, sie war noch rechtzeitig gekommen –, aber seltsamerweise waren sie noch nicht einmal beladen.

Alles war still, bis auf einen eigenartigen Lärm.

Männer mit Schutzhelmen standen im Halbkreis um den Geräteschuppen, aus dem lautes Klirren, Poltern und Schlurfen drang.

»Und ich sage, verlieren wir keine Zeit mehr. Knallen wir den Scheißkerl ab!« rief Al Rivers mit zornrotem Gesicht.

»Wen wollen Sie abknallen und warum?« fragte Hannah und stieg aus ihrem Pick-up.

»Den verdammten Bären. Wir können nicht an unsere Geräte.«

Wenn die Männer Feierabend machten, verstauten manche von ihnen ihre Ausrüstung im Geräteschuppen – Kettensägen, Schaumstoffkissen aus dem Stammholzschlepper, Lader und Bulldozer, Kabel, Kanister mit Benzin und Öl, Äxte und kleineres Werkzeug. Besonders wichtig war, daß die Schaumstoffkissen weggeschlossen wurden, denn die Schwarzbären verzehrten sie mit Vorliebe und stellten alles auf den Kopf, um an diese Köstlichkeit zu gelangen. Heute stand die Tür zum Geräteschuppen offen.

»Versuchen wir's erst mal anders«, sagte Buck Trano und ließ die Leute rund um den Geräteschuppen Aufstellung nehmen. »Auf mein Signal hin schreit ihr, so laut ihr könnt, und donnert gegen die Wand.«

Gesagt, getan. Der Krach war ohrenbetäubend, aber er trieb den Bären nicht hinaus. Er behauptete die Stellung im Schuppen und knurrte zurück.

James, der junge Quinault und Lastwagenfahrer, kam auf

schlaksigen Beinen heran. Er machte ein langes Gesicht. »Mein Fahrersitz ist gerade neu gepolstert worden«, erzählte er Hannah. »Ich muß ein Fenster offengelassen haben. Der Scheißbär hat alles zerfetzt, um an den Schaumstoff zu kommen.«

Trano, die Hände in den Hüften, starrte auf den Geräteschuppen. »Irgendeiner muß gestern vergessen haben, den Schuppen abzuschließen. Sonst wäre der Bär da nicht reingekommen.«

»James, hol Swayle. Ich weiß, daß er einen .44er in seinem Wagen hat«, sagte Rivers entnervt.

Trano legte Rivers die Hand auf die Schulter. »Immer langsam mit den jungen Pferden. Hier knallt keiner irgendwas ab. Und erzähl nicht so laut rum, daß einer im Reservat eine Waffe dabei hat.« Er wandte sich an die wartenden Männer. »Ihr setzt euch jetzt alle in eure Wagen und kurbelt die Fenster hoch. Und dann wartet ab.«

Sie blieben unsicher stehen. »Bewegt euch!« brüllte er.

»Ich habe Angst, in meinen Wagen zu steigen«, sagte James.

»Komm mit in meinen«, sagte Hannah zu ihm.

Als alle in Sicherheit waren, holte Trano einen .38er Revolver aus dem Handschuhfach seines Pick-ups und ging zur Rückseite des Schuppens.

Dann blieb er ruhig stehen und lauschte auf die bedrohlichen Geräusche aus dem Innern. Vorsichtig spähte er hinein. Der Bär war mit den Überresten der Schaumstoffkissen beschäftigt und kaute geräuschvoll, das Hinterteil in die Luft gestreckt. Trano zielte, feuerte, rannte aus dem Schuppen und preßte sich an eine Seitenwand.

Ein oder zwei Sekunden herrschte atemlose Stille. Plötzlich kam der Bär brüllend aus dem Schuppen getobt, schlug sich aufs Hinterteil und sauste dann auf kürzestem Wege ab in den Wald. Noch lange, nachdem er verschwunden war, konnten sie ihn hören.

»Den sehen wir so bald nicht wieder!« schrie Rivers.

»Okay, Jungs, an die Arbeit!« sagte Trano.

Als Hannah aus dem Wagen stieg, kam der seltsame kristallene Wind wieder auf und brachte einen unvergleichlich sinnlichen Duft mit sich, der in ihr den Wunsch weckte, sich vor lauter Wonne auf dem Boden zu wälzen. »Das riecht so wundervoll«, sagte sie.

»Ja, das fällt uns schon die ganze Zeit auf. Mich erinnert es an eine schöne Frau«, sagte Trano und fügte dann lächelnd hinzu: »Wie Sie!«

»Ich dachte, Sie wollten nicht auf den Bären schießen«, sagte sie vorwurfsvoll, um das Thema zu wechseln.

»Ach, das war bloß Schrot. Für den Bären war das so, als hätten ihn ein paar Bienen gestochen. Es hat noch nicht mal geblutet.«

Mitten in der ganzen Aufregung fuhr Sheriff Tidewater vor. »Was ist denn hier los? Ich habe den Lärm bis unten auf die Straße gehört.«

Alle lachten und redeten durcheinander und erzählten Joan die Geschichte mit dem Bären. Als sie gerade ihre Sachen aus dem Geräteschuppen holten und sich an die Arbeit machen wollten, schrie Al Rivers: »Rennt, was ihr könnt!«

Erschreckt fuhren alle herum und sahen den Bären auf sie zugestürmt kommen, eine geballte Masse Wut.

»Mein Gott!« brüllte Trano. »In die Wagen oder auf die Bäume!«

Er packte Hannah und zerrte sie zu seinem Pick-up. Sie stiegen ein, knallten die Türen zu und kurbelten die Fenster hoch. Joan schlüpfte wieder in ihren Wagen.

Alle Männer brachten sich in ihren Autos in Sicherheit, lediglich James war in Panik auf ein kleines Bäumchen geklettert.

Der Bär grollte und schnaufte, die rote Zunge hing ihm geifernd aus dem Maul, und er richtete sich bei jedem Wagen auf, schlug gegen die Tür, versuchte das Fahrzeug umzustoßen, brüllte seinen Zorn hinaus.

James schrie in Todesangst. Trano flüsterte Hannah zu: »Dieser Trottel. Wieso hält er nicht den Mund?«

Der Bär wandte sich zu dem Geräusch um, entdeckte den jungen Mann im Baum, schnaufte, als ob er sagen wollte: »Jetzt hab ich dich!« und stampfte hinüber. Er packte den Stamm und schüttelte ihn mit aller Kraft.

James klammerte sich weiter fest, doch dann richtete sich der Bär zu seiner vollen Größe von fast zwei Metern auf und schlug seine Fänge in James' linken Stiefel. Es war offensichtlich, daß James, obwohl er strampelte und aus vollem Halse schrie, den Kampf verlieren würde.

»Der Mistkerl reißt dem Jungen das Bein aus!« sagte Trano.

Der Bär war zu sehr mit seiner Beute beschäftigt, um das leise Klicken zu bemerken, als Joan Tidewater vorsichtig ihre Fahrertür öffnete. Sie schob sich aus dem Wagen, zielte sorgfältig mit ihrem Gewehr und drückte ab. Als die Kugel die Schulter des Bären durchschlug, fuhr das riesige Tier herum und stürmte auf sie zu.

Joan blieb ganz ruhig stehen, behielt ihre Schußposition bei. Im letzten Moment drückte sie ab.

Die Kugel drang in das geöffnete Maul des Tieres und durchschlug sein Gehirn. Der Bär taumelte zur Seite, versuchte scheinbar endlos lange, das Gleichgewicht zu halten, und brach zusammen. Joan sprang beiseite, um nicht von dem massigen Körper umgerissen zu werden.

Zwei Männer halfen James vom Baum. Glücklicherweise hatten die stählerne Schutzkappe und die Sicherheitssohle verhindert, daß die Zähne des Bären durch das Leder gedrungen waren.

»Danke, Sheriff«, sagte James zittrig und humpelte von den zwei Arbeitern gestützt zu Joan hinüber. »Ich glaube, ich verdanke Ihnen mein Leben.«

»Wenn man riechen kann, was der Bär zuletzt gegessen hat, ist alles zu spät«, sagte Joan. »Und merk dir: Niemals schreien, wenn ein Bär auf dich zukommt.«

Sie wies die Männer an, James in ihren Wagen zu verfrachten. »Ich bring dich zum Arzt«, sagte sie.

Blaß und kränklich aussehend, brachte James noch ein Lachen zustande. »Danke, Sheriff. Das eine Bein fühlt sich einen halben Meter länger an als das andere.«

Aufgeregt debattierten die Männer darüber, wie ungewöhnlich es für einen Bären war, erst wegzulaufen und dann zum Angriff überzugehen.

»Du wohnst doch schon ewig hier«, sagte Trano zu Rivers. »Hast du so was schon mal erlebt?«

»Noch nie.«

◇ Hannah und Angus aßen gerade zu Abend, als Buck Trano den Eßraum der Lodge betrat. Elspat war schon fertig und spielte draußen mit einigen neuen Freundinnen.

»Wie wär's mit ein paar Krabben?« fragte Hannah. »Sie sind köstlich.«

Er schüttelte den Kopf, fuhr Angus durchs Haar und verkündete: »Jemand klaut unsere Holzabfälle.«

»Wann?« fragte Angus, eine Gabel mit Brombeerkuchen auf halbem Weg zum Mund.

»Nachts, wenn keiner mehr da ist.«

»Und wie?« fragte Hannah.

»Wahrscheinlich beladen sie nachts, wenn wir alle weg sind, einen alten Pick-up und machen sich still und leise mit ausgeschalteten Scheinwerfern davon.«

»Heh, so einen habe ich neulich gesehen«, sagte Angus aufgeregt. »Es war schon fast dunkel, und da kam ein alter Laster ohne Licht die Straße runter, ganz langsam. Und er war beladen, voll beladen, mit Holzabfällen.«

Trano nickte. »Holzdiebe.«

»Also, was sollen wir jetzt machen?« wollte Angus wissen.

»Wir werden sie fangen, was sonst? Jetzt muß ich nach Hause, aber morgen abend lauere ich den Mistkerlen auf. Die schnappe ich mir auf frischer Tat.«

Nachdem Trano gegangen war, sagte Angus: »Mom, wir müssen was unternehmen. Du und ich.«

»Ja«, sagte sie. »Wahrscheinlich können wir sie nicht fangen, aber wir können sie identifizieren.«

Hannah ging zu Fran am Empfang, erklärte ihr, wo sie hinwollten und warum, und bat sie, sich um Elspat zu kümmern, wenn sie vom Spielen zurückkam. Dann marschierten Hannah und ihr Sohn nach oben und zogen sich wärmere Sachen an.

Als sie wieder nach unten in die Lobby kamen, überreichte Fran ihnen einen Korb mit Sandwiches und eine Thermoskanne heißen Kaffee. »Okay, Leute, bringt sie mir lebend.«

Dann senkte sie die Stimme und flüsterte Hannah zu: »Sei bitte vorsichtig, ja?«

Als sie die Landzunge erreichten, war es noch hell. Die Zedernholzabfälle waren unterhalb des Hauptverladeplatzes gestapelt, so daß sie sie gut im Auge behalten konnten. Hannah stieg aus dem Wagen und reckte sich, Angus sprang auf der anderen Seite hinaus. Sie hatte keine Angst, gesehen zu werden, weil es für die Diebe noch viel zu früh war.

Während Angus die Gegend erkundete, lauschte Hannah auf die Geräusche des Waldes. Zuerst erkannte sie das Rascheln der Erlenblätter, dann hörte sie seltsames Knistern und Knakken, das sie nicht identifizieren konnte. Als sie verstohlene Schritte vernahm, wirbelte sie herum, glaubte, es sei Angus, der sich heranschlich.

Aber es war niemand da, bloß ein Lüftchen, das sich zwischen den Bäumen regte, und tief unten in einer Schlucht ein Wasserfall, der Richtung Meer stürzte.

Sie ging den Pfad entlang, sah leuchtend lavendelfarbene Disteln, hellgelbe Blüten, weiße Gänseblümchen und die perlartigen Immortellen, von denen Binte behauptete, daß sie auch als Trockenblumen wundervoll aussahen.

Hier und dort schwebte feiner Distelflaum träge in der samtenen Abendluft. Früher, als die Kinder noch klein waren, hatte sie ihnen dann immer zugerufen: »Wünscht euch was! Wünscht euch was!«

Am Abhang einer kleinen Schlucht lehnten sich etliche hohe, schlanke, junge Erlen gegeneinander wie pubertierende Mädchen und tuschelten. Und außer an der Stelle, wo die Fällarbeiten gewaltige, brutale Narben geschlagen hatten, die aussahen wie getrocknetes Blut, hingen überall Teppiche und Vorhänge von Grün herab.

Sie rief Angus und ging wieder zurück. Dann setzten sie sich in den Pick-up und bereiteten sich auf die Nacht vor.

»Das wird eine lange Nacht, Schatz«, sagte sie zu ihrem Sohn.

»Das weiß ich, Mom.«

»Meinst du, du kannst wach bleiben?«

»Dad hätte nicht zugelassen, daß uns jemand bestiehlt, und ich werde das auch nicht.«

Gott, ich liebe ihn! dachte sie und Tränen stiegen ihr in die Augen.

Lange Zeit war nur die Stimme des Waldes zu hören, das Rascheln und Seufzen der Blätter. Sie nickte ein.

»Mom, wach auf!«

Sie war schlagartig hellwach.

»Was?« flüsterte sie.

»Ich hab was gehört.«

Vorsichtig glitten sie beide aus dem Wagen. Wind pfiff durch die immergrünen Zweige. Sie konnte das Meer in der Tiefe schmecken und die Brandung hören. Sonst nichts. Falscher Alarm, beschloß Hannah und winkte Angus wieder zurück zum Wagen, wo sie sich ein Sandwich teilten und Kaffee tranken.

»Ist der Kaffee nicht zu stark für dich?« fragte sie Angus.

»Genau richtig, um uns die ganze Nacht wach zu halten. Kann ich noch was haben, Mom?«

Sie goß ihm noch eine halbe Tasse ein und sah auf die Uhr. Es war schon nach Mitternacht, fast eins. Sie hatte gar nicht gemerkt, daß sie schon so lange da waren.

Es wurde kälter. Ob sie die Nacht durchhalten würden? Hannah versuchte verzweifelt, wach zu bleiben, aber sie nickte wieder ein, bis sie ein dringendes Bedürfnis weckte.

»Angus«, flüsterte sie. »Ich muß mal. *Dringend.*«

»Okay, Mom. Ich passe auf.«

Sie schlüpfte leise aus dem Wagen, kroch hinter den nächsten Baum und zog ihre Jeans runter. Ah, was für eine Wohltat. Gerade, als sie wieder in den Pick-up stieg, meinte sie, eine Bewegung wahrzunehmen.

»Und wenn es Bigfoot ist?« flüsterte Angus.

Sie starrte in die Dunkelheit. »Bigfoot klaut keine Holzabfälle.«

Mein Gott! dachte sie. Dieses Wachehalten ist eine Strapaze! Wenn die Diebe doch bloß kommen würden, dann hätten sich ihre und Angus' Mühe wenigstens gelohnt. Bald darauf schlief sie wieder ein.

Leise Männerstimmen weckten sie.

»Mom!« keuchte Angus. »Sie sind da!«

Sie öffnete behutsam die Tür und glitt hinaus. Sie hoffte, daß die Männer, wer immer sie waren, sie nicht hören würden, daß sie sie identifizieren konnte, ohne selbst gesehen zu werden.

»Angus«, sagte sie leise. »Raus. Schnell! Versteck dich!«

Er stand schon neben ihr. »Nehmen wir sie denn nicht fest, Mom?«

»Sie festnehmen? Ich kann sie nicht mal sehen!«

Hannah und Angus krochen durchs Unterholz, zerkratzten sich Gesicht und Hände, schoben sich über moosbewachsene umgestürzte Baumstämme, versuchten nicht laut zu atmen, hofften, daß sie nicht plötzlich in eine dieser riesigen Nacktschnecken greifen würden, die bis zu zwanzig Zentimeter lang wurden. Wenn Hannah das passierte, würde sie sicher schreiend in die Arme der Eindringlinge laufen.

»Hintern runter«, befahl sie Angus. *»Runter!«*

Sie krochen, bis sie zu der großen Zeder kamen, die Matt Swayle noch vor Michaels Tod gefällt hatte. Sie zog Angus am

Ärmel, und sie versteckten sich beide in dem riesigen Wurzelwerk.

»Wir bleiben hier und passen auf«, flüsterte sie. »Wenn sie den Wagen sehen, werden sie denken, daß ihn einer über Nacht hier stehengelassen hat.«

Angus schob sich noch ein Stück weiter, um das Loch zu erkunden und sich eine eigene Nische zu suchen.

Die Männerstimmen waren nicht mehr zu hören. Aber Hannah blieb dort hocken, still, unbeweglich, wissend, daß ihr Sohn mit ihr Wache hielt.

Der Wald seufzte; dann war alles still . . . bis sie ein schluchzendes Geräusch hörte. Als ob Frauen weinten. Es kam unter dem gefällten Baum her.

Was war das? Unter der Zeder war nichts. Sie war so verängstigt, daß sie schon Stimmen hörte.

Bald würde es dämmern. Von Angus war nichts zu hören; wahrscheinlich war er eingeschlafen. Sollten sie bleiben, wo sie waren, bis die Arbeiter kamen? Sollte sie sich zum Narren machen, wenn sie so aus den Wurzeln der Zeder herausgestolpert kam?

Wie sollte sie die Firma leiten, wenn die Männer sie für eine Irre hielten? Was würden sie denken, wenn sie ihnen irgendwas von weinenden Frauen unter gefällten Zedern erzählte?

Allmählich durchdrang das herrliche, frische erste Morgenlicht den Wald, umgab sie wie mit flüssigem Gold.

»Angus, aufwachen, Schätzchen. Wir können jetzt weg.«

Keine Antwort.

»Angus!« Ihre Stimme wurde eindringlicher, und sie stand auf. »Gehen wir.«

Sie sah auf der anderen Seite des Wurzelwerkes nach, wo sie geglaubt hatte, daß ihr Sohn sich niedergelassen hatte, konnte ihn aber nirgendwo entdecken.

»Angus!« schrie sie.

»Ich bin hier, Mom. Du brauchst nicht so zu schreien.«

»Was machst du denn? Ich dachte, du wärst hier bei mir.«

»Mom, wir sind doch nicht hergekommen, um uns die Nacht über in einem Loch zu verstecken. Ich habe gesehen, wer es war.«

»Wer war es?«

»Der Typ, der für Mr. Skinna arbeitet!«

»Du hast Tuco Peters gesehen?«

»Und ob. Ich habe gesehen, wie er in seinen Wagen gestiegen ist.«

Sie legte den Arm um ihn. »Das müssen wir dem Sheriff erzählen.«

◇◇◇◇◇◇◇ Kapitel 23 ◇◇◇◇◇◇◇

◇ Der 16 Jahre alte Roger Carradine war beim Joggen, als ein verbeulter alter Pick-up neben ihm hielt, die Beifahrertür mit einem rostigen Quietschen aufging und Tuco Peters rief: »Heh, Junge! Soll ich dich mitnehmen?«

Roger blieb stehen. »Nein, danke.« Er nahm sein Stirnband ab, wischte sich übers Gesicht und grinste. »Dann wäre ja die ganze Anstrengung umsonst.«

»Hast du Lust, dir ein bißchen was nebenher zu verdienen?«

»Aber immer.«

»Ich habe da bei mir zu Hause an was gearbeitet, aber jetzt könnte ich Hilfe brauchen.«

Roger hatte gehört, daß Tuco irgendwo im Wald wohnte und weitestgehend so lebte wie die Indianer früher. Er hätte sich das für sein Leben gern mal angesehen, aber Tuco war kein Mensch, den man um so etwas bat. Er war ein verschlossener Bursche. Selbst die Jungs in der Schule hüteten sich, blöde Bemerkungen zu machen, wenn sie Tuco begegneten. Und jetzt lud er Roger zu sich nach Hause ein!

»Okay. Wann?«

»Kannst du dich ein bißchen früher aus der Schule schleichen? Und niemandem erzählen, wo du hingehst?«

Roger blickte skeptisch. »Nach der Schule habe ich Basketball-Training.«

Peters zuckte die Achseln und wollte die Tür schließen. »Dann muß ich eben jemand anders fragen.«

»Warum die Geheimnistuerei?«

»Es ist eine Überraschung für Jim Skinna. Du weißt doch, wie die Leute hier sind. Wenn einer was weiß, wissen es alle.«

»Ich muß meiner Mom Bescheid sagen. Wir wollten heute abend essen gehen.«

Peters fixierte ihn. »Ich habe gesagt, niemandem, Roger. Und ich meine, niemandem. Kapiert? Außerdem würde ich dich früh genug zurückbringen.«

Roger hatte auch gehört, daß Tuco seltsam war. Aber der Indianer wußte eine Menge über die Wälder, wie man dort überlebte und sich ernähren konnte, was ein Junge aus der Stadt nie lernen würde, also erklärte er sich einverstanden, das Training zu schwänzen, die Schule unauffällig zu verlassen und sich mit Peters zu treffen.

Als sie bei Tuco ankamen, stellte Roger mit Erstaunen und Begeisterung fest, daß das Haus des Indianers ein hohler Baum war, den er mit gespaltenen Zedernschindeln gedeckt hatte.

Tuco erzählte ihm stundenlang, wie sein Volk gelebt hatte, bevor die Europäer kamen: die Bedeutung einer hohen Geburt, die Zeremonien, das strenge Festhalten an der Tradition, die riesigen Häuser, die unglaublichen Geisterwesen, die in Bäumen verborgen waren und dort von Meisterschnitzern entdeckt wurden.

Roger lauschte und machte eine faszinierende Reise in die Vergangenheit an diesem 5. September. Plötzlich wußte er mit absoluter Sicherheit, daß der junge Mann, der da mit ihm sprach, ein Nachfahre von Königen war. Und er, Roger Carradine, hatte das Glück, all das von ihm zu erfahren! Es war schon lange dunkel, als Roger sagte: »Tuco, ich muß nach Hause. Meine Mom macht sich bestimmt Sorgen. Und ich habe dir noch nicht mal bei deiner Arbeit geholfen.«

Tuco stand auf. »Das machen wir ein anderes Mal. Es war schön, mit dir zu reden. Dann komm, ich bringe dich nach Hause.«

Als sie den hohlen Stumpf verließen, sagte Roger begeistert: »Ich würde alles dafür geben, so leben zu können.«

Tuco musterte ihn. »Du bist der erste Mensch, den ich hierhin mitgenommen habe. Sonst weiß niemand, wo ich wohne.«

»Und wenn sie anfangen, hier Bäume zu fällen? Was machst du dann?«

»Umziehen. Und im Moment fällen sie unten auf der Landzunge. Hast du schon mal gesehen, wie so etwas aussieht?«

Nein, das hatte Roger nicht, aber er würde es gern. Er und seine Mutter wohnten noch nicht lange hier.

Also fuhr Tuco zum Verladeplatz von Hannah McTavish. Er sah ihren Pick-up dort stehen, dachte sich aber, daß sie mit jemand anderem nach Hause gefahren war. Es war sehr spät und sehr dunkel. Er wußte, daß niemand mehr da war. Sie gingen ein Stückchen.

»Das hier ist ein Schlachtfeld«, sagte Tuco leise.

Roger konnte nicht viel erkennen, weil es zu dunkel war. Aber er konnte die Präsenz der großen Maschinen, der gefällten Stämme und der noch stehenden Bäume spüren, die ihr Schicksal erwarteten.

Und er spürte noch etwas anderes.

Plötzliche Gefahr.

Den Schlag, der ihn bewußtlos zusammenbrechen ließ, sah er nicht mehr.

◇ Die kleine Gemeinde Amanda Park am Highway 101, dort, wo sich der Lake Quinault verengt und zum unteren Quinault River wird, hat einen Lebensmittelladen, eine Kneipe, ein Postamt, ein Cafe, einen Getränkeladen und eine Tankstelle.

Eine Viertelmeile entfernt liegt die High-School, die im Durchschnitt von vierhundert Schülern besucht wurde. Seit so viele Waldarbeiter die Gegend verlassen mußten, ist ihre Zahl auf unter dreihundert gesunken.

Der Lehrkörper war in diesem Schuljahr um zwei neue Kollegen erweitert worden. Da war zunächst der Direktor, Richard Bullier, und dann noch Daisy Carradine, die die Viertkläßler unterrichten sollte.

Sie und ihr Sohn Roger waren erst kürzlich aus Seattle hergezogen. Roger, ein gutaussehender blonder Junge, beliebt bei seinen Klassenkameraden, durchschnittlich in seinen Leistungen, hatte nichts gegen den Ortswechsel einzuwenden gehabt. Seinen Vater, eine flüchtige Episode in Daisys Jugend, hatte er nie kennengelernt.

Jetzt konnte sie ihren Sohn nach Schulschluß nirgends finden. Daisy wußte, daß er wegen des Basketball-Trainings länger bleiben wollte. Sie selbst hatte noch Klassenarbeiten korrigiert. Sie hatten verabredet, sich an der Sporthalle zu treffen und dann in dem kleinen Cafe in Amanda Park zu Abend zu essen.

Als Daisy zur Sporthalle ging, sagten die anderen Jungs, daß Roger nicht zum Training erschienen war. Sie verstand das nicht. Hatte er das Training vergessen? Vergessen, daß sie zusammen essen gehen wollten? Normalerweise vergaß Roger nichts, und schon gar nichts, was mit Basketball oder Essen zu tun hatte.

Vielleicht hatte er einen kleinen Job angenommen, den er direkt nach der Schule erledigen mußte. Seit sie nach Quinault gezogen waren, hatte er sich schon öfter was nebenbei verdient und jedesmal darauf bestanden, daß seine Mutter die Hälfte von dem Geld annahm.

Auf dem Nachhauseweg hielt sie nach ihrem Sohn Ausschau, konnte aber keine Spur von ihm entdecken. Er hatte kein Auto, aber ihr Vater hatte ihr gestanden, daß er Roger zu Weihnachten einen gebrauchten Mustang schenken wollte.

Ach, dachte sie, wahrscheinlich ist er schon zu Hause und hat den Kamin angemacht. Aber als sie ankam, war ihr kleines Haus dunkel und kalt.

Sie fragte sich, ob er vielleicht noch etwas zum Abendessen

einkaufte. Das machte er manchmal, um sie zu überraschen. Sie rief Lev Richards im Lebensmittelladen an, dessen Sohn mit Roger Basketball spielte, aber Lev hatte Roger schon ein paar Tage nicht gesehen.

»Ich würde mir keine Sorgen machen, Daisy«, sagte Richards. »Sie wissen doch, wie Kinder sind. Vielleicht ist er jetzt mit meinem Sohn bei mir zu Hause. Ich telefoniere ein bißchen rum und melde mich dann wieder.«

Aber das war es ja gerade, dachte Daisy. Sie wußte, wie ihr Sohn war. Er sagte ihr immer, wo er hinwollte. Noch nie hatte sie sich Sorgen machen müssen, weil er verschwunden war. Vielleicht nahm er deshalb soviel Rücksicht, weil sie eine alleinerziehende Mutter war, vielleicht war er auch einfach nur ein besonders rücksichtsvoller Mensch; schließlich hatten sie und ihre Familie ihn so erzogen.

Sie drehte die Heizung auf, machte Feuer, kochte Kaffee und versuchte, sich keine Sorgen zu machen. Was sollte am Lake Quinault schon passieren? Hier kannte jeder jeden. Roger hatte viele Freunde. Er war bei allen beliebt. In der Schule gab es keine Probleme, keine Gangs. Ein paar Jugendliche rauchten hin und wieder Pot, aber das war ja nichts Ungewöhnliches.

Lev Richards rief an. »Daisy, mein Junge hat Roger seit heute morgen nicht mehr gesehen. Roger hat ihm erzählt, daß er sich gleich nach der Schule mit jemandem treffen wollte.«

»Warum?«

»Ich vermute, man hat ihm einen Job angeboten.«

Sie ging unruhig in den kleinen Zimmern auf und ab, ging immer wieder vor die Tür, um draußen nachzusehen. Ihr fiel auf, daß ein leiser, süßer Wind wehte, ein Wind, der sie an klingende Kristalle denken ließ.

Bullier, der Schuldirektor, rief an und sagte, daß er mit seiner Frau vorbeikommen wollte.

»Wieso?« fragte Daisy. Dann begriff sie beschämt, wie unhöflich sich diese Frage anhören mußte. Wieso sollten sie nicht vorbeikommen? »Ich hab das nicht so gemeint, Richard. Ich bin nur so – wißt ihr schon, daß Rog vermißt wird?«

Vermißt.

Sie hatte es ausgesprochen und damit zugegeben, daß ihr Sohn verschwunden war. Zum erstenmal an diesem Abend kamen ihr die Tränen.

»Wir sind gleich da«, sagte Bullier beruhigend. »Bleib ganz ruhig.«

Daisy legte auf, nahm dann den Hörer erneut in die Hand, um ihre Eltern anzurufen, tat es aber doch nicht. So sehr sie sich auch danach sehnte, ihre Stimmen zu hören, wieso sollte sie sie beunruhigen, wenn es doch gar keinen Grund gab, sich Sorgen zu machen.

Wenn der nach Hause kommt, kann er was erleben! sagte sie sich, als ob harte Worte ihn wie durch Zauberhand sicher wieder nach Hause bringen könnten.

Die Bulliers brachten einen brutzelnden Käseauflauf mit. Jacqueline versuchte, Daisy zum Essen zu bewegen. »Danach fühlst du dich besser«, sagte die kleine Frau. »Du mußt was essen.«

Daisy schüttelte den Kopf. Essen? Sie konnte kaum schlukken!

»Gutes Essen soll man nicht verderben lassen«, sagte Bullier und tätschelte seinen bemerkenswerten Schmerbauch.

»Wer hat euch das mit Roger erzählt?« fragte Daisy.

»Lev«, antwortete der Direktor und schaufelte sich Auflauf auf den Teller, der für Daisy gedacht war.

Jacqueline überredete Daisy, sich aufs Sofa zu legen, breitete eine Decke über sie, setzte sich neben sie und massierte ihr die Füße.

Um zehn Uhr rief Bullier, nach einem leisen Telefonat mit Lev Richards, das Büro des County Sheriffs in Forks und die Polizeistation in Taholah an. Eine Stunde später saß Deputy Jasper Wright, ein großer, schlaksiger Mann mit tiefen Falten im Gesicht, in Daisys Wohnzimmer. Kurz danach traf Joan Tidewater ein.

Der Direktor erzählte ihnen alles, was er wußte. Es war wenig. Der Junge hatte keine Feinde, keine seltsamen oder außergewöhnlichen Angewohnheiten. Bislang hatte er auch noch keine Freundin. Er war vertrauenswürdig und zuverlässig. Es war ganz und gar nicht seine Art, einfach zu verschwinden, ohne seiner Mutter Bescheid zu sagen.

Wright saß eine Weile schweigend da. Dann erklärte er, daß Roger seiner Meinung nach in einem Alter war, wo er etwas tun könnte, was ihm niemand zugetraut hätte, bloß, um seine jugendliche Unabhängigkeit auszuprobieren, und er fügte hinzu, daß er, sollte der Junge am nächsten Tag nicht wieder auftauchen, eine offizielle Suche einleiten würde. »Was meinen Sie, Sheriff?« fragte er.

Joan nickte zustimmend.

»Immerhin«, sagte Wright zu Daisy, »ist Roger kein kleines Kind mehr. Er ist groß und alt genug, um auf sich aufpassen zu können. Wahrscheinlich kommt er morgen früh nach Hause, oder früher.«

Bullier begleitete Wright und Joan nach draußen und nickte mit männlicher Kennermiene, als der Deputy leise sagte: »Wahrscheinlich schiebt der Junge seine erste Nummer. Der kommt bestimmt mitten in der Nacht nach Hause und tischt seiner Mutter irgendein Märchen auf.«

Joan warf ihm einen Blick zu.

Aber Roger Carradine kam weder in dieser Nacht noch am nächsten Tag nach Hause. Er kam nie mehr nach Hause.

◇ Hannah hatte sich entschieden: Sie und ihre Kinder würden wieder in ihr Haus ziehen. Gemeinsam mit Binte verbrachte sie den ganzen folgenden Tag, ein trüber, regnerischer Tag, damit, das Haus vorzubereiten.

Als sie ankamen, blieb Hannah vor der Haustür stehen, schluckte einmal trocken, als sich ihr Bilder ins Gedächtnis drängten. Dann drehte sie den Schlüssel im Schloß und ging hinein.

Binte setzte Kaffee auf.

»Ich weiß noch, wie ich das Haus zum erstenmal gesehen habe«, erzählte Hannah. »Ich war gerade aus Portland gekommen und noch nie auf der Halbinsel gewesen. Michael war ein paar Monate früher gefahren, um die Firma in Gang zu bringen.«

Während Hannah redete, machte Binte Feuer.

»Es war ein dunkler, trostloser Tag. Brauner Regen auf braunem Boden und dem braunen See. Wie jetzt. Und da stand das Haus einsam, regengetränkt, verlassen auf diesem Hang. Bei seinem Anblick mußte ich an Gespenster und Trauer denken. Ich wollte weglaufen.«

Das junge Feuer knisterte kräftig im Hintergrund.

»Drinnen war es noch schlimmer. Es war alles in einem scheußlichen Senfton gestrichen. Kackbraun, hatte Michael gesagt. Auf dem Boden lag altes, abgenutztes, braunes Linoleum, völlig zerfetzt. Als ich das erste Mal durchs Haus ging, dachte ich: Bildet sich Michael wirklich ein, daß ich hier wohnen könnte?

Michael sagte, daß das Haus auf Felsen gebaut sei und ewig stehen würde. Und dann fragte er mich mit diesem besonderen Eifer, den er hatte, ob ich die Möglichkeiten sehen könnte. Ich sagte: ›Welche Möglichkeiten?‹ Und er antwortete: ›Schatz, sieh dir doch nur dieses herrliche Dach an!‹

Ich hab's mir angesehen. Und das Dach ist wirklich wunderschön geschwungen. Jedenfalls haben wir das Haus gekauft, und nach wenigen Wochen konnte auch ich allmählich das sehen, was Michael gesehen hatte.«

Michael hatte den alten Linoleumboden rausgerissen und darunter alte Holzbohlen entdeckt. Er hatte fünf Schichten Tapete abgerissen und die massiven rauhverputzten Wände freigelegt. Er hatte helle Teppichböden verlegt und alle Installationen erneuert.

Ihre Augen füllten sich mit Tränen. »Und als ein paar von seinen Männern den Garten in Ordnung brachten, haben wir die herrlichen alten Rhododendren und Kamelien entdeckt, einen Farngarten voller kleiner grüner Frösche und Steinstufen, die bis zum See führten, und jetzt« – sie brach in tiefes heftiges Schluchzen aus – »jetzt ist er tot, und ich weiß nicht, was ich machen soll!«

»Doch, das weißt du«, sagte Binte. »Zieh die Schürze an und mach dich an die Arbeit.«

Hannah putzte sich die Nase, band die Schürze um, drückte Binte einmal und fing an, das Haus sauberzumachen.

Am späten Nachmittag kam Fran mit dem Boot von der Lodge. »Mensch, ich brauche eine Pause! Ich habe alles vorbereitet, damit der Totempfahl morgen aufgestellt werden kann.«

»Gibt's keine große Feier dazu?« fragte Hannah.

Fran schüttelte den Kopf. »Euer Fest war schön genug.«

Die Frauen machten Popcorn und plauderten, und Hannah konnte aus ihrer liebevollen Fürsorge Kraft schöpfen. Das Haus, nun nicht mehr menschenleer, schien wärmer und weiter zu werden, sie zu umarmen. Draußen am Seeufer hielten die Gesichter auf dem Totempfahl Wache.

Gegen sieben sagte Fran: »Ich könnte über Nacht hierbleiben, wenn dir das helfen würde, Hannah.«

»Ich auch«, fügte Binte hinzu.

Sie wußte, was sie meinten. Die Kinder waren noch in der Lodge, und ihre Freundinnen wollten ihr helfen, die erste Nacht allein im Haus zu überstehen.

Sie umarmte sie beide. »Ich danke euch. Aber eben weil es meine erste Nacht ist, sollte ich allein bleiben.«

Sie verstanden das.

»Wir sind beide nur einen Telefonanruf entfernt«, sagte Fran. »Vergiß das nicht.«

Nachdem sie fort waren, beobachtete Hannah die Adler beim

Fischfang, während die Farbe des Sees sich von Rot über Bronze zu Dunkelviolett veränderte. Holz von einem alten Apfelbaum, den Michael im Frühjahr zurückgeschnitten hatte, brannte im Kamin. Die Standuhr tickte leise und schlug die Viertelstunden an.

Da bin ich also wieder, dachte sie, aber ohne Michael und bereit, mein Leben weiterzuführen. Zum erstenmal glaubte sie, daß sie eine hauchdünne Chance hatte, es zu schaffen.

Aber was sollte sie ohne Liebe machen? Sie war noch immer eine junge, gesunde Frau. Sie konnte nicht für immer auf körperliche Erfüllung verzichten.

Ihre Gedanken wanderten zu Paul Prefontaine. In der letzten Zeit hatte sie fast ständig an ihn denken müssen. Ob er etwas für sie empfand? Oder hatte er vielleicht eine Beziehung, von der Hannah nichts wußte?

Sie ging zum Kamin und warf getrocknete Chrysanthemenblüten ins Feuer, um die Luft zu aromatisieren. Es klingelte an der Haustür.

Sie machte auf. Die rothaarige Frau, die Hexe, starrte sie an. »Ich möchte Michael sprechen«, sagte sie.

»Michael?« Der Schock ließ alle Farbe aus Hannahs Gesicht weichen. »Michael ist tot.«

Nach einer Pause sagte Aminte: »Das tut mir leid.«

Aber sie blieb auf der Veranda stehen, deren Licht auf ihrem unglaublich langen, lockigen, roten Haar schimmerte.

Verwirrt und unsicher bat Hannah sie herein. »Kann ich Ihnen etwas anbieten? Kaffee? Tee?«

Aminte sah sich gründlich im Raum um. »Ein Tee wäre nicht schlecht.«

In der Küche ließ Hannah eine Tasse fallen, goß sich heißes Wasser über die Hand und fluchte leise. Was wollte diese Frau? Würde sie nach Einzelheiten des Unfalls fragen? Falls ja, beschloß Hannah, würde sie einfach sagen, daß sie es nicht ertrug, darüber zu sprechen. Was natürlich nichts anderes als die Wahrheit war.

Aminte stellte keine Fragen. Sie trank ihren Tee, ging zur Toilette, wofür sie unendlich lange brauchte, wie Hannah fand, bedankte sich für die Gastfreundschaft und schritt zur Tür.

»Ich leite die Firma jetzt«, sagte Hannah. »Wenn Sie mit Michael irgendwas besprechen wollten, was mit der Firma zu tun hat, könnte ich Ihnen vielleicht behilflich sein.«

Aminte musterte sie. »Vielleicht«, entgegnete sie und trat von der Veranda ins Dämmerlicht.

Hannah fröstelte. Sie schloß und verriegelte die Haustür, dann ging sie durchs Haus und schloß alle anderen Türen und Fenster. Sie legte mehr Holz aufs Feuer und schaltete alle Lichter ein. Noch immer war ihr kalt. Als ob Aminte ein böses, eiskaltes Wesen ins Haus gebracht hätte.

Sie saß dicht am Kamin und hörte Musik, als sie auf der Veranda Schritte vernahm.

Erneut klingelte es an der Haustür. Dann noch mal, länger. Sie rührte sich nicht. Lautes Hämmern gegen die Tür.

»Hannah!« rief eine Stimme. »Ich bin's, Paul Prefontaine. Bist du da?«

Hannah rannte zur Tür und riß sie auf.

»Diese Frau war hier«, sagte sie und zog ihn ins Haus. »Aminte.«

»Hier? In deinem Haus?« Seine Stimme war rauh. »Was hat sie gewollt?«

»Mit Michael sprechen.«

»Michael? Alle Welt weiß, daß Michael tot ist, Hannah.«

»Es war aber so. Sie hat gesagt, sie wollte Michael sprechen.«

»Worüber denn?«

»Keine Ahnung. Ich habe ihr gesagt, daß ich die Firma jetzt leite, und gefragt, ob ich ihr helfen könnte. Sie hat bloß gesagt: ›Vielleicht.‹« Hannah verschränkte schützend die Arme. »Sie hat etwas hier zurückgelassen, Paul; ich spüre das.«

Er fragte nicht, was sie meinte, sondern schien sogleich zu verstehen. »Ich würde mich gern umsehen«, sagte er.

»Natürlich. Wo du willst.«

Er ging in jeden Raum im Erdgeschoß. Zurück im Wohnzimmer fragte er: »War sie auch oben?«

»Ganz sicher nicht. Aber sie hat hier etwas zurückgelassen. Das spüre ich.«

»Dieses Gefühl ist bestimmt nur deine Reaktion auf sie.«

»Sie macht mir angst, Paul.«

»Hab keine Angst. Sie kann dir nicht weh tun.«

»Du hast gut reden«, murmelte Hannah, überzeugt, daß er das bloß sagte, um sie zu beruhigen. »Woher willst du das wissen?«

»Weil gute Menschen über dich wachen. Einer davon bin ich. Übrigens, ich habe dir und den Kindern was mitgebracht.« Er überreichte ihr drei kleine Päckchen.

»Was ist das?« fragte sie.

»Medizinbeutel. Ich möchte, daß ihr sie tragt.«

Sie schaute ihn ungläubig an. *»Medizinbeutel?«* wiederholte sie, bemüht, nicht zu lachen.

»Ich trage ständig einen.« Er öffnete sein Hemd. Dann sagte er leise zu ihr: »Trage ihn immer. Tag und Nacht. Vergiß es nicht.«

Nachdem er den Medizinbeutel um ihren Hals gelegt hatte, sah er ihr tief in die Augen. Sie sehnte sich danach, ihn zu umarmen, in seiner Stärke und seinem Wissen Schutz zu suchen. Aber sie beherrschte sich und murmelte bloß: »Danke, Paul.«

»Hannah, was war letzte Nacht los?«

Sie erzählte ihm von der Nacht, die sie auf der Landzunge verbracht hatte, und daß Angus Tuco Peters gesehen hatte.

Und weil er Paul Prefontaine war, der ihre geheimsten Gedanken zu verstehen schien, erzählte sie ihm auch, daß sie unter der gefällten Zeder Frauenweinen gehört hatte.

Er lachte nicht oder sagte, sie habe sich das eingebildet. »Du bist heute nacht allein hier, nicht?« fragte er.

»Ja. Ich habe gedacht, ich sollte eine Nacht alleine hier verbringen, bevor die Kinder kommen.«

»Ich werde bei dir bleiben, keine Widerrede.«

»Ich glaube, das ist eine gute Idee«, sagte sie langsam.

»Geh jetzt schlafen, Hannah. Die letzten Tage waren hart für dich.«

»Ich würde gern hier unten bei dir bleiben«, erwiderte sie.

»Gut. Leg dich aufs Sofa, und ich werde das Feuer in Gang halten.«

»Brauchst du denn keinen Schlaf?«

Er lächelte. »Nicht, wenn ich nicht will.«

Sie ging nach oben, duschte, überlegte, ob sie sich eins von Michaels T-Shirts anziehen sollte, entschied sich dann aber für ihr hübschestes Nachthemd, zog den Morgenmantel über, nahm ihr Kissen vom Bett und machte es sich auf dem Sofa bequem.

Es war für sie überhaupt nicht seltsam oder unangenehm, daß Paul dort neben dem Kamin saß. Im Gegenteil, sie fühlte sich wohl behütet.

Sie schlief ungefähr eine Stunde, dann wachte sie auf, weil ihr kalt war. Als sie erneut nach oben ging, um noch eine Decke zu holen, erschien ihr Michaels Seite des Bettes irgendwie anders – etwas, das ihr zuvor nicht aufgefallen war. Sie schaltete alle Lampen im Zimmer ein und hob sein Kopfkissen hoch.

Eine eigenartige Puppe starrte sie an. Sie erkannte sofort, daß es eine herrliche Arbeit war. Ein echtes Kunstwerk, wie die, die sie im Geschäft von Bill Sanders gesehen hatte.

Sie erkannte aber auch, daß Beängstigendes von ihr ausging.

Sie nahm die Decke in die eine, die Puppe in die andere Hand und rannte die Treppe hinunter, wo Paul am Kamin auf sie wartete.

»Was hast du da?« fragte er.

»Ich habe sie unter Michaels Kissen gefunden. Nimm sie«, sagte sie und reichte Paul die Puppe. »Sie macht mir angst.«

Er betrachtete sie sorgfältig und stellte fest, daß sie mit winzigen, herabhängenden Fellen bedeckt war. Statt eines Gesichtes trug sie eine Maske aus Zedernholz. Stückchen aus Abalonenschalen stellten große gebleckte Zähne dar.

Die Maske der Figur war sorgsam blaugrün, rot, schwarz und

weiß bemalt. Lockiges, leuchtendrotes Haar fiel ihr über den Rücken bis hinab zu den Fersen. Paul drehte und wendete die Puppe mit finsterem Gesicht.

»Wir müssen das Ding loswerden«, sagte er.

»Aber sie ist bestimmt sehr wertvoll«, wandte Hannah ein.

»Und gefährlich. Wirf sie ins Feuer. Sofort.«

Sie schauderte. »Ich will sie noch nicht mal anfassen.«

»Soll ich sie verbrennen?«

Sie nickte.

Er warf mehr Holz in den Kamin. Als die Flammen aufloderten, schleuderte er die Puppe hinein. Die winzigen Felle, das lange, lockige rote Haar, alles ging in Rauch auf und verflüchtigte sich durch den Kamin. Als letztes zerfiel das breite Abalonenschalen-Grinsen.

»Leg dich wieder hin und schlaf ein bißchen.«

Hannah tat es, aber mit ihrer Ruhe war es vorbei. Irgendwann in der Nacht, als Paul aufstand, um Holz nachzulegen, hatte sie das Gefühl, zu erwachen, zu ihm zu gehen, ihn zu umarmen, zu küssen und zu murmeln: »Liebe mich.«

Und es kam ihr so vor, als ob auch er sie küßte, lange und leidenschaftlich. Dann löste er sanft ihre Arme um seinen Hals und flüsterte: »Die Zeit ist noch nicht reif. Gedulde dich, und wir werden zusammensein.«

Als sie am Morgen erwachte, redete sie sich ein, daß es nur ein Traum gewesen war, einer jener Träume, wie sie uns alle in den dunklen Tiefen unserer Nächte heimsuchen.

◇◇◇◇◇◇◇ Kapitel 24 ◇◇◇◇◇◇◇

◇ Joan unterhielt sich mit Angus McTavish und ließ sich die Geschichte genau erzählen: Angus hatte Tuco Peters in jener Nacht im Wald eindeutig erkannt.

Also fuhr sie wieder bei Jim Skinna vorbei. Die beiden Männer arbeiteten konzentriert an einem neuen Totempfahl.

»Tuco, ich habe einen Augenzeugen, der ausgesagt hat, daß er Sie vorletzte Nacht auf der Landzunge gesehen hat, am Einschlag von Quinault Timber«, sagte sie.

Der junge Mann nahm keinerlei Notiz von ihr. Er schnitzte einfach mit äußerster Konzentration weiter an der geschwungenen Linie eines Schnabels.

Joans Stimme wurde schärfer. »Ich rede mit Ihnen, Mr. Peters.«

Peters stand mit einer geschmeidigen Bewegung auf, nahm sein Stirnband ab und wischte sich den Schweiß von der Stirn. »Kann sein. Habe ich gegen ein Gesetz verstoßen?«

»Ich hoffe nicht. Die Leute haben in letzter Zeit Ärger mit Holzdieben.«

Peters starrte Joan an. Die Verachtung in seinem unverwandten Blick galt nicht ihr, sondern dem Gedanken. »Was interessiert mich fremder Leute Holz«, zischte er.

»Was haben Sie da oben gemacht, Tuco?«

»Ich bin im Wald spazierengegangen. Solange es noch welchen gibt.«

»Warum gehen Sie nicht tagsüber?«

»Da arbeite ich. Und ich mag die Nacht, die Dunkelheit. Wenn es dunkel ist, kann ich im Geist die alten Zeiten sehen. Die alten Sitten.«

»Haben Sie eine Waffe, Tuco?«

»Ein Gewehr und eine Pistole.« Er ging in die Hocke und schnitzte weiter. »Wie Sie bereits wissen.«

◇ Joan war auf Patrouille, als sie über Funk benachrichtigt wurde, sich so schnell wie möglich mit Jasper Wright in Verbindung zu setzen. Zwei Stunden später erreichte sie den Highway und hielt an einer Tankstelle, um das Büro des County Sheriffs anzurufen.

»Joan, ich habe hier etwas, das Sie sich ansehen müssen«, sagte Wright. »Ich möchte nicht in Gegenwart anderer darüber sprechen.«

»Wie wär's mit Moonstone Beach?«

Joan und der County Sheriff hatten sich schon öfter dort getroffen, wenn sie sich ungestört unterhalten wollten.

»Wann?«

»Gegen fünf?«

»Gut«, erwiderte Wright. »Ich fahre jetzt los.«

Joan stieg wieder in den Wagen. Was mochte Jasper haben, worüber er nur unter vier Augen reden wollte? Wahrscheinlich hatte es mit dem verschwundenen Jungen, Roger Carradine, zu tun. Vielleicht aber auch mit dem Tod von Agnes Slota. Und schließlich bestand noch die, wenn auch abwegige, Möglichkeit, daß Wright etwas Neues über die vermißte Reiseleiterin vorliegen hatte.

Sic fuhr nach Taholah, schaute kurz bei Ahcleet und Tleyuk vorbei und ging durch die Stadt. Von der Landzunge dröhnten die aufdringlichen Geräusche der Fällarbeiten über das Rauschen der See hinweg. Joan hoffte, daß die Dinge für Hannah McTavish gut liefen. Sie wußte, daß ihr Bruder sie mochte, sehr mochte. Und vermutlich würde er sie noch sehr viel mehr mögen, wenn er die Gelegenheit dazu bekam.

Joan glaubte nicht daran, daß Michael McTavishs Tod ein Unfall gewesen war, und sie wußte, daß ihr Bruder einen unbestimmten Verdacht gegen den Betriebsleiter Buck Trano hegte. Nichts Genaues, nur so ein Gefühl.

Sie fuhr nach Moclips und parkte kurz vor dem menschenleeren Moonstone Beach. Gedankenverloren beobachtete sie die Wellen, die auf den Strand donnerten. Sie hörte gar nicht, daß Jasper Wright neben ihr hielt, und zuckte zusammen, als er an das Wagenfenster klopfte.

Sie gingen zum Strand und setzten sich auf einen vom Salzwasser gebleichten Baumstamm.

Wright hielt einen Umschlag in der Hand.

»Also, was haben Sie?« fragte Joan.

»Da bin ich mir eben nicht sicher.« Er öffnete den Umschlag und reichte ihr vier Fotos. »Sehen Sie sich die mal an und sagen Sie mir, was Sie davon halten.«

»Aufnahmen mit einer Infrarot-Kamera.«

»Aufnahmen von was?«

»Sieht aus wie Leute in Tierkostümen beim Fischen.« Sie gab Wright die Abzüge zurück.

»Joan, bitte sagen Sie mir ganz offen, hier unter vier Augen, wo uns keiner hören kann: Könnten das Fotos von Bigfoot sein, die in Ihrem Volk Seatco heißen?«

»Wo haben Sie die her, Jasper?«

»Aus der Kamera, die wir in Oscar Slotas Haus gefunden haben. Und diese Kamera hat der vermißten Reiseleiterin gehört.«

»Was bedeutet, daß zwischen Slota und Eleanor Smythe eine Verbindung bestanden hat.«

»Ja.«

»Haben Sie mit Slota darüber gesprochen?«

»Der Typ ist total daneben. Absolut durchgeknallt. Sein Anwalt hat beantragt, ihn in die psychiatrische Klinik in Steilacoom einzuweisen.«

»Und was wollen Sie nun von mir?«

»Sie sollen mir sagen, was das da für Wesen sind.«

»Ich weiß es nicht.«

»Kommen Sie, Joan. Verscheißern Sie mich nicht. Ich könnte Ihr Vater sein. Sie sind Indianerin. Von Ihrem Urgroßvater haben Sie alles über die alten Sitten gelernt. Könnten das da Seatco sein?«

»Seatco, Jasper?« Sie beugte sich vor und ließ Sand durch ihre Finger rieseln. »Wenn Sie darauf bestehen, erzähle ich Ihnen was über Seatco. Er war der mächtigste unter den bösen Geistern. Ein Riese, der ganze Stämme niedertrampeln konnte. Höher als die höchsten Bäume, mit einer Stimme, die lauter brüllte als der Ozean. Er konnte sich über Land, durch Wasser oder in der Luft fortbewegen und war so stark, daß er ganze Wälder entwurzeln und Felsbrocken zu Gebirgen auftürmen konnte. Und wenn man kein braves Kind war, kam Seatco einen holen.«

»Dann meinen Sie also nicht, daß das Fotos von Seatco sind?«

»Nein, Jasper, glaube ich nicht.«

»Bloß weil die Burschen nicht so aussehen, als ob sie in einem Satz über Hochhäuser springen könnten?«

Joan warf den Kopf in den Nacken und lachte.

Wright holte seine Maiskolbenpfeife hervor und zündete sie an. Der Wind riß den Rauch in gerader Linie von seiner Pfeife.

»Na gut, und was ist mit dem hier?« Er reichte ihr einen weiteren Abzug und paffte auf seiner Pfeife.

Joan betrachtete das Foto genau. Es war unscharf und schief, als ob die Fotografin gestolpert wäre, als sie auf den Auslöser drückte.

»Wissen Sie, wer das ist?« fragte er.

»Natürlich. Das ist Tuco Peters.«

Wright hielt seinen Stetson fest, denn der Wind nahm zu. »Okay. Also noch mal, was, meinen Sie, sind das für Wesen auf den anderen Fotos?«

»Sie geben wohl nie auf, Jasper.«

»Das ist das Geheimnis meines Erfolges, Kleines.«

Sie sah ihm an, wie ernst er es meinte. »Ich glaube tatsächlich, daß es da draußen in den Wäldern irgendwelche Wesen gibt. Ich glaube, sie sind weder ganz Mensch noch ganz Tier. Ich glaube, sie sind schlau genug, uns aus dem Weg zu gehen, meistens. Ich glaube, daß sie Junge haben, die sich dann und wann, genau wie unsere Jungen, irgendwo rumtreiben, wo sie es nicht sollten. Wahrscheinlich haben Sie das auf Ihren Fotos.«

»Mit anderen Worten, Bigfoot.« Wright schob die Fotos zurück in den Umschlag. »Was, meinen Sie, soll ich mit dem Zeug anfangen?«

»Ich würde vorschlagen, Sie nehmen die Bilder mit den Fischern gut unter Verschluß, bevor jeder durchgedrehte Bigfoot-Jäger der Welt hier durch die Wälder streift und unschuldige Menschen abknallt.«

»Ja, genau das habe ich mir auch überlegt.«

»Und was Tuco Peters betrifft, um den kümmere ich mich selbst.« Sie stand auf. »Irgend etwas Neues über den Carradine-Jungen?«

»Nichts. Rein gar nichts.«

Joan betrachtete das Meer. »Was hier in letzter Zeit so vor sich geht, gefällt mir gar nicht.«

»Da sind Sie nicht die einzige.«

Sie wandte sich zu Wright um. »Wir sollten das Tal noch einmal nach Eleanor Smythe absuchen. Oder ihren Überresten.«

»Es ist doch schon zweimal gründlich durchkämmt worden.«

Sie kannten beide die Fakten. Das Geld war knapp, und Suchaktionen in zerklüfteten Waldgebieten waren anstrengend und teuer, ebenso wie der Treibstoff für die Hubschrauber, der Stundenlohn für die Piloten, Bodenmannschaften und Hundeführer.

»Nur noch einmal?«

»Warten wir noch ein paar Tage. Wenn der Carradine-Junge nicht wieder auftaucht, können wir nach beiden gleichzeitig suchen.«

»Das ist besser als nichts. Ich lade Sie zum Abendessen ein.«
»Bei Mac's?«
»Klar.«
»Einverstanden.«
Als sie zurückgingen, hinterließen die Absätze ihrer Stiefel Löcher im Strand, doch noch bevor sie die Wagentüren geöffnet hatten, waren die Abdrücke verschwunden, aufgefüllt vom wehenden Sand.

◇ Erneut fragte Joan Tuco Peters, diesmal nach seinem Alibi für die Nacht, in der Eleanor Smythe verschwunden war. Der junge Mann sagte, er könne sich nicht mehr erinnern, wo er gewesen war. Wie auch? Das war schließlich lange her.
Joan erinnerte sich, was Fran ihr erzählt hatte – Archibald Bassett-Duncan, einer der Touristen vom Happy Trail Tour Club, hatte gesagt, daß die nicht mehr ganz taufrische Eleanor Smythe gern fotografierte und eine besondere Schwäche für junge Männer hatte.
Joan konnte sich gut vorstellen, daß die Frau sich heimlich mit dem attraktiven jungen Indianer getroffen hatte. Aber was für ein Interesse hätte Peters an *ihr* gehabt? Vielleicht hatte sie ihm Geld dafür geboten, daß er für sie Modell stand. Aber nachts? Im Wald?
»Was, wenn ich beweisen könnte, daß Sie in dieser Nacht im Wald waren?« fragte Joan.
Peters zuckte die Achseln. »Wenn Sie das beweisen können, bin ich wohl dagewesen. Na und?«
»Haben Sie sich mit Eleanor Smythe getroffen?«
»Mit wem?«
Vorläufig ließ sie Tuco Peters laufen. Sie war noch nicht fertig mit ihm, aber sie wollte ihn erst eine Weile schmoren lassen, bis sie ihn wieder verhörte. Professionelle Suchmannschaften und Freiwillige durchkämmten Berge und Täler, Wiesen und

Schluchten, auf der Suche nach Roger Carradine und Eleanor Smythe.

Und wie zuvor fanden sie nichts.

◇ Die nächsten zwei Tage verbrachte Hannah zu Hause. Die Arbeiten im Reservat verliefen reibungslos, und tagtäglich rollten fünfundzwanzig bis dreißig Laster von der Landzunge.

Eine Gruppe von Kindern hatte vor, unter Aufsicht eines Lehrers und eines Rangers eine Nachtwanderung zum Enchanted Valley zu machen, und Angus und Elspat wollten mit.

»Kommst du auch klar, Mom?« fragte Angus besorgt.

»Natürlich, Schatz!« erwiderte sie und strich ihm durchs Haar.

»Also wirklich!« sagte Elspat und sah ihren Bruder genervt an. »Wir machen doch keine Weltreise.«

Als sie fort waren, schnitt Hannah im Garten die Rosen. Die Herbstrosen mit ihrem betörenden und verführerischen Duft gefielen ihr am besten. Als sie fertig war, setzte sie sich zwischen den Rosensträuchern auf den Boden und betrachtete den Totempfahl.

Rabe, Bär, Lachs und Adler starrten nach Westen über den See. Aber heute hatten sie etwas Rätselhaftes an sich, so schien es ihr, als ob ihre dramatisch bemalten Gesichter das Unsagbare in sich bargen.

Sie schüttelte dieses unheimliche Gefühl ab und faßte nach dem Medizinbeutel um ihren Hals. Zu ihrem Erstaunen hatten sich Elspat und Angus ihre Beutel freudig und stolz umgehängt.

Es war ein strahlender Herbsttag, der Himmel kristallblau, die Luft trügerisch warm, nur gelegentlich von einem kühlen Winterhauch durchweht.

Kleine verspielte Brisen flüsterten ihr zu und flohen dann durch Immergrün und farbenfrohe Erlen und Ahornbäume. Der scheinbar unendliche See war so klar, daß er jedesmal, wenn ein Adler seine glitzernde Oberfläche streifte oder ein Lachs sprang, zu zerbrechen schien.

Als sie um drei ins Haus ging, um sich Tee und ein Sandwich zu machen, hörte sie gerade das Telefon klingeln. Es war Paul Prefontaine. »Ich würde dich und die Kinder gerne heute abend zu einem Picknick am Strand mitnehmen«, sagte er.

»Ich bin allein«, erwiderte sie. »Elly und Angus machen eine Nachtwanderung.«

Er zögerte und sagte dann: »Das Angebot steht noch. Wie wär's?«

»Ja«, antwortete sie langsam. »Das wäre schön. Kann ich was mitbringen?«

»Bloß dich selbst. Soll ich dich gegen vier abholen?«

»Ich bin dann fertig.«

◇ Paul fuhr ins Land der Quinault, zu einem Teil des Strandes, wo viele Möwen kreisten; ihre schwarzen Schatten schossen über den weißen Sand, der noch warm war von der Sonne des Tages.

Zuerst grub Prefontaine ein Loch in den Sand und legte Steine hinein; dann machte er auf den Steinen Feuer. Nachdem die Flammen heruntergebrannt waren, legte er die Feuergrube mit feuchten Wedeln von Rippenfarn und Schwertfarn aus. Dann schichtete er frische Muscheln und Kartoffeln auf die noch heißen Steine und deckte das Ganze mit weiteren feuchten Farnwedeln ab. Zum Schluß füllte er die Grube mit Sand auf und machte darauf ein Feuer aus Treibholz.

Während das Essens garte, gingen Hannah und er am Strand entlang. Die Brandung donnerte und füllte die Luft mit salziger Gischt. Die Wasserlinie war mit Seeigeln und Quallen getüpfelt.

»Mein Urgroßvater würde sagen, das bedeutet, wir werden

viel Wind bekommen.« Prefontaine stieß eine Qualle mit dem Fuß an. »Das und das Flackern der Sterne bei Nacht.«

Sie lächelte ihn an, wußte nicht recht, ob er Spaß machte.

Sie zogen sich die Schuhe aus, rollten ihre Jeans hoch und gingen weiter.

»Es ist schön hier«, sagte Hannah und lief dann los, als ob sie fürchtete, zuviel von sich preisgegeben zu haben.

Prefontaine lief mühelos neben ihr her.

»Ich bin schneller!« rief sie und setzte zu einem Spurt an.

»Das wollen wir doch mal sehen!«

Im Nu hatte Prefontaine sie weit überholt. Schließlich blieb er stehen, wartete und fing sie in seinen ausgestreckten Armen auf. Als sie atemlos gegen ihn fiel, spürte sie, wie muskulös sein Körper war.

»Wieso kannst du so schnell laufen?« fragte sie, um Atem ringend.

»Weil ich immer vor dem Weißen Mann weglaufen mußte«, erwiderte er.

»Was ist mit der Weißen Frau?«

»Sie war die einzige, die mich eingeholt hat.«

Lachend gingen sie langsam zu ihrem Feuer zurück. Prefontaine kniete sich neben einen besonders großen Strang Seetang mit einer knollenartigen Wurzel, die wie eine bauchige Flasche aussah, und sagte: »Früher hat mein Stamm daraus Angelschnüre gemacht.« Er sah Hannah an. »Siehst du dieses flaschenförmige Ende? Darin haben sie Fischöl transportiert und später, als der Weiße Mann kam, Melasse.«

Plötzlich dachte Hannah mit erschreckender Klarheit, diesen Mann könnte ich lieben. Dann flüsterte sie lautlos: Vergib mir, Michael.

Als sie zur Muschelgrube zurückkehrten, rollte Prefontaine einen Baumstamm näher heran, und sie setzten sich darauf. Gemeinsam sahen sie zu, wie die Sonne im Pazifik versank und Meer und Himmel lavendelfarben, rosa und rauchgrau färbte.

Einen kurzen Augenblick lang gab es einen smaragdgrünen Blitz, dann war sie verschwunden.

»Dieses grüne Aufflammen sieht man nicht sehr oft«, sagte er. »Nur wenn der Tag besonders schön war.«

Er verlagerte das Feuer und grub die dampfenden Muscheln und Kartoffeln aus. Sie benutzten große Ahornblätter als Teller und aßen mit den Fingern.

Hannah sagte ihm, daß sie noch nie etwas derart Köstliches gegessen hatte. »Ist das ein altes indianisches Rezept?« fragte sie.

Er lächelte. »Sehr alt.«

Er füllte die Grube auf, machte Feuer im Sand und setzte sich dann so dicht neben sie, daß ihre Körper sich berührten, wenn einer von beiden sich bewegte, aber nicht so dicht, daß es aufdringlich gewesen wäre.

Sie unterhielten sich zwanglos, legten Holz nach und betrachteten das Meer. Die lange pazifische Dämmerung sank herab, und sie waren völlig allein auf diesem weiten, unglaublich schönen Strand, nur umgeben von den Wesen der Natur.

Der Himmel wurde immer dunkler, der Vollmond kam hervor, und sein Schein war eigentümlich glitzernd. Die Seevögel blieben wach, kreischten, schwärmten, suchten Nahrung.

»Paul, sieh mal dort über dem Meer. Was ist das?«

Ein scharlachroter Bogen spannte sich über dem Wasser.

Er lächelte. »Das ist ein Mondbogen, ein roter Regenbogen. So was ist hier keine Seltenheit.«

Er nahm ihre Hände. »Erinnerst du dich, wie du in der Nacht, als ich bei dir zu Hause war, zu mir gekommen bist?«

»Ich dachte, das hätte ich geträumt«, murmelte sie.

»Es war kein Traum.«

Sie spürte, wie ihr das Blut in die Wangen schoß.

»Aber es war weder der richtige Zeitpunkt noch der richtige Ort«, sagte er.

Sie starrte auf den Mondbogen.

»Hier und jetzt könnte es richtig sein«, sagte er sacht.

Was konnte sie erwidern? Sie wollte ihn. Aber es war zu früh. Sie hatte ihre Trauer noch nicht überwunden.

Ihre Stimme bebte. »Paul, ich kann nicht. Noch nicht. Wirst du warten?«

Sie spürte, wie er sie eindringlich betrachtete. »So lange, wie ich weiß, daß noch eine Chance besteht.«

Sie hielten sich bei der Hand und sprachen stundenlang über Hannahs Kinder, ihrer beider Kindheit – sie war als verwöhntes Einzelkind aufgewachsen, er mit einer dynamischen Zwillingsschwester –, über ihre Hoffnungen und Träume, Enttäuschungen und Kümmernisse, und sie fragten sich, was die Zukunft wohl bringen würde.

Als gegen vier Uhr morgens der Tag anbrach, waren die Wolken fort, doch der Mond schien immer noch auf sie herab. Die Flut hatte sie nun fast erreicht. Als eine vorwitzige Welle ihr Feuer löschte, rannten sie lachend zurück.

»Ich begehre dich, Hannah«, sagte er drängend.

»Warte«, flüsterte sie. »Bitte, warte.«

Es war halb fünf, als Prefontaine Hannah bei ihrem Haus absetzte.

»Könnte ich noch ein Weilchen mit reinkommen?« fragte er.

»Du hast doch bald Dienst, oder?« entgegnete sie.

»Ja, in anderthalb Stunden.«

»Du brauchst ja schon fast so lange bis Taholah.«

Er seufzte. »Ich weiß.«

»Danke für diese wundervolle Nacht, Paul«, sagte sie.

»Glaubst du, wir könnten noch mehr solche Nächte erleben, Hannah?«

Sie umarmte ihn. »Was denkst du?« flüsterte sie.

Er umfaßte sie fester. »Ich denke, ich könnte dich lieben. Wenn du mir eine Chance gibst.«

Ich könnte dich lieben. Die Worte hallten in ihr wider wie Freudenschreie. Aber sie durfte nicht zu früh handeln, konnte es nicht.

»Komm morgen abend zu uns. Zum Abendessen.«

»Wie wär's mit heute abend?«

Sie schüttelte den Kopf. »Das geht leider nicht. Ich habe mit den Kindern einen Termin.«

Als er fort war, konnte sie nicht ins Bett gehen und schlafen, sie war zu aufgekratzt. Also legte sie eine Platte auf, drehte die Musik auf volle Lautstärke, machte sich ein üppiges Frühstück mit Pfannkuchen, Schinken und Ei und verputzte alles auf einmal. Zum Teufel mit dem Cholesterin, dachte sie, ich habe Hunger. Doch dann fragte sie sich: Kann ich mich denn verlieben, wenn ich esse wie ein Scheunendrescher?

Denn sie war dabei, sich in Paul Prefontaine zu verlieben, soviel war klar. Und sie war sicher, daß er dabei war, sich in sie zu verlieben.

Als sie nach oben ging, um zu duschen, stand da Michaels Bild auf der Kommode, wie er an einem großen Traktor lehnte und sie anlächelte.

Oh, Michael, dachte sie, ich habe dich geliebt! Ich liebe dich noch immer. Aber du hast mich verlassen, mein Herz. Bitte versteh mich. Bitte verzeih mir. Oder komm zurück zu mir!

Aber das war lächerlich. Tote kehren nicht zurück.

Sie wußte, daß Michael, selbst wenn Paul und sie sich verlieben und ein gemeinsames Leben aufbauen würden, immer den ersten Platz in ihrem Herzen behalten würde. Das war Paul gegenüber zwar nicht fair, aber sie würde es ihm niemals sagen.

Während sie duschte, fiel ihr ein, daß sie Michaels Sachen noch nicht zusammengesucht und eingelagert oder verschenkt hatte. Das Haus war noch immer voll von ihm – Kleidung, persönliche Dinge. Sein Rasierapparat lag noch im Badezimmer, seine Regenjacke hing noch auf der hinteren Veranda.

Das muß ich bald machen, dachte sie. Es würde ein Signal dafür sein, daß sie endlich wieder nach vorn schaute.

Sie fragte sich, was Paul wohl mit Lias Sachen gemacht hatte, ob sein Haus noch immer voll davon war. Vielleicht würde sie ihn morgen abend danach fragen.

Dann überlegte sie, wie Elspat und Angus ihre Freundschaft zu Paul aufnehmen würden. Das war ein empfindlicher Punkt, fürchtete sie. Sie hatten ihren Vater angebetet. Aber das hatte sie schließlich auch.

Eine halbe Stunde später fuhr sie zur Landzunge, wo ihre Leute fieberhaft arbeiteten.

Buck Trano kam auf sie zu: »James hat ein kleines Problem«, sagte er. »Wenn ich es nicht besser wüßte, würde ich sagen, daß er Drogen nimmt.«

»Er hat sich doch wohl nicht schon wieder mit einem Bären angelegt?«

Trano schüttelte den Kopf. »Gestern abend, als er seine letzte Ladung abfuhr. Er behauptet, daß plötzlich ein großer dünner Bursche mit langem, rotem Haar vor ihm stand. James hat sich so erschreckt, daß er fast von der Straße abgekommen wäre. Er hätte seine ganze Ladung verlieren und sich dabei den Hals brechen können. Wenn ich herauskriege, wer der Mistkerl ist, werde ich ihn mir vornehmen, damit der niemanden mehr erschrickt.«

Al Rivers kam angelaufen. »Heh, da hinten sind Blutflekken.«

»Wo wir neulich den Bären erledigt haben?«

»Nein. Bei der Alten Zeder. Seht euch das mal an.«

Sie folgten ihm den Hang hinunter, wo zwei Männer mit dem Verketten von Stämmen beschäftigt waren.

»Da ist es«, sagte Rivers.

»Ich möchte, daß Sheriff Tidewater sich das ansieht«, sagte Hannah.

»Wahrscheinlich stammt es von einem verletzten Tier«, sagte Trano. »Hier in der Gegend gibt es Wilddiebe.«

»Ich will trotzdem, daß Joan sich das ansieht.«

»Okay.« Trano drehte sich zu den beiden Arbeitern um. »Hört auf, hier zu arbeiten, und stellt ein paar Markierungen hier um die Blutflecken auf.«

Dann sagte er zu Hannah: »Kommen Sie rüber zu meinem

Pick-up, Hannah. Ich möchte mich in Ruhe mit Ihnen unterhalten.«

Im Wagen goß Trano ihnen beiden aus seiner Thermosflasche Kaffee ein. Als er ihr die Tasse reichte, berührte sein Knie fast das ihre. Plötzlich war sie sich seiner körperlichen Präsenz intensiv bewußt: der Glanz seiner hellbraunen Augen, die goldenen Härchen auf seinen sonnengebräunten Armen, sein dicht gelocktes braunes Haar, der ganz schwache Duft nach frischem Schweiß.

»Darf ich Sie um etwas bitten?«

»Um was, Buck?«

»Bleiben Sie verdammt noch mal von hier weg, wenn die Männer Feierabend gemacht haben, ja? Das ist eine rauhe Gegend, und es gibt hier ziemlich rauhe Menschen. Besser ein bißchen Holz verlieren als das Leben.« Er legte seine große warme Hand auf ihre. »Ich weiß nicht, wie ich das sagen soll. Ich kann mich nicht besonders gut ausdrücken.«

»Einfach raus damit, Buck.«

»Ich mag Sie. Ich mag Sie sehr. Ich habe wirklich ein starkes Gefühl für Sie. Verstehen Sie, was ich damit sagen will?«

»Ich bin nicht ganz sicher«, entgegnete sie zögernd.

»Ich weiß, daß es noch zu früh ist, viel zu sagen. Mike ist noch nicht lange tot. Sie bedeuten mir viel, Hannah, und ich meine das nicht nur in beruflicher Hinsicht.«

»Buck –«

»Lassen Sie mich ausreden. Sie können nicht den Rest Ihres Lebens allein bleiben.« Er lächelte, ein gefährlich attraktives Lächeln. »Sehen Sie, wie gut hier alles läuft?«

Verwirrt flüsterte sie: »Ich weiß nicht –«

»Sagen Sie nichts. Nicht jetzt. Ich wollte Ihnen nur sagen, was ich empfinde. Eines Tages werden Sie wieder heiraten. Wenn es soweit ist, werde ich da sein. Und wenn Sie mich nicht haben wollen, will ich wenigstens der erste sein, dem Sie einen Korb geben.«

»Ich werde darüber nachdenken«, sagte sie langsam.

»Danke, mehr will ich nicht. Okay, jetzt muß ich wieder an die Arbeit.«

Hannah fuhr benommen zurück zum Büro.

Meine Oma hatte wirklich recht, dachte sie. Es kommt immer alles auf einmal. Zwei Liebeserklärungen innerhalb von 24 Stunden.

Aber sie wollte Paul Prefontaine. Da war sie ganz sicher.

◇ Nachdem Paul Hannah zu Hause abgesetzt hatte, fuhr er nach Taholah zum Haus seines Urgroßvaters, um zu duschen und sich umzuziehen, bevor er seinen Dienst antrat. Es war fast sechs Uhr, als er dort eintraf. Obwohl er die ganze Nacht nicht geschlafen hatte, fühlte er sich frisch und voller Lebenslust.

Der alte Ahcleet lag zitternd mit hohem Fieber im Bett.

»Wie lange geht es dir schon so?« fragte Prefontaine und holte Ahcleet hastig ein Glas Wasser.

»Die ganze Nacht«, sagte der alte Mann, der nur mit Mühe sprechen konnte.

»Warum hast du niemanden gerufen?«

»Konnte nicht aufstehen«, murmelte er.

»Wo ist Joan?«

»Auf Patrouille.«

»Und Tleyuk?«

»Der übernachtet bei Trude«, lallte er. Trude war eine freundliche Nachbarin mit zahlreichen Sprößlingen.

Prefontaine stützte Ahcleets Kopf und gab ihm kleine Schlückchen Wasser zu trinken, dann wischte er ihm das Gesicht mit einem kalten feuchten Tuch ab. »Ich bringe dich ins Krankenhaus«, sagte er entschlossen.

»Nein!« widersprach der alte Mann heftig. »Nein!«

Prefontaine strich ihm zärtlich über den Kopf. »Hör mal, Großvater. Es ist Zeit für die Medizin des Weißen Mannes, glaube ich.«

»Dafür ist nie Zeit«, keuchte Ahcleet, und Tränen rannen ihm übers Gesicht. »Bring mich nur ins Krankenhaus, wenn du mich umbringen willst.«

»Aber was soll ich denn tun?« Prefontaine haßte die Hilflosigkeit und die Verzweiflung, die ihn erfaßt hatten.

»Hol Sare«, flüsterte Ahcleet, umklammerte die Hand des Sheriffs und richtete sich halb auf. »Sare kann mir helfen. Wirst du sie holen?«

»Ja, Großvater«, erwiderte er sanft.

Crazy Lady! Natürlich, dachte Prefontaine. Niemand kennt die heilenden Kräfte besser als sie.

Ahcleet lehnte sich erschöpft zurück und schloß die Augen. Die schreckliche Narbe auf seinem Nasenrücken schimmerte totenblaß.

Prefontaine blickte liebevoll und verängstigt auf ihn herab. Das war der Mann, der ihn wie ein Vater geliebt und ihn die alten Sitten gelehrt hatte. Das war der große Walfänger, die letzte lebende Verbindung zwischen dem, was die Quinault heute waren – geschäftstüchtig, progressiv –, und dem, was sie einst gewesen waren, ein edles, wildes, freies Volk.

Das war der Mann, der Prefontaine immer hatte sein wollen, aber nie hatte sein können, weil er in einer anderen Zeit lebte, einer anderen Welt – der Mann, den er sich aus seinem Leben nicht wegdenken konnte, aber irgendwie verlieren mußte.

»Aber jetzt noch nicht, bei Gott«, flüsterte er.

Prefontaine rief einen Nachbarn, der auf Ahcleet aufpassen sollte. Dann raste er mit heulenden Sirenen nach Humptulips, voller Angst, daß Sare irgendwo draußen im Wald unterwegs war.

Als er ankam, sah ihr Haus leer aus. Trotzdem rannte er auf die Veranda und trommelte gegen die Tür.

»Ich habe auf dich gewartet«, sagte sie, als sie die Tür aufriß.

»Ahcleet braucht dich«, sagte Prefontaine.

»Das weiß ich. Und ich bin bereit.«

Er fragte sie nicht, woher sie das wußte. So waren die Alten einfach. Sie wußten Dinge, besonders voneinander, häufig auch von Fremden.

Sie hielt einen rissigen und abgegriffenen Lederbeutel in der Hand, eine Art altertümliche Reisetasche. »Auf geht's«, sagte sie zu Prefontaine. »Worauf wartest du noch?«

Er mußte lachen, aber leise, damit sie es nicht mitbekam.

Zurück in Ahcleets Haus hielt Prefontaine sich im Hintergrund, während Crazy Lady sich um den Alten kümmerte, der, als er bemerkte, daß sie da war, rasselnd aufseufzte und flüsterte: »Ich hatte schon Angst, du wärst draußen im Wald und mein Urenkel könnte dich nicht finden.«

Sie richtete ihren scharfäugigen Blick auf den Alten, der elend und erschöpft aussah. »Ich wußte, daß du krank bist«, sagte sie. »Ich habe nur darauf gewartet, daß mich jemand abholen kommt.«

Sie tastete Ahcleets Gesicht und Körper ab, dann nahm sie ein Päckchen Zedernsamen aus ihrem Beutel und bereitete einen Aufguß. Als er gekocht hatte und ein wenig abgekühlt war, flößte sie Ahcleet eine Tasse davon ein, um das Fieber zu senken.

»Feg die Küche und das vordere Zimmer«, befahl sie Prefontaine. »Mach dich nützlich.«

Nachdem Ahcleet den Zedernaufguß getrunken hatte, breitete sie so viele Decken über ihn, wie sie finden konnte. Dann ging sie in die Küche, um die nächste Medizin vorzubereiten. Dort stieß sie auf einen gehorsamen Prefontaine, der den Boden mit großen entschlossenen Schwüngen fegte. Sie nahm ihm den Besen aus der Hand und befahl: »Jetzt die Veranda. Geh mir aus dem Weg.«

Als nächstes holte sie eine Handvoll geschälter, getrockneter Rinde aus ihrer Tasche, kochte sie kräftig auf, strich die Mischung durch ein Sieb und brachte sie zu Ahcleet, der in einen tiefen Schlaf gesunken war. Sie weckte ihn mit ein paar energischen Ohrfeigen.

»Trink«, befahl sie.

»Was ist das, Sare?« fragte er, schwach und verschwitzt.

»K'lam'ma'aq«, sagte sie.

»Ah, Eibenrinde.« Er trank es gierig.

Auf dem Rückweg in die Küche stieß sie auf Prefontaine, der in der Tür zum Schlafzimmer stand. »Kannst du nicht losziehen und irgendwen verhaften?«

»Wie geht es ihm?« flüsterte Paul.

»Er wird wieder gesund, wenn ich das tun kann, wozu ich gekommen bin.«

»Sare, wäre es dir lieber, wenn ich gehe?«

»Geh arbeiten.«

»Ich bin auf dem Revier«, entgegnete er.

»Wo sonst?« knurrte sie, als er die Verandastufen hinunterging. »Laß dir Zeit!«

Als nächstes löffelte sie Hemlocktannenpech in einen Topf und stellte ihn auf schwache Hitze. Als das Pech flüssig geworden war, aber noch nicht ganz kochte, rührte sie behutsam gemahlene Hemlocktannenrinde ein.

Im Schlafzimmer deckte sie Ahcleet auf, zog sein Nachthemd hoch, strich zuerst Margarine und dann die heiße Mixtur aus Pech und Rinde auf seine behaarte Brust. Schließlich deckte sie alles mit einem Stück weichem Rehfell ab.

»Das kann ja heiter werden, das Zeug wieder abzukriegen«, beklagte er sich.

»Lieg still, und es geht dir bald wieder gut«, sagte sie. »Ich hab dir Zeder gegen das Fieber gegeben, Eibe für die Lunge und einen Hemlocktannen-Umschlag gegen die Erkältung.«

»In meinem ganzen Leben habe ich mich noch nicht so schlecht gefühlt«, erwiderte er. »Aber ich glaube, es geht mir besser.«

»Natürlich geht es dir besser.«

»Bei uns hier werden zur Zeit viele Leute krank, Sare. Da draußen ist irgend etwas Böses. Könntest du nicht hier bleiben und ihnen helfen?«

Sie blickte finster. »Die Leute hier wollen von meiner Art Medizin nichts wissen. Sie würden bloß lachen.«

»Von denen rede ich nicht, Sare. Ich meine die, die bei Verstand sind.«

»Mal sehen.«

Ahcleet schloß die Augen und lächelte. In Sares Sprache konnte das »ja« heißen. Vielleicht.

»Du brauchst ein Bad«, sagte sie unvermittelt.

Er seufzte. »Ich weiß, ich kann mich selbst riechen.«

»Ich auch . . .«

Sie holte eine Schüssel mit warmem Seifenwasser und wusch ihn. Als sie zu seinem Geschlechtsteil kam, sagte er: »Wirklich schade, daß du den nicht in seinen besten Zeiten gesehen hast.«

»Wahrscheinlich der größte der Welt.«

»Ja. Manchmal konnte ich ihn kaum noch tragen.«

Sie spuckte auf seinen Penis und rieb den Speichel ein. »Tja, so ist das Leben. Männer haben einen Griff, Frauen dafür Grips.«

In diesem Augenblick kam Prefontaine herein. »Ist das eine neue Behandlungsmethode?« wollte er wissen.

»Ich dachte, dich wären wir los«, sagte Crazy Lady.

»Wollte bloß mal sehen, wie es Großvater geht. Wenn er sich besser fühlt, bin ich gleich wieder weg.«

»Ich würde sagen, er fühlt sich besser.« Sie zeigte auf die recht beachtliche Erektion des alten Mannes.

Prefontaine wandte sich lachend zum Gehen.

Als Crazy Lady Ahcleet abgetrocknet und wieder zugedeckt hatte, verkündete der alte Mann, daß er Hunger habe.

◇ Joan erhielt die Nachricht, daß Al Rivers am Einschlagplatz auf der Landzunge unerklärliche Blutspuren entdeckt hatte. Als sie dort ankam, hatten die Arbeiter schon Feierabend gemacht. Selbst die Feuerwache war weg. Sie warf einen Blick auf die Uhr. Es war später, als sie gedacht hatte.

Sie stieg aus dem Wagen und sah sich um. Auf beiden Seiten ragten hohe Holzstapel auf. Statt urtümlicher alter Wälder mit hohen Zedern, Hemlocktannen und Fichten – Verbindungen zwischen Mensch und Himmel – sah sie nun eine zerstörte Landschaft.

Überall waren tiefe Reifenspuren zu sehen, überall gespaltene, zerbrochene und zersplitterte Teile von Bäumen, überall blutende Stümpfe wie enthauptete Leichen. Die Landschaft sah aus wie ein Schlachtfeld in einem besonders brutalen Krieg.

Die Blutflecken waren an der Stelle, die Rivers ihr beschrieben hatte, und zum Schutz hatte man um die Flecken Holzpfähle in den Boden geschlagen.

Sie nahm ein paar Proben und ging dann den zerfurchten Holzabfuhrweg entlang, bis sie die Bäume in der Senke sah, umspannt mit gelbem Plastikband.

Der Weg beschrieb eine Kurve, und dahinter stieß sie auf den riesigen entwurzelten Stumpf und den sechzig Meter langen Stamm, der auf der Erde lag.

Joan blieb mit aufgerissenen Augen wie erstarrt stehen. Großer Gott, dachte sie, wie konnte das passieren?

Mike McTavish hätte niemals erlaubt, daß dieser Baum geschlagen wurde. Auch nicht sein Betriebsleiter Buck Trano oder Matt Swayle, der Vorarbeiter. Lars Gunnarson tat, was man ihm sagte. Und niemand hätte ihm je den Auftrag gegeben, diesen Baum zu fällen.

Joan blickte den Berg hinauf, dorthin, wo Aminte wohnte. Irgendwie steckte diese Frau dahinter, bestimmt. Sie würde sie zur Rede stellen.

Ihr war klar, daß sie so bald wie möglich eine Sondersitzung des Stammesrates einberufen mußte. Wenn die Mitglieder von dem Vertragsbruch erfuhren, würden sie einstimmig und vorbehaltlos beschließen, daß Quinault Timber die Arbeiten auf der Landzunge sofort einstellen mußte. Und die Strafe, die Hannah McTavish für das Fällen der Alten Zeder zahlen mußte, würde sie ruinieren.

Aber zuerst wollte Joan ihren Zwillingsbruder informieren.

Sie hoffte, daß Hannah die schlechte Nachricht vielleicht etwas besser verkraften würde, wenn Paul sie ihr überbrachte.

◇ »Oh, nein!« stöhnte Prefontaine auf. »Das muß ich Hannah persönlich beibringen.«

Als er feststellte, daß sie nicht im Büro war, fuhr er zu ihrem Haus an der North Shore Road. Auf der Fahrt dorthin fragte er sich, ob sich überhaupt noch verhindern ließ, daß diese katastrophale Entwicklung ihre sich anbahnende Beziehung schon im Keim erstickte.

Er wußte, wie dringend sie das Holz aus dem Reservat brauchte, um im Geschäft zu bleiben. Würde sie sich fragen, wieso Joan, seine Schwester, nicht den Mund gehalten hatte – zumindest so lange, bis die Arbeiten abgeschlossen waren? Konnte Hannah einen Mann lieben, dessen Schwester entscheidend daran mitwirkte, sie zu ruinieren?

Hannah war nicht zu Hause. Prefontaine fuhr um den See zur Lodge und erfuhr, daß auch Fran sie nicht gesehen hatte.

»Ruf mich doch bitte bei Ahcleet an, wenn du heute abend irgendwas von ihr hörst, ja?« Er gab Fran die Telefonnummer des alten Mannes und fuhr erneut zu Hannahs Haus, aber sie war noch immer nicht da. Auch die Kinder nicht.

Da fiel ihm ein, daß sie gesagt hatte, sie hätte heute abend mit Elspat und Angus einen Termin. Er hinterließ an der rückwärtigen Tür eine Nachricht. Sie sollte ihn bei Ahcleet anrufen; er wußte, daß sie das Haus normalerweise durch diese Tür betrat, weil sie näher an der Einfahrt war.

◇ Als Joan nach Hause kam, döste Crazy Lady im vorderen Zimmer. Der alte Ahcleet saß aufrecht im Bett. Er sah besser aus, blickte aber besorgt drein.

»Du weißt etwas«, sagte Ahcleet matt.

Joan antwortete nicht. Statt dessen ging sie in die Küche und kochte Kaffee.

»Etwas Schlimmes«, rief Ahcleet.

Sie ging zurück ins Schlafzimmer des Alten, Kaffeetasse in der Hand, und setzte sich auf den geraden Stuhl neben dem Bett. »Großvater, ich möchte nicht, daß du dich aufregst. Du weißt, daß ich deinen Glauben respektiere, weil ich dich liebe.«

»Was ist passiert?«

»Die Alte Zeder ist gefällt worden.«

Ahcleet stieß einen hohen schrillen Schrei aus.

Crazy Lady erschien in der Tür.

»Xulk ist frei«, flüsterte er.

»Anananana!« klagte sie, dann holte sie eiligst einige Sachen aus ihrer rissigen Ledertasche und fing an, kleine Bündel um die Fenster herum und über den Türen zu befestigen, die das Haus schützen sollten.

»Ich muß aufstehen«, sagte er. »Hilf mir hoch.«

»Großvater, das bedeutet nichts anderes, als daß Mrs. McTavish ihren Vertrag mit unserem Stamm gebrochen hat.«

»Es bedeutet sehr viel mehr. Hilf mir hoch.«

»Mag ja sein, daß die Alte Zeder früher eine tiefere Bedeutung hatte, aber doch heute nicht mehr.«

»Ich habe gesagt, hilf mir hoch!«

»Großvater, ich liebe dich sehr, aber du kannst wirklich nichts machen.«

»Nicht ich; ich bin zu alt, zu schwach«, sagte Ahcleet. »Aber du, La'qewamax.«

»Großvater, bitte. Reg dich nicht auf.«

»Wir müssen etwas tun!«

»Also, erstens haben wir die Straße geschlossen. Und ich werde mit Aminte reden. Sie steckt dahinter, irgendwie.«

Er packte Joans Arm. »Nein! Wenn du ihr in die Augen siehst, wird die Rothaarige dir deine Seele stehlen!«

Joan antwortete nicht.

»Wir wissen beide, was du tun mußt«, sagte Ahcleet leise.

Sie schüttelte den Kopf. »Ich glaube nicht an die alten Bräuche, Großvater. Ich habe schon lange Probleme damit.«

»Jeder hat Probleme. Vielleicht kannst du deine Probleme lösen, wenn du das tust, wozu du berufen bist. Du bist noch keine Vierzig. Unsere Schamanen haben ihre Ausbildung erst abgeschlossen, wenn sie vierzig oder fünfzig waren. Sie mußten erst Erfahrungen sammeln. Du bist jetzt reif dafür. Reif und unruhig und bereit.«

»Ich glaube nicht mehr an diesen alten Kram.«

Ahcleet sagte mit Entschiedenheit: »Du mußt die Reise in die Vergangenheit machen, um deinen Schutzgeist und deinen Gesang zu finden. Einen anderen Weg gibt es nicht.«

◇ Hannah und die Kinder kamen erst spät in der Nacht nach Hause. Elspat und Angus hatten beide einen Zahnarzttermin in Aberdeen gehabt. Anschließend waren sie noch in einem Restaurant und im Kino gewesen, bevor sie sich auf die lange Rückfahrt zum Lake Quinault machten, wo sie um Mitternacht eintrafen. Die Kinder schliefen, und auch Hannah konnte kaum noch die Augen offenhalten.

Als sie in die Einfahrt fuhr, sah sie, daß die Mülltonne umgekippt worden war, vom Deckel keine Spur. Der Müll war durchstöbert worden und lag überall verstreut herum. Der Bär, der bei ihnen Hausrecht hatte – nicht das kürzlich verschiedene Tier vom Verladeplatz –, hatte ihnen einen Besuch abgestattet.

Sie würde nicht eher aus dem Auto steigen oder die Kinder aus dem Wagen lassen, bis sie wußte, wo der Bär war. Wenn er oben im Apfelbaum saß, würden sie wahrscheinlich überhaupt nicht aussteigen.

Sie holte die Taschenlampe aus dem Handschuhfach und drückte auf die Hupe. Elly und Angus wachten langsam auf.

»Der Bär war da«, sagte Hannah. Sie kurbelte das Fenster

ein Stückchen herunter und beleuchtete mit der Taschenlampe den Apfelbaum und dessen nähere Umgebung. Von ihrem nächtlichen Besucher war nichts zu sehen.

»Er ist weg, Mom«, sagte Angus gähnend.

»Ich glaube es auch, aber gebt mir trotzdem die Pfannen.«

Für derlei Notfälle hatten sie immer zwei Pfannen auf dem Rücksitz.

»Angus, du drückst die ganze Zeit auf die Hupe, und ihr bleibt beide im Wagen, bis ich die Tür aufgeschlossen habe, klar?«

»Okay, Mom.«

Sie schaltete das Fernlicht ein, stieg aus dem Wagen und rannte, die Pfannen gegeneinanderschlagend, die Stufen zur Hintertür hinauf. Als sie aufschloß, bemerkte sie, daß der Bär versucht hatte, ins Haus zu gelangen. Im Fliegengitter waren lange Risse. Was ihr nicht auffiel, waren die zerfetzten Überreste der Nachricht, die Paul Prefontaine hinterlassen hatte.

Sie lief wieder zum Wagen, holte die Kinder und ging dann noch einmal zurück, um das Licht auszuschalten. Bis auch sie sicher im Haus war, schepperte sie ununterbrochen mit den Pfannen.

»Wir müssen was gegen diesen Bären unternehmen«, sagte sie und überlegte, ob sie es mit Schrot versuchen sollte.

Vielleicht sollte sie aber auch einfach nur den Park Service verständigen. Der war für Bären zuständig.

◇◇◇◇◇◇◇ Kapitel 25 ◇◇◇◇◇◇◇

◇ Früh am Morgen des 11. September stoppte Joan die beiden Busse mit den Waldarbeitern auf dem Weg zum Holzeinschlag.

»Heh, Sheriff!« rief Al Rivers durch ein offenes Fenster. Der Duft des Regens, der von Fichtenzweigen tropfte, wehte in den Bus und vermischte sich mit dem Geruch nach feuchten Wollhemden, Zahnpasta und Rasierseife.

Buck Trano hielt mit seinem Pick-up hinter den Bussen, stieg aus und kam zu ihr. »Stimmt was nicht, Joan?« fragte er.

Sie reichte ihm ein Blatt Papier.

»Was ist das?« wollte er wissen.

»Was draufsteht. Die Anordnung des Stammesrates, die Arbeit einzustellen.«

»Weswegen denn, zum Donnerwetter?«

»Wegen eines Vertragsbruchs.«

Trano starrte sie an. »Sheriff, wovon reden Sie überhaupt?«

»Sie haben einen Baum gefällt, der geschützt war.«

»Sie meinen einen von den Bäumen in der Senke?«

»Genau.«

»Joan, wir haben keinen einzigen Baum in dem abgesperrten Bereich gefällt.«

»Ihr habt die Alte Zeder gefällt. Die mit den fast sieben Metern Durchmesser.«

Buck sah ehrlich verwirrt aus. »Die war nicht in dem markierten Bereich. Die stand außerhalb.«

»Das kann nicht sein.«

»Verdammt noch mal! Meinen Sie, ich lüge? Der Baum war *außerhalb* der Markierung. Matt Swayle hat ihn gefällt.« Ein weiterer Pick-up hielt an. »Da ist Swayle ja. Der wird Ihnen dasselbe erzählen. Heh! Matt! Komm mal her!«

Swayle stieg aus dem Wagen und kam zu ihnen. »Was ist denn los?« fragte er.

»Du hast doch die große Zeder gefällt, nicht?« wollte Trano wissen.

»Klar. Was ist damit?«

»War die in dem Bereich mit dem gelben Plastikband?«

»Wenn sie das gewesen wäre, hätte ich sie nicht gefällt.«

»Sheriff Tidewater behauptet, sie war drin.«

Swayle sah Joan an. »War sie aber nicht. Aber irgendwie kam es mir schon komisch vor.«

»Wenn einer das Plastikband entfernt hat, und so muß es wohl gewesen sein, dann ganz bestimmt keiner von uns«, sagte Trano.

»Ich fürchte, das spielt jetzt keine Rolle mehr. Ihr müßt die Arbeit einstellen.«

»Sheriff, um Himmels willen! Geben Sie uns wenigstens noch einen Tag. Das läßt sich doch bestimmt alles klären.«

Joan schüttelte den Kopf. »Tut mir leid, Buck, mir sind die Hände gebunden.«

»Himmel, hier kommen jeden Augenblick zehn Laster an! Was soll ich denn den Fahrern sagen?«

»Sagen Sie ihnen, daß ich euch ausgesperrt habe.«

»Was ist mit unserer Ausrüstung?«

»Wenn ihr bereit seid, die Sachen wegzuschaffen, laß ich euch rein«, erwiderte Joan.

Mittlerweile war Al Rivers näher gekommen und hatte dem Gespräch gelauscht. »Sheriff, wenn ich Sie wäre, würde ich mir das zweimal überlegen. Sie sind bloß eine einzelne Frau, und wir sind viele.« Er hatte die Fäuste geballt.

»Ganz ruhig, Rivers«, sagte Trano. »Wir haben schon genug Schwierigkeiten.«

◇ Als Hannah an diesem Morgen ins Büro kam, rief sie zuallererst den Park Service an und erkundigte sich wegen des Bären. »Ich könnte ihm eine Schrotladung in den Hintern jagen.«

Der Ranger lachte. »Lieber nicht, Mrs. McTavish. Wir kümmern uns schon um ihn.«

Als sie sah, daß die Busse mit den Arbeitern wieder auf den Hof fuhren, legte sie auf. Die Männer stiegen aus, standen herum, unterhielten sich und rauchten.

Sie ging zu Al Rivers hinüber und fragte: »Was ist los?«

»Wir sind aus dem Geschäft, das ist los.«

Ihr Herz fing an, dumpf zu schlagen. »Was meinen Sie damit?«

Er warf seine Zigarette auf den Boden und trat sie aus. »Der Sheriff, diese verdammte Indianerin, hat uns nicht an den Einschlag gelassen.«

»Joan Tidewater? Wieso denn?«

Rivers zuckte die Achseln. »Wir sollen einen Baum gefällt haben, der geschützt war.«

»Welchen Baum?«

»Die große Zeder da oben. Sie sagt, die war im markierten Bereich und hätte nicht gefällt werden dürfen. Entweder wollen die Indianer uns reinlegen, oder es hat einer die Markierung entfernt.«

»Wieso sollte jemand so was tun?«

»Weiß der Teufel.« Er zündete sich noch eine Zigarette an und kniff die Augen zusammen. »Haben Sie irgendwelche Feinde?«

»Nicht, daß ich wüßte.« Dann fielen ihr die anonymen Mitteilungen wieder ein. O ja, sie hatte einen Feind, aber der Himmel allein wußte, wer das war!

Buck Trano kam mit seinem Pick-up angebraust, sprang aus dem Wagen und eilte zu ihr. »Schon gehört?«

Sie nickte.

Trano machte den Leuten Zeichen, näher zu kommen. Als

alle in Hörweite waren, sagte er: »Leute, wir machen jetzt folgendes: Das Holz im Reservat ist erst einmal tabu, bis wir was mit dem Stammesrat ausgehandelt haben. Also müssen wir jetzt an das staatliche Holz.« Er nahm seinen Schutzhelm ab und fuhr sich mit der Hand durchs Haar.

»Anders geht's nicht. Wir müssen in den Staatsforst, und zwar flott. Eine Straße gibt's schon, die müssen wir also nicht noch extra bauen. Matt, wie lange brauchst du, um mit Gunny so viel zu fällen, daß wir wieder richtig in die Gänge kommen?«

Swayle überlegte. »Wenn wir sofort loslegen, rund eine Woche.«

»So wird's gemacht«, sagte Trano. Dann warf er Hannah einen Blick zu. »Falls unser Boß einverstanden ist.«

»Es gibt keine andere Möglichkeit«, sagte sie. »Es sei denn, wir könnten die Sache sofort mit dem Stammesrat klären. Das würde uns die Transportkosten für die großen Maschinen ersparen. Und wir könnten die Arbeit da abschließen, wo wir sind.«

»So einfach wird das nicht«, erwiderte Trano. »Ich kenne diese Indianer. Ehrlich gesagt, ich glaube nicht, daß sie uns je wieder dort arbeiten lassen.«

Rivers fuhr aus der Haut. »Was zum Teufel ist denn so wichtig an einer verdammten Zeder, das würd ich gerne mal wissen!«

»Das spielt überhaupt keine Rolle«, sagte Trano. »Es ist ihre Zeder, und wenn wir im Reservat schlagen, müssen wir uns an ihre Regeln halten.«

Bevor er die Leute nach Hause schickte, sagte Trano noch: »Hört mal; ihr habt jetzt nur ein paar Tage frei. Wir bringen unsere Maschinen in den Staatsforst und legen wieder los, okay?«

Sie nickten und wollten gehen.

»Heh, hat jemand Lust, mit mir nach Taholah zu fahren und sich ein paar Indianerärsche vorzuknöpfen?« brüllte Rivers.

»Das wirst du nicht tun!« warnte Trano ihn, dann lauter: »Keiner von euch. Wenn ich höre, daß einer von euch im Reservat oder sonstwo irgendwelchen Ärger gemacht hat, kann er hier seine Sachen packen.«

»Wir können sowieso unsere Sachen packen, wenn ich das richtig sehe«, murmelte Rivers.

Swayle und Gunnarson machten sich sofort auf den Weg zum Staatsforst, um dort mit dem Einschlag anzufangen.

»Ich fahre rüber nach Taholah und versuche mal, mit dem Stammesrat zu reden«, sagte Trano zu Hannah. »Das schlimmste an der ganzen Geschichte sind die dreihunderttausend Dollar Strafe, die jetzt anfallen.«

»Oh, Gott, das hatte ich ganz vergessen!« flüsterte Hannah.

Als Trano fort war, wurde Hannah von einer Welle der Mutlosigkeit ergriffen. Sie fürchtete, daß der Versuch mit dem Staatsforst das Ende nur hinauszögerte, daß die Firma den Bach runterging und sie bald alles verlieren würde, wofür Michael gearbeitet hatte. Sie legte den Hörer neben das Telefon, ging in das hintere Zimmer und brach in Tränen aus. Kurz darauf hörte sie, wie die vordere Tür aufging und sich wieder schloß.

Sie wollte zwar niemanden sehen, aber es war wohl besser rauszugehen, sonst käme die betreffende Person auf der Suche nach ihr noch in den hinteren Raum. Sie richtete sich auf und ging ins Hauptbüro.

Und da stand Aminte, wie immer in schlichtes, aber elegantes Schwarz gekleidet.

»Ja?« fragte Hannah, deren Stimme noch heiser war, erstaunt und ein wenig verängstigt angesichts ihrer dritten Begegnung mit dieser Frau. »Kann ich etwas für Sie tun?«

»Es tut mir leid; offenbar geht es Ihnen nicht gut«, sagte Aminte mitfühlend.

Aber in deinen Augen ist kein Mitgefühl, dachte Hannah. »Es ist nichts«, erwiderte sie, »bloß mein Heuschnupfen.«

»Darunter scheinen in letzter Zeit viele zu leiden.«

Hannah antwortete nicht.

»Sie leiten doch jetzt Quinault Timber. Ich habe etwas Holz, an dem Sie vielleicht interessiert wären.«

»Im Reservat?« fragte Hannah.

»Nein, auf Privatgrund.«

»Ich müßte mehr darüber wissen und dann mit meinem Betriebsleiter reden.«

»Schön. Ich rufe Sie an, dann können wir einen Termin ausmachen.« Mit diesen Worten ging Aminte hinaus, vorbei an Joan Tidewater, die gerade hereinkam. »Hallo, Sheriff!« rief Aminte, als sie die Treppe hinunterging.

Joan reagierte nicht. Als sie das Büro betrat, starrte Hannah sie trotzig an. »Wie fühlst du dich, jetzt, wo du uns ruiniert hast, Sheriff?«

»Hör mal, Hannah«, sagte Joan. »Quinault Timber, vertreten durch deinen verstorbenen Mann und seinen Geschäftspartner, hat einen Vertrag mit dem Stamm der Quinault. Und in diesem Vertrag sind die Bedingungen für das Fällen der Bäume festgelegt. Der Vertrag wurde gebrochen, und ich mußte dafür sorgen, daß die Arbeit eingestellt wird. Das hat nichts mit dir persönlich zu tun. Mit etwas gesundem Menschenverstand wirst du das doch einsehen.«

Hannah verlor die Beherrschung. »Mein gesunder Menschenverstand sagt mir, daß ihr den Beweis dafür erbringen müßt, daß diese verdammte Zeder wirklich in eurem Zauberkreis gestanden hat!«

»Komm um drei Uhr auf die Landzunge«, sagte Joan brüsk. »Und bring Buck Trano mit.«

Nachdem Joan gegangen war, klingelte das Telefon fast ununterbrochen. Es hatte sich herumgesprochen, daß Quinault Timber die Arbeit im Reservat einstellen mußte.

Kurz vor Tranos Rückkehr rief noch David Abbott an. Er wollte am nächsten Morgen kommen. Hannah hatte nicht den Mut, ihm zu erzählen, was passiert war. Das würde er noch früh genug erfahren.

◇ Am Nachmittag fuhren Hannah und Buck Trano zur Landzunge. »Ihrem Gesichtsausdruck nach zu urteilen, hatten Sie kein Glück beim Stammesrat«, sagte sie.

»Wir Weißen haben etwas Böses gemacht. Ich habe versucht ihnen zu erklären, daß jemand das Plastikband entfernt hat, aber daß es eben niemand von uns war.«

»Hat sie das nicht umgestimmt?«

»Nein. Sie haben bloß gesagt: ›Beweist es‹, oder so was in der Art.«

»Ich habe zu Joan Tidewater ungefähr dasselbe gesagt.«

»Was soll sie denn beweisen?«

»Daß die Alte Zeder überhaupt in dem markierten Bereich gestanden hat.«

»Wie?«

Sie zuckte die Achseln. »Das ist ihr Problem.«

»Ich habe keinen blassen Schimmer, was dieser Baum den Indianern bedeutete. Vielleicht ist er ihr Glückstotem«, sagte Trano. »Irgendwie habe ich jedenfalls das Gefühl, daß es nicht so schlimm gewesen wäre, wenn wir irgendeinen anderen Baum aus diesem verdammten Kreis gefällt hätten.«

Als Trano und Hannah die Landzunge erreichten, sahen sie Joans Wagen bereits dort stehen, aber sie wußten nicht, wem das Auto gehörte, das daneben parkte.

»Sie hat noch jemanden mitgebracht. Sie müssen an der Zeder sein«, sagte Trano.

Hannah stieg aus und sah sich um. »Buck, wir können das ganze Holz nicht einfach hier liegenlassen. Das gehört uns!«

Sie wandte sich zu ihm um, während sie den Holzabfuhrweg entlanggingen. »Buck, meinen Sie, daß die Indianer nachgiebiger wären, wenn wir herausfinden könnten, wer das Band entfernt hat? Daß wir vielleicht nur eine Strafe zahlen müssen und dann hier weiterarbeiten können?«

»Darauf würde ich mich nicht verlassen.«

Als sie die Zeder erreichten, sah Hannah erstaunt, daß der

alte Ahcleet neben Joan stand. Beide starrten sie in das Loch hinunter, das der große Baumstumpf hinterlassen hatte.

Außerdem waren noch zwei Männer und eine Frau da, alle mittleren Alters. Joan stellte sie Hannah vor, aber die war zu nervös, um sich die Namen zu merken.

»Ich werde dieses Treffen hier protokollieren«, sagte Joan, die ein Diktaphon in der Hand hielt. Sie nannte das Datum und die Namen der Anwesenden. Dann fuhr sie fort: »Mit Ausnahme von Hannah McTavish und Buck Trano waren alle gemeinsam mit Michael McTavish dabei, als die Bäume vom Verkauf ausgeschlossen wurden. Michael McTavish lebt nicht mehr.

Seine Witwe Hannah McTavish bezweifelt nun, daß die gefällte Zeder zu den Bäumen zählte, die nicht geschlagen werden sollten. Der alte Ahcleet, einer der Ältesten vom Stamme der Quinault, wird ihr in Anwesenheit ihres Zeugen, Mr. Buck Trano, darauf antworten.«

Joan sah Ahcleet an, der eine Weile schwieg und dann anfing zu reden: »Vor fünfhundert Jahren hat mein Vorfahre Musqueem diese Zeder gepflanzt und das Zeichen des Wales in ihre Rinde geschnitzt.

Da dieses erste Zeichen schließlich durch das Wachstum des Baumes getilgt werden würde, war es für Musqueems Nachkommen Pflicht, in der jeweils vierten Generation ein neues Zeichen des Wales in die Rinde zu schneiden.

Das letzte Zeichen habe ich selbst gemacht, als ich vor über siebzig Jahren das Mannesalter erreichte.

Wäre die Zeder nicht gefällt worden, hätte mein Urenkel Paul Prefontaine bei meinem Tod die Pflicht gehabt, ein neues Zeichen einzuschnitzen.

Ich bezeuge hiermit, daß dieser Baum am 19. Mai dieses Jahres in meiner Gegenwart von jungen Männern der Quinault mit gelbem Plastikband umspannt worden ist. Ich bezeuge hiermit, daß dieser Baum zu der Gruppe von Bäumen gehört hat, die nicht gefällt werden sollten.«

Dann bestätigten die anderen der Reihe nach, daß sie dabeigewesen waren, als die Alte Zeder vom Fällen ausgenommen wurde.«

Sie suchten nach den Walzeichen und fanden etliche, manche so verwachsen, daß kaum noch zu erkennen war, was sie darstellten. Aber Ahcleets Zeichen war klar und deutlich.

Inzwischen war Hannah absolut überzeugt, daß sie die Wahrheit sagten. Aber sie mußte nun mal ihre Firma verteidigen. »Darf ich sprechen?« fragte sie.

Joan nickte.

»Ich bin keine Quinault und kann daher auch die Bedeutung dieser Zeder für euer Volk nicht ermessen. Mir ist jedoch klar, daß sie sehr wichtig ist. Unser Holzfäller Matthew Swayle hat diesen Baum geschlagen. Aber er hat es in gutem Glauben getan. Er hat gesagt, daß kein Plastikband um den Baum war. Ich glaube ihm. Er hat keinen Grund zu lügen. Das bedeutet, daß jemand anderer das Band entfernt hat, damit dieser Baum gefällt wurde.

Ich weiß nicht, wer das oder warum er es getan hat. Aber das sind mildernde Umstände. Ich bitte um Nachsicht und um Rücknahme der Entscheidung, daß wir die Arbeit einstellen müssen.«

Die fünf Quinault dachten stumm über Hannahs Aussage nach. Schließlich sagte Sheriff Tidewater: »Ich glaube, so war es. Aber die Entscheidung liegt nicht in unseren Händen. Der Fall muß vor dem Stammesrat verhandelt werden.«

»Wann wird das sein?« fragte Trano.

»Ich sage euch Bescheid, sobald ich es weiß«, erwiderte Joan.

Nachdem Hannah und Buck Trano gegangen waren, kletterte der alte Ahcleet mühsam in das tiefe Loch. Dort ließ er sich auf allen vieren nieder, suchte sorgsam die dunkle, satte Erde ab, indem er sie durch die Finger gleiten ließ.

Nach einer Weile fand er einen Gegenstand, den er mit ein paar Blättern abwischte. Es war ein langer, hohler Knochen, der an jedem Ende kunstvoll mit offenmäuligen mythischen Tieren beschnitzt war. In beiden Öffnungen steckte ein Zedernstopfen. Ahcleet hielt den Gegenstand vorsichtig in der Hand und kletterte aus der Grube.

»Sein Seelenfänger. Aber wo sind die Knochen?« sagte Ahcleet, als er wieder zu Atem gekommen war.

Er hatte keinerlei menschliche Überreste gefunden. Ahcleet sah die anderen an, und die Furcht stand ihm ins Gesicht geschrieben.

Er vermutete, daß die Hexe im Besitz der Knochen war.

◇ Eine Tonbandstimme fragte, wer da sei, und Joan antwortete in die Sprechanlage. Sie stand vor Amintes elektrischem Tor und wartete darauf, eingelassen zu werden.

Rabe hockte auf dem gußeisernen Tor, starrte Joan an und kreischte: *»Kla wock! Kla wock!«*

Der Summer ertönte. Das elektrische Tor sprang auf. Joan stieg wieder in ihren Dodge und fuhr durch das Tor über den Kiesweg, bis sie zu Amintes fensterlosem Haus gelangte.

Als sie an die Tür klopfte, hörte sie ein Rascheln im Innern des Hauses. Vielleicht war es ja nur der zahme Wolf, der Amintes Mutter gehört hatte. Sie klopfte erneut, stärker. Diesmal herrschte Stille.

Verdammt! Warum kam die Frau nicht zur Tür? Joan wußte doch, daß sie da war. Wer hätte sie denn sonst durchs Tor gelassen?

Sie hörte plötzlich Frauenlachen, das hinter dem nächsten Baum erklang, einem großen alten Ahorn, und wandte sich jäh um.

Aminte wollte also ein Spielchen mit ihr treiben.

Joan rannte zu dem Baum, um sie zur Rede zu stellen.

Niemand da. Sicherheitshalber ging Joan zweimal um den Baum herum.

Lachen tanzte hinter einem anderen gewaltigen Baum hervor. Ungeduldig ging sie zu der Hemlocktanne hinüber.

Wieder nichts.

»Hör auf mit dem Quatsch, Aminte!« befahl sie. »Komm endlich raus. Ich bin dienstlich hier.«

Jetzt perlte das Lachen von einem Dutzend Bäumen gleichzeitig herab, hüpfte und tanzte, lief über den Boden, eilte die Baumstämme hinauf, sprang von Ast zu Ast.

Joan klopfte noch einmal an die Tür.

Das Lachen erstarb.

Wieder klopfte sie.

Drinnen hustete jemand.

»Wenn ich wiederkommen muß, bringe ich einen Durchsuchungsbefehl mit!« rief Joan.

Stille.

Sie wartete noch eine halbe Stunde, bevor sie ging. Als sie den Kiesweg hinunter zum Tor fuhr, lachte jemand auf dem Rücksitz. Sie trat auf die Bremse und drehte sich um.

Die Rückbank war leer.

◇ Joan war auf Patrouille und hielt an, als sie Theron Maynard sah, der einen Waldweg entlangtaumelte.

»Ich habe nach Ihnen gesucht«, sagte Maynard und lehnte sich wie ein Fragezeichen gegen den Wagen.

»Was kann ich für Sie tun, Mr. Maynard?« Joan fiel auf, daß der Mann schwer erkältet war.

»Ich möchte, daß Sie nach meinem Jungen suchen.«

»Nach welchem?«

»Richard. Richard Lionel Maynard. Ist gerade neunzehn geworden.«

Joan nahm einen Block aus dem Handschuhfach und machte sich Notizen. Sie hatte festgestellt, daß es Leute zu beruhigen schien, wenn sie sich Notizen machte.

Maynard rülpste und entschuldigte sich dafür. »Verzeihung, Sheriff. Mein Magen scheint das Mittagessen nicht zu vertragen.«

Joan wedelte die Whiskyschwaden weg. »Wieso glauben Sie, daß Ihr Sohn im Reservat ist?«

Maynard verschränkte die Arme, krümmte sich und starrte zu Boden. »Ehrlich gesagt, Sheriff, ich habe keine Ahnung, wo er sein könnte. Aber niemand will nach ihm suchen.« Er machte eine ausladende Armbewegung und sah ihr in die Augen. »Keiner nimmt mich ernst.«

»Ist er früher schon mal verschwunden?«

»Nee.«

»Er ist jede Nacht nach Hause gekommen?«

Maynard hustete und spuckte Schleim, bevor er antwortete. »Na ja, klar, ab und zu ist er schon mal weggeblieben, aber nie länger als ein oder zwei Nächte.«

»Wann haben Sie ihn das letzte Mal gesehen, Mr. Maynard?«

»Vor zwei Monaten. Seit vollen zwei Monaten ist Richard verschwunden. Ihm ist irgendwas passiert, und keiner will mir helfen.«

»Wo und wann genau haben Sie ihn das letzte Mal gesehen?«

»Er ist zur Arbeit gegangen. Es war früh am Morgen. Das genaue Datum weiß ich nicht mehr, aber es war vor zwei Monaten.«

»Wo hat er gearbeitet, Mr. Maynard?«

»Er hatte einen Job bei Quinault Timber bekommen.«

»Haben Sie mit den Leuten von Quinault Timber darüber gesprochen?«

Maynard schüttelte den Kopf. »Habe gehört, daß da jetzt eine Frau der Boß ist. Die Frau von McTavish. Wollte sie nicht belästigen, wo sie doch gerade Witwe geworden ist und so.«

»Buck Trano ist der Betriebsleiter. Mit dem könnten Sie sprechen.«

Maynard schüttelte den Kopf. »Nee. Mit dem will ich auch nicht reden. Der wollte von Anfang an nicht, daß Richard bei ihnen arbeitet. Ich glaube, Trano war sauer, daß Mr. McTavish meinem Jungen den Job gegeben hat.«

»Dann wissen Sie gar nicht, ob er zur Arbeit erschienen ist, oder?«

»Oh, doch, das ist er. Wieso denn nicht? Als ich ihn das letzte Mal gesehen habe, ging er gerade los.«

»Ich meine, Sie haben keinen Beweis dafür, daß er tatsächlich dort angekommen ist.«

Maynard kratzte sich am Kopf. »So gesehen, nein.«

»Vielleicht hat er ein Mädchen kennengelernt und ist einfach mal 'ne Weile weg«, sagte Joan beruhigend. Theron Maynard war zwar nicht gerade ein sympathischer Mensch, aber trotzdem tat er ihr leid.

Maynard zog ein großes, oft benutztes Taschentuch aus der Hosentasche und putzte sich geräuschvoll die Nase. »Richard war noch nie länger als zwei Tage mit einem Mädchen zusammen, geschweige denn zwei Monate.«

»Wissen Sie was, Mr. Maynard«, sagte Joan, »ich werde mal in der Firma nachfragen, ob er da auf der Personalliste steht. Und ich sorge dafür, daß jeder hier in der Gegend nach ihm Ausschau hält. Wenn er im Reservat ist, finden wir ihn.«

»Danke, Sheriff.« Theron Maynard fing an zu weinen. »Das ist mehr, als alle anderen für mich tun wollten. Vielen Dank.«

»Steht Ihr Wagen in der Nähe?« fragte Joan.

Maynard winkte unsicher. »Irgendwo.«

»Ich fahre Sie besser nach Hause und lasse Ihren Wagen dann abholen.«

Joan hielt bei Quinault Timber, um sich dort zu erkundigen. Theron Maynard ließ sie im Wagen sitzen.

»Ich weiß noch nicht mal, wie Richard Maynard aussieht«, teilte Hannah ihr kühl mit.

»Sein Vater sagt, daß Mike ihn gerade eingestellt hatte. Als er Richard das letzte Mal gesehen hat, wollte er gerade zur Arbeit gehen.«

»Wißt ihr das ungefähre Datum?«

»Theron Maynard sagt, daß er seinen Sohn seit zwei Monaten nicht gesehen hat.«

Hannah blätterte in einigen Akten, dann sagte sie: »Auf den Gehaltslisten der letzten drei Monate ist kein Maynard.«

Just in diesem Moment kam Buck Trano herein. Joan fragte ihn, ob er sich daran erinnerte, daß Mike McTavish Richard Maynard eingestellt hatte.

»Und ob«, sagte Trano. »Ich mochte ihn nicht. Hab gleich gewußt, daß der Bursche nur Ärger machen würde. Aber wir brauchten dringend Leute, und Mike wollte, daß das Holz so schnell wie möglich verladen wird.«

»Wissen Sie noch, wann er zur Arbeit gekommen ist?«

»An dem Tag, als er anfangen sollte, war ich nicht da. Wenn ich recht darüber nachdenke«, er senkte die Stimme, »war das der Tag, an dem Mike verunglückt ist.«

»Melden sich die Männer morgens immer erst hier, bevor sie rausfahren?«

»Ja.«

»Wenn er also auch nur einen Tag gearbeitet hat, hätte er sich zuerst hier gemeldet?«

»Klar. Um in einem der Busse mitzufahren.«

»Wenigstens wissen wir jetzt genau den Tag, an dem er hätte arbeiten sollen. Kann ich mit Ihren Leuten reden?«

»Sinnvoller wäre es wahrscheinlich, mit dem Wachmann zu sprechen«, sagte Trano. »Der begrüßt die Männer meistens morgens, wenn sie sich melden, und geht erst ins Bett, wenn sie zu den Einschlägen rausgefahren sind.«

»Wie heißt der noch mal?«

»William Ward.«

»Dann gehe ich jetzt nach nebenan und spreche mit Mr. Ward.«

Bill Ward war wach und angezogen. Er bat Joan in seinen Wohnwagen. »Was kann ich für Sie tun, Sheriff?«

Joan schaute sich um. Seine Sachen waren ordentlich, aber

der Wohnwagen roch nach Zigarettenrauch, nach offenen Bierflaschen, nicht ganz sauberen Küchenecken, selten gebadeten Körpern, kaum gewechselten Laken. Ein schwerer, schmieriger, süßlich-saurer Geruch.

»Kennen Sie Richard Maynard, einen von Theron Maynards Söhnen?« fragte Joan, fest entschlossen, so schnell wie möglich wieder an die frische Luft zu kommen.

»Klar. Seit er ein Dreikäsehoch war.«

»Wissen Sie, ob er je hier gearbeitet hat?«

Ward nahm seine Baseballmütze ab und fuhr sich durch das fettige Haar. »Ja, das hat er.«

»Wissen Sie noch wann?«

»Das werde ich nie vergessen. Es war morgens an dem Tag, an dem Mike McTavish gestorben ist.«

»Hat er länger als nur einen Tag hier gearbeitet?«

»Das glaube ich nicht, Sheriff. Er ist im Bus mit den anderen Jungs weggefahren, aber danach habe ich ihn nicht mehr gesehen.«

»Haben Sie eine Ahnung, wo er sein könnte?«

»Nein.«

Joan reichte Ward einen Block und bat ihn, aufzuschreiben, was er gerade ausgesagt hatte. Als er fertig war, fragte Ward: »Meinen Sie, er hatte irgendwas mit dem Tod von Mike McTavish zu tun?«

»Wer?«

Wards Augen glitzerten. »Richard Maynard.«

»Wieso glauben Sie denn, daß überhaupt irgend jemand irgend etwas mit dem Tod von Mike McTavish zu tun hat?«

Ward zuckte die Achseln. »Nur so ein Gedanke, den ich schon eine ganze Weile habe.«

»Mr. Ward, wenn Sie etwas wissen, sollten Sie es mir sagen.«

Ward hob abwehrend die Hand. »Hören Sie, Sheriff, ich weiß nichts, überhaupt nichts.«

Joan stand auf. »Falls Sie je zu dem Schluß kommen, daß Sie

doch etwas wissen, Mr. Ward, möchte ich, daß Sie mit mir reden.«

Auch Ward erhob sich. »Klar, Sheriff, klar. Darauf können Sie sich verlassen.«

Als Joan William Ward verließ, war sie überzeugt, den Autor der anonymen Briefe zu kennen, die Hannah bekommen hatte.

◇◇◇◇◇◇◇ Kapitel 26 ◇◇◇◇◇◇◇

◇ David Abbott runzelte die Stirn, als er die Holzlaster im Hof geparkt sah. Er war um zehn Uhr mit seinem Anwalt Saul Isaacs angekommen, der seine Straußenlederschuhe ständig mit einem Taschentuch abwischte, in das sein Monogramm eingestickt war, und dabei ängstlich über die Schulter schaute, als ob er jeden Moment damit rechnete, daß etwas Grauenhaftes ihn ansprang.

»Wieso sind die Laster nicht unterwegs?« fragte Abbott, als die beiden Männer das Büro betraten.

»Wir haben da ein kleines Problem«, sagte Hannah.

Abbott lachte sarkastisch auf. »Erzählen Sie mir nicht, daß sämtliche Laster gleichzeitig kaputt sind.«

»Die Situation ist leider schlimmer.«

»Was kann denn noch schlimmer sein?«

»Tja, Mr. Abbott, gestern mußten wir die Arbeit im Reservat einstellen.« Hannah, die hinter ihrem Schreibtisch gestanden hatte, setzte sich.

»Was ist passiert?« fragte er mit trügerisch sanfter Stimme.

»Wir haben einen Baum gefällt, der nicht gefällt werden durfte«, antwortete sie. »Ich hoffe, wir können die Sache noch regeln, aber hundertprozentig sicher bin ich mir da nicht.«

Abbott zündete sich eine Zigarre an. »Das will ich mir ansehen.«

»Ich muß Sheriff Tidewater fragen, ob das geht.«

»Sheriff? Was denn für ein Sheriff?«

»Das Reservat hat einen eigenen Sheriff, Mr. Abbott.«

Abbotts Gesicht lief rot an. »Wollen Sie damit sagen, daß ich die Erlaubnis eines indianischen Sheriffs brauche, um mir das anzusehen, was ich mit meinem Geld bezahlt habe?«

»Sie ist auch Marshal der Vereinigten Staaten«, sagte Hannah.

»Sie?«

»Ganz ruhig bleiben, Dave«, sagte Isaacs.

»Mr. Abbott, Sie scheinen nicht recht zu verstehen. Wir dürfen das Reservat nicht mehr betreten. Der Stamm der Quinault ist der Auffassung, daß wir den Vertrag mit ihnen gebrochen haben«, sagte Hannah deutlich, fest gewillt, nicht die Beherrschung zu verlieren.

»Den Vertrag gebrochen?« Abbott wurde blaß, dann sah er seinen Anwalt an. »Saul, in dem Vertrag ist eine Strafklausel über dreihunderttausend Dollar!«

»Ich weiß, Dave.«

»Und ich habe persönlich unterschrieben!«

Der Anwalt nickte. »Gegen meinen Rat, falls du dich daran erinnerst.«

»Michael und ich haben auch unterschrieben, Mr. Abbott. Ich bin ebenso haftbar wie Sie«, sagte Hannah.

»Sie?« Abbott sah sie verächtlich an. »Ihnen gehört doch noch nicht mal das Schwarze unter Ihren Fingernägeln!«

»Dave! Beruhige dich!« Isaacs streckte die Hand aus und tätschelte den Arm seines Mandanten.

Hannah wurde rot und biß sich auf die Lippen. »Möchten Sie, daß ich versuche, Ihnen die Erlaubnis zu besorgen?«

»Bitte sehr«, sagte Abbott mürrisch.

Sie hinterließ eine Nachricht im Polizeirevier in Taholah. Als Joan zurückrief, sagte sie, daß sie sich in einer Stunde mit ihnen treffen und sie zum Einschlag begleiten würde.

◇ »Was ich hier sehe, ist eine einzige Katastrophe.« Abbott starrte auf wüstes Land – stillgelegte Maschinen, gefällte Bäume, entastete und geschälte Stämme, die kreuz und quer auf der aufgerissenen Erde lagen.

»Sheriff, was ist mit den gefällten Bäumen?« fragte Isaacs. »Schließlich hat das Schlagen Kosten verursacht.«

Joan schüttelte den Kopf. »Sie dürfen hier leider überhaupt nichts wegschaffen, solange der Stammesrat noch keine Entscheidung getroffen hat.«

Abbott steckte sich eine frische Zigarre in den Mund und musterte Joan. »Sie haben doch bestimmt viel Einfluß im Stamm, nicht wahr, Sheriff?«

»Ich vertrete bloß Recht und Gesetz im Reservat.«

»Hannah hat mir erzählt, daß Sie außerdem Marshal der Vereinigten Staaten sind. Was für Befugnisse haben Sie damit?«

»Ich führe Ermittlungen für die Regierung durch. Ich kann auch innerhalb und außerhalb des Reservats Verdächtige verhaften – amerikanische Ureinwohner oder Weiße.«

»Kommen viele Weiße hierher?«

»Dann und wann. Leute, die vor dem Gesetz fliehen wollen.« Joans Gesichtsausdruck war unergründlich.

»Sie machen doch Geschäfte, oder?«

»Geschäfte? Was für Geschäfte?«

Abbott verschränkte die fleischigen Arme. »Also gut, Sheriff. Kommen wir zur Sache. Geld regiert die Welt, das wissen wir beide.«

»Das Sprichwort kenne ich«, sagte Joan und ein kleiner Funke glimmte in ihren dunklen Augen.

»Also, wieviel wollen Sie, damit die Sache hier wieder ins Laufen kommt?«

»Wieviel *ich* will?«

»Genau, Sheriff«, erwiderte Abbott mit einem breiten Grinsen.

»Ich glaube, ich verstehe nicht ganz, was Sie meinen.«

»Kommen Sie, Sheriff. Knete, wenn ich so sagen darf. Dollars. Wieviel Geld brauchen Sie, um das Ganze hier zu vergessen und meine Firma wieder arbeiten zu lassen? Würden ein paar tausend Dollar reichen?«

Abbott griff nach seiner Brieftasche, doch Joan blickte ihn eiskalt an. »Behalten Sie Ihr Geld und Ihre Vorschläge für sich.«

»Halt um Himmels willen den Mund«, murmelte Isaacs. Dann sagte er lauter: »Sheriff, bitte bedenken Sie, daß Mr. Abbott in einer Welt lebt, in der die richtige Summe zur rechten Zeit fast alles möglich macht. Ich entschuldige mich dafür, daß er Sie beleidigt hat.«

»Er sollte zurück in seine Welt gehen«, erwiderte Joan. »In meiner jedenfalls ist der Versuch, einen Marshal der Vereinigten Staaten zu bestechen, gesetzeswidrig.« Sie sah Abbott unverwandt an, der rot wurde und den Blick senkte. »Gehen wir. Ich denke, Sie haben genug gesehen.«

Als Hannah und die beiden Männer zurück im Büro waren, sagte Abbott: »Saul, laß uns rüber nach Taholah fahren. Vielleicht können wir da mit jemandem reden, der mehr Sinn fürs Geschäft hat.« Er schüttelte den Kopf und grinste. »Diese Frau Sheriff!«

»Bitte, Dave, platz da nicht einfach rein und biete Hinz und Kunz Geld an«, sagte Isaacs, als sie rausgingen. »Laß mich erst vorfühlen, rausfinden, wer die richtigen Leute dafür sind –«

Die Bürotür fiel hinter ihnen ins Schloß.

Sie meldeten sich nicht wieder bei Hannah, und so nahm sie – richtigerweise – an, daß ihre Mission erfolglos geblieben war.

◇ Innerhalb von zwei Wochen hatte Quinault Timber seinen gesamten Betrieb in den Staatsforst verlegt. Hannah atmete erleichtert auf. Vielleicht konnte sie die Firma doch noch retten. Bislang stand noch nicht fest, wann sie ihren Fall vor dem Stammesrat würde vertreten können.

Im Old Grove oberhalb der Lodge raunten und flüsterten die Bäume, wie sie es seit Hunderten von Jahren taten.

Im Staatsforst, in dem Quinault Timber nun schlug, krachten die Bäume so schnell zu Boden, wie der Mensch sie mit seinen modernen Maschinen fällen konnte. Es ging so schnell, daß die firmeneigenen Lkws das Holz nicht mehr schnell genug abtransportieren konnten.

»Ich kann keine Fahrer mehr auftreiben«, sagte Trano eines Nachmittags im Büro zu Hannah. »Ich fürchte, wir werden ein paar von den Wildleder-Typen einstellen müssen, auch wenn uns das nicht paßt.«

»Wildleder-Typen?« fragte sie mit hochgezogenen Augenbrauen. »Was sind das denn für welche – Verwandte von Elvis?«

Trano lachte auf. »Nein. Das sind Fahrer, die sich für besser als alle anderen halten. Ihr Markenzeichen sind teure Wildlederschuhe, die sie nicht dreckig machen wollen. Sie steigen noch nicht mal aus, um das Beladen zu kontrollieren. Wenn der Lademeister fertig ist, lassen sie sich mal gerade dazu herab, die Befestigungsseile festzuzurren, dann hüpfen sie wieder in ihren Laster und donnern los. Manchmal sind die Ladungen schlecht ausbalanciert. Solche Burschen habe ich nicht gern dabei. Sie sind für sich selbst und andere eine Gefahr.«

Hannah legte besorgt die Stirn in Falten. »Aber wir müssen das Holz runter an die Docks schaffen.«

»Sollen wir's mit ihnen versuchen?«

»Was meinen Sie?«

Er nahm seinen Schutzhelm ab und fuhr sich mit den Händen durchs Haar. »Ein Pluspunkt ist, daß alle unsere Leute sehr sicherheitsbewußt sind. Ich werde mit ihnen reden und ihnen raten, sich vom Verladeplatz fernzuhalten, wenn die Wildleder-Typen anrollen. Okay?«

»Okay«, sagte sie.

◇ Die, die dabei waren, sagten später, daß es blitzschnell gegangen sei.

Da die Holzfäller Swayle und Gunnarson meistens früher als die anderen anfingen, um die morgendliche Kühle auszunutzen, machten sie auch früher Feierabend.

Zwei Wochen nach Beginn der Arbeit im Staatsforst sah Gunnarson an einem besonders heißen Freitagnachmittag zu, wie Swayle zwölf Douglastannen jeweils mit einem Schnitt fällte, so daß sie in einer Reihe umfielen wie Dominosteine. »Der Bursche ist verdammt gut«, murmelte er.

Gunnarson hatte rasende Kopfschmerzen. Er beugte sich vor und erbrach ins Unterholz. Die letzte Nacht hatte er bei seiner verwitweten Freundin in Aberdeen verbracht und zuviel getrunken. Dann hatte er um halb zwei Uhr früh aufstehen müssen und um vier Uhr angefangen zu arbeiten.

Er wischte sich mit einem großen roten Taschentuch den Mund ab und wartete, bis Swayle fertig war. Dann gingen die Männer mit ihren Kettensägen in der Hand zurück zum Verladeplatz, wo gerade der Wagen eines Wildleder-Fahrers beladen wurde.

»Komm, Matt, wir gehen quer rüber«, sagte Gunnarson, als er sah, daß der Fahrer die Seile festzurrte. »Der Bursche fährt gleich los.«

»Ohne mich«, erwiderte Swayle und machte einen großen Bogen um den Verladebereich.

»Ach, scheiß drauf«, murmelte Gunnarson. Er wollte so schnell wie möglich nach Hause.

Er ging an dem Laster vorbei, als der Wildleder-Typ gerade wieder ins Führerhaus kletterte und den Motor aufheulen ließ. Als der Fahrer schwungvoll eine weite Kurve fuhr, verrutschte der oberste Stamm, und das ganze gewaltige Gewicht der schlecht ausbalancierten Ladung krachte gegen die Stützstreben auf der linken Seite des Lastzuges.

Die Streben knickten weg, und mit einem grollenden Rumpeln donnerten zwanzig Tonnen Stämme auf Lars Gunnarson nieder.

◇◇◇◇◇◇◇ Kapitel 27 ◇◇◇◇◇◇◇

◇ Um halb sechs Uhr morgens waren der Mond und die Sterne noch zu sehen, wie frisch geputzt. Die Kinder hatten am 26. September schulfrei. Angus und Kirstie stiegen mit Hannah ins Auto; sie freuten sich, mit ihr zur Arbeit zu fahren. Elspat hatte wieder mal gesellschaftliche Verpflichtungen: Sie war bei einer Freundin zu Besuch.

»Wenn noch mehr Kinder diese komische Grippe kriegen, müssen sie die Schule schließen«, sagte Angus zu seiner Mutter, als sie über den Moclips Highway holperten.

»Gott sei Dank sind wir noch gesund.«

»Die Hälfte der Lehrer ist auch krank«, sagte er. »Die noch da sind, geben jetzt doppelt soviel Stunden.«

»Das stelle ich mir interessant vor.«

»Ja, du solltest mal sehen, wie Mr. Homer versucht, Musikunterricht zu machen.« Howard Homer, ein liebenswerter, stämmiger Kraftprotz, dessen Haaransatz die Brauen berührte, war der Basketball-Trainer.

»Jeder tut, was er kann«, sagte sie geistesabwesend.

Als sie in der frühmorgendlichen Dunkelheit ankamen, sah das Büro aus wie ein beleuchtetes Schiff im Nebel.

Kirstie sprang aus dem Pick-up und stürzte sich sogleich mit Geheul auf die Kampfhühner, die schon beim ersten Kläffen des Beagles gackernd die Flucht angetreten hatten. Angus trollte sich davon und ging den rätselhaften Beschäftigungen eines Zehnjährigen nach.

William Ward kam mit gesenktem Blick die Treppe zum Büro heruntergestapft und ging Richtung Wohnwagen und Bett. »Missus«, sagte er und tippte an seine Mütze.

Sie nickte unterkühlt und überlegte erneut, ob sie ihn rausschmeißen sollte. Das war vielleicht unfair, aber Hannah konnte sein unterwürfiges Verhalten nun mal nicht ertragen; sie wollte, daß die Leute ihr in die Augen sahen.

Drinnen legte Buck Trano gerade den Hörer auf und wandte sich lächelnd zu ihr um. »Morgen, Lady. Ich habe uns noch mehr Holzlaster verschafft. Wir wissen bald nicht mehr, wohin mit dem Holz.«

Sie goß sich einen Kaffee ein. »Ich hoffe bloß, daß das Sägewerk da draußen bald fertig wird.«

Sie spielte auf eine Gesetzesvorlage an, die jüngst im Kongreß verhandelt worden war und die vorsah, die Verschiffung unbearbeiteter Stämme nach Übersee radikal zu begrenzen. Die Folge war, daß sämtliche Holzunternehmen noch rasch möglichst viele Ladungen verschiffen wollten, ehe die Vorlage verabschiedet wurde.

»Wenn sie den Export unbearbeiteter Stämme verbieten, können wir ja selbst die Verarbeitung übernehmen. Bis dahin schlagen wir, so schnell wir können.« Trano fuhr sich mit der Hand durchs Haar.

Sie wandte sich ab. Tief in ihrem Herzen war sie selbst der Meinung, daß keine alten Bäume mehr gefällt werden sollten. Irgendwann in nicht allzu ferner Zukunft würde es sowieso ein Ende damit haben. Dann gab es nämlich keine alten Bäume mehr. Ohne Kontrolle durch den Gesetzgeber würde die Holzindustrie auch noch den letzten Baum fällen, trotz aller gegenteiliger Beteuerungen.

Wollte sie, daß ihre Enkelkinder ohne diese alten Bäume aufwachsen würden? Daß sie nie den Zauber und die atemberaubende Schönheit des Urwaldes erlebten? Nein. Gewiß nicht.

Noch immer ging sie, sooft es ihr möglich war und bei jedem Wetter, zum Old Grove in der Nähe der Lodge. Auf seltsame

Weise war dieser Wald zu ihrer Kathedrale geworden, der Ort, an dem sie geistigen Trost und Erfüllung fand.

Es quälte sie die grundsätzliche Frage, wie sie ein Geschäft betreiben konnte, das sie für falsch hielt, das sie aber brauchte, um ihre Familie zu ernähren. Trotz ihrer inneren Zerrissenheit hatte sie sich in die praktischen Notwendigkeiten ergeben. Von Idealismus konnte man weder satt werden noch sich was zum Anziehen kaufen, weder Arztrechnungen noch die Schulgebühren bezahlen, besonders jetzt, wo Michael nicht mehr da war.

Trano musterte sie aufmerksam. »Stimmt was nicht?«

Sie antwortete nicht.

»Vermissen Sie Mike?« fragte er leise.

Eine brennende Einsamkeit stieg in ihr auf, und Wasser schoß ihr in den Mund, als müßte sie sich jeden Moment übergeben. Sie schluckte mühsam, biß die Zähne zusammen und starrte zum Fenster hinaus. Die Dunkelheit wurde allmählich zu einem samtenen Grau. Bald würde sich das Flutlicht ausschalten.

Der Tag kam, wie immer.

Das war eines der Dinge, die so schwer zu ertragen waren, dachte sie. Man konnte den Menschen verlieren, der einem alles bedeutete, aber das Leben ging erbarmungslos weiter, als ob die entsetzliche Trauer absolut keine Rolle spielen würde. Der Tag verschmolz mit der Nacht, die Nacht mit dem nächsten Tag, immer so weiter, bis in alle Ewigkeit. So wie der Schmerz des Verlustes.

Wenn Michael noch da wäre, hätte sie diese Konflikte nicht. Das Leben und seine Erfordernisse hatte er nie in Frage gestellt. Sie und die Kinder hatten stets an erster Stelle gestanden.

Buck Trano schob seinen Stuhl vom Schreibtisch zurück und trat neben sie. »Was ist los, Hannah?« fragte er.

»Manchmal weiß ich nicht mehr, ob diese Branche für mich das richtige ist.«

»Wieso sagen Sie das?« Echte Sorge malte sich auf seinem sympathischen Gesicht.

»Ich will keine alten Bäume mehr fällen lassen.«

Er starrte sie an. »Hannah! Wir schlachten doch keine Lämmer, in Gottes Namen. Alte Bäume sind wie Früchte, die geerntet werden.«

Sie seufzte auf. »Verschonen Sie mich damit, Buck. Wir wissen es doch beide besser.«

Sie wollte es nicht und kam sich albern vor, aber sie fing an zu weinen. Trano nahm sie in die Arme und zog sie an sich. »Wir schaffen das schon, Hannah; keine Bange. Wenn Sie es nicht mit ansehen können, daß die Bäume gefällt werden, dann brauchen Sie es auch nicht. Ich leite die Firma für Sie. Sie können sich ganz auf Ihre Fotografiererei konzentrieren.«

Die Bürotür flog auf. »Alles okay, Mom?« fragte Angus und beäugte den Betriebsleiter mißtrauisch.

»Ja, Schatz.« Sie löste sich aus Tranos Armen und ging hinüber zum Schreibtisch, wo sie den Computer einschaltete.

»Wie läuft's, Kumpel?« Trano fuhr Angus mit der Hand durchs Haar, dann ging er und rief, daß er kurz nachsehen wollte, wie die Arbeit voranging, und später wiederkommen würde.

»Mom, du hast dich doch nicht in ihn verliebt, oder?« fragte Angus.

»Natürlich nicht, Angus. Ich war bloß einen Augenblick traurig«, sagte sie.

Er umarmte sie. »Die Arbeiter für das Sägewerk sind jetzt da«, sagte er und rannte nach draußen.

Die Dämmerung war einem herrlichen Morgen gewichen. Möwen hoben sich geschnitten scharf gegen den strahlend blauen Himmel ab. Das Unwetter der letzten Nacht hatte die Luft noch reiner gemacht. Bei jedem Atemzug hatte Hannah das Gefühl, als wäre sie das erste lebende Wesen in der noch jungen Welt.

In der Mittagspause aßen Hannah und Angus bei Mac's frische Krabbenburger und brachten Kirstie einen Hamburger mit, den sie gierig verschlang. Währenddessen blieben die Kampfhühner des Wachmanns in ihrem Versteck. Die Gegenwart der trächtigen Kirstie hatte sie eingeschüchtert.

Um eins wurde der Wind plötzlich kälter, und Nebelstreifen trieben vom Meer herüber. Die Temperatur fiel rasch, und Hannah schaltete die Heizung ein.

Kurz darauf fing der Wind an zu flüstern, dann zu singen, dann zu brüllen. Als sie von ihrer Arbeit aufblickte, sah sie, wie die Zweige in den Bäumen hin und her schlugen und Abfall über den Parkplatz getrieben wurde.

Die vier Zimmerleute, die an dem Gebäude für das Sägewerk gearbeitet hatten, kamen herein, um ihr zu sagen, daß sie für heute aufhörten. Der Wind sei zu stark.

»Kommen Sie bitte morgen wieder«, sagte sie. »Das Sägewerk muß wirklich fertig werden.«

»Hängt vom Wind ab«, sagte der Vorarbeiter.

Um zwei kam Buck Trano aus dem Wald zurück. Da oben war der Wind nicht so schlimm, sagte er. Alles lief gut; wahrscheinlich würden sie heute zwanzig Fuhren abfahren können.

Hannah nickte anerkennend. Trano sagte, er hätte draußen noch etwas mit dem Mechaniker zu besprechen.

Hannah arbeitete weiter, ohne auf die Zeit zu achten, bis der Wind plötzlich mit lautem Heulen um das Bürogebäude pfiff. Sie sah auf und bemerkte, daß der Himmel sich bedrohlich grau verfärbt hatte. Kirstie schleppte sich die Stufen hoch und blickte sehnsüchtig durch die Glastür. Ihr Bauch hing schwer herab, und der Wind zog ihre Schlappohren nach oben wie Segel. Hannah machte ihr rasch die Tür auf.

Sie rief nach Angus, der aber nicht antwortete. »Wo kann der Junge bloß sein?« murmelte sie vor sich hin. Dann fiel ihr ein, daß er vermutlich bei Trano war.

Gegen halb drei telefonierte sie gerade, als ein gewaltiger Windstoß das Bürogebäude erzittern ließ. Die Dachbalken knarrten und ächzten. Sie blickte hinaus, und auf einmal kam ihr der Rohbau des Sägewerks ein wenig seltsam vor. Sie sah genauer hin, und die ganze Konstruktion neigte sich allmählich gen Norden und begann wie in Zeitlupe zusammenzubrechen.

»Oh, mein Gott«, schrie sie und warf den Hörer auf den Schreibtisch.

Sie wollte hinausstürmen, aber der Wind war so heftig, daß sie kaum die Tür aufbekam. Schließlich konnte sie sich mühsam durch den Spalt zwängen. Eine starke Böe erfaßte sie und warf sie um. Auf den Knien starrte sie den Rohbau an, der noch immer zusammenbrach.

Wieso geht das so langsam? fragte sie sich, während sie zusehen mußte, wie er schließlich krachend einstürzte.

Trano und der Mechaniker kamen aus der Werkstatt gerannt.

»Wo ist Angus?« schrie sie und klammerte sich an einem Pfosten fest, um sich hochzuziehen.

»Was?« Trano kam im Laufschritt näher. »Ich kann Sie nicht verstehen, Hannah.«

»Angus!« kreischte sie. »Wo ist Angus?«

Trano stolperte die Treppe hinauf, von der Kraft des Windes beinah hinaufgeschleudert. Um Atem ringend, klammerte er sich an demselben Pfosten fest wie sie. »War er denn nicht bei Ihnen?« keuchte er.

»Oh, mein Gott, er ist in dem Rohbau«, flüsterte sie und starrte auf den Haufen zertrümmerter Balken, die wie geknickte Streichhölzer aussahen.

Einander stützend kämpften Hannah und Trano sich über den Parkplatz bis zu dem eingestürzten Sägewerk, wo der Mechaniker in einer geschützten Nische kauerte. Hastig zog er sie zu sich.

»Angus ist da drin«, sagte sie zu ihm. Ihre Lippen waren weiß und starr.

»Sind Sie sicher, Missus?« fragte er.

»Wo könnte er sonst sein? Bei mir war er nicht, bei Buck auch nicht.«

»Vielleicht ist er irgendwo anders hingegangen. Sie wissen doch, wie Kinder sind.«

Falls sie noch nicht wußte, wie Kinder sind, so erfuhr sie es im selben Augenblick, als sie nämlich Angus auf allen vieren über den Parkplatz kriechen sah. Trano schnappte ihn sich und zerrte ihn in die Nische, bevor der Sturm sie beide umwerfen konnte.

»Wow! Hast du schon einmal so einen Sturm erlebt?« Angus' blondes Haar war völlig zerzaust; seine Augen und Sommersprossen leuchteten.

»Angus McLeod McTavish, wo bist du gewesen?« schrie Hannah.

»Ich habe die gelagerten Stämme gezählt, Mom. Es sind einhundertvierundfünfzig.«

»Die Stämme sind mir völlig egal! Du hast mir eine Heidenangst eingejagt. Ich dachte, du wärst in dem Rohbau.«

»Meine Güte, Mom. Da wäre ich doch nicht reingegangen. Das Ding hat geschwankt wie verrückt. Ich bin doch nicht blöd.«

Sie starrte ihn an und mußte dann lachen, bis ihr die Tränen über die Wangen liefen.

»Was ist daran so lustig?« fragte Angus.

»Kinder«, sagte der Mechaniker.

Der Wind legte sich genauso plötzlich, wie er aufgekommen war. Die Trümmer des Sägewerks sahen aus, als wäre ein Tornado über sie hinweggefegt.

»Was für ein Glück, daß die Zimmerleute nicht mehr drin waren«, sagte Trano. »Sind wir dagegen versichert?«

»Ich hoffe«, erwiderte sie.

Trano und der Mechaniker gingen wieder in die Werkstatt, während Hannah und Angus ins Büro zurückkehrten. »Den Rest des Tages bleibst du hier bei mir, junger Mann«, befahl sie.

»Okay, Mom«, antwortete er kleinlaut.

Der Hörer lag noch auf dem Schreibtisch, aber die Verbindung war unterbrochen. Sie legte auf und rief dann gleich die Versicherung an, wo man sie beruhigte, daß das Sägewerk abgesichert war.

Es verging einige Zeit, und sie war wieder ganz tief in ihre Arbeit vertieft, da unterbrach sie Angus: »Mom, was ist denn da draußen los?« Sie stand auf und ging zum Fenster.

Der Blaue Misthaufen, der aus der Werkstatt auf den Parkplatz geschleppt worden war, hatte irgendwie Feuer gefangen und qualmte und stieß stinkende schwarze Rauchwolken aus. Weder Buck Trano noch der Mechaniker waren in Sicht.

Sie wollte gerade rufen: »Hol den Feuerlöscher!«, als ihr einfiel, was für ein Reinfall der Wagen war. Diese neue Katastrophe könnte sich noch als Segen erweisen. Wenn sie bei der Versicherung einen Antrag auf Schadensersatz für das Sägewerksgebäude stellten, konnten sie gleich auch einen für den Kipplaster einreichen. Keine Raten mehr für den Blauen Misthaufen.

»Schnell, Mom; wir müssen löschen!«

Hannah starrte ihren Sohn an, der mit dem Feuerlöscher in der Hand schon halb zur Tür raus war. »Ja«, sagte sie langsam. »Das müssen wir.«

Ein Holzlaster kam auf den Parkplatz gefahren, wurde langsamer und hielt. James sprang mit seinem eigenen Feuerlöscher heraus und machte sich energisch daran, die Flammen zu ersticken, was ihm nach kurzer Zeit gelang.

Buck Trano kam hinter dem Gebäude hervorgerannt.

»Heh, ich habe unseren Kipplaster gerettet!« rief James ihm zu und grinste von einem Ohr zum anderen.

»Ich sollte dich verprügeln!« knirschte Trano mit finsterem Gesicht.

Verwirrt parkte James den Laster, stieg dann schnell in seinen Wagen und fuhr davon, Hannah und Angus unsicher zuwinkend.

Der Mechaniker kam herangeschlendert, die Daumen unter die Hosenträger gehakt. »Das ist ja wohl die Höhe. Die Kinder müssen sich aber auch überall einmischen.« Gezielt spuckte er eine Ladung Tabaksaft in Richtung eines Käfers, der sich schwer beladen über den Boden schleppte.

»Was ist hier eigentlich los?« fragte Hannah.

Trano grunzte. »Wenn der Retter der Welt nicht just in diesem Augenblick vorgefahren wäre, müßten Sie jetzt keine Raten mehr für das Mistding bezahlen.«

»Heißt das, daß ihr beiden das Feuer gelegt –«

»Stellen Sie lieber keine Fragen, auf die Sie doch keine Antwort wollen.« Er biß ein Stück Kautabak ab, stopfte es sich in die Backe und stapfte davon, gefolgt von dem schimpfenden Mechaniker.

Sie war gerührt. Buck hatte versucht, den Laster für sie zu zerstören, um ihr aus der finanziellen Misere zu helfen.

◇ Als sie am Abend mit den Kindern vor dem Fernseher saß, klingelte das Telefon. Es war Paul Prefontaine. Sie begrüßte ihn unterkühlt, aber ihr Herz machte einen Satz, als sie seine Stimme hörte.

»Hannah, wir müssen miteinander reden«, sagte er langsam.

»Paul, hättest du mir nicht selbst sagen können, daß wir die Arbeit im Reservat einstellen müssen? Dann hätte ich es nicht von meinen eigenen Leuten erfahren.«

»Ich habe überall nach dir gesucht. Ich konnte dich nirgends finden, und dann habe ich dir einen Zettel geschrieben und ihn an der Hintertür festgemacht.«

»Oh«, sagte sie, als ihr die Geschichte mit dem Bären einfiel. »Ich glaube, daß einer unserer vierbeinigen Freunde ihn vor mir gefunden und aufgegessen hat.«

»Damit bin ich dann ja wohl aus dem Schneider, oder? Wie wäre es dann morgen mit einem Abendessen im Rain Forest?« Das Restaurant des Rain Forest Motels am Ostende des Sees war bekannt für seine hervorragende Küche.

»Sehr gern«, sagte sie.

Morgen abend, dachte Hannah, als sie auflegte. Sie wußte, daß sie sich mit Michaels Tod abfinden mußte. Es gab keine Möglichkeit, ihn wiederzubekommen. Absolut keine. Nie mehr.

Sie würde ihn immer lieben und um ihn trauern, und die Erinnerung an ihn würde immer den ersten Platz in ihrem Herzen einnehmen. Aber sie lebte, während er ins Reich der Toten gegangen war.

Sie hatte eingesehen, wie leer ihr Leben ohne Paul Prefontaine sein würde. Er war ein guter Mann. Ein feiner Kerl. Und sie fühlte sich zu ihm hingezogen. Es wäre töricht von ihr, ihn abzuweisen.

Draußen trieben rote und gelbe Blätter am erhellten Fenster vorbei, drehten sich und tanzten in sanfter Brise. Ein übergroßer Mond weinte silberne Tränen über dem See.

Sie wurde von einer unsagbaren Sehnsucht nach einem Menschen erfaßt, der ihr zur Seite stand – jemand, mit dem sie ihr Staunen über die Schönheit der Welt teilen konnte. Jemand, an den sie sich nachts anschmiegen konnte. Das Gefühl war so stark, daß sich ihr der Hals zuschnürte, Tränen in die Augen schossen und sie vor Einsamkeit körperlichen Schmerz empfand.

Paul Prefontaine war dieser Jemand.

◇◇◇◇◇◇◇ Kapitel 28 ◇◇◇◇◇◇◇

◇ Für Joan war dieser Herbst zauberhaft, eine Zeit von seidigen Morgendämmerungen und von Sonnenuntergängen, die an die Farbe frisch bemalter Totempfähle erinnerten. Von den Ahornbäumen ergossen sich Ströme aus Gold; die Pappeln glühten wie spitze Flammen. Rotahorn und Salal bluteten scharlach- und kastanienfarbene Blätter.

Über und hinter den atemberaubenden Farben standen die großen Bäume – Zedern, Fichten und Hemlocktannen – mit ihren tiefdunklen Tönen, ließen ihre schwarzgrünen Äste schwanken und sangen ihre alten Lieder. Der Kristallwind spielte mit den Bäumen wie auf einer Harfe und erfüllte die Luft mit den süßesten Düften.

An diesem Abend ging Joan erneut ihre Unterlagen durch, während der alte Ahcleet und Tleyuk Schach spielten. Sie wußte, daß irgend etwas nicht stimmte. Roger Carradine wurde noch immer vermißt, ebenso Eleanor Smythe, die Reiseleiterin. Und jetzt gab es neue Rätsel.

Am Highway 101 hatte man einen Fremden gefunden, der zu Tode geprügelt und dann im Straßengraben ein Stück oberhalb der North Shore Road liegengelassen worden war. Er wurde später als Howard Ipswich, 28 Jahre, aus Vancouver, B. C., identifiziert, der nach Aussage seiner Angehörigen auf dem Rückweg von einem Urlaub in Südkalifornien gewesen war. Sein Wagen wurde nie gefunden.

Stephen Maury, ein achtzehnjähriger Schüler der Amanda

Park High-School, war als vermißt gemeldet worden. Seine Leiche fand man Wochen später in einer entlegenen Ecke des Reservats. Sie sah aus, als wäre sie mehrmals von einem Lkw überrollt worden.

Die siebenundvierzigjährige Florence Lambert, eine Köchin in der Lodge, wurde in ihrer Hütte am See mit durchschnittener Kehle gefunden.

Und bei der Arbeit im Staatsforst hatte es unter den Arbeitern von Quinault Timber weitere Unfälle gegeben. Ein Arbeiter war getötet worden, als ein Seil riß. Wie im Falle von Lars Gunnarson lag auch hier ein Unfall vor, wie er bei Holzarbeiten eben passieren kann, eine verhängnisvolle Unachtsamkeit, aber für Joan waren es einfach zu viele Unfälle.

◇ Sheriff Tidewater als Vertretung des Stammes der Quinault, Jasper Wright für das County und zwei erfahrene Detectives von der Mordkommission der Washington State Police, Leonard L. Duncan und Clarence Montgomery, führten gemeinsam die Ermittlungen.

Sie hatten festgestellt, daß offenbar keine der ermordeten oder vermißten Personen irgendwelche Feinde hatte. Alle hatten unauffällig und in geordneten Verhältnissen gelebt. Niemand hatte irgendwelche Affären gehabt oder war verschuldet gewesen; sie hatten andere weder erpreßt noch bedroht.

Tuco Peters wurde mehrmals verhört, da er auf dem Film gewesen war, den man in Eleanor Smythes Kamera gefunden hatte. Er sagte, daß er vermutlich in der Nacht ihres Verschwindens im Wald gewesen war; er verbrachte die meisten Nächte im Wald. Aber das war schließlich nicht verboten.

»Haben Sie Eleanor Smythe da draußen gesehen?« fragte Leonard Duncan.

»Wie ich schon Sheriff Tidewater sagte, ich habe diese Frau in meinem ganzen Leben noch nicht gesehen.«

Da Eleanor Smythe Infrarot-Aufnahmen ohne Blitzlicht gemacht hatte, war es immerhin möglich, daß sie ihn ohne sein Wissen fotografiert hatte. Aber wieso war das Foto aus einem Winkel aufgenommen worden, als ob sie in dem Moment, als sie auf den Auslöser drückte, gestürzt wäre?

Sie konnten Tuco Peters nicht festnehmen. Außer seinem Foto auf dem Film gab es keinerlei Verbindung zwischen ihm und der Frau. Das war höchst verdächtig, wie Wright außerhalb des Verhörraums sagte, aber es reichte eben nicht aus. Noch nicht.

»Sie können gehen«, sagte Joan. »Aber Sie dürfen das Reservat nicht verlassen.«

An diesem Abend dachte Joan anhand der ihr vorliegenden Fakten über ein gemeinsames Muster nach. Eleanor Smythe war kurz vor der Errichtung von Hannahs Totempfahl verschwunden und Roger Carradine in der Nacht, bevor der Totempfahl von der Lodge aufgestellt wurde.

Zwei merkwürdige Parallelen, zweifellos. Aber war es vielleicht mehr als nur Zufall? War da ein gerissener Verstand am Werke? Zwischen Eleanor Smythe und dem sechzehnjährigen Schüler gab es keinerlei Verbindung.

Und es gab noch etwas anderes, das ihr Sorgen bereitete – die plötzliche Zunahme tödlicher Erkrankungen. Weit mehr als sonst.

Der sechzigjährige Groggin Phillips, der am Ostende des Sees gelebt hatte, war etliche Jahre krebskrank gewesen, aber vor kurzem hatten die Ärzte erklärt, daß er auf dem Wege der Besserung sei. Er war eines Nachts sang- und klanglos gestorben.

Die zweiundvierzigjährige Anne Watson, eine Witwe, die ausgedehnte Wanderungen im Olympic National Park und im Olympic National Forest unternahm, wurde allgemein um ihre robuste Gesundheit beneidet. Sie verstarb auf ihrer Veranda, während sie den *New Yorker* las.

Drei Babys unter sechs Monaten waren gestorben. Als Todesursache wurde »Plötzlicher Kindstod« festgestellt.

Der siebenundvierzigjährige Richard Bullier, der neue

Schuldirektor, erkrankte schwer an Asthma. So zumindest lautete die Diagnose der Ärzte in Aberdeen, obwohl er nie irgendwelche Beschwerden dieser Art gehabt hatte. Trotz regelmäßiger Einnahme der verschriebenen Medikamente erlitt Bullier einen Herzstillstand und starb an seinem Schreibtisch kurz vor Schulschluß an einem Freitag Anfang Oktober.

Etliche holzverarbeitende Unternehmen in der Gegend mußten den Betrieb einstellen, weil zu viele ihrer Arbeiter erkrankt waren.

Fast jeder war erkältet. Binte meinte, das läge an der Jahreszeit. Hannah legte einen Vorrat von Vitamin-C- und -B-Präparaten an und achtete darauf, daß Elspat und Angus sie ebenso regelmäßig einnahmen wie sie selbst.

Eines Nachts wachte Hannah auf, weil sie fast keine Luft bekam. Ihre Bronchien waren so verschleimt, daß sie kaum noch atmen konnte. Sie inhalierte über Dampf, bis sie Linderung verspürte.

Am nächsten Tag verschrieb ihr ein Arzt in Aberdeen Antihistamine. »Sehr viel nützen werden sie wohl nicht. Manchen Leuten helfen sie gar nicht«, sagte er. »Ich weiß wirklich nicht, was da oben los ist. Alle Welt hat irgendeine Form von Asthma oder eine Virusinfektion.«

»Hongkong-Grippe?« fragte sie.

»Möglich. Ich halte es aber eher für eine äußerst gefährliche Allergie.«

»Allergie? Obwohl die Luft hier so sauber ist?«

»Ich glaube schon. Wir haben furchtbar viele Fälle von Zedernölvergiftung, die sogenannte Rote-Lunge-Krankheit.«

»Davon habe ich noch nie gehört«, sagte Hannah.

»Normalerweise erkranken Arbeiter in Sägewerken daran. Sie reagieren allergisch auf die Öle im Zedernholz. Aber so verbreitet und so stark haben wir das noch nie gehabt.«

»Wie sehen die Symptome aus?«

»Hautausschläge. Atemnot. Manche auf Dauer arbeitsunfähig. Aber diesmal ist es ernster. Ich habe schon dem Gesundheitsamt Meldung gemacht.«

Hannah war froh, daß das Medikament in ihrem Fall wirkte.

◇ Mittlerweile war halb Taholah krank. Schon acht Bürger vom Stamme der Quinault waren gestorben. Crazy Lady sagte zu Joan und Prefontaine, daß sie sich an die Grippeepidemie von 1918 erinnert fühlte, nur daß es diesmal schlimmer war.

Der alte Ahcleet wurde wieder bettlägerig, trotz der Medizin und Pflege, die Crazy Lady ihm nach wie vor angedeihen ließ.

»Du mußt aufstehen und dich bewegen«, ermahnte Joan ihren Urgroßvater. »Je länger du liegst, desto schwächer wirst du.«

Ahcleet murmelte etwas Unverständliches.

»Jetzt hör mal. Steh auf. Ich fahre mit dir nach La Push.«

Ahcleet knurrte: »Was soll ich in La Push?«

»Das weißt du ganz genau. Alte Freunde von dir besuchen, die sich bestimmt freuen, wenn du kommst. Tu es mir zuliebe.«

Ahcleet öffnete die Augen, die trotz seiner Krankheit erstaunlich scharf und hell blickten. »Und was tust du mir zuliebe?«

»Ich kann nicht, Großvater«, sagte Joan leise. »Du weißt doch, daß ich in ein paar Monaten fort muß.«

Ahcleet schloß die Augen und drehte das Gesicht zur Wand.

Ratlos ging Joan auf die Veranda zu Crazy Lady. »Ich weiß nicht, was ich mit ihm machen soll.«

»Er wird wieder gesund, wenn du das tust, was du tun mußt«, sagte die alte Frau.

»Und was ist das?«

Sie warf Joan einen scharfen Blick zu.

»Ich sollte den Krankenwagen rufen und ihn ins Krankenhaus nach Aberdeen bringen lassen«, sagte Joan mehr zu sich als zu der alten Frau neben ihr.

»Wenn du das machst, stirbt er auf dem Weg dorthin«, sagte Crazy Lady.

»Davor habe ich ja Angst.«

»Er ißt nicht. Er trinkt nicht. Schon seit vier Nächten und drei Tagen«, sagte Crazy Lady. »Wenn du ihn umbringen willst, mußt du nur so weitermachen.«

»Sare, ich mache doch gar nichts.«

»Das ist ja das Problem.«

»Die alten Sitten funktionieren nicht mehr.«

Crazy Lady umklammerte Joans Arm. »Woher weißt du das? Bist du Expertin dafür?«

»Ich weiß es einfach.«

Sie zog Joan in die Küche, nahm ein kleines Messer und schnitt sich in die rechte Hand. Blut quoll hervor.

»Siehst du das?« Sie stellte sich auf die Zehenspitzen, reckte den Arm und strich mit der blutenden Hand über das Gesicht der jungen Frau.

Ehe Joan reagieren konnte, nahm sie erneut das Messer und schnitt damit in Joans Hand.

»Heh!« rief Joan und versuchte, sich loszuwinden.

Crazy Lady hing an ihr wie eine Klette. »Siehst du das?« fragte sie, als das Blut aus Joans Hand sickerte. »Das ist kein labberiges Weißenblut. Das ist kein University-of-Washington-Blut. Das ist kein Eff-Bie-Aii-Blut. Das ist Quinault-Blut.«

»Ich weiß, Sare.«

»Dann verhalte dich auch so.«

Joan nahm ein paar Küchentücher, wischte ihre und Sares Hand ab und klebte Pflaster auf die Wunden.

Crazy Lady machte frischen Kaffee und setzte sich an den Küchentisch.

Sie schwiegen eine Weile. Schließlich sagte Joan: »Ich kann nicht mehr lange hierbleiben, Sare. Außerdem käme ich mir verdammt blöd vor.«

»Du kannst es wenigstens versuchen. Wenn du es nicht tust, gibt es für keinen von uns Hoffnung. Die halbe Stadt ist schon krank.«

Joan starrte aus dem Fenster. Was konnte es schon schaden,

wenn sie es nur machte, um ihrem Großvater einen Gefallen zu tun? Sie konnte das Programm ja absolvieren, und hinterher ging es dann nach Quantico und in ihr neues Leben draußen in der realen Welt.

Plötzlich mußte sie an ihren Exmann denken; so sehr sie es auch zu unterdrücken versuchte, ihre Augen füllten sich mit Tränen. In Wahrheit war sie krank vor Sehnsucht nach ihm. Ein Telefonanruf würde genügen, und er wäre wieder in ihren Armen.

Nein, dachte sie, niemals.

◇ Joan fuhr an der Schule vorbei, wo ihr Sohn mit anderen Kindern Ball spielte.

Ohne von ihm bemerkt zu werden, hielt sie an und beobachtete ihn. Ihre schönen dunklen Augen, in denen goldene Punkte schimmerten, ruhten auf dem kleinen Tleyuk. Sie würde ihn hier bei Ahcleet und Paul lassen, wo er geborgen und glücklich war, während sie ihr Leben im Osten einrichtete.

Noch während sie zusah, blieb Tleyuk plötzlich stehen und rannte dann zum hinteren Ende des Schulhofes, als ob ihn jemand gerufen hätte. Neugierig fuhr Joan langsam auf den Parkplatz, um nachzusehen, wer da mit ihm sprach.

Was sie sah, ließ sie augenblicklich erstarren.

Da stand ein Mann, sah auf Tleyuk herab und hatte die Hand auf den Kopf des Kleinen gelegt.

»Fünkchen!« schrie Joan durch das offene Fenster und gab Gas. »Lauf! Lauf zu mir!«

Tleyuk drehte sich um, die Augen angstvoll aufgerissen.

Joan machte eine Vollbremsung und sprang aus dem Wagen, Pistole in der Hand, obwohl sie schon in diesem Augenblick wußte, daß eine solche Waffe nutzlos sein würde.

»Weg von meinem Sohn!« rief sie. »Beweg dich!«

In diesem Sekundenbruchteil prägte sie sich jedes Detail der

Männergestalt ein. Unglaublich langes, wirres rotes Haar, das ihm bis zu den nackten Füßen reichte. Dünn. Ausgezehrt. Groß. So groß wie ihr Bruder, Paul Prefontaine. Größer. Scheinbar in Lumpen gekleidet.

Und die Augen! Menschliche Augen? Nein. Unmöglich. Rauch in den Augen. Feuer tief innen. Sie starrten sie aus zerstörten Augenhöhlen an.

Tleyuk kam schluchzend auf seine Mutter zugerannt.

Joan drückte ihn an sich und rief: »Hände weg von meinem Sohn!«

Und dachte: Mein Gott, ich bin verrückt geworden. Ich spreche mit einer Erscheinung!

»*Tat'ca;* siehe!« Die Stimme des Mannes war wie ein Schlag, und er hob den Arm zu einer herrischen Geste. »Er ist bereits mein. So wie du. Ich warte.«

Joan hob Tleyuk hoch und trug ihn zum Wagen. Als sie sich umblickte, war der seltsame Mann verschwunden.

Sie schob sich hinter das Lenkrad und vergrub den Kopf in den Händen.

»Was ist los, Mama?« fragte Tleyuk, der sich allmählich beruhigte. »Warum magst du den netten Onkel nicht?«

Netten Onkel? Joan blickte ihren Sohn an. Was hatte Tleyuk gesehen? Offensichtlich nicht das, was sie gesehen hatte.

»Er hat mir was geschenkt. Einen neuen Ball. Einen ganz komischen.«

Tleyuk zeigte ihn seiner Mutter. Der Ball war aus massivem Zedernholz, etwas größer als ein Baseball. Joan nahm ihn Tleyuk weg. Er wog schwer in ihrer Hand.

Sie starrte ihn verblüfft an. Mit solchen Bällen wurde in alter Zeit das Shinny-Spiel gespielt. Sie hatte davon gehört, aber noch nie einen solchen Ball gesehen.

Sie legte den Ball auf das Armaturenbrett und drückte Tleyuk fest an sich. Der kleine Junge wand sich. »Du tust mir weh, Mama«, sagte er. »Laß mich los.«

»Ich werde dich niemals loslassen«, sagte Joan grimmig.

Als sie wieder zu Hause waren, rannte Joan mit Tleyuk auf dem Arm die Treppe hinauf in das Schlafzimmer des alten Ahcleet.

»Großvater«, sagte sie. »Ich werde mich auf die Suche nach meinem Schutzgeist machen.«

Es deutete nichts darauf hin, daß der alte Mann sie gehört hatte. Tleyuk klammerte sich an seine Mutter, die Arme um ihren Hals geschlungen, die Beine fest um ihre Taille.

Sie sagte es noch einmal, diesmal laut und bestimmt. »Ich werde mich auf die Suche nach meinem Schutzgeist machen.«

Ahcleet versuchte aufzustehen. »Helft mir hoch«, sagte er. Crazy Lady eilte zu ihm, um ihn zu stützen.

»Ich will etwas zu essen und zu trinken«, sagte er zu ihr. »Ich brauche Kraft, um meiner Urenkelin zu helfen.«

»Schon unterwegs, alter Mann«, sagte Crazy Lady und hastete in die Küche.

◇ An dem Abend, bevor Joan sich auf die Suche nach ihrem Schutzgeist machen wollte, saßen sie und ihr Urgroßvater im Wohnzimmer. Tleyuk hockte auf Paul Prefontaines Schoß und sah fern, obwohl der Ton abgedreht war.

»Bevor du gehst, müssen wir über die Geister reden«, sagte Ahcleet.

»Ja«, erwiderte Joan. Sie wußte, daß ein solches Gespräch ihre Gedanken auf den Zweck der Suche konzentrieren sollte.

»Ein Schamane kann nur durch den bösen Einfluß eines anderen Schamanen krank werden«, begann Ahcleet.

Tleyuk meldete sich zu Wort. »Warst du deshalb so krank, Großvater?«

Ahcleet nickte. »Der alte Zauberer hat mich krank gemacht. Die Hexe hat ihn zurückgeholt. Er wird alle krank machen. Er wird uns alle vernichten, wenn ihn niemand aufhält.«

Joan schwieg.

»Ich kannte einmal einen Mann, der den Geist eines Schamanen besitzen wollte«, fuhr Ahcleet bedächtig fort, auf den Spuren der Erinnerung. »Er hat zwei gefunden, und sie haben für ihn gekämpft. Flammen und Blitze schossen auf.

Der Mann bekam Angst und versuchte fortzulaufen. Sein Körper wurde später gefunden, verdreht und von Würmern zerfressen. Wenn er den Mut gehabt hätte, den Kampf durchzustehen, hätte er einen dieser wertvollen Geister bekommen. Aber er hatte gezeigt, daß er ein Feigling war, und die beiden haben ihn getötet.«

Na prima, dachte Joan.

»Du warst noch klein, als du Sta'dox!wa, den mächtigsten Schamanengeist, bekommen hast«, erklärte der alte Mann. »Aber du hast den Kontakt zu ihm verloren, als du den Glauben verlorst. Du hast sogar deinen Gesang verloren.«

»Was für einen Gesang, Großvater?« fragte Tleyuk.

Der alte Mann lächelte. »Jeder von uns, aus dem ›Volk‹, hat einen besonderen Gesang, der ihm zufällt, wenn er seinen Schutzgeist gefunden hat. Dieser Gesang gehört nur ihm und kann von Generation zu Generation weitergegeben werden. Er ist lebendig, eigen, persönlich. Der eigene Gesang ist mit das Wertvollste, was ein Mensch besitzen kann.« Ahcleets Gesicht nahm einen traurigen Ausdruck an. »Manche begegnen ihrem Schutzgeist nie und finden nie ihren eigenen Gesang.«

Die Flammen im Kamin züngelten über die ausgeblichene Oberfläche des Treibholzes, ließen den Geruch des Meeres aufsteigen, eine duftende Gabe an die Geister.

»Mächtige Geister kommen nur zu denjenigen, die lange Zeit fasten können und viele Beschwernisse erdulden«, fuhr Ahcleet fort. »Während der Geistersuche muß man absolut keusch leben.«

»Die Voraussetzung erfülle ich«, sagte Joan.

»Man darf keinen Alkohol oder andere Drogen nehmen. Niemals.«

Sie nickte. »Auch da kannst du unbesorgt sein.«

»Man muß sich durch Fasten, Baden und Schwitzbäder reinigen. Da mein Onkel ein großer Krieger war, wollte er natürlich unbedingt, daß auch ich einen Kriegergeist erhalte. Er hat mich ausgebildet, da mein Vater von einem Wal getötet wurde, als ich noch sehr jung war.

Mein Onkel hat mich gelehrt, nach einem Kriegergeist zu tauchen, aber es war vergeblich. Nach meiner ersten Geistersuche kehrte ich mit Sta'dox!wa nach Hause zurück, dem mächtigsten Schamanengeist, demselben, den du einst besessen hast.«

»Du mußt aber ein ziemlich junger Schamane gewesen sein«, sagte Joan.

»Oh, ich habe nicht gleich versucht, als Schamane zu wirken. Damit habe ich gewartet, bis ich mehr Geister erlangt hatte. Um diese Zeit war ich vierzig Jahre alt, älter als du jetzt.«

Ahcleet zählte die Geister auf, die er besaß, von denen keiner ein Kriegergeist war. Da war Sta-a'yewi, dessen Gabe es war, daß Weiße ihn mögen würden; Teba'k!wak, der Ahcleet die Macht gab, Dachse zu fangen; Sg'lob, damit er Fasane fangen konnte.

»Außerdem habe ich Sg'dilatc, den Geist, der beim Lachsfang hilft und die Leichen von Menschen findet, die ertrunken sind oder sich im Wald verirrt haben. In den alten Zeiten habe ich so manche Suche nach Vermißten geleitet.

Und ich besitze Xa'ltqam. Ein Mensch mit seinem Geist hat Macht über alle Arten von Muscheln. Wenn er mit seinen Freunden getanzt und gesungen hat, wird das ›Volk‹ Berge von Muscheln am Strand finden.«

Prefontaine sah auf. »In letzter Zeit habe ich aber keine Berge von Muscheln gesehen«, sagte er lächelnd.

Ahcleet zuckte die Achseln. »Wir haben nicht getanzt und gesungen. Es ist einfach zu leicht, Tiefkühlkost zu kaufen.«

Es war spät geworden. Der alte Mann erhob sich, um noch mehr knorriges Treibholz auf das Feuer zu legen. Auf ein leises Wort von Joan hin sprang Tleyuk vom Schoß seines Onkels, machte den Fernseher aus, gab ihnen allen einen Gutenachtkuß und ging ins Bett.

Gedankenverloren starrte Joan in die Flammen und betrachtete dann den Schnitt in ihrer rechten Hand, den Crazy Lady ihr beigebracht hatte.

Sie war eine Quinault. Daran bestand kein Zweifel. Aber hatte sie auch den Mut, die Geister der Alten zu suchen? Konnte sie für Tleyuk, für Ahcleet, für das »Volk« stark sein? Konnte sie wieder glauben?

Gab es etwas, woran sie glauben konnte?

Sie fragte sich, ob in der gesamten Geschichte des »Volkes« jemals irgend jemand mit so vielen Zweifeln auf Geistersuche gegangen war.

Wahrscheinlich würde sie halb verhungert und dehydriert wieder nach Hause kommen und nichts Beeindruckenderes mitbringen als eine schwere Lungenentzündung. Aber als sie an den warmen Körper ihres Sohnes dachte, wie er ihr seinen Gutenachtkuß gegeben hatte, wußte sie, daß sie die alten Rituale befolgen würde. Ganz gleich, was geschehen würde oder nicht geschehen würde, sie mußte es wenigstens versuchen.

◇ Sie fuhr bis zum Ende der South Shore Road, parkte ihren Wagen und wanderte 13 Meilen bis in das Enchanted Valley. Sie hatte nichts dabei, außer der Kleidung, die sie am Leib trug, einem Muschelmesser und einer kleinen Trommel.

Sie mußte einen hüfttiefen Bach finden, der noch rein und unverschmutzt war. In dem Wald, in dem er war, durfte kein Baum gefällt worden sein. Dicht am Wasser mußten Zedern stehen und Farne wachsen.

Es war nicht leicht, einen Ort zu finden, der noch unberührt und rein war. Wo sie nicht durch neugierige Wanderer gestört wurde, die sich bestimmt über eine Frau wundern würden, die ohne Proviant und nackt in der tiefsten Wildnis unterwegs war.

Sie ging weitere zehn Meilen nach Norden, bis sie weit entfernt von den Wanderpfaden eine Stelle fand, wo ein Gletscherbach über mehrere Wasserfälle hinunter in einen Teich stürzte, der von Farn gesäumt und von alten Zedern umstanden war. Auf einer Seite war eine kleine natürliche Höhle, halb versteckt hinter einem Rotahorn, der jetzt in herbstlichen Scharlachtönen leuchtete.

Die Luft war still. Sonnenflecken drangen durch die dichten Kronen der Zedern, wie Strahlen von einem himmlischen Gesicht. Joan spürte die Weihe des Ortes. Hier würde sie bleiben.

Nachdem sie aus Steinen eine kleine Wand aufgeschichtet hatte, die die Hitze des Feuers in die Höhle reflektieren sollte, sammelte sie einen großen Haufen Tannennadeln und machte sich daraus in der Höhle ein Bett; dann schnitt sie Hemlockzweige ab, mit denen sie sich zudecken konnte.

Sie baute eine Schwitzhütte, zwei Meter lang, 1,80 breit und 1,20 hoch. Zuerst fertigte sie ein Gerüst aus Ästen, das sie mit Zweigen und Buschwerk und würzig duftendem Mulch vom Waldboden bedeckte. Im Innern der Hütte machte sie eine Mulde in die Erde für die heißen Steine und flocht eine Matte aus Schilf für die Türöffnung. Schließlich zog sie ihre Kleidung aus, faltete sie sorgsam zusammen und legte sie in die Höhle.

Nun war sie bereit, so viele Tage und Nächte zu fasten, zu beten und zu den Geistern zu singen, wie erforderlich sein würden. Sie hoffte, ihr Körper würde die Herausforderung überstehen.

Sie stellte sich aufrecht hin, streckte die Arme gen Himmel und schrie laut:

»Geist des Donners, ich rufe dich an!
Höre mich an, dort auf deinen Gipfeln!

Ich bin La'qewamax, eine Nachfahrin Musqueems.
Meine Ahnen haben von dir ihre Kraft gewonnen.
Durch ihre Reinheit und ihren Mut haben sie deine
Mauer des Schweigens durchbrochen.
Ich, ihre Tochter, brauche eine neue Kraft und
einen neuen Gesang.
Höre! Höre mich an und sage mir deine Antwort
mit der Stimme des Windes!«

Sie machte ein Feuer außerhalb der Schwitzhütte, trug Steine aus dem Teich herbei, erhitzte sie im Feuer, rollte sie in die Hütte, besprengte sie mit Wasser und hängte die Matte vor die Öffnung.

Nach dem Schwitzbad tauchte sie in das eiskalte Wasser des Teiches und grüßte die vier Himmelsrichtungen. Danach rieb sie sich mit Zedernzweigen ab und rannte zwei Stunden lang durch den Wald, so schnell sie konnte.

Bei ihrer Rückkehr war sie in Schweiß gebadet. Sie setzte sich an den Teich. In der tiefer werdenden Stille erschienen ihr die alten Rituale nicht mehr ganz so fremd und sinnlos.

Sie dachte an die Vergangenheit. Als sie noch Kinder waren, hatten sie und ihr Zwillingsbruder die erste Ausbildungsphase gemeinsam absolviert. Sie hatten gelernt, wie man fastet, ohne ohnmächtig zu werden, wie man sich in der Dunkelheit im Wald zurechtfindet. Sie hatten in winterlichen Flüssen gebadet, bis sich in ihren Haaren und Wimpern kleine Eiszapfen gebildet hatten. Sie hatten meditiert und vor allem ihre persönlichen Geisterkräfte entdeckt.

Paul hatte sich von derlei Dingen distanziert. Obwohl er heute eigentlich kein Ungläubiger war, so war er auch kein Gläubiger, sondern eher ein »Unschlüssiger«. Ahcleet war nicht enttäuscht, als ob er immer schon mit Pauls Skepsis gerechnet hätte.

Joan jedoch war nach wie vor fasziniert von den Geheimnissen und dem Lockruf der alten Sitten.

Einmal hatte Ahcleet die geschnitzte Miniatur eines Wales in einem alten Zedernwäldchen versteckt, bevor Joan, damals noch ein Kind, allein ihre Reise in die winterliche Wildnis antrat. Wochenlang hatte sie sich allein in den Wäldern durchgeschlagen auf der Suche nach dem geschnitzten Wal, bis sie ihn fand und triumphierend zurückbrachte.

Doch nach dieser glücklichen, unschuldigen Zeit hatte auch sie ihren Glauben verloren. Sie mußte einer schmerzlichen Tatsache ins Auge sehen: Nichts an dem alten Glauben kam ihr heute noch sinnvoll vor. Sie sehnte sich verzweifelt danach zu glauben, aber sie konnte nicht mehr. Nicht nach Roc.

Nun eröffnete ihr diese Suche die Chance, wieder ihren alten Platz einzunehmen – wenn das noch möglich war. Wieder das richtige Verhältnis zu der Welt ihrer Ahnen zu finden. Wieder in Harmonie mit den Dingen zu leben. Wieder heil zu werden.

Sie blieb zwei Wochen an dem Teich. Zweimal täglich nahm sie ein Schwitzbad. Viermal täglich sprang sie in das eiskalte Wasser, rief die Geister an, grüßte die vier Himmelsrichtungen, rannte stundenlang nackt durch den Wald. Sie aß nichts. Am vierten Tag, und von da an jeden Tag, trank sie ein paar kleine Schlucke Wasser aus dem Teich.

In der achten Nacht fiel ein kalter Regen, der allmählich in Schneeregen überging und dann in Schnee. Sie fröstelte. Es würde eine lange Nacht werden. Am Nachmittag hatte sie aus Tannenzweigen ein kleines Dach vor der engen Höhle gebaut. Darauf fiel jetzt zischend der Regen und später weich der Schnee.

Sie hatte ein warmes Feuer und reichlich Holz, aber sie war schwach von der geringen Nahrungsaufnahme. Wenn sie einschlief, würde sie erfrieren. Es gelang ihr, wach zu bleiben, indem sie die ganze Nacht hindurch sang. In dem Augenblick, als sie die Sonne über den Berggipfeln aufgehen sah, nahm sie ein Schwitzbad und sprang dann in den eisigen Teich.

Am frühen Morgen des vierzehnten Tages fiel ihr auf, daß die gesamte Umgebung in einem außergewöhnlich hellen Licht erstrahlte, das aber nicht von einem festen Zentrum auszugehen schien.

Sie spürte die Präsenz einer unwiderstehlichen, durch und durch gütigen Macht und wurde von einem Gefühl tiefsten Glücks und Wohlbefindens erfaßt – von der Gewißheit alles umfassender, unwandelbarer Liebe.

Dann schien sie unvermittelt in eine flammende Wolke gehüllt, und einen entsetzlichen Augenblick lang dachte sie: Ich brenne!

Im nächsten Moment wußte sie, daß das Feuer in ihr war. Sie glühte . . . vor Wonne und maßloser Freude.

Ihr wurde bewußt, daß sie selbst über ungeheure Macht verfügte. Daß sie unvergänglich war. Es war nicht die Überzeugung, daß sie das ewige Leben haben würde, sondern das Bewußtsein, daß sie jetzt und hier ewig war; daß in diesem Sinne alles Leben ewig war.

Als die Vision nachließ, spürte sie, daß etwas näher kam. Sie lauschte, bis sie fast hören konnte, wie Meilen entfernt die Gletscher zu zahllosen murmelnden Bächen und Wasserfällen zerschmolzen.

Aber sie hörte kein Rufen, keine Stimme von dem, was da näher kam . . . immer näher.

Bis es überall um sie herum atmete. Bis es in ihr und durch sie atmete.

Sie betrachtete alles ganz genau. Ihr Seh- und Hörvermögen war gesteigert. Sie konnte jede glitzernde Nadel an jedem schimmernden Baum sehen, jede klebrige Faser der Rinde an jeder Zeder. Sie konnte in die Bäume hineinsehen, sah das Harz fließen, spürte das Leben und das Bewußtsein jedes Baumes.

Sie konnte jede lebendige Maserung in den Farnblättern sehen, die winzigen pelzigen Stoppeln auf jedem Stückchen Moos. Sie konnte das Funkeln im Auge des Bibers sehen, der sie anstarrte; konnte im Bewußtsein des Tieres lesen und seine Gedanken denken: Willkommen, Schwester.

Sie war eins mit dem Leben. Sie war Teil all dieses Lebens – ein Leben, das so bedeutsam, so wesentlich war wie ihr eigenes.

Völlig versunken in diese außergewöhnliche Erfahrung, blickte sie auf und sah mit ihrem inneren Auge einen Mann aus Licht auf der anderen Seite des Teiches stehen und ihr zulächeln.

Joan erhob sich, um zu ihm zu gehen, aber der Mann hob die rechte Hand, die Innenfläche nach außen, und bedeutete ihr stehenzubleiben, obwohl er weiter lächelte, bis er mit dem Licht verschmolz, das ihn umgab.

Sie spürte, wie eine große Lebenskraft ihren ganzen Körper erfüllte. Sie wußte jetzt mit erschütternder Klarheit, daß sie nicht verlassen worden war. Sta'dox!wa, der mächtigste der schamanistischen Übernatürlichen, ihr Schutzgeist, war wieder zu ihr gekommen.

Diesmal war sie kein verzaubertes Kind. Diesmal war sie eine reife Frau, die endlich bereit war. Eine Frau, deren Leben durch Zweifel und Trauer, Enttäuschungen und Kümmernisse für die üppige Ernte vorbereitet worden war, die noch kommen würde.

Als sie von einer heftigen Ruhelosigkeit erfaßt wurde, nahm sie ihre kleine Trommel zur Hand. Schon bald verlor sie die bewußte Kontrolle über ihre Handlungen und schrie, um Erleichterung von ihrer immer stärker werdenden inneren Qual zu finden.

Sie begann, sehr leise zu trommeln, lockte die Schutzgeister heran, um sie ganz in ihren Besitz zu bringen. Als sie aufgeregter wurde, trommelte sie lauter. Plötzlich sprang sie auf und fing an zu tanzen.

Ihr Tanz war krampfhaft, kompliziert, mit unberechenbaren Bewegungen, bei denen sie manchmal eine Haltung mehrere Minuten lang in voller Anspannung beibehielt, um dann plötzlich nach vorn zu eilen, auf der Suche nach dem Unsichtbaren.

Hin und wieder machte sie große Sprünge. Dann wiederum waren ihre Bewegungen verhalten und geschmeidig. Sie ahmte das Verhalten von Vögeln und anderen Tieren nach, blickte sich vorsichtig um oder scharrte über den Boden.

Der Tanz ging weiter. Irgendwann warf sie die Trommel weg,

die zu Boden fiel und sich dann allmählich zu erheben schien, in der Luft schwebte und Joans Rhythmen aufnahm, als ob eine andere Macht sie beherrschte.

Endlich stieß sie keuchend ein oder zwei Töne ihres geheimen Gesanges aus. Ihr Atem fing an zu rasseln, dann sank er tief in sie hinab, wo sie ihn nicht mehr kontrollieren konnte.

Sie versuchte, ihren Gesang laut herauszuschreien, ihn aus den Tiefen ihres Seins hervorzuholen, mit aller Kraft. Ihr Kiefer bebte, Speichel sammelte sich in ihrem Mund, aber sie konnte ihn nicht singen, konnte ihn nicht aus ihrem Körper pressen.

Der Tanz ging mehrere Stunden so weiter, bis sie zusammenbrach. Noch immer konnte sie ihren Gesang nicht herausbringen.

Sie lag auf dem Boden und zitterte vor Schwäche. Als sie ein Rascheln im Unterholz hörte und dünne, schrille Schreie wie von einem neugeborenen Kind, hob sie den Kopf und sah eine große Schlange mit vier Beinen, größer als jede Schlange, die auf der Olympic-Halbinsel vorkam. Die Schlange näherte sich ihr, schnüffelte über ihr Gesicht, atmete in ihre Nasenlöcher, erkundete ihren Körper der Länge nach, schrie erneut auf, kroch langsam über ihre Hüften und verschwand dann im Teich.

Sie hatte Teba'k!wak empfangen, einen Geist, der ihr in gefährlichen Situationen das Leben retten und ihr darüber hinaus helfen konnte, andere Menschen zu heilen, indem sie ihre verlorenen Seelen zurückbrachte.

Sie fiel in einen tiefen Schlaf, aus dem sie erst am nächsten Morgen erwachte. Sie fühlte sich wach, leicht, innerlich und äußerlich rein, stark an Leib und Seele und erfüllt von einer manischen Energie. Sie wußte, daß diese Energie daher kam, daß ihr Gesang noch in ihr eingesperrt war, und wenn sie ihn nicht herausbekam, würde sie sehr krank werden oder verrückt.

Sie baute ihre Schwitzhütte ab und legte dabei jedes Teil an einen anderen Ort im Wald. Dann entfernte sie die Steine aus der Mulde in der Mitte und verwischte mit einem belaubten Zweig alle Spuren ihrer Anwesenheit.

Zum erstenmal seit ihrer Ankunft am Teich legte sie ihre Kleider wieder an. Dann machte sie sich auf den weiten Weg zurück zu ihrem Wagen.

Auf der Fahrt nach Taholah hatte sie ständig die Vision von dem Mann aus Licht vor Augen, bis sie schließlich bedrückend wurde. Sie konnte nur mit äußerster Mühe atmen, als sie erneut versuchte, ihren Gesang zu singen, aber es war sinnlos. Er war irgendwo in ihrem Körper gefangen.

Ihr wurde übel. Sie hielt am Straßenrand und erbrach grüne Galle. Schwindelanfälle umnebelten ihren Verstand. Sie hatte Angst zu fahren, aber sie wußte, daß sie Taholah erreichen mußte, bevor sie ohnmächtig wurde.

Vor Ahcleets Haus angekommen, mühte sie sich aus dem Pickup, ließ die Tür offen und taumelte ins Haus.

Drei Eingeweihte erwarteten sie mit geschwärzten Gesichtern. Es waren dieselben, die auf der Landzunge bei ihrem Treffen mit Hannah und Buck Trano dabeigewesen waren. An einer Wand hinter ihnen stand Ahcleet und hielt Tleyuk am Arm.

Als Joan eintrat, packten die Eingeweihten sie. Einer der Männer berührte ihre Stirn mit einem Holzhammer. Das war zwar nur eine Geste, die das »Totschlagen« eines Opfers symbolisieren sollte, aber sie brach in ihren Armen zusammen.

Die Eingeweihten entblößten ihren Oberkörper und banden ihr die Augen zu. Dann schlugen sie sie heftig, nicht bloß als zeremonielle Geste, mit Hirschhufrasseln ins Gesicht und auf den Kopf, bis sie zu Boden stürzte, wo sie schwere Decken über sie breiteten und ihr verboten, zu sprechen oder sich zu bewegen.

Sie verspürte einen unbeschreiblichen Hunger. Sie schoben ihr etwas zu essen in den Mund und schlugen ihr dann so fest ins Gesicht, daß sie das Essen ausspucken mußte. Sie reichten ihr Wasser in einem undichten Gefäß und nahmen es ihr wieder weg, bevor sie den Durst stillen konnte.

Als sie in einen benommenen Schlaf dämmerte, riß man ihr die Decken weg. Sie wurde gebissen, geschlagen, gekitzelt und gekniffen. Die Schmerzen waren so stark, daß sie aufschrie. Irgend jemand biß ihr in den Bauch. Jetzt preßten sich die Zähne in ihre Haut und zerrten noch fester.

Sie spürte, wie ihr Gesang sich in ihr aufbaute, aber sie bekam ihn nicht über die Lippen. Die Eingeweihten schlugen ihr so fest in den Magen, daß sie ohnmächtig wurde und dann in einen tiefen Schlaf versank.

Während sie schlief, träumte sie ihren Gesang und sah, wie sie ihr Gesicht bemalen und wie sie tanzen sollte. Sie spürte, wie ihr Gesang sie ganz ausfüllte, und öffnete den Mund, um zu singen . . . aber es kam kein Ton heraus.

Obwohl sie schlief, konnte sie hören, daß die Eingeweihten sangen und tanzten und direkt neben ihrem Kopf die Hirschfelltrommeln der Salish schlugen.

Als sie mit eiskaltem Wasser überschüttet wurde, erwachte sie mit einem Schrei und stand mühsam auf.

Sie keuchte, rang nach Atem und fühlte eine unfaßliche Macht ihren ganzen Körper durchglühen, wie ein gewaltiger Stromstoß. Von der puren Wucht schwanden ihr die Sinne, und sie drohte zu fallen.

»Atme tief, ganz tief; halte es nicht zurück«, sagte eine Stimme in der Dunkelheit. »Atme tief von ganz unten, aus dem Bauch, atme ganz aus.«

Sie atmete, so tief sie konnte, atmete, bis ihr gesamter Körper, Brust und Bauch in Bewegung waren.

Als sie ihr die Augenbinde abnahmen, sah sie die drei Eingeweihten, ihren Urgroßvater und ihren kleinen Sohn. Alle sahen sie mit leuchtenden Augen an.

»Die Farbe«, murmelte sie. »Bringt mir die Farbe.«

Kleine Farbtöpfchen wurden vor sie hingestellt. Rasch malte sie ihr Gesicht so an, wie sie es gesehen hatte, als sie ihren Gesang geträumt hatte: ein schwarzer Strich quer über die Stirn, drei senkrechte Striche aus rotem Ocker auf jede Wange.

Sie spürte, daß ihre Muskeln stark wurden, daß ihr ganzer Körper hart wie Holz wurde. Sie wußte, daß sie in Trance fiel.

Etwas schob sich von oben über ihre Augen, ein Schutz nicht für ihren Körper, sondern für ihren Geist, und sie konnte nichts mehr sehen.

Sie hörte, wie ihr Gesang ihren Körper ausfüllte, in ihren Ohren brauste. Sie öffnete den Mund, und er strömte heraus, fließend wie der Regen.

»Haiiii, hai, oh, o, o, o, o!
Haiiii, hai, oh, o, o, o, o!
Hai, oooooh.
Haiiii, hai, oh, o, o, o, o!«

Aus allen Richtungen erschallte Gesang: Die Bäume draußen sangen; die Vögel sangen; die Wale draußen im Ozean sangen; der Wind sang.

Sie fing an zu tanzen, wandte sich nach links, immerzu nach links, sprang einen Meter hoch in die Luft und hatte das Gefühl, als ob sie in der Luft schweben würde, leicht wie eine Feder.

Sie tanzte und sang immer weiter, bis die Zeit keine Bedeutung mehr hatte. Schließlich tanzten und sangen die Eingeweihten mit, folgten ihren Schritten. Ahcleets Haus war voller Freude und Gesang und Tanz.

»Wie fühlst du dich?« fragte die Frau unter den Eingeweihten, kniete sich nieder und liebkoste Joans Gesicht, nachdem sie vor Ahcleet zusammengebrochen war.

»Noch nicht ganz wieder in meinem Körper«, murmelte sie.

»Ich danke euch, meine Lieben«, sagte Ahcleet, dem Tränen über das Gesicht rannen. Er umarmte jeden der Eingeweihten, dann beugte er sich über Joan. »Was dich angeht, La'qewamax, du hast deinen Gesang gefunden. Du warst tot. Jetzt bist du neu geboren.«

Die Prellungen und Blutergüsse an Joans Körper waren bereits sichtbar, als sie wieder aufsprang, zutiefst erregt. Durch diese neuerliche Geburt hatte sie ein seltsames Gefühl innerer Freiheit erfaßt, als ob ein stählernes Band der Traurigkeit plötzlich zersprungen wäre. Bewußt dachte sie an Roc, beschwor sein Gesicht herauf, die Berührung seiner Hände, erwartete den Schmerz der Erinnerung, empfand aber nur strahlendes Glück. Er war nicht mehr wichtig. Er hatte seinen Zweck erfüllt. Er hatte ihr Tleyuk geschenkt.

Sie hatte das überwältigende Gefühl, alles unter Kontrolle zu haben, eins zu sein mit den mächtigsten Geistern der Erde.

Sie war noch immer eine lebenstüchtige Frau in der modernen Welt des ausgehenden 20. Jahrhunderts. Sie war noch immer eine Mutter, noch immer Polizistin.

Aber trotz allem glaubte sie wieder an die alten Sitten und Gebräuche. Sie waren nicht jedem zugänglich, das wußte sie. Aber ihr.

Zum erstenmal in ihrem erwachsenen Leben war die zerbrochene, desorientierte Frau wieder heil. Sie war mit Leib und Seele vorbereitet auf alles, was noch kommen mochte.

◇◇◇◇◇◇◇ Kapitel 29 ◇◇◇◇◇◇◇

◇ Eine Stunde, bevor Hannah und Buck Trano sich wie verabredet mit Aminte treffen wollten, saßen Joan und Paul in seinem Dienstwagen versteckt am Highway 101. Sie war aus ihrem Pick-up zu ihm eingestiegen.

»Hast du den Durchsuchungsbefehl?« fragte er.

Im Hintergrund knisterte leise das Funkgerät. Joan klopfte auf ihre Brusttasche. »Er liegt mir am Herzen.« Sie sah Paul fragend an. »Woher weißt du eigentlich, daß sie das Haus verlassen wird?«

»Die Geister haben es mir erzählt.« Er lächelte in sich hinein und überlegte, was Hannah wohl davon halten würde, als Geist bezeichnet zu werden. Sie hatte ihn angerufen und ihm von dem bevorstehenden Treffen mit Aminte erzählt, bei dem sie über einen möglichen Holzkauf verhandeln würden.

Die Sekunden schlichen dahin, und Joan fragte Paul, ob er vielleicht irgendeine Idee hätte, was mit Theron Maynards Sohn passiert sein könnte.

Prefontaine schüttelte den Kopf. »Vielleicht war das Blut, das die Leute von Quinault Timber oben auf der Landzunge gefunden haben, von ihm.«

»Wir wissen ja noch nicht mal, ob es Menschenblut ist«, sagte sie. »Die Laborergebnisse kommen in zirka einer Woche.«

Joan erinnerte sich an das Husten, das sie bei ihrem letzten Besuch vor Amintes Haus gehört hatte. Ob dieses Husten aus Richard Maynards Kehle gekommen war? Wohl kaum. Nach allem, was sie von Aminte wußte, hatte sie keine Schwäche für Männer wie den jungen Maynard. Da wäre Tuco Peters mit seinem attraktiven exotischen Aussehen eher nach Amintes Geschmack, vermutete Joan. Aber vielleicht war ja auch niemand da gewesen und sie hatte sich das alles nur eingebildet.

Es sei denn –

Es sei denn was? fragte sie sich selbst.

Es sei denn, Rabe konnte sich wirklich in einen Menschen verwandeln, und sie hatte dieses anthropomorphe Wesen husten gehört. Bei Amintes Fähigkeiten und ihrem Hintergrund war alles möglich.

Aber das war verrückt. Tiere verwandeln sich nicht mehr in Menschen. Nicht in der heutigen Zeit.

Oder vielleicht doch? Sie starrte aus dem Fenster auf die öde, kahlgeschlagene Landschaft, die mit vermodernden, längst abgestorbenen Baumstümpfen übersät war.

Genau um halb zwei kam Amintes schwarzer Landrover den Berg hinunter und fuhr Richtung Süden, zu ihrer Verabredung mit Hannah.

Als der Wagen außer Sicht war, stieg Joan wieder in ihren Pick-up. Vor Paul in seinem Dienstwagen fuhr Joan über den Highway und bog in den Kiesweg ein, der sich zwischen hochgewachsenen alten Bäumen schlängelte, bis sie vor Amintes elektrischem Tor hielten.

Joan stieg aus und drückte auf den Knopf der Gegensprechanlage, um um Einlaß zu bitten. Wie sie erwartet hatte, kam keine Antwort. Sie öffnete das Tor mit einem Dietrich. Als sie durch das Tor fuhr, rief sie Paul zu, er sollte es hinter ihnen wieder schließen. Nach weiteren zweihundert Metern erreichten sie das fensterlose Haus.

»Mein Gott!« sagte Paul und betrachtete den Bau. »Das könnte glatt aus dem Museum in Neah Bay geklaut sein, nicht? Ist diese Zedernplatte da etwa die Tür?«

»Natürlich. Klopf mal.«

»Wieso? Wir wissen doch, daß keiner da ist.«

»Klopf an, Paul. Okay?«

Er warf ihr einen amüsierten Blick zu und tat wie geheißen. Keine Antwort.

»Jetzt sehen wir uns um«, sagte sie.

Abgesehen von einem kleinen, mit Kies bestreuten Parkplatz war überall dichtes Gestrüpp, das sogar bis an die Wände des Hauses wucherte. In verschiedenen Richtungen verliefen Pfade. Über ihnen bewegten gewaltige alte Bäume – Zedern, Hemlocktannen, Fichten – langsam ihre ausgestreckten Zweige, als ob sie die Umgebung ertasten würden.

Nachdem sie die verschiedenen Trampelpfade erkundet und nichts Ungewöhnliches entdeckt hatten, wollten Joan und ihr Bruder gerade zum Haus zurückgehen, als ihr an einem Brombeerstrauch eine abgebrochene Spitze auffiel. Sie schob die Zweige zur Seite und entdeckte einen schmalen, verborgenen Pfad.

Er führte rund zweihundert Meter weit bis zu einer Höhle hinter Amintes Haus. Vor der Höhle lagen die Überreste eines rituellen Feuers aus jüngster Zeit. Joan blieb ruhig stehen und betrachtete alles ganz genau. Dann schob sie sich vorsichtig in die Höhle und leuchtete mit ihrer Taschenlampe auf den Boden.

Dort lagen Skelette in beunruhigend lebensechter Position, als ob dort Menschen in der Embryonalhaltung eingeschlafen wären und das Aufwachen vergessen hätten.

Joan hockte sich nieder und untersuchte sie. Es waren dreizehn vollständige menschliche Skelette. Dreizehn Schädel, dreizehn Brustkörbe, dreizehn Paar Arm- und Beinknochen, dreizehn skelettierte Fußpaare.

Etwas abseits von den anderen lag ein Satz Knochen an einem Ehrenplatz genau im Eingang der Höhle. Frische Kränze aus Zedernspitzen und wilder Hagebutte waren um den Schädel und beide Handgelenke gewunden.

Walo. Xulks Gefährtin, dachte Joan.

Als sie um dieses Skelett herumging, kam es ihr so vor, als hörte sie ein herzzerreißendes Klagen, das aus den Tiefen aller menschlicher Verzweiflung drang. Für Joan hörte es sich an wie: »*Igin'Xene'mot'Xemtck!* Man hat mich verraten!«

Unwillkürlich schossen Joan Tränen in die Augen, denn auch sie hatte die brutale, eiternde Wunde des Verrats erlebt. »Verdammter Wind«, murmelte sie, wischte sich über die Augen und trat aus der Höhle.

»Was ist da drin?« fragte Prefontaine. »Du siehst ja ganz mitgenommen aus.«

Sie erzählte es ihm.

»Ich hole den Sack aus dem Wagen«, sagte er.

Joan ging vor der Höhle hin und her, sah unter Büschen nach, blickte hinauf in die Bäume, zog ihr Messer und grub behutsam verdächtig aussehende Stellen im Waldboden um.

Sie hatte viele Knochen gefunden, aber nicht die, nach denen sie suchten. Bei keinem der Skelette hatte ein langer Strang lockiger roter Haare gelegen.

Wo war der alte Zauberer?

Sie mußten Xulks Knochen finden.

Sie starrte hinaus aufs Meer. Mit dem Beginn des Herbstes waren die Brecher wilder geworden, stürmten noch gieriger auf das Festland ein. Und der Wind, der vom Meer wehte, war kälter, beißender, fegte mit schneidender Intensität vom Nordpazifik heran.

Sie fuhr herum, als Prefontaine zurückgehastet kam, den Jutesack in der Hand. »Kümmerst du dich darum?« sagte sie.

»Klar, Liebes.«

»Ich sehe mich schon mal im Haus um«, sagte sie.

Vor der Tür blieb sie stehen. Die Frau mochte ja in einem uralten Haus leben, dachte Joan, aber sie hatte zweifellos die modernsten und besten Schlösser an der Tür. Sie wollte gerade den Dietrich ins Schloß schieben, als sie stockte. Hatte sie da etwas gehört?

Sie lauschte aufmerksam. Da. Sie *hatte* etwas gehört. Im Haus war jemand.

Oder etwas.

Da war es wieder, klarer und etwas lauter. Husten. Pause. Erneutes Husten. Und dann ein Stöhnen. Aber so schwach. So schwach. Wie ein alter Mann. Ein sehr alter Mann.

Ein jahrhundertealter Mann, der von der Nachfahrin seiner Zauberin ins Leben zurückgeholt worden war?

Waren Xulks Gebeine im Haus seiner Nachfahrin, geheimnisvoll wieder zusammengefügt, umhüllt von Fleisch, strotzend vor Leben? Sammelte Xulk genau in diesem Augenblick noch mehr Macht, um sich an dem »Volk« dafür zu rächen, was ihm vor einem halben Jahrtausend angetan worden war?

Joan hatte den alten Zauberer bereits gesehen. Nicht als geisterhafte Erscheinung in finsterer Nacht, sondern am hellichten Tage, wie er Tleyuk berührte. Die Erinnerung daran machte sie wütend. Wie konnte er es wagen, seine dreckigen Hände nach ihrem kleinen Jungen auszustrecken?

Sie hatte in Xulks glimmende Augen gesehen. Und der Tote hatte ihr gesagt, daß der kleine Tleyuk ihm schon gehörte, ebenso wie sie. Nicht, solange ich noch einen Funken Leben in mir habe! dachte sie grimmig.

Xulks Gebeine waren nicht in den Wurzeln der großen Zeder gewesen. Nur sein Seelenfänger. Und sie waren nicht in Amintes Höhle.

Joan lief es heiß und kalt den Rücken herunter. Sie flüsterte ein Gebet, mit dem sie die Schutzgeister beschwor, drehte den Dietrich im Schloß, stieß die Tür auf und betrat das Haus der Hexe.

Drinnen sah sie, daß die fensterlose Dunkelheit durch glühende Scheite im Kamin und zwei aus Treibholz gefertigte elektrische Lampen erhellt wurde. Rabe flog von den Dachbalken herab und stieß wütende *Kla wocks!* aus. Sie verscheuchte den Vogel, und er ließ sich wieder auf den Dachbalken nieder.

Vor dem Kamin erhob sich ein großer weißer Wolf und nahm eine Angriffsposition ein. Die Lefzen hochgezogen, fletschte er die Zähne und knurrte aus tiefster Kehle.

»Ganz ruhig«, sagte sie bedächtig, ohne das Tier aus den Augen zu lassen. »Tu nichts, was uns beiden leid täte.«

Frau und Wolf verharrten bewegungslos, starrten einander in die Augen, schätzten sich gegenseitig ab. Unter dem festen Blick der Frau hörte der Wolf zu knurren auf und legte sich wieder hin, scheinbar unterwürfig, obwohl er noch immer aufmerksam Wache hielt. Joan wußte, daß sie ihm jetzt beruhigt den Rücken zukehren konnte, denn sie hatte ihm ihre Überlegenheit gezeigt.

Wieder erklang ein Stöhnen. Sie spürte, wie sich die Haarlocken in ihrem Nacken sträubten, als sie erneutes Stöhnen hörte. Dann ein leichtes Röcheln, ein Schritt.

Wer oder was war noch im Zimmer?

Wer oder was beobachtete sie in diesem Augenblick?

Mit der Pistole in der Hand wandte sich Joan rasch nach links – und blieb mit weit aufgerissenen Augen wie erstarrt stehen.

»Mein Gott«, hauchte sie.

Ja, da war ein Mann, blaß, ausgezehrt, aber ohne langes, dicht gelocktes, rotes Haar.

Joan schob schnell ihre Pistole in den Halfter, half ihm in einen Sessel und kniete sich vor ihn hin, so daß sie direkt in seine fieberheißen Augen sah.

»Michael McTavish«, flüsterte sie.

McTavishs Augen flackerten, blickten ohne ein Zeichen des Erkennens an ihr vorbei, dann wanderten sie wieder zurück und starrten in Joans bestürztes Gesicht. Das Feuer loderte, und in seinem Lichtschein sah sie die entsetzlichen Narben auf der rechten Kopf- und Gesichtshälfte.

»Was ist mit dir passiert, Michael?« fragte sie sanft.

»Wer –?« fragte McTavish unsicher, dann brach er ab und sah sich verstört im Raum um. Er stand schwankend aus dem

Sessel auf. »Wo –?« Seine Hände griffen hektisch ins Leere, als ob er von einer kreisrunden Wand umgeben wäre, die ihn einengte und bald ersticken würde.

»Es ist alles gut, Mike. Ich bring dich hier raus«, sagte Joan besänftigend.

Nachdem McTavish wieder in den Sessel zurückgesunken war, eilte sie zur Tür und rief nach Paul, der sofort angerannt kam.

»Mein Gott, Paul, laß das jetzt mit den Knochen. Hier drin ist Michael McTavish. Lauf zum Funkgerät und ruf einen Krankenwagen.«

Prefontaine sprintete zu seinem Dienstwagen und war rasch zurück. »Sie sind unterwegs.«

»Komm rein«, sagte Joan.

Als Prefontaine eintrat, erhob sich der weiße Wolf mit gesträubten Nackenhaaren. Seine Nase zuckte, er zog die Lefzen hoch und knurrte tief. Joan schickte das Tier ruhig, aber bestimmt zurück auf seinen Platz vor dem Kamin. Der Wolf gehorchte.

»Behalte Michael im Auge«, flüsterte sie Prefontaine zu.

Er zog sich einen Sessel heran, legte den Arm um McTavish und redete leise auf ihn ein.

Während sie auf den Krankenwagen warteten, durchsuchte Joan das Haus. Sie fand ein langes Stück gelbes Plastikband – höchstwahrscheinlich das Band, das Aminte entfernt hatte, um dafür zu sorgen, daß die Alte Zeder ein Opfer der Kettensäge wurde. Und Zaubermittel, Kräuter, Rasseln, Federn, aber nichts, was auch nur entfernt an die Gebeine des alten Zauberers erinnerte. Was konnte Aminte mit ihnen angestellt haben?

Joan mußte diese Gebeine finden.

Aber ihre Suche blieb erfolglos. Sie rief Paul zu sich. »Was hältst du davon, wenn ich hier auf den Krankenwagen warte und du schon mal zu seiner Frau fährst und es ihr beibringst?« Sie deutete Richtung McTavish. Nach einem aufmerksamen

Blick auf ihren Zwillingsbruder fügte sie hinzu: »Oder ist es dir lieber, wenn ich das mache?«

»Nein«, sagte er unsicher. »Nein. Sie sollte es besser von mir erfahren.«

»Es tut mir leid, Paul«, sagte sie sanft und strich ihm mit der Hand über die Wange.

◇ Als Prefontaine auf den Parkplatz von Quinault Timber in Moclips gerast kam, winkte Buck Trano, der gerade über den Hof ging, ihm zu.

Flüchtig fragte sich Paul, wie ihr Treffen mit Aminte wohl gelaufen war, ob sie sich entschlossen hatten, das Holz der rothaarigen Frau abzukaufen. Er fragte sich, um welche Bäume es ging.

Er nickte zu Trano hinüber und stieg die Stufen zum Büro hinauf.

Hannah begrüßte ihn mit einem warmen Lächeln. »Paul, das ist aber nett.«

Er starrte sie an, mit unbeweglichem Gesicht. Sie schien von innen zu leuchten wie eine Frau, die liebt.

»Paul, was ist passiert?«

»Passiert?« Selbst in seinen eigenen Ohren klang seine Stimme fremd. Wie sollte er ihr das mit Michael beibringen? Er konnte es ja selbst kaum glauben.

»Paul? Was ist?«

Er starrte sie weiter wortlos an.

Plötzlich riß sie die Hände hoch und ließ sie schlaff wieder fallen. »Im Wald ist was passiert, nicht?«

Er schüttelte den Kopf.

Sie richtete sich ganz gerade auf und nahm die Schultern zurück. »Sag's mir endlich, Paul.«

Er suchte nach den richtigen Worten und brachte doch keinen Ton heraus. Wie oft hatte er jemandem sagen müssen, daß ein geliebter Mensch tot sei. Wieso konnte er dieser Frau jetzt nicht sagen, daß ihr Mann nicht tot war, sondern noch am Leben?

Hannah streckte den Arm aus und berührte ihn. Sein Körper schien hart wie Stein. Er rührte sich nicht, nahm sie nicht in den Arm.

Ihre Stimme erstarb zu einem Flüstern. »Ist es eines der Kinder?«

Er begriff, daß er endlich reden mußte. »Es geht nicht um die Kinder, Hannah.«

»Was ist es dann?«

Er räusperte sich. »Es geht um Michael.«

»Michael?« Ihre Stimme klang unsicher. »Was soll mit Michael sein? Michael ist tot.«

»Er ist nicht tot. Michael lebt.«

Sie wurde kalkweiß. »Michael ist tot«, wiederholte sie leise und starrte Prefontaine in die Augen. »Er ist tot.«

Da zog er sie an sich, drückte sie, versuchte verzweifelt, sie zu beruhigen.

Sie flüsterte immer wieder: »Tot. Michael ist tot. Tot. Er ist tot.« Dieselben Worte, die Prefontaine sie nach dem Unfall immer wieder hatte flüstern hören.

Paul, der Mann, von dem sie hoffte, daß er sie liebte, eröffnete ihr jetzt, nachdem sie die grausame Wahrheit des Todes ihres Mannes endlich geglaubt hatte, daß Michael nicht tot war. Er lebte. Hannah brach plötzlich zusammen, sank fast zu Boden.

Prefontaine setzte sie auf einen Stuhl, brachte ihr ein Glas Wasser, küßte sie. Als er ihr Gesicht in beide Hände nahm, konnte er spüren, wie ihr Herzschlag den ganzen Körper erbeben ließ.

»Michael ist nicht tot, Hannah«, sagte er sanft. »Joan und ich haben ihn heute nachmittag gefunden. Er ist sehr krank. Aber er ist nicht tot.«

Sie sah zu Prefontaine auf. »Bringst du mich zu ihm?«

»Ja«, antwortete er. »Auf der Stelle.«

Prefontaine schloß das Büro ab, als sie gingen. Sie hatte weder die Übersicht noch die Energie dafür, sondern stolperte einfach zu seinem Dienstwagen. Sie fragte auch nicht, wo sie ihren Mann gefunden hatten.

Buck Trano war noch auf dem Gelände und wusch seinen Pick-up. Als er sah, wie sie beide in Prefontaines Wagen stiegen, kam er herübergelaufen. »Was ist passiert, Hannah? Wo wollt ihr hin?«

Das Fenster auf der Beifahrerseite war heruntergekurbelt. »Michael ist nicht tot, Buck. Er lebt. Michael lebt«, flüsterte sie.

Trano starrte ihnen mit offenem Munde nach, und der Schwamm fiel ihm aus der Hand.

Als sie losfuhren, fragte Hannah mit vor Schock ausdruckslosem Gesicht: »Paul, wen habe ich beerdigt?« Ihre Augen füllten sich mit Tränen. *»Wen habe ich beerdigt?«*

◇ Aminte saß an dem verkratzten Tisch im Verhörraum, Joan und Paul gegenüber.

Im Licht der Neonlampen an der Decke wirkten alle drei Gesichter müde und erschöpft. Joan mochte diesen Raum nicht – sie verband ihn mit Zigarettenkippen, die sich in kaltem, bitterem Kaffee auflösten, mit ungewaschenen Achselhöhlen, stinkenden Füßen. Mit Haß und Hoffnungslosigkeit und Ignoranz und Verzweiflung.

Joan musterte die Frau ihnen gegenüber, sah direkt in Amintes große schwarze Augen und spürte, daß ihr eigener Schutzgeist ganz nahe war.

»Warum haben Sie Michael McTavish entführt?« fragte sie.

»Ich habe ihn nicht entführt. Der Mann kam aus dem Wald zu meinem Haus. Er war verletzt und brauchte Hilfe.«

»Wieso haben Sie nicht die zuständigen Stellen benachrichtigt?«

»Er hat gebettelt, ich sollte ihn bei mir verstecken. Ich habe mir gedacht, daß er wohl irgendwelchen Ärger mit den Behörden hatte.«

»Wieso haben Sie keinen Arzt geholt?«

Ihr Lächeln war eine Spur verächtlich. »Das ist eine dumme Frage. Ihr wißt doch, daß ich eine Heilerin bin.«

»Die Ärzte glauben nicht, daß er durchkommt. Also kann es mit Ihren Heilkräften nicht allzuweit her sein.«

Vor Ärger über Joans Vorwurf wurde Amintes Mund ganz schmal.

Prefontaine fragte: »Wieso sind Sie zu Michael McTavishs Haus gegangen und haben darum gebeten, mit ihm zu sprechen, wenn Sie doch wußten, daß alle Welt glaubte, er sei tot? Und Sie doch wußten, daß er in Ihrem Haus war?«

»Ich wollte seine häusliche Umgebung kennenlernen. Ich dachte, daß ich sein Problem dann vielleicht besser verstehen könnte.«

»Sein Problem war, daß er schwer verletzt war und dringend ärztliche Hilfe gebraucht hätte«, sagte Prefontaine kühl.

Amintes Augen ruhten auf ihnen beiden und zeigten keine Reaktion.

Joan betrachtete sie nachdenklich. »Sie haben eine Sammlung alter Knochen in einer Höhle hinter Ihrem Haus.«

Aminte schwieg.

»Ist Ihnen klar, daß diese Knochen Kulturbesitz des Stammes sind und als solches dem Stamm übergeben werden müssen?«

»Dem *Stamm*?« Die Stimme der Hexe triefte vor Sarkasmus.

»Während wir uns hier unterhalten, werden sie gerade eingesammelt. Sie werden den zuständigen Stellen übergeben werden.«

Sie sahen, daß Aminte endlich die Beherrschung verlor. Ihre Wangen röteten sich; ihre wunderschönen Augen blickten hart.

»Ihr beide fordert das Schicksal heraus. Das ist gefährlich, sehr gefährlich.«

Prefontaine zuckte die Achseln. »Ich habe es schon öfter herausgefordert.«

»Wie ich höre, gab es erst kürzlich in Ihrem Leben eine Tragödie?«

»Lassen Sie meine verstorbene Frau aus dem Spiel«, grollte er.

»Ursache und Wirkung, Chief Prefontaine. Newtons drittes Gesetz. Jede Aktion führt zu einer Reaktion. Euer Vorfahre hat meinen Vorfahren getötet. Jetzt ist mein Vorfahre an der Reihe.«

Prefontaines Augen verengten sich.

»Würde es Ihnen etwas ausmachen, diese Bemerkung näher zu erläutern?« fragte Joan.

»Euch ist doch bestimmt schon aufgefallen, wie viele Quinault in letzter Zeit krank geworden sind? Wie viele sind schon gestorben?«

»Es gibt auch eine Menge Weiße, die erkrankt oder gestorben sind.«

»Die Weißen spielen keine Rolle.« Aminte legte die Arme auf den Tisch und faltete ihre langen, eleganten Hände. »Aber ich frage mich, wie viele aus dem ›Volk‹ noch sterben müssen, bevor –«

»Bevor was?« Joans Stimme war scharf, wie gesprungenes Glas.

Aminte sah sie durchdringend an. »Bevor einer aus eurer Familie das Schicksal von Xulk erleidet.«

Joan stieß ihren Stuhl zurück, stand auf und ging zu dem regenbespritzten Fenster. Draußen und in ihrem Herzen war es dunkel geworden. Sie konnte hören, wie der Wind mit dem Donnern der steigenden Flut heftiger wurde.

Aminte verfolgte sie mit den Augen. »Dein Urgroßvater oder dein kleiner Sohn. Oder dein Zwillingsbruder oder du selbst, Sheriff. Einer von euch muß sterben. Ich persönlich würde euren Urgroßvater vorschlagen. Er ist schon alt. Oder deinen Sohn. Er ist so jung, daß sein Tod kaum ins Gewicht fallen würde.«

Jetzt wandte sie sich Paul Prefontaine zu. »Sie, Chief, haben dagegen noch ein langes Leben vor sich.« Ihr Blick glitt an seinem Körper auf und ab. »Und viel Lust zu schenken.«

Joan trat wütend wieder an den Tisch. »Und wenn wir uns weigern?«

»Dann wird das ganze Volk sterben.«

◇◇◇◇◇◇◇ Kapitel 30 ◇◇◇◇◇◇◇

◇ Nachdem Aminte erlaubt worden war zu gehen, sah Prefontaine seine Schwester besorgt an. »Ich hoffe, du glaubst dieser Irren nicht«, sagte er.

Sie blieb still, den Kopf gebeugt, in Gedanken versunken. Ja, Joan glaubte ihr, denn jetzt, da sie ihren Schutzgeist gefunden hatte, wußte sie in den tiefsten Tiefen ihrer Seele, daß die Dinge, von denen die Hexe gesprochen hatte, Wirklichkeit waren. Ihre Wahrheit steckte in Joans Genen, ihren tiefsten ererbten Erinnerungen. War sie denn nicht La'qewamax, die Schamanin?

Der Mann von der Telefonzentrale klopfte und betrat dann den Verhörraum. »Der alte Ahcleet hat versucht, Sie zu erreichen«, sagte er zu Joan.

Joan rief sofort bei Ahcleet an.

»Tleyuk ist krank«, sagte Crazy Lady auf ihre kurze und knappe Art und legte wieder auf, bevor Joan etwas sagen konnte.

Das Herz schlug Joan bis zum Halse, als sie aus dem Polizeirevier eilte und nach Hause raste.

Tleyuk lag im Bett, und Crazy Lady verabreichte ihm Getränke und Wickel. Ahcleet hielt die Hand des kleinen Jungen, der fast bewußtlos dalag, die Augen halb geschlossen.

»Müde . . . so müde«, flüsterte er. »Kann nicht wach bleiben, Mama . . .« Seine Stimme erstarb, und die Augen fielen ihm zu.

Joan wischte ihm das Gesicht mit einem kühlen feuchten Tuch ab, beugte sich zu ihm herab und küßte ihn. Dann rannte sie in die Küche und begann, die Nummer des Notdienstes zu wählen.

Ahcleet trat aus dem Schlafzimmer, und in seinem Gesicht stand die Angst. »Sie können ihm nicht helfen«, sagte er leise.

Joan hörte auf zu wählen und wandte sich zu dem alten Mann um. »Was soll ich deiner Meinung nach tun? Ihn einfach sterben lassen?«

»Er hat keine Krankheit des Weißen Mannes. Im Krankenhaus der Weißen wird er sterben.«

Joan zögerte. Aus dem Hörer ertönte eine Computerstimme, die sie darüber informierte, daß sie den Wählvorgang zu lange unterbrochen hatte. Sie drückte auf die Gabel, lauschte auf den Freiton und fing wieder an zu wählen.

»Tu's nicht«, warnte Ahcleet. »Paul hat schon seine Frau verloren. Willst du auch noch deinen einzigen Sohn verlieren?«

Joan warf ihm einen zornigen Blick zu und wählte zu Ende. »Schicken Sie schnell einen Krankenwagen«, sagte sie und gab dann die Adresse durch. Sie knallte den Hörer auf die Gabel, ihre Angst hinter Aggression verbergend. »Wenn das Leben meines Sohnes auf dem Spiel steht, gehe ich kein Risiko ein!«

»Aber das tust du gerade. Und du handelst in Panik. Wenn du Tleyuk von hier wegbringen läßt, hat er überhaupt keine Chance.« Der alte Mann sah den Ausdruck in Joans Gesicht und seufzte: »Ich bin zu alt, um mich mit dir zu streiten. Tu, was du willst. Aber sei dir klar darüber, daß du einen Fehler machst, den du den Rest deines Lebens bereuen wirst.«

Joan setzte sich und vergrub das Gesicht in den Händen. Sie mußte Ahcleet von ihrem Treffen mit Aminte erzählen und ihm sagen, was die Zauberin verlangte, damit das »Volk« von der Krankheit befreit würde.

Das Leben ihres Urgroßvaters. Oder ihres Sohnes. Oder Pauls oder ihres. Das war die Wahl.

Einer von ihnen mußte lebendig begraben werden und auf

das Grab eine junge Zeder gepflanzt werden. Einer von ihnen mußte unter der Erde ersticken, so wie Xulk viele Jahrhunderte zuvor.

Aber im Grunde gab es gar keine Wahl. Natürlich würde sie selbst das Opfer sein.

»Was ist, meine Tochter?« fragte Ahcleet leise.

Joan erzählte es ihm.

»Nein!« schrie Ahcleet.

»Ich muß es tun.«

»Nein! Nein!« rief Ahcleet. »Ich sage nein!«

»Ich muß«, sagte Joan und begann zu weinen, weil sie das Leben schön fand und es nicht verlieren wollte, weil sie sehen wollte, wie ihr Sohn zum Mann heranwuchs, weil sie für Ahcleet sorgen wollte bis zum letzten Tag seines Lebens, weil sie wieder lieben wollte.

»Hör mir zu. Willst du den Worten eines Lügners glauben? Xulk war ein Lügner. Seine Nachkommen waren Lügnerinnen. Diese rothaarige Frau ist eine Lügnerin.«

Joan blickte tränenüberströmt auf.

»Wer soll Xulk noch aufhalten, wenn du stirbst?« fragte Ahcleet sachlich.

»Was wird mit Tleyuk, wenn ich es nicht tue?«

»Tleyuk hat seine Seele verloren. Das ist seine Krankheit. Wir müssen die Zeremonie durchführen, um seine Seele zurückzuholen.«

Das Ungesagte lag schwer in der Luft: *Wir müssen in das Land der Toten reisen.*

Joan starrte Ahcleet an. »So eine Zeremonie ist seit über einhundert Jahren nicht mehr durchgeführt worden!«

»Dann wird es allmählich Zeit, findest du nicht?«

Als der Krankenwagen eintraf, schickte Joan ihn wieder fort.

Ahcleet sagte Joan, daß sie zuallererst Xulks Gebeine finden mußte.

»Ich habe überall gesucht und nichts gefunden.«

»Sie sind da. In ihrem Haus, wo sie auf sie aufpassen kann.«

»Das glaube ich nicht, Großvater.«

»Sie sind da. Die lebendige körperliche Präsenz von Michael McTavish hat dich abgelenkt. Geh noch einmal dorthin. Und suche mit deinem Geist nach den Dingen des Geistes.«

»Und in der Zwischenzeit wird mein Sohn immer kränker.«

»Dann los! Beeil dich!«

◇ Wieder standen Joan und ihr Bruder im Haus der Zauberin. Dieses Mal war Aminte dabei.

Joan schickte den weißen Wolf hinaus. Als das Tier ihr gegen Amintes Willen gehorchte, erstarrte die Hexe vor Wut und funkelte sie an.

Dann lächelte sie kalt. »Wer von euch wird es sein, Sheriff? Ihr schwacher alter Urgroßvater? Ihr zarter kleiner Junge? Ihr gutaussehender Bruder hier? Oder gar Sie selbst? Vielleicht haben Sie ja beschlossen, Ihr Leben für die Menschen, die Sie lieben, hinzugeben. Wenn ja, wie rührend!« Sie senkte die Stimme und zischte: »Wie melodramatisch!«

Joan achtete nicht auf sie.

Sie stand in der Mitte des Zimmers und schloß die Augen, sandte ihren Geist aus, um alles im Haus zu erspüren und zu fühlen.

Im Geist berührte sie die Bodendielen, tastete behutsam alles darunter ab. Ihr Geist erfaßte jedes Zimmer, glitt die Wände entlang, in jedes der kleinen Bündel, die von den Dachbalken über ihr hingen, in die Schränke, in die Möbel, um den Kamin herum, den Schornstein hinauf, kroch über die glatte Kamineinfassung, über die Oberfläche des alten Holzbrettes, das an der Stirnseite des Kamins hing.

Das alte Holzbrett.

Sie öffnete die Augen und starrte das Brett an. Es war vom Alter rauchgrau und die weißen Linien drauf kaum noch zu erkennen. Es war ein Geisterbrett, der obere Rand geschwungen, der untere Rand gerade, und es zeigte einen Geist, mit kleinen runden Kreisen für die Augen und einem großen für den Mund, alles so sparsam gemalt, daß das Gesicht nur angedeutet war.

Primitive Quinault-Kunst, dachte sie. Die alten Künstler waren Meister der Andeutung. Die Augen starr auf das Brett gerichtet, trat sie näher heran und streckte die Hand danach aus.

Aminte sprang sie fauchend an wie ein Puma.

Joan versetzte ihr einen so wuchtigen Schlag mit dem Handrücken, daß Aminte zu Boden ging. Dann sagte Joan zu ihrem Bruder: »Paß auf, daß sie bleibt, wo sie ist.«

Die Hexe funkelte sie aus dem Gewirr von roten Haaren an und versuchte aufzustehen. Prefontaine richtete seine Pistole auf sie. »Machen Sie keine Dummheiten. Keine Bewegung.«

Joan legte die Hand auf das Geisterbrett. Im selben Augenblick fuhr ein Stromstoß durch ihren Körper, als ob sie den Finger in eine Steckdose gesteckt hätte. Sie wußte mit absoluter Sicherheit, daß sie einen Gegenstand von mythischer Kraft berührte.

Aber *ihre* Kraft war größer. Ihr Schutzgeist war bei ihr und in ihr, führte ihren Geist, ihr Herz, ihre Hände. Sie spürte, wie eine große Ruhe sie umhüllte.

Nimm es vom Kamin. Als ob ihr der Gedanke wie ein Befehl zugeflüstert wurde.

Sie nahm es behutsam herunter, denn das Brett war sehr wertvoll, ein Kunstwerk von reiner uralter Schönheit. Nachdem das Geisterbrett entfernt worden war, konnte sie in ein Loch im Rauchabzug sehen, ein Hohlraum, der beim Bau des steinernen Kamins bewußt angelegt worden war.

Aminte schrie auf und ließ sich auf allen vieren nieder. Die unglaublichen schwarzen Augen funkelten. Speichel sammelte sich in ihren Mundwinkeln und tropfte zu Boden.

»Behalte sie im Auge«, mahnte Joan, als sie das Geisterbrett vorsichtig an die Wand lehnte und in den Hohlraum griff.

Aminte warf den Kopf in den Nacken und heulte auf, wieder

und wieder, rief ihren Jenseitigen an, den Wolfsgeist. Als Antwort heulten bald draußen andere Stimmen auf, überall ums Haus, klagend auf- und absteigend, ein gewaltiger Chor aus Wolfsstimmen. Noch immer auf allen vieren, hob Aminte den Kopf und grinste zu ihnen hoch. »*Llo'q'amo,* Wölfe! Die Wölfe kommen euch holen!«

An der Tür war Kratzen und Winseln zu hören.

»Joan!« sagte Prefontaine warnend.

»Halt die Frau in Schach. Wenn sie sich bewegt, drück ab!«

Ein Blick in das Gesicht seiner Schwester genügte, und er zielte wieder ruhig auf die Frau.

Joan zog etwas aus dem Versteck im Kamin. Es war ein ziemlich großes Bündel, eingeschlagen in Wapiti-Fell, oben mit Lederriemen zugebunden.

Sie legte das Bündel auf den Boden, hockte sich daneben und fing an, die Riemen zu lösen. Als sie das tat, stieg eine Wolke aus uraltem Staub auf.

Hatte sie nicht die Form eines Menschenkopfes, ein Mann mit langem, dichtgelocktem rotem Haar? Das war unmöglich. Aber Joan war sich nicht sicher.

Aminte heulte erneut auf, und diesmal klang sie selbst wie ein Wolf. Die Tierstimmen draußen heulten mit, verschmolzen zu einem bedrohlichen Chor.

»Um Gottes willen, mach das Ding zu!« sagte Prefontaine.

Joan schüttelte den Kopf, um wieder klar zu werden – was war ihr bloß eingefallen, das Bündel hier aufzumachen? Sie knotete die Schnüre rasch wieder zu. Der Staub legte sich.

»Gehen wir«, sagte sie und stand auf.

»Was sollen wir mit ihr machen?« fragte Prefontaine.

»Wir lassen sie hier, wo sie hingehört.«

Als Prefontaine die Pistole sinken ließ, sprang Aminte auf und rannte im Haus hin und her, warf sich gegen die Wände wie eine Fledermaus, die die Orientierung verloren hat.

»Ich habe Michael McTavishs Seele gestohlen!« schrie sie. »Seine Seele gehört jetzt Xulk! Ihr werdet sie niemals zurückbekommen. Und dein kleiner Junge? Der wird bald für immer fort sein. Für immer, habe ich gesagt. *Für immer*!«

Draußen sahen sie durch einen dichten Nebel schräge grüne Augen leuchten und hörten kehliges Knurren. Die Luft bewegte sich, als unsichtbare Körper zwischen ihnen und ihrem Wagen hin und her hetzten.

»Wir sind umzingelt, Schwester!« sagte Prefontaine leise.

»Geh weiter!«

Eine arktische Kälte griff nach ihren Beinen, als sie mit Xulks Knochen beladen durch die nebelhaften Kreaturen hindurchwateten. Joan spürte ein eiskaltes Zerren am Hosenbein. Das einzige Tier, das sie wirklich sehen konnte, war der weiße Wolf.

»Tu es nicht«, warnte sie ihn und blickte ihm unverwandt in die Augen. Er starrte unerschrocken zurück. Doch dann sah er weg und senkte den Kopf. Im selben Moment war das Geisterrudel verschwunden.

Hinter ihnen heulte Amintes Stimme auf:

»*AmEngElqe'cgama;* hilf mir! Hilf mir, Großvater!«

»Nach wem schreit sie da?« fragte Prefontaine.

»Sie ruft nach Xulk. Sie hat jetzt keine Macht mehr. Komm, beeil dich!«

Sie sprangen in den Dienstwagen, knallten die Türen zu und fuhren schnell über den Kiesweg zum Tor hinaus und den Berg hinunter. Amintes Schreie folgten ihnen durch die Dunkelheit.

Joan setzte Paul am Polizeirevier ab und fuhr dann nach Hause. Ahcleet erwartete sie schon an der Tür und nahm das Bündel mit Xulks Gebeinen in Empfang. »Das werden wir an einem Ort aufbewahren, wo es keinen Schaden mehr anrichten kann«, sagte er.

Die drei Eingeweihten waren da und, zu Joans Überraschung, auch Royal Mercer, der sie umarmte. Der berühmte Wissenschaftler war in Freizeitkleidung, sein dichtes, graumeliertes Haar wurde von einem Stirnband gehalten.

»Ich bin froh, daß ich rechtzeitig wieder hier bin«, sagte Mercer.

Joan drückte ihn herzlich, dann wandte sie sich zu Ahcleet um und fragte: »Wie geht es Tleyuk?«

»Er schläft. Sare ist bei ihm und läßt ihn nicht aus den Augen. Wir müssen alle schlafen. Morgen abend treten wir die Reise in das Land der Toten an.«

◇ Am nächsten Morgen bekamen sie Tleyuk nicht mehr wach.

»Fahr ruhig auf Patrouille«, sagte Ahcleet zu Joan. »Bis zum Ritual wird sich nichts ändern.«

»Ich will ihn nicht allein lassen«, sagte sie.

»Glaube mir; es wird ihm nichts passieren. Heute nicht.«

Widerwillig fuhr sie los und hielt zuerst am Polizeirevier. Prefontaine erkundigte sich nach Tleyuks Zustand und sagte ihr, daß der Laborbericht über das Blut, das Joan auf der Landzunge gefunden hatte, soeben eingetroffen war. Joan riß den Umschlag auf.

»Es ist Menschenblut«, sagte sie.

»Schwester –« setzte Prefontaine an.

Erstaunt über den Klang in der Stimme ihres Zwillingsbruders, blickte Joan auf. »Ist was nicht in Ordnung, Paul?«

Prefontaine blickte verlegen. »Habe ich gestern nacht da oben vor dem Haus der Hexe wirklich das gesehen, was ich glaube, gesehen zu haben?«

»Was immer du glaubst, gesehen zu haben, du hast es gesehen.«

»Aber ich meine, waren sie wirklich real?«

»Real? Was ist real?«

»Mein monatlicher Gehaltsscheck ist real.«

Sie antwortete nicht.

◇ Später am selben Tag stand Prefontaine am Bett von Michael McTavish auf der Intensivstation. Man hatte ihm die Erlaubnis erteilt, höchstens fünf Minuten mit dem Kranken zu sprechen, aber auch nur unter der Bedingung, daß der Arzt dabei blieb.

»Sie hat die Geister geholt«, sagte McTavish überraschend klar.

»Wer hat sie geholt, Mike? Kannst du dich erinnern?«

»Geister. Alles ist voller Geister. Alles.« Er wurde aufgeregt.

Der Arzt warf Prefontaine einen warnenden Blick zu.

»Ich weiß«, sagte Paul beruhigend.

McTavish stammelte angestrengt. »Geister. Die erste Frau ... Rabe ...« Er brach ab, murmelte Unverständliches, Schweiß lief ihm über das Gesicht.

»Das reicht«, sagte der Arzt und schob Prefontaine aus dem Zimmer.

Hannah saß in dem kleinen Aufenthaltsraum der Intensivstation. Sie sah erschöpft aus und übernächtigt. *Kein Wunder,* dachte er und schloß sie in die Arme, um sie zu trösten.

Sie berührte leicht seine Wange und wich dann zurück. »Hat er mit dir gesprochen?« fragte sie.

»Ein paar Worte. Nichts, das einen Sinn ergab.«

Tränen traten ihr in die Augen. »Oh, Paul, das ist nicht Michael. Er weiß noch nicht einmal, wer ich bin. Und wenn ich in seine Augen sehe, weiß ich nicht, wer er ist!«

Das Mitgefühl übermannte ihn. »Wenn du mich brauchst, Hannah, du, Mike oder die Kinder, ich bin immer für euch da. Vergiß das nicht.«

Ihre Stimme war verzweifelt. »Paul – Paul, ich sollte das nicht sagen. Jetzt nicht –« Hastig schloß sie: »Wenn die Dinge anders stünden –«

Er sah sie gespannt an, und seine Augen leuchteten vor Liebe und Sorge. »Ich empfinde doch dasselbe, Hannah. Und das werde ich immer tun.«

»Paul, was sollen wir bloß machen?«

»Wir werden tun, was wir tun müssen, Liebes«, sagte er sanft. So gern Prefontaine auch bei Hannah geblieben wäre, um sie zu trösten und zu stützen, er konnte nicht. Er mußte fort.

Heute abend würde er seiner Schwester und seinem Urgroßvater helfen, ins Land der Toten zu gelangen.

◇ Sie waren in Ahcleets Schlafzimmer, der alte Mann, Royal Mercer und Joan. Ahcleet hielt einen wallenden Umhang mit passendem Tanzschurz hoch. Beide Teile waren aus der weichen Unterrinde einer Zeder und aus gebleichtem Elfenbein gefertigt. Dazwischen waren kostbare, dunkle Otterfelle eingesetzt. Es war die alte Kleidung eines Schamanen, wunderschön und von unschätzbarem Wert.

Entlang den Säumen waren winzige Elfenbein- und Knochenamulette angenäht, die verschiedene Geisterhelfer darstellten, dazwischen eingestreut waren zehn Zentimeter lange Dentaliumschalen. An perlenbesetzten Fußbändern befestigte Rasseln aus Hirschhufen vervollständigten die Tracht.

»Mein Gott!« sagte Mercer. »Ich dachte, die wären schon längst konfisziert worden!«

»Sind sie auch. Im Jahre 1871. Als die Kirche und die Regierung des Weißen Mannes den Geistertanz unter Strafe stellten.« Ahcleets Ton klang ziemlich abfällig.

»Und wo kommt das hier dann her?« Mercer berührte die schöne Tracht ehrfürchtig.

»Mein Großvater hatte sie klugerweise versteckt. Er wußte ohnehin, was ihm bevorstand.«

»Und was war das?« fragte Joan.

»Er wurde öffentlich ausgepeitscht, mit einer Geldstrafe belegt und zur Zwangsarbeit verpflichtet.«

»Dafür, daß er ein Schamane war, nehme ich an.«

»Ja, und weil er solche Dinge besaß.« Ahcleet runzelte die

Stirn. »Die weißen Lehrer brachten den indianischen Kindern bei, daß unsere alten Sitten Teufelswerk seien.«

»Der Gott des anderen ist dem Fremden immer der Teufel«, sagte Mercer.

Nachdem er die Schamanentracht sorgfältig wieder aufgehängt hatte, reichte Ahcleet Mercer und Joan zwei Schamanenrasseln. Die kleinen Figuren in Gestalt von Vögeln, die vor mehreren hundert Jahren geschnitzt worden waren, ließen eine schlichte Eleganz und Kraft erkennen. Die eine hatte eine gewölbte Brust, die andere eine flache. Bei beiden waren die Köpfe hoch aufgerichtet.

Eingelassene schimmernde Muschelstückchen bildeten die Augen der Vögel. Die Körper waren bunt bemalt: Ultramarinblau auf Köpfen und Flügeln, Zinnoberrot auf Hals und Brust und ganz dunkles Kastanienrot auf dem übrigen Körper.

»Die beiden Hälften sind aus Ahornholz geschnitten worden und so ausgehöhlt, daß die Wände ganz dünn wurden«, sagte der alte Mann. »Dann hat man sie an den Griffen zusammengeschnürt.« Er deutete mit dem Finger. »Genau da. Seht ihr?«

Joan und Mercer betrachteten die Rasseln. Die Schnüre waren so dünn, daß man sie kaum erkennen konnte.

»Phantastische Arbeit«, sagte Mercer.

Aus einer Zedernholzkiste auf einem Regal in seinem Schrank holte Ahcleet einen hohen kunstvollen Kopfschmuck aus Menschenhaar.

»Dein erster Kopfschmuck?« fragte Mercer.

Ahcleet schüttelte den Kopf. »Der ist schon lange verloren.« Er erinnerte sich: »Er war aus langen dicken Wollsträngen gemacht. Bevor er mir auf den Kopf gesetzt wurde, mußte zuerst ein Ritual durchgeführt werden, bei dem er gereinigt und mit Macht erfüllt wurde.«

»Und wie ging das?« Mercer lehnte seinen Stock in eine Ecke und setzte sich auf Ahcleets Bett.

»Indem er viermal durch das Feuer geführt wurde. Dann verliehen ihm vier Geistertänzer Macht, indem sie mit ihm um das Räucherhaus tanzten und ihn viermal allen vier Himmelsrichtungen darboten.

Als ich siebzehn war und vier Jahre hintereinander ohne zu versagen an den Geistertanzzeremonien teilgenommen hatte, gaben sie mir diesen Kopfschmuck aus Menschenhaar.«

»Was hatte das für eine Bedeutung?« fragte Mercer.

»Du könntest es eine Beförderung nennen. Statt der wilden tierhaften Macht besaß ich nun eine beherrschte menschenähnliche Macht.« Der alte Mann grinste. »Aber ich bin mir gar nicht mehr sicher, ob das Menschsein ein Schritt nach oben ist.«

Ahcleet legte den Kopfschmuck zurück in die Zedernholzkiste und drehte sich zu Joan um. »Hier habe ich noch etwas für dich«, sagte er und reichte ihr eine kunstvoll geschnitzte Figur.

Joan, die still gewesen war, zögerte. »Was ist das?« fragte sie.

»Das ist der Schamanenstab deines Ururgroßvaters. Sein Geisterhelfer. Jetzt gehört er dir.«

Er legte ihr eine wunderschön gearbeitete männliche Figur in die schlanke Hand. Sie war im schlichten und doch kraftvollen Stil der Quinault geschnitzt. Den 15 Zentimeter langen Unterteil, der als Griff diente, hatte man stramm mit Fell umwickelt, das mit extrem dünnen Zedernriemen festgebunden war.

Die eigentliche Figur hatte ein ovales Gesicht mit runden, eng stehenden Augen, einer schmalen Nase, einem winzigen Mund. An Kinn und Wangen war das Holz sorgfältig bearbeitet worden, um einen sauber gestutzten Bart darzustellen.

Über Augen und Nase war eine dunkle fellähnliche Maske. Menschenhaar hing bis hinunter zur Taille. Die Arme waren spitz zulaufend, ohne die Andeutung von Händen. Genitalien waren nicht vorhanden.

»Bist du sicher, daß du mir das geben willst?« Ihr versagte die Stimme.

»Es gehört dir«, sagte Ahcleet sanft. »Ebenso wie Umhang und Schurz. Beides mußt du heute nacht tragen, La'qewamax, denn du bist die nächste Schamanin.«

◇◇◇◇◇◇◇ Kapitel 31 ◇◇◇◇◇◇◇

◇ Die Nacht vom 5. auf den 6. November war dunkel und feucht. Die Landzunge war in Nebel gehüllt, der dem ohnehin schon mystischen Zeremoniell einen noch unirdischeren Charakter verlieh. Der Mond, der vor zwei Tagen voll gewesen war, würde bald aufgehen.

Zu Anfang war sich der alte Ahcleet unsicher gewesen, ob Prefontaine mit dabei sein sollte, da er nicht mehr an die alten Sitten glaubte. Aber als Paul ihm versprach, unvoreingenommen an die Sache heranzugehen, war Ahcleet einverstanden.

Und so hatten sich Ahcleet, Joan, Paul, die drei Eingeweihten, Crazy Lady und der Weiße, Royal Mercer, auf der Landzunge versammelt, um ein uraltes Heilungsritual durchzuführen, eine Reise in das Land der Toten.

Tleyuk lag, warm in einen Schlafsack eingehüllt, in tiefem Koma versunken. Er bekam nicht mehr mit, was um ihn herum vorging, sein Puls war dünn und raste, die Atmung war unregelmäßig. Joan beugte sich herab und gab ihrem Sohn einen Kuß, dann band sie locker Wollfäden um Hand- und Fußgelenke sowie um die Taille des kleinen Jungen, damit ihm seine Geistermacht nicht geraubt werden konnte.

Sie hatte Angst. Der Erfolg der Zeremonie – ob Tleyuk leben würde oder starb – hing ausschließlich von zwei Personen ab, von ihrem Urgroßvater und von ihr selbst.

Und von den Geistern, ob sie in der richtigen Stimmung waren.

In den alten Zeiten, als noch alle glaubten, hätte sich eine gewaltige Macht versammelt, um mitzuerleben, wie die mächtigsten Schamanen von mehreren befreundeten Stämmen ihre Kräfte bei der Zeremonie vereint hätten, einer gefährlichen rituellen Reise in die Unterwelt und wieder zurück.

Dann wären alle Hindernisse, auf die man gewiß treffen würde – tiefe reißende Ströme, umgestürzte Bäume, Zedernsümpfe, Unwetter, wilde Tiere, der Widerstand der Geister der Toten –, pantomimisch dargestellt und von einem der Teilnehmer erzählt worden.

In dieser Nacht gab es keine große Zuschauerzahl. Keine Versammlung mächtiger Schamanen. Es gab nur einen alten Schamanen und eine junge Schamanin, die den alten Glauben gerade erst wiedergefunden hatte.

Wie die anderen hatte auch Joan sich am Tag zuvor gewissenhaft auf diese Nacht vorbereitet. Keiner von ihnen hatte besonders heiße oder besonders kalte Speisen oder Getränke zu sich genommen, denn dampfend heißes Essen war den Geistern unangenehm, sehr kaltes Essen löschte das Leben in Brust und Bauch, wo die Geistermacht wohnte.

Sie hatten auch nichts Rohes gegessen. Statt dessen hatten sie sich ausschließlich von Getrocknetem ernährt, als Symbol für die Nahrung im Land der Toten, die, so glaubten die Alten, aus getrocknetem Kambium bestand, der dünnen Schicht zwischen Rinde und Holz einer Zeder.

Alle, mit Ausnahme von Prefontaine und Tleyuk, trugen ihre eigenen Stäbe der Macht. Selbst Royal Mercer, der Ahcleet schon bei anderen zeremoniellen Anlässen begleitet hatte, war ein Ehrenschamane.

Jeder der langen, spitz zulaufenden Stäbe, die ungefähr fünf Zentimeter dick waren und zwischen zweieinhalb und drei Metern lang, war an der Spitze mit kleinen Rudern verziert, die das Wasser darstellten, mit Adlerfedern für den Himmel, mit Hirschhufen für die Tiere und geflochtener Zedernrinde für die Bäume: Alle Elemente der Welt waren vertreten.

Joan lächelte, als sie daran dachte, wie sie als junge Anfängerin hoch hinauf in die Berge gewandert war und einen jungen Baum geholt hatte, der im Licht der aufgehenden Sonne wuchs.

Sie erinnerte sich an die Kälte des Windes an diesem hohen heiligen Ort, an das Gefühl der aufgehenden Sonne auf ihrer nackten Haut, daran, wie sie gespürt hatte, daß der Baum für diesen Zweck genommen werden sollte.

Sie erinnerte sich, wie sie das Bäumchen behutsam mitsamt den Wurzeln ausgegraben und es zu dem höchsten Eingeweihten gebracht hatte. Der hatte mit Ausnahme der oberen vier Äste, die dann gestutzt wurden, die Rinde abgeschält.

Anschließend hatte der Eingeweihte die Wurzeln der jungen Zeder im Feuer verbrannt, um sicherzugehen, daß sie auch wirklich tot war, vier rote Ringe – Rot symbolisierte das Leben – oben auf den Stab gemalt und ihm Geistermacht eingeflößt, indem er ihm seinen eigenen Atem einhauchte. Auf diese Weise war der Stab gestorben und wieder ins Leben gerufen worden.

Wie Joan selbst, wie alle Besitzer der Stäbe der Macht überhaupt, hatten diese Stäbe das rituelle Martyrium des Todes durchlaufen, um als Gefäße der Macht wiedergeboren zu werden.

Jetzt fingen die drei Eingeweihten und Royal Mercer an, ein zeremonielles Feuer zu errichten. Als es kraftvoll loderte, stellten sich Ahcleet und Joan davor auf.

Ahcleet, der an einem Riemen um den Hals seinen Kopfschmuck aus Menschenhaar und Xulks Seelenfänger trug und in einer Hand die Vogelrasseln hielt, warf die Daunenfeder eines Adlers ins Feuer. Dann streckte er die Arme gen Himmel, grüßte die vier Himmelsrichtungen und bat mit lauter fordernder Stimme um die Aufmerksamkeit der Geister:

»Geister, hört mich!
Ich bin Ahcleet. Ich stamme von Musqueem ab.
Ich bin stark!
Ich stehe hier mit meiner Urenkelin, La'qewamax.
Auch sie ist stark.«

Joan, die in ihrer alten Schamanentracht einen wundervollen Anblick bot, hatte ihren Seelenfänger am Saum befestigt und hielt den kostbaren Geisterhelfer in der rechten Hand. Auch sie hob beide Arme. Ahcleet und sie riefen im Chor:

»Geister, hört uns!
Wir sind Ahcleet und La'qewamax.
Wir stammen von Musqueem ab.
Wir sind stark!
Wir besitzen die Erde mit euch!
Geist der Bäume, höre uns!
Geist des Windes, trage unsere Worte!
Geist der Erde, öffne uns den Weg!
Geist des Wassers, geleite unser Kanu!«

Während Joan und Ahcleet bei dem zeremoniellen Feuer verweilten, sangen und ihre Vogelrasseln schüttelten, kniete Mercer nieder, um das Geisterkanu vorzubereiten, das die beiden auf ihrer Suche nach Tleyuks Seele tragen sollte.

Das Geisterkanu war kein richtiges Boot. Es bestand aus sechs glatten Zedernplanken, jede etwa drei Zentimeter dick, rund einen Meter lang und zirka sechzig Zentimeter breit. Zuvor hatte er in das vordere Ende jeder Planke grob die Schnauzen mythischer Tiere geschnitzt.

Nun fing er an, jedes Brett mit Darstellungen von besonders mächtigen Geisterhelfern zu dekorieren, die gelegentlich in menschlicher Form auftraten. Da die Bretter nur ein einziges Mal benutzt werden würden, machte er schlichte Muster, was weniger Zeit kostete.

Auf eine der Planken malte er eine rote Sonne mit geschwungenen, verbundenen Strahlen, das allsehende Auge des Schamanen. Er fügte eine Anzahl großer orangefarbener und roter Punkte hinzu, die die Gesänge der Geister darstellten. Dann deutete er in einem bläulichen Grau die Umrisse einer skelettartigen menschlichen Form an.

Auf eine andere Planke, in die grob eine armlose menschliche Gestalt eingeschnitzt war, malte Mercer in Weiß ein Gesicht und einen Körper mit gelbbraunem Hals. Zwei schwarze Punkte gaben die Augen ab, eine dünne senkrechte Linie die Nase und eine kleine waagerechte den Mund.

Auf die dritte malte er zwei schamanistische Augen. Auf die vierte malte er Geistermacht in Gestalt eines Wesens, das halb Fisch, halb Otter war. Auf die fünfte malte er das Haus der Zedernholzmenschen und auf das sechste die Geistermacht der Ente, die gerade die Krankheit verschlingt. Auf alle sechs Planken malte er Tragegriffe.

Während er mit dem Geisterkanu beschäftigt war, bauten die drei Eingeweihten eine kleine Medizinhütte. Zuerst rammten sie zehn kräftige Erlenpfähle in die Erde, so daß sie einen Bereich von zirka einem Meter Durchmesser umschlossen.

Dieses Gerüst bedeckten sie mit einem dichten Geflecht aus Fichten- und Hemlocktannenzweigen, die schwer mit Zapfen beladen waren. Dann befestigten sie die Abdeckung mit Riemen aus geflochtener Zedernrinde an den Pfählen und ließen oben eine kleine Öffnung, durch die die Geister eindringen konnten. Schließlich pflockten sie die Wände sorgfältig mit Stöcken aus Eibenholz fest.

Als die Hütte fertig war, überprüfte Prefontaine sie mit all seiner Kraft und stellte fest, daß sie nicht von der Stelle zu bewegen war. Daraufhin banden die Eingeweihten eine Dose mit Muscheln am Dach der Hütte fest.

Sie fesselten Ahcleet an Händen und Füßen und legten ihn ausgestreckt auf dem Rücken in die Hütte. Weil sie so klein war, ragten seine Füße und ein großes Stück seiner Beine hervor. Danach setzten sie sich zu Joan und Prefontaine und schlugen leise kleine Salish-Trommeln, drei, vier, sechs und acht Schläge pro Sekunde.

Kaum hatten sie den alten Mann in die Hütte gelegt, fing die Dose mit Muscheln heftig an zu rasseln, obwohl gar kein Wind aufgekommen war.

Mit lauter, klarer Stimme fing Ahcleet an, in der alten Sprache zu reden; seine Stimme erklang aus der Medizinhütte und wurde immer stärker. Schon bald war im Inneren Unruhe zu spüren, als ob ein kleiner Wirbelwind eingedrungen wäre. Die Hütte wurde durchgeschüttelt und schwankte so wild hin und her, daß die stützenden Erlenpfähle beinahe den Boden berührten und die fest geflochtenen Seitenwände sich nach außen und innen wölbten, als ob ein großes Tier gequält um Atem rang.

Die Geistermacht kommt! dachte Joan.

Als die Kraft im Innern der Medizinhütte anwuchs, platzten Tannenzapfen mit explosionsartiger Wucht aus den Außenwänden und prasselten auf die Zuschauer nieder. Crazy Lady schützte den bewußtlosen Tleyuk mit ihrem Körper.

Der Gesang der Eingeweihten, der hypnotische Rhythmus der Trommeln, das Schnarren der Hirschhufrasseln verschmolzen mit den Stimmen des Meeres und dem Rauschen des Windes. Ein großes Seufzen schien sich über die Landzunge auszubreiten.

Lichtpunkte wie kleine Sterne leuchteten auf und schossen durch die Öffnung in der Decke der Hütte, als eine kehlige Stimme erklang.

Ahcleet antwortete.

Zu den beiden Stimmen gesellten sich andere, manche hoch und lieblich wie das Lied der Lerche, andere ächzend und winddurchtost, wieder andere laut und fröhlich, die Stimme vieler Wasser.

Schließlich schrie Ahcleet triumphierend über alle anderen Stimmen hinweg: »Sie werden uns helfen! Der Weg ist frei!«

Die Medizinhütte kam zur Ruhe; das Tosen erstarb zu einem Flüstern. Die drei Eingeweihten, die alle unter Arthritis in Rükken und Beinen litten, standen mühsam auf, um Ahcleet zu befreien.

Jetzt rammte Mercer die sechs Zedernplanken in den Boden, drei auf jeder Seite eines gut einhundertzwanzig Zentimeter breiten Streifens, und zwar so, daß jedes Brett nach Westen schaute, die Richtung, in der das Land der Toten lag. Als alle aufgestellt waren, nahmen Joan und Ahcleet ihre Plätze zwischen den Planken ein.

In dem Augenblick, als sie das taten, ging der Mond auf und übergoß Land und Meer mit einem silbernen Licht.

»Die Reise beginnt«, verkündete Ahcleet, hob sein Paddel auf und bedeutete Joan, es ihm gleichzutun.

Was werde ich heute nacht sehen? fragte sie sich. Würden sie und Ahcleet einfach Stunde um Stunde hier an dieser Stelle stehenbleiben, rudern, rudern, rudern, und nichts würde geschehen, außer daß die Welt sich drehte?

Oder würden sie wirklich eine mythische Reise zu einem Ort erleben, an den ihre Ahnen glaubten? Würde sie Tleyuks Seele erkennen können, sie einfangen und zurückholen? Joans Pulsschlag beschleunigte sich, als die Frage in ihr aufstieg: *Wie sieht eine Seele aus?*

Die dreidimensionale Welt umgab sie. Doch seitdem sie ihren Schutzgeist wiedergefunden hatte, hatte Joan den intensiven Eindruck, daß die sogenannte reale Welt etwas Falsches, beinahe Durchsichtiges an sich hatte, als ob sie ein trübes Glas wäre, hinter dem sie etwas Wundervolles erahnen konnte.

Während sie ihr Paddel bewegte, als befände sie sich tatsächlich in einem Kanu auf dem Wasser, dachte Joan, daß sie ihren Geist auf das Geheimnis ausrichten mußte, wenn sie eine mystische Erfahrung machen wollte.

Wenn ich hungrig bin, so dachte sie, reicht es nicht, wenn das Essen vor mir steht. Ich muß essen. Dasselbe galt für das Lesen eines Buches oder fürs Fernsehen. Wenn sie sich nicht bewußt konzentrierte, sich bereit machte, *es annahm* – wie beim Essen, Aufnehmen, Verdauen –, würde sie gar nichts erleben. Wahrnehmung war kreativ. Und wie bei allen anderen kreativen Tätigkeiten standen ihre Ergebnisse in direktem Verhältnis zu der geleisteten Anstrengung.

Der Mond verschwand, die Nacht wurde rauh. Der Wind frischte auf, erhob sich aus den tiefen unterseeischen Gräben des Nordpazifiks, jagte Gischt in seltsam menschlichen Formen wie verängstigte Gespenster vor sich her.

»Nebel«, sagte Ahcleet, »wenn die Jenseitigen kommen.«

Gesänge und rhythmische Trommelschläge erklangen über das Toben des Meeres. Der Rauch des Holzes umwirbelte Joan und Ahcleet, entzog sie kurz den Blicken der anderen und entfloh auf dem Rücken des Windes.

Und die Trommeln schlugen . . .

Die vier bis sieben Schläge pro Sekunde stimulierten die Theta-Rhythmen der elektrischen Aktivität im Hörbereich der Großhirnrinde, beeinflußten das zentrale Nervensystem, öffneten ein Tor zum dissoziativen Zustand, stießen Türen auf zu einem erweiterten Bewußtsein.

Joan lauschte den Trommeln, ruderte und ruderte. Sie blickte zu Ahcleet hinüber, der ebenfalls in weiten gleichmäßigen Schwüngen ruderte. Hin und wieder sprach der alte Mann laut, um die psychischen Stationen ihrer symbolischen Reise zu markieren.

Joan hatte keinerlei Vorstellung, wie lange sie schon zwischen den Planken des Geisterkanus standen, ruderten, den Stimmen des Meeres und des Windes lauschten.

Und die Trommeln schlugen weiter und weiter und weiter . . .

Während sie ruderte, wanderten ihre Gedanken in der Erinnerung zu tausend Orten. Sie erinnerte sich, wie Royal Mercer ihr erzählt hatte, daß elektrische Aufzeichnungen menschlicher Hirnfunktionen eine besondere Sensibilität für rhythmische Stimulation ergeben hatten.

Daß bestimmte Rhythmen meßbare Abnormitäten der Hirnfunktion auslösen konnten, Zustände allerhöchster Spannung. Daß rhythmische Stimulation irgendwo im zentralen Nervensystem zu wahren Impulssalven in harmonischen Frequenzen führte, die mit spezifischen Sinnestäuschungen einhergingen.

Und das alles, im Falle der amerikanischen Ureinwohner an der Nordwestküste, ohne den Einsatz bewußtseinsverändernder Drogen.

Noch immer schlugen die Trommeln . . .

Leise, dann laut, dann wieder leise schwebten sie in die sinnliche Wahrnehmung hinein und entzogen sich wieder, wie ein betörender Duft. Sie fühlte sich benommen und fing an, seltsame Farben und Muster zu sehen, große wirbelnde Wolken aus Purpurtönen, einen phosphoreszierenden Glanz in Indigoblau mit Silber durchwirkt; andere Farben, die sie nicht benennen konnte, weil sie sie noch nie zuvor gesehen hatte, die Farben des Spektrums, so vermutete sie, die das menschliche Auge normalerweise nicht wahrnehmen kann. Und sie und Ahcleet ruderten weiter.

Und die Trommeln schlugen leise, dann laut, ohne Ende . . .

Als Joan ein Brennen am ganzen Körper verspürte, ein Prikkeln unter der Haut, war sie versucht, nicht mehr weiter zu rudern, aber sie beherrschte sich mit großer Mühe und machte weiter.

Die Wolken verdichteten sich und kamen mit lähmender Intensität auf sie zugejagt, als ob sie sie auf ihrer Reise verschlingen wollten.

Sie fühlte sich von einer zitternden Verwirrung erfaßt. Dann kam die Angst. Entsetzliche, alles durchdringende Angst. Sie zauderte, verlor ihren Rhythmus und fand ihn wieder, als Ahcleet sie böse anschrie.

Es goß in Strömen, der Regen peitschte vom Himmel. Sie keuchte vor Anstrengung. Sie wischte sich den Regen aus den Augen und sah besorgt zu Ahcleet hinüber, der doch viel zu alt war für solche Strapazen.

Aber Ahcleet ging es gut. Sie sah, daß der alte Mann hoch aufgerichtet und gerade dastand, den Kopf zurückgeworfen, Augen geschlossen, ein schöner Ausdruck des Friedens und der Zielstrebigkeit auf seinem vernarbten Gesicht, über das der Regen rann.

Ahcleet spürte Joans Blick und streckte die linke Hand aus, um ihre rechte zu ergreifen. Bei dem warmen festen Händedruck ihres Urgroßvaters erlebte Joan plötzlich, wie ihr Geist sich weitete – sie empfand eine Welle von Kraft, eine überwältigende Freude.

Und hörte, wie im Traum, die Trommeln schlagen, schlagen, schlagen . . .

Auch sie schloß nun die Augen, gab sich der Ekstase des Augenblicks hin, wurde ein Wesen totaler Empfindung; sie spürte und zählte jeden einzelnen Regentropfen auf ihrer Haut, atmete jeden unterschiedlichen Geruch ein, aus dem sich die Duftmischung dieser regengepeitschten Nacht zusammensetzte . . .

Das Salz des Meeres, die lehmige Fruchtbarkeit der Erde unter ihren Füßen, das Harz, das noch immer aus den abgeschnittenen Stümpfen der großen gefällten Bäume tröpfelte, der grüne vielfältige Geruch des Mooses.

Der scharfe, saubere Geruch von Ahcleet, der Kindergeruch von Tleyuk, die vielschichtigen Düfte von Crazy Lady und den drei Eingeweihten, der weiß-süße Geruch von Royal Mercer.

Sie spürte, wie sie ihren Körper verließ, eins wurde mit dem Nebel, dem Regen, dem Wind, der Brandung; spürte, wie sie ohne Schmerzen, aber mit einer schrecklichen, kraftvollen Wucht auf den Felsbrocken tief unten zerschmetterte.

Wie aus weiter Ferne hörte sie Ahcleet rufen: »Wir erreichen den großen Fluß!«

Sie öffnete die Augen und stellte fest, daß sie nicht mehr auf der Landzunge waren. Sie befanden sich in einem echten Kanu auf einem reißenden Fluß, kämpften darum, das Boot aufrecht zu halten, wehrten sich mit aller Kraft dagegen, von den wogenden, brechenden Wellen überflutet zu werden.

Verblüfft und verwirrt sah sie Ahcleet an, der aus Leibeskräften paddelte und mit Joan darum rang, das Kanu im Gleichgewicht zu halten. Er warf ihr einen raschen Blick zu, dann wandte er die Augen sofort wieder der schwierigen Aufgabe zu, das Kanu zu kontrollieren.

In diesem kurzen Augenblick las Joan im Gesicht des alten Mannes nicht Entsetzen, sondern jubelnden Triumph.

Tosende Flußwellen schlugen über ihnen zusammen, warfen sie um. Auf den Knien ruderte sie mit einer Hand und schöpfte mit der anderen Wasser aus dem Boot.

»Achtung!« schrie Ahcleet.

Donnervogel kreischte, als Blitze mit stählernen Peitschen knallten, den Himmel zerrissen, einen überwältigenden Geruch von Ozon freisetzten. In diesem Licht konnte Joan erkennen, daß sie direkt auf fürchterliche Stromschnellen zusteuerten.

»Sing deinen Gesang!« rief Ahcleet. »Sing und bleib stark!«

Joan spürte, wie ihr Gesang in ihr aufstieg – ihr eigener, ureigener Gesang, den niemand sonst singen konnte, der Gesang, den ihr Schutzgeist ihr geschenkt hatte.

Er strömte aus ihr heraus. Sie hätte ihn nicht zurückhalten können und wenn ihr Leben davon abgehangen hätte. Auch Ahcleet fing an zu singen, seinen eigenen Gesang, aus vollem Halse.

Sie kämpften mit dem wütenden Fluß, schrien ihre Gesänge hinaus, und die beiden Stimmen verschmolzen, als sie über die Stromschnellen hinweg in die tosenden Tiefen darunter getragen wurden.

Und die Trommeln schlugen weiter...

◇ Im Krankenhaus teilten die Ärzte Hannah mit, daß sie bislang nicht in der Lage gewesen seien, die Schwellung in Michaels Gehirn, die durch den Unfall verursacht worden war, zum Abklingen zu bringen; die Verletzungen waren zu lange unversorgt geblieben.

Jetzt saß sie am Bett ihres Mannes und hielt seine Hand. Hin und wieder redete sie in sanftem, drängendem Tonfall mit ihm. Aber sie hatte akzeptiert, daß die Situation hoffnungslos war. Er murmelte zwar gelegentlich etwas vor sich hin, aber die Worte waren nie eine Antwort auf das, was sie gesagt hatte. Noch immer hatte er sie nicht erkannt.

Schweißüberströmt keuchte er in schweren mühsamen Atemzügen. Als sie ihm den Schweiß abwischte, stellte sie fest, daß er eiskalt war.

Dr. Charles Morse, Michaels zuständiger Arzt, kam mit Dr. Phillip Adams, dem Neurochirurgen, herein, den man aus Seattle hatte kommen lassen. Nachdem er McTavish untersucht hatte, sagte Adams: »Der Zustand Ihres Mannes ist sehr ernst. Möchten Sie vielleicht einen Geistlichen rufen?«

»Können Sie denn gar nichts mehr tun?« flüsterte sie.

»Wir können beten«, sagte er.

»Was denken Sie denn, was ich die ganze Zeit tue?«

Adams warf Morse einen Blick zu.

»Können Sie denn nicht operieren?« Ihre Stimme klang verzweifelt.

»Die Erfolgsaussichten sind leider gering.«

»Was passiert, wenn Sie nicht operieren?«

»Ich fürchte, dann wird Ihr Mann die nächsten Tage nicht überstehen.«

»Und wenn Sie operieren?«

Er senkte den Blick, fuhr sich über die Wange, schüttelte den Kopf.

Hannahs Mund verhärtete sich. »Operieren Sie«, sagte sie.

Dr. Adams blickte auf. »Wenn Ihr Mann überhaupt eine Chance haben soll, müssen wir es sofort tun.«

◇ Von der Wucht der tosenden Wassermassen flußabwärts gewirbelt, wurden Joan und Ahcleet an einen kleinen Sandstrand gespült, wo sie ihr Kanu, die Paddel und Ahcleets Kopfschmuck aus Menschenhaar wiederfanden. Ahcleet kam schwer atmend auf die Beine. »Wir haben den großen Fluß überwunden«, sagte er.

Joan blickte sich benommen um. Sie sah den wütenden Fluß, die hoch aufragenden windgepeitschten Bäume. Über das Donnern des Wassers hinweg konnte sie den pulsierenden Rhythmus der Trommeln hören, deren Klang zwischen den Immergrünzweigen hin und her tanzte und sich zum Himmel erhob.

Sie schlugen weiter und weiter und weiter . . .

Sie sah die anderen, die Eingeweihten und Prefontaine und Royal Mercer wie durch eine Nebelwand. Sie schienen da zu sein, dann waren sie verschwunden.

Der Regen hörte so jäh auf, als ob jemand einen Wasserhahn zugedreht hätte. Der Mond kam hinter buckeligen Wolken hervorgeglitten. In seinem Schein sahen sie eine gähnende Höhlenöffnung und dahinter nur Finsternis.

»Ruhen wir uns hier aus«, sagte Ahcleet.

Joan hob das Kanu und die Paddel auf und trug sie in die Höhle, wobei sie über Berge von zerbrochenen Ästen klettern mußte, die wie Treibholz am Strand vor dem Eingang zur Höhle aufgehäuft lagen.

Drinnen bauten sie und Ahcleet ein Feuer aus herumliegenden trockenen Zweigen. Nachdem Joan das Kanu zum Trocknen umgedreht hatte, zog sie ihre durchnäßte Schamanentracht aus und hängte sie an den zwei Paddeln auf, die sie mit dem Griff nach unten in den sandigen Boden gesteckt hatte.

Sie befanden sich in einer geräumigen Kammer, die von Flüstern erfüllt war. Als ihre Augen sich an den flackernden Feuerschein gewöhnt hatten, erkannte sie, daß sie von Fledermäusen umgeben waren. Tausenden von Fledermäusen. Kopfüber hingen sie dicht gedrängt, Flügel an Flügel von der Decke und den Wänden der Höhle, so daß es aussah wie ein dicker brauner Faltenwurf.

Einige von ihnen fingen an, sich zu strecken, und weckten ihre jeweiligen Nachbarn. Ein paar benommene Fledermäuse verloren den Halt und fielen auf den Boden der Höhle. Im Handumdrehen flogen dreißig oder vierzig von ihnen umher, schossen nur Zentimeter an Joan und Ahcleet vorbei.

Einige der abgestürzten Tierchen hüpften auf Joans Bein und fingen an, ihren Körper hinaufzuklettern. Sie sah zu, wie sie sich hocharbeiteten, und mußte lachen. Als die kleinen Wesen ihre Brust erreichten, hoben sie eines nach dem anderen ab und flogen in die Dunkelheit jenseits des Feuers.

»Geflügelte Hände«, sagte Ahcleet. »Ein gutes Zeichen.«

Joan nickte. Die Erzählungen von blinden, bissigen Fledermäusen, die sich im Haar von Frauen verkrallen, waren kompletter Unsinn. Fledermäuse sahen recht gut. Und sie waren keine aggressiven, reizbaren Tiere. In Wahrheit waren sie äußerst scheu und gelehrig. Joan fiel ein, daß ein früherer Freund von ihr, der an der University of Washington als Biologe arbeitete, ihr Temperament mit dem von »fliegenden Hamstern« verglichen hatte.

Nachdem sie sich ausgeruht hatten, gab Ahcleet das Zeichen, daß es Zeit war zu gehen. Nach einigem Suchen fanden sie in dem Geröll einen knorrigen Kiefernast, der vor Pech triefte und aus dem sie eine Fackel machten. Joan zog ihre Schamanentracht wieder an und Ahcleet setzte sich den Kopfschmuck aus Menschenhaar fest auf. Als sie aus der Höhle traten, sahen sie einen Pfad, der nach links führte, und einen, der nach rechts abging.

»Der linke Pfad ist kürzer«, sagte Ahcleet. »Der nach rechts ist länger.«

»Und welchen nehmen wir?« fragte sie.

»Den rechten Pfad, den für langsame Krankheiten. Über den kurzen gehen die, die eines plötzlichen Todes gestorben sind.«

Sie gingen los, das Kanu und die Paddel zwischen sich tragend. Joan hielt die Fackel in der rechten Hand.

Der Pfad wand sich unter gewaltigen Bäumen. Obgleich der Wolkenbruch aufgehört hatte, lag der nasse, blaugrüne Regengeruch in der Luft. Wenn sich ein Windstoß erhob, auch nur schwach, sprühten ihnen die Bäume Wasser ins Gesicht.

Der Mond beleuchtete ihren Weg, während irgendwo in weiter Ferne die Trommeln schlugen . . . schlugen . . .

Sie blieben abrupt stehen.

Die Muskeln unter der Haut gespannt, kauerte ein Berglöwe vor ihnen, versperrte ihnen den Weg. Er hatte gerochen, daß sie sich näherten.

Joan erstarrte, als das Tier warnend fauchte, dann nochmals fauchte, die Ohren zurückgelegt, Augen wie Feuer.

»Bruder, laß uns vorbei«, sagte Ahcleet ruhig. »Wir suchen einen, der nicht in das Land der Toten gehört.«

Der Puma richtete sich aus seiner kauernden Position auf, umkreiste sie einmal, den Schwanz aufgerichtet, die wissenden Augen kühl. Er betrachtete sie im Licht der Fackel und sprang dann leichtfüßig davon, glitt von einem umgestürzten Baumstamm zum nächsten, verschwand in der Dunkelheit der Nacht wie bernsteinfarbener Rauch.

Der Pfad führte weiter, beschrieb enge Kurven, überwand kleinere Anstiege, senkte sich in tiefe Gründe und endete schließlich vor einer undurchdringlichen Masse umgestürzter Bäume.

Ein Zedernsumpf!

»Was jetzt?« fragte Joan.

»Wir gehen durch«, erwiderte Ahcleet.

Da durch? Überall lagen Zedernstämme kreuz und quer, hoch aufgekeilt, tief hinunter in den sumpfigen Boden reichend. Sie bezweifelte, daß sie und Ahcleet diese Etappe überwinden würden. Aber nun waren sie so weit gekommen, sie *mußten* ihre Suche zu Ende führen. Schließlich hing das Leben ihres Sohnes davon ab.

»Laß mich vorgehen«, sagte sie zu Ahcleet. »Wenn es zu schwierig wird, nehme ich dich auf den Rücken.«

Die Fackel fest umklammernd, kletterte sie auf den ersten Stamm. Ahcleet stieg ihr nach. Sie kletterten weiter, zerkratzten sich die Hände, ließen das Kanu fallen, hoben es wieder auf, rutschten in die Hohlräume zwischen den verkeilten Bäumen. Einmal saß Ahcleet im Sumpf fest und versank bis zu den Achselhöhlen. Mit großer Kraftanstrengung konnte Joan ihn wieder herausziehen.

Danach stieg der alte Mann auf ihren Rücken, und sie setzten ihren Weg fort. Joan schleppte Ahcleets leichtes, aber langknochiges Gewicht, balancierte das Kanu auf dem Kopf, die beiden Paddel in der linken und die Fackel in der rechten Hand.

Völlig erschöpft erreichten sie schließlich die andere Seite des Zedernsumpfes und gelangten zu einer höhlenförmigen Öffnung. Ahcleet ließ sich von Joans Rücken gleiten. Sie legte das Kanu und die Paddel auf den Boden und stieß die Fackel in die Erde. Keuchend um Luft ringend, ruhten sie sich aus.

Bis sie ein leises Murren hörten.

Sie sprangen auf, hoben das Kanu über ihre Köpfe, Joan packte Paddel und Fackel, und sie gingen los, Joan voraus.

Dann erstarrte sie.

Sie hatten die Winterhöhle eines Schwarzbären betreten. Ein Weibchen, grau ums Maul, und sie war noch nicht ganz in Winterschlaf gefallen.

Erbost über die Störung, beäugte die Bärin sie wütend und brummte warnend. Als sie sich nicht sofort zurückzogen, kam sie schwerfällig auf die Beine. Sie hatte den Kopf gesenkt, schwang ihn hin und her, Speichel floß ihr in langen Fäden aus dem Maul.

»Großmutter, laß uns vorbei«, sagte Ahcleet mit zitternder Stimme. »Wir suchen eine Seele, die nicht ins Land der Toten gehört.«

Doch das Tier kam auf sie zu, Gefahr sprach aus jeder Faser seines Körpers. Joan war fest entschlossen, ihm die Fackel ins Gesicht zu stoßen, wenn nötig, da hörten sie aus dem hinteren Teil der Höhle einen Schrei.

Die Bärin blieb stehen, starrte sie an, als wollte sie sich die beiden für immer ins Gedächtnis prägen, und wandte sich dann der Quelle des Schreis zu, einem Bärenjungen, das aus dem Schlaf aufgeschreckt war.

»Weiter. Schnell!« drängte Ahcleet.

Sie gingen in die Dunkelheit, denn Joans Fackel erhellte nur einen schmalen Streifen direkt vor ihnen. Als sie sich argwöhnisch umschauten, sahen sie keine Spur von der Bärin mehr.

»Beeil dich!« flüsterte Ahcleet.

Die Höhle schien sich endlos weiter zu winden. Sie war trokken, und es gab weder Fledermäuse noch Fledermauskot auf dem Boden.

Endlich sah Joan ein gräuliches Licht, wie in der späten Abenddämmerung oder im allerersten Morgengrauen, und sie erkannte, daß die Höhle zwei Ausgänge hatte. Sie waren am anderen Ende angelangt.

Sie rannten auf diesen Ausgang zu, jeder von ihnen ein Kanuende auf der linken Schulter, und liefen weiter, bis sie zu einem seichten Strand kamen, der einen weiteren Fluß säumte. Er sah zwar friedlich aus, schien aber so breit wie ein ferner Horizont zu sein.

»Wir nähern uns dem zweiten Fluß«, sagte Ahcleet.

Joan war schwindelig. Sie hatte das Gefühl, an zwei Orten gleichzeitig zu sein, die Dinge, Geräusche und Gerüche von beiden wahrzunehmen. Sie blieb stehen, um das Gleichgewicht wiederzufinden.

Und hörte die Trommeln schlagen, langsamer, schneller... langsamer, schneller...

Wo war sie? Auf der Landzunge? Oder hier am zweiten Fluß, der ins Land der Toten führte?

Sie sah zwei Ahcleets, einen, der ihr half, das Kanu zu tragen, und einen anderen, der auf der Landzunge das Geisterkanu ruderte. Sie hörte und sah die Eingeweihten, Royal Mercer, Paul, Crazy Lady, die auf Tleyuk aufpaßte. Aber sie wirkten wie Schattenbilder. Sie sah nach unten und betrachtete ihre linke Hand. Sie schien unwirklich, wie Dunst. Sie blickte ein zweites Mal hin, und sie war festes Fleisch.

Während die Trommeln schlugen, schlugen, schlugen. In der Nacht, im Wind, in ihren Adern ...

Das Kanu verrutschte, als sie sich vorbeugte, um einen klaren Kopf zu bekommen.

»Laß mich zu Atem kommen, Großvater«, keuchte sie.

Sie legten das Kanu auf den Boden und lehnten die Fackel und die Paddel gegen einen Baum.

»Das Land der Toten.« Ahcleet deutete auf ein hohes fernes Felsufer, das sich auf der anderen Seite des Flusses erhob, wo die Sonne hell schien.

Nachdem sie sich ausgeruht hatten, schoben sie das Kanu ins Wasser und ruderten scheinbar stundenlang. Endlich liefen sie auf das andere Ufer auf. Joan drehte das Kanu um und steckte die Fackel und die Paddel in den Sand. Sie kletterten die Felsküste hinauf, wobei sie fest verwurzelte Grasbüschel als Haltegriffe und Fußstützen benutzten, bis sie sich unversehens in einem Dorf aus alter Zeit befanden.

Hier war Hochsommer und helles Tageslicht. Joan erinnerte sich an die alten Geschichten, in denen es hieß, Jahres- und Tageszeiten seien im Land jenseits des Todes genau umgekehrt.

»*Tmem'eloctcke;* Geister!« flüsterte Ahcleet.

Sie sah Kinder, die das alte Shinny-Spiel spielten. Jeder Spieler hatte zwei Stöcke, die an einem Ende gebogen waren. Mit einem verteidigte sich der Spieler, mit dem anderen versuchte er, den Ball zu treffen, der etwas größer als ein Baseball war und aus Zedernholz bestand.

Ein Zedernholzball! dachte sie. Genau wie der, den der alte Zauberer meinem Sohn geschenkt hat!

Während sie zusah, fiel Joan auf, daß das Spiel stark an Hokkey erinnerte. Die Kinder waren nackt, mit Ausnahme der älteren Jungen, die Lendenschurze trugen. Das Spiel wurde wilder. Plötzlich sah sie, daß einer der Spieler ihr Sohn war.

»Tleyuk!« schrie sie und wollte zu der Gruppe rennen.

Ahcleet legte ihr die Hand auf den Arm und hielt sie zurück. »Sieh mal, über Tleyuks Kopf«, sagte er.

Ein kleines tropfenförmiges Licht, wie die Flamme einer Kerze, schwebte ständig über dem Kopf des Jungen, egal, wo er hinlief.

»Er kann dich nicht sehen«, erklärte ihr der alte Mann.

Eine männliche Gestalt in prachtvoller Nacktheit kam durch das helle Sonnenlicht, durchbrochen von den dunklen Schatten riesiger Bäume, auf sie zu. Als er nah genug war, konnte Joan erkennen, daß er wie Ahcleet das Zeichen des Mutes trug – eine tiefe Narbe auf dem Nasenrücken.

Der Fremde betrachtete sie aufmerksam, und ein Schauer lief ihr über den Rücken. Abgesehen von der Narbe sah er ihrem Bruder und ihr so ähnlich – besonders die Augen –, daß sie fast das Gefühl hatte, in einen Spiegel zu blicken.

Ihr Urgroßvater sprach als erster. »Ich bin Ahcleet. Bei mir ist meine Urenkelin, La'qewamax.«

»Ich weiß, wer ihr seid.« Die eindrucksvolle Gestalt sprach die alte Sprache, ihr Gesichtsausdruck verhärtete sich.

Beunruhigt sahen sich Ahcleet und Joan rasch an. Was haben wir falsch gemacht? lautete ihre unausgesprochene Frage.

»Haben wir dich beleidigt, Ehrwürdiger?« fragte Ahcleet.

»Ihr wart nachlässige Verwalter. Ihr habt zugelassen, daß die *eckan,* die Zeder, gefällt wurde.«

»Das war nicht unsere Schuld«, sagte Joan beherzt. »Einige von unserem Volk haben das Holz rund um die Zeder verkauft. Das stimmt. Aber wir haben den Baum markiert, damit er nicht gefällt wurde. Jemand hat die Markierung entfernt. Wir wissen auch wer.«

»Es war eure Verantwortung. Ihr stammt von Musqueem ab. Ich bin Musqueem.« Er spuckte auf den Boden. »Ihr habt mich beschämt. *Mu'Xk'oa;* geht nach Hause!«

Musqueem? Der legendäre Walfänger?

Bei seinen Worten wurde Joans Körper von Zorn erfüllt. Ahcleet, der neben ihr stand, spürte die wachsende Anspannung in ihr. Aus Angst, sie würde etwas sagen, was ihnen beiden leid tun könnte, legte er ihr warnend die Hand auf den Arm.

»Ehrwürdiger«, sagte er leise, »wir versuchen, unseren Fehler wiedergutzumachen. Und die Wiedergutmachung beginnt damit, daß wir einen kleinen Jungen zurückholen möchten. Sein Name ist Tleyuk.«

»Der kleine Tleyuk?« Der unwillige Ausdruck auf dem Gesicht des Gastgebers wurde weicher. »Als er hier ankam, waren wir uns nicht recht sicher. Aber seine Tante ist hier, sie hat ihn willkommen geheißen.«

Lia? Hier? »Wo ist sie?« wollte Joan wissen.

Wieder hielt Ahcleet sie zurück. »Verzeih meiner Urenkelin. Ihre Ungeduld ist ein Laster«, sagte Ahcleet. »Wir sind also wegen Tleyuk hergekommen.«

»Der Kleine bleibt hier«, sagte Musqueem. Dann musterte er Ahcleet. »Du, Alter, wirst bald bei uns wohnen.«

»Nicht allzu bald«, entgegnete Ahcleet scharf.

Der Mann lächelte ein wissendes Lächeln. »Folgt mir«, sagte er, dann wandte er sich um und entfernte sich.

Während sie den Walfänger begleiteten, sahen sie ihre Vorfahren bei der Verrichtung ihres normalen Tagewerks. Ein Mann flickte ein Kanu, das einen Riß bekommen hatte, indem er Tannenpech aus einer großen Muschelschale darauf tropfen ließ. Dann verteilte er das Pech mit heißen Steinen, die er mit einer aus Knochen gefertigten Zange hielt, auf dem Boden des Kanus.

Ein anderer baute eine Lachsfalle in einem schmalen Bach. Etliche Frauen spannen die weiche Innenrinde von Zedern. Joan betrachtete das alles voller Ehrfurcht und Staunen.

Und hörte die Trommeln noch immer schlagen . . . schlagen . . . schlagen . . .

Musqueem führte sie in ein großes Haus aus Zedernplanken mit beschnitzten Pfosten. Drinnen war das Haus mit Pfeifenton geweißt, auf den man zahlreiche Fisch- und Tiergestalten in Rot und Schwarz gemalt hatte.

Entlang den Wänden verlief eine Doppelreihe von Podesten. Die, die zum Schlafen benutzt wurden, befanden sich knapp einen Meter über dem Boden. Die Podeste davor waren etwa dreißig Zentimeter hoch und waren zum Sitzen gedacht.

Oberhalb der Podeste waren Lagerregale angebracht, die sich

zur Wand neigten. Drei Feuer brannten an verschiedenen Stellen auf dem Boden. Joan sah auf und stellte fest, daß die Dachschindeln unmittelbar über diesen drei Feuern verschoben waren, damit der Rauch abziehen konnte.

Musqueem führte sie zu seinem Bereich im abgeschiedensten Teil des Hauses. Nachdem sie sich an das Feuer gesetzt hatten, bot er ihnen Essen in alten, mit Schnitzereien verzierten Holzschüsseln an: saftiges Kambium, die Innenrinde der Zeder. Joan hatte es noch nie zuvor probiert, aber sie fand es köstlich. Sie und Ahcleet aßen mit großem Appetit.

Nach dem Essen war es Zeit für ein längeres Gespräch. Ahcleet erklärte, wie die Welt geworden war, daß der Reichtum eines Menschen daran gemessen wurde, wieviel er in seinen Besitz bringen und behalten konnte.

Musqueem schüttelte staunend den Kopf. »In unserer Gesellschaft wurde der Reichtum eines Menschen daran gemessen, wieviel er verschenken konnte. Und man besitzt das Land heute, sagt ihr? Wie kann man die Erde besitzen? Das ist unvernünftig.«

»In vielen Teilen der Welt ist es ungesund, die Luft einzuatmen, die Wälder sind verschwunden, die Flüsse verschmutzt. Aber«, Ahcleets Gesicht leuchtete auf, »wir waren auf dem Mond.«

»Damit ihr den auch noch verderbt?« Der Walfänger seufzte. »Ihr lebt in einer seltsamen Welt. Eltern sorgen nicht mehr für ihre Kinder. Erwachsene Kinder sorgen nicht mehr für ihre Eltern. Haben die Tiere sich auch verändert?«

Ahcleet lächelte. »Die Tiere bleiben, wie sie immer waren, sorgen für die ihren auf ihre eigene Weise. Abgesehen natürlich von den Arten, die ausgerottet worden sind.«

Dann erklärte er, wie es geschehen konnte, daß die Zeder gefällt worden war. Dabei gab er zu, daß einige aus dem »Volk« nicht mehr an die alten Sitten glaubten. »Die meisten halten sogar dich, Ehrwürdiger, wenn sie deinen Namen hören, lediglich für eine Legende«, schloß er höflich.

»Ich bin mehr als eine Legende«, knurrte Musqueem. Er hob den Kopf und blickte sie durchdringend an.

Hastig versicherten sie ihm, daß er natürlich mehr war.

Nachdem sie sich für das Essen bedankt hatten, sagte Ahcleet: »Wir möchten mit dir über Tleyuk sprechen.«

Die Brauen des Walfängers verengten sich. »Er bleibt bei uns.«

»Er hat auf der anderen Seite noch viel zu erledigen, was unerledigt bleibt, wenn er nicht mit uns kommt.«

»Wir alle lassen Dinge unerledigt auf der anderen Seite zurück«, sagte Musqueem.

»Ich glaube, wenn du seine Rückkehr erlaubst, wird er dem ›Volk‹ eines Tages helfen, die alten Sitten zu begreifen und die Zwietracht unter ihm zu schlichten.«

»Ein großer Auftrag für einen kleinen Jungen.«

»Wir flehen dich an, Ehrwürdiger, uns diese Bitte zu gewähren.«

»Kann seine Mutter nicht für ihn sprechen?« Die Augen des alten Walfängers glühten, als er sie auf Joan richtete. »Du möchtest, daß dein Sohn in diesen Unfrieden zurückkehrt, von dem der Alte gesprochen hat?«

In einer einzigen raschen Bewegung sprang Joan auf. »Ich brauche keine Erlaubnis, um Tleyuk zu holen. Er gehört mir schon.«

»Er gehört dir«, sagte der Walfänger, erhob sich und führte sie nach draußen, wo das Shinny-Spiel noch immer im Gang war.

Musqueem rief Tleyuks Namen, und der Junge kam sogleich herbeigerannt, einen Shinny-Stock in jeder Hand. Das kleine Flämmchen über seinem Kopf hüpfte mit ihm mit. Der Walfänger sagte zu Joan: »Da ist dein Sohn. Nimm ihn.«

Joan kniete nieder, um Tleyuk zu umarmen, aber als sie die Arme ausstreckte, war da nichts. Sie wandte sich verblüfft an den Walfänger. »Was ist das?«

»Als ob man den Wind festhalten wollte, nicht?«

Tränen stiegen ihr in die Augen, und sie fragte: »Was muß ich tun?«

»Du könntest etwas Respekt zeigen!« sagte Musqueem spitz.

»Tleyuk erkennt mich nicht.«

»Er kann dich weder sehen noch hören.«

»Aber ich liebe ihn. Ich brauche ihn.«

»Die Frage ist: Braucht er dich?« Musqueem strich sich über den kurz geschnittenen Bart. »Wenn ich euch diesen Gefallen tue, müßt ihr mir auch einen erweisen.«

»Ah«, murmelte Ahcleet in leiser Bewunderung. »Der schlaue alte Händler von früher!«

»Alles, was du willst, Ehrwürdiger«, sagte Joan demütig.

»Sieh dort.« Musqueem deutete auf eine Gruppe von Menschen, die sich ihnen näherten. Sie lächelten, gestikulierten, waren im angeregten Gespräch vertieft. Am Rand der Gruppe irrte unsicher eine Gestalt umher, einsam und verloren.

Die meisten anderen achteten gar nicht auf ihn, nur einige wenige lachten gelegentlich über ihn oder machten abfällige Gesten. Joan sah, daß auch über dem Kopf dieser Person eine Flamme züngelte. Nur Tleyuk und dieser Mann hatten solche Flammen, bemerkte sie.

»Er hat hier weniger Ansehen als der niedrigste Sklave«, sagte Musqueem.

Als der Mann näher kam, erkannte Joan ihn; es war Hannahs Ehemann, Michael McTavish. Aber das war unmöglich. McTavish war im Krankenhaus. Oder war er vielleicht gestorben?

Aber selbst wenn er gestorben war, was machte der Geist eines Weißen im Land der Toten der Quinault? Nach dem Tod lebten die Menschen in dem Jenseits, an das sie geglaubt hatten.

Dann fielen ihr Amintes Worte wieder ein: »Ich habe Michael McTavishs Seele gestohlen.«

»Er ist auf den falschen Weg gebracht worden«, erwiderte Musqueem auf ihre unausgesprochene Frage. »Er gehört nicht hierher. Er wird hier keinen Frieden, keine Erlösung finden.«

»Kannst du ihn nicht zurückschicken?« fragte Ahcleet.

»Er ist durch Zauberei hierhergekommen«, lautete die Antwort. »Nur Zauberei kann ihn befreien. Ihr habt diese Macht.«

»Xulks –?«

»Sprich diesen Namen nicht laut aus!«

»Ich habe seinen Seelenfänger«, sagte Ahcleet und betastete das geschnitzte Knochenstück, das um seinen Hals hing.

»Du hast die Macht. Tu es jetzt.«

Ahcleet ging auf McTavishs Geist zu.

Joan hielt ihn auf, als sie begriff, daß die Flammen über den Köpfen diejenigen kennzeichneten, die bald sterben würden, die noch nicht tot waren. Wenn das Schicksal nicht aufgehalten wurde, bedeutete McTavishs Gegenwart hier, daß er nicht mehr lange zu leben hatte.

Wünschte sich ihr Bruder das nicht? Wünschte er sich nicht, daß Hannah frei war, so daß sie ihm gehören konnte?

Ja, dachte Joan. Aber nicht so. Voller Scham über ihre niedrigen Gedanken ließ sie Ahcleet gehen.

Joans Urgroßvater näherte sich McTavish, der wie Tleyuk weder ihn noch Joan wahrzunehmen schien. Der alte Mann zog die Zedernstopfen aus den Enden von Xulks Seelenfänger.

Er nahm ein Ende in den Mund und saugte in Richtung der zitternden Flamme über McTavishs Kopf. Einen Augenblick lang flackerte das Bild des Weißen wie eine Kerze im Wind, dann war es verschwunden. Rasch verschloß Ahcleet beide Enden des Seelenfängers mit den Zedernstopfen.

Währenddessen stand Tleyuk ganz ruhig da und blickte starr zu Musqueem empor. Nun beugte sich der Walfänger nach unten und sah dem kleinen Jungen ernst in die Augen. »Mein Sohn, du bist zu früh zu uns gekommen. Geh jetzt. Sag deinen Freunden Lebewohl. Wenn du das getan hast, komm zu mir zurück.«

Tleyuks Gesicht verdunkelte sich. Joan war erstaunt und gekränkt. Ihr Sohn war hier glücklich! Er wollte nicht nach Hause kommen.

Tleyuk rannte davon, schwenkte seine Shinny-Stöcke, und die Flamme hüpfte über seinem Kopf. Seine Freunde unterbrachen das Spiel und versammelten sich um ihn. Nachdem er mit ihnen geredet hatte, kam er langsam zurück, seine nackten Füße wirbelten Staub auf.

Der Walfänger legte dem Kleinen die Hand auf den Kopf und sagte: »Wir werden uns wiedersehen, mein Sohn, wenn du sehr alt und sehr weise geworden bist. Bis dahin, erinnere dich an mich in der Stille deiner Träume.«

»Wirst du hier sein, wenn ich wiederkomme?« fragte Tleyuk aufgewühlt, die Augen weit, bemüht, die Tränen zurückzuhalten.

Musqueems Augen leuchteten vor Zärtlichkeit warm auf. »Ich werde immer hier sein.«

Dann nickte der alte Walfänger Joan zu.

Sie nahm ihren Seelenfänger vom Saum der alten Schamanentracht. Ahcleets Beispiel folgend, zog sie die Zedernstopfen an beiden Enden heraus, nahm ein Ende in den Mund und fing an, in Richtung der Flamme zu saugen, die über dem Kopf ihres Sohnes schwebte.

Genau in diesem Augenblick plumpste ein Shinny-Ball zwischen ihnen zu Boden. Tleyuk schrie vor Freude auf und schlug ihn weg, auf den fernen Torpfosten zu. Und fort war er, rannte mit den anderen Kindern um die Wette, während die Flamme über seinem Kopf aufgeregt tanzte.

Joan lief ihm nach und war bald von einer ganzen Schar begeisterter Kinder umgeben, die jauchzend und lachend dem Ball nachjagten.

Sie streckte die Arme aus und hätte Tleyuk fast berührt – sie hatte schon wieder vergessen, wie nutzlos das sein würde –, als sich das Sonnenlicht verdunkelte und die Bilder der Kinder verblaßten.

»Nein!« schrie sie, als das Land der Toten verschwand und

sie wieder auf der Landzunge war, wo sie mit Ahcleet zwischen den bemalten Planken des Geisterkanus stand und rhythmisch paddelte.

Während die Trommeln schlugen ... schlugen ... schlugen ...

Sie blickte wild um sich. Jetzt sah sie hier wieder alles gestochen scharf, nicht so verschwommen wie vorher. Die Eingeweihten, Paul und Royal Mercer schlugen noch immer die Trommeln und sangen. Ihr Sohn lag noch immer in seinem Schlafsack, reglos, unter der Obhut von Crazy Lady.

Vor Wut und Enttäuschung schrie sie auf. Sie und Ahcleet hatten die Landzunge nie verlassen!

Und alles andere? Die beiden Flüsse, die Höhle, die Fledermäuse, der Puma, die Bärin, Musqueem und die anderen im Land der Toten? Tleyuk, wie er im hellen Sonnenschein Shinny spielte?

Ihre eigene Phantasie hatte Überstunden gemacht – der Bann der Trommeln, ein hypnotischer Traum gewebt aus alten Geschichten der Vergangenheit und ihrem verzweifelten Wunsch, ihr Kind zu retten.

»Du mußt zurückgehen!« flüsterte eine Stimme ihr zu.

War das das Heulen des Windes?

Sie schüttelte den Kopf, um ihn klar zu bekommen. Sie durfte ihren Geist jetzt nicht von Zweifeln trüben lassen. Natürlich mußte sie zurückgehen!

»Großvater!« schrie sie. »Hilf mir!«

Der alte Mann ruderte stetig, dem dunklen Wind vom Meer zugewandt, sein Gesicht war so verschlossen wie seine Augen. Joan starrte ihn an und sah, daß es von nun an einzig an ihr lag. Ahcleet hatte ihr so weit geholfen, wie er konnte.

Aber wie sollte sie in jenes mythische Land zurückkehren, wo die Jahres- und Tageszeiten genau umgekehrt von denen im Land der Lebenden waren? Wo die Wälder unberührt waren, wo Menschen, die schon lange tot waren, herumspazierten und plauderten, wo man lebte wie vor Jahrhunderten?

Was war der Schlüssel?

Wie sollte sie zu einem Ort zurückkehren, den es gar nicht gab?

Oder doch?

Sie hob die freie Hand, um sich das Gesicht abzuwischen, und sah, daß aus Schürfwunden in der Handfläche Blut sickerte. Sie und Ahcleet waren beide arg zerkratzt worden, als sie sich durch den Zedernsumpf gekämpft hatten.

Welcher Zedernsumpf? Der, der nur in ihrem Kopf existierte?

Sie lachte bitter auf.

Ihre Hände hatten Blasen von dem stundenlangen Paddeln, die Blasen waren aufgeplatzt und hatten durch die fortgesetzte Reizung angefangen zu bluten. Daher kam das Blut, nicht von irgendwelchen Verletzungen, die sie sich in einem Sumpf ihrer Phantasie zugezogen hatte.

Blut.

Sie erinnerte sich daran, wie Crazy Lady ihr in die Hand geschnitten hatte. Sie erinnerte sich daran, wie ihr Blut geflossen war. Kein labberiges Weißenblut, hatte die alte Frau gesagt.

Quinault-Blut. Das Blut ihrer Ahnen. Das Blut des »Volkes«. Das »Volk«, das seit Anbeginn der Zeiten stolz und weise und harmonisch mit den anderen Lebewesen auf der Erde lebte.

Ein Mondstrahl fiel auf Joan.

Wie eine Tür, die plötzlich aufgestoßen wurde, kam ihr die Erkenntnis, daß ihr etwas Wundervolles geschenkt worden war.

Ihr, einer praktischen, gebildeten, modernen Frau, einer Polizistin, einer Frau des ausgehenden 20. Jahrhunderts, war der Zugang in die Welt ihrer Ahnen eröffnet worden, der jenseitigen Welt der alten Schamanen.

Die Welt der unglaublichen Macht. Verstandesmacht. Geistesmacht. Für sie war der Vorhang geteilt worden, archetypische Erinnerungen strömten hindurch.

Und so mußte es auch sein! Denn wenn Ahcleets Zeit auf

Erden zu Ende ging, würde sie, Joan Tidewater, die Stelle des alten Mannes als Hauptschamanin einnehmen. Was war eine Schamanin wert, die nicht richtig glaubte, die sich ihres alten Glaubens schämte?

Der Stolz auf ihre Abstammung durchströmte sie, aktivierte uralte Erinnerungen in ihren Gehirnzellen. Sie war die, die sie war – La'qewamax, Nachfahrin von Musqueem, dessen Ahnen die Fähigkeit zum Walfang von Donnervogel selbst geschenkt bekommen hatten.

La'qewamax, die Schamanin. Eine Frau, die zu mystischen Orten reisen und mit mystischen Wesen sprechen konnte. Eine Frau, die andere heilen und ihnen auf mehreren Ebenen helfen konnte. Eine Schamanin des »Volkes«.

Sie ließ das Paddel fallen und schrie laut: »Ich bin Quinault!«

Als die Trommeln lauter wurden, spürte sie, wie sich um sie herum und in ihr Geistermacht aufbaute. Sie wußte, daß sie verwandelt wurde. Die Macht stieg von unten durch ihre Fußsohlen auf, schoß oben zum Kopf wieder heraus und floß wieder durch ihre Füße, so daß sie zu einem geschlossenen Kreislauf ungebrochener Macht wurde.

»Ich bin die Macht!« schrie sie. *»Ich bin die Macht!«*

Mit dieser spirituellen Erkenntnis befand sie sich plötzlich wieder im Land der Toten, griff nach Tleyuk, schloß ihn in die Arme, und er drückte sich an sie, hatte die Arme fest um ihren Nacken geschlungen und schluchzte: »Mama! Mama! Wo warst du denn! Ich habe dich vermißt, Mama!«

Tleyuk war nicht Luft, nicht Wind. Tleyuk war real, so real, mit den dünnen Kinderärmchen, den Wollfäden, die ihm noch immer um die Handgelenke hingen, dem strahlenden Lächeln eines kleinen Jungen, mit der offenen, überreichen, unverklemmten Liebe eines Kindes. Tleyuk, der größte Schatz auf Erden! Joan schämte sich ihrer Tränen nicht.

Als sie sich das Gesicht abwischte, sah sie, daß sie wieder auf der Landzunge war. Und Tleyuk war da, hellwach, aufrecht sitzend, an sie geklammert, während sie sich über ihn beugte.

Alle waren da. Die drei Eingeweihten, Royal Mercer, Paul, Crazy Lady, Ahcleet.

Ahcleet, aus dessen Gesicht noch ein zweites Gesicht blickte. Melancholische, durchdringende Augen – das Gesicht des Walfängers, aus dessen Lenden sie alle hervorgegangen waren.

»Unser Glaube darf nicht sterben«, flüsterten Ahcleets Lippen. Joan wußte nicht, ob Ahcleet diese Worte ausgesprochen hatte, ob Musqueem durch Ahcleet. Es machte auch keinen Unterschied.

Ihr Gesicht glühte mit dem Ausdruck, den Läufer auf den letzten Metern eines Marathonlaufs haben – oder Liebende kurz vor dem Höhepunkt. Glücklich, aber auch mit einem unbestimmbaren Schmerz darin, von tiefem Verlangen getrieben. Und dann endlich der Triumph. Sie fühlte sich leer, emotional ausgepumpt, aber geistig heil.

An den hoch gelegenen, heiligen Orten des Waldes hatte sie ihren Schutzgeist gefunden. Hier, auf der Landzunge, hatte sie sich selbst gefunden.

Nie wieder würde sie unter den bitteren Stichen des Zweifels leiden. Denn sie hatte soeben eine mystische, übernatürliche Erfahrung gemacht, die keinem normalen Menschen offenstand.

Ja, sie war noch immer Joan Tidewater, die Tochter eines unglücklichen Mannes, die Enkelin eines Alkoholikers. Zwei Männer, die beide jeweils mit einem Bein in ihrer traditionellen Welt und mit dem anderen in einer weißen Welt gestanden hatten, die sie nicht verstehen konnten und die nicht im geringsten versuchte, sie zu verstehen. Zwei heimatlose Männer.

Aber sie war La'qewamax, die Urenkelin von Ahcleet, einem wahren Glaubenden. Sie war die nächste Schamanin.

Und sie erkannte, daß Ahcleet nicht mehr das Verbindungsglied war zwischen dem, was das »Volk« einst gewesen war, und dem, was es jetzt war.

Sie war dieses Verbindungsglied.

Die Ahnenreihe ging weiter. Von ihr zu Tleyuk, zu Tleyuks Töchtern und Söhnen. Und weiter und weiter, solange Schönheit und Harmonie zwischen allen Dingen möglich waren. Solange es Ozeane gab. Und Wale in den Ozeanen. Solange es Wälder gab. Und uralte Bäume in den Wäldern.

Solange das »Volk« auf Erden wandelte und sich der alten Sitten erinnerte.

◇◇◇◇◇◇◇ Kapitel 32 ◇◇◇◇◇◇◇

◇ In der Nacht vom 5. auf den 6. November war Michael McTavish nach der Operation wieder auf die Intensivstation gebracht worden. Hannah saß bei ihrem still und reglos daliegenden Mann, und die Stunden erschienen ihr endlos.

Schließlich, mitten in der Nacht, bewegte er sich und stöhnte auf, dann öffnete er die Augen und blickte sie zuerst leer und verständnislos an.

Dann, allmählich, nahmen seine Augen einen anderen Ausdruck an, und er murmelte etwas. Sie beugte sich über ihn, um seine Worte zu verstehen.

»Ich bin wieder da, Schatz«, flüsterte er, dann verlor er erneut das Bewußtsein.

Es war, als ob seine Seele zurückgekehrt wäre, dachte sie. Zum erstenmal seit seiner Rettung hatte ihr Mann sie erkannt.

Und sie wußte, daß er wieder gesund werden würde.

◇◇◇◇◇◇◇ Kapitel 33 ◇◇◇◇◇◇◇

◇ Ahcleet bewahrte Xulks Gebeine an einem sicheren Ort auf, bis sie wieder auf angemessene Weise beerdigt werden konnten.

Tleyuk ging wieder zur Schule und war bald so munter wie eh und je. Crazy Lady kehrte trotz der Einwände des alten Ahcleet wieder nach Humptulips zurück. Royal Mercer blieb noch eine Weile, um sich, wie er es ausdrückte, »von der Welt da draußen« zu erholen.

Am Morgen des Samstags nach ihrer Reise ins »Land der Toten« – der Himmel war bedeckt, und es roch nach Sturm – saßen Joan, Royal Mercer und Ahcleet in der Küche des alten Mannes und tranken Kaffee. Tleyuk sah sich im Wohnzimmer einen Zeichentrickfilm an.

Am Himmel leuchteten Donnervogels Augen auf, als ein Blitz die dunklen Wolken durchzuckte, die von Westen heranflogen.

»Großvater, du hast mir doch erzählt, daß du Sg'dilatc besitzt, den Geist, der einem dabei hilft, Verlorenes wiederzufinden«, sagte Joan.

»Wir beide besitzen ihn nun.«

»Hilfst du mir dabei, die vermißte Reiseleiterin zu finden?«

»Ich dachte schon, du würdest mich nie darum bitten.« Der alte Mann erhob sich. »Gehen wir.«

»Jetzt?«

»Wieso nicht?«

Die drei sahen einander an, dann zogen sie sich Regensachen über und verließen das Haus.

»Wohin soll's gehen?« Die Frage kam von Royal Mercer, der majestätisch hinter dem Lenkrad seines liebevoll gepflegten silbergrauen Chrysler Imperial, Baujahr 1965, thronte.

»Man hat sie zuletzt bei der Lodge gesehen«, sagte Joan.

»Dann fangen wir da an«, sagte Ahcleet zu Mercer.

Als sie dort eintrafen, hatten sie mittlerweile Hunger bekommen, also gingen sie in den Speisesaal und aßen zu Mittag. Während des Essens bewunderten sie den neuen Totempfahl, der eindrucksvoll am Ufer aufragte.

Nach dem Mittagessen stiegen sie wieder in Mercers Automobil und fuhren langsam durch den strömenden Regen bis zum Ende der South Shore Road.

Ahcleet bat Royal Mercer mehrmals, den Wagen anzuhalten. Jedesmal stieg der alte Mann aus, ging langsam in die hohen Farnbüsche, die die Straße zu beiden Seiten säumten, kehrte dann wieder zurück und wies Mercer an weiterzufahren.

Am Graves Creek wendeten sie, fuhren die South Shore Road zurück, bis sie zur Brücke über den Quinault River kamen.

Mercer steuerte seinen geliebten Oldtimer vorsichtig über die Brücke und bog in die North Shore Road ein. Die Fahrt ging vorbei an einer alten Apfelplantage, führte durch sanft geschwungene Wiesen, auf denen schon seit Jahrhunderten Wapitihirsche ästen, und weiter durch Reste von Urwald, die sich bis zum Flußufer erstreckten. Endlich erreichten sie eine gepflasterte zweispurige Straße, und kurz darauf waren sie vor Hannahs Haus.

»Hier anhalten«, befahl Ahcleet.

»Ich glaube nicht, daß jemand zu Hause ist«, sagte Joan. »Wahrscheinlich sind sie alle im Krankenhaus.«

»Laßt mich aussteigen.«

Joan und Mercer sahen zu, wie Ahcleet um den Garten ging, dann lange auf den See blickte.

»Dort ist die Frau, die du suchst«, sagte Ahcleet zu Joan und zeigte zum Strand.

»Im See?«

»Ich glaube nicht.«

»Die Suchtrupps haben hier alles abgesucht und keine Spur von ihr gefunden«, sagte Joan. Aber sie spürte etwas – ein Ziehen, eine gesteigerte Wahrnehmung.

»Sie ist da«, sagte Ahcleet.

»Was soll ich machen?«

Er zuckte die Achseln. »Das mußt du entscheiden. Du hast mich gebeten, dir zu helfen, sie zu finden, und das habe ich getan.«

Joan und Royal Mercer warfen sich Blicke zu.

»Sie ist da unten«, sagte Ahcleet halsstarrig. Dann schauderte er. »Es zieht ein schlimmes Unwetter auf. Kommt, wir fahren nach Humptulips. Sare holen. Ich will sie mitnehmen.«

Joan protestierte: »Du weißt genau, daß sie nicht nach Taholah zurückkommen will. Das hat sie dir doch selbst gesagt.«

Ahcleet runzelte die Stirn und nickte Mercer knapp zu. Sie stiegen wieder in den Wagen, und der silbergraue Chrysler Imperial machte sich auf den Weg nach Humptulips.

Bei Crazy Lady angekommen, gab es gleich vor ihrer Haustür eine Auseinandersetzung, nachdem sie ihr gesagt hatten, warum sie da waren. »Fahrt nach Hause, allesamt«, befahl sie. »Ich entscheide selbst, wo ich sein will.«

»Aber es ist zu deinem eigenen Besten«, sagte Joan unvorsichtigerweise.

Das Gesicht der alten Frau wurde zornrot, und sie richtete sich gerade auf. »Ich lasse mir von jungem Gemüse wie dir nicht sagen, was zu meinem eigenen Besten ist!«

Ahcleet ergriff die Initiative. »Sare, halt den Mund und steig in den Wagen«, befahl er.

Sie starrte ihn an und tat dann wie geheißen, ein vorsichtiges leises Lächeln um die Mundwinkel. »Das hättest du vor fünfundsiebzig Jahren schon tun sollen«, sagte sie.

◇ Den Rest des Tages gab es heftige Unwetter, begleitet von Blitzen und fernem Donnergrollen. Ein Novembersturm peitschte die Küste mit hohen Brechern und sintflutartigen Wolkenbrüchen. Das Unwetter hielt bis in die Nacht an.

Am frühen Sonntag morgen wies Prefontaine seine Deputys an, sich bereit zu halten. Obwohl Joan frei hatte, kam sie ins Revier und bot ihre Hilfe an; bei so einem Wetter war mit dem Schlimmsten zu rechnen.

Gegen Mittag heulte der Wind aus Westen, und eine schier undurchdringliche Regenwand ergoß sich vom Himmel.

»Hast du alle Knochen aus Amintes Haus geholt?« fragte Joan ihren Bruder, während sie zusammen Kaffee tranken.

»Sie sind im Dienstwagen unter Verschluß«, antwortete Paul. »Alle sorgsam und respektvoll in einzelne Jutesäcke verstaut. Ich habe alles selbst überwacht.«

»Wäre vielleicht ganz gut, sie reinzuholen«, schlug sie vor.

Gerade als Prefontaine einem Deputy den Auftrag erteilen wollte, die Knochen zu holen, erzitterte alles wie bei einem Erdbeben. Die Polizisten sahen einander an. Was war passiert? Sie rannten nach draußen und hatten die alten Knochen im Nu vergessen.

Das Meer strömte durch den Wellenbrecher. In tieferliegenden Bereichen zerbarsten die Fenster, Türen wurden unter dem Druck der steigenden Flut eingedrückt. Strommasten knickten um, zerrissene Leitungen, die unter Strom standen, zischten und sprühten Funken auf den überfluteten Straßen.

»Um Gottes willen!« Prefontaine schnappte nach Luft, dann sagte er einem seiner Deputys, er solle die Stromleitungen am Transformator kappen.

Er und Joan sprangen in den Dienstwagen, in dem sie sicher

waren, weil die großen Geländereifen isolierend wirkten, und fuhren durch die Straßen, um die Bevölkerung über Lautsprecher aufzufordern, in ihren Häusern zu bleiben, bis Hilfe eintraf.

Später wateten Joan, Paul und seine Deputys durch die Trümmer, trugen alte Leute und Kinder auf sicheren, höher gelegenen Grund. Dann arbeiteten sie mit Unterstützung kräftiger Helfer den ganzen Tag daran, den Wellenbrecher zu reparieren. Gott sei Dank lag Ahcleets Haus auf höherem Gelände, dachte Joan.

Anschließend richteten sich Prefontaine und die anderen erschöpft von den Strapazen für die Nacht im Polizeirevier ein, wo sie sich für weitere Notfälle in Bereitschaft hielten. Joan ging nach Hause, um bei Ahcleet und ihrem kleinen Sohn zu sein.

Um acht Uhr abends kam ein arktischer Wind vom Golf von Alaska herabgefegt und putzte den trüben Himmel blank. Die Temperatur stürzte in den Keller, die Sterne funkelten kalt, das Meer stieg so hoch wie schon seit Jahrzehnten nicht mehr, der Nordwind heulte und toste gegen Klippe, Landzunge und Häuser.

Um 23 Uhr 23 legte sich der stürmische Wind. Den Rest der Nacht war alles ruhig, bis auf ein seltsam kehliges Grollen aus den Tiefen des Meeres.

Um neun Uhr am nächsten Morgen, einem Montag, sah Prefontaine die ersten Schneeflocken zögernd aus einem bleiernen Himmel schweben, wieder aufsteigen und dann waagerecht gleiten, als ob sie alle Zeit der Welt hätten, um dem Gesetz der Schwerkraft zu gehorchen. Als die Schneeflocken schließlich auf das Pflaster vor dem Polizeirevier sanken, zerschmolzen sie nicht, sondern behielten ihre einmalige Gestalt.

Um zehn Uhr fielen die Flocken so dicht und schnell, daß man die andere Straßenseite nicht mehr erkennen konnte, und schon um zwölf Uhr mittags lag der Schnee zehn Zentimeter hoch, so daß die Straßen geschlossen werden mußten. Bis vier Uhr am

Nachmittag fielen weitere fünfzehn Zentimeter. Das Land lag still unter einer weißen Decke.

Mit Hereinbrechen der Nacht kam erneut Wind auf, und ein zweiter Sturm tobte eisig über die Strände, in das Tal des Quinault-Regenwaldes, hinauf über die steilen Bergpässe, warf sich gegen die windgepeitschten Gletscher der Olympic Mountains und brauste über den Hood Canal zum Festland hinüber.

◇ Aufgrund des Unwetters wurde am Montag die Arbeit im Wald eingestellt, und die Schulen blieben geschlossen. Hannah und die Kinder hatten das Wochenende in Aberdeen verbracht und Michael besucht.

Er schlief viel, aber wenn er wach war, erkannte er seine Familie. Hannah hielt seine Hand. »Weißt du, was mit dir passiert ist, Michael?«

»Da war jemand mit rotem Haar«, sagte er zögernd.

»Eine Frau?« fragte sie und streichelte dabei seine Stirn.

»Eine Frau? Was soll ich denn mit einer rothaarigen Frau zu tun gehabt haben?« Er blickte verwirrt drein. »Oder überhaupt einer anderen Frau als dir?«

Angus wollte in dem Sessel neben dem Bett seines Vaters schlafen, aber Hannah bestand darauf, daß er mit ihr und Elspat kam, um zu duschen und in einem ordentlichen Bett zu schlafen. Sie hatte in einem nahe gelegenen Hotel ein Zimmer mit zwei großen Betten gemietet.

Eine Minute nach Mitternacht hörte es auf zu schneien, und die Kälte brach herein. Es sollte die schlimmste Kältewelle werden, die je in der Gegend gemessen wurde. Bäume wurden von einem harten Eispanzer umschlossen; Wassertanks froren ein und platzten. Der Notstand wurde ausgerufen, denn normalerweise war das Klima in dieser Gegend mild und alles war grün, außer natürlich hoch oben in den Bergen.

Am Dienstag konnten Hannah und die Kinder Aberdeen erstmals wieder verlassen. Zu Hause mußten sie feststellen, daß die Zentralheizung ausgegangen war. Die Wasserrohre waren eingefroren, das Telefon war ausgefallen. Kirstie, die Beagle-Hündin – der sie wie immer, wenn sie sie allein ließen, einen üppigen Vorrat an Fressen und Wasser hingestellt hatten –, war völlig durchgedreht.

Hannah packte sie alle wieder ins Auto, einschließlich des Hundes mit seinem inzwischen von der Schwangerschaft stark gewölbten Bauch, und fuhr vorsichtig um den See zur Lodge, wo Fran sie mit offenen Armen begrüßte. Im Kamin loderte ein Feuer, aus der Küche strömten verführerische Düfte, und das Personal stand bereit, sich um ihr Wohl zu bemühen.

Die Lodge selber sah aus wie einem russischen Märchen entstiegen. Glitzernde Schneeberge türmten sich an den Schornsteinen; riesige Eiszapfen hingen wie Reißzähne von schneegekrönten Dächern; auf den Bleiglasfenstern funkelten Eisblumen wie Edelsteine.

Bäume und Sträucher ächzten zunächst unter der Last des Eises, dann unter dem Überzug aus Schnee. Lake Quinault glänzte in einem dunklen schillernden Licht; das Wasser wirkte fast wie ein See aus Quecksilber. Kein Windhauch rührte sich; die Kälte lag wie Dunst in der Luft.

Nach drei Tagen wurde die schneidende Kälte durch einen warmen feuchten Wind vertrieben. Ein »Chinook«, der Schneefresser, der Wind, der wärmt.

Hannah wachte um sieben Uhr morgens auf und hörte das Tropfen des Schnees, der vom Dach der Lodge schmolz. Das Thermometer war im Nu von minus 10°C auf plus 10°C hochgeschossen.

Alles schmolz. Den ganzen Tag über hörte man, wie der Schnee von den Bäumen tropfte, von den Dächern schmolz, unter Autoreifen wegspritzte. Tausende neuer Wasserläufe rieselten über die Hänge der nebelverhangenen Berge. Flüsse schwollen an und traten über die Ufer.

Und dann kam der Regen. Die Schleusentore des Himmels

öffneten sich, warme Fluten stürzten aus schweren grauen Wolken herab, ohne Unterbrechung, 48 Stunden lang.

Der Regen hielt unvermindert an, als Prefontaine mit seinem Neffen die Lodge betrat. »Tleyuk und ich haben uns gedacht, ihr könntet vielleicht Hilfe gebrauchen, wenn ihr wieder nach Hause wollt«, sagte er zu Hannah. »Ich wette, ihr habt ein paar geplatzte Wasserleitungen.«

Und die hatten sie wirklich.

Zu Hause angekommen mußten sie feststellen, daß unter anderem auch die Rohre, die zum Badezimmer im ersten Stock führten, geplatzt waren. Ein Wasserfall tropfte von der Decke in die Küche und teilte sie exakt in zwei Hälften.

Kurz nach ihrer Ankunft kam Binte hereinspaziert.

»Wie sieht es bei dir aus?« fragte Prefontaine.

»Bestens«, sagte sie und schälte sich aus ihrem Mantel. »Aber wie ich sehe, könnt ihr hier einige Hilfe gebrauchen.«

Prefontaine behob zunächst die Überschwemmung, dann machte er Feuer, reparierte die übrigen Leitungen, half Hannah und Binte, die Böden zu wischen, und machte sich so lange an der Heizung zu schaffen, bis sie wieder lief. Als er mit Angus und Tleyuk zum Schuppen hinausging, um den Holzvorrat aufzufüllen, versanken sie bis über die Knöchel in dem nassen Gras.

»Ich habe Hunger«, sagte Hannah, als Prefontaine und die beiden Jungen mit Feuerholz beladen zurückkamen. »Bleibst du mit Tleyuk zum Essen, Paul?«

»Da könnten uns keine zehn Pferde von abhalten.«

Tleyuk grinste über beide Ohren, und seine runden Augen leuchteten.

Es hatte zwar einen Stromausfall gegeben, aber glücklicherweise waren die Lebensmittel in der Tiefkühltruhe noch nicht aufgetaut. Hannah holte ein paar T-Bone-Steaks heraus, taute sie in kaltem Wasser auf, und Prefontaine grillte sie über dem offenen Feuer im Kamin. Beim Essen erzählte sie Binte, daß Michael bald nach Hause kommen würde.

Plötzlich erfaßte ein Windstoß das Haus mit der Wucht eines rasenden Güterzuges. Sie blickten nach draußen und sahen, daß sich alles bewegte. Die Bäume an dem Berghang hinter dem Haus rauschten, die Zweige schlugen wie verrückt auf und nieder.

Unten am Strand brandete der See um den Totempfahl. Gewaltige Wellen donnerten heran und ebbten ab, sogleich gefolgt von noch größeren.

Hannah und Prefontaine liefen auf die Veranda. Tleyuk, Angus und Elspat jagten die Stufen hinunter, rannten schreiend zwischen den wirbelnden Blättern und brechenden Ästen umher, hingerissen von dem Tosen der Elemente, ungeachtet der Gefahr, bis Prefontaine sie schließlich alle drei wieder ins sichere Haus scheuchte. Gleich darauf strömte das Wasser des Sees zurück, und ein zweiter Windstoß mit der Gewalt eines Hurrikans fegte gegen das Haus.

»Oh, mein Gott«, flüsterte Hannah. »Gleich bricht das Haus ein!«

Prefontaine sah sie besorgt an.

Dann schrie sie zornig auf. »Nein, das wird es nicht. Es ist mein Haus. Und es ist auf Fels gebaut.«

»So wie du, Hannah«, sagte Prefontaine leise.

Als das Unwetter nachließ, traf Joan ein. Der Wind flaute so weit ab, daß er nicht mehr gefährlich war, und sie gingen alle Mann, ausgerüstet mit Taschenlampen, hinaus durch die einbrechende Dunkelheit.

Am Strand richteten Joan und Paul den Schein ihrer Lampen auf den unteren Teil des Totempfahls und stellten fest, daß Wind und Wasser die Erde um den Pfahl herum stark ausgeschwemmt und seltsam schöne Muster in den Sand gemalt hatten.

Joan betrachtete die tiefen Furchen, die die hungrigen Zähne des Unwetters hinterlassen hatten. Wieder mußte sie an Muster denken. Verhaltensmuster, archetypische Erinnerungen, brennende Enttäuschung, an das fruchtlose Bemühen eines Menschen, etwas zu kompensieren. Daran, immer ein Außenseiter zu sein. Vielleicht zu zerstören, um etwas zu erreichen?

Ahcleets Worte kamen ihr in den Sinn, als ob der Totempfahl selbst sie ihr zugeflüstert hätte: *Suche mit deinem Geist nach den Dingen des Geistes, Lu'yewunux . . .*

Joan schloß die Augen und ließ ihren Geist den Totempfahl ertasten, ihn umfassen, zart die Augen des Raben berühren, das Maul des Bären, die Flossen des Lachses, den Schnabel des Adlers.

Was hatten ihr diese phantastischen Geisterwesen zu sagen?

Suche, schienen sie zu flüstern. *Suche, Schamanin.*

Sie schloß erneut die Augen, und ihr Geist drang in den Sand um den Totempfahl, tief hinein bis dahin, wo der Pfahl verankert war. Durch die Sandkörner, durch die Erde, durch die Feuchtigkeit, die in die Erde sickerte. Alles war gut, alles war so, wie es sein sollte.

Bis sie zu dem Furchtbaren kam, zu dem faulenden Bösen, das die Harmonie zerstörte. Da begriff sie, entsetzt. Sie öffnete die Augen und sah in Pauls Augen. Er verstand ihren unverwandten Blick und nickte.

»Kommt, Kinder.« Er nahm Tleyuk auf den Arm. »Zeit, wieder ins Haus zu gehen.«

Als sie die Uferböschung hinaufstiegen – Paul trug seinen Neffen, Elspat und Angus rannten voraus –, sagte Prefontaine leise zu Hannah und Binte: »Bringt die Kinder ins Haus – den Kleinen hier auch – und paßt auf, daß sie dort bleiben.«

»Was ist los?« fragte Hannah.

Joan faßte Hannahs Arm. »Gibst du mir die Erlaubnis, euren Totempfahl auszugraben?«

Die Verblüffung stand Hannah ins Gesicht geschrieben.

»Ich brauche deine Erlaubnis.«

Hannah blickte zu Paul hinüber, und er sagte: »Es ist in Ordnung, Hannah.«

»Meinetwegen«, erwiderte sie unsicher. »Ich weiß zwar nicht, was ihr vorhabt, aber meinetwegen.«

»Wenn du die Kinder versorgt hast, komm zu uns in meinen Wagen«, sagte Joan.

»Geh ruhig gleich mit den beiden«, sagte Binte. »Ich kümmere mich schon um die Kleinen.«

Prefontaine schob Tleyuk in Bintes Arme und eilte mit Hannah und seiner Schwester zu Joans Dienstwagen. Über Funk benachrichtigte Joan zuerst das Elektrizitätswerk, dann die Park Rangers, die Polizei des County und schließlich ein paar junge Quinault-Männer, die ihr früher schon mal geholfen hatten.

Hannah saß zwischen Paul und Joan. »Könnte mir vielleicht mal jemand erklären, was hier eigentlich vorgeht?« fragte sie.

»Wir vermuten, daß unter eurem Totempfahl jemand liegt«, sagte Joan.

»Jemand? Ein Mensch? Du meinst ein toter Mensch?«

»Wir vermuten es.«

»Wer?«

»Das wissen wir noch nicht genau.«

»Was kommt als nächstes?« flüsterte Hannah. »Was kommt als nächstes?«

Das Elektrizitätswerk war zwar nach dem Sturm mit Noteinsätzen überlastet, stellte aber dennoch zwei Scheinwerfer und einen Kranwagen zur Verfügung, der hinunter zum Strand gefahren wurde. Nachdem die Scheinwerfer aufgestellt worden waren, befestigte Prefontaine vom Ausleger des Krans aus ein breites Segeltuchband um den Pfahl, damit er beim Herausziehen nicht beschädigt würde.

Als die jungen Quinault-Männer eintrafen, schnappten sie sich ein paar Schaufeln und halfen Joan und Paul, den Fuß des Pfahls freizulegen. Nachdem die Erde genug gelockert worden war, zog der Kranführer den Pfahl nach Pauls Anweisungen aus dem Boden.

Mittlerweile waren der Park Ranger und Jasper Wright von der County-Polizei angekommen. Joan begrüßte sie und bedeutete den grabenden Männern dann, beiseite zu treten.

Sie ließ ihre Schaufel fallen, hockte sich in das Loch und grub mit den nackten Händen, so tief sie konnte, in dem kalten, nassen Boden.

Schon bald hielt sie jäh inne und schrie leise auf. Ihre Hand, die fast bis zum Ellbogen im Sand steckte, hatte eine andere Hand erfaßt.

Eine steife und eiskalte Hand. Eine tote Hand.

»Da unten ist jemand«, sagte sie zu dem Park Ranger und Jasper Wright und stieg aus dem Loch.

»Wer?« fragte der Park Ranger.

»Das weiß ich noch nicht«, sagte sie. Aber sie mußte an die qualvoll verkrampfte Hand denken, die einen Augenblick in der ihren gewesen war, und an das Gefühl, wie sich sorgsam manikürte Fingernägel aus verwesendem Fleisch lösten, und dachte, daß sie sehr genau wußte, wer es war.

Als die Leiche geborgen war, stellte sich heraus, daß es sich um eine ziemlich kleine Frau mittleren Alters handelte, die gefesselt und geknebelt worden war.

»Hat jemand eine Ahnung, wer sie ist?« fragte Jasper Wright.

»Hundertprozentig sicher bin ich mir nicht, aber ich vermute, die vermißte Reiseleiterin, Eleanor Smythe«, sagte Joan.

»Gibt es hier in der Gegend jemanden, der sie so gut kannte, daß er sie identifizieren könnte?«

»Fran Wilkerson von der Lodge müßte das können.«

»Dann sollten wir sie herholen.«

Fran traf ein, ziemlich erschöpft, denn auch in der Lodge hatte der Sturm einige Schäden angerichtet, was Frans Organisationstalent auf eine harte Probe gestellt hatte. Sie bestätigte das, was Joan beim Berühren der eisigen Finger vermutet hatte.

Eleanor Smythe, die Reiseleiterin, war endlich gefunden worden.

◇ Joan, Fran, Hannah und Prefontaine saßen in der Küche und tranken Kaffee. Binte war oben und brachte die Kinder ins Bett, die ganz aus dem Häuschen waren, weil Tleyuk in Angus' Zimmer mit übernachten würde.

Jasper Wright kam herein, goß sich eine Tasse Kaffee ein und tat einen Schuß Brandy dazu. »Will jemand?« fragte er und hielt einen kleinen Flachmann hoch. Alle lehnten ab, bis auf Fran, die ihm ihre Tasse hinhielt. »Und ob«, sagte sie.

Joan erzählte Wright, daß Fran gerade die Erlaubnis erteilt hatte, den Totempfahl auszugraben, der kürzlich vor der Lodge aufgestellt worden war.

»Was, glauben Sie, werden wir denn unter *Ihrem* Pfahl finden?« fragte Wright.

»Nichts, hoffe ich. Aber ich habe so meine Befürchtung.«

Wright stand auf. »Jetzt haben wir den Kran und die Leute gerade hier. Machen wir, daß wir zur Lodge kommen.«

Bis die Scheinwerfer um den Totempfahl der Lodge aufgestellt waren und man das Segeltuchband befestigt hatte, war es nach Mitternacht.

Die Aktivitäten hatten eine Anzahl von Gästen geweckt, die sich in Morgenmänteln vor der Lodge drängten und mitbekommen wollten, was da vor sich ging. Oren Palmers Leute versuchten, die Zuschauer möglichst weit zurückzudrängen.

Wieder lockerten zwei junge Quinault gemeinsam mit Joan und Paul den Boden am Fuß des Pfahls, bis er von dem Kran herausgehoben werden konnte.

Als Joan in der Erde unterhalb des Pfahls herumtastete, stieß ihre Hand gegen etwas Weiches. Sie zog daran, und es gab leicht nach. Sie hielt es hoch, leuchtete mit der Taschenlampe darauf und untersuchte es gründlich. Es war ein Mokassin der alten Art, hergestellt aus dem Fesselstück eines Wapiti, so daß die Fessel die Ferse bildete und die Haut unter der Fessel den Fuß. Die Haarseite war innen.

»Ist das nicht einer von Tuco Peters?« fragte Joan und reichte Prefontaine vorsichtig den Schuh.

»Doch«, erwiderte er.

Prefontaine verstaute den Mokassin in einem Plastikbeutel, den Jasper Wright mitgebracht hatte, und half Joan dann, die unmittelbare Umgebung der Fundstelle zu untersuchen. Sie gruben, so tief sie konnten, in der weichen Erde, aber ganz vorsichtig, um nichts zu zerstören, falls sie auf sterbliche Überreste stießen.

Es dauerte nicht lange, bis Joan mit angespanntem und hartem Gesichtsausdruck aus der Grube kroch. Wright stand dicht daneben. »Liegt da unten jemand, Joan?«

Sie nickte.

Mittlerweile war die Staatspolizei eingetroffen, und man stellte Sichtschirme rund um die Grube auf, damit die Leiche des Opfers mit größtmöglicher Pietät und Würde geborgen werden konnte.

Als sie den Körper aus der Erde zogen, sah man, daß es sich um Roger Carradine handelte. Sein Gesicht war verzerrt, als ob der Todeskampf entsetzlich gewesen war. Unter seinen Fingernägeln steckten Dreckklumpen; die Finger waren gebrochen und zeigten Verletzungen von seinen verzweifelten Versuchen, die Fesseln um die Handgelenke abzureißen. Auch er war geknebelt worden. Es war deutlich zu sehen, daß er einen heftigen Schlag gegen den Kopf bekommen hatte.

Jetzt war Joans Bild fast vollständig.

◇ Es war eine Stunde nach Mitternacht. Überall hatte der Sturm Spuren hinterlassen. An mehreren Stellen der Straße mußten Prefontaine und Wright aus Joans Wagen steigen, um sich mit der Kettensäge, die Joan stets dabeihatte, den Weg durch umgestürzte Bäume freizuschneiden.

Bei Jim Skinna war alles ruhig. Der Fluß plätscherte Richtung Lake Quinault; irgendwo schrie eine Eule. Moos hing in

Fahnen, die im Licht der Scheinwerfer aussahen wie grüner Samt, von den gewaltigen Ahornbäumen.

Auf Stützen lag ein langer Zedernstamm, bereit für die Hand des Meisterschnitzers. Neben dem Ford Pick-up von Jim Skinna parkte der alte verbeulte Laster von Tuco Peters.

Skinnas Wohnwagen stand am Rande der Lichtung, die Fenster waren dunkel. An einem Ende war ein kleiner Extraschlafraum angebaut worden. Sekunden nach ihrem Eintreffen ging dort ein Licht an, und Skinna stand vollständig angekleidet in der offenen Tür. »Wer ist da?« rief er.

»Wir sind's, Jim«, erwiderte Joan. »Ich, Paul und Jasper Wright.«

»Kommt rein«, sagte Skinna. »Setzt euch. Bißchen spät für einen Besuch, nicht?«

Prefontaine und Wright klemmten sich auf die schmalen Stühle, die hufeisenförmig um einen eingebauten Tisch standen. Joan setzte sich ans Kopfende.

»Kaffee oder Bier?« fragte Skinna.

»Ich fürchte, diesmal muß es wohl Kaffee sein«, sagte Wright.

»So ist das also.« Skinna zündete die Gasflamme unter einer metallenen Kaffeekanne an. Als der Kaffee kochte, goß er vier große rustikale Tassen voll und trug sie zum Tisch. Außerdem stellte er eine Packung Kekse dazu.

»Was kann ich für euch tun?« Sein Gesichtsausdruck wirkte resigniert, dachte Joan, als ob er wußte, warum sie da waren, und sich damit abgefunden hatte. Der Hauch eines Lächelns spielte um seinen Mund. »Wollt ihr einen Totempfahl in Auftrag geben?«

»Ist Tuco Peters da?« fragte Joan.

»Was wollt ihr denn von ihm?«

Prefontaine zog einen großen Plastikbeutel aus der Jackentasche und reichte ihn Skinna. »Sieh dir das an und sag mir, wem das deiner Meinung nach gehört.«

Skinna tat wie geheißen. »Wir wissen doch beide, wem der gehört. Niemand sonst stellt solche her oder trägt sie. Nur einer. Wo habt ihr den gefunden?«

»Unter einem von deinen Totempfählen.«

Skinna reichte Prefontaine den Plastikbeutel zurück.

»Wir haben da noch etwas anderes gefunden«, sagte Joan.

Der Meisterschnitzer blieb stumm.

»Ich glaube, du weißt, was es war, Jim.«

»Sagt's mir.«

»Es war die Leiche eines sechzehnjährigen Jungen. Roger Carradine. Er wurde seit einer Weile vermißt.«

»Unter einem anderen Totempfahl von dir haben wir auch was gefunden«, sagte Jasper Wright. »Die Leiche einer weißen Frau.«

Skinnas Augen schlossen sich halb. »Wie soll denn eine weiße Frau dahingekommen sein?«

»Ich denke, die beiden sind geopfert worden«, sagte Joan.

Skinna lachte kurz auf und sagte skeptisch: »Heutzutage?«

Joan nickte. »Früher haben einige Ureinwohner Menschenopfer dargebracht.«

»Das ist lange her, Joan, verdammt lange.«

»Sie haben Menschen bei lebendigem Leibe unter den Pfosten neuer Häuser vergraben, nicht wahr, Jim? Und manchmal auch unter neu errichteten Totempfählen.«

»Ja, aber das waren Sklaven, Joan.«

»Es waren Menschen, Jim.«

»Das ist lange her. Und es war oben im Norden«, sagte Skinna.

»Du bist kein Quinault, Jim. Du kommst von oben aus dem Norden. Genau wie Tuco. Wir haben uns schon immer gefragt, warum du deine Heimat verlassen hast«, sagte Prefontaine.

Skinna starrte auf seine vernarbten, schwieligen Hände, deren Knöchel von all den Jahren, in denen er Gesichter aus Holz hatte entstehen lassen, geschwollen waren.

»Manche Menschen wollen einfach zuviel«, sagte er.

»Ist das Tucos Problem?« fragte Joan.

Skinna blieb stumm.

»Ist er mit dir verwandt?«

Skinna schüttelte den Kopf. »Nein. Aber ich habe seine Mutter gekannt und ihr versprochen, mich um ihn zu kümmern.«

»Wo ist er, Jim?«

»Er hat diese Leute nicht umgebracht, Joan.«

»Und wie sind sie dann unter die Totempfähle gekommen?«

»Also gut.« Skinna legte seine knorrigen Hände auf den Küchentisch. »Ich habe von der Frau gewußt. Er hat sie im Wald gefunden. Aber er hat sie nicht getötet. Das weiß ich genau.«

»Warum hat er sie in das Loch gesteckt?«

»Tuco wollte ständig, daß ich ihm von den alten Zeiten und Sitten erzähle. Davon konnte er gar nicht genug hören. Irgendwann habe ich ihm auch erzählt, daß man früher Menschenopfer gebracht hat. Ihr wißt ja, Sklaven unter den Hauspfosten vergraben.«

»Heutzutage kommt man nicht mehr so einfach an Sklaven ran«, sagte Prefontaine.

Skinnas Gesicht wirkte angestrengt, weil er unbedingt wollte, daß sie verstanden, was er meinte. »Er hat sich nichts mehr gewünscht, als nach den alten Sitten zu leben. Joan, du und Paul, ihr müßtet das verstehen können, bei eurem Urgroßvater und eurer Herkunft. Irgendwie hat Tuco gemeint, er könnte sich sozusagen eine Eintrittskarte verschaffen, wenn er bloß alles genauso machte wie die Alten.«

»Was meinst du damit – sich eine Eintrittskarte verschaffen?«

»Er hat immer davon geträumt, Schamane zu werden. Er wollte, daß die Menschen zu ihm aufsahen. Schon als er noch ganz klein war, habe ich ihm gesagt, daß das unmöglich wäre, aber er wollte mir nicht glauben.«

»Warum unmöglich?« fragte Joan.

Skinna blickte erstaunt drein. »Tuco ist ein Nachfahre von Sklaven. Ich dachte, das wüßtet ihr. Deshalb konnte er nie Schamane werden.«

»Jetzt fällt mir ein, daß ich mal so was gehört habe«, sagte Joan nachdenklich. »Wahrscheinlich habe ich es einfach vergessen, weil einem solche Sachen heutzutage nicht mehr wichtig erscheinen.«

»Für manche Menschen sind sie das aber«, sagte Skinna.

»Was ist mit dem jungen Carradine?« fragte Joan. »Hat er dir auch davon erzählt?«

Skinna schüttelte den Kopf. »Vielleicht hat er ja nichts damit zu tun.«

Wright fluchte. »Ich will bloß hoffen, daß hier nicht gleich zwei Indianer rumrennen, die Leute unter Totempfähle stecken.«

»Bloß einer, Jasper«, sagte Joan.

»Die Reiseleiterin war schon tot«, sagte Skinna stur. »Das hat er mir gesagt, und ich habe ihm geglaubt. Und was den Jungen angeht, da habt ihr keinen Beweis, daß Tuco was damit zu tun hat.«

Prefontaine seufzte. »Leider doch, Jim. Der Mokassin wurde unter dem Totempfahl an der Lodge gefunden, wo Roger Carradine vergraben lag.«

»Dann hat er mich angelogen.« Skinnas Gesicht wurde grau und verzerrt. »Er weiß, was ich von Lügnern halte. Er hat gesagt, er hätte niemandem was getan.« Skinna stand müde auf und goß sich noch eine Tasse Kaffee ein.

»Jim, wo ist Tuco?« fragte Wright.

»Weg.«

»Was heißt das, weg?«

»Er ist in die Wälder abgehauen. Hat nur einen Rucksack und sein Gewehr mitgenommen.«

»Hast du uns was dazu zu sagen, Jim?« fragte Joan leise.

Skinna wirkte wie zusammengeschrumpft, als ob er ganz plötzlich gealtert wäre. »Tuco ist heute abend am Haus der McTavishs vorbeigefahren und hat gesehen, was da los war. Dann ist er hier gewesen und hat mir alles erzählt. Er wollte weglaufen. Ich habe ihm gesagt, daß da der Sklave in ihm spricht.

Habe ihm gesagt, daß er hierbleiben und sich stellen soll. Sagen soll, wie es gewesen ist, daß er die Frau gefunden hat und daß sie schon tot war. Ich habe gesagt, daß man ihn nicht wegen Mord anklagen würde. Vielleicht wegen Leichenschändung oder so was in der Art. Aber nicht wegen Mord. Er wollte nicht auf mich hören.«

Skinnas Stimme war tränenerstickt. »Der Junge, den ich großgezogen habe. Bloß ein Lügner und Mörder. Der schöne Tuco.«

»Viele alte Sitten waren gut«, sagte Joan. »Aber eben nicht alle. So wie auch nicht alle neuen Sitten gut sind.«

Die drei Beamten verabschiedeten sich von Jim Skinna, der sehr klein und sehr einsam wirkte. Sie gaben ihm nicht die Hand. Als ob keiner von ihnen es über sich brachte, seine Trauer zu berühren.

Als sie zu Joans Wagen gingen, sagte Wright: »Jetzt gibt es also wieder eine Suchaktion. Diesmal nach einem Mörder.«

»Vielleicht ist der Wald ja gnädig«, sagte Joan. »Vielleicht nimmt er ihn sich, bevor wir es können.«

»Gnade? Für diesen Dreckskerl? Die verdient er nicht.«

»Meinst du nicht, Jasper?« fragte Prefontaine.

◇ Tuco Peters hatte sich lautlos davongemacht, wie Nebel. Sie würden bald hinter ihm hersein. Zuerst wollte er zu seinem Haus in dem hohlen Baumstumpf und alles verbrennen, um keine Spuren zu hinterlassen.

Dann wollte er einfach verschwinden. Wenn man wußte wie, konnte man ewig im Reservat leben, ohne entdeckt zu werden. Tuco wußte wie. Er kannte den Wald wie seine Westentasche; jeden Baum, jedes Gebüsch, jeden moosbewachsenen umgestürzten Stamm, jede Höhle, in der Bären überwinterten, jede Klippe. Es gab noch andere, die sich da draußen versteckten, weiße Männer, von denen noch nicht einmal Sheriff Tidewater etwas ahnte.

Jasper Wright oder die Staatspolizei machten ihm keine Sorgen; das waren Leute, die Asphalt und Bürgersteige brauchten.

Ein Problem waren nur Joan und Prefontaine, die beide den Wald fast ebensogut kannten wie er.

Aber sie wußten nicht, wo Tuco wohnte. Das wußte niemand, außer Roger Carradine, und der würde es nicht verraten. Tuco mußte an Roger denken. Netter Kerl für einen Weißen.

In gewisser Weise tat ihm das mit Roger leid, tat es ihm leid, was er hatte tun müssen. Aber der Totempfahl vor der Lodge sollte am folgenden Tag aufgestellt werden, und er hatte ein Opfer gebraucht. Er wußte, daß er einen Mokassin verloren hatte, als er Roger in dem Graben verscharrte, noch lebend, aber benommen, aber es war nicht mehr genug Zeit gewesen, den Mokassin zu suchen. Und wer hätte denn auch je damit gerechnet, daß beide Pfähle wieder ausgegraben werden würden?

Was Eleanor Smythe anging, so empfand er überhaupt nichts. Sie hatte sich an einem Ort rumgetrieben, wo sie nichts zu suchen hatte, bloß eine vorwitzige Touristin. Sie war gestürzt und hatte das Bewußtsein verloren, und so hatte er sie in der Nacht, als die Seatco Lachse fischten, gefunden. Daher hatte er gewartet, bis sie wieder zur Besinnung kam, bevor er sie begrub.

Die Opfer mußten leben. Leichen waren keine Opfer.

Manchmal fragte er sich, was die weiße Frau wohl gedacht hatte, als sie wieder zu sich kam. Er hätte sich auch ihre Kamera geschnappt, wenn er geahnt hätte, daß sie ihn aufgenommen hatte. Aber was spielte das jetzt noch für eine Rolle?

Er war sicher, daß sie die Hunde auf seine Fährte setzen würden, aber sie konnten die Hundeführer nicht vor Tagesanbruch herschaffen. Außer sie fingen mit Blue an, dem alten Hund von Matt Swayle.

Wenn sie Swayle aus dem Bett holten, konnte Blue in weniger als einer Stunde auf Tucos Spur sein. Jim Skinna hatte oft geschworen, Blue könne alles riechen, selbst Geister.

Während Tuco durch den nächtlichen Wald streifte, unter umgestürzten Bäumen hindurchkroch, instinktiv tiefe Gruben erahnte, die trügerisch mit Moos bedeckt waren, sagte ihm die

Vernunft, daß er den hohlen Baumstumpf auf der Landzunge vergessen und in die andere Richtung fliehen sollte, tiefer in den Nationalpark hinein.

Aber er mußte verhindern, daß irgend jemand mit Zauberkraft – Aminte beispielsweise – irgend etwas von ihm in die Hände bekam wie ausgekämmte Haare, abgeschnittene Fingernägel oder irgendwas anderes, das er berührt hatte. Um sicher zu sein, mußte er alles verbrennen.

Als er den hohlen Stumpf erreichte, riß er das behelfsmäßige Dach nieder und warf die Schindeln ins Innere der Behausung, sie dienten ihm als Anzünder. Als er das Feuer legte, hörte er in der Ferne das Bellen eines Hundes und war sicher, Blues Stimme zu erkennen.

Jetzt würde ihnen der brennende hohle Baumstumpf die Richtung weisen. Die Jagd hatte begonnen, so wie er es sich gedacht hatte!

Er nahm seine Taschenlampe, deren Lichtschein bis auf einen schmalen Schlitz abgedunkelt war, und eilte zu einer steilen Schlucht, wo ein kleiner Fluß einen Wasserfall bildete, bevor er ins Meer floß. Tuco wußte, daß direkt unter dem Wasserfall ein tiefer Tümpel war. Am Rande der Schlucht standen einige Bäume dicht beieinander, die Hannahs Leute noch nicht gefällt hatten, bevor sie die Arbeit einstellen mußten.

Als er das Rauschen des Wassers hörte, kletterte er auf eine Tanne. Er wußte, daß Blue seine Spur bis zu dieser Stelle verfolgen konnte. Und dann würde sie plötzlich enden.

Mit der abgedunkelten Taschenlampe im Mund, das Gewehr über die Schulter geworfen, den Rucksack auf dem Rücken, schwang er sich von Ast zu Ast, von Baum zu Baum, bis er den langen Ast einer Hemlocktanne erreichte, der über den kleinen Fluß ragte. Dann ließ er sich fallen.

Er schwamm eine Meile, kämpfte gegen das eiskalte Wasser, blieb an Baumstümpfen hängen, riß sich die Hände an scharfen Felskanten auf, denn der Fluß war zwar klein, aber launisch, manchmal tief, manchmal seicht, voller Wirbel und Steingeröll. Er empfand weder Unbehagen noch Schmerzen, nur ein Gefühl des Triumphes, weil er keine Fährte mehr hinterließ.

Als der Fluß schließlich ins Meer mündete, stand Tuco auf und lauschte, tropfnaß und zitternd.

Er hörte nichts außer dem Rauschen des Meeres. Er lief durch die Brandung zum entlegenen Ende des Strandes, wo eine dreißig Meter hohe Klippe bedrohlich aus einem riesigen Bett von Basaltfelsen aufragte. Am oberen Rand der Klippe wuchs eine vom Wind gebeugte und von zahllosen Stürmen gestählte Fichte.

Tuco kannte die Klippe. Er war sie schon früher hinaufgeklettert. Und er kannte den Baum; seine Wurzeln reichten bis tief ins Herz der Erde. Es gab an der Felswand reichlich Vorsprünge, wo er Halt finden konnte, bis zirka fünf Meter unterhalb des Randes; von da an war der Fels glatt wie Glas und unmöglich zu besteigen.

Ein großer, stämmiger Ast der Fichte hing über den Rand hinab. Tuco wußte, daß der Ast ihn halten würde, denn das hatte er schon öfter bewiesen. Noch immer tropfnaß, kletterte er die Klippe hinauf, bis er an die glatte Stelle kam.

Vertrauensvoll reckte er sich nach dem großen Fichtenast, packte ihn mit beiden Händen und zog sich an ihm hoch. Er hatte den Rand fast erreicht, als ein reißendes Geräusch ihn zusammenfahren ließ, ein Geräusch, das er eher spüren als hören konnte.

Er blieb bewegungslos hängen, sein Körper fast senkrecht zur Felswand, und blickte nach oben. In diesem Sekundenbruchteil meinte er, ein entsetzliches Gesicht zu sehen, das ihn anstarrte, ein Gesicht mit Helm und Maske, die aus einem einzigen Stück Zedernholz geschnitzt war und ein breites Grinsen aus Abalonenschalen trug. Dicht gelocktes rotes Haar fiel lang herab.

Der alte Zauberer!

Tuco schrie auf, riß an dem Ast; ein scharfes Knacken, ein deutliches Reißen ertönte, und der Ast, der so vielen Angriffen von Wind und Sturm widerstanden hatte, gab endlich nach, brach ab und schleuderte ihn über 25 Meter tief auf die Felsen.

Als er dalag, zerschmettert und blutend, aber noch bei Bewußtsein und entschlossen, seine Kräfte zu sammeln und wieder hochzuklettern, meinte er, die Alten der Vergangenheit zu sehen, wie sie sich in ihre prächtige Kleidung gehüllt um ihn versammelten.

Ihm wurde leicht ums Herz, und er faßte Mut, als ein stolzer Schamane in den besten Jahren sich über ihn beugte. Endlich würde er angenommen werden!

Doch das Gesicht verdunkelte sich, und der Mann wich kühl zurück; in seinen Augen spiegelten sich die Morde, die Tuco begangen hatte.

Und Tuco erkannte die Wahrheit. Trotz der Opfer, die er gebracht hatte, trotz seines fanatischen Glaubens, trotz der Menschen, die er lebendig begraben hatte, würde er immer nur ein Nichts sein, ein Niemand.

Als Blue und Matt Swayle, Joan und Prefontaine ihn Stunden später fanden, konnten sie nicht wissen, daß Tucos letzter verzweifelter Gedanke der gewesen war, daß er nie mehr sein würde als das, was er von Geburt aus war.

Niedere Klasse. Der Nachfahre von Sklaven.

◇ Die an Eleanor Smythe und Roger Carradine durchgeführte Autopsie ergab – zum Entsetzen der trauernden Hinterbliebenen –, daß beide Opfer noch lebten und bei Bewußtsein waren, als sie unter den Totempfählen vergraben wurden.

Zwei Tage später wurde die Leiche, die in Michael McTavishs Grab lag, exhumiert. Es waren die sterblichen Überreste von Theron Maynards vermißtem Sohn, Richard Lionel Maynard.

Joan besuchte Michael McTavish, der noch immer im Krankenhaus lag.

»Ich bin froh, daß du gekommen bist, Joan«, sagte McTavish. »Mir geht da dauernd was durch den Kopf. Ich weiß bloß nicht, ob ich mich wirklich daran erinnere oder ob ich mir das bloß eingebildet habe.«

»Erzähl's mir, Mike. Vielleicht kommen wir ja gemeinsam dahinter«, sagte sie.

»Es geht um den letzten Tag, als ich Feuerwache geschoben habe. Die Busse mit den Männern waren abgefahren. Alle waren weg, das habe ich wenigstens geglaubt. Ich hatte eine ganze Stunde vor mir, ohne was arbeiten zu können. Du weißt ja, daß man auf Feuerwache nicht arbeiten darf.«

Sie nickte.

»Unten in der Schlucht hatten wir einen kleinen Traktor, bei dem die Filter gewechselt werden mußten. Ich habe mir überlegt, daß ich das ja in der Stunde machen könnte.« McTavishs Stimme wurde heiser. Er trank etwas Wasser, dann fuhr er fort.

»Ich habe meine Uhr und meinen Ehering abgenommen – ich war fast den ganzen Tag in Olympia bei Besprechungen gewesen – und habe sie auf das Armaturenbrett von meinem Pick-up gelegt. Dann bin ich mit einem Kanister Öl runter in die Schlucht gestiegen. Ich war mitten bei der Arbeit, als ich gehört habe, wie über mir der Holzlader ansprang.

Ich habe natürlich gerufen, aber das hat nichts genutzt. Dann habe ich nur noch gesehen, wie der Lader oben über den Rand des Verladeplatzes gerollt ist und direkt auf mich zukam. Und dann weiß ich nichts mehr. Ich sage dir, Joan, in dem Holzlader hat jemand gesessen, der da nichts verloren hatte.«

»Ja«, sagte Joan leise. »Es war Richard Maynard.«

McTavish sah sie an. »Nicht zu glauben. Dann hatte Buck also recht. Er meinte, Richard wäre unzuverlässig und verstünde überhaupt nichts von Waldarbeit. Aber ich wollte dem Jungen eine Chance geben.«

McTavishs Mittagessen wurde auf einem Tablett von einer finster dreinblickenden Krankenschwester hereingetragen, auf deren Gesicht sich ein Lächeln ausbreitete, als sie Joan sah. Sie fragte, ob die Frau Sheriff wohl eine Tasse Kaffee haben wollte.

Joan nahm das Angebot dankend an. Dann wandte sie sich wieder dem Patienten zu. »Mike, ich glaube, es war folgendermaßen. Nachdem du runter in die Schlucht gestiegen warst, hat der junge Maynard die Uhr und den Ring in deinem Pick-up liegen sehen. Er konnte nicht widerstehen und hat beides angezogen. Wahrscheinlich hat er geglaubt, du wärst in einem der Busse mitgefahren –«

»Was ich ja auch manchmal mache.«

»Okay. Der junge Maynard hat gedacht, er könnte sich damit verdrücken und die Sachen versetzen. Und weil er ein ungestümer wilder Junge war, ist er in den Holzlader gestiegen, hat ihn gestartet und ist damit bis zum Rande der Schlucht gefahren. Als er die Maschine nicht mehr stoppen konnte, wollte er abspringen; dabei ist er mit seinem Gürtel am Hebel hängengeblieben und nicht mehr rechtzeitig rausgekommen.«

»So muß es wohl gewesen sein, Joan. Als ich Maynard eingestellt habe, habe ich ihm ausdrücklich gesagt, daß er die Finger von den Maschinen lassen sollte.«

Sie blickte grimmig. »Bei einem Jungen wie ihm hat das wahrscheinlich schon gereicht.«

»Ich habe ihm gesagt, daß das absolut verboten ist und daß er, wenn er mit der Ausrüstung irgendwelchen Mist baut, hochkantig rausfliegt.«

McTavish stockte, nachdenklich. »Da war jemand mit rotem Haar. Dieser Teil, das mit dem roten Haar, ist völlig verschwommen. Der junge Maynard war doch nicht rothaarig, oder?«

»Nein, war er nicht«, bestätigte Joan, sagte aber sonst nichts.

Bevor sie das Krankenhaus verließ, klärte sie McTavish noch darüber auf, daß Richard Lionel Maynard eine Zeitlang im Grab seines Arbeitgebers gelegen hatte.

◇ Joan suchte William Ward auf, den Wachmann von Quinault Timber.

»Jetzt, wo Michael McTavish doch noch am Leben ist, wird es nicht mehr nötig sein, daß Sie Mrs. McTavish anonyme Briefe schicken«, sagte sie.

Ward ließ den Kopf hängen. »Ich habe geglaubt, der Boß wäre tot, Sheriff. Das habe ich ganz ehrlich. Ich habe geglaubt, der junge Maynard hätte ihn umgebracht und wäre dann abgehauen. Die Familie hat noch nie was getaugt. Ein heruntergekommener Haufen, verstehen Sie, was ich meine? Und für mich sah es so aus, als ob niemand was unternehmen würde.«

»Warum haben Sie nicht mit mir gesprochen?«

»Ach, Sheriff, ich will einfach nichts mit der Polizei zu tun haben. Das wissen Sie doch.«

Hannah beschloß, William Ward nicht rauszuschmeißen. Er war zwar nicht besonders sympathisch, aber er war ein guter Wachmann.

Und sie hatte ihre Anhörung vor dem Stammesrat.

Unter den gegebenen Umständen wurde beschlossen, die Strafe von dreihunderttausend Dollar auszusetzen, allerdings unter der Voraussetzung, daß alles gefällte Holz dem Stamme der Quinault gehörte und Hannahs Firma keinerlei Anrecht darauf hatte.

Natürlich steckte in dem geschlagenen Holz ein kleines Vermögen – aber sie wollte sich nicht darüber aufregen. Sie hatte Michael wieder, und das allein zählte. Gemeinsam würden sie es schaffen, irgendwie.

◇◇◇◇◇◇◇ Kapitel 34 ◇◇◇◇◇◇◇

◇ Joan Tidewater erzählte Hannah, daß ihr Mann all die Monate, in denen man ihn für tot hielt, schwerkrank von Aminte gefangengehalten worden war. Auf Anraten der Ärzte sagte Hannah Michael nicht, wo er sich nach seinem Unfall befunden hatte.

Seine letzte Erinnerung war die, daß der Holzlader in die Schlucht gestürzt war. Hannah würde sich entscheiden müssen, ob sie gegen die rothaarige Frau Anzeige erstatten wollte.

Obwohl sie wußte, daß sie eigentlich überglücklich sein müßte – und das war sie auch, so redete sie sich ein –, fühlte Hannah sich schlecht. Der Schock angesichts von Michaels Rückkehr von den Toten war kaum zu verkraften. Sie hatte ihren Mann vom ersten Tag an geliebt. Hatte ihn geliebt, nachdem er von ihr gegangen war. Aber sie hatte ihn schließlich doch dem Tod überlassen können.

Sie bekam ihre Gefühle nicht in den Griff. Sie war voller Trauer und Liebe für ihren toten Mann, der plötzlich wieder lebte.

Sie war voller neuer, erwartungsfroher Liebe zu Paul, eine Liebe, die nun nicht gelebt werden konnte.

Wenn Hannah darüber nachdachte, war sie dankbar, daß sie und Paul nicht miteinander geschlafen hatten, denn das hätte für Hannah die endgültige Bindung bedeutet. Hätten sie es getan, wäre alles nur noch schwieriger.

Sie überlegte, sich an eine psychologische Beratungsstelle

zu wenden, aber sie hatte ganz einfach nicht die Zeit dafür. Die Familie, die Firma und ihr Mann, der noch immer nicht ganz genesen war, nahmen sie Tag für Tag zu sehr in Anspruch.

An dem Tag, als Michael McTavish aus dem Krankenhaus nach Hause kam, waren Elspat und Angus vor Aufregung kaum noch zu bändigen. Nicht nur, daß sie ihren Vater zurückbekamen, jetzt hatte auch Kirstie ihnen noch ein Geschenk gemacht.

Eigentlich mehrere Geschenke. Nach einer anstrengenden Geburt brachte sie acht kohlrabenschwarze Labradormischlingswelpen zur Welt, die alle ihrem Erzeuger Zeus glichen. Kein einziger von ihnen sah auch nur entfernt nach einem Beagle aus.

In dieser Nacht hielten Hannah und Michael einander in den Armen, als ob sie sich nie wieder loslassen wollten. Für Hannah schien es zu Anfang, als stünde Paul in einer dunklen Ecke und sähe ihnen zu, ein trauriges Lächeln auf den Lippen.

Doch dann verblaßte er, und als sie sich liebten, langsam und zärtlich, feierten sie das Wunder, daß jeder den anderen wiedergefunden hatte. Sie flüsterten und lachten, und manchmal weinten sie. Hannah schluchzte ihre Angst und ihren Kummer hinaus, die sie so lange vor anderen zu verbergen versucht hatte.

Als er sagte: »Ich habe dir doch gesagt, daß ich dich nie verlassen würde, Hannah. Nicht in dieser Welt«, legte sie ihm die Hand auf den Mund, aus Angst, daß irgend etwas zuhörte, etwas, das ihn ihr wieder wegnehmen würde. Bevor sie eng umschlungen einschliefen, fragte er sie nach dem Buch.

»Welches Buch?«

»Das Regenwald-Buch, Liebling.«

Natürlich! DAS BUCH. Sie mußte endlich damit anfangen. Sie brauchte Fotos für den Teil »Wenn die Waldarbeiter gegangen sind«. Wo könnte sie die besser machen als oben auf der Landzunge, wo ihre Firma geschlagen hatte? Gleich morgen würde sie Joan um die Erlaubnis bitten, dorthin zu gehen.

Der Morgen leuchtete wie kaltes Kristall. In der Nacht war in höheren Gebieten Schnee gefallen. Die Berge jenseits des

Sees waren zu einem Viertel weiß überpudert, unterhalb davon waldgrün. Adler schwebten hoch oben in dem frischen Wind.

Um halb sieben kamen Matt Swayle und Blue vorbei, um hallo zu sagen. Als sie hereinspazierten, blieb Blue in der Tür stehen, schnüffelte und stolzierte dann gelassen Richtung Küche, wo Kirstie mit ihren acht Neugeborenen in einer Kiste lag.

Blue betrachtete die Welpen, stupste Kirsties Nase mit seiner an, um seine Anerkennung auszudrücken, und schlenderte dann ins Wohnzimmer, wo er sich auf die Hinterbacken plumpsen ließ und Michael McTavish bekümmert in die Augen blickte.

»Sieh mich nicht so an, Blue«, sagte McTavish und streichelte den Kopf des Hundes. »Glaub mir, ich werde nicht sterben.«

Blue schniefte entschuldigend und sank dann mit einem Ächzer zu Boden, so daß beide Schlappohren wie Segel von seinem großen Kopf abstanden.

Swayle erzählte Michael, wie die Arbeit im Staatsforst voranging, wie viele Bäume bereits gefällt und abtransportiert worden waren, wieviel sie hoffentlich an diesem Tag schaffen würden. Er sprach über die Geräte und Maschinen, welche funktionierten und welche nicht. Während er redete, erhellte sich McTavishs vernarbtes Gesicht, seine Augen leuchteten wieder mit dem alten blauen Glanz.

»Bestell den Jungs, daß ich bald wieder mitmische.« McTavishs Stimme klang begeistert, als er seinem Vorarbeiter die Hand schüttelte.

Auf dem Weg nach draußen sagte Swayle leise: »Er kommt wieder in Ordnung, Hannah. Ganz bestimmt. Ich komme von jetzt an jeden Tag vorbei und erzähle ihm von der Arbeit. Das bringt ihn schneller wieder auf die Beine als alles andere.«

Aber Hannah wußte, daß es noch einige Zeit dauern würde, bis ihr Mann wieder richtig gesund war. Michael litt unter periodisch auftretenden, fürchterlichen Kopfschmerzen, die, so hatten die Ärzte sie vorbereitet, ihn noch monatelang quälen konnten.

Kurz nachdem Swayle und Blue gegangen waren, kam Binte mit einem großen Blech warmer Zimtbrötchen auf die Veranda gestapft.

»Wurde aber auch Zeit, daß du nach Hause kommst!« rief sie Michael von der Küche aus zu. »Das Haus braucht einen Mann.«

Sie setzte frischen Kaffee auf, machte Rühreier zu den Brötchen und scheuchte dann Elspat und Angus, die gar nicht wegwollten, zum Schulbus.

Später kamen Joan und Crazy Lady, die ihre alte Reisetasche mit natürlichen Arzneimitteln vollgepackt hatte. Hannah fragte Joan um Erlaubnis, am alten Einschlagplatz auf der Landzunge einige Fotos machen zu dürfen.

Joan meinte, Hannah dürfte jederzeit dorthin, dann trank sie einen Kaffee, plauderte mit Michael und fuhr wieder.

Die beiden älteren Frauen lieferten sich zunächst ein paar Wortgeplänkel, um einander abzuschätzen, verstanden sich aber dann prächtig. Als Crazy Lady verkündete, sie würde jetzt für Michael frische Zedernspitzen aufkochen, zog Binte die Augenbrauen hoch, überlegte einen Moment und erklärte, das sei eine gute Idee. Dann schob sie mit großem Elan den Staubsauger durchs Haus.

Früh am nächsten Tag, es war noch dunkel, packte Hannah ihre Fotoausrüstung zusammen und verabschiedete sich mit einem Kuß von Michael. Sie hatte beschlossen, zur Landzunge zu fahren und ihre Fotos im ersten Morgenlicht zu machen. Sie wußte, daß ihr Mann und ihre Kinder bei den beiden alten Frauen in guten Händen waren.

Als sie in die graue Verheißung der Morgendämmerung hinaustrat, schwangen sich zwei große Schnee-Eulen, die auf dem Totempfahl hockten, in die Luft.

Geister, dachte sie und mußte daran denken, wie Paul ihr einmal erzählt hatte, daß die amerikanischen Ureinwohner glaubten, diese Geschöpfe seien Besucher aus der Geisterwelt, weil sie sich so schnell und lautlos materialisierten.

»Wie kommt es, daß diese großen Eulen mit ihrer riesigen Flügelspannweite so geräuschlos fliegen können?« hatte sie gefragt.

Das liegt, so hatte er erwidert, an ihren geriffelten Flugfedern und dem samtweichen Gefieder. Und ihre schneeweißen Federn bieten ihnen eine vollkommene Tarnung – sobald sie landen, sind sie im Schnee fast unsichtbar.

Nachdenklich fragte sie sich, ob sie das Rätsel des Totempfahls endlich verstanden hatte. *Nein,* sagte sie sich, aber das macht nichts. Es gibt Geheimnisse, die mir nicht zugänglich sind.

Dann schien ihr Herz zu singen: *Was für ein wundersames Land!* Während der Fahrt mußte sie an ihren geliebten Mann denken, ihre Kinder, an Schnee-Eulen und Totempfähle, springende Lachse, majestätische Wapitihirsche und an gewisse faszinierende Menschen vom Stamme der Quinault.

Sie erinnerte sich an ihre Erfahrungen im Old Grove bei der Lodge. Habe ich gebetet, als ich dort hingegangen bin? fragte sie sich. War das ein Gottesdienst? Ein Dankgebet? Irgendwie hatte sie nicht das Gefühl, daß diese jüdisch-christlichen Begriffe zutrafen.

Sie wußte nur mit Sicherheit, daß sie an diesem grünen, duftenden, murmelnden Ort, wo die alten Bäume lebten, zum erstenmal ihr wahres Selbst entdeckt hatte, ihr Selbst ohne jede Verstellung, die Essenz dessen, was sie in Wahrheit war.

Als ihre Trauer am unerträglichsten war, hatte sie dort Trost gefunden; als ihr Selbstvertrauen auf dem Tiefpunkt war, hatte sie dort den Mut gefunden, das zu tun, was sie sich nie zugetraut hätte – eine Holzfirma zu leiten.

Dort hatte sie Freude gefunden, als sie erkannt hatte, daß sie Paul Prefontaine liebte und von ihm geliebt wurde. Und jetzt, da Michael wieder da war, würde sie dort den Glauben an seine vollständige Genesung finden.

Paul Prefontaine. Sie hatte gelernt, daß es möglich war, zwei Männer zu lieben, wenn auch nicht auf dieselbe Weise. Angesichts von Michaels Rückkehr hoffte sie, daß ihre körperliche Leidenschaft für Prefontaine sich in ein tiefes und warmes Verständnis verwandeln würde. Sie würden für immer Freunde bleiben. Ganz besondere Freunde. Aber niemals mehr. Das konnte sie nicht zulassen.

Auf der Landzunge angekommen, machte sie zunächst zwei Stunden lang von den abgeholzten Flächen neblig-grauschwarze Fotostudien. Dann konnte sie den Anblick der gefolterten Landschaft nicht mehr ertragen, der Zerstörung, die ihre Leute hinterlassen hatten – und für die sie mitverantwortlich war –, und spazierte durch den noch unberührten Wald.

Während sie so ging, erkannte sie, daß sie, seit sie die Leitung der Firma übernommen hatte, ohne es zu wissen auf einer Reise gewesen war.

Des Verstandes? Des Geistes? Sie war sich nicht sicher. Sie wußte lediglich mit Bestimmtheit, daß sie sich verändert hatte – zum Guten, hoffte sie. Sie hatte keine Ahnung, was sie noch alles erwartete. Aber sie hatte Lust auf dieses Leben und auf alles, was es ihr noch bringen mochte.

Sie sog den klaren, würzigen Duft der feuchten Erde und des Lebens ein, sie hörte die noch stehenden Bäume vor dem Rauschen der steigenden Flut im Hintergrund. Manche murmelten, manche seufzten, andere sangen; wieder andere stöhnten, wenn ihre Äste im aufkommenden Wind schwankten.

Während sie lauschte, mußte sie an die Stimmen einer großen Familie denken – die hellen, lieblichen Kinderstimmen, das heimliche Tuscheln der Frauen, die deutlichen Worte der Männer, das Klagen und Lachen der Alten.

Jeder Baum war in sich so einzigartig, daß sie das Gefühl hatte, ewig so im Wald spazierengehen zu können, ohne je dieses Staunen zu verlieren. Jeder Baum unterschied sich deutlich von den anderen. Jeder trug sein eigenes Gepräge.

Wie viele Generationen von Männern und Frauen waren herangereift und wieder zu Staub geworden, während diese Monarchen still weiterwuchsen, unzähligen anderen Leben – auch denen der Menschen – ein Ökosystem lieferten, die Luft zum Atmen reinigten, das Wasser zum Trinken und dafür sorgten, daß die Lachse zu ihren Laichplätzen wanderten?

Konnte die Menschheit ohne ihre ersten Götter überleben – die großen Bäume? Sie glaubte es nicht.

Hin und wieder blieb sie stehen und blickte hinauf in die luftigen Zweige, die sich wie liebevolle Arme zu ihr herabzuneigen schienen, um sie zu begrüßen. Was für hilfreiche, gütige Wesen!

Sie dankte für ihre neue Wahrnehmungsfähigkeit, von der sie wußte, daß es nicht bloß romantisierende Schwärmerei war. Eher ein höherer Bewußtseinszustand – wie ein gebündelter Lichtstrahl –, der es ihr ermöglichte, das zu sehen, was schon da war, was wahrhaft wirklich, wahrhaft wichtig war.

Dieses Einssein mit der Erde, darum ging es im Leben. Wie konnten sie und Michael sich nur daran beteiligen, die alten Wälder abzuholzen?

Hannah hatte nicht die geringste Vorstellung davon, wie weit sie gewandert war, als sie menschliche Stimmen vernahm. Sie erinnerte sich an den beschwörenden Ruf, den sie schon einmal gehört zu haben glaubte – und an das Frauenweinen, das in der Nacht, die sie und Angus hier oben verbracht hatten, in der Nacht, als Roger Carradine ermordet worden war, unter der gefällten Alten Zeder zu hören gewesen war –, und wußte, daß sie beunruhigt sein sollte. Aber sie war es nicht, weil sie eine neue Art von Mut gefunden hatte.

Also ging sie dem Geräusch nach, bahnte sich behutsam einen Weg durch dichtes Unterholz, Ahorn-, Holunder- und Himbeerbüschc.

Sie kam zu einem Plateau, wo das Land zuerst abfiel, dann wieder anstieg, abfiel, wieder anstieg, Senke um Senke, waldige Hügel und Täler soweit das Auge reichte, bis hinein in den jungen Morgen.

Sie hatte keine Angst, aber sie war neugierig. Wer außer ihr konnte an einem dunklen Dezembermorgen hier oben sein? Sie würde es herausfinden.

◇ Bei all der Arbeit, die nach dem großen Sturm anfiel, war Paul Prefontaine über etliche Tage hinweg nicht dazu gekommen, die Skelette aus Amintes Höhle aus seinem Dienstwagen zu holen. Als er es dann tat, fand er bloß zwölf. Das dreizehnte war verschwunden.

Am Nachmittag desselben Tages fuhren Joan und Paul mit einem Haftbefehl zu Amintes Haus hinauf. Seit kurzem war das Stehlen oder der Besitz menschlicher Überreste im Staate Washington gesetzlich verboten.

Hohe Bäume schwankten sachte auf Amintes Grundstück, aber zwischen ihren Ästen stieg kein Rauch auf. Das alte Haus wirkte verlassen. Wieder krochen Regentränen aus den geschnitzten Augen auf dem bemalten Hauspfosten.

Als sie eintraten, krächzte Rabe verlassen von einem Dachbalken. Alle Möbel waren mit einer dünnen Staubschicht bedeckt. Alles war so, wie Aminte es verlassen hatte: der Bärenteppich auf dem Boden, die dunklen Lampen aus Treibholz, das Geisterbrett an die Zedernholzwand gelehnt, das gähnende Loch im Rauchfang des Kamins, in dem Xulks Gebeine eine Zeitlang geruht hatten.

Sie hörten das unbestimmte Summen eines wirklich leeren Hauses und wußten, daß Aminte sich ihrem Zugriff entzogen hatte. Die Gebeine ihrer Ersten Ahnin hatte sie mitgenommen.

»Was glaubst du, wo sie ist?« fragte Paul.

»Die ist wieder in Seattle und verdient sich mit ihrem indianischen Plunder eine goldene Nase.«

»Wir könnten eine Fahndung nach ihr rausgeben«, sagte er.

Joan schüttelte den Kopf. »Das ist eine Sache unter uns Quinault, Weiße haben damit nichts zu tun. Die Zeit wird sie zurückbringen, und die Zeit wird sich um sie kümmern.«

»Joan –« setzte er unsicher an.

»Was?« fragte sie mit einem Anflug von Ungeduld, weil er sie in ihrer Konzentration störte.

»Als wir das letzte Mal hier waren . . .«

»Was war da?«

»Als wir die Wölfe gehört haben . . .«

Ihre dunklen Augen blickten wärmer. »Ja, Paul?«

»Da hat sie etwas in der alten Sprache geschrien. Weißt du noch?«

»Das werde ich nie vergessen.«

»Als ich dich gefragt habe, wen sie anruft, hast du gesagt, daß sie Xulk bittet, uns zu schaden. Du glaubst doch nicht wirklich, daß sie den alten Zauberer zurückgeholt hat, oder?«

Joan sah ihn unverwandt an. »Jeder von uns glaubt an das, wovon er weiß, daß es wahr ist, Paul. Die Wahrheit ist für jeden anders.«

»Aber du bist wie ich, Joan. Aufgeklärt, modern. Mein Gott, wir arbeiten sogar mit Computern.«

Sie lächelte. »Und fliegen mit Flugzeugen.«

Prefontaine nickte und betrachtete seine Schwester. »Na ja, ich muß zugeben, du bist anders. Das warst du schon immer.«

Sie lächelte ihn sanft an. »Schamanen *sind* anders.«

Und plötzlich wußte Prefontaine, was seine Zwillingsschwester – die Schwester, mit der er den Mutterleib, die Kindheit, die meisten seiner Geheimnisse geteilt hatte, die Schwester, die ihre eigenen Dämonen bekriegt und besiegt hatte – in Wirklichkeit war.

Eine ganz besondere Frau. Eine Frau, die die Verbindung zwischen den alten und den neuen Sitten darstellte. Die Brücke zwischen gestern und heute. Vielleicht würde auch er eines Tages versuchen, diese Brücke zu überschreiten. Aber er bezweifelte es. Man brauchte eine ursprüngliche Art von Mut, um in zwei Welten zu leben.

Er seufzte und stand auf. »Schätzchen, mach die Tür auf und laß sie offen.«

Nachdem Joan das getan hatte, stieg Paul auf einen Stuhl und scheuchte Rabe mit einem alten Besen von den Dachbalken. Der Vogel flog nach draußen und ließ sich auf einem Ast nieder.

»Wir schicken später ein paar Deputys hier rauf; sie sollen den Wolf einfangen und im Zoo von Tacoma abliefern«, sagte Paul.

Als sie abfuhren, fragte Joan: »Hilfst du mir dabei, ein paar sterbliche Überreste loszuwerden?«

»Auf die alte Art?«

»Ja«, erwiderte sie.

Er erklärte sich einverstanden.

◇ Und so kam es, daß noch früher an demselben Morgen, an dem Hannah losfuhr, um ihre Fotos zu machen, Joan, Prefontaine und Ahcleet an der Grube knieten, die sie gerade für Xulks Gebeine gegraben hatten. Hinter ihnen, über sechzig Meter lang, lag die Alte Zeder.

Bis auf ihre ledernen Lendenschurze waren alle drei Quinault nackt; alle drei Gesichter waren schwarz angemalt und dann mit weißem Sand betupft worden.

Auf der einen Seite lag eine Schaufel, ein Haufen Erde, ein alter Kinderball aus Zedernholz und ein großes Fellbündel. Auf der anderen eine junge Zeder mit nackten Wurzeln, bereit, eingepflanzt zu werden.

Joan beugte den Kopf; sie war sehr müde. Sie hatte eine lange lange Reise des Geistes hinter sich, die begonnen hatte, als sie noch ein Kind war, eine Reise, die sie über dunkle Wege zu verratener Liebe und der weißen Welt des Unglaubens geführt hatte.

Spirituell war ihre Heimkehr wie ein helles Ufer, das näher rückt, eine Tür, die sich öffnet und einen wundersamen, lang gesuchten Ort offenbart. Nun mußte sie diese lebenswichtige Aufgabe gemeinsam mit den zwei erwachsenen Menschen ausführen, die ihr näher waren als alle anderen.

Es wurde wärmer, Nebel kroch über den Boden. Sie wußte, daß sie nicht länger warten sollten. Sie würden die Gebeine des Zauberers begraben, und alles wäre vorbei. Dann war das »Volk« wieder sicher.

Sie sang ihren ureigenen Gesang und hob das Fellbündel auf.

In seinem Innern regte sich etwas. Die Bewegung war so schockierend, so unerwartet, daß sie das Bündel fallen ließ und sich die Lederriemen lösten.

Und es erhob sich in dem Nebel vor ihnen – ein großer dünner Mann, in weiße Wolfsfelle gehüllt, mit einer gräßlichen Maske aus bemaltem Zedernholz, die sein Gesicht bedeckte, und mit langem, lockigem rotem Haar, das ihm bis auf die Fersen fiel.

Prefontaine starrte ungläubig. Ahcleet holte tief Luft.

Das Gesicht des alten Zauberers war hinter der grinsenden Maske versteckt, als er jeden einzelnen von ihnen musterte. Dann tanzte er fünfmal um die offene Grube und sang dabei seinen beschwörenden Gesang.

Während er tanzte, spürte Joan um sich herum eine prickelnde, elektrisierende Macht aufbranden. Sie wußte jetzt, daß ihr Schutzgeist stark in ihr war.

Sie würde siegen, denn hatte sie sich nicht erfolgreich auf die Geistersuche gemacht? Hatte sie nicht ihren eigenen Sohn aus dem Land der Toten zurückgeholt?

Als Xulk sah, daß die drei stumm blieben, hörte er auf zu singen und rief hinter seiner Maske: »*TeuXoa! tan ime'qelKel?* Nun, was seht ihr?«

»Ich sehe einen, der schon lange tot ist«, entgegnete Joan ruhig.

»*Tat'ca No'maqt;* siehe, ich bin nicht tot!«

Der Zauberer warf seine Maske mit dem breiten Abalonengrinsen von sich und funkelte auf sie herab; sein ledriges Gesicht war mit Furchen und Schatten überzogen. »*Iamqa'Lemam;* ich bin gekommen, um dich zu holen, Schamanin!«

»Ich bin gekommen, um dich zu beerdigen, Zauberer«, antwortete Joan, stand auf und sah ihm ins Gesicht.

»*AyamqElo'qLoq:* ich werde dich haben!« Trübe, brennende Augenhöhlen studierten sie aufmerksam, dann wandten sie sich Ahcleet zu. »Ich weiß jetzt, wer du bist«, grollte er. »Du bist Musqueem, der meinen Geist in einer Zeder eingeschlossen hat!«

»Ich bin nicht Musqueem. Er ist siegreich und glücklich im Land der Toten. Das weiß ich, weil ich, Ahcleet, ihn dort besucht habe. Bei mir ist La'qewamax, die Schamanin, seine Nachfahrin, die deinen Geist erneut einschließen wird.«

»Das wird sie nicht!« rief Xulk. »*Txelqa'yux!* Wir werden kämpfen!«

»*Ho'ntcin!* Tu das nicht!« warnte Ahcleet. »Nimm dein Schicksal würdevoll an, sonst erwartet dich Schlimmeres!«

»*Qatoc-Xem! Anponmax!* Hüte dich! Ich bin die Finsternis!«

Voller Furcht und Zorn sprang Joan auf und packte den alten Zauberer. »Und ich bin das Licht!« rief sie.

Bei ihrem Angriff fiel Xulk nach hinten. Diese Frau hatte ihn attackiert! Wer hätte das je gewagt? Noch nicht einmal die Krieger, die ihn festnehmen sollten. Noch nicht einmal die Mitglieder der Walgesellschaft, die ihn für die Beerdigung vorbereitet hatten! Seinen ersten Tod war er aus freiem Willen gestorben.

Joans Finger umschlossen einen Hals aus Fleisch und Sehnen und Knochen. Sie hörte lautes Keuchen, als der Zauberer um Luft rang. »Ich werde gewinnen!« flüsterte sie. Und bei diesem Gedanken lockerte sie ihren Griff unbedacht ein wenig, weil sie jeden Augenblick dieser triumphalen Erfahrung genießen wollte.

Doch nach der ersten Verblüffung ging der Zauberer zum Gegenangriff über. Mit einem durchdringenden Schrei schleuderte er sie von sich und packte sie dann an der Kehle, preßte sie weiter und weiter nach hinten, bis ihr fast das Rückgrat brach, schnitt ihr die Luft ab, bis ihr schwarz vor Augen wurde, bis sie Sterne sah, die schon vor Stunden verblaßt waren.

Langes, schmutziges rotes Haar nahm ihr die Sicht; Arme und Beine hielten sie wie Stahlbänder umklammert; ein kalter stinkender Mund legte sich auf den ihren, stahl ihren Atem. Noch während ihre Sinne schwanden, begriff Joan, daß jeder ihrer Atemzüge, den Xulk sich stahl, den Zauberer stärker machte und ihm mehr Leben verlieh.

Joan wußte, daß sie verloren war.

Als er seinen Kopf leicht anhob, um ihren Atem danach noch tiefer inhalieren zu können, gab sie einen langen klagenden Schrei von sich, mit dem sie die Geister um Hilfe anrief. Kaum noch bei Bewußtsein, wurde sie noch immer von Xulk gehalten, der ihr Leben in tiefen durstigen Zügen trank.

Und dann, zitternd vor Ehrfurcht angesichts des nahenden Todes, wurde sie von Gefühlen des Glücks und des Schreckens durchströmt, die so gewaltig waren, daß ihr Tränen in die Augen stiegen.

Denn plötzlich wurde über ihnen die unsichtbare Welt sichtbar. Der Morgenhimmel blitzte und flammte auf, als große Speere aus Rot und Orange, Grün und Violett vom westlichen Horizont heranrasten und Heerscharen von schwarzen Sturmwolken mit rosigem Rand vor sich herjagten. Die Lauschenden kamen!

Donnervogel selbst trieb sie vor sich her: strahlende Killerwale, schimmernde Wölfe, glühende Adler, schillernde Seehunde, leuchtende Bären, glänzende Lachse. Sie stürmten und strömten am Himmel entlang. Die Lauschenden hatten ihren Ruf gehört.

Joan fiel zu Boden, als sie sich auf Xulk niedersenkten, ihn umschlossen. Sie hörte die wütende Stimme des alten Zauberers, die sich über das Fauchen, Heulen, Bellen, Kreischen erhob: »*LEnet! LEnet!* Gebt sie mir! Gebt sie mir!«

Zitternd kam sie auf die Beine. Sie fühlte sich, als sei sie einem gigantischen Feuerwerk aus Farben und Klängen entronnen. Hingerissen sah sie zu, wie die gespenstischen Killerwale fraßen, die Wölfe knurrten und kauten, die Adler hackten, die Bären rissen und verschlangen, die Lachse auf Xulks Gesicht ihn erstickten.

Bald war alles vorbei, und sie waren fort. Zurück blieb bloß ein Bündel mit Knochen, ein paar weiße Wolfsfelle, Xulks Maske, die er zu Boden geworfen hatte. Und ein alter Kinderball aus Zedernholz.

Jetzt, als die aufgehende Sonne die schneebedeckten Gipfel rosig färbte, fiel Joan erneut auf die Knie und sprach mit der Erde, beruhigte sich. Trotz der Kälte war sie schweißnaß. In der Mulde an ihrem Hals und zwischen ihren Brüsten lag ein Glanz.

Als sie das Bündel ein zweites Mal aufhob, bewegte sich nichts darin. Sie senkte es in die Erde, warf die Wolfsfelle, die Maske des Zauberers und den Zedernball hinterher, den Xulk gewagt hatte, ihrem kleinen Sohn zu schenken, und schaufelte Erde in das Loch.

Singend hob Prefontaine behutsam die junge Zeder auf und half Joan, sie einzupflanzen. Nachdem sie die Erde um die Wurzeln festgestampft hatten, kniete Ahcleet sich schwerfällig nieder und schnitt das Zeichen des Wales in die zarte Rinde.

Als sie mit ihrer Arbeit fertig waren, spürte Prefontaine die Nähe eines vertrauten Menschen. »Geh nicht weg, Hannah!« rief er.

»Was macht ihr denn hier, wiederaufforsten?« Hannah lächelte unsicher, als sie langsam hinter einer alten Sitkafichte hervortrat.

Ohne zu lächeln, drehten sich Joan und der alte Ahcleet zu ihr um, die Gesichter ernst, schweigend.

Was haben sie in das Loch getan? dachte Hannah. Sie brachte es nicht über sich, sie auf ihre seltsame Kleidung – oder das Fehlen derselben – anzusprechen. Auch sagte sie nichts zu ihren bemalten Gesichtern, obwohl sie alle drei damit ungeheuer wild und noch attraktiver aussahen. Aber seltsam archaisch, wie Menschen aus alter Zeit.

Sie hörten den Wind von weither herankommen, und als sie

über die Täler blickten, sahen sie, wie er die Baumkronen bewegte. Schließlich erreichte er sie: Warm, süß duftend deckte er die Sonne ab und benetzte sie mit einem jähen, fröhlichen, warmen Regenguß.

»Ika'qamtk«, flüsterte Joan. Sie und Ahcleet standen nebeneinander dem Südwind zugewandt, dann warfen sie die Köpfe zurück, um in dem Regen zu baden.

Als der Wind stärker wurde, griff Prefontaine nach Hannah, um sie zu stützen. Bei seiner Berührung wollte sie einen Schritt zurückweichen.

»Hab keine Angst«, flüsterte er und nahm sie in die Arme.

Sie hielten einander, bis sie beide durchnäßt waren. Er lachte, als ihm die schwarze Farbe vermischt mit dem Sand in kleinen Rinnsalen vom Gesicht floß und auf ihrer Haut Flecken hinterließ, wo er sie geküßt hatte. Er strich ihr mit seiner warmen großen Hand über das Gesicht, dann hielt er sie mit ausgestreckten Armen fest, eine brennende Frage in den Augen.

Ihr ganzes Leben würde Hannah sich so an Paul Prefontaine erinnern, den Mann, den sie nicht haben konnte, nicht haben durfte. Schulterlanges, schimmerndes schwarzes Haar, strahlende Augen, der ganze Körper von Leben durchglüht.

Seine Zwillingsschwester Joan und sein Urgroßvater Ahcleet standen abseits. Beide blickten sie glücklich in den Wind und den Regen. Hannah spürte ein Geheimnis hinter ihren körperlichen Fassaden: eine Kraft, alt und wundervoll. Etwas, das sie nie begreifen würde, nie besitzen könnte.

Tränen rannen ihr übers Gesicht. Sie schüttelte den Kopf und ging langsam fort. Michael wartete auf sie.

◇ Die Krankheit hörte auf, ebenso der süße kristallene Wind; beide gingen so lautlos und unauffällig, wie sie gekommen waren.

Es gab etliche Erklärungen für ihr Auftreten und Abklingen.

Manche meinten, der ungewöhnlich heiße Sommer habe die Krankheit verursacht. Andere waren der Ansicht, daß der milde Winter des Vorjahres schuld sei – er hatte nicht genug Insekten abgetötet.

In Taholah wußten die Alten, daß sie durch das Ausgraben von Xulks Gebeinen ausgelöst und durch seine Wiederbestattung beendet worden war.

Royal Mercer, der Wissenschaftler, kam zu dem Schluß, daß der Wald eine außerordentlich hohe Konzentration von Pheromonen abgegeben habe, und verwies auf den Anstieg von Erkrankungen an »Rotlunge« oder von Zedernvergiftungen. In Verbindung mit einem ebenso ungewöhnlich hohen Auftreten von Terpenen, die von Fichten und Tannen abgegeben und vom Wind weitergetragen wurden, hatte das viele Menschen krank gemacht.

»Das haben wir im Wind gerochen«, sagte Joan. »Dieser süße Wind, von dem alle geredet haben. Vielleicht haben die Bäume sich gewehrt?«

Mercer blickte sie an und sagte nichts.

»Wie du damals auf der Versammlung der ›Earth Scientists‹ gesagt hast. Weißt du noch? Du hast gefragt: ›Wie würdest du dich wehren, wenn du ein Baum wärst?‹«

Er nickte. »Meinst du, außer uns würde das noch jemand glauben?«

»Das, was die großen Bäume abgegeben haben, wurde vom Wind weitergetragen«, sagte sie. »Und es hat viele Menschen krank gemacht.«

»Genau wie Allergien«, sagte er. »Es hatte bei unterschiedlichen Menschen unterschiedliche Wirkungen. Einige haben Halluzinationen bekommen, andere ernste Grippesymptome, wieder andere sind gestorben. Jetzt, wo es angefangen hat zu regnen, hat sich alles wieder beruhigt.«

»Du meinst, es hat manche Menschen verrückt gemacht?« fragte Joan.

»Ich glaube, ja.«

»Vielleicht war das ja auch bei Pauls Frau der Fall.«

Mercer nickte.

»Wir wissen mit Bestimmtheit, daß Tuco Peters die Reiseleiterin und Roger Carradine lebendig begraben hat«, sagte sie. »Wir werden wahrscheinlich nie erfahren, ob er auch mit dem Tod von Howard Ipswich, Stephen Maury und Florence Lambert zu tun hatte.«

»Wenn er es nicht war, dann gibt es hier einen Mörder, der ungeschoren davonkommt«, sagte Mercer leise.

Die beiden standen auf der Landzunge in einem Teil des alten Baumbestandes. Er würde vermutlich nie abgeholzt werden, denn der Stammesrat hatte dieses Gebiet und weitere Gebiete des alten Urwaldes zum Heiligtum des Stammes erklärt.

Bei ihnen war ein junger bärtiger Mann mit aufmerksamen Augen, ein enger Freund von Mercer. Er war Förster und hatte in der Holzindustrie schon für soviel Aufsehen gesorgt, daß manche ihn nur noch als »den irren Ryan« bezeichneten.

William Ryan hatte einen Klapptisch mitgebracht, auf dem ein batteriebetriebenes Gerät stand, das aufgeklappt einem Lügendetektor ähnelte. Empfindliche Zeiger malten elektrische Impulse auf Millimeterpapier. Von dem Gerät aus führten Drähte zu einer Zeder, in deren Rinde sie mit nadelähnlichen Befestigungen eingelassen waren.

»So, Leute«, sagte Ryan. »Jetzt achtet mal auf die Skala.«

Joan und Mercer standen über das Gerät gebeugt und beobachteten, wie die Zeiger sich gleichmäßig über das Papier bewegten, was darauf hindeutete, daß sie die Existenz von etwas Friedlichem und Lebendigem registrierten.

»Paßt weiter auf!« rief Ryan, als er mit einer Motorsäge in der Hand wegging.

Bald war er nicht mehr zu sehen.

Zuerst hörten sie, wie die Säge ansprang, dann das durchdringende Kreischen, als sie in einen Baum schnitt, den sie nicht sehen konnten und der auch nicht verdrahtet war.

Die Zeiger vor ihnen schlugen wie wild aus, als die Zeder,

mit der sie per Draht verbunden waren, der Baum, der nicht angeschnitten wurde, heftig auf die Verletzung reagierte, die seinem Bruder zugefügt wurde.

Joan nickte und sah Mercer an. »Sie sind empfindsame Wesen«, sagte sie. »Sie fühlen. Sie wissen, was ihnen angetan wird. Und sie warnen einander.«

◇◇◇◇◇◇◇ Epilog ◇◇◇◇◇◇◇

Ein Jahr später

◇ Joan ging nicht nach Quantico, um sich beim FBI ausbilden zu lassen. Sie war zu dem Schluß gelangt, daß es hier, in ihrem eigenen Land, in ihrem eigenen Volk jede Menge wichtige Arbeit für sie gab.

Jetzt steht sie, wie Musqueem vor so langer Zeit, auf der steilen basaltischen Landzunge, während der tosende Nordpazifik donnernd und schäumend seine Nebel zu ihr hinaufsendet, um sie zu umarmen.

Wie sehr sie das Meer liebt! Der Pulsschlag des Meeres ist tief in ihr. Das Meer ist ihre Mutter, ihr Vater, der Atem ihres Körpers, das Blut in ihren Adern. Manchmal glaubt sie, daß sie in der Zeit vor der Zeit ein *ekoale,* ein Wal, gewesen ist. Oder ein *tgunat*, ein Lachs.

Hinter und über ihr, dunkel im treibenden Nebel des Meeres, seufzen und wispern junge Nadelwälder und singen ihre uralten Lieder. Tief unten scheuert sich ein Wal die Seepocken an einem aufragenden Meeresfelsen ab.

An manchen Winterabenden wie diesem, die Zeit, in der die Welt sich wandelt, in der man verwandelt werden kann, stellt Joan sich vor, daß die Alte Zeder, die Hüterin des »Volkes«, noch aufrecht steht, ihre Krone in den Himmel gereckt, die Wurzeln tief in der Erde.

Aber sie ist Polizistin, eine Frau des ausgehenden 20. Jahrhunderts, und sie spielt mit ihrer Phantasie, denn die Alte Zeder liegt ausgestreckt hinter ihr. Nie wieder sollen Menschen Hand an sie legen, denn die gesamte Landzunge ist zum Heiligtum des Quinault-Stammes erklärt worden.

In der Nähe wächst das Zedernbäumchen, das sie selbst über Xulks Gebeinen eingepflanzt hat. Wenn die Jahrhunderte vergehen, wird die Neue Zeder heranwachsen und stark werden, und die Alte Zeder wird nach dem Gesetz des Urwaldes zu einem gewaltigen Nährstamm werden, der Millionen winziger Sämlinge Nahrung liefert.

Und sie fragt sich . . .

Als die Alte Zeder fiel, wurde das Böse freigesetzt, um unter dem »Volk« zu wüten.

Welches Böse wird auf der ganzen Welt losgelassen werden, wenn die alten Wälder vernichtet sind?

Aber sie lebt mit der Hoffnung. Vielleicht werden die Reste der Wälder ja doch noch gerettet. Vielleicht lernt die Menschheit, wenn auch spät, die Erde zu lieben.

Sie und Paul haben den Großen Weißen zum Zoo von Tacoma gebracht, wo der Wolf rastlos auf und ab läuft, auf und ab. Tagsüber starrt das Tier irgendwohin und sieht Dinge, die niemand sehen kann. Vielleicht seine Erinnerungen. Vielleicht die Zukunft.

Nachts heult der Wolf. Für Joan, die oft mit ihrem Sohn dorthin fährt, ist das der schönste, einsamste Klang der Welt. Wenn sie ihn hören, werden die anderen Tiere unruhig, und sie kreischen und brüllen, wollen frei sein.

Rabe ist fort. Niemand weiß, wo er ist, ob er in seiner Vogelgestalt umherfliegt oder ob er als Mensch durch die Straßen von Seattle schreitet.

Joans schönes Gesicht verfinstert sich, als sie an Aminte denkt. Ihr seltsames fensterloses Haus steht noch immer; dann und wann schleichen dort Winde umher, wie große wissende Wesen. Der geschnitzte Hauspfosten hält Wache und wartet bei Sonne und Regen.

Sie hat gehört, daß Aminte mit ihrem Versandhaus für indianische Talismane und Kunsthandwerk noch erfolgreicher geworden ist und daß sie ein Kind bekommen hat. Ein kleines Mädchen. Und sie hat noch eine zweite Einnahmequelle aufgetan.

Joan hält eine Zeitung aus Seattle in der Hand. Darin wird eine erfolgreiche neue Geisterbeschwörerin vorgestellt, eine Frau mit phantastisch langem, lockigem rotem Haar und einer eigenartigen Halskette.

Sie hat ein Luxusanwesen bauen lassen, wo sie jedes Wochenende hundert Gäste empfängt. Gegen ein Honorar von 3000 Dollar pro Person bietet sie Privatgespräche mit einem uralten weiblichen Skelett an. Die Alte spricht natürlich durch Aminte, deren Termine auf fünf Jahre im voraus ausgebucht sind.

◇◇◇◇◇◇◇ Nachwort ◇◇◇◇◇◇◇

◇ Die in diesem Roman benutzte und beschriebene »alte Sprache« ist dem alten Kathlamet-Dialekt des Salish entnommen, wie er 1901 von Franz Boas für die Smithsonian Institution, Bureau of American Ethnology, übersetzt wurde.

Das Konzept des »Schutzgeistes« ist ein uraltes Phänomen von großer kultureller, sozialer und psychologischer Bedeutung, das Elemente der klassischen spirituellen Suche mit Zügen geheimer Initiationsriten in das Winterzeremoniell verbindet.

In der Kultur der Salish bestand eine äußerst enge Beziehung zwischen Schamanismus und der Lehre vom Schutzgeist, die für den Schamanismus von zentraler Bedeutung war.

Für die amerikanischen Ureinwohner der Küsten-Salish ist der Winter die richtige Zeit für Zeremonien, die mit dem Schutzgeist in Verbindung stehen. Im Winter, so glauben sie, leben die Menschen von ihrem Vorrat an Sonnenlicht, und ihre Vitalität ist geschwächt, um dann durch die jährlich wiederkehrenden Mächte des Geistes gestärkt zu werden, die mit der kalten Jahreszeit kommen und gehen.

Einer der faszinierendsten Aspekte der Kultur der Salish an der Nordwestküste ist die Tatsache, daß sie keine Halluzinogene oder Rauschmittel irgendwelcher Art benutzten oder benutzen. Statt dessen wird ein erweiterter Bewußtseinszustand durch Techniken erreicht wie Schlafdeprivation, Hypoglykämie aufgrund von Essensentzug, Dehydrierung aufgrund von Flüssigkeitsmangel, absichtlich herbeigeführtes Erbrechen und Darmentleerung, Schwitzen, Hypoxämie infolge von Hypoventilation (wie beispielsweise bei zu langem Tauchen) und Aufenthalt in extremen Temperaturen.

Solche Techniken spielen eine wichtige Rolle beim Erlernen von »spontanen« dissoziativen Zuständen. Dissoziation kann dann später herbeigeführt werden, ohne daß auf die ursprünglichen somatopsychischen Auslöseverfahren zurückgegriffen werden muß.

Bei der Arbeit an diesem Buch hat die Autorin die von ihr sehr geschätzten Veröffentlichungen von Dr. Wolfgang G. Jilek studiert. Dr. Jilek hat seine medizinische Ausbildung in Wien, Innsbruck, München und Chicago absolviert. Darüber hinaus hat er als Psychiater in Krankenhäusern gearbeitet, die den medizinischen Fakultäten verschiedener Universitäten angeschlossen sind: Wien, Zürich, New York State, Montreal sowie der McGill University. Überdies hat er an der McGill University und an der University of British Columbia anthropologische und soziologische Studien erstellt. Zusammen mit seiner Frau, Dr. Louise Jilek-Aall, einer Psychiaterin und Anthropologin, hat er als Arzt und Psychiater bei verschiedenen Gruppen amerikanischer Ureinwohner an der Nordwestküste gelebt.

Das Ehepaar Jilek hat miterlebt, wie die Zeremonien der Küsten-Salish nach jahrzehntelanger Unterdrückung wieder zum Leben erweckt wurden. Ihre Studien zeigen auf, daß das Zeremoniell des Schutzgeistes neben seiner komplexen tradierten Funktion für die Ureinwohner heute quasi eine Art jährliches Wintertherapieprogramm darstellt, in das verschiedene Arten genau bestimmter therapeutischer Verfahren integriert sind.

Die Initiation in den Geistertanz ermöglicht es einem entfremdet lebenden Ureinwohner, der unter einer, wie Wolfgang Jilek es nennt, anomischen Depression leidet, sich erneut mit der Kultur seiner Vorfahren zu identifizieren und die traditionelle Kraft der Schutzgeister zu erlangen, um damit in eine lohnendere und gesündere Existenz hineinzuwachsen. Amerikanische Ureinwohner können von vielen unterschiedlichen Krankheiten geheilt werden, wenn sie in ihre eigene Kultur zurückkehren und in ihr leben.

Die Überreste des Körpers des Zauberers Xulk wurden 1852, also 500 Jahre nach seinem Tod, im mumifizierten Zustand von James G. Swan entdeckt, einem von damals vielleicht zwei Dutzend weißen Amerikanern an der Pazifikküste nördlich des Columbia River.

Der Körper, den Swan ausgrub und später nach San Francisco brachte, war so gut erhalten, daß man fälschlicherweise annahm, er sei einbalsamiert worden. Einige Gebiete der Olympic-Halbinsel sind reich an gelöstem Silex, der Versteinerungen unterschiedlicher Art verursacht.

Experimente, die von Förstern im pazifischen Nordwesten durchgeführt wurden, haben ergeben, daß Bäume durch elektrische Felder miteinander kommunizieren. Mit einem Gerät, das dem sogenannten »Lügendetektor« nicht unähnlich ist, läßt sich messen, daß Bäume normalerweise friedliche Schwingungen abgeben. Wird jedoch ein anderer Baum in einiger Entfernung von einer Kettensäge verletzt, sind bei dem Testbaum, obwohl er selbst unbeschädigt bleibt, schlagartig heftige Reaktionen zu verzeichnen. Bedenkt man ferner, daß Bäume in der Lage sind, chemische Stoffe abzusondern, die auf dem Luftweg Informationen an andere Bäume weitergeben und Reaktionen auslösen, so wird deutlich, daß Bäume weit empfindungsfähigere Wesen sind als bislang angenommen.

Der Olympic National Park mit seinen über dreihundertsechzigtausend Hektar wurde im Jahre 1976 wegen seiner riesigen Wälder von den Vereinten Nationen zum Biosphärenreservat erklärt. Er zählt somit zu den wenigen ausgesuchten Gebieten der Welt, die als hinlänglich intakt und als repräsentativ für ihre spezielle Biomasse gelten, um eine derartige Anerkennung zu verdienen. Diese Reservate werden dazu genutzt, globale Grundbedingungen zu überwachen und zu studieren.

Kein anderes Land hat eine derart kostbare Ressource wie diesen Regenwald unter andauernden Schutz gestellt. Er wird als unverletzlich und wertvoll betrachtet, nicht aufgrund eines möglichen wirtschaftlichen Ertrages, sondern um seiner selbst willen.

Diese Anerkennung seines inhärenten Wertes führte zu einer dritten Auszeichnung für den Olympic National Park: Im Jahre 1982 wurde er zum Weltkulturerbe ernannt. Neben dem Olympic National Park gibt es noch über einhundert solcher Stätten, darunter die Galapagosinseln und den Mount Cook National Park in Neuseeland (der auch für seinen Regenwald und seine Berge berühmt ist), ebenso wie die Kathedrale von Chartres, das Taj Mahal, die ägyptischen Pyramiden, Teile der Altstadt von Lübeck oder die Schlösserlandschaft von Potsdam. All diese Orte werden als einzigartige natürliche oder kulturelle Manifestationen betrachtet.

Als ein Gebiet von außergewöhnlicher natürlicher Schönheit enthält der Olympic National Park das größte und beste Beispiel für einen unberührten gemäßigten Regenwald in der westlichen Hemisphäre, den größten Nadelwaldbestand in den Vereinigten Staaten mit Ausnahme von Alaska und die größte wild lebende Herde von Wapitihirschen. Eine 57 Meilen lange, herrliche Küste mit ihren zahlreichen vorgelagerten Inselchen, dicht bewaldete Berghänge, alpine Parklandschaften und gletscherbedeckte Berge, das alles zusammen ergibt eine Landschaft von atemberaubender Schönheit.

Der Park enthält ein ursprüngliches Ökosystem mit über eintausendzweihundert Pflanzenarten, zweihundertfünfzig Vogel-

und fünfzig Säugetierarten. Wenigstens neun Pflanzen- und sieben Tierarten, die hier vorkommen, gibt es sonst nirgendwo auf der Welt. Zehn größere Flüsse und zweihundert kleinere Flußläufe bieten Fischen und anderen Wassertieren eine üppige Heimat.

Band 12679

Judith Merkle Riley

Die Zauberquelle

Anno 1360. Margaret, in zweiter Ehe mit Sir Gilbert de Vilers verheiratet, schließt ihren Mann nach einem Feldzug wohlbehalten in die Arme. Doch schon bald wird das Familienglück getrübt: Gilberts exzentrischer Vater steckt wieder einmal in Geldnöten, und der Abt eines Klosters will ihm den Eichenhain rund um eine zauberkräftige Quelle abspenstig machen. Was liegt da näher, als begehrliche Blicke auf Margarets Vermögen und das Erbe ihrer Kinder zu werfen?
Daß alles doch noch ein gutes Ende findet, verdankt Margaret nicht allein ihren übersinnlichen Kräften, sondern auch der Gewitztheit ihrer Töchter und ihrer resoluten Gouvernante, die sogar Gilberts Vater gewachsen ist.